A person's west

雪漠——著

一个人的西部

十 周 年 纪 念 版

作家出版社

从"一个人的西部"到"共同的家园"

1

转眼间，我六十二啦。记得小时候，我有种奇怪的感觉，觉得人一到二十岁，就没活头了。等自己到了二十岁，就觉得三十岁的人，没意思活了。但我还是活到了三十岁，又觉得四十岁的人，没意思活了。等自己活到了四十岁，又觉得五十岁的人，没意思活了。瞧，现在，我也六十二了，可还得活。为啥我总觉得人一到某个岁数就没意思活了，想来是越活，离死亡越近了。尽管我的生命里，一直感受不到时间，却一直对岁数很敏感，也许，这便是我精进的理由吧。

记得，雷达老师六十岁退休时，对我说，我得为此后的二十年做规划了。我心里想，一个人，难道可以确保自己能再活二十年吗？反正，我是不能的。我时时提醒自己会在下一秒死去，这样，我就知道该做啥了。这样，我也知道生命里啥最重要了，肉体死亡后没意义的事，我就不做了。于是，我一天天写了去，写了七十多种书，加上外文版本，有二百多本了。现在每天，我还在写，因为，我总能看到那个举着镰刀追我的死神，我得和他赛跑，在他追上我之前，完成我自己。

雷达老师去世那年，七十五岁，比他规划的二十年，提前了五年。他当然完成了自己。至今，想到他，我还是觉得很温暖，于是，我就在武威的雪漠书院，建了一个雷达纪念馆，把他在樟木头生活时用过的家具运了来，还收集了他出版的各类图书。每次想他时，我就走进这所在，陪陪他。

不知道人们如何感受时光的流逝，青丝如瀑变得如雪，还是稚嫩幼苗已成绿荫一片？而我，总是在某个不经意的瞬间，被自己写过的文字，平平静静却又掷地有声地提醒：嘿，又一个十年过去啦！

这次提醒我的，是《一个人的西部》，十年前出版了它，如今，又要再版了。在我所有的作品中，《一个人的西部》就像一匹其貌不扬的黑马，写的时候寻寻常常，出版后不久却突然后劲勃发。读过这本书的朋友们都知道它的缘起，因为要给陈亦新办婚礼，我回到了家乡准备请客。就在与故乡重逢的时刻，旧时的记忆如潮水般涌来，卷起四十余载酸甜苦辣等人生百味的浪花，在我的心上一下下冲击，便有了《一个人的西部》。它来得如此偶然，我写得也很随性，就像是和老友拉家常一样，更像是和从前的自己道个安好。

如此随性而又真实的《一个人的西部》，后来爆发出的能量，着实让我大吃一惊。它不但出版当年就登上了《光明日报》10月"光明书榜"，更是在上海书展中成为销售冠军，它的读者群不分男女老幼，尤其受到中小学生的热爱，成为家长们送给孩子们的最好的礼物。孩子们说，这本书好励志啊！

是的，很多人认为《一个人的西部》是他们看过的最好的励志书。我想，大概因为它是最不像励志书的励志书吧。励志书我们都很熟悉，书里总有一个成功人士，对着我们露出自信骄傲的笑容，同时也展示出他的身家和地位，激发你也要成为一个成功人士的志气。但我不确定，有多少人真的相信，读了这样的励志书，就能成为他们；我只知道，哪怕读一千遍一万遍《特朗普自传》或者《马斯克自传》，我也不会成为特朗普和马斯克，我只能成为雪漠，我也只想成为雪漠。

《一个人的西部》就是这样，它不是要你读了以后成为雪漠，而是你可以把雪漠当成命运的标本，汲取他的人生经历的营养，然后去成为最好的你自己。正如这本书的初版编辑陈彦瑾写的题记所说："我们终此一生，不过是要窥破虚幻，在变化的世界里，成就一个完善的自己。"她还为这本书写了推荐语："这是一个人的战斗史，而对手，是自己；这是一个人的成长史，而果实，是人格；这是一个人的命运史，而密码，是心和行为。"是的，每个人都是自己人生的战士，要获取自己命运的胜利。我们不需要成为第二个谁谁谁，因为我们无法在自己的人生中去走别人的道路，我们可以学习别人，树立自己的志向，改变自己的心，用实际行动去走好自己的路。这才是真正的励志。

很多事情，别人看着很励志，我自己回头看的时候，也会觉得很励志，但当时，却没有这种自我悲壮感，只有很简单的一句话：战胜自己。

《雪漠和他的灯》的故事，听过的人很多。我儿时的梦想，就像那盏灯一样，在我生活的那个偏僻的乡村里，在每个宁静幽暗的夜空里，灯光稍显暗弱，但一直亮着。后来，灯就一直在我的心里亮着，无论我在外读书，还是后来走上工作岗位，即使遭遇了很多前所未料的挫折和历练，那盏灯一直都亮着。所以，我的生活既简单又丰富，简单到我的生命主旋律只有写作和修行；丰富到生活的剧本中，什么样的人都有，什么样的事都有。这些人、这些事在《一个人的西部》中，我只记录了一部分，但就这一部分，已经让读者们产生了诸多感慨、诸多共鸣。如果我不能坚定地守护心中的梦想，这些丰富的"加戏者"就会把我拽离自己的人生道路，使我随风漂泊；但我始终坚定地守住了自己的梦想，于是"加戏者"就变成了我的生命营养。

很多人觉得坚守梦想很困难，因为"加戏者"太多，或者来阻挠你，或者来诱惑你，或者默默地消耗你、麻痹你，渐渐地，你就会忘了自己究竟要干啥了。而有人觉得我的这本书很励志，很大一个原因就是，它提醒了他们，就在那昏昏欲睡的紧要关头，突然警铃大作，使他们瞬间恢复了清醒，回到了正轨。孩子们的情况可能会有所不同，他们有的还没有想过"梦想"这个词，这本书一下子让他们开始认真思考人生的梦想，有了梦想和志气，才算是真正意识到自己是一个生命主体。不然，学习是家长和老师要求逼迫着学的，长大是一个很迷茫很没意义的事情，如果以这样的状态活着，即便到老了也还没把自己立起来。这就是我书中所说的"混世虫"，这不是骂人，它只是对无知无觉的生命状态的一种客观描述。

所以，《一个人的西部》是励志的，也是立志的，你不需要和我一样，从小立志做个大作家，你可以立志成为科学家，成为艺术家，即使立志成为一个平凡的对社会有自己的贡献的人，也是可喜可贺的。而不管我们立志成为什么，有一个共同的志向，是可以为我们所共有的，那就是成为一个明白的人。

2

《一个人的西部》既是一个毫无背景的西部少年实现作家梦的历程，也是一个有各种各样优点与缺点的人，一步步战胜自己、完善人格、变得明白的历程。人格的提升与完善，应该是我们人生理想的一部分，甚至可以说，是最重要的部分。所有的伟大、所有的成就，都必须建立在高贵的人格基础之上，只追求成功而不去完善人格，就如同在沙滩上建立沙的城堡一样，一个浪头袭来，一切崩塌。

为什么我在写作的同时，还那样精进地修行？因为我知道每个人都要面对残酷的命运。它的残酷，甚至不在于你出身如何不好——像我出生在偏僻贫困的西部乡村，没有任何祖辈的助力和庇护，环境的闭塞和艰苦甚至差点剥夺了我读书的可能——它的残酷在于每个人都要面对死亡，面对生命中的诸多痛苦与烦恼。也许你可以用后天努力挣脱贫穷的出身，也可以交上好运让自己得到贵人的助力，但是你能否以一颗明白、放下、无惧的心，面对死亡呢？若非经过心灵的修行和磨炼，几乎极少有人能够做到。

所以，我所想要改变的命运，不仅仅是冲破先天环境的限制，实现自己的梦想，更重要的是，改变自己的心灵，完善自己的人格，让自己战胜烦恼和欲望，战胜自己对死亡的恐惧，活得清醒明白，活得无执无忧。如果我成功地改变了命运，战胜了自己，这就意味着，它是可以被改变的，只要找到了正确的途径和方法，人人都能够做到，那么，我所做的一切，便具有了一个重要的标杆意义，这也许正是我想要实现的生命价值。

命运，很多时候，都是一个沉重的词，书中写到了很多人，也写到了他们的命运，有的人已经不在了，带着没能改变的命运结束了此生；有的人虽然走了，但是改变了命运；还有的人，依然活着，但我不知道他们是否还有改变命运的机会——因为不知道他们有没有这个想法，总得自己想要变，才有机会变啊；有了想法，还得看有没有实际行动，光想也是不行的。所以，命运真的是个沉重的词语。

而要想改变命运，真的要放弃很多东西。不少读者看了《一个人的西部》之后，问我，雪漠老师，很佩服您，您是怎么做到放下很多东西的，比如发财的机会或是其他好处？我说因为我知道自己这辈子是做什么来的。如果你知道自己要做什么，路边的风景再美，你最多也就是看两眼，然后继续前行，岔路上有个吸引你的人想要挽留你，你也不会停下脚步。我常说，要是唐僧留了女儿国，他还是唐僧吗？他要是留在西凉国，就会成为武则天身边的薛怀义，在其某次醋性大发之后被斩首。唐僧是觉醒了的薛怀义，薛怀义是迷失了的唐僧。我们也一样。很多人之所以半生过去，才发现自己已经迷失在不知何处的所在，就是因为不知道自己要做什么，自己该走哪条路；或者即便知道，却没能守住。

我们常说战略很重要，没有战略支撑的战术再精妙也是一场空。人生也是如此，一个人也要有自己的人生战略，并且一定要稳定。这也是我在《老子的心事》中讲的"大制不割"，当你知道自己这辈子是来做什么、想要实现什么梦想的时候，你的"大制"和战略就建构起来了，之后你做的所有的事情都要服务于这个战略，而不是受到打击或诱惑时，就动摇了战略。你不一定要规划这个规划那个，但是一定要有明确的梦想和人生准则。有了定力和专注力，就永远不可能变成"混世虫"。

还有读者说，在书中读到了我的孤独。是的，坚守自己的梦想，必然会经历一段孤独的时光，或长或短都会有，而我的孤独于我却是一种生命的享受。现在我还常常想起曾经闭关的日子，觉得那真是自己生命中最快乐的一段时光。那近二十年中，我几乎没有朋友，和家人也不常在一起，身边无人，心中也无人。陪伴我的，只有写作和修行，只有心中的梦想和信仰。在我享受孤独之前，也经受了一番孤独的考验。我不知道这条孤清的路上还会有什么，也不知道它会持续多久，外面已经越来越喧嚣了，但闭关中的我，在独自品尝着清静的快乐。从本质上看，至今，我还在闭关，只是换了关房——以前的土屋，现在换成了房车——无论我在路上、在城市、在任何地方，我都会在房车里静修、写作、读书。除了早直播和有活动的几天外，我大多与世隔绝，放下万缘，抓紧完成自己。

有时候，孤独也是别人眼中的风景，或是别人心中的触动。而我，正沉浸在自己的大世界中，那个世界中既有我的梦想，也有我为他人、为世界流下的泪。我说过，真正的孤独是独自坐在树下的佛陀，有悲悯众生的孤独；是被钉在十字架上的耶稣，有说"他们不知道自己在做什么"的孤独……

"一个人的西部"中的"一个人"，看上去很孤独，在偌大的西部天地里，他一个人埋头默默地走着自己的路，时不时遇到一些拦路的人，时不时冒出一些硌脚的石头，时不时吹过一阵阵迷乱人心的风。而他，只是那样静默地走，一步一个脚印地走，也会抬头望一望远方，望一望无垠的天际。他知道自己是"一个人"，也知道自己不只是"一个人"。"一个人"与其说是一个词，不如说是一种难得的生命状态，一个本自具足的人，一个内心圆满的人，一个享受孤独的人，"一个人"就是整个世界。

3

终于，"一个人"还是走出了"西部"。在西部和我同龄的人口里嘟哝着"人上五十，夜夜防死"的人生节点，我走出了国门，走向了世界。我的新生命才刚刚开始。

也许是"大漠三部曲"的出版，完成了我对家乡的心愿和许诺——为他们写一部生活与命运之书，我也终于"舍得放手"而远走高飞了。因为我还有更多的约定要去践行，有更大的世界要去发现，有更多的作品要去应它们的机缘而面世。于是，从西部到岭南，从岭南到齐鲁，从齐鲁到京畿，从国内到海外，"一个人"也渐渐变成了"很多人"。

跟着我做事的人越来越多，喜爱读我的作品的人越来越多，与我们合作的人也越来越多。一条条欢快流淌的小溪，从四面八方汇聚而来，我们都是这个时代的弄潮儿，流淌着爱与智慧，向着我们共同的理想奔赴而去。这些年，我的小说依然在继续创作，同时，我将更多的重心转向了文化领域，我必须将自己传承的珍宝一般的老祖宗的文化，继续传承下去，并且要广泛地传播开来。于是，"光明大手印"系列、"老子的心事"系列、"雪漠心学"系列等文化著作一个接一个地出来了，它们就像是一颗颗饱满的种子，蕴藏着蓬勃的生命力，被播种到了人群之中，它们只要落在心田里，只要有一点点的向往土壤，和一点点的诗意雨露，便立即破土而出，绽放新叶。无数的读者，就这样在心中长出了新生命的嫩苗。

而我也在不断地变化着，从独享一个人的清净快乐，到学会与众人一起同乐，更学会了和大家一起，玩着自己的游戏。什么叫和大家一起，玩着自己的游戏呢？听着很奇怪、很矛盾，是不是？

据说，人刚刚出生的时候，是没有自我的分离感的，也就是说，觉得自己和其他人、其他事物是一体的，父母和自己是一体的，房间里的东西也和自己是一体的，只是经过了一段时期的成长之后，才确认了自己是单独的一个生命体。如果此生不发生什么奇迹的话，每个人最终都会带着这种分离感走向死亡。那么奇迹是什么呢？奇迹是生命的修行，经过修行重新找回了一体感，而且这种一体感和出生时的一体感还不一样，这时候的一体感是可以自我觉知的，并非懵懂状态，就像老子所说的"复归于婴儿"，但他不是真的变成了婴儿；虽然见山还是山，见水还是水，但此时的山与水早已不是当初的山与水了。

在重新找回这种一体感之后，人会面临一个很大的问题，就是过于感同身受，容易和世界之间消弭界限，甚至会把别人的痛苦，都当成自己的痛苦，会给自己加上很多本不属于自己的责任和压力。换句话说，当你回归了一体感之后，当你无缘大慈、同体大悲之后，就要学会处理容易受困于慈悲的束缚的问题。

而我，从"一个人"的状态变成"很多人"之后，首先就面临了这个问题。那时候，初到岭南，就遇到了一些很好的朋友和读者。很多人带着自己的痛苦、自己的人生烦恼，也带着自己的内心幽暗走近了我。我深切地感受到他们的一切痛苦与烦恼，我也清楚地看到他们的人生道路，我觉得自己有一种义不容辞的责任和无法遏制的慈悲，要帮助他们避免痛苦，避开人生道路上的大坑。于是，我很坦率地告诉了他们要如何如何，才能改变命运，消除烦恼。有的人听进去了，也做到了，比如心印、雷清宇等；有的人，却因为感觉自己完全暴露了，十分不适，于是逃走了，有很多这样的人。后来，我才知道，不是所有的心灵都那么坚强，能够承受得住真相，接受得了心灵的雕刻刀。

与这份坦率直接相对的另一面，是过度慈悲，甚至变成了一种纵容。因为绝大多数人承受不了心灵的雕刻刀，他们伤痕累累的心，似乎更想要的是温情脉脉的呵护，哪怕心上已经包裹了厚厚的垢甲，非雕刻刀不能清除。我只能一次次心软，不忍下手，放过他们的垢甲，继续陪着他们一起玩自我哄骗的游戏，一边期待他们的心能逐渐强大起来，强大到可以动用雕刻刀的程度。因为我珍惜所有的缘分，珍惜所有来到我面前、想要改变自己的人，所以我也给予了无限的耐心，一直在等待，等待那厚厚的冻土有融化的迹象。

然而，命运比我着急得多，它提前下手了。对于很多一直没有改变的心灵，命运毫不留情地送上了各种打击，有的人遭遇了更多的挫败和伤害，有的人反反复复地在原地打转，有的人甚至想要退缩而逃离……后来，我培养八年的一个学生在被我首次派往美国后却选择了离开团队，就此，我也放下了对培养个别人的执着。从那以后，除了对专职志愿者——他们是我期待中的"种子选手"——格外用心外，所有爱我作品且跟我一起做事的读者，都成了我培养的对象。我不再将希望寄托到个别人身上，而是对所有愿意跟我一起做事并冲向前方的人，我都会递上智慧的火把，以是因缘，美国、日本、马来西亚、匈牙利、新加坡及中国台湾等许多地方，都出现了由读者自行发起并组织的雪漠作品展，中国台湾三民书局的刘仲杰先生还在三民书局常年举办雪漠作品展，每每念及，总是温暖。

这一切，都像是不断变幻的戏剧一样，演给每个戏中人看，也演给我看，我的心如一道道炸雷劈开天空一般，出现了新的景象。我于是决定，从此，我再也不在乎别人的评价了，我只玩自己的游戏，和大家一起，玩自己的游戏。我依然会痛着别人的痛，会予以耐心和包容，也会在必要的时刻"下刀"，但我学会了融合与分离的艺术：融合是在需要的时候拉一把，给他一个希望、一个机会；分离是不要替谁去做决定，给他独立成长的空间。无论和多少人在一起，我其实都是和自己在一起，玩着自己的游戏。这个游戏很好玩，写作、禅修、读书、直播分享……特简单。有人说，从来没有见过我这样单纯的人和生活，若不外出，一个人在小小的房间里，可以愉快充实地做一切事情；外出时，在人群中，我也可以单纯地快乐地做一切事情。一切事都只是当下事。

所以，也希望所有的朋友们，都能和别人一起，快乐、简单地玩着自己的游戏。

4

这些年，我每次回西部，都会带着一群人。以前，我不太习惯带别人到我的家乡，可能是怕他们不习惯。虽然我很爱我的家乡，很爱西部，但是不知道他们心中的西部又是什么样的。他们来了以后，我书中的西部，和他们真正体验到的西部，又会有什么样的差别。但还是有很多人找到了我的家乡。甚至我还在外地时，很多人就来到了我的老家。

那时候，我的母亲时不时就告诉我，谁谁谁，说是你的学生、你的读者，来看我啦！这份心意总是叫我感动。于是，但凡我的新书，有在家乡开发布会或者有签售活动的，我都尽量抽时间回来，带动了一大批的读者也跟了过来。他们见到了西部的大天大地，见到了陈儿村的真实面貌，也感受到了西部人独有的文化属性。有人说，终于明白为什么说这个地方能出一个雪师这样的人简直就是奇迹了。还有人说，终于体验到雪师书中的西部的苍茫味道了。更有人说，终于见到《一个人的西部》的真实大舞台了，里面的种种景象、种种人，全都在眼前了。

后来，我在老宅旁边建了武威雪漠书院，整个过程中的故事很是精彩，想一探究竟的朋友们可以去读我的《爱不落下》。书院建成之后，我们在西部就有了一个文化基地，这里举办过海内外的高端文化学术论坛和交流活动，也是朋友们学习交流的乐园，每年寒暑假，我们在这里带着孩子们一起学习写作，学习传统文化中的诸多宝藏。读者们都说，这儿不但是我的家园，也是大家的共同家园。

说到家园，不能不提到我的长篇史诗《娑萨朗》，它的新书发布仪式正是在武威书院举办的，也许这就是冥冥中的机缘。《娑萨朗》是一个关于拯救家园的故事，为了拯救家园，人们寻找永恒与光明，最终发现了心灵和宇宙的奥秘。这部史诗，被誉为汉民族第一部真正意义上的史诗，很多评论家和学者对它进行了研究探讨，研究角度也很多——传统文化角度，心灵修行角度，人与自然角度，人际关系、国际关系角度，很多很多的角度，这个研究和探讨还在进行当中，每一次的座谈会，大家都会有新的发现和新的惊喜。未来我们会把这些研究成果进行汇编出版，分享给大家。

复旦大学政党建设与国家发展研究中心主任，复旦大学国际关系与公共事务学院教授、博士生导师郑长忠教授称：《娑萨朗》是一部有"创世"意义的奇书。真是这样的，在人类文明走到今天的时代，其实已经面临了一个岔路口的选择，是继续这样下去直至毁灭，还是寻找另一条道路，真正通向幸福和光明的道路？现实的寻找，在《娑萨朗》中已经呈现，书中书外，我们都在寻找一条道路。我们可以说它是个伟大的寓言，所以，只要真正读懂了它，也就找到了那条出路，人类文明的出路。我相信，随着时间的前进，社会的发展，《娑萨朗》的文化和现实意义的含金量还会继续提升。

涟漪仍在外扩，写本文时，中国新闻网加德满都1月5日电：

当地时间1月4日，中国作家雪漠作品分享会于尼泊尔首都加德满都2025第二届南亚国际书展（尼泊尔）举行。

分享会以"让文学照亮心灵，让文化沟通世界"为主题。尼泊尔前驻华大使比什努·施雷斯塔、尼泊尔华侨华人协会会长金晓东、尼泊尔加德满都大学孔子学院院长李双成、尼泊尔阿尼哥协会主席苏希尔、尼泊尔学院院长布帕尔·拉伊（Bhupal Rai）等出席活动并致辞。

雪漠作品研究者古之草在分享会上，代表雪漠向尼泊尔学院图书馆捐赠作品，建立"雪漠作品专柜"。

　　中尼专家学者、雪漠作品尼泊尔语译者等围绕雪漠作品《无死的金刚心》《见信如面》，畅谈两国在文学、影视、戏剧等方面的发展。

　　尼泊尔华侨华人协会理事、旅尼中国艺术家马境与尼泊尔 AP1 电视台主持人马哈拉吉·夏尔马（Moharaj Sharma）在现场以中文与尼泊尔语共同吟诵雪漠作品《致莎尔娃蒂》。

　　此前，在美国、德国、日本、伦敦、马来西亚等地展会上，也常常看到雪漠作品专场，参展几天，便火爆销售几天。只在新加坡机场，就有八家书店有雪漠图书专柜，销售很好。近日，英语版《大漠祭》也登上了亚马逊数字图书畅销新书榜，名列第一。这是继"Xue Mo"登上第七十四届法兰克福书展国际媒体关注度排行榜第一名后，又一历史性事件，亚马逊是国际第一大图书销售网平台，能上榜，不容易。

　　时下，我中文出版的作品有七十多种，各种版本近二百多本；外语已有三十多个语种，有七十多个版本了。近年，英语版《沙漠的女儿》获得了美国"独立出版奖""纽约图书大奖"；英语版《西夏咒》获得了"纽约图书大奖"；英语版《野狐岭》获得了"国际影响力图书奖"；僧伽罗语版《雪漠小说精选》获得斯里兰卡国家文艺奖。回想起当初的那个看到小院上空的灯便看到希望的自己，有种恍若隔世之感了。

　　从"一个人的西部"到再次回到西部，十年过去了。老有人问我，灵官啥时候回来？灵官没回来，雪漠却回来了。雪漠的回来，也等于灵官的回来。回望来时路，我发现了一个完美的闭环。西部的小乡村，已经有了很大的发展，基础建设越来越好，西部的生态环境也日趋变好，我曾经在《大漠祭》中的担忧——沙漠早晚吞了这片村子——已经被化解，而且整个大西部一直到新疆，生态环境也在变得越来越好。前几日看到新闻，说塔克拉玛干沙漠边缘全场三千多公里长的绿色防护带已经完成锁边，就是用各种沙地林木把大沙漠围了一个圈。这太了不起了！只要我们选择做正确的事，并付诸行动，我们就可以创造任何奇迹。

环境中的沙漠，我们能够治理，心灵中的荒漠，我们也可以治理。当我看到西部家乡的硬件设施越来越好，而西部人的文化属性和西部文化土壤，还是有很多提升的空间时，我心中很有紧迫感。不变是万万不行的！《一个人的西部》中，很多让人无语的文化属性在人性上的体现，到了《爱不落下》中，依然顽固地存在，浆糊也许稀了一些，但还是浆糊。什么时候这片土地，这片给予我爱与痛的土地，能真正地治理好心灵中的荒漠？而人类，要治理的荒漠，则更多更大，整个星球都在发出呐喊：停止无休止的争斗和残酷的战争！所有人，去播种绿色的希望，去传递爱与智慧，去建设我们共同的家园，这唯一的家园！

我时刻听到这颗蓝色星球的呼唤和呐喊，无论是在西部的家乡，还是在海外的途中。五湖四海，无论走多远，最后还是要回到我的西部；星辰大海，无论飞多高，最后还是要栖息于我们的共同家园，栖息于我们的宁静之心。

本序完成后，我将它发给一位资深读者，想让她提提意见，她这样回复：

> 雪师，刚刚读完了您的《一个人的西部》再版序，准确地说，是融入您，融入您的味道。
>
> 十一年，恍惚一瞬间，因为您当初的偶然与随性，我与《一个人的西部》结缘，从此，我走入了您的世界。
>
> 十一年前，我需要这份向上战胜自己的力量，它像太阳般照耀着我，给我弱小的心灵射入了一道温暖的光。
>
> 十一年后，再品读您的再版序，除了您依然随性笔法之外，还有您一如既往的对时间的倍加珍惜，但更多的是这十一年里您的体悟与变化，您清晰地告诉我，真正的励志是成为最好的自己，有自己稳定的人生战

略，能改变心灵，能完善人格，能学会选择，能懂得取舍，能活得清醒明白。同样，您也在从"一个人"到"很多人"的变化中，学会了融合与分离的艺术，简单快乐地玩着自己的游戏。

此过程中，还有一个闭环，从西部到岭南，到齐鲁，到京畿，到海外，再回到西部，建立雪漠书院，汇聚培养人才，在西部生态环境改善的同时，心灵沙漠也得以改善。

所以，从"一个人的西部"到"共同的家园"，这是一个闭环，更是一种意义，一种启示，正如牧羊少年奇幻之旅，纵然走向五湖四海，即使拥有星辰大海，最终都要回归西部，栖息宁静之心，只是雪漠不再是一个人，雪漠也有了自己的团队，从"一个人"到"一群人"，正如《娑萨朗》中的奶格玛，在寻找光明与永恒的过程中，唤醒和救赎五大力士之后，也拯救了他们的娑萨朗家园。

雪师，您随性自然的文字背后，更多的，是一种指向。您在用您低沉的狮子吼，也在用您的般若智慧发出呐喊：停止战争，播种希望，传递爱与智慧，建设我们共同的家园。是的，您不仅在呐喊，您更在身体力行地做，带着我们一起向前奔跑。

就像您在《坛经》课程中所说的，明白后，守住那份干净纯粹、自然坦荡的真心，放下一切，做就对了。

感恩《一个人的西部》，感恩命运让我与您相遇，感恩因缘的奇妙，让我融入您的世界，我很幸运，也很幸福。谢谢您，感恩您！

最后，选录梦磬的工作总结，它正好也代表了我的心声：

总结了2024年，发现时间越来越紧迫，虽然马不停蹄地做了很多，但还有很多积压的工作。尽管知道，无论什么时候，都不可能出现手中无活等待工作的现象，因为水流不可能被截断，流淌得越快，后续涌来的也越多。所以，在紧迫感与放松从容之间，需要自己找到一个平衡点。

这个平衡点就是时刻将一切归零。

流经我的工作，就像是流经我的水流，不能拦截，不能据为己有，更无从彰显和自我骄傲，空了自己的，才有后续的来到，时刻空空，便也时刻盈满。

最重要的，是感恩，感恩至高存在赋予我充当水道的职责和使命，感恩命运赐予我历练和学习的机会，感恩和我们有关联的一切人和事，和我们共同谱写、欢唱快乐的流水之歌。

时刻归零，不仅仅是将负面的归零，正面的也要归零，甚至正面的归零更为重要，因为功利和骄傲才是人最大的敌人。做人做事，既要一步一步地积累，更要时时刻刻地归零，让心无所凭，无所待。

上面的文字，也是我日常生活的真实写照。我也是时刻归零，时刻接纳，时刻精进，毫不懈怠，却朗然空寂，了无牵挂。

是为序。

目录

写给　　　灵魂

寻觅者

序章

一个人的命运和一种文化的温度

这部书的缘起很特别。

多年前，我就想写一部书，讲一讲凉州的人和事，主要应学生们的要求，记下我生命中的一些痕迹。他们的意思是，我过去的事，是一种消失的历史，但它不仅仅是我自己的回忆。因为那生活已消失，我的写，就变成了一种定格；还因为我升华了生命，改造了命运，我的那种定格，也就有了另一种意义和价值。那些回忆，便不仅仅属于我自己了，它同时也属于社会。

关于前一点，当然是一个大理由，后一点，是，或不是都不要紧，能留下些或许能对别人有价值，能让别人也改造命运的东西，我一直是愿意的。不过，少了缘起，这书便难以成事。

老祖宗很讲究缘起。缘起是一粒种子，没有缘起，硬是做一些事情，会吃力不讨好的。以前的平日里，我总不将那闲事挂在心上，也很少回忆过去，要找回那些过去生活的痕迹，似乎是件不容易的事。

碰巧，2012年9月，儿子陈亦新结婚，我负责请东客——东客是凉州婚事上独有的称谓，它相对于西客：新郎一方请的客人，叫东客；新娘一方请的客人，叫西客——只好逼着自己追寻逝去的年华。当然，也翻阅了一些日记，看看该请哪些人。没想到，这一下，竟激活了我的记忆。我才真正明白，为啥人一旦上了年纪，就会怀念老家，就会回忆小时候的事；为啥人要落叶归根。那真是一种浸入灵魂深处的怀念，挥之不去的。

在某个传说中，人死后，灵魂必须捡完前世的脚印，才能实现升华，再次投胎。这一次，我就像那捡拾前世脚印的灵魂，一路搜寻了去，等于将自己的过去半生又走了一遍。其中不乏温馨和诗意，也有着对人性的洞悉。

真是有趣。

也因为捡拾了过去半生的足迹，写这部书的诸缘也就俱足了。

因为这缘起的特殊，我在此书中，也记下了东客们三十年前后的变化。从那些变化中，你可以直观地看到很多条命运的轨迹，从中，你或许就能发现，不同的心和文化，会导致怎样不同的命运。要知道，我的东客们散布于各个领域，各显境界，各有洞天，随意拾得一叶，也十分好看呢。

那么，就当咱追忆似水年华吧！

不过，有人也许会奇怪：为啥在此书中，我对明白前的事记录得多，明白之后的事，却记录得很少，几乎一笔带过呢？为啥我不写写明白后的人生呢？当然，我也写了，只是不多。不多的原因在于，我认为，真正重要的，不是我明白后的故事，而是雪漠是如何从改变心入手，进而改变行为，从而重铸灵魂，完成自己的。尤其是，在这过程中，他经历了怎样的灵魂历练。此外，我也想借这次见了许多朋友的机缘，说说几十年来我们的一些变化，以及我的一些感悟。这些变化和感悟，或许才是最重要的。因为，我和我的乡亲、同学、朋友、同事等，都受过同一种文化的熏染，而我们却从同一个起点开始，走进了不同的世界，走出了各自不同的人生之路。

想想看，这倒很像我的小说《西夏的苍狼》中的那个东莞大杂院。

其实，这个世界上，有无数个大杂院，人的一生中，也会经历无数个大杂院。所谓的大杂院，只是一种象征，它无关地域，甚至无关文化，它仅仅是一个起点，或是一个命运分岔口，我们从这里出发，因为不同的选择，有了不同的命运；或是许多人从这里出发，因为不同的选择，有了不同的命运。其实都一样。它们讲的，都是选择和命运之间的故事。

所以，在我的长篇小说《无死的金刚心》中，只是想告诉你，一个人是如何从不明白到明白的。这部书也是一样，我想告诉你的，仅仅是我灵魂中的故事，比如，我是怎么从庸碌环境中走出来的？我是怎么一边工作一边追求梦想的？阻碍我升华的是什么，我如何对待它们？支持我一直向上的是什么，我是如何坚持的？……所以，我的书里有故事，有细节，也有记录，但真正重要的，是它们背后的生命历练。

我觉得，对于每一个完成了自己的人来说，最重要的，是他曾经的灵魂挣扎和生命历练：他是如何在向上和向下两种力量的纠缠中战胜自己的？他受到了哪些文化的影响？什么文化在他重铸灵魂的过程中起了关键作用？他是如何学以致用的？因为，对于那些也想完成自己的人来说，这些内容才是最重要的。

所以，我把这部书命名为《一个人的西部》。

它包含了孕育了我的那块土地的文化，也包含了让我得到终极超越的文化。在"大漠三部曲"中，我展示了前者的全貌；在"灵魂三部曲"中，我展示了后者的全貌。而这部书，更像是两者的结合与对话了，当然，书中也有我的东客们所承载的文化。每一种文化，影响了每一种心灵；每一种心灵，又决定了每一种命运。从中，你可以直接看到命运的无数种可能性。这在我的书里，或许是第一次。因为，虽然我的每一部小说都在说话，但并不是所有读者都能读懂其中的含义。有些人在读它的故事，有些人在里面寻找智慧，有些人用文学分析的方法读它，有些人在享受它的文字，每一种读法，都有它的收获，能不能进入我的书所承载的那个世界，取决于读者能不能感受到一种独特的文化基因，以及这种基因与自身命运之间的联系。过去，我找了很多方法，想让更多的人能读懂我的书，能理解我写的那些东西，能进入我开启的那个世界，于是，我的小说中就有了许多反小说的内容——小说人物发出声音，说出了很多作家想说的话。但是，真正听明白的人，仍然寥寥无几。因为，我说的，都是我用生命验证过的，它真的改变了我自己的命运。

我是想靠行为来改变命运的。从古到今，真的想改变命运的人，其实并不多。在很多人的心里，不改变自己的生活方式，又能变得快乐、安详一些，才是他们真正追求的——这当然也很好。但是，我也希望，这部书能给那些也想改造命运的人一点点启迪。在我的身上，你已经找不出清晰的凉州文化的痕迹了，它全都融入了我的血液，经过我灵魂的吸收和生命的实践，跟我化为一体，密不可分了，最后形成了一种与时俱进的新东西。

我从一个骑着枣红马在河滩上飞驰的孩子，到一个能写出《大漠祭》们的作家，其中发生的种种变化，都源于我承载的文化，和我对那种文化的实践。我是崇尚知行合一的。没有那文化的指引，或者没有我的实践，我都不可能走到今天。如果说，最初的我，只是一颗种子，那么，那文化，就是孕育了我的厚土。如果这颗种子失去了这片厚土，在另一片土地上生长，它还能不能长成大树？会不会中途夭折？会不会被另一块土地中的毒素所污染、所异化？还真的说不清。

所以，这部书，是我的回忆录，是雪漠在追忆他的似水年华，也是一个人的西部。但，这一个人的西部，同样是一块能孕育许多明白人的神奇大地。我当然希望，看了这部书的朋友，也能像我的当初那样，吸收其中的营养，升华自己的生命，让人生有一份明白、一份快乐。

每一个人，既是独立的个体，也是他所在的文化圈的产物。那文化圈，小至他的家庭，大至他所在的时代和国家，也包括他所在的地域。所以，我在接触一个人的时候，就能了解他所在的那片土地、那个家庭。因为他的身上，定然有一种或几种文化在潜移默化地发生作用。比如，一个孩子如果长期生活在大城市里，他的身上就会不可避免地存在一些城市文明的痕迹。有时那痕迹是正面的，比如积极进取的人生观；有时那痕迹又是负面的，比如贪图享受和功利等。我跟他接触时，他身上的气息就会告诉我，他生活在一个怎样的环境中，或者说，他选择了一个怎样的环境。别人跟我接触的时候也是这样，他们在我身上感觉到的，并不仅仅是我个人的东西，其实也是我所承载的文化的气息。

在不同的年龄阶段，文化对我的作用是不一样的，我对文化的体悟也不一样。因为最初的我还在学习，还不能完全融入一种文化，成为文化的传承人。随着经历不同的事，以及我对一种信念的坚持，随着我的自省、自律、自强，我对文化的体悟也就越来越深入，文化在我身上留下的痕迹，也越来越明显。到了最后，我的心里已没有了文化的概念，但我所有的生命都在实践它，都在示现它带给我的一种智慧。所以，我的这部书并不仅仅是一个文学青年的成长史，它甚至不仅仅属于我自己。它告诉你的，是一个文化中的个体，如何通过实践，融入整个文化的母体，成为文化的一部分，进而成为某种文化的载体，从而承载了某种文化的全息的过程。

当然，你也可以从中看到我经历过什么，知道我的老师，知道我身上发生过的一些有趣故事，知道我身上一些独特的地方，知道我生命中出现过哪些贵人，知道我在什么时候做了什么事，有过什么变化，甚至知道很多曾经发生在我生命中的纠结、痛苦、执着和压抑。不管你看到什么，都很好。你也可以把它看成一个文学青年的成长史，看他如何努力，如何成为一个作家。这也很好。因为有人需要这个东西。不过，当你真正像我那样去实践，那样去升华心灵时，你的很多想法就可能改变，你的人生也可能出现另一种格局。因为这本书所承载的文化已进入了你的生命，进入了你的生活，在对你的心灵发生作用。那么，你的命运就会出现一种新的变化，你也会多了一种自主命运的可能性。

以前，一些读者对我过去的经历很感兴趣，其中最令他们感兴趣的，就是我的生命中是否出现过很难超越的心灵危机，如果有，我是怎么超越的。这是他们最关心的东西，也是文化的一种现实意义。所以我想，既然要回答他们，不如就写成书，给所有的朋友看看，希望他们能从中得到一些有益的启迪。

什么是现实意义？当代人实践这种文化的时候，他们能得到什么？他们的生命会发生怎样的改变？这样的变化，对他们的现实生活有着怎样的意义？这就是现实意义。如果不具备现实意义，所谓的文化就是死的理论，而不是活的文化，至少不是一种与时俱进的文化。这也意味着，文化必须顺应这个时代的需要来完善自己，才会有存在的意义和理由。

我现在所做的很多事，也是在满足眼前世界的各种需要。它需要一杯水的时候，我给它一杯水；它需要一杯茶，我再给它泡上一杯茶；它需要喝酒，我就拿出一瓶好酒。我的话题，一直随着环境的需要而转变着。更多的时候，我谈的是自己身上发生的一些变化。有兴趣的朋友，或许会从这种变化中，看出我之所以要写作的一些理由。

我所传承的文化给了我一种智慧，它让我明明白白地看到，除了一些有益于世界的行为承载的某种精神之外，别的一切都留不住。在无始无终的时间里，一个个存在出现了，又消失了，没有留下任何痕迹，像《红楼梦》说的那样，"白茫茫一片大地真干净"。但是，对于个体的生命而言，这又是多么地无奈？这是生命的一种大无奈，所以你必须为自己做点什么。因为，每个人都不想白活一场，甚至包括那些最后选择了平庸生活的人们。但是，人的心灵之所以能决定人的命运，是因为他的心灵决定了他的行为。所以，不想白活一场的念想是否能导致没有白活一场的命运，这取决于每个人自己的行为。所以，我不太在乎世界，我只是在完成自己，可我在完成自己的同时，心里也放得下对这个世界的在乎。因为，我终于腾空了自己的心灵，扫除了所有的心灵污垢，能清楚地看到这个世界正在面临，或将要面临的一切。所以，我可以自主心灵，可以自主行为，当然也可以自主命运。

这一切，都是这部书中谈到的文化对我的改变。

读懂了这部书，你或许可以读懂雪漠，但这部书的存在，不是为了让你读懂雪漠，也不是为了让你知道雪漠改变了他的命运，而是为了展示人与文化、人与土地、文化与命运之间的关系，也是为了帮助一些想要完成自己的人完成他自己。所以，我更希望看到的，不是你读懂了雪漠，你理解了雪漠，而是你感受到了一种文化那滚烫的温度。我也希望，它能像照亮我的生命那样，照亮你的灵魂和命运。那么，我的这部书就没有白写。

是为序。

第一编　　小村里的

童年

回到家乡

陈亦新要结婚了，作为父亲的我，为了请东客，提前一个多月回到老家。我的老家在甘肃武威，我出生的乡，以前叫洪祥公社，现在成了洪祥镇，当然，成镇之后，故乡的很多东西也就没了。我家所在的那个村子非常偏僻，偏僻到什么程度呢？我翻过很多地图，却一直没有找到它。它在外相上也非常普通。它那样的村落，在西部有很多。可是，对那个地方，我有一种特殊的感情，这次，我最想请的东客，也是村里人。

不过，请东客，是最令我头疼的事之一。虽然回忆过去时，我记起了很多的温馨，但在决定请谁时，我却犹豫了很久。做很多事，我都是当机立断的，只有这请人，是我最不愿张口的事。虽然请人不是求人，但在我心里，却有一种类似于求人的感觉。过去，我信奉不求人。人不求人品自高。《大漠祭》出版后，以前的武威市委书记曾专程到我家，希望能帮我做些事，可是我没有事求他，一是不想求人，二是真的无事可求。明白之后，我总是安住于当下，没有什么超出当下生活的期待，自然也就少了要求。但一请东客，也就免不了求人的那种难受了。

不过，无论如何不愿，该我做的，还得做。孩子的事，是他一生的大事，作为父亲，是必须尽心的。

我结婚那时，父亲也尽了全力。那时节娶亲的，是一辆大卡车。新娘坐在驾驶室里，西客坐在后车厢里，一路尘土。到了咱家时，客人们都成了土人。跳下车来，他们都只顾拍土了。迎接新娘的，便是漫天的白尘，倒也好，真"白头到老"了。

那娶亲的司机，是我的一位叔叔，叫陈朝年，跟我爹很好。他在一家煤矿上开车，每次回家，爹都要请他喝酒，聊些家常。每次喝酒，他都会对我说，将来，你娶亲时，就用我的车。说了几年，我娶亲时，就用了他的车。当然是免费的。在家乡人眼里，要是我不用他，就等于看不起他。以前的凉州人，把别人叫他办事，当成是对自己的一种认可，否则就是看不起他。如果能用而不用，那么从此之后，彼此间便会疙疙瘩瘩，心结就种下了，关系也疏远了。特别是亲戚朋友之间，这是很伤感情的。所以，在世俗人眼里，人情是一门大学问。很多人，经营了一辈子人情，最后还是没有洞悉其中的奥秘。

我结婚时，宴席也是一位本家叔叔做的。说真的，那宴席，做得不太好。但爹不管这些。他觉得，有个当家子会做席，你要是用了别人，等于看不起他。所以，爹就请了叔叔做席。以前，在西部农村，民风较淳朴，人与人之间的相处，看重的是情分，重感情，轻功利。爹很实，很憨，从来不去多想，他做事用人，都是那么简单，没有心机，没有算计。你让他算计，撑破脑袋，也算计不出个子丑寅卯来。他做人，凭的只是良心。

我们兄妹五个，我是老大，爹妈当然很重视我的婚事，要好好操办，总不想让孩子受委屈，也不想叫村里人笑话。儿子娶媳妇，是大事，马虎不得。可是在那时，家里很穷，条件很有限，我还在乡下教书，住的是土屋，睡的是土炕，但无论再穷，宴席一定要好。妈常常唠叨她结婚的时候，睡的还是漏洞百出的破席子，被褥等都是借来的。这件事，在爹心里一直是心病，所以，我结婚，他一定要给儿子做最好的宴席。虽然我不在乎这些，但我理解爹的心，就随了他。

为了把我的婚事办阔绰一些，爹买了一头牛，杀了一头猪，几只羊，按理说应该有很实惠的宴席，但怪的是，席非常薄，就是说，肉不多。曾有人看到邻居往外面拿肉，好些肉就成别人的了。爹一直以为自家的宴席最厚，后来一提那牛呀、猪呀、羊呀，爹的脸上就会放光。他当然不知道，好些肉其实叫当东的邻居拿走了。我一直没告诉他这事，于是，爹富足了几十年。好在妻不计较席薄席厚，有个窝就好。

类似的事，在我的前半生中，就经历了很多，但我都看在眼里，闭了嘴，装糊涂。到后来，我越来越怕接触人了，极力远离那些是是非非。即使逢年过节，我也很少走亲戚，在我闭关的那些年，都说我六亲不认。其实，并不是不认，而是我实在没有时间应酬。我活着，不是来纠缠这些的。我一直活在自己的世界里，按照自己奉行的方式生活着，我不是活给别人看的。

因为自家经了婚事的麻烦，我总是害怕做这事。所以，我对儿子说，你去旅行结婚吧，想去哪，就去哪。我实在有些舍不得花时间。但儿子说，我倒没啥，人家姑娘家，却想大办呢。您就随缘吧。

于是，我只好随缘了。作为父亲，我尊重孩子的所有选择。

以前有个朋友，送过我一副对联：避人得自在，入世一无能。虽然不究竟，但我一向是这样做的。因为我发现，许多时候，我的入世见人，很少能产生实质的意义。许多我想改变的人，本来期待着叫他们变好，但花了我不少时间，那些人，原来是啥样，最后还是啥样。对于改变不了的人，我的见，意义不大。所以，一般情况下，我只见那些还能听话的人。虽然我的话，有时也难听，打在谁的心上，也可能会疼，但也总是有一些清凉。要是我费了大力，却激不起任何波澜，我就懒得花时间了。所以，我总是愿意在学生身上花费时间。到后来，就真的"避人得自在，入世一无能"了。

但这次，我得见人了。好些朋友，有多年没见了，我也想见见他们。常言说，三十年河西，三十年河东，三十年前的那些朋友，今在何处？有没有变化？我倒很愿意顺着那时光的脉络，去看个究竟。

凉州人有句俗语："待客容易请客难。"原因当然很多。有些人你要是请了他，他不一定来；你要是不请他，又会得罪他。就是说，你亲近他，他不一定珍惜，但要是远离他，他就会怨恨你。这是人性中的一种微妙，在功利文化中浸淫得越久，这个特点就越是明显。无论是人际交往，还是工作关系，都有这个味道。所以，这次婚礼其实也是一个世界，集中反映了人性中的很多东西。细心的我，就从中得到了不少启迪。

因为我一向有直心，以前得罪了很多人。因为世界观不同，价值观不同，人生观也不同，我和很多人之间的误解，似乎是定然会发生的，于是，误解就造成了矛盾，一些人对我就有了非议。也正是有了那些非议，我才将"戒"字贴满了屋子，如履薄冰般地拒绝某些东西。

说真的，越活，我就越加珍惜生命中的相遇了，过去在遭到误解和非议时，我一般不予理睬，也不去辩解，但我一直将刁难和非议者称为"逆行菩萨"。他们也是我生命的一部分，与他们的相遇，也是我活过的证据。虽然有些人在一时冲动下，做过伤害友谊的事，我也因为他的不真诚而远离了他，但是，我自己也在变化着。有些事，总觉得没必要计较，心里也没有愤怒和仇恨，也没有拉不下的架子，就主动做了和解的一方。毕竟，我们一起度过了一段长长短短的日子。很多东西不用太计较。每次想起过去，我还是感到温馨。

　　其实，现在，我仍然害怕应酬，不喜欢混在人群里，有时间，我更愿意待在我的关房里——近三十年里，无论在西部还是岭南，我一直有个关房，除了必要的体验生活和参加重大活动之外，我常常离群索居，尽量与世隔绝——安安静静地做我该做的事，有时是读书，有时是写作，现在又多了一项——写字画画。前些时，我开始画画，具象画上，我只画鹰和骆驼；抽象画上，我任自己天马行空，笔下流出什么，就是什么，里面有一种独有的味道。自由、童趣、拙朴，不知是离红尘近了，还是远了。

　　这次办儿子的婚事，不管我如何心如虚空不着一物，该做的事，我得做了。这也是我一生中的大事之一。那么，就认真地做吧，尽我的心力做好。这事，是为妈做的，为儿子做的，为朋友做的，为亲戚做的，当然也是为我自己做的。因为，做这事的过程，也是一种珍贵的体验，通过它，我可以发现人性的丰富，有了另一种感情，这些，都会融入我的作品。

　　我大致地算了算，我的东客，大约有几类：一是家乡人；二是同事；三是朋友；四是同学。但同学里，我只打算请高中同学和师范同学，小学和初中因为是在家乡读的，就不另外请了。

　　我的工作单位大致是：南安中学、北安小学、河西小学、双城中学、教育局、东关小学、省文联。省文联的朋友，我决定一个都不请，因为，省文联在兰州，距离武威有二百多公里，免得麻烦人家。虽有几位好友，但一个单位，挑着请人，是不礼貌的，要请都请，要不请都不请，索性就都不请了，我不想在这种事上给别人带来麻烦。

　　我的朋友不多，我不善于交友，也没时间经营人际关系。我总是觉得，需要经营的人际关系，往往维持不了多久，而真朋友，就如老酒，是经得起酝酿和品味的，不需要维持，自然能相携一生。

过去，我也有过另外的一种朋友，交往时，我付出了真心，但是在一些事情上，他们却欺骗了我，或是制造了违缘。我不怪他们，因为我失去的，只是一些我并不在乎的东西，有了，自然很好，没有，也有另一种好。所以，我很感谢他们对我的磨炼。所以，这次婚礼，我决定请他们。

通过这次婚礼，我想跟那些误解者和解，这是件令人开心的事。我对他们，也有了一种浓浓的爱，我总是会想起他们的好，忘了他们一时的不好。我总珍惜那些跟我有缘的人。毕竟，这辈子，我们做过生命的旅伴，不管时间的长短，不管途中发生过啥事，都值得珍惜。珍惜他们，也是在珍惜我过去的那段生命。何况，我做什么都会参照死亡，在死亡面前，是没有对错的。

母亲站在丰收的院落里

我最先想到请的，当然是家乡人。

我说的家乡，不是大概念，而是小范围，具体说来，就是特指凉州区洪祥镇陈儿四组。我出生的那时，还不叫陈儿村，叫夹河大队。

五十多年前，我就是在夹河大队出生的。

我出生于 1963 年农历十月二十，上高中以前，我一直待在家里，小学上的是家附近的夹河小学，初中上的是洪祥中学。高中和师范，我是在城里上的。那时起，我才开始远离家人的生活。

现在看来，家乡的土地，给我的影响确实很深，在那里，我接受了最早的文化和艺术熏陶，天性中的一些基因，比如对书的热爱，比如对信仰的追求，都是在那块土地上被激活的。我的梦想，我的创作基调等，都有着那块土地的印记和味道。而另一方面，我最天真无邪、最无忧无虑的时光，也是在那里度过的。上初中后，我就有了一种紧张的生活方式，总是在收集各种资料，总是在学习，总是在练武和读书，我从来没有挥霍过生命。因为从十岁起，死神就走入了我的心里——那时我明白了村里人为啥发丧，我从来不觉得人的一生定然很长。我的头上，始终吊着一把叫死亡的利剑，这让我对生命珍惜到了极点，对每一件跟梦想有关的事，我都会尽量做到最好，我的人生，当然是无悔的。但在一些人眼里，我定然少了很多孩子的那种精彩，让一些人觉得没意思。我其实不在乎那有意思，还是没意思，不管有没有意思，那意思，都在不断消失着，留不住的。所以我要的不是意思，而是意义。但是，直到今天，我仍会时时想起家乡的那块土地，留恋它带给我的那种温馨。

至今，我的母亲还生活在那儿，她不喜欢广东。

母亲叫畅兰英，她个性刚强、强悍、不服输，是典型的西部妇女。《大漠祭》中灵官妈的很多细节，都源于母亲。母亲经常帮助村里人，有好吃的，常会让给别人，也非常勤劳。在我儿时的记忆中，她每天一大早就会下地干活，出门前总是叫我做早饭，因为我是老大。可我那时很小，贪睡，母亲从地里回来时，我还在蒙头大睡。她就掀开被子，在我屁股上狠狠打几下。那时，父母要养活七口人，为了挣工分，母亲可以整晚不睡觉，干几个人的活。秋收时，一般人一天能割上五分麦子，有十分工，一毛几分钱，她一昼夜能割上一亩五分地，能挣三倍的工分。

直到今天，母亲还在劳动，身体也很好，七十岁了，还能扛着一百斤的东西上楼。我常对她说，不要种地了，你挣的那点钱我给你，可她不愿意，把她接来跟我们一起住，她也不愿意。她只想像以前那样活着，她已经习惯了。

母亲非常善良，她一辈子信佛。我妹妹生了个女儿，有人就想丢掉——西部农民重男轻女，如果没有儿子，女娃一生下来就会被抛弃。《大漠祭》中小引弟的悲剧，在我们那儿经常发生，《长烟落日处》里那些死掉的女娃子，都是这样被抛弃的——母亲却不同意，后来，她就自己养着那孩子，虽然很辛苦，但无怨无悔，她觉得本来就该那样。我父亲也是这样。村里有个老人大出血时，不能用马车送，怕颠，父亲等人就用扁担抬着门板，做成担架，把老人送到医院抢救。医院离家很远，有二十多公里，抬了人差不多要走一夜，但父亲没有任何怨言。为啥？也是因为，他觉得本来就该这样。我的父母没有行善的概念，但他们一直在行善。

他们那样的行为，在现在的城里很罕见了。好些城里人不愿救人，却喜欢围观。平日里，不愿给救护车让路的小车也很多。利益和欲望，让人变得冷漠和麻木，好些人，已经不再为别人的悲剧而心痛了。

不过，我的父亲不信佛，信佛的母亲常跟他吵架、拌嘴。父亲就会反问，你一个信佛的人，咋还能这样骂我？这一骂，往往很管用。

前些年，我把妈请到了广东的家里，想叫她享福。她却觉得自己像坐牢，就硬三霸四地回了家，将自家院落经营得十分富足。那时，我才知道，妈只要有属于自己的三分地，只要有吃的、住的，有属于自己的空间，她就很满足了。她离不开土地。儿子再发达，再风光，也是儿子的事，似乎跟她没多大关系。她只想待在自己的天地里，跟自己熟悉的一切在一起，外面的世界，再美，再好，对于像妈那样岁数的人来说，也好像没啥意义。她似乎已经看淡了，不争了，不盼了，很知足，只想在自己的天地里静静地活着，不渴望另一种新的活法了。而我，虽然也不争了、不盼了，一样很知足，也想静静地活着，但我的灵魂深处，却始终在寻找一种新的营养，或新的可能性，我始终在打碎已形成固定模式的一切。你看，我是个作家，却在五十岁时，开始学涂鸦了。我的生命中，总是会在突然间，迸出一种新的可能。这也是我之所以能走出凉州，走进一个更大的世界的原因之一。

但是妈不一样，无论是轰轰烈烈的世界，还是另一种生活方式，对妈来说，都像是一种巨大的挤压，会让她觉得不自在，会让她惶恐不安，她是不会看到改变的必然性，和改变背后那巨大的可能的。一旦习惯了那块土地，她就很难舍弃了，一切理由，包括儿子的孝心，在对土地的依恋面前，都被撞得粉碎了。他们这辈的人，都这样，他们是离不开土地的。所以，来到广东后，妈就有点六神无主、不知所措，她老说自己觉得飘，不着地。于是，我就随她，送她回了老家。我知道，那老家，才是妈真正的安心法门——那是对土地的一种天性的依赖。

当然，妈也希望我在老了后，回到家乡，就像人们所说的，落叶归根。在家乡的祖坟里，也给我留下了一块地方，等待一个叫陈开红的汉子百年后的到来。

我家的祖坟，在村边的河湾里。那里，埋着我的奶奶，埋着我的爹，爹的前方埋着我的二弟，二弟的旁边留着我的位置。我曾叫妈将那坟场弄大些，要不然，过不了多久，就没法埋人了。这次回去，果然发现，那河湾也被一些人利用政策的方便抢占了。镇上提倡村里人养猪，谁家要是建了养猪场，每平方米镇上补助八十元。有钱的，已经动工了，一般农民，或是没有那观念，或是没钱修建，就叫那些有钱人抢了个先，只出了一些所谓的平地费，一亩地一千元，就把许多人家的麦场都收购了。照这阵候，要不了多久，这河湾也没了。

虽然，人老说，祖坟影响后人的兴衰，但我家的坟，实在没一点够得上样的地方——我的家乡，真没啥风水宝地——可那够不上样的祖坟，却没有影响我的"运势"。这也证明了我的理论：我能到今天，其实全在于我的选择。我会算命，但不信命。我相信命是我的心造的。我想成为啥，我就能成为啥。弟妹们，却没有我这样的心。所以，我的弟妹们延续的，是父辈祖先的命运。曾经有很多次，我想帮帮弟妹和侄辈们，但我一次次帮了，又一次次地失望。因为我发现，他们是不可能听我的话的。我改变不了他们的心，就改变不了他们的命。我的心，决定了我的今天，他们的心亦然。

这次，我回到家乡时，正值丰收季节，咱家的院里，也秋意正浓。妈种了很多菜，有几十个南瓜，每个足有四五十斤，为院落增添了许多丰盛，也惹出了妈一脸的笑。

妈无疑是快乐的，但快乐的是心，身体，还是免不了变老。这次回家，我就发现妈老了，七十多岁，一脸皱纹，一头白发，身子倒很硬朗。

我说她老了时，她就笑着说，孙子都娶媳妇了，叫我怎能不老？还说，你就一个儿子，要办，就办红火些，人一辈子就这么一次，别难为着孩子。

妈这样说，凉州的许多老人也这样说。

在凉州人眼里，儿子结婚当然是最大的事。以前，我曾提出不参与陈亦新的婚事，叫他自个儿办去。陈亦新说，你瞧，这可是我一生里最大的事。言外之意，老子必须把这事做好，要不，就是老子的失职。真不知，这是谁定下的规矩。

那么，就好好地办吧。倒是因为这个缘起，我想到了很多人。一想到那些人，想起他们各自的好，我的心里便有了一股股暖流。

西部的挑泉

我出生时，我们村还不叫村，叫大队。那时节，政治气氛还很浓，许多乡村里，就有种军事的味道，喜欢叫大队、小队啥的。我们村跟邻村之间夹了一条河，那河便叫夹河，我们村，就成了夹河大队。

夹河之前，大概在"文革"时期，有过一个叫红湖的称谓，当时，整个公社都"红"了，比如红连大队、红营大队等等，我们村因为有了那条河，就叫红湖。后来，不知为啥，变成了夹河大队。成夹河后，我们看了《洪湖赤卫队》的电影，都怪那些当官的改了名字。但过了一阵子，夹河大队变成了陈儿村，跟更早些的陈儿沟有关。这名字，一直用到了现在。不过，日后人们心血来潮，又想换时，那称谓又会变的。所有的名字都是这样，这只是人类社会的一种游戏，源于一时的情绪，没啥实在意义。

在陈儿村还叫陈儿沟的时候，凉州的很多地名都有"沟"字，比如陈儿沟、刘家沟等。因为，西部历代缺水，水在西部人心中，是个抹不去的清凉象征。在西部的历史上，围绕着水源，也发生过许多故事。

西部山多焦秃，荒无寸草，风沙时现。在那片望不到尽头的焦黄中，每一捧泥土里，都有历朝历代留下的血腥往事。有时，我甚至会出现一种幻觉：当我凝了神，屏了息，俯下身子，就能听见那片土地的叹息，就能听见无数冤魂的号哭。那里的每一寸土地都在告诉我，过去的人们，是怎样杀红了眼，争抢他们视为生命的水源。在西部大地上，也有很多跟水有关的传说，那传说之多，不在《天方夜谭》之下呢。为了平息纷争，好些地方还以石为证，想用无常之石刻，处理永久之纠纷，但争水、抢水发生的流血事件，却没有因此绝迹。

夹河还在流水的时候，河下游的另一个村子——温台沟，村里人管他们叫温驴娃子——就老跟我们村闹水利纠纷。小时候，村里人谈起温驴娃子时，跟中国人谈日本鬼子一样。

夹河和温台沟同属于武威南沙河水系，这条干流上，有十四条引水渠，都以"沟"命名，如陈家沟、夹河沟、仰沟、磨沟、达子沟、温台沟、高家沟、姚家沟等，曾经灌溉土地达四万多亩。我小的时候，这儿水草丰美，还时不时发大水。陈亦新结婚的时候，这条水系全都干涸了。

那时节，按当地惯例，谁家挑的泉——挑泉的意思，是将河沟里的淤泥杂物挑出来，免得影响泉水的喷涌和流淌——水流的区域主权便归谁。这一点，跟国际惯例相似：谁最早开发，主权就归谁。人类世界，充斥着这样的游戏规则，而整个人类社会运作的基础，就是这些游戏规则。庞大的人类群体，在每一分每一秒中，其实都在玩着一个自己所创造的关于生存、生活和幸福的游戏，只是很多人都没有察觉到而已。除了和谐、共存、快乐、有序之外的一切，都是游戏所产生的幻觉，如果人类能意识到这一点，世界上的纷争就定然会少很多的。

那时节，温台沟也是这样。按挑泉来划分水流区域，原是为了叫村子与村子之间能少些纷争、能和平共处而定下的规矩，后来却成了温台沟人和陈儿沟人闹纠纷的一个理由。

在很多年之前，温台沟人一直在他们的上游挑泉，地盘很大，一直通到陈儿沟上游的刘家沟那儿。那地盘，当然就归他们。

每到温台沟人挑泉的时候，河里就扎满了人。此前，我还没见过那么多人，整个河里黑压压的一片。他们全都弓着身子，站在水里，将河沟里那些黑泥一条条扔到外面，那泥泛出一种很怪很腥的味道。

那时，我看温台沟人，就像现在的娃儿看外国人一样，充满了胆怯和好奇。因为他们的身上，总是散发了一种野性的味道，跟我们村人不一样。他们也很凶，若是有人将他们的泉水引来浇了庄稼，他们会把那庄稼也翻到泥浆里去。

在这一点上，温台沟人是毫不含糊的。他们把捍卫自己的地盘，看得跟捍卫自己的尊严一样重要。对于自家地盘上的所有异物，他们都会毫不留情地铲除。

我曾在短篇小说《四爷的磨坊》里，写过一位看磨的老人，那磨坊的原型，就架在通往温台沟的水道上，水很大，直冲下来，就能冲转有着许多水兜的木轮，木轮就能带了磨盘，飞快地转动。水小时，磨盘就会时不时发噎。有时，妈就叫我待在旁边，待得那磨盘发噎时，转它一下，助磨一臂之力。这也成了我记忆中的一件大事，那时候，只觉得自己像个大人，应该做大人的事，虽然那磨盘，在一个孩子的眼中，简直大得邪乎，但能帮助它，就觉得自己顶天立地、豪气冲天，所以，每次转那磨盘时，我浑身都是力量。当然，也会引来妈的夸奖，妈越夸，我就越卖力。

但是，因为那磨盘架在温台沟人的地盘上，温台沟人心情不好时，也会拿磨坊使气。听说，磨坊叫他们拆过一次，当时，爹骂了那拆磨坊的人。那人是个车户，跟爹关系很好，爹骂过他之后，温台沟人就再也没有拆过磨坊。

这磨坊，算是两村之间唯一一块平息了战火的地方，当然，也因为它跟三寸喉咙没啥关系。要是我们村在夹河上筑起水坝，温台沟人就一定不肯让步了。

那时节，村里人也喜欢在河中筑起一道坝，来给自家的庄稼浇水。因为我们村地势高，要是没有坝，是很难浇地的。但是温台沟人就不高兴了，他们觉得，泉是他们挑的，凭啥叫你陈儿沟的人浇水？他们就时不时地赶了来，挖开大坝。为了那三寸喉咙，村里人当然也不肯让步，于是两村老有纠纷。

听老人们说，自古以来——却没人知道古到啥时候，村里人没有历史意识，从来不会用文字记录历史——我们就经常跟温台沟人为了抢水打架。我们村只有几百人，温台沟人多，有上千人，所以，每次抢水，我们都会输。最凶险的一次，是温台沟人要进攻村子，都说要是人家攻进来，就血流成河了。村里人很害怕，就聚在某家，在房顶上装满了石头，要是对方进攻，就用飞石头招呼。但也许是走漏了风声，那次，温台沟人没来。可见，那时候，两村人是水火不相容的。

按爹的说法，陈儿沟也有几个穷恶霸，老在黄羊镇的大墩槽里干些没本钱的买卖——当土匪。在跟温台沟人的较量中，他们也曾抢了刀往上扑，却叫对方的飞石头砸破了脑袋。

孝子杀母的故事

很小的时候，除了老听老人们讲那时的故事，我自己也目睹过两村之间的械斗和纷争，非常惨烈，这成了我童年记忆中挥之不去的阴影。《西夏咒》的很多械斗场面——不仅仅是抢水的场面——都渗透了我童年时的那段血腥回忆，就是从那些争斗中，我慢慢思考人性中的一些东西，追问人和人之间为啥厮杀。虽然，那时候，我并不能完全看清事件的来龙去脉，也难以分析出人性深处的东西，但是，这样的经历，在我的生命中，也成了另一种营养。长大后，我的许多思考，以及后来我真正彻悟之后，对人性的那种剖析和追问，都成了《猎原》《白虎关》《西夏咒》等小说的营养。没有深刻的反思，就没有灵魂的深度。当然，有些人读了后，也会觉得难以读懂。这可以理解，我写的是灵魂和人性，如果读者本身没有与灵魂对话的能力，他就进不去，只能停在表面，看一些故事。我的小说，跟一些时尚小说不一样，有时它甚至是反小说的，就是说，它不迎合当下的世界，也不去迎合当下流行的小说规则。这就注定了，读我的小说，有时要颠覆自己固有的阅读习惯，走入心灵的深处，与灵魂对话。有时，读我小说的过程，本身就是一个打碎固有概念的过程。

在老人们给我讲过的故事中，我印象最深的，就是孝子杀母的故事。那被杀的老人，还是我的一个太太——凉州人管爷爷辈的妈妈叫太太，天知道为啥这样叫——后来创作《西夏咒》时，我就塑造了一个叫瘸拐大的人物。这个人物刚开始是个大孝子，对母亲非常好，千方百计地想要养活母亲，叫她活得相对好一些。但是，当他面临生命威胁时，他仍然出卖了母亲，亲手把母亲送上了绝路。这个人物一直在堕落。每一次生命受到威胁时，他都会做出一些失去人性的事，比如杀母，比如活剥人皮等。任何一个人在单纯看到他的这些行为时，都会觉得他是一个恶人，但我在挖掘他的灵魂时，也会发现一种人性的东西，心里就充满了疼痛和反思。有读者说，他在读书时，心情很沉重，因为他不知道，如果自己是瘸拐大，又会怎么选择。在特定环境中，我们每个人都有可能成为恶人，除非他的心属于他自己，不再受环境的干扰。但这种人很少。原因是很多人都希望环境能符合自己的需要，而不是升华自己，自主心灵。其实，我们每个人都有可能自主心灵，没有做到这一点的人，就会随着环境的变化而变化——出现恶缘，就堕落；出现善缘，就向上。当恶缘太多时，就会诞生一种愚痴的文化，影响更多的人。像瘸拐大，他本来是个孝子，与世无争，但是后来受到了恶缘和集体无意识的熏染，就堕落了，迷失了自我。虽然人性中善良的一面，不断在他的心里扯出一种疼痛和思考来，但是，没有向上力量的牵引，他是很难得到救赎的。其实，他所在的环境中，也有向上的力量，这种力量很微弱，但一直存在着，只是他一直没有生起真正的向往而已。没有向往的心，没有向往的行为，这种向上的力量就很难对他产生作用。所以，这个杀母的故事看似特例，其实藏着人性的密码。

记得小时候，老人们总是用一种神秘而兴奋的语气，给我讲这个故事。他们说，跟温台沟人抢水时，我们从来没有赢过，每一次都吃亏，后来有人提出，打死一个老人，栽赃在温台沟人的身上，说他们抢水时杀了人，他们觉得理亏，就定然要多给我们一些水。后来真的成功了，村里人非常高兴，因为，那是我们村唯一的一次扬眉吐气。现在，老人们说起这故事的时候，脸上还有一种无比的自豪，总是很开心。所以，娃娃时代的我，也会跟着一起笑。懂事以后，想起那故事，我的心里才有了一种疼痛。

按说，我是个早熟的孩子。早熟的原因，在于我很早就有了思考的习惯。而且，后来我发现，我看问题的角度，总是跟大部分人不一样。比如这件事，很多人看到的是村里得到了更多的水，我看到的，却是打死了一个老人。在我心里，只要打死了人，就不是多么让人高兴的事。后来，我也想到了那个死了母亲的孩子。我想，死了母亲的孩子，本身已经够难受的了，何况他还是凶手之一？是什么原因让他做出这种事的？做了这事之后，他会怎么样？如果再一次遭遇类似的境况，他又会怎么做？后来的很多思考，都融入了《西夏咒》。

当然，明白前，有很多事我都看不惯，老觉得心里鼓荡着一股气，但是后来，我在我恨过的每一个人身上，都看到了自己。我发现，每个人，其实都是我的镜子。从他们的身上，我都能看到自己。这时，恨就消失了，取而代之的，是自省，和更深的思考。后来，我一直都在自省。自省是我生命中一个很重要的主题，要是没有自省，我就不会拥有真正的信仰。因为自省，也因为自律和自强，我走入了信仰。有了更高意义上的自省、自律和自强，也就实现了超越。否则，我也有可能成为另一种意义上的瘸拐大。

如果你回顾自己的一生，或许也会发现很多堕落的可能性。所谓的堕落，就是在某个生命的瞬间，失去了向上的牵引力，于是就向下了。向下，就是堕落。我们每一个人，离堕落，其实都比自己想象的要更近一些。因为，很多时候，它只是一个念头，也是一种选择。

某次，我带着一些学生爬山，遇到一个分岔路口，其中的一条路通往山上，另一条路通往山下，我就问他们，你们想走哪条路？第一条路不好走，也很漫长；第二条路走起来很快，但是会回到原来那个地方。学生们选了向上的路。我问他们为什么，他们笑笑，不说话。到了另一个路口，我再问，他们再答。每一个路口，他们都选择了向上。当然，我们不可能一直往山上爬的，但细心的学生就会发现，我的问题，其实另有所指。

我想告诉他们，人生，就像这次爬山，会遇到无数个分岔路口，每一次，你都必须回答自己灵魂的追问：你要升华，还是堕落？升华，很难，路也很长；堕落，很快，走起来也很轻松，但是你会回到原来的那个罗网中，被欲望束缚一辈子，会不断重复同样的错误和痛苦，不能自拔，找不到出路。那么，你是选择向上，还是选择向下？

消失的河流

虽然为了水和地盘，陈儿村和温台沟都拼了命，流了血，但那水，还是没了。这一点，有点像《猎原》中的猪肚井。自打凉州修了西营水库后，就截住了从祁连山上流下的雪水。水渐渐没了，泉也渐渐干了，草都不见了，树也死了。现在，昔日的战场——河湾已成了戈壁滩。后来，因为同样的原因，下游民勤县的绿洲也没了，中央急了，温家宝说："绝不能叫民勤成为第二个罗布泊。"但干了的河，很难再有水了。

没有了泉水的温台沟人再也不来挑泉了，村里人便放心大胆地开始平那河湾，最初是平了当麦场的，后来有人也种了地。爹也在河湾里平了几分地。于是，过去的夹河，就消失了，能证明它曾经存在过的，以后，可能就只有我的《白虎关》了。

《白虎关》里的大沙河，就是我记忆中的夹河。这些场面，都是我小时候的体验。

那时节，夹河的河滩上有一座芦苇荡，里面藏了好些动物，有狐狸啦，有兔子啦，还有狼。树也很多，有成片的红柳，红柳的韧性极好，将枝条们拴在一起，就成了舒服的吊床。河里都是草皮，记得小时候，我们拿个小铲儿一掏，要不了一尺，水就会冒出来。河里的草也很高，超过一米。在闷热的夏天，我就像书里的兰兰那样，常到泉沟里玩水，我仔细地观察泉水涌出时的情景，看到一晕晕的细沙在水中打旋，细细的，柔柔的，美到了极致。看不了多久，我的心也就化了。新出的泉水很清冽，喝一口，透心凉。那泉水从地中冒出，一晕一晕，汇成一股，渐渐就汪洋了。那画面，就深深地刻在了我的心里。

我很享受那些感觉，至今记忆犹新，有了那感觉，家乡的味儿就在。所以，很多时候，当我们回忆起家乡，实际上就是在回味一种感觉。至于那个物质性的存在，已经变过了无数次。家乡的一些土房子没了，那种暖暖的人情味也没了，取而代之的是功利。家乡最温暖人心的画面，只留在我的记忆里，除了我的记忆，过去的一切都已经消失了。要是陈儿村没有一个叫雪漠的人，要是雪漠没有一个定格时代的梦想，或者他有了这个梦想但不去实践……总之，有太多的可能性，都会让过去的一切留不下一点痕迹。不过，因为有了我，家乡的好些东西最终留在了文字里。留下就好。

以后，我可以拿出"大漠三部曲"，告诉我的孙女清如：这就是你的老家，这就是你爸爸的家乡。你的爷爷、奶奶们，你爷爷的爹妈，就是书里写的这样活着的。

要是没有了这些书，我该怎么告诉长大后的清如，是什么样的土地，养育了她的爷爷奶奶呢？到了她长大的时候，洪祥镇会是什么样子呢？说不清。说不定也像广州的一些村子那样，被城市吞没了。世界在哗哗地变化着。这次回凉州，凉州也有了很大的变化，五年后，十年后，可能再也找不到过去的一点点痕迹了吧。二十年后，又是怎样的世界呢？

我不知道，有多少人能意识到，他们已经习惯了的生活方式，其实不断在发生着变化，他们小时候的生活场面，跟现在肯定不一样，甚至就连二十年前，跟现在也肯定不一样的，但是，留下了这一切的人又有多少呢？这些曾经的存在中，又有多少被留下了呢？

我听一些学生说，广州有一种特殊的农村，它跟城市融为一体了，叫城中村。它是一个小世界，里面有发廊、饭馆、超市、菜市场等生活必需的场所。你可以在那块小天地中，解决基本的生活需要。城中村的农民，已不靠种地赚钱了，他们靠收房租，养活一家老小，因为有房子出租，有些年轻人也不学习了，就在家当起了小房东，倒也优哉游哉。但是，这样的日子流水般过去了，一天复一天，一年复一年，到了近些年，广州城里响起了改造城中村的声音，于是，这种特殊的生活方式，就开始消失了，农民们想尽办法多拿些补偿，住上了新楼房，接下来又该怎么办？补偿用完后，该怎么办？那些习惯了在家玩游戏的年轻人，和习惯了收租度日的老人们，也不得不开始适应新的生活了。

世界就像是万花筒，有时，没等你反应过来，很多你熟悉了的东西，就接二连三地消失了。但是，因为好多人都在关注自己的生活需求，心就变得迟钝了，看不到别人的世界里发生的事情，也看不见别人心里的风暴，更看不见，这个世界上，有无数的存在正在走向死亡。

我的一个学生说，有个朋友去世后，他很后悔，因为那朋友的身上，有太多值得留下的东西，他的很多思考和经历，都可以给这个世界带来一种反思。但是，在他真正地感觉到这一点的时候，这个朋友已经去世了，很多东西都来不及了。他因此也发现，自己生命中的一切，都像小河一样川流不息，他感觉到自己的无力。其实，他不用感到无力的，因为变化是世界的必然，这个世界是必然会变化的。不变化的世界，只存在于颠倒的思维里面。我们只能尽力留住一些东西，但最后能不能留住，这是因缘决定的，不一定能随顺我们的主观愿望。我们所做的，只能是在来得及的时候，尽自己的一点心力。而我们的尽心力，也是在演一场戏。这个世界中的一切，都是一场戏，来不及是一场戏，来得及是一场戏，每一场戏，都有它自己的意义，都在述说它自己的道理。整个世界，就是一场大幻化的戏，真的不用太过于在乎的。尽心做事，享受做事，已经够了。因为你管不了太多的，那么就不要管了。享受吧。生命很快就流逝了，每一段记忆也都很快流逝了，一切都像流水一样，你是留不住的。

我很爱家乡的小河，但我留不住它。我留不住小河边上那些美丽的回忆。我还没老，小河却死了，如今，那河沟总像瞎仙的眼睛，没了水亮，只是深枯枯地望我。我们小时候，红柳丛还在。我们可以在红柳丛里做游戏，把红柳的枝条编成吊床，睡在上面，到了陈亦新这一辈，红柳丛也没了。现在，农村的孩子们还能爬上屋顶，看一晃一晃的星星，但这享受，又能维持多久呢？当西部的农村，像南方的农村那样，被城市一点一点吞没，最终消失的时候，西部的孩子就看不到明晃晃的星星了。西部的天空，或许也会布满了发达城市那样的雾霾。

城市化带来了便利的生活，但也改变了一些不该改变的东西。当然，那不是小河，不是红柳丛，也不是家乡的土房房，而是这些东西背后的人心。

怀念弟弟

在消失了的生活场面中，我很怀念的，还有一些关于抬水的记忆。

我住的村子有井水，所以叫井水地。距我们稍远些的没井的地方，叫山水地，靠天吃饭。他们吃的水，是从山上流下的雨水——下雨的时候，山水就一直流下来，汇在一个低矮的洼处，我们叫涝坝。我在《大漠祭》中写过它：

土岭这边，是一个涝坝，几十丈方圆，蓄一池水，够人呀畜呀用一两个月的。日光照久了，水就没了淋漓，入口，绵绵的，多了黏度和那种被称为日腥气的味儿。

四下里奇异地旱。青蛙之类喜水的动物便索性把家安到涝坝中了。一入夜，咯哇声此起彼伏，惊天动地——花球说这是娃们在向恋蛙表白爱情呢——

没了计划生育的管束，蛙们尽兴炫耀自己的生殖能力。涝坝水面便布满了被村里人称为"斋"的东西，黑黑的，丝一样，随水波游逦颠荡。不几日，便荡出一种叫蛤蟆蝌蚪儿的玩意儿，状若鲸鱼，缩小万倍，晃个长尾巴，在水中游呀游的，闹嚷嚷，黑。村里来挑水的人只好带个筛子，放在桶上，用以滤尽那睁个贼眼瞅空就要往舀水的马勺里钻的蛤蟆蝌蚪儿。

　　小时候，我去亲戚家时，常喝那涝坝水，至今我仍记得，那水里，有一股浓浓的土腥气。相对来说，我们那儿的吃水要好一些。

　　我和弟弟小时候每天必做的一件事，就是到附近的井里抬水。那口井，我记得它很深，我跟弟弟费上吃奶的力，才能将桶子抬上通往井口的大坡。有时，水桶也会滑下来，就会砸倒后面的我，将我弄得一身泥水。夏天倒没啥，冬天要是来这么一下，就得待在炕上许久，因为我只有那一套棉衣棉裤。那时是没有内衣的，虽然穿了棉衣，但寒风总是会灌进衣服，当地人好一些的，就会弄个系腰，将棉衣一扎，就会暖和很多，但我们小孩子是没这种待遇的。

　　那时节，我们兄弟两人抬着一个大铁桶，那铁桶老是漏着，地面上总是淋漓着一线长长的水迹。两个瘦小的孩子摇摇晃晃，抬着我们眼中山一样重的水桶，走几步，缓一阵，肩膀总是叫扁担压得死疼。我老跟弟弟因抬水的事争吵，因为我希望水桶放到那杠子——一截很重的青杠木扁担——中间，而弟弟，总是要求那水桶尽量靠近我这边，于是，我总是骗他：刚开始，我会让水桶往后些——我高些，总在后面——待他抬起时，我就把水桶悄悄移到了中间。

　　其实，我也不想骗他，可我也力不从心。从小，弟弟干活就比我强，他跟所有的村里人一样，老是骂我"白肋巴"，意思是不常在太阳下干活的懒汉，肋巴都没有晒黑——凉州人管肋条叫肋巴——我懒倒是不懒，但我的干不动活儿，是村里有名的。从小，我就怕晒太阳，不喜欢在外面干活，只喜欢读书。这一喜好，让我跟父辈和弟妹们的人生有了一道明显的分水岭。

　　至今，不爱读书的弟妹们还在乡下生活着。除了那个叫陈开禄的弟弟，成了我的小说《大漠祭》中憨头的原型外，其他弟妹，都没有进入我的作品。陈开禄能走进我的作品，不仅仅是因为我们感情很好，他又过早地去世了，也是因为他的心。

我死去的二弟陈开禄也爱读书，在原武威金属厂上班时，他的床头总有一些破书，没皮儿了，多是杂志，像《花城》之类，早叫弟弟翻烂了。一天，弟弟忽然说，哥，我也想写小说。我说，好。他就兴奋地谈了他的构思，只是他读书不多，那构思只是《三言二拍》的翻版。我听了，心里虽疼，却笑着说，不要紧，想写就写，写久了，就会写了。但弟弟直到死前，也没写出什么小说来。倒是他去新疆前写的那几篇日记，一直打动着我。那日记的内容是，他在山丹小城里，百无聊赖地等待新疆的消息。那时，他结婚刚一年，刚生下女儿，却为了生活，要到新疆去打工了。他在日记中说："太阳照着山丹小城，城里人都各忙各的，我却要离开生下不足一个月的女儿，到新疆去谋生计了。"那日记里渗出一种无奈和苍凉。我发现，他要是有时间训练，是能写出好东西的，但他每天要干很苦的活儿。

当时，他在原武威金属厂当合同工，干铸工，铸炉子。他一般是早上做模具，下午就端了铁水，往那模具里浇，很是辛苦，每次下班，衣服都叫汗水浸透了。但是，我初到教委时，他中午和下午下班后，还是会给我做饭。

那时，陈亦新和他妈妈鲁新云都在乡下，就我一个人在城里，弟弟怕我在饮食上为难自己，也知道我不会做饭，就说，哥，你还是到我这儿来吃饭吧。我答应了。每天中午和下午，一下班，我就去金属厂。有时，我会忘了时间，迟个把小时，弟弟就把煤油炉的火苗儿拧上很小，一直等着我。见我一到，他就拧大火苗，给我下面条。

至今，跟弟弟相处的许多画面，我还是会经常想起，每次想起，都会觉得温暖，也会觉得心酸——我会想，要是他活着，能看到我成功，该有多好。

记得，弟弟一直很羡慕我，他也想像我那样，凭借文学改变命运。他本名开绿，我开红，三弟开青，兄弟三人都是颜色。可后来，有人叫弟弟改名，将"绿"改成"禄"，希望他能像我一样，吃到禄粮，月月有个麦儿黄，但后来才发现，那改名，也没让他改了命。他不得不牛一样苦，每天苦下来，他连翻书的力气也没了。后来，他离开了金属厂，想找个轻一些的工作，但这时，病魔已找到了他。他告诉我自己的身体好像出了问题时，我曾安慰他，说我看了他的手相，命长得很——这倒是真的，弟弟的生命线又粗又长，没有一点不祥的信息。记得那时，弟弟笑了，他说，就是要紧也没啥，三岁也是死，八十也是死，谁也躲不过去的。

他说这话时，距他的死，只有三个多月时间。

其实，二弟也有一种智慧。要是他能像我那样读书和写作，是很有可能会改变命运的。因为，改变命运，最主要的，就是一颗想要改变命运、也肯付出行动的心，而不是别的。但是，命运没有给他这个机会。有作家理想的弟弟，还没写成一篇小说，就死了。

弟弟临死前，叫我陪着走了一趟文庙，那时的细节，我一辈子都不会忘记，后来，我把它写进了《大漠祭》。

这世上，或许有过很多陈开禄，他们都有过梦想，都有过追求，但生活把一切都撞碎了。有个学生说，面对这些人时，他心里总有愧疚，他觉得自己太幸运了，他得到的一切，都跟他付出的东西不成正比，这让他有了一种负罪感。他觉得，自己如果不成功，如果不进步，就对不起他的幸运，也对不起那些不幸的人。

他的想法有一定的道理。不过，幸和不幸，其实是他自己的标准，别人在自己的标准中，或许也觉得自己挺幸福的。很多人虽然放弃了梦想，但生活过得很滋润，他们可能有幸福的家庭，可能有可爱的孩子。在他们的眼里，可能我那学生自己，才是一个不幸的人呢。

十多年前，《大漠祭》出版了，引起了一阵轰动，好多记者都来采访我，都对我童年的生活抱以同情，但他们的同情，让我觉得很奇怪。因为我觉得自己的童年很幸福，反而觉得现在的很多孩子很不幸。他们在应该玩耍、应该在大自然里奔跑的年纪，却被父母关在家里学习，为父母口中的未来和父母自己的某些概念，失去了孩子该有的天真和烂漫，多的是过早出现在他们生命中的功利。这让我很心疼。如果一个孩子没有温暖和自由的童年，他长大后，心灵就肯定会出现某种缺憾的。这一点，却被父母们忽略了。

比起有些人，开禄也许是相对幸运的，因为他的生命虽然很短暂，只有二十六年，却有一个会写书的哥哥，把他留在了作品里。好些人的一生，就像阳光下的露水，早在别人发现他之前，就消失得一干二净了。

在死亡的那一刻，觉得自己没留下一点遗憾，觉得自己活好了的人，其实很少。

有多少人希望自己死后，人们能像尊重君子那样尊重他，能像悼念君子那样悼念他，能真心地说上一句："你来过，真好。"但他不一定做得到，因为他不一定有君子那样的心，也不一定有君子那样的行为，所以，他就不一定会有君子的命运。心和行为，决定了他的命运。

世界就是这样。日月两盏灯，天地一台戏。你我演千年，谁解其中意?

后来，我就对弟弟留下的儿子陈建新说，你一定要当个作家，你爹爹想当，没当成，你要当成，完成他的心愿。从他很小的时候起，我就开始培养他的想象力，教他读书，教他写作，因为我一直会想起弟弟的梦想。不过，虽然我尽了很大的心力，但我明白，我仅仅是个指路人，愿不愿意走路，还要靠他自己。我能改变的，是我自己，和那些愿意实践我的指点的人。

这次请东客，我请了开禄的朋友陆泰昌，他和开禄是同学。开禄生病住院时，陆泰昌借给他五百元钱，这种情分，也很难得。要知道，那时节，为了凑弟弟的住院钱，舅舅畅国喜召集了一些亲戚开会，其艰难程度，大家可以从《大漠祭》中憨头患病后看出一点。很多人都不愿借钱，因为弟弟得的是癌症——那时他又分家了，债务要独自承担——在很多人眼里，这是人财两空的事，他们怕借出去，要不回来。这个时代，遇到事能张开口借钱，并能借到钱的人越来越少了，所以，我一直很感激陆泰昌。弟弟死后，我就替他还了那五百元的借款。

许多次，妈一见陆泰昌，就会流泪。这次请他时，我也想起了弟弟。我想，要是弟弟活着，他见侄儿结婚，该是多么高兴呀！因为他活着时，比我还关心陈亦新，老给他买小玩具，老是把他扛在肩膀上，逗他玩。侄儿大了，要结婚，他当然很开心的。当然，他更开心的，是他的儿子也大了。他死时，儿子只有一个月，现在，陈建新也能当东家了，而且承担了很多主要的活。开禄若是在天有灵，定然很开心的。

爹与护林老汉的"明争暗斗"

在我小的时候，大队领导还知道环保，队里派了一个叫何锋年的歪脖子老汉看树。此老汉非常认真，是偷树者的克星。除了看树，他也看草。他不叫队里的那些牲口去吃草，理由是，怕它们啃树。这理由，也阻挡了我爹对牲口的一份爱。爹很眼馋那些草。有时夜里，他就会偷偷叫醒我，牵了队里的枣红马和黑骡子们，拿草塞了马们脖中的铃铛，牵往柳丛中。要是牲口能吃上一夜，爹就会开心许多天。不过，有时候，何锋年也会偷偷摸了来，他对付爹的办法，除了恶狠狠地骂，就是没收牲口的皮笼头。那时节的皮笼头不多，一个牲口只有一副。要是叫没收了，爹就会赔笑、下话，保证以后不再犯。有时，何锋年也会心软。但爹实在太爱牲口了，要不了几日，爹又会在半夜里弄醒我，叫我牵了马们，再去吃青草。

现在想来，那时的人真怪，牲口是队里的牲口，树林是队里的树林，他们为啥那么认真呢？如果是今天，还会有人那么做吗？很难说，有些人，说不定还会笑他们傻呢。但是，笑他们的人并不知道，正是那"傻"，让他们有了叫人尊重的理由。不过，那时节，人们大多那样。在人们心中，大队就是自己的家，公物都是不可侵犯的，很少有人会想到贪污、据为己有——除非是生活所逼，会偷点吃食之类的——就如爹爱护队里的牲口，那是真心的爱，不掺假，同样，何锋年爱大队里的树，也是真的。他们爱的，不只是那些牲口和树们，也是一份责任和担当。

那时节，也有些调皮鬼车户专门欺负过于认真的何锋年。其方式，大多是"老汉看瓜"，我在《白虎关》中写过它：

猛子割断一截绳子，反捆了老汉双手，又解下老汉裤带，手一按，将那愤怒的脑袋塞进他自家的裤裆里，用裤带扎了。这下，老汉成了圆球，在沙洼里乱滚。因了裤裆的遮挡，骂声也含糊了许多，只闻愤怒之声，难辨其内容了。

这里说的是年轻农民猛子们到沙窝里砍桦条，遇上了护林老汉，起了冲突的故事。那老汉的原型，就是何锋年。何锋年虽然尽职，但最后，林子还是没护住。因为在一些人的眼里，眼下的生活才是实实在在的，土地的未来、子孙的命运，都是虚的，他们很难放下实在的生活，守护一个虚的东西。也因为，以前的西部，还有一种敬畏自然的文化——萨满文化，现在也快没了。

　　萨满是西部的一种原始宗教，它有很多神秘的东西，其中的一个理念非常美好，就是"万物有灵"。在萨满看来，大自然的一切，都是有灵魂的，都是活着的，因此，它提倡人们敬畏自然，不要伤害自然。但后来，科学的榔头，几下就将那"迷信"打碎了。人们挥着科学的铁锹，开着科学的推土机，把自然捣弄得面目全非。不过，一些神秘的东西因为融入了凉州人的文化，也能解决人的生活问题，也就被保存了下来。

　　另一方面，商业文明的影响，也让新一代的西部人变得功利了。老一辈西部人的美好品质，在传承给下一代的过程中，出现了断裂，很多人，都渐渐变了。当然，变化是必然存在的，但如何变化，是向上，还是向下，却会决定很多东西。不管对于个人还是社会，那向下的趋势，都定然不会带来向上的结果。虽然那结果也在瞬息万变着，但有的东西，一旦变坏，就很不容易再变好了，到了最后，它们有可能就会消失的。比如一些善美的文化，比如罗布泊等的存在。人也是这样，升华很难，但堕落的速度，却快得难以想象，一旦堕落了，再想重新升华，就要付出加倍的努力了。而且，你耗费的那段生命，也回不来了。很多人总是祈求上天再给自己一次机会，但实际上，一个错误的选择，有时就定格成一生的遗憾了，于是老祖宗说："一失足成千古恨。"所以，一直都能清醒地做出正确选择，是我后来成功的一个重要原因。

　　这三十多年来，我一直在学习，一直在吸收各种优秀文化的营养，即使在明白和成为作家之后，我也没有停止学习。我总是在打碎自己，总是在吸收一种新的营养，总是在成长，也总是在等待着一场新的惊喜。有人说，他看到《大漠祭》时，没想到我能写出《猎原》；看到《猎原》时，没想到我能写出《白虎关》；看到《白虎关》时，没想到我能写出《西夏咒》，但《西夏咒》却出来了，接着还有《西夏的苍狼》和《无死的金刚心》，现在又有了《野狐岭》。他说，雪漠老师，我真想看看，之后您还会写出什么样的书。在一些专家的眼里，也许觉得我离文学越来越远了，这在他们，可能是一种遗憾，但我没有遗憾，我只是在流出我的诗意。当我的发愿跟我的生命，碰撞出一段新的精彩时，我的诗意就会开始发酵，一旦它达到最饱满的状态，就会从我的灵魂中喷涌而出，形成一本新书。我的作品，全都是这么出来的。它其实也是我每一段生命的痕迹。

所以，我一直不觉得自己老——也有老的，那就是我的年龄和身体。这次见到一些同学，便发现自己老了，当然，跟孙女玩时，我也发现自己老了——当爷爷了，能不老吗？但是，我总是安住在那不老的东西里，也就忘了那老，总像抟泥小儿那样玩耍，倒也玩出了一点趣味——呵呵，不信？你可以去看看我的画和我的涂鸦。

有些人应该被定格在回忆里

童年时的我，没有游戏的概念，但天大地大，都是我的游戏。

每一个孩子都是这样，但现在的孩子，有些已经不一样了。孩子的世界里，也多了很多攀比。有时，想到那些孩子，我就觉得心疼。小时候，天真无邪的心灵，让我在贫穷的环境中也能自得其乐，我现在还记得那份惬意和自由呢。

你还记得《西夏咒》里的"我"吗？童年时的我，就是这个"我"。"我"是个快乐活泼的孩子，从很小的时候起，"我"就想要保护自己心中的女神，"我"的女神，是一个大"我"很多的女子，叫雪羽儿。那女子，被人们称为飞贼。飞贼雪羽儿，跟瞎眼的老妈妈相依为命，住在一个离村庄很远的明庄子——没有院墙的家——里。"我"就老是到那明庄子里找雪羽儿，有时帮她做些事情。"我"的身上，有我的影子。我小时候的玩伴中，也有女娃，但大多是同姓的小女孩，有时的娃儿们，就给我们起外号。所谓的外号，就是对着某个男孩叫某个女孩的名字，小时候，娃儿们最喜欢玩这个游戏。一旦恶作剧，或是吵架，就叫那外号来泄愤。我小时候的外号，是同村一个小女孩的名字。那个小女孩，后来成了我小说中兰兰的原型，她就是给哥哥换亲的。她没有上过学，跟我年龄差不多，弟弟就用她的名字给我起了外号。每次，我跟弟弟一斗嘴，他就死命朝我喊那女孩的名字，谁都听得到。因为这个原因，《大漠祭》出版后，那女孩就找到了我，叫我赔偿童年这事给她带来的"伤害"，她以为，我成了作家，一定会有很多钱的。她以为，我定然怕影响名誉，会答应她的要求。这件事，让我对贫穷有了另一种理解。有时，贫穷对人心的伤害，会破坏很多美好的东西。

后来，我一想起这事，心就会疼。你想，一个女人向童年玩伴用这种名目要钱，得需要多大的勇气？她做这事的时候，已经抛弃了回忆带给她的温暖，也把尊严抛弃了。从一个纯真的女孩，到一个实惠的农妇，你想，她承受过多少来自贫穷的折磨和摧残？想到这，我就心痛。

有时，有些人是应该被定格在回忆里的，一旦再见面，回忆里的温馨就会变样，因为生活能改变很多东西。

我的童年玩伴中，还有一个大姐姐，叫川兴女，她是我的邻居。

那时节，我家住在一个大院子里，同一个院子的，还有其他的几户人家。大姐姐他们家原来是地主，家里有三个孩子，她排老三，前面还有一个哥哥，一个姐姐。哥哥叫陈守生，我跟他借过书看。

川兴女比我大不了多少。小时候，我们一起烧过大豆吃，那时的好多生活，我就写在了《西夏咒》的"偷青"一节里。

小时候，川兴女常带了我，去挖生产队里的大豆种子，烧了吃。那大豆种子被湿土泡得软软的、胖胖的，我们刨出几个，点燃麦秸，将大豆种子丢进火里，不一会儿，就尝到了那种夹带着生面气的美味。那时，我觉得自己尝到了天堂的味道。

当时，正值"文革"时期，不斗人的时候，村里也会有这类温馨，但是一批斗，整个村子便会笼罩在一片骚动中，如旋风一般，让人感到极为压抑和恐惧。好多人，都把那段记忆称为烙印，很多细节也同样留在了我的心里，你会在《西夏咒》中，看到许多熟悉的历史画面。不过，我看好多事，都有一种如梦如幻的感觉，似乎发生过，又恍如隔世，似乎主角就是自己，又似乎是别人的故事。我的情感也很丰富，在我的书中，作者似乎是个看到一缕风、一个微笑，都会感动流泪的人，而不是我这样一个江湖豪客一样的大胡子，但那确实也是我。在《无死的金刚心》中，我有过这样一段叙述：

我与你，其实是一幅织锦的两个侧面，是一个月亮的不同投影，是一个本体的不同变种，是一条根系上结出的不同果实，是同一种水注入不同的水杯。那充溢着大爱的寻觅，正如参禅时的话头。没有寻觅，没有求索，没有长夜哭号的历练，便没有觉悟。你一定要明白，觉悟是涌动的大爱，绝非无波无纹的死寂。佛陀用五十年生命传递的，便是那份大爱。

让我写出那些好小说的，其实就是这份大爱。因为它，我才有了成为作家的可能。

有趣的是，在我烧大豆吃的这时，鲁新云也生活在离我家不远的一个村子里。我们一直在很近的两个地方各自生活着，却一直不相识，直到多年后，我在她上学的一所中学里教书，我们才有了第一次的相遇。命运这东西，有时真的很有意思。

我的侠客梦

童年的我总是很好奇，也爱幻想。

一个蹲在墙头的大人，告诉我他要上天摘星星时，我信了，便幻想着有一天，自己也能上天摘星星；我向往孙悟空，就在口袋里装满写了"筋斗云"的木片，幻想着，一旦踏在上面，就能变成孙悟空；我曾不断往墙根的大洞里灌水，想看看能冲出啥，结果冲出一只硕大无比的虫子，把自己给吓了一跳；我还常常躺在马背上，望着云朵，幻想着天上的事情……

我的童年里，充满了这样的故事。

那个年代没有太多的作业，也没有太多的娱乐，所以，一有时间，我就会亲近大自然，幻想一些东西，还会听一些老人们讲过去的事，和一些神话传说。

那时节，最受孩子们欢迎的故事，是唐僧取经，这故事，是同村的堂哥讲给我听的，他也是从别人那里听来的，偌大的村子里，并没有《西游记》这样的书。我是听着贤孝长大的。当时，神通广大的孙悟空，是所有孩子的偶像。我也崇拜孙悟空，我最希望实现的梦想之一，就是像孙悟空那样，一个筋斗翻到天上去，看看白云后面的事。我也喜欢听那些行侠仗义的传说。长大以后，我就塑造了《西夏咒》中的雪羽儿。

在小小的我的心里，行侠仗义的侠客，和保护唐僧去西天取经的孙悟空，都是我的向往。我最大的愿望，就是成为他们，做一些了不起的事。

当时，我心里的了不起，就是路见不平拔刀相助，这个梦想，一直持续到我的青年时代。那时节，我总是做一些侠客梦，也总是帮助一些被人欺负的孩子。

从小，我就不是一个空想主义者，每当我产生向往时，总是会马上就开始行动。我做事从不拖拉，也不犹豫。我很少有纠结的时候，每一次自省，我都会尝试去改正，不会把事情拖到看不见的将来。就算在别人眼里，我的梦想有多么荒诞，多么不可能实现，我都不会在乎的。我不会看任何人的脸色，而是会直接去追求我的梦想。我从来没有因为被人打击，而放弃过我的梦想或向往。这一点，或许源于我个性中的自信和强悍，但更重要的，是一种清醒。这一性格特征，影响了我的一生，让我始终在向上，始终在成长。

武威是个适宜居住的地方，武威人很悠闲，人也友好，会让你融入一种舒适的生活氛围中，让你忘了忙碌，也忘了时间。你会在武威的街头，看到好多下棋和围观的人。当你进了核桃园，更是会看到一个接一个的茶园。上午，它们大多是静悄悄的，一到下午，人们就会陆续去到那里，那里就会变成麻将声、喧哗声的海洋。在那儿，要是你没有向往，就会很容易迷失的。虽然我小时候的向往，仅仅是成为孙悟空或侠客，但有向往总比没向往好，那时节，我甚至坚信，只要一直修炼下去，我就会变成孙悟空，飞上天的。这种坚信，让我有了强大的精神动力，终于练出了一身武功。

不过，长期的练武，最直接的结果不是叫我实现了梦想，而是在许多年后，我恋爱时，为我提供了大量的方便。因为可以"飞檐走壁"，矮旧的庄墙根本挡不住我，我就能在相思的夜里，蹿过鲁新云家的庄墙，领着她，在她家后院里练武。后来，她也开始了练武，从她手里飞出去的铁蛋，总能打碎远处的玻璃瓶。这种训练，养成了她的另一种秉性：我说成仙，她就炼丹；我说上天，她就找梯子。

呵呵，我的一生里，也充满了传奇色彩呢。

我不是狂妄，我只是自信

《西夏咒》里有一件事看起来很荒诞，却是真的：

你三岁那年，你不是还能看到一个麻脸老汉吗？他向你伸出手，手里有豆豆糖，你总是叫爷爷豆豆糖爷爷豆豆糖。你就是吃着爷爷的豆豆糖度过童年的，你并不知道爷爷已死了多年。

这里的"你"，就是童年时的我。那是我小学一年级之前的事情了。

莫言的《透明的红萝卜》里，也有一个神奇的小男孩，他身上有一种奇怪的超感觉。这在西部农村，属于常见现象，那里还经常发生一些不可思议的事。比如爹死后，妈仍然认为他就在身边。有一次，有个人来我家吃饭，盛饭之后，刚准备吃，碗就掉在地上打碎了（那人平时很严谨，一般不会出现这种事），妈认为，那是死去的爹在发脾气。她想，爹定然嫌来人不礼貌，没给主人施食——这是凉州老人的习惯，到了别人家吃饭，先得供人家的先人——自己就吃起来了。于是，妈就当场训斥了爹几句，说他咋跟客人抢饭吃。

在唯物主义者眼里，这种思维定然很荒唐，但是在凉州，它成集体无意识了。

小时候，我除了能看见死去的爷爷，还能看见好多已经死去的人。这一点，童年时的我跟《西夏咒》里的琼很像。也许这是一种幻觉，当然，你也可以把这当成一种想象力的产物。

童年时的我，除了能看到死去的爷爷之外，还有好得出奇的专注力，很容易就能静下来。那时节，我虽然调皮，喜欢幻想，经常恶作剧，但我无论做什么，都很专注，我尤其喜欢静坐，时时能像老僧那样入定。有时，我早上起床，就像中了定身咒那样，突然就呆住了；有时，我衣服穿了一半，手还悬在空中，又突然呆住了。这时，母亲就会害怕，她总是说，你咋又呆住了？一见我这样，她就发慌。后来，我的日记中，记载了许多感情上的波动，但那只是暂时的情绪，一进入静修状态，我多能入定。也许，在这一点上，我是有一点天分的。

还有一点，除了主动联想之外——许多时候，是我有意这样的，比如，在十八岁后的日记中，我写了许多情感上的事，就是我为了写日记而强迫自己想的。那时节，我给自己定了任务，每天一定要写日记。为了完成任务，我总是强迫自己想些事。也幸好有了这些记录，我才留下了几十万字的日记。

小时候的我，心常常像无云晴空，没什么杂念，澄明如镜。有时，我还能直观地看到自己的未来。我总是知道，什么时候该怎么做，以后会怎么样，等等。这不像是观想，也不像推理，而像是看到，就像你看到一朵花，看到一片云那样。后来我才知道，消除分别心时，就可能激活一种人类本有的智慧。

小时候，我的记忆力也很好。那时家里常来人，客人总爱讲故事，我就会记下复述。我一复述，爹就会憨憨地、赞许地对我笑。在很长的一段时间里，爹的笑，是对我最大的鼓励。也是因为他的笑，我一直都很自信。

有些孩子之所以没自信，或许就因为，他在童年时得不到父母的认可，而且老是被父母拿来跟其他孩子作比较。父母是孩子最信任的人，如果连父母都觉得他一无是处，他就会对自己缺乏信心，一旦受到外界的质疑，他就容易怀疑自己。这种孩子很可怜，因为他们常会缺乏一种勇气，显得有些懦弱，在机遇或是挑战面前，容易退缩。这样，他们是很难改变命运，或是实现梦想的。因为实现梦想的路不好走，每一个追求梦想的人，除了要有明确的方向，要懂得取舍，而且耐得住寂寞之外，还得有自信，要经得起别人的嘲笑，也要经得起别人的质疑。

在我成长的过程中，有很长一段时间，质疑我、嘲笑我的人，都远远多于鼓励我、支持我的人。人们总是觉得，我一个农村孩子，是不可能成为大作家的，而且，我直到二十五岁，才写出像样的作品。之前的那些年，我一直都是在练笔，外相上，也显得很潦倒。这时，要是没有强大的自信和意志力，是很难走下去的。一些孩子有他优秀的地方，却一直很自卑，无论如何都没有办法相信自己，这会给他的成长设置很大的障碍，让他多了很多莫名其妙的心理压力。当然，过于自信，以至于自负也不好，因为自负的人容易刚愎自用，听不进别人的忠告。别人的忠告，不一定全都对，但也不一定全都错，能让自己成长的，吸收一点营养也无妨，关键是刚愎自用的心态不好，这样的人眼界很窄，到了一定程度，就很难再往上成长了。

有些人觉得我很狂妄，但事实上，我不是狂妄，我只是自信。而且，我在待人处事的时候，心态是很谦虚的，所以我才能从孩子的身上，也吸收到很多营养。不管别人觉得我强大，还是不强大，我都从来没有想过：好了，到这里就够了，我已经很好了。不，在我的心里，学无止境，只要生命还没停止，我就会用一种更高的追求打碎自己，让自己继续成长。这当然也源于我的自信。

所以，即使童年时很穷，我也觉得自己很幸运，因为我的父母有着很好的品质，也给了我一种自由宽松的家庭氛围，让我能自由、自信地成长。这一点对我很重要，所以我一直认为，他们是上天赐给我的第一份重要礼物，没有他们的鼓励和支持，就没有今天的我。

现在回想起来，我收集素材的习惯，也许就是在复述人们的故事时养成的。

亲戚杀狗

父亲对我的影响很深，我有很多地方都像他。最明显的一点是，我们都会把最好的东西送给朋友。每次，有朋友拜访我，我都会把自己最喜欢的东西送给他们，我是不会在乎值不值得的。小时候，家里来了个亲戚，那亲戚想吃我家最好的那只狗，爹虽然舍不得，但还是默许了亲戚的杀狗。

那只狗是藏獒，我们称之为老山狗，它的脊背很宽，嘴头很厚，特别肥壮，待人也很友善，是我们村里最好的一只狗。在我心里，它是家里的一分子，是我们的亲人，是一个鲜活、善良的生命。所以，它死去时，我们全家人都很伤心，即使大家都在挨饿，也没人愿意吃那狗肉，亲戚吃剩的狗肉，爹妈就送给了瞎贤。

多年来，我一直没有忘记老山狗被杀的那个瞬间。它在我心里留下的，是一种难以抹去的伤痛。我从而明白了人性中一种非常丑陋的东西，后来，我将它写在《西夏的苍狼》里。老山狗的死，对我的打击很大。因为它死于人类的背叛。在它眼里，人类不是它的敌人，而是它的亲人。它对人类，只有友好，只有爱，没有提防和抵抗，但就是因为这，它死在了人类的手里。我不知道，为啥人面对一个如此善良友好的生命时，能下得了毒手？只为了那一嘴肉？而那肉香，又能在嘴里停留多久呢？我知道，对那亲戚来说，老山狗不是亲人，不是生命，而仅仅是一嘴肉。所以他在动手时，没有想过自己是在屠杀一个鲜活的生命，他没有想过，自己当时的行为，会给我们一家人，造成很大的伤害。很多年过去了，明白后的我变得安详了，心里没有了恨，但是，当时的生命体验，我忘不掉，就像童年的陈儿村给我的温馨一样，它也渗入了我的灵魂，让我认识了人性中的一种恶。

那时节，我想，他为啥看不到老山狗的恐惧呢？他为啥看不到我们一家人的沉默、痛苦和哀悼呢？难道人在欲望面前，真的啥都看不到了？记得那时节，我还很小，也很腼腆，没敢大声地反对杀狗，这成了我终生遗憾的一件事。明白了这一点，你也许就理解我为啥写那五批玉林狗肉节的文章，许多时候，面对罪恶时的沉默，也是一种罪恶。明知道我会招来很多污水，但我还是要说出自己该说的话。

人类中有很多这样的例子，比如纪录片《海豚湾》中，有人说，他刚进入海豚湾所在的那个小镇时，还以为当地人很爱海豚，因为到处都是跟海豚有关的东西，玩具、图画，等等，可是后来他才发现，海豚只是当地人的一大收入来源，当地人甚至说，屠杀海豚，是他们的一种文化。那纪录片里有一个很是让人痛心的画面：一只刚遭到屠杀的小海豚奋力向桥上的人们游来，背后的血路，染红了破碎的海面，没游多久，它就慢慢地消失了，沉了下去，它的生命终于枯竭了。那纪录片中，还有一段画面：一个人在海上冲浪，突然来了几条鲨鱼，眼看那人就要遇难了，海豚们急速赶来，奋力跳起，撞走了鲨鱼，保护了人类。据说，世界上有很多起海豚救人的故事。海豚对人类是友好的，但面对友好的海豚，人类却伸出了屠刀。在某种程度上，人性中的这种恶，比屠杀本身更加可怕。

所以，我觉得，很多人是不如狗的。狗要是不爱你，就会用尽全力地吠你，或是不理你，但是它们一旦爱上你，就会向你摇尾巴，用尽所有的身心来蹭你、舔你，有时还会豁出性命来保护你。我在《猎原》中，就塑造了一只护主的老山狗，当它带着治不好的伤，默默走向自己选择的坟墓——老山时，它的背影，有一种很多人类都没有的高贵和尊严。动物的世界，少了许多钩心斗角和虚情假意，也少了许多背叛的故事。但人不一样，许多时候，我们就算付出了所有的真心，也不一定能得到信任和友好，有时，迎接我们的，反而是一把无情的刀。我的生命中，遭遇过很多这样的故事。我的《猎原》中，也有一个类似的场面，牧人炭毛子杀了大雁，但自己在抢水时，也被人踏进了井里，摔死了。他一时的强大，并没有改变他的命运。他还是死了，跟一个连女人也能欺负的牧人——炒面拐棍死在一起。可见，不管强大还是弱小，不管争上多少，都会死的，死亡不会因为你一时的强大，就不来，也不会因为你得到的多，就来晚些。死，会在任何一个时刻降临，一口气提不上来，人就死了。所有的存在，都逃不过一个"死"字，这是万物共同的命运，就连太阳，也这样。但是，太阳的死，跟炭毛子的死，肯定不一样。因为太阳活着时，照耀了万物，但炭毛子活着时，除了欺负弱小，也没干过啥。所以，两种死亡的重量肯定不一样。这是生命和生命之间唯一的不同了。

要知道，每一个生命，都在经历从生到死这个过程，不同的，仅仅是中间的内容。不管内容怎么样，悲惨也罢，甜蜜也罢，幸运也罢，不幸也罢，都会飞快地过去，除了活着时建立的功德——也就是利众行为所创造的价值承载的精神，啥都留不下，包括我们的那点情绪。

忘不了父亲憨憨的笑

爹的名字叫陈大年。这名字，小时候让我觉得很不好，因为村里人老是演节目，其中有个节目就叫《陈大娘学毛选》，每次一报幕，村里娃儿就望着我叫。那时节，叫谁父亲的名字，等于是骂谁了。妈叫畅兰英，我觉得这名字好，因为有个叫《红灯记》的贤孝中，主人公是个女子，也叫兰英，我就觉得妈起了个好名字——能进了贤孝的人名，能不好吗？那时的贤孝，在我眼中，比现在的经典还伟大。怪的是，跟爹的名字同音的"陈大娘"，却总是很扎眼，上小学时，我最怕看这节目。每次，那些娃儿们都会笑我。

爹是"大漠三部曲"中老顺的原型，他的个性很像老顺，决不逢迎拍马，也决不做昧良心的事。他总说，要是做了那号事，祖宗会羞得从供台上跳下来呢。他的人品，就像他的笑容一样，老实、憨厚、质朴，也非常正直。他总会帮助一些比我们更困难的人。因为我们家虽然穷，但爹是马车夫，有支配牲口的权利，可以从别处拉来煤啊、炭啊之类的东西，冬天，我们就能取暖了，但村里的一些人，比如瞎仙贾福山等，连取暖的煤都没有。尤其是甘肃古浪等地区，那里一直很穷，直到今天，每个家庭每年的收入，可能连发达城市的人均月收入都比不上，更可怕的是，那里没有水，是全中国最干旱的地方。

《猎原》中，也以小说的方式，记录了古浪人当年的生活。当年的酸刺沟，吃不饱肚子的人有很多，实在没办法，好多人就会跑出去要饭，那时节，我家就经常来一些吃不上饭的古浪人。虽然我家也吃不饱肚子，但每次他们来了，爹妈都会给他们一些面，有时，还会到别人家去要些面，拿来给他们，让他们在我家住上一段时间。因为，爹妈觉得那都是些可怜人。

《猎原》里的很多描写，都是当年古浪人真实的生活写照。当年的一些古浪人，活得很苦，地里种不出什么庄稼，年轻人就到外地去打工了。但前些年，去附近的金矿、煤矿打工的年轻人，多患了尘肺病之类的疾病回到家里，连治病的钱也没有，虽然政府发了补助，但也是杯水车薪，因为病人进城看病，家属得跟上照顾，住宿费、伙食费、营养费啥的，一大疙瘩钱，他们宁可在家等死，不去看病，把钱留给孩子读书。这样的现实非常残酷。直到今天，那里人的命运，还是没有得到大的改变。

爹很正直，他虽然也像很多人那样，习惯了忍耐，但他不懦弱，不计较，不记仇。在大事上，他从来没有犯过糊涂。

有一次，几个贫下中农到一个地主家里去，进行抄家、刨炕、威胁等事。父亲看不过去，就呵斥了他们，还说，大家都是人，你们咋能这样！在那个年代，我村敢这样说话的，只有我爹了。爹不管阶级啥的，只知道大家都是人。

父亲很老实，他憨大心实，没有心机。我喜欢他的实在和质朴。他有一句名言："老天能给，老子就能受。"后来，我用在小说里。这句话里，有一种了不起的尊严。无论遇到什么样的苦难，父亲都能挺着腰杆，承受下来，从不叫苦。父亲像一座大山，他不但给了我依靠，给了我鼓励，也给了我一个学习的榜样。记得第一次进城读书时，父亲背着一袋面，带我去外村赶一辆便车。父亲迈着坚实的大步，走在我前面，新翻的土地里留下了他大大的脚印。我一步步踩着那脚印，希望自己能像父亲那样强大。我一直忘不了那个大大的背影。我觉得，父亲是一个就算天塌下来，也不能把他压垮的汉子。

十多年前的某日，我忽然发现，父亲老了。他步履蹒跚，一脸皱纹，老说要死。每每看到父亲的老相，我总是内疚。当初，我买楼房，搞装修，也是为了有个相对稳定的家，让父亲享受一下。过去，他虽来城里小住，但我租的房子非常小，很不方便，所以，他总是住不了几天，就说要走——他总怕给我添了麻烦。

后来，我购了新楼，临近乡下，一抬头，祁连山就扑入眼眸，雪山农田啥的，也朝我悠然地笑。但是，对那新楼，父亲竟不屑一顾，对那雪山呀、农田呀，也总是耸鼻，说自己七岁就往那儿跑，早就腻了。他还将我那楼房，比喻成"养猪专业户的猪栏"，我一看，真有些神似。我忽然发现，父亲也有成为作家的基因，因为那比喻，我是死活想不出来的。

站在我新买的楼房上，父亲数落着我的傻，他认为，既然住进城里，就应该住最热闹的地方。他还指着不远处的一片树林说，看，你爷爷就在那儿给农业社拾过粪——那儿有间小土屋，你爷爷在里面睡觉、做饭，怕人偷粪，还把粪也堆在屋里，等我吆车来拉。我说，爷爷绝对想不到，几十年后，他的孙子会在这儿住上楼房。这一说，父亲就笑了。一股浓浓的沧桑感扑面而来。

我不知道爷爷有没有梦想，但父亲是有梦想的。父亲的梦想，就是养大我和弟妹，供我们读书。他有一个很旧的柜子，经常锁着。柜子的来历及故事，我无从得知。有一天，我很好奇，就说，爹，让我看看你一辈子存了些啥吧！然后，他就笑着打开那柜子，我一看，发现里面只有一本《毛泽东选集》和一些农业税单据。我问爹，你咋没存下啥宝贝？父亲哈哈大笑地说，存下了呀，你们就是我的活宝！西部农民很有意思。在他们心里，孩子就是他们的梦想，也是他们活了一辈子的证据。

这就是我跟父亲最大的区别。我们都实现了自己的梦想：我成了作家，他成了一个好父亲。

在过去那个吃了上顿没下顿的年代里，父亲一直很乐观，他老是朝我憨憨地笑，从来没有骂过我，没有打过我，也没有否定过我。小时候，别人不管夸我什么，就算他听不太懂，也会憨憨地望着我笑。你不要小看这个笑，他的笑，是我小时候最大的鼓励。我一直很自信，即使没有成功，即使受到了挫折，我也认为自己是最优秀的，就是因为父亲的笑。后来，我获了好多奖，参加了好多颁奖典礼，那些场面我大多淡忘了，但我忘不了父亲憨憨的、鼓励的笑。

2006年时，父亲死了，我再也看不到他的笑了。每一想起，就想落泪。有时，一看到街头寒风中行乞的老人，我就会不自觉地念叨，我再也没个爹爹了！心里就会涌起巨大的悲哀，就会给那些老人一些钱，把他们当成父亲。要是我手里拿着硬币，就会小心地放进他们的碗里，我怕那响声，会刺耳。那时，我眼中的他们，都是跟我父亲一样的老人。我总能从那些仍在经受苦难的老人身上，发现我父亲的影子。所以，我很感激那些向我行乞的老人，他们给了我一种孝敬父亲的感觉。后来，我经常会给一些老人寄一些东西，我眼中的他们，都是父亲。

我想，要是父亲还活着，看到自己的孙子娶媳妇，该多好啊！

心明了，路才开了

　　小时候，父亲常谈到古浪的酸刺沟。父亲是个热心人，他老是想到那儿的本家。

　　酸刺沟很穷，但在我的爷爷辈那一代之前，酸刺沟也很富庶，那儿曾有森林。你想，能长森林的地方，定然是不缺水的。据说，当年，我们那儿也有人去酸刺沟里要饭，但后来，酸刺沟开山种地，滥砍滥伐，山秃了，草光了，气候也变干燥了，那土地，就只剩个名儿了。那名儿，后来也没了，变成了贫穷的象征。所以，《猎原》里，写了很多值得人深思的事。《猎原》的主题之一，就是对出路的追问。沙湾人的出路在哪里？农民的出路在哪里？人类的出路在哪里？如何走出人类命运中的许多悖论？

　　现在，人类的生存环境，已越来越糟糕了，温室效应、水源污染、空气污染、食品卫生、土地沙化……欲望就像癌细胞一样，侵蚀着整个人类的生存环境，许多坏了的东西，从此就坏了，很难再好了，那么，人类的出路在哪里？

　　在《猎原》中，许多人都在寻找出路，他们背井离乡，跑到猪肚井里，当起沙漠牧人。但是，这条出路，也只能解决一时的问题，羊的过度繁殖，人们的打狼赚钱，都破坏了生态环境，水渐渐干了，猪肚井也死了。牧人们只好回到农村，那么，出路在哪里？

　　所有走不出古浪的人，都会被贫瘠的大山给吞没的，但真正能走出古浪，走出命运的人，又有多少？

　　《猎原》中的张五，原型是老猎人陈召年，他是我的一个远房大伯。凉州人管伯伯和叔叔都叫佬佬。我采访他时，他告诉了我很多打猎的诀窍，其中的一些东西，是秘不外传的。

　　我在短篇小说《大漠的白狐子》里也写过他，他打猎打了一辈子，是个很好的猎人。但他杀了无数的动物，背下了无数的命债，却还是穷了一辈子，最后走向了死亡。人不管多么强大，出过多少风头，也逃不过最后的死亡。穷人也罢，富人也罢，都是这样。不会因为他一时的强大，或是一时的富有，就让他多活一段时间。所以，争啊，抢啊，杀啊，其实没有任何意义。

智者们无争无怒，就是因为，他们发现了这个规律，不想再去做一些没有意义的事了，只想用短暂的一生，做一些利众的事情，创造一种相对永恒的价值。这时，他们就破除了好多执着，于是才能改变命运，他们的人生，才有了真正的出路。

《猎原》于是说："心明了，路才开了。"

酸刺沟里的人很难做到这一点，但也不怪他们，因为他们很穷，穷得吃不饱肚子，读不上书，没有很好的老师，身边也没有明白人，所以，难有大见识、大胸怀，其人生，更难有大格局。出生在这样一个地方，又遇不上贵人，他们的一辈子就几乎定型了。更可悲的是，环境的局限和狭隘，让一些人无法发现命运的出路和希望——那里的一些人即使遇上了贵人，也不懂珍惜的。

过去，我曾给那里的孩子捐过书，也在物质上帮助过一些人，但要是他们的心不变，那些物质帮助就像是隔靴搔痒，起不了多大的作用。从此我明白了，真正的帮助别人，应该是传递智慧，给别人一个升华心灵、证得智慧的助缘。只有这样，他们才能真正走出贫穷的命运。其他东西，意义不大，很快就会过去的，改变不了什么。

在人类中，能接触到真理的人，只占少数，想要通过战胜自己、升华心灵来改造命运的人，就更少了。有时，伟大和渺小只差一个选择，超越和堕落，也只差一个选择。一旦人们选择了后者，世界上就多了一个混混，历史上就少了一个伟人，少了一个能传承真理、点亮人心的火种。

我的父亲在大事上不糊涂。他不觉得对别人好、帮助别人，是在行善，他没有那个概念，只觉得本来就该这样。他也知道，只有读书，才能改变命运，所以他宁可自己挨饿，也要供我读书。他从小就对我说，娃子，我们不求你将来做大官、挣大钱，只求你做个好人，做个对社会有用的人。这种观点，影响了我的一生。

老有人问我，你修了二十多年，修出了啥？我告诉他们，我得到的，是一颗啥都不想得到，却啥也不缺的心。这就够了。什么都想得到，是一种贪婪，贪婪带来的幸福和自由，是很短暂的。但是，当人们发现争啥都没有意义时，往往已是土涌到脖子了，那时，即使不甘心，又能咋样？

所以，做事要抓紧，不然来不及。真是这样的。

我眼里的好人，就是爹那样的人

小时候，我家很困难，家里只有一间小屋，一间厨房，一张炕，一床破被。

当时，我家做早饭，就是往锅里下一把小米，最多两把小米，然后切几个山芋——"大漠三部曲"中称之为山药，也就是人们所说的土豆——待得那山芋烂了时，再拌上一点儿面水，就成了《大漠祭》里经常出现的山药米拌面。我们七口人就吃这点东西。每人一顿能喝上两大碗，但没过一会儿，肚子就饿了，毕竟，那成分，大多是水。中午，最好的时候，就是吃上点汤面条。要是没有面，就在开水里下一把米，再放上一些浆水酸菜，我们称之为酸米汤。晚上也差不多，至多把小米换成别的。我们只有在过节时，才能吃到面条和馍馍。

这就是凉州人传统的一日三餐。那时节，谁家都这样，都在挨饿。所以，虽然我小时候老是觉得肚子饿，但也不觉得这是一种苦难。

小时候，我最羡慕的人，就是爹。因为爹能吃到饼子，当地人叫馍馍。

每过一段时间，爹就会赶着马车，到很远的煤矿去拉煤，来回一般要四天，一天带三个饼子，一顿一个饼子，一共有十二个。有一次，我饿得实在忍不住了，就想爹的饼子。我当时盘算着，如果拿走一个饼子，爹有一顿饭就要饿肚子，咋办？我就在每个饼子上咬了一口，这样，他不用饿肚子，我也能吃上饼子。结果，爹半路遇上一个朋友，又没啥可以送给人家的，就想送人家一个饼子，谁知一打开包裹，发现每个饼子都缺了一口，就没有送成。

其实，爹也很饿，而且，他定然比我们还要饿，因为他是大人，要干好多体力活。长期的饥饿，导致了他的胃病，他后来患上胃癌，就跟这段挨饿的经历有一定的关系。

除了饿，我家在很长时间里，只有一床被子。每天晚上，我们七口人就排成扇形，睡在炕上，才能勉强扯来一点遮身的布缕。因为按常规是没法盖的，有时我们也会一顺一倒地排列，也常常是冻醒后才发现自己光着身子。

武威的冬天很冷，那一块破被，根本派不上多大的用场。母亲就扫来些落叶，晒些牛粪，用来烧炕。我常被冻醒，上身冰凉似覆冰，下身却烫得如置火上。许多个夜里，母亲总要大呼小叫地叫醒我，原来，烧红的炕面子点燃了芨芨席子，有时连被子也会被点燃，席子上于是布满了黑洞。那洞之大小，刚好能容下一个屁股，怕被芨芨硌疼的我，总是将屁股安入洞中入睡。怪的是，总能引燃席子的火炕，却从来没有烫伤过我。

后来，信佛的母亲总认为，我定然是某位菩萨乘愿再来的，因为生我那天，她梦到一棵大树那样高的人进了我家。有趣的是，就连没有宗教信仰的爹也这么认为。他们老说一些神神道道的事，有些也会被人当成瑞相。这或许跟西部的神秘文化氛围有一定的关系。西部的一些民间信仰中，渗透了神秘文化的很多元素，当地奇怪的事也很多，所以，大部分西部人都不会太过排斥类似的文化信息。比如，爹虽然不信仰任何宗教，可凉州传统文化的祖先观念对他的影响很深，到了一些传统节日，或是祭神时，他比很多人都要认真。在《大漠祭》中，我写了这类内容。

当然，乘愿再来也罢，啥也罢，只是母亲的一种说法，你可以当成对我的一种美好祝愿。它跟我的生命本体没有太大的关系。不管有没有前世，这辈子的命运和价值，都取决于我这辈子的心和行为。对我来说，重要的不是上辈子的身份和境界，而是我这辈子的行为和选择。构成了今天的雪漠的，也不是那些说法和神秘，而是我的诸多行为和选择。如果我不写作，不利众，就只是西部一个普普通通的小学老师——小学老师当然也好，但我想追求另一种人生——要是我仍是小学老师，就很少有人关注我，我也写不出这部书。我的自言自语，就不一定能让更多的人受益。要是不能实现利众，就算我关在屋子里写出上千万字，又有多大的意义？那时节，就算我像琼波浪觉那样，从肉蛋里出生，也只能引起一时的议论罢了——在这个时代，如果我真从肉蛋里出生，或许还会有人把我捉了去，像研究外星人那样研究呢。

我常用一个比喻，有神异但没智慧的人，在《西游记》中，就是小妖精，至多是牛魔王，他定然成不了斗战胜佛的。

小时候，我不知道什么是伟人，我只知道什么是好人。我眼里的好人，就是爹那样的人。任何人向爹求助，爹都会帮忙，还救过好多人的命。比如，半夜里有人得了急病，要去很远的地方，就会来家里找爹，爹就会放下手头上的事，套上马车，叭叭叭甩着鞭子，用最快的速度，把病人送到医院。在我的另一本书《智慧人生》中，你会看到他的好多助人的故事。妈也是一样。帮助别人，已经变成了我们家的传统，通过我，又传给了我的儿子和学生们。

没了贤孝，还算凉州吗？

在我这次请东客时，我最想请的人之一，是家乡的贤孝艺人贾福山。妈说，没眼睛的人，你叫上了那场面，夹又夹不到菜，不是叫他出丑吗？不如给他弄些好菜，叫他自个儿吃去。妈说的也有道理。

小时候，爹总在农闲时请来瞎贤，唱贤孝。瞎贤又名瞎仙，是我的小说中经常出现的人物之一，《长烟落日处》《大漠祭》《猎原》《白虎关》中，都有瞎仙。其中，数《长烟落日处》对瞎仙的描写最为详尽、深刻。这个群体，是凉州文化的重要载体之一，也是凉州文化的一大特色。

因为贫穷，小时候的我很少有书读，只有从贤孝中汲取营养。

在《凉州文化对我创作的影响》一文中，我曾谈过贤孝对我的熏陶。

我最爱的，就是贤孝中那种悲天悯人的大气、那种利众精神，还有一种周遍于芸芸众生的大爱。熟悉贤孝的朋友会发现，只要他愿意，我所有的小说，他都能用贤孝的方式来演唱。在《白虎关》中，我除了贤孝，还写了其他类型的西部民歌。我甚至塑造了一个"花儿仙子"莹儿，让她唱出了好多西部民歌。我借小说人物的灵魂叙述，写出了自己对西部民歌深入骨髓的爱。

这次回凉州，我发现，才离开一年多，凉州就变了很多，路宽了，人也多了。路中间有了大城市才有的那种铁栏杆啥的，凉州城一下子洋气了，有了另一种味道。我像过去那样，首先去的地方，是文化广场，但这次，我没有见到那些贤孝艺人，听说，他们被整治了。

果然，在那国家旅游标志铜奔马旁，我看到了一篇报道：《重拳出击武威文化广场》。那些贤孝艺人，是被重拳出击的对象之一。要知道，这贤孝，还是中国非物质文化遗产呢。

几年前，美国旧金山 KTSF26 电视台通过外交部，漂洋过海来采访我，我就专门向他们介绍过贤孝。我曾在《凉州与凉州人》中重点写过它，后来，新华社、中国新闻社的记者也写过多篇特写，凉州贤孝才渐渐广为人知。没想到，只一下重拳，它便消失了。据说，是因为那些盲艺人的形象"不雅"，行为"粗俗"，影响武威形象。

我想，没了贤孝的凉州，还算凉州吗？

凉州贤孝是流行于甘肃凉州等地的一种弹唱艺术，它最初是盲艺人借以生存乞食的手段，类似于卖艺。后来，随着历史的积累和沉淀，贤孝日渐丰富博大，浩如烟海，遂成为文化活化石了。

关于凉州贤孝的起源，有多种说法：

一说贤孝源于唐朝。开元年间，陇右节度使郭知运搜集西域曲谱，进献给唐玄宗。玄宗遣人整理翻译，填以新词，《凉州词》遂大行于天下，诗人多有作者，如王之涣、王翰、张籍等人。此说认为，《凉州词》为凉州贤孝的前身。其证据是，贤孝曲词，多为五声徵调，四乐句结构。《凉州词》亦然。

一说贤孝源于秦朝。秦始皇修长城时，抓夫数十万，多有累死者。为解其乏，朝廷命瞽目艺人于工间唱贤孝，筑城速度，因此大增。故传曰："嬴秦之末，盖苦长城之役，百姓弦鼗而鼓之。"

一说贤孝源于清末民初，源自凉州长城乡某秀才。穷秀才瞅中富小姐，两相情愿，无奈小姐父母嫌贫爱富，小姐殉情，秀才断肠，遂作贤孝以宣泄其悲愤。

此外还有多种说法，但跟第三种说法一样，多捕风捉影牵强附会者。可以肯定的是，贤孝绝非哪个秀才所作，也非起源于清末，而是更为久远。

据古籍记载，明朝初年，凉州贤孝即已流行。一本至今尚没有在国内公开出版的古籍记载："明英宗正统十一年丙寅，凉州瞽者钱氏，来镇卖伎，所唱《侯女反唐》《因果自报》《莺哥宝卷》等，原以觅食计。其声腔浩酣，拨弹谙熟，日每围观者以百计。按，此伎久盛于凉州，多为男女瞽者所事之。""而此事最盛行者，无如《瞎弦》。每曲，瞽者自弹自唱，间有自语。调颇多，喜怒哀乐之情，择其最可者而表之。然所演乐器，已非琵琶，大多为弦子，亦有胡琴、唢呐之类。弦子长三尺许，鼓不大，以羊皮挽面，音沉闷浑浊，犹老翁语。""或曰：瞎弦，本胡乐也，余亦喟然。"

可见，在明朝初年，贤孝艺术就已成熟，其影响也已波及相邻地区。其《侯女反唐》也即现在的《侯梅英反朝》，《莺哥宝卷》便是今天的《莺哥盗桃》。

凉州贤孝的表演形式是由盲艺人怀抱三弦子，边弹边唱，或散文叙述，或韵文抒情，这有点像苏州评弹，但无论其内容和曲调，凉州贤孝都自成一家。有时，也有多人弹唱贤孝中的片段，当地人叫杂调。那盲艺人被当地人称为瞎仙，或是瞎贤，前者夸其能为，后者敬其德行。

我的第一位老师

对贤孝的描写，几乎伴随了我的整个创作生涯。

在我的处女作《长烟落日处》中，我就写了贤孝。

书中贾瞎仙的原型就是贾福山，曾是我的邻居。他没有老婆，三十多岁时，曾有个寡妇很喜欢他，想嫁给他，但寡妇的女儿女婿坚决不同意，那婚事就吹了。这件事对贾福山打击很大。在《长烟落日处》中，我就写了它。因为，我也想留下贾福山生命的痕迹。

对贾福山，我感情很深，也很熟悉。我总说，他是我真正意义上的第一位老师——我眼中，听贤孝当然是最早的读书了——想起他时，我总会忘了他的老，忘了他的丑，忘了他的穷，忘了他的脏。我只记得，小时候，他给满屋子的农民带来了巨大的快乐。我还记得，童年时的我，常跟着他哼哼唧唧地唱贤孝，非常地自得其乐。我们的交往中没有一切概念，直到今天，仍是两颗火热真诚的心灵在碰撞。但是，他毕竟还是老了。

他和他的贤孝都老了，人也活得越来越困难。

随着流行文化的入侵和生活方式的改变，农民们聚在一起听贤孝的快乐场面，竟成了一种尘封的记忆。邻里间的关系，比起往日也冷淡多了。就像《白虎关》所说的，西部农村的一种东西，正在悄悄地死去。贤孝也在悄悄地死去，贾福山等老艺人一旦死去，贤孝也就接近灭亡了，因为，这行当越来越挣不上钱，学它的年轻人便寥寥无几了。不怪他们，谁也要填饱肚子，但我总觉得可惜。

贤孝流传了千年，像祁连山上融化的雪水一样，滋养了世世代代凉州人的心灵。在贤孝精神的熏染下，凉州人总是安贫乐道，只想做个好人——我的父亲，就是其中的典型——这是西部文化中很难抹去的一个基因，但许多年后会怎么样？说不清。现在，铺天盖地都是流行文化的影子，娃儿们哼哼唧唧的，也是一些流行歌曲。其中充斥的，不再是做人的道理，而是欲望。少了贤孝等大善文化的滋养，将来的人们，定然会变得越来越贪婪，越来越浮躁，也越来越热恼、焦虑。但当代人意识不到这种危险，正如渐渐变得功利的农村人，也根本不知道，自己想放弃的，其实是一种美好；想捡起的，却可能是现代文明的垃圾。

当代人的价值观变了。变了的原因，就是诱惑多了，心乱了。

而贤孝艺人大多是盲人，他们看不到花花世界，看不到诸多的浮华，所以，他们能无视喧嚣，用灵魂吟唱。他们觉得自己在传播善文化，就有了一种使命和自信。他们很穷，却也许比一些知识分子更有文化底蕴。他们的艺术里，有一颗火热的心。

贾福山的贤孝最打动我的，就是这颗心。

贤孝的歌词很好，文化含金量很大，在创作上给了我很大的启迪。贾福山唱贤孝时，有一种独特的神韵。他的声音嘶哑、苍凉，不那么好听，但其中涌动着一种生命本有的力量，一种决不放弃、苦苦挣扎的力量。所以，他每次一唱，我就觉得非常熟悉。我的眼前，总会出现一些在黄土地上挣扎的身影。他们都像是我的父亲和母亲。

这次回家，我告诉妈，我想请贾福山当东客。妈说，哟，你叫人家咋吃哩，没眼睛的人，能夹上菜吗？

妈说得有道理。不过，在我眼里，贾福山是我最该请的东客。虽然他的眼睛瞎了，但在我眼里，他的心比谁都亮呢！他一直是我念念不忘的人。每次回家，我都会去看看他，给他点钱，或带点吃的、用的给他，如同看我的爹妈一样。在我心里，他也是我的亲人。

我很难想象，在这个小乡村里，等哪一天，母亲走了，贾福山走了，我的父辈们都走了，我是否还常来这里？虽然这里是我的老家，但乡村在一天天变化着，很多东西已经没了，我心中的老家也在渐渐消逝。每次回老家，我的心中总有这样的感叹。

我有许多老师。孔子说，三人行，必有我师。我眼中，却是人人皆我师。我总能从别人身上发现值得我学习的东西，我总是利用任何时间、任何机会来学东西。贾福山身上，也有我学的很多东西，至今，我能唱的那些贤孝，便是跟贾福山学的。

贾福山会唱很多贤孝，有些本子，一唱就是十几夜。小时候，哪儿有贤孝，我就往哪儿跑。没有书读的我，只有从贤孝中，才能学到我该学的东西。那时候的学，没有任何学的概念，就是乐意听，乐意记，跟着大人问这问那、想这想那的，我的脑袋里，充满了无限的好奇和向往。我记贤孝的时候，虽然不懂那些字面的意思，但是总能在那种氛围里陶醉了自己，醺醺然，不知归。很小的时候，我便在那种善文化里浸淫着、熏陶着、滋润着。奇怪的是，虽然贤孝里也有一些负面的、糟粕的、不好的东西，却丝毫没有影响到我。我心灵的成长自始至终都是健康的、向上的、乐观的。虽然也沾染了不少习气，但我总能坚决扫除，这源于自己不断的自省和自强不息。

按妈的说法，贾福山最早也跟我们住一个院子，这也许是"土改"时的事了。我懂事时，贾福山已经到了另一个生产队，我们是四队，他是六队。他的记性好，懂阴阳节气等。于是，他家成了当地的文化中心。

关于贾福山，陈亦新写过一篇文章，那文章选自他写的《美国记者采访凉州的日子》。我这儿特地引用一下，以防日后丢失。他的文章，能让人很好地了解贾福山。

那篇文字如下：

很小的时候，就随爸爸进了城。乡村在我的印象里，仅是几个很美的片段。然而，瞎仙贾福山却给我留下了非常独特的记忆。

贾福山是老家凉州有名的瞎仙。其有名不仅因为贤孝唱得好，三弦弹得好，更因为他为人"怪异"。他曾出现在雪漠小说《大漠祭》中。后来，随着美国的摄像机，他更是漂洋过海了。

瞎仙，又名瞎贤。在凉州，他们是一个非常独特的群体。人们既敬畏他们，却也有种非常矛盾的心理。绝大部分瞎仙贫困潦倒，以卖唱为生，且难以维持生计。常常遇到的情况是吼了一天，而面前罐子里的硬币还不够买几个馒头，但这是他们唯一的收入来源。不过好的一点是他们大多知足常乐，对于上天的不公看得很开，常常是今朝有酒今朝醉，不管明天喝凉水。在为人处世方面，他们也有独到的见解，对于世俗的东西更是看得很淡。谈话间总能给别人带来清凉和豁达，仿佛他们是超然于世外的高人，让与他们谈话者忘了，这些瞎仙仅仅是社会的弱势群体。

瞎仙虽瞎，却也都是能人，谁有谁的绝活。有的善于祭神算卦；有的能祛灾燎病。他们虽没读书，却眼瞎心亮，装了一肚子的智慧。

贾福山属于二者的混合体，他能推阴阳，卜凶吉，六十花甲子倒背如流。中国五千年历史，他也烂熟于心，常常语出惊人，却又从不卖弄，也不指望这些本事给自己带来些什么，或许在他眼里，这些根本算不上本事，更属于一种本能。对于那些找上门的乡亲们，他也从不拒绝。没什么急事时，他是大门不出二门不进的，老是猴一样蹲在自家的炕上。

他是怎么瞎的？有好多种说法。总之，从我能记事起，他就瞎了。对于他，我很熟悉，他家与我家相隔不过百米。爸爸是听他的贤孝长大的，他老说："没有凉州贤孝，就没有今天的雪漠。"每次回老家，我们都会去看他，给他带点钱和吃的。他没任何收入。前几年国家还给残疾人一些补助，一年有百十来块。后来，不知什么原因，补助没了。他又自视清高，不愿像别的瞎仙那样卖唱，骨子里的坚韧更使他不向任何人开口叫穷。于是，他真的一贫如洗了。没有人理解他，在乡亲们看来，他是"死要面子活受罪"。这话传到他的耳朵里，他一边抽烟，一边笑，什么都没有说。没有志趣相同的人，他出门更少了。

小时候，我便爱去他家，那时他整天开着收音机听评书。收音机是最老式的那种，已经很旧了。音质不是很好，总有杂音，但他还是听得津津有味，一脸逍遥。我一去，他便关了收音机，给我讲故事。爸爸后来的小说《大漠祭》《猎原》《白虎关》们，就得益于贾瞎仙的聊。

贾福山爱抽烟，但不抽纸烟，一是太贵，二是劲道不够。他腰间插着一个长长的烟锅。我看不出这烟锅是啥材料做的，后来别人告诉我，这是黑鹰的膝子。烟锅头和杆身被他的大手磨得油光发亮。烟锅上吊个不大的布兜，里面是烟叶。他用的打火机也很特别，是那种很久以前的汽油打火机，现在早销声匿迹了。每说几句话，他便打开布兜，捏一点烟叶，塞进烟锅，用大拇指和食指把火机上的火苗捏到两指中间，再对准烟锅头，贪婪地吸一口，神情快活似神仙。然后，再细心地绕好烟袋，把烟锅插进腰间。但说不了几句话，他又抽出烟锅，从容地吸上几吸。那模样，似乎不是为了抽烟，而仅仅是为了享受那一系列过程。于是他的手指被熏得奇黑，再也洗不净了。

看不到一点儿光亮的贾福山却总能准确无误地找到他需要的东西，哪怕是一根针。这成为我小时候无法理解的一件事，我怎么也想不通。后来我也曾试着闭上眼睛，去找我需要的东西，除了被绊倒磕破眼角，我没有别的收获。有时候，到了中午，他就开始做饭。自己和面，切面，添水，然后下面，再调点料，精准无误。味道竟也不错。有时候再调点好心人送的菜。没有菜的时候，他同样乐呵呵地吃几大碗白面条。

那时候，爷爷奶奶老请了他来唱贤孝。乡亲们坐满一炕一地，听得泪水涟涟或捧腹大笑。

现在，贾福山的头发和胡子都花白了，近些年也不曾听说他去谁家唱过贤孝。他那蒙着蟒皮的三弦子，被人们渐渐遗忘了。

那年，美国记者来采访时，别的瞎仙总爱高昂着头吼贤孝，仿佛在对不公的命运呐喊。可他不，他微微低着头，我看不清他脸上的表情。倒是花白的头发和胡子很刺眼。每想到这，我都有种莫名的难受，很想哭。

我的记忆中，他从没垂头丧气过，更不怨天尤人。在人们逐渐淡漠了贤孝时，别的瞎仙都心灰意冷地抱怨。可他总是乐观地笑对一切，说：

"有人听了，我唱一唱；没人听了，我缓一缓。"

实在苦急了，他就说："老天能给，老子就能受！"说不尽的豪迈。

可豪迈过后，仍是无尽的冷寂！每到夜里，他的房子里就显得异样地黑，只有频繁闪烁的火光。隔壁传来的，都是怒骂嬉笑的电视声。在这种喧嚣里，他恍若迷失了自己。他发现自己被遗忘了，就好像被抛进了无尽死黑的虚空中。时间就在这样的虚空中，慢慢滑过。

细听着他的弦声，我总能找到一种已经消逝很久的感觉。这感觉来自哪儿，我不知道。总之，在冥冥之中，我仿佛看到了很久很久以前的自己。这一刻，我才真正听懂了贤孝，真正接近了贤孝的灵魂。

在陈亦新的文章中，对贾福山有种理想化的描写。生活中的贾福山，看不出多少豪迈，多的却是无奈。不过，无论生活多么艰难，从没听贾福山叫过苦。每次我给他钱，他都说对不住我，老花我的钱。我就劝他，我有钱能叫人花是一种幸福，要是我自己也没钱花，那才麻烦。他听了，呵呵地笑了，说，也倒是。其实，我给他的不仅仅是钱，更是对一种文化的尊重。每遇到这样的文化老人，我总会心疼。他们没有什么地位，甚至活得很卑微，被人看不起，但他们承载着人类文化中最应珍惜的东西。

这回请东客时，我拍下了贾福山的一些生活片段，包括他如何做饭，如何干家务等。镜头里的他，躺在破旧的沙发上，衣服也很破旧，因为常年自己做饭的缘故，袖口上油腻腻的，泛着光。那衣服已看不出本来颜色了。以前，我给过他几件衣服，老不见他穿，问他，说是给侄子了。他的脸显得很黑，那不是晒黑的黑，是叫烟熏的那种黑，不知道是不是跟抽旱烟有关。村里老有一些大烟客，脸总是很黑。某年，有人动手术时，一开膛，发现肺全黑了。我的毅然戒烟，跟那景象或许有一定的关系。贾福山就老抽旱烟，时不时拿出烟锅，抽出一脸的惬意来。

年轻时，我也抽莫合烟，就是用旱烟杆子粉碎的那种。那时节，正是我在文学上苦苦挣扎的岁月，莫合烟须臾不离，每天都抽，成了我生命的必需。后来，我坚决戒掉了它。重要的一个原因是，我不想依赖任何外物。那依赖一旦养成，便会附骨之疽般左右着你的心，你就会受限于它，很难解脱。所以，当我发现自己离不开啥时，我就坚决离开。这不仅仅是为身体考虑，更是对自己的一种战胜。

在那个下午，我给镜头中的贾福山拍了特写。我只想多保留一些最为鲜活的生活画面，留作资料。他眨着眼睛，望那望不到的天花板，时不时冒出一两句人生感悟，语气空空洞洞的，像在说梦话，整个味道，有种说不出的沧桑。好久，我没打扰他，让他静静地享受属于他的那一刻。我看他，如同望一棵千年老树。

我知道，这个叫贾福山的老人，肯定会离去，一旦离去，他能留下什么呢？他的一生中，留下的照片很少。如果没有我的录像，他也就真的永远消失了。

前些年，除了我时不时接济一下外，贾福山没任何生活来源，除了凉州广场上的闲人，早没人听贤孝了。近年，政府给了他低保，每月有二百多元，但大多买了煤，对于贾福山来说，这是一笔巨大的开支。除了冬天取暖，他总得将生面弄熟了才能吃，别的都可以省，煤是省不了的。有一次生病，没钱看，他甚至想卖了三弦子。我急忙给了他一些钱。我说，以后有啥困难，你就告诉我，千万不要卖三弦子，这是你的吃饭家当，你可不能卖。他惨然一笑，说，啥吃饭家当？这年头，谁还听这个。这倒是。除了凉州文化广场上还会有人听外，真没人请瞎仙上门了。

这次，市上重拳出击，文化广场也没人唱贤孝了。只从生存这一方面看，一下子就砸了那些人的饭碗。这是我最为心痛的地方。

我想，如果政府出面，好好挖掘凉州贤孝这一文化活化石，它也许会焕发出另一种光来，它还会成为凉州旅游业的一大品牌呢。

在西部，这样的文化比比皆是，随手拾起一叶来，就会令世界震惊。但这需要有独到的文化眼光。

任何一种文化瑰宝，在全球化的大背景下，如果不与时俱进，必然会遭到淘汰，如果仅仅是抱残守缺、顾影自怜，很快就会被遗忘、被边缘化，终而死亡。所以，一种优秀的文化要想在这个时代里存活下来，只有打破自身的那种局限，解开所有的捆绑，融入人类文明的大海中，成为人类共有的财富，才能实现一种永恒。

我父母的善良质朴虽是天性，也有贤孝的影响。

他们不识字，但贤孝让他们懂得了很多做人的道理。他们的身上，有凉州文化的基因。

他们没有概念化的追求，更不会被那追求所束缚，他们追求的，仅仅是好好活着，做个好人。所以，时有伟大行为的他们，却常常遭到嘲笑。

这也是我很想为他们说话的一个原因。

我不仅仅想展示他们所承受的苦难和不平，也想展示导致这种苦难的愚昧，更想展示他们那种西西弗斯式的高贵，以及没有被概念化的善良。

在很长时间里，我都在追求形而上的东西，但假如那追求变成一种让世人喝彩的手段或谈资，我就宁愿立足于泥中，做一个清醒、健康、淳朴、真诚的老百姓。我不愿做另一种偶像。我也希望，那些可爱的老百姓们，能得到他们应得的认可和尊重。我想用自己的文字，为世界定格一个真实的西部。

我想用我的作品告诉人们，那群不起眼的老百姓，也有他们的灵魂。他们的灵魂，比很多被文明阉割的当代人更加鲜活。跟现实不太一样的是，小说中的贾瞎仙，最后冻死在一个严寒的冬夜里。如果没有别人的帮助，这一切可能会发生。我真的希望，看了我那小说的人，能关注他代表的那个群体。

那个群体虽不显眼，有些人还会觉得他们碍眼，但是，他们确实藏着许多故事。贾福山本身，也像是一本翻不完的书。只是，有兴趣翻的人不多，他是寂寞的。他没有老伴，没有孩子，一个老人，守着一把三弦子，守着一间冷冰冰的土房子，每个月领着非常微薄的低保过日子。不弹三弦子的他，俨然是一个普通的瞎子，有谁又会知道，他有着说不完的故事？所以，我总是告诉别人，雪漠的第一个老师，就是瞎贤贾福山。

那次美国电视台来武威采访时，家乡父老自发地组织了一场贤孝会。那次贤孝会场面宏大，热闹非凡，一些老人说，几十年了没这么热闹过。一次本来属于个人性质的采访，却成为家乡父老共同的节日。村民们都兴高采烈，喜气洋洋。

会后，美国记者对我进行了采访，他们问，在全球化快速发展的状况之下，凉州贤孝会不会被城市化所淹没？我回答说，全球化是一种趋势，任何一种地域文化都有可能被同化，这是很可怕的，但这也是人类的一种进步。虽然，凉州贤孝的形式很可能会受到其他文化的冲击而消亡，但凉州贤孝的精神却可能通过另外一种方式传递下去，比如我的小说。我的《大漠祭》《猎原》《白虎关》，其中渗透的，正是凉州贤孝传递给我的那种精神。就是说，凉州贤孝的形式可以消失，它的精神却可能传递得更为久远。

朋友是最温暖的记忆

失去了贤孝的凉州，显得更加沉寂了。虽然凉州的街道宽了，人也时尚了，但我仍然感到一种空荡和凉意。

能代表故乡的一种东西，已消失了。故乡的味道，也消失了。没有了那味道，故乡，就是一个陌生的庞然大物。明明是熟悉的，却让人觉得陌生。这感觉，让人心里很难受，很沧桑。世界的变迁，总是让人无奈。好在还有朋友。

张万儒是我的师范同学，是一家幼儿园的院长，每天花七八个小时听网上的某法师的讲经。

这次，我到凉州时，他用一次丰盛的宴席为我接风。他的热情，冲淡了贤孝的消失带来的闷意。

跟万儒聊天，是我在凉州的快乐之一。我凉州的朋友不多，每次回来，都只见几个人。后来，客居外地，想到凉州时，我想到的，也只是那些朋友。朋友如酒，越酿越醇，我很珍惜。我心中的凉州，除了贤孝，剩下的，就是朋友了。这次，贤孝没了，朋友还在。要是多年之后，贤孝没了，朋友也没了，我心中的凉州还会不会存在？

一切都会消逝的。当然，我也会消逝。那么，我们在消逝之前，又能给世界留下一个什么样的凉州呢？如果凉州没了贤孝，和全球一体化了，那么，凉州存在的意义又在哪里？赴宴时，我给了万儒我的字。我的字虽在外面很受欢迎，但凉州知者不多。在凉州，人人似乎一贯保持着那种沉寂，与世无争，过着安分守己、自得其乐的小日子，有些人根本不知道外面的世界已发生了巨大的变化。这种变化冲击着每个人的命运，但是很多人觉知不到。有人也想在凉州激起一些涟漪，无奈那池塘就是不起风。

前段时间，我的《大漠祭》入选"陇原当代文学典藏"，一位学者曾对我说，看到文坛对你的评价，发现一些人真有些封闭了。他们还是围绕着《大漠祭》，根本没看到，你后来的那些作品都汪洋成澎湃的大海了。同样，在凉州，除了我仅有的几位朋友，很少有人能关注到我的其他作品。

我的字也是这样，在凉州，能得到我的墨迹者，只有不多的几人。我自知字丑，总是不想送人，怪的是，万儒偏偏喜欢我的那种质朴天成。于是，每次相见，我总会给他一幅字。朋友之间的交往，我很少备厚礼，我崇尚君子之交淡如水。所以，在凉州，我的朋友少。但一旦有了真朋友，有了自己值得生命相交的朋友，我便会付出全部的真诚。所以，万儒喜欢我的字，我就会把最满意的字送给他。

万儒为我接风时，还请了几位朋友：张万雄、张宝林等。

朋友们的接风，是这次我在凉州遇到的第一缕温暖。

我跟张宝林是多年的朋友。多年之前，我们一同经历过一件奇异的事。

凉州西乡有个屠汉家，几辈人当屠夫，那杀猪刀都从几寸宽变成柳叶般细了。按凉州人的说法，这是要遭报应的。果然，在这一辈上，他家出现了一个奇怪的病人。那病人身体极弱，很瘦，发病时却力大无穷，可怕极了，有点像《大漠祭》中的五子，但五子得的是花病，一见女人才疯。他不是。按村里人的说法，他有点像外魔入窍，因为犯病时，那瘦弱的身子便有了大力，要杀这个，要杀那个，许多人都降不住，就只好用铁链子锁在院里。他们请了许多道人、和尚，也进了多次医院，都没能治好他的病。

一天，我正跟张宝林在当时我开的天梯书社里聊天，忽见一女人前来打电话，她正是那病人的姐姐。她说，他们将她弟弟送到高坝精神病院了，可是他逃出来了，此刻正睡在她家的灶门上。她要给精神病院打电话。我说，你那弟弟，其实不是一般的精神病，想个法子就好了……后来，我将他家用了几辈子的杀猪刀收了回来，又用一些传统的礼仪进行了收摄，那人的病就好了。从那以后，那人再也没有犯过病。这件事，我本不想写的，却又想，这毕竟是发生过的，留在这里，或许能保留一点凉州独有的气息。虽然文化人觉得不可思议，但在凉州，这种现象很多。当然，为了避免不必要的诽谤，我隐去了其中一些神奇的情节。

后来，张宝林因为要去东北学习风水，参加不了陈亦新的婚礼了，就在婚礼前来祝贺，并送了贺金。

张宝林学过气功，现在又研究风水了。他说风水可以调解人的运气。我则认为风水的力量很有限。决定人运气的，一是福报，二是心。没有福报，无论如何弄风水也不会成事的。心若变时，命才变；心不变时，命是很难变的。风水只是助缘而已，起不了决定性作用。起决定作用的，还是心。坏人居了风水宝地，也改变不了其害人的本质。

但宝林说，他想弄明白风水之后，再放下它。

我说，也好。

对我写给儿子的"龙"字，宝林大加赞赏。他来的头一天，陈亦新问，爸爸，我结婚，你给我啥贺礼呀? 我说写个字吧。先写了几张小的，他想要大的。我的纸全部运到东莞了，只找到两张纸，就用那个观赏用的笔，写了两个"龙"字，没想到，效果极好。这观赏笔，是马鬃做的，不适合写字，但此刻写了，别有一番味道，见者都说好。挂在客厅的书架上，顿时生辉，很多人见了，都镇住了，说，从来没见过如此有气势的"龙"字。在我写的不多的"龙"字中，也许这"龙"字最能体现出那种气魄和精神，透着一股不可一世的大力。

讲到这里，再讲一件跟宝林有关的奇事。

几年前，宝林请我吃饭，还请了几位朋友。吃完饭，他回了家。不多时，他打电话过来，说叫我给弟弟陈开禄说一下。说是他老婆忽然病了，症状跟陈开禄患病时相似，腹大似鼓，疼痛至极。我感到好笑，但还是开说了几句，怪的是，宝林老婆的病马上就好了。需要补充的是，这时，我弟弟已死了好几年了。

张万雄是法官，他不信那种神奇的故事。弟弟去世之后，他为我判过一个案子。这案子，成为《大漠祭》《白虎关》中某些情节的原型。弟弟死后，弟媳想要儿子，妈也想为弟弟留下根。于是，两家争夺一人，闹得不可开交。后来，在万雄的调解下，妈如愿了。那时，万雄就看过我的《长烟落日处》，至今，已相识近二十年了。

张万雄一直对神秘文化持怀疑态度，这与他从事的职业有关。在法律的世界里，凡事都讲究证据，要进行逻辑论证，如果得不到能令他信服的论证，他就会持怀疑态度，这是他的职业习惯。不过，这丝毫不影响我们的交往。

到陈亦新结婚的这时，万雄其实已经非常危险了，他患了严重的抑郁症，但因为他没有信仰，信仰之光一直没能照进他的心里。在亦新婚事的几个月后，在一个寒冷的冬夜里，张万雄从法院大楼上一跃而下。我们全家，都笼罩了一层阴霾。后来，我写了《痛说张万雄之死》一文，在为他的亲人争取生活帮助上尽了些力。因为我和朋友们的努力，政府赔偿不错，有三十多万，还给他妻子安排了工作。

在为我接风的宴会上，张万儒和我热烈地谈信仰，万雄却显得有些百无聊赖。他时不时谈到的话题，依然是文学。当然，这也是我很喜欢的一个话题。

以前，我常想，朋友们不管是从信仰层面，还是从文学层面，升华的目的都是一样的，都是为了实现自由和快乐，只是门径不同而已。但是，首先要破除执着，才能实现升华。破不了执着，就进不了门，只能在门外打转转，是得不到什么究竟利益的。而我的文学，仅仅是一个升华的门径。不过，当你将文学上升到信仰层面时，只要你能破执，就仍然能开悟。

命运中的贵人

吃过饭，我去了纪天材家，请他当我的东客。

纪天材是我的好友。每次来武威，我都要去看他。多年来，他很喜欢我的小说，买了我的很多书，作为礼物送给朋友亲戚。

我在《实修心髓》中收录了他的一篇文章《开启智慧的窗棂》。纪天材先生曾在《甘南报》当过主编，专门翻译藏文。他翻译过贡唐仓大师的年谱，是一位治学非常严谨的学者。

纪老师七十多岁了，有冠心病。我去送请柬时，他夫人也在病中，我就买了些适合老人吃的礼品。

纪夫人很精干，虽然生病，却干干净净，不显一点病样。我叫妻跟她聊聊，我则跟纪先生谈些事儿。没想到，这次拜访的几个月后，纪夫人就往生了。

纪先生看了我的《实修心髓》等书后，评价极高。他很谦虚，说看了我的书才忽然明白了佛理。他说，在他的心里，我是他的师父。当然，这是他的谦虚。在我眼里，他才是我的老师呢。他的藏书很多，每次，我需要啥资料，只要张口，他都会尽力帮我寻找。他无私地给我提供了许多藏文化的资料，上回见他时，他还给我找了许多关于西夏的资料。

纪老师说，他正在看《实修顿入》，他很兴奋，有点滔滔不绝。纪老师是个明白人。他身上，有许多非常优秀的品德。

我问下了纪老师家的详细地址，安排人把《参透生死》快递给他。我告诉他，这是一本值得阅读的书，会对他有好处。对于一些老人来说，读《参透生死》会有究竟的利益。

为了增加他的信心，我讲了一个刚刚发生的故事。这件事，发生在东莞某养老院。一位老人死后，养老院的视频录像中，出现了一团奇怪的白光。他们很害怕，不知是什么缘故。我就去了。

我发现，那种白光，在国外很多资料中早就公布了。许多科学家发现，人死的时候，会有一团光离开人的肉体。一些濒临死亡者也会有灵魂离体的感觉。他们觉得自己飞上了天花板，能看到医生抢救自己。有人认为这是主观所致。后来，科学家做了试验，他们在天花板那儿放一块木板，背面写上文字。这字的内容保密，病人都不知道。后来，经历了死亡时灵魂离体现象的试验者活过来后，都能说出那个木板背面的内容。这说明，那灵魂离体现象是客观存在的，而不是主观臆想。

我在养老院看到的，便是这样一团白光。那白光悠悠荡荡，穿墙越壁，神奇无比。我用手机录下了那光。我虽然不喜欢一些神神道道的东西，但是我觉得，这个世界上的人，要是能坚信灵魂的存在，会比不相信要好得多。所以，虽然社会上总有一些人认为人没有灵魂，并将祖先们留下的许多宝贵资料当成迷信，但我还是想在这里多说几句。一个人要是坚信灵魂的存在，就会相信因果之说，那么做坏事的人就会减少很多。

请完纪天材后，我又请了李田夫。他住在金昌市，距武威有点远。因为时间关系，我不能亲自过去，就只好电话请客了。李老师说，我肯定会去的。

李田夫是甘肃著名作家。几十年前，甘肃文坛有"河西四条汉子"，李田夫是其中之一。他的代表作是《虎子敲钟》，我在很小的时候，就读过它。写的是一个孩子，他的父亲是副队长，一天，父亲跟队长外出，村里无人敲钟，虎子想了许多办法，想叫自己及时醒来，能够不耽误敲钟的时间，最后他如愿了，并给村里人分配了该干的活。这小说风靡一时，我看到过好几种《虎子敲钟》连环画。

李老师为人憨厚大度，关于我的第一篇报道，就是他主编《武威报》时发的。我的《长烟落日处》发表后，李老师跟记者陈万能一起到南安中学采访，后来写一篇报道，题目是"小树欲参天"。那篇并不长的报道，在当时的武威引起了很大反响，也让我更有了信心。这次，我也请了当时的记者陈万能，他已经当了市委宣传部副部长，成了管文艺的官员。

《虎子敲钟》给李田夫老师带来了荣誉，也带来了麻烦。后来，林彪出事后，听说有人追查，说是林立果的小名也叫虎子，林彪也是副统帅，有人于是怀疑这小说是给林立果树碑立传。但查来查去，却发现，这是连影子都没有的事。

在一场凉州有名的"收报事件"之后，李田夫离开了武威，到了金昌市，担任《金昌日报》总编辑。那时，在我的心中，这是武威的一大损失。此后，凉州再也没有像李田夫这样能扶持作者的长者了，倒是多了很多是非。

我年轻时，最幸运的事，就是遇到了一些贵人，像《飞天》杂志的李云鹏、李禾、冉丹等，还有省文联的张炳玉、王家达和著名评论家雷达老师等，没有他们的扶持，我不会有今天。

李田夫也是我命运中的贵人。

小时候的我

童年时，我能记下许多贤孝，一来因为我爱听，二来，因为我的记性特别好。

有一次，妈妈喧了我一岁时得肺炎，她抱着我连夜跑去医院的事，她那么一说，我就发现自己连一些细节都记得。

上学前，因为没有对比，还不太明显，上学后，我就显得非常出色。

每次开学，发了新书后，我都会从头到尾看一遍，然后把书给撕掉，所以上课时我是没有书的。老师很不高兴，有一次就问我，你为啥不带书？我说，我都背下来了，不用带。他说，整本书你都背下了吗？我就当场背了一遍。老师看我没说谎，只好算了。还有一次，我要表演一个叫《奇袭白虎团》的快板，那快板词很长，差不多有几万字吧，我一个下午就背完了。这样的例子很多，所以，当地有很多人都觉得我是神童。

十八九岁时，有个专家专门测过我的记忆力，让我背了好多不相干的数字，最后发现，我的记忆力远远超过了那些天才的标准。直到三十岁时，我的记性仍然很好，有一次，我跟单位会计去银行领钱，会计填账号时，见我过来，赶紧盖上。我笑笑，把那一长串数字背了一遍，会计当时就呆住了。

此外，我有个非常独特的地方，就是可以一心多用。在武威一中读书的时候，我很少听课，老是在课堂上看小说，有时，老师发现了，就会非常生气地问我他讲了啥。他一问，我就能复述他的话。每次考试，我只要提前一天看一遍书，第二天就能考得很好，所以老师也拿我没办法。这种一心多用的功夫，后来达到了极致，几乎做任何事时，我都是一心多用。在真心的观照下，所有的行为，都成了真心的妙用。

不过，我的好记性只对文科管用，一看就记下了，学起来很轻松，对数理化，我是没有任何办法的。我花了大量的时间，高考时还专门熬夜学习数理化，可就是学不好。

后来，我还发现，我的记忆力很有意思，它是有选择的。

有一次，有个朋友来宿舍看我，我跟他聊着聊着，就想上厕所，结果刚上完厕所，我就忘了这件事，跑出去看书了，直到第二天，突然想起来，就想有空时去找朋友道歉，但一下又忘了，第三天又想起来，觉得再不能拖了，一拖，肯定又会忘掉的，就马上去找那朋友。见面时，朋友笑着说，没关系，你经常这样，我已经习惯了。

他说得没错。我虽然记性很好，但生活中，却总会出现一些叫人哭笑不得的事情。当然，我不是故意的。我只是心里一直很宁静，没什么杂念。所以，我后来的日记里，也常常会出现大量的断裂，就是说，我好几天都不写日记，因为没啥好写的，就纯粹忘掉了。有时，我甚至连着几个月都不写日记，因为没有杂念。好些日记，其实是我逼自己写的，有些为赋新词强说愁的味道。

三十多岁后，我的记性就变差了，说过啥，也会很快忘掉。我心如虚空，不著一物，万物进入我心中时，都像利剑划过水面，留不下一点痕迹了。后来，我不得不重新训练自己背诵东西。

我从小就有些怪，个性跟别的孩子不一样，我总是充满了天马行空的想法，也总是充满了无穷无尽的活力，总是捣蛋，总是做一些惹得大人们火冒三丈的事。

而且，小时候的我，不是一般的调皮。有时候，我的调皮，会叫老师生气，但又束手无策。为啥？因为我记性好，小学那点儿内容，开学不到一周，就全进了我的脑子。精力充沛的我，就总能想出一些古怪的事情。

像有一次，我把教室门拆了下来，拴到房梁上，躺在上面睡觉，老师当然发现不了，就急得到处找，既找门板，也找我。直到同学们忍俊不禁大笑时，老师才在房梁上发现了门板，和正在上面睡觉的我。但老师是无奈的，那时节，正反对师道尊严，学生时不时就会反潮流。不过，反潮流的结果，是我的同学们绝大部分当了农民。

这当然不是学生的错，我们那时的师资水平也非常有限，学生们学不到什么东西。当时的老师中，有许多民办教师，有时，就连他们自己，也弄不清自己教授的知识。上小学、初中时，我的几位老师，在总结课文的中心思想时，用的词语都差不多，这说明，他们没有思考过课文的内容，也没有自己的见解，只是在套用一些常见的话语。在这种情况下，学生学不到什么活的东西。许多老师，几年后还在讲几年前的内容，没大的变化。这说明，老师自己的境界也没有提升，那么，这几年的生命，就是一种虚度了。有时，我也会有一种遗憾，因为师资水平，不仅仅代表了一个学校的水平，也不仅仅代表了一个地区的水平，它还关系到学生的命运。我考上师范那年，整个公社——后来改成了镇——只有我一个人考了学。

如果我们那个地方，能多一些好老师，我们那块土地上，就会多一些能考上学的孩子，孩子们也会多一些改变命运的机会。

要知道，在我上学那时，我们那儿的一些老师，甚至校长，一张口，便是错别字。前边说过，他们要是惹我不高兴了，我就会整治他们——公开纠正他们的错别字。你想，西部的师资，跟一些大城市之间有多大的差距？西部的大部分孩子，在走向社会之前，就输在了起跑线上。

我们村里上学的孩子有很多，但像我这样考上高中的，却寥寥无几。有些人，连小学、初中都没读完，就辍学了，回村务农，娶妻生子，一辈子守着土地。我考上中专那年，整个公社考上学的，就我一个人。大部分同学就只好当农民了，包括我的弟妹。长大后，我想帮帮他们，但我改变不了他们的心。他们总是用凉州农民的心对待一切，这样，即使你帮他创了业，他也会很快被淘汰的。这次回乡请东客，我请了一些小学老师，他们当然也是村里人。

我们小学来过很多老师，后来，死的死了，走的走了，也来了些新人，来来回回，换了很多茬。现在还活着，而且待在村里的老师，已经五六十岁了。孩子们也是一茬茬长大，一茬茬走了。我这次回到村里的时候，偶然遇到一两个半大的孩子，也不知道是谁家的娃了。世界不断在变，现在的夹河小学，已不是我读书时的那个夹河小学了。

这次我请的小学老师中，有一位叫陈腊年的。他是我们同村人，我上学那时，他当了民办老师，多年后，他转正了，有了儿子，又有了孙子。我请他的时候，他已经当爷爷了。我从小跟他的关系就很好，一说起那时候我的调皮，我们就有种会心的笑。

那时，我真的很调皮。从本质上来说，我一直是个顽童。我最喜欢的事，就是做那抟泥小儿，我的写作也是抟泥，我的涂鸦也是抟泥，我的画画也是抟泥，一切都随着环境和需要而变。无论是过去，还是现在，我一直有颗顽童的心。

童年最后悔的两件事

小时候，我跟村里的一些娃娃，特别喜欢捉弄一个瘸子，我们叫他瘸拐大，他是《西夏咒》里瘸拐大的原型之一，但他更多的是提供了这样一个形象，很多细节，如杀母、剥皮啥的，都跟他没啥关系。在我的娃娃时代，他跟一个叫马二的老头一起，守着大队里的果园。那果园，本来是地主家的，合作社时期，就成了大队的财产。于是，瘸拐大就守着大队里的果园，呵斥我们这些偷果子吃的娃儿。我们这些娃儿，闲来没事，也喜欢寻他开心。娃娃没有任何分别心，也没有尊重和不尊重的概念，娃娃的世界里，一切都是游戏。

对于那段天真无邪的岁月，《西夏咒》有如是记录：

一见他，娃儿们就叫："瘸拐大！瘸拐大！"因为娃儿辈分大，娃儿们才尊他为"大"。"大"是叔叔的意思。结大、瘸拐大都是叔叔辈的族人。

那时，瘸拐大就成了金刚家娃儿最大的乐趣。无聊的时候，娃儿们就一窝去瘸拐大家。他们先是屏息，要是见瘸拐大在家，他们就会齐了声喊："瘸拐大！瘸拐大！"那瘸拐大就会一俯一仰地撵出来。娃儿们边喊"瘸拐大"，边一溜风远去。瘸拐大是撵不上他们的，但手中的疯土块却鸟一样飞了去，在他们身后炸出无数的土星。

在童年的记忆中，最令我后悔的，便是捉弄瘸拐大了。多年之后，我在河湾里遇到已经老了的瘸拐大，我向他表达了我的忏悔。我估计他认不出我的，没想到，他说，你不就是陈大年的儿子吗？他当然不知道，我还有一个名字叫雪漠。

现在想起来，那段时光依然是快乐的，我不会用别人的标准，去否认童年时的快乐，就像我不会因为自己的明白，就去否定别人的人生一样。

虽然有时候，我会表达我的价值观、文学观、人生观和世界观，但这并不代表，在我心中，其他观点就是错误的。在我眼中，人生是一场戏，世界是一个戏台，每一个人，在生命的每一个当下，其实都在演戏，虽然这出戏有各种不同的显现，但很快都会过去。所以，没啥好在乎的。任何人，都可以有他的追求，可以有他的圆满，可以有他的快乐，可以有他的意义。他可以热爱土地，可以满足于当个牧羊人，可以满足于当个农民，也可以满足于坐在墙角晒太阳，或是闲时到街上去下下棋、打打麻将、聊聊天，不一定要像我那样生活的。因为，当你要求他这样做的时候，其实就是在用你所谓的明白，来挤压他的生命。

每一个看过我小说的人，都知道，我从不挤压任何一种存在，虽然在表达自己的思想时，有人也会觉得我偏激，但是，正是那种"偏激"，让我走到了今天。我的好多话，其实是对自己说的，也是对希望听我说话的人说的。有人觉得，当我说出一些话的时候，他们或许会得到启迪，消除一点迷惑，变得更清醒一点，更积极一点。所以，想说时，我就说几句，提供另一种观点，给大家做个参考，也很好，就当是跟大家聊聊天，交换一下观点。

每个人，都不断在变，我也是一样。十岁前，我是个普普通通的农村孩子，我喜欢像别的孩子那样，捉弄一下别人，也喜欢抓点小鱼啊、青蛙啊、掏些小麻雀啊之类，我还会用绳子绑住小麻雀，把它当成我的玩具。《西夏咒》就记录了我的那段童年记忆：

那时的夜里，我扛了个梯子，搭到草垛上。白日里，那进进出出的麻雀把自己的住宅暴露了。我颤巍巍上了梯子，悄悄伸出了手，探入柴草。那儿有个洞，洞不大，一股温馨正从里面渗出。那是麻雀一家在睡觉。没有呼噜，麻雀是不打呼噜的。但有呼吸，那呼吸是游弋于空中的丝绒，我能捕捉得到。顺那些丝绒，我渐渐摸了去。这时，麻雀妈妈就醒了，跟阿甲妈见到铁鹞子一样，她惊恐地叫几声。家人就四下里乱躲。但那手，已经攫住了它们的命，咋躲，它们也躲不出命去。带回去，扔进灶火，不一会儿，拣出蛋儿，撕去麻雀烧成块状的毛，就出现一团黄黄的肉。撕开黄肉，剔除肠肚，咬一口，带着焦味的肉香就溢满每一个毛孔。

那时，我没有思考过生命啊、平等啊之类的问题，我只是一个天真无邪的孩子。但是现在，我变成了雪漠。这当中，有着一种必然性，因为我个性中的很多基因，比如习惯自省、有主见、喜欢思考等，都必然会导致我走上人格修炼这条路，只要我能一直坚持下去，懂得如何取舍，就可能成功。当然，我的取舍，是根据我的梦想而言的，很多人都可以有不同的取舍，只要他们知道自己在追求什么，按照那目标去取舍，就很好。没必要所有人都去做同一件事，也不是所有人都适合做同一件事的。每一个人，都只有在做自己真正想做，也能做好的那件事时，才最能实现自己的价值。

不过，当我长大了，不再是孩子的时候，我就在回顾过去时，感到了一种疼痛。像捉小麻雀的那件事，小时候，我只觉得有趣、刺激，却不知道，自己在用一时的强大，去掠夺另一个生命。当我意识到，小麻雀定然也像我一样，很想改变命运，却逃不出死神的大手时，它当时的惊恐、无助和不甘心，才深深地刺痛了我，也让我明白了，自己曾扮演过一个什么样的角色。我也知道，心决定了人的行为，蒙昧的心，是不可能有智慧之举的。我不可能用今天的智慧，去控制过去的自己，但是，我能改变当下的自己，也能改造自己的未来，所以，我通过信仰和读书等，终于改变了自己。现在的我，已不会做一些令自己后悔的事情了，还能影响一些人，让他们也明白，也升华，也向上。

我也教育我的孩子，叫他们要爱护小动物，不要欺负小动物，要珍惜它们的存在，要珍惜它们给自己的爱。

　　有一次，陈亦新出于善意把小狗关在笼子里，小狗拼命地叫，我就非常严厉地训斥了他，我说，你愿意被关在笼子里不？我的意思是：己所不欲，勿施于人。这句话一直是我做人的原则。我绝不会把自己不愿承担的事情强加在别人的身上，哪怕对方是动物。

　　其实，我知道陈亦新把小狗当成了自己的孩子，他怕小狗再做一些伤害身体的事情，就想给它一点教训。他对小狗其实很好，为了让小狗有更好的营养，他还找来营养配方，亲手做狗粮。但我仍然要训斥他，因为我希望他明白，不管出于什么理由，都不能侵略另一个生命。对待另一个生命时，我们首先要尊重，然后，才谈得上其他。

　　陈亦新小时候，哪怕多么淘气，我也很少打他，只有在不打不行时，才打过两次。后来我再也没有打过他，无论遇到什么事，我都只会告诉他行为和结果之间的关系，然后让他自己选择。现在，很多人都说陈亦新非常优秀，非常成熟，也很自信，就是因为，我没有侵犯过他的尊严，给了他充分的选择的权利。

我一直是人群中的异类

　　几十年过去了，生活教会了我很多，我懂得去尊重一些规则了，因为我知道，在这个世界上，你要想做成一件事，就必须遵循一些规则。可是，规则只是我的工具，如果它们想要改变我，让我变成另一个人，我就会立马退出那游戏。因为，我的目的不是那游戏，更不是赢得那游戏，而是在游戏中享受生命，自由快乐地完成最好的自己，做好我该做的事。所以，我一直是人群中的异类。

　　安分守己的凉州人不喜欢异类，尤其不喜欢那些非常优秀的异类。这固然是人类共有的劣根性，但凉州人在这方面表现得特别明显，已成了一种集体无意识。就是说，他们会理直气壮地攻击异类，还会轻易将这种情绪上升为集体无意识，所以，在凉州，公开挤压异类的人，是不会受到舆论制约的。

在《西夏咒》里，我写了一个女飞侠雪羽儿，她就是异类中的典型。她非常优秀，功夫也好得惊人，就遭到了村里人的排挤，尤其是一些女人。雪羽儿的命运，代表了很多凉州异类的命运。这里有那么优秀的文化，却始终发展不起来，其中一个原因，就是这种集体无意识的制约。

关于凉州，我写了很多散文，其中介绍了很多，因为写得多，写得透，写出了独特视角的凉州，也引起了不少的争议。需要说明的是，我笔下的凉州，仅仅是雪漠笔下的凉州。每个人的心里，都有一个凉州，智慧不同，看到的凉州就不同。孰好，孰坏，难下定论。其实，也无需定论，我们要尊重每个人的发言权。就是因为每个人心中都有一个凉州，才构成了这个世界的丰富。

我就是雪羽儿那种人。从小，身边就有很多人看不惯我，他们总是觉得我很奇怪：习惯怪，想法怪，处事方式更怪。我身上最怪的是什么呢？是那种不肯屈服的坚持。从小到大，有很多人都想改变我，找我谈话的领导也不少，可我从来没有改变过，为此，也付出了一些人们所认为的代价。在这一点上，我跟雪羽儿很相似。

我们的另一个相似之处是，在身边的环境中，我们都显得很出色——注意，是"显得"，而不一定是"真的"。

我不但记性好，武术、音乐、表演等都有天分。当时，我还加入了学校的宣传队，经常参加文艺演出。全公社的学校每年都会集中会演，每次会演都像一次盛会，整个公社的人都会聚在一起，非常热闹。

最初，我只是羡慕那些排节目的孩子。他们排节目时，有时会需要一些伴唱的，我当时只希望当个伴唱的。我们上课时，时不时会有一些孩子被叫去伴唱，我也总是期待下一个就是自己。身边一个个孩子走了，一个个孩子又回来了，却没有我。

在我的童年记忆里，那是一段漫长而焦虑的等待，也是我幼小心灵的一种渴盼。

终于，有一天，有人叫我去伴唱，我一去，就成了固定的伴唱者。

在我的小学生涯中，让我受益最大的，并不是文化课，而是排节目。在那段日子里，我背下了很多快板、歌曲、相声之类，天分得到了最大的发挥，形象思维能力也得到了充分的训练，这为我后来的写作打下了很好的基础。

记得，当时，我就喜欢写文章，我的作文还常常作为范文在班里朗读，而且，我常在不知不觉中，就记下了许多文章。

曾有人问我：你什么时候有了当作家的理想的？我仔细想过，只记得本来如此，却想不出啥时候有了那清晰的理想。在我不知道啥是作家时，就开始学习写文章了。天性中，我对文学的兴趣就很高，这是我以后成为作家的一个很重要的因素。初中时，没人教我，我也不知道啥是作家，但我已经开始收集资料了。现在，我仍保存着很多初中时期收集的民歌，还有一些民俗资料。

可惜的是，除了课本、贤孝和排节目，在我记性最好的那时节，我却再也找不到可背的内容了，也没人能告诉我，我该背诵什么，该如何训练写作。直到十五岁进城之后，我才发现了这一点，这不能不说是一种遗憾，好在，我可以用后天的努力来弥补。

童年的我，除了课本和贤孝之外，记得最多的，就是舅舅传给我的那些神秘文化。所以，对神秘文化，我是有童子功的。别人眼中的许多生僻内容，在我看来，却是常识，这让我有了另一双观察世界的眼睛。

后来，我想叫陈亦新也了解这方面的内容，他却嫌它们不究竟。我说，叫你了解它，不是为了叫你用它，而是要你知道，这世上，还有另一套了解世界、解释世界的哲学和文化，以后，你会有另一种眼光，也能进入另一个世界，对于一个作家来说，这是非常有益的。

有一段时间，我不想再读那些境界已不如我的书，但过了那个阶段，当我进入了另一种境界时，却能在很多书中，都发现不同的营养。那时节，我的看，同样不是为了用，而是为了有另一种看待世界的眼光。我也想透过那些书，进入作者的世界。每一本书，都代表了作者自己的世界，那世界，高不过他的心，但是在有心人看来，总是能汲取一些营养的。所以，我在训练学生们的鉴赏眼光时，也会告诉他们，把一些书当成垃圾的人，实际上还不懂读书。当然，在不懂分辨书的好坏时，最好读一些能让自己升华的书，像一些文学经典，要不，你在学会读书之前，就会搞坏胃口的。

后来，陈亦新真的受益了，他有了一种眼光。在莫言写出《生死疲劳》

的五年前，他就叫我用六道轮回来构思一部小说，我却说，我写了，也没人敢发的。但后来，莫言不但写了，发了，还得了诺贝尔文学奖。他的获奖理由正是："将魔幻现实主义与民间故事、历史与当代社会融合在一起。"可见，我的习惯思维——也有正在写《西夏咒》腾不开身的原因——让我错过了小说结构的另一种可能性。但是，那种可能性，其实已经渗透到我后来的其他作品中了，那些作品，似乎都有着六道轮回的影子，都成了一种象征，所以我的每一部小说，虽然它们在形式上有不同，但都渗透了那种精神。

我后来的作品，实现了文学另一种可能性，有评论家说，它们进入了世界文学的视野。所以，很多东西，有时候，在当时看起来似乎没有什么用，但就是那诸多的无用，铸就了一个作家独有的格局和世界。在我的眼里，世界上不存在无用的东西，只缺乏善于发现的慧眼。就如凉州贤孝，它在西部的某些官员眼里是垃圾，而在有识之士眼里，却是无上的珍宝。观念变了，看到的世界也会变的，对任何事物都是这样。

文宣队的台柱子和女一号

继续说说我的童年吧。

我从伴唱，变成台柱子，是参加完永昌区所有学校在温台沟的大会演之后的事情。

那次会演，让我第一次有了信心，虽然我只是伴唱者，但在我回来时，一群孩子忽然围了我，说，这就是那个伴唱的，他一唱，就把别人给压了。

也许正是那次伴唱，校长关注到了我。一回去，他就将我正式选进了文艺宣传队。我一进去，很快就成了台柱子。

那次在温台沟的演出，是在一个河湾里。我还记得，当时的河湾里，到处都是柳墩，到处都是沙枣树，几乎看不到尽头，要是迷路了，一个人是很难走出去的。去之前，校长总是叮嘱我们，不能乱跑，柳墩里有狼。那时的乡下，时不时也会传来有人叫狼吃了的传说。我的一位大伯还真的遇过狼，那狼跟了他，流着涎液，他祷告了土地神才没被吃掉。除了狼，柳墩里还有野鸡、野兔、兔鹰等，我后来小说中的大沙河，就有它的影子。几十年后，我又去了温台沟河湾，它位于双城镇。但我再也没有发现柳墩，那儿成了一个荒滩，水没了，树死了，除了沙石，连生机也没了。不仅仅是这个河湾，后来，整个凉州，差不多都这样了。那遮天蔽日的绿荫，都成了一抹记忆。后来，我定居东莞樟木头的时候，就选在一个森林边，一条河穿越其中，很美，很幽静，空气很湿润。但后来，我发现有人在那郁郁葱葱中毁林造坟，心里就有一种说不出来的难受。那森林被毁掉了，长期下去，那边的生态就会遭到极大的破坏。我不知道，不久的将来，那樟木头林场会不会成为凉州的那个河湾？

好在，我将这些记忆定格在我的小说中了。有一天，等我离世的时候，我们的子孙、后来人，就能从我的小说里读到那些场景，就会知道，在人类的某个历史时期，那块土地上曾是怎样的情景，活着一群怎样的人。

这本书，也是在定格某种存在。对于记忆中的一些人，我用文字的形式记录下他们这三十年的变化，写了他们的以前和现在，这些东西，总能给人带来一些启发和感悟的，这就够了。因为，这些人，很快就会从这个世界上消逝，我们阻挡不了这种大力。从这些人的活法中，我们可能会找到另一种活法，会去寻觅另一种梦想。毕竟时代变了，人总得有另一种追求和向往。父辈们的那种生活方式，也许将要永远地从历史的舞台上消逝了。农业文明已经进入工业现代化了，生活方式变了，思维方式也变了，那么，我们的观念也要与时俱进。

但是，这次我回老家，家乡的一些人还沉睡在原来的梦乡中，虽然时时受到冲击，但那梦太久了，不易醒来。他们需要的，或许不仅仅是我这只牛虻，而是许许多多的牛虻，一代又一代地叮下去。

将我正式选入宣传队的校长，叫李其元，是一个很热情、很有责任心的人。他住在一个童话般的小屋里。这小屋，在学校后面，前面有很多果树。小屋里有炉炕，就是将土炕和土炉连在一起，炉中一有火，炕也就热了。那土炉用来做饭，连着屋里的炕，烧火做饭时，炕就热了。那炕，也就有了类似烟囱的功能。正是这一点，加上果树营造的氛围，让我感到了童话般的意味。

我读小学时，排节目是学校里最重要的事，因为每年公社都要比赛，要排名次。那时的夹河小学，老得第一，原因是校长很重视，他总是亲自抓文艺，亲自选人，亲自当导演。他很有文艺天分，总能设计出许多新节目。而我，也总能将他的意图体现出来，我们之间，似乎天生就有着某种默契，他一说，我就懂，而且我的表演总能令他满意，我也很卖力。后来，我就有了小小的名气。

我是当然的男一号，当时还有一个女一号，叫金萍。她的父亲是相邻公社的干部，也爱文艺。女儿得天独厚，很有艺术天分，跟我是同班同学。因为我们老在一起排节目，也同样受校长重视，一些多事的同学就给我俩起外号。那外号，便是见了我叫她的名字，见了她叫我的名字。一次，弟弟路过她家，听到她妹妹骂她血裤裆——也许是她例假来得早的原因吧——从那之后，弟弟每次跟我闹别扭，就会骂我血裤裆。他一骂，我就会打他。于是，他一边外逃，一边扯长了声音骂我，于是，整个村里人都能听到他的骂声：血裤裆——血裤裆——现在想来，还觉有趣。

后来，全校同学都知道了这事。再后来，她的父亲也知道这事了，就找到校长，想看看陈大年的儿子到底有什么能耐，他有种兴师问罪的意味，叫校长劝阻了。听她父亲的口气，将陈大年的儿子跟他的女儿连在一起，是对她女儿的一种污辱。因为他是干部，是吃国家粮的，而我的父亲是农民，是出力种地的，受过城乡阶级教育的他，有着高高在上的优越感，当然觉得不能和我家扯在一起。就连孩童们那种天真无邪的交往，在他那里，都变了颜色。当然，那时的他，其实是那个时代的产物。

这件事，让我小小的心灵，第一次感觉到了一种差距，她父亲看我的那种眼光，带着一种让我很难受的东西。好在，我很有文艺天赋，这让我很快就找到了另一种平衡。

不过，后来，金萍还是被父亲嫁给了凉州西乡的一个农民，丈夫当过村上的书记，但他所在的那个村庄，是凉州一个相对苦焦的地方，窝在戈壁的深处。按爹的说法，是"歇荫凉没树，吃饭没醋"。不知道当初，她的爸爸——金萍是全村唯一管爹叫爸爸的人，其他人都叫爹爹——为啥把她嫁到那里？听说她也抗争过，但没用。关于金萍的故事，我跟同村的一位堂哥谈得最多。堂哥是正式老师，跟她相爱过，但后来，她去了西乡，嫁了农民，堂哥就娶了另一个女子，生了两个儿子——这次请东客，我也请了堂哥，但来的是堂嫂——随后，堂哥就认命了，一辈子也就这样过来了。

记得当初，金萍嫁人后，我和堂哥曾写过一首顺口溜"天若有情天亦泪，地若有意地悲愤，戏水鸳鸯难成对，意外因缘反成功，……"虽是首顺口溜，但叫我们得意了很长时间，里面也可以看出堂哥当时的伤心来。但是后来，有时不经意间我和他谈起这些私事，却发现，他的心，也迟钝了，那悲剧的爱情，已成了一个遥远的梦。任何激情，在岁月的打磨下，都会失去光彩的。

很多人发誓相携一生，没过多久就分道扬镳了；有些死了伴侣的男女，也很快就有了新欢，甚至再婚了。所以，爱情只是一种感觉，它变得很快。故事里那些一生相守的爱情，一是少，二是它已不是单纯的爱情了，也是信仰，是一个人对信念的坚守。就像"大漠三部曲"里的莹儿，灵官走了，没有告别，也没说回不回来，但她经历了许多诱惑，仍在守着这份爱情，最后宁愿死，也不愿玷污那爱情。她对兰兰说过，她小时候，很喜欢一块玉，哥哥生气时往上面吐了口唾沫，她就不想要了。其实，她在守住爱情时，坚守的也是这个东西，是灵魂的干净。而这种灵魂的干净，是以爱情的干净为表现的。

金萍后来也认命了，我家离她家很近，但很少见她站娘家。她结婚后，十多年里，我没再见过她。90年代，我在教委工作时，曾利用下乡检查的机会，去过她家。我骑着摩托进了那戈壁深处，才知道那所在是多么地苦焦。或许就是因为生活条件的差，那次去见她时，我发现她老多了。当然，也正是从她的脸上，我发现了自己的老。见我来看她，金萍倒是很热情，专门买了啤酒来招待我。但是，从面前那农妇的身上，我已看不到女同学当初的那种艺术天分了，那灵性，被乡村繁重的生活给吞噬了。

现在想来，过去，金萍确实有出色的天分，要是生在大城市，遇到好机会，是能成为明星的。但是，她却生在了一个偏僻的小村，还被嫁到了一个更偏僻的戈壁滩上。想起她心里有过的挣扎，想起命运和她的梦想、她的天分之间的巨大冲突，我也会难受的。

她的哥哥也很有艺术天分，时不时地，就被校长请了来，一起商量着排节目。后来，他成了咱村最有本事的人之一，在洪祥街上开了个照相馆，再后来，他儿子子承父业，也开了照相馆。

见了金萍之后，我就想，如果她嫁人后，我不再有什么念想，也不再见她，也许，每次回村的时候，一想到她，还是最初的那种形象——袅袅婷婷，永远带着一种非常干净的气息，不染纤尘——会是最美的回忆。但我毕竟还是见了她，在我心中，村妇的她，怎么也难与最初的那个人对上号。所以，我有时会想，不见才是最好的，记忆就定格在最美的时刻了，就如诗中写的，人生若只如初见。任何人，在岁月之风的吹蚀下，都会变样的，但有些东西，不该被吹走。

可是，在西部，就是这样，很多有才气、有天赋的西部女子，年轻时，都有梦想，心气都很高，嫁人之后，却被生活、环境及诸多因素磨砺得变了样，不仅相貌变老了，心也变混沌了，不再敏感了，不再浪漫了，也没了梦想，最终，都没有走出她们的命运，碌碌一生。没办法，在那种环境里，由不得你不变的。那种命运的大力，谁也挡不住，很多女子曾经都是杜鹃，但啼血鸣叫了几声之后，最终还是认命了，甘心做了老母鸡。一个弱女子，在那股浑浊的大力中，也根本走不出变成俗婆娘的命运。这一切，我的感受很深，在《白虎关》里也写得比较多。兰兰历尽沧桑后的诸多心理描写，就是我面对西部女性及其命运时的思考。在西部，很多女人一旦嫁人，就定格了一生，对她们，我寄予了很深的同情，但却是无可奈何的。所以，每每念及，总是感慨不已。

当我走出凉州，走向更大的世界时，每次遇到有梦想的孩子，我总是竭尽全力地帮助他们实现梦想。我真的不希望，那么有梦想的孩子，最终成为浑浊的俗人。那是我不忍看到的。我的学生中，也有这样的孩子，他们都有自己的梦想，我能做到的，就是尽可能多地给他们创造一些好的条件和机会，让他们能在这一平台上，跳出最美的舞蹈来。

小时候最难堪的事

大约在小学二年级时，还发生过一件事。当时，公社要组织大型活动，要求学生穿蓝衣服。家里没钱，妈就想了办法，将她妹妹七月女给的一件衬衣，染成蓝色，改了一夜，才做成我能穿的衣服。

那衣服倒是合身，只是只能远观，不能近视。远观时，我跟同学一个样，都是蓝衣服，要是一近瞧，就会发现，那衣服上，都是碎碎的花。为了防止同学们发现这个秘密，除了不得已排队时，我总是离他们远远的。因为他们要是发现我穿着花衣服，肯定会叫我女人精。在孩子中，这是一个很严重的外号。要是你爱哭，别人会骂你女人精；要是你爱揪人掐人，别人也会骂你女人精。你要是成了女人精，别人就不跟你玩了。所以，我最怕别人发现我穿了花衣服。

但有人还是发现了。

于是，一阵又一阵的"女人精"泼向了我。记得第一个人指着我的花衣服叫出第一声时，我就觉得一股热血冲上了大脑，我的脸定然通红了。这是我的毛病，后来，遇到丢脸的事，我一直会脸红。

男同学们哄笑了，女同学们也哄笑了。我感到无地自容、羞愧难当，恨不得找个地缝钻进去。那时候，在一个孩子心里，无异于塌了天，他是很难抵抗住那种嘲笑的。因为，那种笑里，明显还带着另一种歧视。

回家后，我就脱下那衣服扔给了妈，再也没有穿过它。

在我的童年里，这是最叫我难堪的事，它甚至伤害了我的自尊心。它同裤子上屁股部位有小洞洞一样，一直会让我的心扎疼。这让我有些神经过敏了。那时，我老是怀疑自己的屁股上会突然出现一个小洞。怪的是，我穿裤子时，最容易烂的部位，总是屁股和裤裆。每次回家，我总是要让母亲补裤子，她将原因归于我小时候骑过狗。妈说，娃娃们是不能骑狗的，一骑狗，长大就爱烂裤裆。小时候，我也信这一点，后来不敢再骑狗。长大后我才明白，裤裆易破的主要原因，是我爱武术。我老是踢腿，一踢几百下，那裤裆部位，就老是磨来磨去，当然容易烂了。

后来，我又有了一件蓝衣服。那是我考上武威一中时，妈妈专门给我用蓝斜布做的。高中的第一年里，我只穿这一套衣服。

当时，妈扯了布，专门去大庄子——当地人对公社所在地的一种称谓——请专业裁缝做的。蓝斜布是当时很普通的一种布，不是很牢实，比较牢实的是一种叫华达呢的布，但妈嫌贵。那一年，即使衣服脏了，我也只能在周六晚上洗，晒上一夜，周日我就能穿了。那时的洗，也只是用清水揉一揉，不用洗衣粉。那时，我是不知道有洗衣粉的，后来知道了，也舍不得买。大约一年后，衣服上的皱褶就自己裂了，一撕，都听不到声音了，才又换上一件新的。

裤子上实有或是想象的小洞，让我轻易不敢在女孩前面走路，所以，我一直没有主动地追过哪位女孩，这让我的心相对安静了很多。

直到十九岁时，我跟女孩的交往都停留在想象层面。我一直没有走得很近的异性，很少有谈得来的异性朋友。现在想来，这也不是坏事，没有异性朋友，我也就没有那么多杂七杂八牵心的东西，让我省了很多时间，能够相对专注地读书。很多读者，读了我的小说之后，对于书中那些缠绵而又美好的爱情故事，总是无限地向往。他们说，那些故事，唤起了他们心底最诗意的情感。但用鲁新云的话来说，那都是编的，是作家想象力的产物。因为我的想象力异乎寻常，在爱情方面，正是因为缺少，才有了更多的想象。事实上，我并没有经历过写在小说中的那些故事。我常年闭关写作，与世隔绝。所以，现实生活中没有的爱情，我便在小说中实现了。书里的那些女性，其实都是我创造的梦中人，她们演绎了一段段凄美的、超凡入圣的故事，她们都有着一颗大爱的心，都有着圣者一样的情，她们或是有信仰一样的爱情，或是有爱情一样的信仰，总之都有不俗的表现。

小时候，我一直没什么衣服，记得，一次参加学校组织的运动会，我被选中，但没有运动服，就向同学借了。等到参加完比赛之后，我才觉出了身上奇痒，一翻开衣服，发现里面有许多叫虱子的寄生虫，见我发现了它们，它们便疯狂地乱跑。至今，一想到那情景，还觉得有趣。

舅舅家是当地文化中心

在亲戚中，最先请的东客，是舅舅。在凉州，舅舅是骨头主儿，是亲戚中最重要的。我请了二舅和三舅，我请他们都来参加陈亦新的婚礼。

上小学时，我最爱去的地方，是舅舅家。

舅舅所在的村子，距夹河村不远，叫新泉。舅舅家是那儿的文化中心，老有人来。在那儿，我会时不时看到一些闲书。

我有三个舅舅，大舅舅叫畅国福，上新疆了。在闹饥荒的年代，他饿极了偷食队里的苞谷，队长发现后，就召集全村人批斗他。那些同村的长辈们，都打他。后来，某夜，趁着月色，他逃出村子，逃往新疆。后来，在那儿，娶妻生子，成了家，当了哈密铁路桥梁厂的工人，生活得很滋润。他的儿女很多，都有工作，工资很高。早年，村子里的电视机很稀罕的时候，妈一提大舅舅，就会说：嘿，人家娃儿们挣的工资，一个月能买台彩色电视机。那时节，在我们的眼里，彩色电视机是非常奢侈的东西，有种可望而不可即的意味。后来，大舅舅老来村里。一次，村里曾斗他最凶的那位队长，一见他，就说，嘿，你现在的日子可好了。舅舅意味深长地说，还不是托你的福吗？要不是你，我哪有今天的好日子。这倒是实话，要是大舅舅待在村里，不逃出去，他也只好当农民了。

小时候去舅舅家的时候，我只见到二舅舅畅国权和小舅舅畅国喜。

二舅舅畅国权读过武威一中，是高中生，在村里，是有文化的人；小舅舅畅国喜曾在武威金属厂上班，也属于有头脑的人。

那时，在我的眼里，他们是近乎神灵的人物。畅国权常做的事，有几种：一是他老是看一些怪模怪样的书，书上老有些怪画，比如，一棵树上结许多人头果子。我问舅舅才知道，那些人头结的部位不同，意味着命不同，有些命长，有些命短，有些命富，有些命穷。我还老是看到小孩子常常遇到的一些关煞，如百日关、将军箭等等，我很是害怕。在我还没有开发的心灵里，遇到关煞是很可怕的事。于是，不知不觉间，我也记下了很多内容，后来，也会算命了。那时的算命，跟后来的排八字一样，也是根据属相和时辰，来断一个人一生的吉凶祸福。怪的是，七月女后来的命，真的应了我算的结果。她先嫁了一人，感情不和，两口子老闹矛盾。我有时去舅舅家的时候，就会见到七月女又回娘家了。她是当地最漂亮的女子，会唱歌，会跳舞，可惜婚姻不好。

七月女很喜欢我，一见我去，就会逗我玩。常见她那小姑子来找她，一来就哭，这是她妈打发来叫七月女的。小姑子的哭声很大，一哭，全村人就只好劝七月女去婆家。七月女就很不情愿地去了，但过不了几日，她又会站娘家。但站不了几天，小姑子又会来哭。那小女子哭时，是不会进屋的。她每次来，都会站在村里的小道上抹泪，于是，全村人马上就知道七月女又逃回来了，就都来劝七月女。我小娘娘——凉州人管姨妈叫娘娘，声调上扬，以区别于婶娘——最美的时代，就是这样度过的。几年后，她离婚了，逃到了新疆，嫁了人。七月女心气极高，嫁的人又过于老实，每次回娘家，她都是一个人来，直到今天，我还没见过她的老公。

逃到新疆的几年后，七月女死了，据说死于脑膜炎，这并不是个多么要命的病，只要救得及时，是不会死人的，但七月女还是死了。后来，一想到她，我的心就会抽疼。她要是生在大城市，也是可能会当明星的。但是，她就是这样的命，一个女子，如果没有其他的东西——如信仰——是主宰不了自己命运的，因为，她根本看不清什么是命运，也不知道如何去改变命运。后来，从很多人的死亡中，我就想找到决定命运的更为深层的原因。

我第一次听到小说这个词，就是在舅舅家。舅舅村里的一个人，向舅舅借小说，舅舅说，我哪有小说？我后来问舅舅，啥是小说？舅舅拿了连环画小人书说，这就是小说。这是我人生中第一次知道小说是这样一种东西。我们是不叫它小说的，我们只叫花娃娃书。一进舅舅家的门，我就叫，舅舅，有没有花娃娃书？每次，舅舅都会从箱子背后，或是某个隐秘的所在，取出花娃娃书。他将它藏了，是怕村里的其他娃儿偷了去。在我的家乡，偷书是不算贼的，这种观念，甚至现在还有。

这次回凉州，我采访一位道人，他谈到了自称他弟子的某人偷了他的两本好书的事。道人说，偷书也没有错。不过，他不是我的弟子。他并不认为那人偷他的书不对。这是凉州文化中很独特的地方。当地人认为，书是应该借给人看的，要是你不借，那人家只有偷了。要是偷了书能广传，当然更好，比如，没人认为普罗米修斯的偷是错的，那杨露禅的偷拳，也没人觉得不对。所以，凉州人对偷书者，总是很宽容的。因为这个原因，舅舅家老是丢书。后来，一有了书，他就会藏起来，我一到，才取出给我。

不过，我印象最深的书，还是那些命相书、符咒书和法术书，它直接影响了我长大后的审美取向。我虽声称不要主义，但按一些人的划分，我应该算神秘主义，在这一点上，我跟叶芝很相似。也许，这跟小时候在舅舅家种下的种子有关——要是我们不提前世的话。

过去，我去舅舅家，除了能看到七月女和那些怪模怪样的书外，还能看到二舅舅作画。二舅舅一向喜欢画画，几乎画了大半生，但一直没画到艺术品的境界上。舅舅画画时，先在墙上打了格子，标了号，又在他选的画上，也打了相应的格子，标了号。这样，他就能将小画复制到墙上。二舅舅每次画画都要打那些格子，如果没有那格子，他就无法下手，这样，他半生的画画，就困在那格子里了，从来就没有从那些框框里跳出来，一直没有打破那些格子的局限，不能自由发挥，所以，他的绘画水平一直停留在那个层次上。虽然他画的东西，远望很像，写实，也很有味道，但总感觉里面缺了什么。他最爱画的是老虎，整个房屋的土墙上，都叫一只大老虎占了。一次，他花了一个月时间，好不容易将一只下山虎画到墙上，有人说下山虎不好，他就将那画涂了，再画一只上山虎。

我也爱画，但我不在墙上画，我一直在纸上画，我相信，字也好，画也好，都必须在纸上画。我没有受过任何正规训练，但我从一开始就不缺自信。

小时候没学过画画，是因为没有钱，报美术班是需要钱的，后来工作了，我仍然没有钱，每月工资八十元，二十元买孩子的奶粉，三十元存子女备用金，剩下的，刚够我们不饿死了，稍有盈余，也买了书。再后来，钱渐渐多了些，够交学美术的钱了，又没了时间。我有二十年的青春，基本是在关房里度过的，除了人格修炼和文学，别的我都放弃了，包括俄语。闭关前，我学过八年俄语，能读原著了，出关时，却几乎忘光了一切——也包括弹吉他、武术、风水、周易等等。所以，爱画的我，一直没能正规学画。

陈亦新小的时候，也喜欢画画，学过两个学期的美术，一个月要二十元，我们出不起，就忍痛放弃了。那时，我也曾想，就不再交子女备用金了，叫陈亦新画画，但那时，我们也想为他准备上大学的钱，没想到，后来他没上大学，早知道这样，就让他学画也好。

人生中的很多东西，有时是计划好，还是不计划好？真的说不清。

但是，陈亦新也像我一样，爱写作，想成为大作家，他也从小就训练写作，一直坚持到现在，文章写得很好，雷达老师甚至认为他的散文比我的要好。希望他也能实现他的梦想。

没有成为大画家的我，倒是买了很多画册，还有很多关于画家的传记，几乎占了满满一柜子，也看了许多画，但我还是一直不会画画。

在这一点上，我也跟学书法一样，总是心有余而力不足。

后来，不会写字的我，写的字，倒也能卖钱，为一些志愿者提供生活补助，让他们能实现自己的梦想。

前些时，我想将著作翻译到国外去，也联系了一些汉学家。结果发现，那一流的汉学家，翻译费总是很高。我于是想，索性学画画吧。因为我老是发现，时不时的，就会有某幅画拍个几千万。除了近些时听说茅盾的手稿拍过几千万，没听过哪个文学家的书稿拍出好价。

正是从涂鸦小品的热销上，我发现，作家真的是不能跟书画家比的。

我的小说《白虎关》，五十万字，写了五六年，印了一万册，稿费只有两万多元。而我的一幅整张字，花几分钟，能卖几万——当然，为了熟悉墨性和笔性，我也投入了不少生命——距那些几千万的画，仍是太远了。

那么我想，索性，我也画画算了，不小心画幅好画，遇上个行家，就能翻译好几本书。这想法，有趣不？

于是，我拿起了笔。

没想到，不会画的我，一出手，竟然是神头怪脸，别有味道。

为啥？

因为我在画时，仍像抟泥小儿一样，只有乐，只有玩，而无其他。这跟我的写字无异。

这样，心无杂念时，就会有一种心无杂念的味道，这味道，当然也能传染给看画的人，让他们心无杂念。

我不知道，买我字的人，爱的是我的字，还是我字里的味道？

我写字、画画的秘诀就是玩，没想过要超过谁，当然，也没想过要成为大师。我就是没心没肺地玩。一手的墨，一脸的开心专注，一脑子的没念头却有趣味。

我还时不时地发愿，要是我能画出好画，所有的收入都用于传播文化。这一来，信仰之力带来满脑子的热情，也赋予了玩一种神圣，就像我们去那烂陀大学遗址朝圣，跟很多人去那儿游玩不同一样。心，赋予了相似行为不同的意义，那意义，也会带来不同的作用。游玩者，带来愉悦；朝圣者，净化心灵。前者作用于一时，而后者，却能利益一生。

当然，我的玩，虽然也是朝圣，但那朝圣中，也不乏一种滑稽。我明明知道，玩笔墨，我是玩不过那种专业高手的。我只能玩想象力，玩趣味，玩味道，玩境界——不过，境界是啥呢？

我说过，比起具象画，我更喜欢自己的抽象画。为啥？我的心，总是比笔自由。只要不管那些技巧之类，将心中之气象弄到纸上，就会有一种雪漠的味道。

二舅舅的禳解

二舅舅一生未娶，痴迷于神秘文化，老是四处拜师学艺，对祭神、算命、禳解、阴阳、法术等等，都爱。他成了专职的祈神捉鬼人。

在《大漠祭》中，我也写过他：

二舅很瘦，顶上头发褪得厉害，硬褪出一块开阔地，两侧却又异常繁茂，就孕出一股神神道道来。老顺看不起这个小舅子，嫌他鬼里鬼气。猛子却很信赖他，一遇事，就来找他。

妈也很信他。这次回凉州，妈就打来电话，说，这时候了，为啥不请二舅禳解一下新房屋。

妈的意思，是希望我能叫二舅在新房里做个仪式。

我在《大漠祭》中写过类似的禳解：

神婆不是禳解过了吗？不是在洞房地下埋了七枚绣花针吗？不是在新车子进门时车头朝东了吗？不是先进水后进火了吗？不是在新人进庄门时刹过个白公鸡吗？

以上是小说中灵官妈的心理活动，也说了禳解的内容。

对流行于凉州的一般性的禳解，陈亦新并不随喜。他说，我叫爸爸加持一下。我不信，舅爷爷的功力会超过爸爸。

但我说，还是叫你二舅爷爷禳解一下吧。因为妈妈是好心，要是不听她的话，她会担心的。说穿了，这禳解，是为了禳去妈的心病。自从弟弟死后，妈就成了枪下逃脱的兔子，一听到鞭炮响，也会心惊肉跳的。

于是，我给二舅打了电话。

二舅接到电话之后，就来了。

他老了很多，已经六十六了，头发仍像以前那样分披在秃顶两侧。

我开玩笑地问他，你不是会算命吗，你能不能算出你能活多少岁？

他说，能活九十九加一。

我说，我们打个赌，要是你能活一百岁以上，我一月给你两千元零花钱，要是你活不到百岁，你给我每月两百块。

他说好。

我哈哈大笑，要是你活不到百岁，你就死了，我找谁去要呀？

我半认真地说，不过，要是你跟我学了长寿法，你好好修的话，肯定能活一百岁。

我问，你学不学？

他说，学。

不过，到后来，我真的想教这法时，舅舅却没有来。

舅舅的禳解很有意思。当初我结婚时，他就帮我禳解过。那时，他叫我在新房屋地下埋了七枚绣花针。在屋门上方的内墙上，贴一个剪纸的红人，它骑着马，拿着弓箭。那时节，每次看到那红人、红马、红弓箭，心里就有种怪怪的力量，仿佛它真的能帮我们守护门庭似的。小时候，舅舅还做了很多仪式，想让我家出贵人，在这一点上，爹妈都会听他的。不知道，后来我的成功，跟这有没有关系？

这次，舅舅做的仪式跟以前不一样。他备了五色纸，买了金钱、银钱、金元宝，还备了盘——十五个馒头，备了婚礼上专用的蜡烛，等等。置办好了后，我跟他到阳台上去烧纸，边烧边祈祷。

这是一种供养仪式，等于在供养一方土主土地神，告诉他，咱家又添了一人，希望你能保佑。这其实也是一种礼貌。

我一直认为舅舅学的是萨满流传下来的一些东西，问舅舅，他只说是法术。凉州有很多修这类法术的人，需要闭关修七七四十九天，还有上天术啥的。我们村上就有一个修上天术的人。上天术需要修上百日，在无人处修，据说修到九十九天，他就能飞上天了。不料，村里一个女人看到了，就说：哎，你飞上那么高，也不怕摔下来？这一说，他就真的从天上摔下来了，摔坏了腰。小时候，我也见过这人，腰真的坏了，不知是不是练法术摔的。小时候，我还抄录了很多法术类的书。有些法术我也练过，后来对这些就兴趣不大了。

虽然我对舅舅的那一套兴趣不大，但我还是觉得应该继承下来。所以，多年间，一有机会，我总是跟他学一些应世的东西。他是靠这个吃饭的，据说很神。他的神，我经过多次了，但我是不能问他原理的，一问那原理，就会质疑他的神。因为舅舅的回答，总是让我不能满足。

趁着这次回家，婚事后有了闲暇时，我专门请了舅舅，录了像。除了整理以前他教的那些东西之外，他还给我讲了好些他常用的法术，还将自用了几十年的几个心爱的秘本也传给了我，那几本书，纸页都油了，长年翻它，手上的人油就渗入纸了，书就显得非常神秘古老。他的书都这样，总是油乎乎的，就显得非常古老神秘。书是手抄而成的，这些书都没有正式出版过，其内容很是深奥。

我虽然用不着这些东西，但认为这种神秘文化也是值得保留的。但是这些东西能保留到什么时候，我不知道。现代科技如此发达，很多人早已不信这些禳解之类的法术了，因为科学无法验证，受过唯物主义教育的现代人，用所谓的科学推理是无法解释的。还有另一种可能，当科学技术越来越先进，对于更为神秘的现象——如微中子、灵魂、附体、灵异之类的现象——进一步得到验证的时候，人类的文明便可能会发生剧烈的变革，那更为深层的精神世界的密码可能会被破解，而民间所流传的这些不究竟的东西，便会被替代，失去它生存的土壤。

但目前的凉州，舅舅这些东西，还有一定的存在价值。

生命中第一本书

我生命中的第一本花娃娃书，其实不是在舅舅家看到的，而是在邻村一个孩子那儿看到的。我还记得，那本书叫《越南英雄阮文追》。当时，我才发现，世界上原来有这么好的东西。之前，我一直不知道什么叫书。直到现在，书也是村里的稀罕物，没多少人家有书的。发现那本书后，我就爱上了读书。我把妈妈给的炒麦子都给了那个孩子，他才把书借给我，但很快，他就要回去了。

回家后，我缠着爹，叫他第二天去城里卖蒜薹时帮我买书，他不识字，叫我把书名写在纸条上给他，我按记忆里的写了，他第二天却忘带了。我发现那纸条时，哭了好久，觉得书肯定买不上了，但爹回来时，却带回了另外的两本书，一本叫《生命线上》，一本叫《战马驰骋》。它们是我生命中的第一批书，陪了我很多年，是我童年里最美好的财富，也是父亲关爱我的一个象征，更相当于我命运的第一个转折点。这些年来，我买下的好书至少上万册了，但这两本小人书的内容，我却一直记得。这故事，我印象也一直很深。当时的好多细节，我都记得非常清楚。我觉得，它们是父亲送给我的最珍贵的礼物。

父亲不识字，但自从我上学之后，他就一直想办法为我弄书。他赶车外出时，只要见到书，就会给我买上，如果买不上，就向一些他要好的有书的朋友借，带回家叫我看。我印象很深的是《施公案》之类的书。这种书，现在看来虽然很平常，但在那时，是很难找到的。有的书，还是那种很粗糙的纸张印制的，现在如果还有的话，定然是文物级的。那时候，这类书是封建的"四旧"之一，大多烧了。父亲不知道，那些书上的很多字，我其实是不认识的，因为它们大多是繁体字，但我为了不叫父亲失望，还是硬着头皮读它们，半认半猜，后来，竟然知道了几乎全部的内容。自从我能大致读明白书的内容起，另一个世界就向我打开了。它跟贤孝一样，成为我早年丰富的心灵营养，那种无形无相的东西，很早的时候，就渗入我的灵魂中去了。所以，小时候的爱读书，对书的那种偏爱，让我有了以后成为作家的那种基因。这也许就是一种天赋吧。很多东西，在很早的时候，便预示了一种可能性。现在回过头来，再看自己走过的路，确实如此。

多年来，我放弃了很多东西，以前喜欢弹吉他，后来放弃了；喜欢武术，也放弃了；喜欢抽烟，放弃了；喜欢喝酒，也放弃了。只要它妨碍我追求梦想，或是会损害我的健康，我就会毫不犹豫地放弃。只有书，我从来没有放弃过——当然，这也是因为它对我的梦想和人生有益无害——最穷的时候，我哪怕吃不饱肚子，也一定要买书。所以，我家最多的就是书。没有书，我肯定走不出那个偏僻的乡村，也肯定实现不了我的梦想。书中的那些大作家，都是我最好的朋友和知音，在和他们的灵魂交流中，我不断地升华着自己，也开阔了胸怀和视野。如果没有书，我真的不能想象，现在我会在哪里、在做什么，是否还拥有梦想。

无数的西部儿女都走出了乡村，可他们的走出，仅仅停留在地理的层面。他们的心，仍然活在西部文化的阴影之下。

我们之间的差别，一是梦想，二是信仰，三是读书。他们过去不一定有机会读书，后来有了读书的机会，又不一定愿意读书。所以，他们的心态走不出来，视野走不出来，境界也走不出来。最后，无论能不能挣到钱，他们本质上都仍然是农村人，得不到城市人的尊重和认同。

所以，对于父亲到处为我找书的事，我终生感恩。后来我能买书时，我都尽可能地买书，宁愿饿肚子，也要买书。我的买，不仅仅是为我自己，也是为了陈亦新。我一直记得写在家乡墙上的标语："再穷不能穷教育，再苦不能苦孩子。"所以，即使在我穷到买不起菜时，我家的书仍然很多。其中，我给孩子买的，也是当时在凉州能买到的最好的书。我的买书，直接导致了陈亦新很少买书，他只看书，从来不用绞尽脑汁地去弄钱买书，这样，他就省下了很多的生命，可以安心去读书、写作。我不仅仅要给孩子生命，更要给他一个向上的灵魂。在我的心中，书是另一种意义上的传家宝。

地主陈守生一家

上小学前，我老是摸村里娃儿的书，有时偷偷摸摸，有时还得巴结他们。所以，上小学的头一天，我就很兴奋。但事实上，上小学也没能让我看到多少书，学校里只有教材，没什么闲书。不过，我因为上学，就识字了，能看的书也越来越多了。

比起村里的其他娃娃，我算是比较幸运的。除了在舅舅家能看上书，爹也到处给我找书之外，我家院子里还有一个读书人，叫陈守生，在他那儿，我也能借上书。不过，他借给我的，也只有冰心的一部小说，写一个叫丁丁的孩子游北京城的经历。他还有两本书，是《拍案惊奇》之类，我一直没借到——那时这类书是"四旧"，他要是借给我，叫人知道了，会挨斗的。我上小学时，整个村子里，就只有他的这三本书和爸爸给我买的两本小人书，此外，就再也找不到其他闲书了。

这次请东客时，我特别安顿陈亦新，一定不要忘了陈守生。

他说，忘不了。

陈守生是我最早的伯乐，在我很小的时候，他就常常对人说：那个娃娃将来有出息。他的依据是我爱看书。我入迷地阅读我能找到的任何书，常常能看到黄昏之后，仍然恋恋不舍。有时候，守生哥会叫着我的小名，跟我打赌，说我的这种看书法，将来肯定是近视眼。我说肯定不会近视。我躺着读了半辈子书，小时候也在昏黄的傍晚看书多年，怪的是，眼睛并没有近视。这是命运给我最好的礼物了，让我能够尽情地看书。每逢在高校讲座的时候，看到那些孩子们，戴眼镜的特别多，几乎都是近视眼，那么年轻，眼睛本该是明亮清澈的，却都近视了，心里就会心疼这些孩子。同样是读书，他们被所谓的功课弄成了近视眼，而我看了一辈子的书，却没有成为近视眼。目前，跟我同岁的好些人的眼睛也老花了，我的眼睛还能支持我读大量的书，不近视，不老花，有人说这是前世在佛前供灯的原因，也许吧。

陈守生是村子里不多见的有文化的人，他的成分高，是地主。因为这个原因，他受了很多苦。还是在很小的时候，我家跟他家住一个大院子，凉州人管这种院子叫伙院子。他们家的条件一直比我们好，每到吃饭的时候，他妈会将面条挑得高高的，吸进嘴里时，会发出很响的声音。我妈很讨厌她这一点，妈的意思是，她在嚣张我们。但我不这样认为，我觉得这只是一种习惯。但在那时，我们家是很难吃到面条的。所以，妈一直将守生妈高挑起面条的习惯当成一种嚣张，在后来的日子里，她每次提起，都会夸我们有志气。我们很小的时候，就从来不望她挑得很高的面条。妈认为，我们没给她丢人。

按守生哥的说法，他们家，以前也不曾剥削人，他们只是比一般人家勤劳一些，有了几亩地，就成地主了。

刚开始划成分时，许多人都觉得地主好。我有个佬佬就不喜欢政府给他划的贫农成分，他要当地主。为了能当上地主，他一次一次哭哭啼啼地去找干部。他的行为，后来成了村里人常讲的笑话。现在看起来，那时候真是一个荒唐的年代，将人分成不同的成分，填写登记表格的时候，就有专门一栏。这种荒唐，很像人类历史上常有过的那种等级分类，将人分成不同的等级，以显示社会地位的区别。其实，这都是人类自己为自己制定的一些游戏规则，每个人都在这些规则里或喜或悲，跳不出来。正所谓，身在梦中不知梦。那诸多的梦，扯出了人类诸多的悲欢离合、恩恩怨怨，也构成了人类世界的复杂和丰富。

我们管守生妈叫娘娘。小时候，我印象最深的事，就是娘娘的挨打。后来，《西夏咒》中雪羽儿妈的挨批斗，其生活原型，就是村里人对守生妈的批斗。那时的批斗非常野蛮，村里人拿着树条，围了几个地主老婆子，狠狠地揍，揍倒一次，叫她们起来，再揍倒。这就是村里人常说的斗地主。每次斗地主，成了村里一些年轻人的节日。但现在想来，我只觉得，那简直是一场噩梦，每每念之，心里就发疼。很多读者读到《西夏咒》批斗的那一章，心也会隐隐作痛。那一章，将人性的丑陋揭露得淋漓尽致。我知道，那是人类的伤疤，已经化脓了。之所以在书中揭露那些，就是想要找到造成那些伤疤的原因。只有找到病因，才能疗伤。虽然揭开伤疤很痛很痛，但是知道了病因，找到了药方，就能铲除病根，恢复健康。想起那段岁月，我心里就疼。直到今天，看到那些斗人的、打人的、害人的暴行，我都会感到疼痛。同样是人，人类为什么总要相互残杀呢？几千年来，人类总跳不出这个魔咒。

陈守生有两个妹妹，一个叫玲玲，一个就是带我去挖大豆的川兴女，我叫她们姐姐。每次批斗她们的妈妈时，她们的眼睛就哭得红红的。一次，我看着一群人围了她们的妈妈，一次次打倒她，姐妹俩就在小河边上哭。她们一边哭，一边用河水洗脸，这样，人们就不会发现她们在哭。那时，村里的夹河里，有从祁连山上流下的雪水，很凉。那两个女孩子，就在河边哭着洗脸，她们洗呀洗呀，一直洗个不停。这一情节，我印象很深，就写在了《西夏咒》里。在那个年代，两个弱女子，根本无力改变命运，她们除了眼泪，无能为力。要是她们的眼泪叫人看到了，还会招来更厉害的批斗。那时，跟"四类分子"——即地主、富农、反革命、坏分子——要划清界限，是连自己的亲妈都不能认的。在那段岁月里，在那种政治环境里，每个人都会被裹挟，根本没有力量去阻挡。那时节，我还是个孩子，望着村人们的那些暴行，也不觉多么吃惊，但斗人的情景，却刻在脑海里，挥之不去。

爹一直对那种批斗很反感，当一些积极分子十分恶劣地对待地主婆时，爹就会骂那些积极分子。爹说，谁都是人，不要干那种下作的事。我家的成分是赤贫，属于根红苗正的人家，爹说这话时，倒也没人找他的麻烦。

冒尖户陈银山父子

那时节，村里老是批斗人，有时是地主，有时是"四类分子"，有时是"冒尖分子"。"冒尖分子"就是在村里生活过得比别人好的那些人。

我爹的赶车技术，是跟一个叫陈银山的马车夫学的。陈银山是《白虎关》中大话的原型之一，他的脑筋活，有闲钱，每当爹困难时，一问陈银山借钱，陈银山就解开系腰——就是系在腰里的一匹布——在一个大口袋里摸索一阵，就会挖出一把钱来。因为这个原因，还因为他家日子过得比别人家好，就成了村里的冒尖户。

陈银山成了冒尖户后，村里就要批斗他。爹是贫农，有机会参加队里的批斗筹备会，散会后，爹就将这消息告诉了陈银山，说你可要准备好，明天人家要批斗你哩。次日，批斗时，陈银山就光着身子穿了大皮袄，那皮袄充当了盔甲，这样，大家即使抡起条子猛揍，人也不会太疼。书记很生气，喝声说，脱了皮袄！脱了皮袄！大家上前，一脱他皮袄，发现他光着身子，就没人敢脱了。陈银山就这样躲过了好几次的批斗。这个细节，我后来也写在《西夏咒》里斗吴和尚的那一节中。

每次提起这事，爹都会笑得合不拢嘴。

陈银山的独子叫陈玉文，是我小说中某个角色的生活原型之一，也是我的小学同学。

小时候，我最爱去的地方，就是陈玉文家。他家那时很阔，有一套很气派的家具，上面画了些花鸟之类。便是现在看来，那家具仍是很好的。在村里，这是独一家。我一到陈玉文家，他的母亲就会给我好吃的，比如煮熟的豆子之类，在当时，这是别人想都不敢想的好东西。许多时候，回忆起来，我记住的也就是那么一些细节。

小时候，在我的记忆里，吃过的最好的东西，都跟陈玉文有关。除了他家里常有好吃的外，陈玉文老是用自行车捎了我，去他亲戚家。一次，他捎了我去河北里——村里人管边湾河以北叫河北里，那时它属于永昌县，现在属于金昌市。那时，我正在上小学，本来是星期天去的，不料想，那人家十分热情，不叫回。后来，一家请了，又一家请，吃的尽是我以前很难吃到的好东西，像油饼、鸡肉之类。一个星期后，我们一定要回了。但我们到边湾河边，发现山水很大。我坚决要走，于是，我们推着自行车，下了水，但那强劲的山水一次次想冲倒我们。送我们的亲戚试了试，说，你们要再走，非出事不可。我们就又留了几天。要是那时我坚持走，肯定会叫山水淹死的。凉州人把从山上下来的洪水叫山水。那时节，老有被山水淹死的人。村里好些人嗲着河北里人的口音说，夜来个来哩没来，今天来哩山水大着过不来。一学，就有好些人笑。

记得，我们过河时，山水滚滚滔滔，有一种铺天盖地的味道。那河，就是我小说中的边湾河。《长烟落日处》《入窍》中的故事，就发生在边湾河里，这河里，老听说闹鬼。深夜和焦光晌午，一般人是不敢去的。在凉州的传说中，焦光晌午，也是鬼容易出没的时辰。若是算时辰的话，那子午两个时辰，容易招鬼。在其他地方的传说中，鬼是怕见太阳的，可是凉州的鬼，却爱在焦光晌午的午时出没，不知道凉州为啥有这样的说法。

至今，我还记得自己接触山水时感受到的那种涌动的大力。山水强劲而来，把自行车都冲歪了，带我们来的是个很健壮的小伙子，他也扶不住车把。他坚决地叫我们回去了。若是那天我们真的过河，定然会死在汹涌的山水中。

　　后来，细想来，有很多次，我都经历过这种可能会失去生命的关口，只要一次过不来，就不会有今天的雪漠了。可见，我们的生命，有时其实也是一种偶然。生活和生命中，充满了这类无常。

　　关于陈玉文一家的故事，我写在了《长烟落日处》里。他的父亲死得很早，是癌症。我爹陪他父亲度过了最后的岁月。他父亲生病时，我爹也一直在照顾着。后来，还照顾他家。陈玉文的大姐常常会提到我父亲对他家的好，后来，她回家时，常常会给母亲带点水果或盐之类的东西。

　　陈玉文的母亲也死得早。他父亲死后，留下八个孩子，其中七个女孩，一个男孩，生活开始艰难了，家道也随之破落了。他母亲就想改嫁，到村上去开证明时，反叫村里的干部臭骂了一顿，内容很是难听，意思是你丢人不如喝凉水。后来，她抑郁了几年，也死了。

　　每次，听母亲谈起那个鼓了勇气去大队开证明、反叫羞辱了一顿的女人时，我总是会心疼。很难想象，那个弱女子如何在那个年代养活八个孩子。现在，生活条件这样好，养一个孩子，很多年轻夫妇都觉得有点吃力。你想一想，在60年代缺衣少食的那时，一个女人拉扯八个孩子，还不能像现在的女人那样去公司里工作，其艰难程度可想而知。

　　母亲死了，陈玉文的大姐就担起了全家的重担。她是个很有担当的女子，村里人一提起她，都会竖大拇指。西部有很多这样的女子。我曾在散文《凉州与凉州人》中专门写过西部女人，她们天生就有那种坚韧和不屈的精神力，再沉重的生存担子，也压不弯她们的腰。这是令我真心敬佩的一点。所以，在我的小说里，她们的精神都化为了小说中西部女性的灵魂。

　　陈玉文，这次也成了我的东客。

　　我请的很多东客，大都与我小说里的人物有关，他们为我的创作提供了最为鲜活的生活素材。虽然他们自己根本想不到，也不知道自己已经进入我的小说，因为其中有很多人其实是文盲，有的，连小学也没有读完。他们不可能读到我的书，即使能读到《大漠祭》，也可能会找不到自己的。更或许，他们根本意识不到自己会是一种文化的载体，也不知道自己的心灵中会有那么美的东西，自己的身上承载着那么高贵的品质。他们更不会想到，这个世界上，还会有另一种审视生活的眼光。他们仅仅是活着，以前是那样活着，今天仍然是那样活着。活着，就是他们最大的目的。他们只是一群活着的非常质朴的西部农民，和我的父母一样。《大漠祭》的题记中曾经写道："我不想当时髦作家，也无意编造离奇故事，我只想平平静静地告诉人们：我的西部农民父老就这样活着。活得很艰辛，但他们就这样活着。"

每次回村，我也想告诉他们外面的世界，但每次聊天，谈的多是村里的一地鸡毛，东家长西家短的。我想将一个更大的世界奉献给他们，无奈，他们进不去，他们的心灵一直死死地封闭着，打不开。他们世世代代就活在那块土地上，怎么也走不出来。

我很想，借助这次婚礼，让村里人感受到另外一个世界，让外面的清风拂过他们的心扉，让他们走出这个小村庄，让他们看看外面的世界。但很多时候，我也只能是尽尽心而已。

父亲耍人

爹对陈银山和他家人的好，是真好，没半点功利的。里面除了善的本能之外，还有一种感恩。陈银山对爹也好，不但教给他驾车技术，还在爹困难时，给爹借过钱。

这一点，我跟爹很像。我也总是记着别人对我的好，哪怕是一个微笑。别人的坏——其实，了义地看来，哪有啥坏呀？——我总是忘了，因为我明白，那坏，仅仅是别人一点情绪的宣泄，情绪一过，坏就也消失了。别人的好，却总能在我的生命里闪着，成了一种心灵的营养。但是，很多人就是不明白这一点，一生里总是恨这个人，骂那个人，总是在心里一直纠结着，久而久之，本来是鸡毛蒜皮的一些琐事、一些小矛盾，因为天天念叨，天天挂着，便真成附骨之疽了，一辈子都挥之不去，烦恼着，折磨着自己的心。平日里，天天在一个村里，也总是明争暗斗，嘀嘀咕咕，搬弄是非，好没意思。

常言说，冤家宜解不宜结。事过了，境迁了，一切都会变的，那些恩怨，没必要压在心里。所以，该放下的就放下，该解了的就解了，活得从容一点、明白一点，让心舒坦一点。

爹的几十年里，也跟一些他称为穷恶霸的人有过交锋。他每次谈起，总有种惊天动地的味道。他老是谈起其中一位曾经的大队书记。那人，是《西夏咒》中谝子的原型。六〇年饥荒时，他正当大队书记，虽然村里有战备粮，但还是饿死了很多村里人。就是因为这个原因，村里人管此人叫贼骨头。我从来没叫过他的外号，每次见他，我总是会叫他爱年佬。

爹对爱年佬一直有仇恨。按爹的说法，爷爷便是在叫他斗过后得了噎食症。凉州人认为人生闷气，是会得癌症的。以前，我对此说一直有怀疑，后来，它竟然得到了科学的认可。当代科学也认为，情绪是影响健康的重要因素。一般得癌症的人，在发病前，定然有一段情绪低落期。这样说来，爹对陈爱年的恨，也是有道理的。我虽不赞同，却也觉得不能怪他。在凉州人眼中，世上的仇恨，最大的是杀父之仇。

于是，在某次跟爱年佬发生纠纷时，爹趁机教训了他。爹抡起一条棍，在爱年佬腿上抽了几下，爱年佬惨叫了许久，据说腿上青瘀了，但不至于受很重的伤。可见，爹虽然恨他，但还是有自己的底线，绝不会因为仇恨，做出底线以下的事来的。但爱年佬还是向当时的书记奎年佬告了状。后来奎年佬来找爹，爹理直气壮地说，谁叫他当初斗了我爹，我爹就是叫他气死的。爹这么一说，奎年佬不好说啥，打了个哈哈，这事就算完了。

此后的多年里，爹总是向我谈起他的这次复仇之战，每次谈到，总是眉飞色舞，会年轻很多。这是爹一生里最耍人的事之一。你想，他将村里曾经的谝子书记打了一顿，这是多么叫人扬眉吐气的事，在村里，这几乎是空前的。

我虽然练过武，但除过仅有的几次被逼无奈而出手，或仗义而为外，我轻易不出手的。我练武为的是强身健体，而非打人。于是，爹说我没耍过人。爹老说他年轻时耍过很多次人。七十岁那年，爹跟陈亦新谈起我，还说，唉，你的爸爸没耍过人。凉州话中的耍人，含义很丰富，当你做了某件事，叫人喝彩了，你就耍人了，此外，还有精彩人生、让人羡慕等诸多含义。现在想来，也倒是，我生命最黄金的二十多年，大都在关房里过了，现在到了岭南，仍是藏到森林边的关房里，经年累月地离群索居，想耍人，既没那个时间，也没那个机会了。呵呵，难怪爹为我惋惜呢。

不过，即使有那时间，有那机会，我也不会耍人的。我没有那种耍人的欲望。在我的心里，对他人，除了有一种广义的爱之外，没有别的，我只想把心里最美的东西分享出去，能让人快乐开心。此刻，写出爹的耍人故事，我心里有一种奇怪的明净——无论多耍人的事，毕竟都恍若隔世了——还有对父亲浓浓的思念。我就将这些事记下来了。既然想起了，就记下吧。如果没有打开记忆的契机，我会一直沉浸在自己的明净中，很少想到其他东西。

我对爱年佬一直生不起恨意。他瘦若鸦片烟鬼，总在自家庄门口蹲着，一见我过来，总是热情地打招呼。我很难将他跟饿死村里人、狠斗人的那个谝子书记联系起来。十多年前，我的《大漠祭》出版之后，有两个人最先知道：一个是瞎贤贾福山；一个便是爱年佬。他们两人老听收音机，便最先知道一些大事。爱年佬最叫我感动的是，某次我到他家采访一位客人，他总是替我发问，他问的，总是我最需要的那些事。他一边问，一边会心地望着我笑。他明白我得到了很多好素材。他的笑，至今还在感动着我。我不管村里人对爱年佬如何有意见，如何地恨他、骂他，但是在我心里，他就是一个瘦弱的老人，我对他，总有一种悲悯。

我十九岁那年的某一天，爱年佬家来了几个外地人，很横，见谁打谁，村里几位老人都叫打了，还打了我爹。弟弟连夜赶到南安中学叫我，我赶回村里时，正碰上那几个二流子回屋。原来，他们一打我爹，爱年佬就急了，说，你们快跑，他儿子武功好得很，你们要着祸哩。那几人慌忙而逃，逃到后院的麦草堆中躲着。不想，南安离我家较远，弟弟一去，我一来，就一个小时了，时值冬天，他们扛不住冻，刚刚回屋，我就到了。

那几个人见了我，想仗着人多耍横，我稍稍使了几招，他们便怕了。我就要求他们带村里挨了打的老人去医院检查。后来，在陈让年的调解下，他们给每个老人出了五十元医药费。

这五十元钱，让那些挨打的老人开心极了，马上要过年了，上世纪80年代的五十元，在乡下老人的眼中，实在不是个小数目。但后来，我一直为这五十元纠结，因为那些老人并没有拿钱去看病。我不知道，自己是不是做错事了。后来，每次想到这事，我就觉得有些不该。

不过，那时节，能为村里人做这事的，也只有年轻气盛的我了。要是有我在，外村的那些二流子是不会来闹事的。倒是常有些人在星期天来找我，他们多是外村人，想找我比武。我很少跟他们比，我只稍稍露两手，他们就服了。那时节，我已练铁砂掌、易筋经多年，轻轻一拍，一堆当地的硬核桃就成了面粉状。我可以叫任何人打我的胸腹；我可以用胳膊跟钢筋对打，将它打得像面条一样；我能轻松地翻越任何一道我手指能够抓到的墙壁。二十五岁之前，这一切，曾让我在当地赢得了相当的尊重。

爱年佬的老婆身高力大，老是跟人家打架，一般男人根本不是她的对手。她养的娃儿多，几个女儿也跟她妈一样厉害，村里没人惹得起。偶尔要是有人惹了她，除了遭到一顿粗野的臭骂之外，一家人还会一窝蜂围了去，好不热闹。只有根喜不参与他家的战斗，所以村里人对根喜很有好感。

根喜是爱年佬的大儿子，但不是亲生的，是领养的。村里人管领养的孩子叫抱疙瘩。这称谓，有歧视意味，但村里人并不歧视根喜。

歧视根喜的，是他的后妈，也就是那个高大强壮的女人。小时候，老见他妈打他。他妈手中拿的物件总是很怕人，大多是很粗的棒子。他妈边揍他，边咬牙切齿地说，我砸绵你的骨殖。我虽然不知道啥是骨殖，但还是怕听到她的这类话。我的爹妈是很少打我的，至多会在屁股上扇我几巴掌。很小的时候，爹妈一般在鸡叫不久就会下地干活，下地前，总是会安顿，叫我做好山芋米拌面。我总是迷迷糊糊地答应，但很快就会沉入梦乡。有时，还在梦中呢，妈就会掀起被子，在我屁股上猛扇几下。小时候，我挨的，大多便是这种打。所以，一见根喜后妈抡了棒子砸他的骨殖，我总是感到很恐怖。我不知道，那后妈对根喜有啥深仇大恨，又骂又打，那打是实打，我看了都后怕。

刚开始挨打时，根喜会缩了身子死挨，至多举起手挡一下那飞来的棒子。一天，他正挨打时，一个老人叫，娃子，你咋不跑？跑呀，你又不是没有腿。从那以后，根喜知道了，挨打时，他是可以跑的。于是，老见根喜边惨叫边逃，后面跟着举了棒子追他的后妈。因为根喜满街跑的原因，他每次挨打，村里总是很热闹。后妈的声音，总是在满村里啸卷，让人不寒而栗。正是在根喜的后妈身上，我才明白了人们为啥把"后妈的指头"和"三伏天的日头"并列在一起。

某次，想逃跑的根喜逃得迟了些，叫后妈逮住了，叫他在自家庄子后面的园子里挖了个深坑。挖好坑后，后妈推下了根喜，她当然不敢活埋，她只是想惩罚根喜。她用土埋了根喜腿、屁股、胸膛，一直埋到脖子里。然后，后妈回家了。不久，村里一位老人发现根喜的脸已经紫了，马上叫人挖出了他。因挖得及时，根喜才没有死去。

也许是为根喜打抱不平的原因吧，小时候，我就一直不喜欢那后妈。

村里人和根喜后妈的纠纷，总是以村里人失败告终，只有一次例外。某次浇水，那后妈将我爹扔进了水口。我闻讯赶到时，爹还在水中，我还没问明缘由呢，她带着几人又向我扑来。那时节，我刚过二十岁，武功已很好，只几腿，就将对方踢翻在地。因为也想给根喜报个仇，对他后妈，我格外用了点力。怪的是，这一次，她们忽然蔫了，也许是没见过我这种打法，一下子叫镇住了。

根喜后来结婚了，他的老婆也老是挨后妈的打。多年之后，他们终于结束了苦难，跟后妈一家分家了。

据说，根喜什么也没有分到，差不多净身出门。没处栖身的他们，就住在队里的机井房里，很是可怜。后来，队长陈叶年号召队里人捐助，有钱的出钱，有物的出物，在一处空地上为根喜一家盖了房子。这事，是我们村里最能感动我的事之一。每次想起，心头都能荡起一晕温暖。

上次我回家时，爱年佬已经死了，根喜和他的两个兄弟还在。根喜家已经很富足了。他的儿子也在外地打工，老两口日子过得很滋润。倒是根喜后妈很疼爱的弟弟很潦倒，他说，我马上也贷些款，盖上一院子房子，老子也好好过它几天。只是，一直想贷款的他，却一直贷不到盖房的款。倒是他一向看不起的抱疙瘩根喜，盖起了一院子很阔气的房子。勤劳的根喜，也赢得了村里人的尊重。

这次办婚事，受我的委托，陈亦新去请他们三兄弟。他们也或多或少地出现在我的小说里，《大漠祭》中的白狗，就有他们的影子。

陈儿村的孟八爷

这次我请的东客中，还有一位老人，他是"大漠三部曲"中孟八爷的生活原型之一，叫陈让年，也是村里人中，我最先请的东客。

虽然陈让年不是我的当家子，但我还是最先请了他。在凉州，当家子的意思是本家。我们队里，就有许多"部落"，如金银城、巷道里、新庄庄、陈开明家的等等。陈让年属于金银城，我家属于巷道里，两家不是一个"部落"，但我最想请的东客之一，便是陈让年。

听说他前些年患了癌症。凉州是癌症高发区，几乎每家每户都有癌症患者。对此，有多种说法：一说是西北方戈壁上曾试验原子弹，有放射性的元素随西北风飘了过来，导致了癌症高发；一说是生活习惯，说凉州人喜欢吃浆水菜，这是一种沤了几个月甚至一年的酸菜，里面有许多致癌物，不过，现在早没人吃浆水菜了，但癌症却仍是高发；一说是凉州人吃饭太快，容易烫伤食道和胃，一烫伤，细胞就会修复，一次次烫伤，一次次修复，要是一次修复不成功，发生异化，就成癌了。因为家乡人多患癌，包括我的很多亲人，也都因患癌而死去，所以我一直以来，认真研究医学和气功，想找到一条能够造福家乡人的途径。我的床头上，堆的大多是医学类的书籍。我读过上百本医书，但我一直没有找到一种真正能为大众所接受的妙方。

陈让年是我的佬佬。他为人极好，除了嫉妒他的一些当家户族外，没人说他坏话。小时候，我每次看到那些开国皇帝之类，就想，要是陈让年处在乱世中，也会是这样的一类人物。

无论什么人，只要向陈让年求救，他都会帮他。几年前，我家很穷时，爹遇到难处，总是会向他或他的侄子陈开财开口。每次，他们都会借钱给爹，爹一有了钱，也会首先还他们。虽然仅仅是借钱，但这种帮也是很好的。所以，一想到这，我就想请他，借此表达我的感谢。人在困难的时候，能够伸出援助之手，借钱给你，是很不容易的，特别是那个年代，大家都很穷。

一位朋友曾对我说，一个人虽然会认识很多人，但你要是遇了事，能够张开嘴向他借钱并能借到的人，不会超过十五人。不管别人如何，他这理论，确实是适合我的。在我闭关多年，刚从关房里出来的那时，正赶上我买楼房，外出借钱时，叫我能张开嘴说出"借"字的人，实在是太少。这也许跟我从不求人有关吧。但那时，还是有人帮了我，我才在凉州有了自己像样的房子，有了自己独立的书房和佛堂。买楼房，还源于一件事，那时父亲得了癌症，我知道他的世寿不多了，只想让他进城，好好地享受一下生活，尽尽孝心。还好，我做到了儿子该做的一切。

陈让年是个知恩图报的人，我曾在《文学朝圣》中谈到爹救他女儿爱爱的事。爹当了一辈子马车夫，村里人管马车夫叫车户。在当时的队里，车户是很有地位的，工分也挣得最高，一般人出一天工是十分，车户是十四分。他有着能支配三匹骡子、一匹马和一辆大车的权利。在农村，这是独一份的权利。因为整个小队里，有三十多户农民，只有爹掌管着这一辆大车。于是，谁家遇到急事，总是会求爹，爹也总是二话不说，套了车就走。某一夜，爱爱得了急病，就是爹连夜赶车去救下的。医生说，再迟一会儿，就没救了。后来，陈让年老提这事。

在长篇小说《白虎关》中，孟八爷喝酒时唱歌的事，就是陈让年告诉我的。他的性格和为人，也为我塑造孟八爷提供了生活素材。当然，孟八爷的原型不仅仅是他一人，西部有许多这样的人。他们的精神和品格，都汇入了我的孟八爷。其实，我小说里的人物，基本都是如此，虽然我写的那一个个鲜活的人物，似乎在生活中都能找到相应的原型，但那不是我照搬生活，而是再创造。每个主要人物的身上，看似是单个的人，实质上都凝聚了诸多人的精神，是高度集合体。所以，好多读者读了之后，都会说自己是莹儿、是兰兰、是猛子、是灵官等，也会在生活中发现身边的人，有老顺的影子，有莹儿妈的影子，有双福的影子等。

陈让年最爱唱的歌，是陕北民歌《蓝花花》。每次一喝酒，他都会唱：

青线线的那个蓝线线蓝个盈盈的彩，
养下了个蓝花花实实个爱死人……

他一唱，在场的人都笑。要知道，凉州人爱摆酒场，每次来客人，不喝得叫客人倒吐，就等于没招待好客人。所以，村里一过红白事，满村里响的，便是猜拳声。在凉州人的一生里，有两件大事：一是红事，就是婚礼；二是白事，就是丧礼。凉州人都会当成喜事来对待。许多时候，你要是参加村里人的发丧，总是会笑破肚皮。村里人管看丧事叫看红火，整个院里，挂满了花圈彩幡，唢呐吹的，不仅仅是哀乐，有时还会充满了喜庆味道。等到那道人举了鹤儿幡跑桥时，院里会一片笑声。最初，我不理解，为啥凉州人将丧礼当成白喜事，弄得如此红火。后来，我才明白了，经过这一番红火后，家里人失去亲人的痛苦就会被冲淡很多。死的已经死了，活的人，不要沉浸在死去亲人的悲痛中，还要好好地活下去。

我的同学叶柏生去世之后，是按新式的追悼会发的丧，此后，他的夫人一直沉浸在哀痛中出不来，长期下去，会非常危险。后来，我常常电话安慰，叫她看书，她才走了出来。我当然能理解凉州人的智慧。这种智慧，也许在外地人看来，有点不近人情，觉得失去亲人应该悲痛万分，如果没有悲和痛，便认为这个人没人性。于是，本来就没有人性，并不真悲痛的一些人，也会如演戏一般，伪装出巨大的悲痛来，好像只有这样，那不孝的名声才不会落在自家身上。在送殡的人群中，我只要细细倾听那一片哭声，就能分辨出哪是真哭，哪是假哭。这一点，在我的小说里都有描述。许多时候，各地的婚丧事，最能真实地反映出人性来。

陈让年在酒场上唱歌，也有这种搞笑的意味。在生活里，笑声总比哭声好。再说，他也不想叫人喝得红头黛脸，吐得一塌糊涂，既伤身子又花钱，要是遇上酒风不好的，还会闹出事来。

村里的明白人，管陈让年的这种行为叫搅场子。搅场子本是不礼貌的事，你想，人家喝到兴头上，你却搅场子，是很不礼貌的，对客人来说，有种逐客令的味道，但陈让年的搅场子，让大家不易觉察，待得大家的注意力从喝酒转到听歌后，他就会说：喝好了！各回各家吧。于是，大家趁机就散了。要是没个搅场子的，主人是不好发话的。主人要是先提出不喝，就等于赶人家走了。

在《白虎关》中，当白福妈来看亲家时，我就写过孟八爷的一次搅场子。那孟八爷唱的《闹五更》的唱词，我几乎没改动。那民歌，写出了凉州人婚礼中的许多精妙，也符合当时主人公莹儿的许多心理。要是没有那段民歌，整个章节会逊色很多——

姑娘二十一，打发到婆家去；
一根葱的那个身坯儿，越看越稀奇。

一更里照明灯，来了个铺床人；
核桃和那个枣儿哟，啪啦啦满炕滚。

二更里吹灭了灯，小两口嘴套上亲；
有心说两句知心话，又怕有听床的人。

听下了听下吧，小妹妹不怕它；
盘古爷遗下的，有那个听床的人。

三更里月儿升，小哥哥把脚儿蹬；
小哥哥你不要蹬，尕妹是明白人。

解开了贴身衣，露出了白肚皮；
胳膊儿搂得紧，嘴唇儿甜蜜蜜。

四更里月偏西，架上的鸡娃儿叫；
骂一声扁毛虫，你叫得太早了。

五更里月儿落，高兴地睡了个着；
下巴儿顶着了，哥哥的汗散窝。

小叔儿去踩门，喊着却不答应；
隔窗儿捣了一木棍，新媳妇才惊醒。
小姑儿去踩门，鼓着尕嘴儿笑；
新媳妇撇撇嘴，丫头你不要笑，
等你给上个婆婆家，好不好你知道。

陈让年当过公社革委会副主任，属于工农干部。他很能干，工作也做得好，虽在公社干事，但没听过他整人。他很像陈永贵，当公社主任时，他的户口还在农村，一直没有转干。后来，他又在乡上开过饲料厂，为乡上挣了很多钱。再后来，就回乡当农民了。

陈让年的农民当得很滋润，总是显得很富足。他老是养猪、养牛，或是养别的，所以他不缺钱。村里要有人病了，他总是会买了礼物去看。一见到人，远远地，声音就响了，总是很热情。他的那份热情是真的，不掺假，也总能给人一份好心情。后来，我出了凉州，到过很多地方，也到过一些城市，但很难见到陈让年这种独有的热情。那发自内心的笑，渗透着西部农民的那种质朴和实在，没有功利，没有算计，没有伪装。这样的人，不多。

想到陈让年时，我总是能感受到凉州的那份大气和厚重。

被班主任骂了一年

请村里人时，我顺便请了我的初中同学，像许建生、学海都是初中同学。虽在一个城市，也联系不多。

我的初中，是在洪祥公社中学上的，学校离陈儿村有两三公里远。公社这个词，现在有些陌生了，那里现在是洪祥镇，在凉州城北乡，也算是凉州比较好的乡镇之一。

在洪祥中学，我上了两年半。我的文科成绩一直很好，不用咋费力，就有好成绩。现在想来，那时学校的师资力量真的很弱，给我们上课的老师，在上课和分析课文时，都用差不多的一些词，都是些模式化的东西，套话，比如"言近意远、情景交融、中心突出"等等，每篇课文差不多都那样。就连学生们写作文，也差不多，大家都说那些话，都抄那些文字。一个班的作文，拿出来对比一下，几乎都一样，区别不大。孩子们天赋的想象力和创造力就这样被无情地扼杀了，鲜活的灵魂都被模式化了，失去了个性，失去了心灵飞翔的可能性。模式化的教育，把一个鲜活的生命，在很小的时候，就变成了侏儒，这些孩子长大之前，就已经定型了，再要开发，很难。这是很可怕的。

后来，我在凉州办公益图书室，办作文班，还想在凉州办学，就是想从孩子抓起，教他们好好读书，成为新一代的人，但因种种原因，机缘不成熟，都搁浅了。我只好离开家乡，客居岭南。虽然离开了凉州，但看到孩子们仍在那种怪圈里转时，我实在感到很心疼，因为，太多的孩子，其实都可以有个好的未来，有个灿烂的明天，却不得不在父辈旧有的观念下，在功利化的教学体制下，被阉割了鲜活的灵魂，失去了独有的个性。这真的叫人心痛。有一次，班里上劳动课，班主任叫我把家里的架子车拉来上课。架子车是凉州人常用的一种农家车，将一个木制一米多长的车厢架在两个胶轮上，能装比较多的东西。那时节，我家连小推车都没有，哪有架子车，我只好说没有。贾老师当然不信。我长得白白净净的，一点也不像穷人家的孩子，而且还穿着条绒衣服——那是别人穿过的旧衣服改的。他说，你条绒衣裳都能穿得起，会没有架子车？因为这事，大约有一年多时间，一上课，他就会指桑骂槐。他骂我的神情，至今我都忘不了：咬着牙，狞着脸，从牙缝里挤出话来。内容倒大致相似，由于我没有品质上的毛病，他只能从我的外貌上来形容。他说得最多的话，就是"鸽娃脑袋爹上""大鸡巴拉子耍上""老公鸡不叫了小公鸡叫"。凉州人骂人是一流的，有很多经典的话语。当时我觉得受不了，自尊心很受伤，但现在想来，也很有趣。

有时，我也会产生不想再去上学的念头，感到很可怕，但是我爱读书，只有到学校去，所以即使老挨骂，我还是要去上学。那时，我不知道贾老师为啥总爱骂我，这成了我的一个噩梦，很长一段时间里，我都处在那种状态中。

班主任骂我的话，真的很形象。"鸽娃脑袋"大家都懂，意思是我的头不大，那时我很瘦小，要是我的头很大，他就会骂我猪脑袋，可见当初我是营养不良的。凉州话中的"爹"字，就是抬得"高高的"的意思，这是用来形容骄傲的。可见那时，我很不谦虚，自我感觉良好。这自我感觉良好，是我的一个特点。我一直不知道这是毛病，总觉得自己不是一般人，一直有使命感，也一直认为我定然会辉煌，你也可以理解为自信，只是我不该把那种自信表露出来，一表露，就成"鸽娃脑袋夆上"了。后来，我还多次地把这个自信表露出来，说我啥时在甘肃成名，啥时在全国成名，当时很多人听了之后，都以为我在吹牛，但怪的是，后来皆应验了，但在说话的当时，人都不随喜我，含蓄者说我自我感觉良好，不含蓄者就骂我"鸽娃脑袋夆上"，讥讽我，嘲笑我。

那"大鸡巴拉子"，是玩世不恭的凉州话表述。鸡巴在凉州指男性生殖器。"大鸡巴拉子耍上"时，等于一个人像勃起的生殖器那样，丝毫不收敛，也不谦虚，上摇下晃，不可一世。呵呵，可见我那时，真是太不谦虚了。

那"老公鸡不叫小公鸡叫"，是指一件事。

那时的中学经常开会，我刚进校时，每次学校开会，班上就让我发言。那时的发言，内容多是学习雷锋之类。刚开始，每次发言之前，我都会写一篇很长的发言稿，那时，我就尝到了写作的乐趣。

我天生有一种独特的眼光，总能看到大家看不到的东西，总会留意大家不关注的现象，总当面说一些别人只在背后嘀咕的话，也总是想一些大家不去想的问题。所以，我的发言，总有一些独立思想、独特个性，再加上内容往往是批判性的，就不招老师和一些同学的喜欢。

老师们不喜欢我，是因为我不听他们的话，也不说他们爱听的话；一些同学不喜欢我，是觉得我太骄傲。事实上，我不是骄傲，而是不愿改变自己、迎合别人。

我身边的人，大多被固有思维捆得牢牢的，一方面不接纳不一样的观点——哪怕那观点显然是正确的——另一方面，也总想同化持不同观点的人。所以，他们总想改变我，让我失去个性，让我变成他们，但不管他们怎么修理我，我都一直坚持自己。

从初中起，我的写作天分就慢慢体现出来了。怪的是，我虽然是一个十几岁的孩子，却从来没有写过小情调、小情感的东西，我始终在关注生活、做人、理想、意义等主题。

但后来，因学校的会议多了批判性的内容，我就不想再代表班级发言了。我不喜欢那种批判味道。我不发言，班主任就指定了一个新的发言人，我就成了"老公鸡"，他就成了"小公鸡"。这就是"老公鸡不叫小公鸡叫"。

那时，班主任用这几句话骂了我足足一年，这让我有了噩梦般的记忆。

几乎每次上课，他都会骂那几句话。那一年的训练，让我的生命力变坚韧了。后来换了班主任，那新班主任就换了新的说法，只说我骄傲。这"骄傲"，是学生时代伴随了我许久的一个评语，说明在学生时代，我是很不低调的。

后来，参加工作后，校长也是这样，每次开会，他要是不批评我，我就会觉得很意外。但即使老挨批评，我也像凉州人说的，"冷水上敲了一棒"，心中浑不在意，一散会，我就唱着歌回家，去干自己的事，了无牵挂。后来，一位青年女老师偷偷对我说：我最佩服你，人家那么骂你，你却不在乎。我笑道，你不就是说我脸皮厚吗？人家当官的就是要骂人的，不骂人，他当啥官？我不挨骂，就会有别人挨骂。我不入地狱，谁入地狱？话虽这么说，却仍是陶醉在那女老师对我的表扬中。

后来，那位班主任跟我关系很好。他其实很好，对我只是有种恨铁不成钢的味道。

多年之后，当年老骂我的那个校长也成了我的朋友，也老说当时不该那样严格地对我。我笑道，没有你们，哪有今天的我。你们都是我的逆行菩萨。

那时，我就已经学会了忍辱。我忍辱的诀窍是：真忍辱者，无辱可忍。我从来不将骂我当成辱我。再后来，一位批评家老著文骂我，我却一直感谢他。他说我很有风度。我说这不是风不风度的问题。你批评我，其实是对我的另一种关心。你真的是为我好，希望我成为大师。他于是感叹道：雪漠真活明白了。

需要说明的是，这也许得益于凉州的文化土壤。凉州人的忍辱功夫，真是世上第一流的。不过，在我眼中，许多人认为的辱，其实不是辱，比如，我一直认为，一些批评家对我的批评，其实是另一种爱。

写到这里，我想说一段题外之话，这次去凉州请东客时，我遇到了一件奇事。一个显得很脏的女子把守在某街口——她似乎有些疯气儿，一边破口大骂，一边举了石头砸过往的车辆，好些小车被砸了。我观察了近半个小时，发现，被砸的有出租车，有私家小车，但没有一人停下来，去干预这个砸车的女人。那女人很瘦，显得弱不禁风，只消一巴掌，就能将她扇倒在地，但怪的是，没有一个人下车，仿佛那女人砸的，不是自己的车。我感叹道，凉州人真能忍。所以，在凉州，当官很容易，老百姓都不跟官计较的。老祖宗说："凉州养贪官。"我也常听爹说，穷死不喊冤，屈死不告官。我不知道，凉州人的这种忍耐力，究竟是好是坏。

因为我的这种忍耐，我吃了很多世人眼中的亏，在凉州各乡镇，几乎都有欠我钱的人——《大漠祭》完成后，为了还债，我家开过书店，"鲁老板"的称呼就源于那时——他们不还，我也懒得去要。我跟两位朋友改编《大漠祭》的剧本稿费二十万，至今还被拖欠着，人家根本就没打算还，十多年过去了，我也懒得花时间打官司。我不知道，我的这种忍耐是一种美德呢，还是真的纵容了恶？但有一点是确定的，那些占我便宜的人，至今仍那副老样子，仍然贪婪，仍然愚痴，我却一天天升华着。

需要说明的是，我的忍耐不是胆小怕事，而是懒得花时间去做那些无关紧要的事，因为生命太珍贵了。浪费在一些小事上，实在是不划算。当然，这是我认为的小事，不值得浪费生命的事，也许，在一些人眼里，却是天大的事。这就是雪漠与那些人的不同吧。

只是，在初中的时候，我却没有那种明白，于是，我度过了一段艰难的日子。好在我学习极好，尤其是文科，加上舅舅那儿老有好书，我的少年时代，倒也不算荒废。

女生莲子

大约在初二的时候，学校来了一班新生。他们上初一，跟我们初二是一排教室。每次下课，不远的墙角处，就会有几位女生在玩耍。其中一位女生，名字中有个"莲"字，我就偷偷叫她莲子。

莲子是另一个村的，离我们村不是很远——但在那时的感觉中，还是有点远，因为那时全靠步行——她有个姑姑嫁到了我们村。在她上初中前，我就对她有好感。那时节，各大队——后来改叫村了——的学校之间，常常进行文艺比赛，我是夹河小学的文艺台柱子，她是另一个小学的文艺台柱子。我们互有好感，但从来没说过话。

她上初中时，我们就有了见面的机会。一下课，她就跟一位女孩在墙角边望我们这边，我觉得她在望我，心里总是热热的。后来，我证实了她真的在望我。一次我路过她教室，她正在擦玻璃，一见我，她的眼亮了，就定定地望我，我很害羞，快快地过去了。此后，我总是盼着下课，因为一下课，就会看到莲子。

后来，莲子进了学校的文艺宣传队，我进了学校的武术队。她当宣传队队长，我当武术队队长。学校的南面有个戏台，当她带着宣传队去戏台上排练时，我就带着武术队去那儿。我很想接近她，但我的接近方式很有意思：当她们排练时，我也带着武术队去台上训练，只几下，那踢飞的尘土就会赶走她们。本想接近，但这种接近，却有着赶走的外相，真是有趣。

那时节，学校都搞文艺活动，学校的宣传队时不时就会上台表演，莲子总是主角兼主持。她报幕时，眼睛盯的肯定是我——我那时这样认为——怪，台下有数百人，黑压压的，她为啥总是望着我报幕？后来，同学们发现了这个秘密，就开始给我起外号。一下课，他们就叫："房子里盛开水，红莲在喝水。"他们将我们两人的名字，全放进这话里了。我心里当然高兴，但面上，总是害羞的。谁一叫，我就假装不高兴，追上去打他。

孩子们流行一种游戏，老是将一个男孩跟一个女孩对应了，编入一句话里，比如，许建生和张秀兰好，就这样编："一张绣着蓝花的布，盖着许多矫健的书生。"同样将男孩名和女孩名编入了。这成了那时我们常做的游戏。这句话中的许建生，这次也成了我的东客。

一年多的初中生活里，我一直默默地喜欢那女孩，但我们一直没说过话。每次相遇，都是她望我，我望她。她的望很大胆，老像要将人吸入灵魂深处，但我们却连招呼也没有打过一次。我甚至喜欢跟她有关的很多东西，比如她爹的自行车。那时的自行车有牌号，她爹的自行车号是032647。我一见这号码，就像见到了她，心头马上涌起一晕热来。三十多年过去了，我还记得这号码，可见我对它的印象有多深。

从初中，直到今天，我跟莲子说过的话不超过五句。我们根本算不上恋爱，甚至算不上交往，但在被班主任训个不停的那时，这成为我生命中的一缕阳光。我总是等待着下课，然后，一边玩耍，一边望墙角处的她。她也总是那样望着我。就是在那短短的课间十分钟里，望着莲子，我就能一下子忘却班主任所有的臭骂，甚至再次上课时，班主任那魔咒般的骂，我听起来也如同天籁了。那甜蜜的十分钟，化解了一个孩子心中所有的疼痛。那段时间里，我就是在甜蜜和臭骂中度过的。因为小时候尝过被臭骂的难受，所以，后来当老师时，我从来没有骂过任何一个孩子，甚至在校长狠狠地批评我之后，我也不会将那些不快的情绪发泄到孩子身上。这不是我的教养有多好，而是我实在不想让任何一个孩子受到伤害。有时候，伤了一个孩子的心灵，会伤害他一辈子，严重的，会葬送他的一生。

一年后，我考上武威一中，离开了乡下，就很少见到她了。每次回家的时候，看到她曾经走过的那条小路，我便能听到她的笑声，想起她的那种望，这成为我内心深处的一个秘密，总在滋养着我的心灵。所以，我的情感世界也是极其丰富而敏感的，只不过，我很少对外袒露自己的内心。我很珍重与他人交往时的那份真诚，这让我看透了很多浅薄和轻浮。

多年之后，我结婚了。婚后有一天，妈说，嘿，以前，某某的侄女（妈说的就是莲子）想嫁给你，我一口就回绝了。我一听，心里很难受。我说，妈，你咋不问问我？妈说，我还以为你找双职工呢。我倒不是为没娶到莲子而遗憾，我是替她难受。在乡下，女孩是不会主动向人求婚的。自古有女百家求。莲子不知鼓了多大的勇气，才叫她的姑姑向我家提亲，而我，却是在结婚多年之后，才知道这件事。所以，世上的事，有时候就是这样阴差阳错。

有人问，要是那时，你妈真的问了你，你会娶她吗？我想了想，说，不好说，这需要缘分。在《大漠祭》出版之后，有人说，灵官即使回来，也不会娶莹儿的，人家一个高中生，会娶一个农民吗？我反驳道，咋不会？我妻子的户口，不是还在农村吗？她也是个农民。那人又说，也就是你，换上别人，不见得会那样做。他说得没错，很多人眼中的婚姻是讲究门当户对的，只是，很多时候，那所谓的门当户对其实与真正的爱情无关。爱情，一旦附加上一些条件，就变质了。现代人的婚姻多讲究物质实惠，多是功利的，殊不知，源于功利，毁于功利，这就必然导致现在的离婚率居高不下。

我闭关之后，就没有再听到莲子的消息。十多年后，我出了关，回家看望母亲，在公交车上，正好遇上了她。非常尴尬的是，我很想主动给她买张票，但我的身上，只有自己买票的钱。她取出钱，递给售票员，说买两张。我急忙说，谢谢，不用，我的我买吧。于是，我们各买各的票，随后，各自坐在座位上，一直到下车，没再说什么。

这是我们三十多年来唯一的一次交谈。现在回想起来，很像电影，有时候，生活比电影还精彩。不过，出关之后，再见到莲子，我的心却宁静如水，望她如望一幅画，虽也时时想到那时候的温馨，但在心中却不留一丝执着了，有的只是对她的另一种感觉。世界在我心中，已变了。面对眼前所有的人和物，心中只有那种浓浓的爱。

　　这次回凉州，我也给莲子打了电话，我很想请她当我的东客，但电话通了之后，却言不由衷地问起了她的老公——也是我的一位老师。

　　我一直没有再见她。我一直不想破坏自己心中的那份美好。

　　读到这里，也许有的读者心里会纳闷：雪漠不是成就了吗？咋还惦记着这些私情？写出这段经历，我是想告诉关心我的朋友，其实我也有一颗多愁善感的心。我也是一个平常人，有着平常的经历，有着平常人的情感，后来，我之所以实现了超越，是因为我有向往、有拒绝、有坚守，终而破执升华，仅此而已。千万不要神化我。所有神化我者，是把我放在火上烤。

　　以后，我还会专门出一套书，叫"息羽听雪"，我想以点评过去日记的形式写我三十三年来的变化和历程。为的，也是让你知道一个尽量真实、完整的雪漠。也让你知道，证悟者并不是一堆道理组成的标本，他是一个活生生的生命，只是破除了所有执着，不再有迷惑而已。

　　现在，好多人其实在用自己的想象来塑造我、要求我，给我贴一些我自己并不需要的标签。我虽然写了一些书，记录了自己生命的痕迹，但是，那些痕迹真正利益的不是我，而是那些需要这些痕迹的人。他们都想从这痕迹中，看到某种必然性。这种必然性，对他们的生活和命运，也许能提供另一种可能性。在我过去的生命中，因为缺少一种参照，我走过很多弯路。虽然现在看来，很多所谓的弯路，其实不是弯路，它们给了我必要的体验和磨炼，我才能成为今天的雪漠。但是，我不愿因为这个理由，就从一个鲜活的生命，被阉割成没有人类情感的雕塑。因为，我反对别人对我的膜拜，我只是展示另一种活法，这有点像地铁上的乘车指南，它会告诉你，走哪条路，会有怎么样的命运。

　　我更愿意做的，只是真实的雪漠。哪怕在某些人眼里，这个雪漠，还有一些毛病和习气。

这个同学有好书

到了初中，我就能读到很多新书了，这是初中时代我最大的收获。

当时，有个同学家里有很多书，都是那时我认为的好书。如《烈火金刚》《战斗的青春》《暴风骤雨》《林海雪原》《保卫延安》等。这些现在看来文学价值不一定很高的读物，却给我的初中生活带来了很多乐趣，也让我的视野开阔了很多。

即使从知识角度来看，我也感谢那段岁月。因为，在那个叫夹河的小村里，我耳闻目睹的，只是眼前的人和事，除了贤孝外，没人告诉我另外一个世界。对那些红色经典，现在虽然有人说三道四，但是，书中那些对崇高和理想的追求，对年少的我，无疑有着积极向上的影响，至少，它们的潜移默化，让我有了一种向往。在生存现实之外，我有了一种超越生存的东西，长大之后，这种向往虽然被更为高远的目标所取代，但没有年少时的追求，就不会有今天的雪漠。因为那种追求，我跟身边只追求好收成——这也没错——的农民们区别了开来，而那种阅读时的快感，又让我真正地爱上了文学。

有时想来，少年儿童读书的取向是很有意思的，他们只追求好看。我后来想，要是一个作家能顾及这一点的话，他的作品就会好看很多。其实，有时候，我觉得我们也不妨试着从少年儿童的角度，来衡量一本书好还是不好。比如，它会给孩子的一生带来什么影响？能不能增加孩子对文学的兴趣？等等。有些书，如《牧羊少年奇幻之旅》，既好看，对少年儿童也能产生正面影响，其中那种坚持梦想、真正的宝藏在心中的观点，有可能会影响孩子的一生。所以，它的畅销也是有理由的。在畅销书中，不乏一些真正的好书。有些畅销书的作家，不但让作品有了一定的文学价值，也让作品有了一定的可读性，这是值得我学习的地方。

我虽然一直强调作家的历史话语权，也说过自己不会迎合世界，但是，我的不迎合世界，并不是说，这个世界就没有它可取的地方，其他身份——除了作家和信仰者之外——的人就没有可学之处，不是这样的。我的不迎合世界，只是不会为了畅销，就去追逐一些人们喜爱的题材，或是丢掉我自己的追求，更不会让自己变成世界希望我变成的那个人。比如，我觉得托尔斯泰很好，陀思妥耶夫斯基很好，索尔仁尼琴很好，罗曼·罗兰也很好，但我只会吸收他们的营养，学习他们的精神，而不会把自己变成他们。在他们每一个人的身上，我都吸取了营养，只是，这些营养都化为了雪漠独有的东西，让我不断地实现新的超越和成长。

很难想象，小时候，我要是不遇到那么多书，还会不会有后来的寻觅和超越？我的父亲、我的母亲、我的弟弟妹妹，都认命地留在了那块土地上。我从来不说他们愚，恰恰相反，在他们眼中，我却可能是愚的。我们有着不同的标准，那差异，也许就源于我的爱读书。因为爱读书，我知道得多了，心就高了，梦也就远了，就会飞出这块土地，飞出心灵上的西部。如果我不读书，不去有意识地接触一些文化，不去反思一些生命深处的东西，或许我也会被拴在那块土地上，成为一个农民，或者一辈子当个小学老师——虽然那样过一辈子，也不错——所以，一定意义上说，读书成就了我。

至今，我还记得那个给我提供书的同学，他叫蔺志兵，胖胖的，爱笑，黑黑的皮肤，跟我非常投缘，老向我推荐书，时不时就从书包里掏出一本书，让我惊喜。他上高中的哥哥买下的那些好书，成全了我的梦想。

初中时，我跟蔺志兵、蛋娃最要好。蛋娃的大名叫许建生，是学校许老师的儿子，爱唱歌。他唱得最好的歌是《红星照我去战斗》，是电影《闪闪的红星》的主题曲。在某次学校文艺比赛时，蛋娃刚唱完，我就会唱了，也很喜欢。后来，每次学校比赛，我总是唱那歌，结果，自那以后，蛋娃就再不唱那歌了。

这次回凉州，我请了蛋娃，还请了另外一个叫学海的同学。学海来了，蛋娃那天有事，随了礼来。在凉州人的观念中，你有事可以不来，但礼得随了来，要是人不来礼也不来，朋友就从此生分了。因为儿子结婚是大事，要是在大事上失了礼，这有点说不过去。在世俗中，这些人情交往是很有讲究的。每个地方，都有每个地方的规矩。

有时，我不在乎那些人情规矩，但并不代表别人不在乎。所以，在过去的很长一段时间里，因为我经常闭关写作，与世隔绝，几乎不参与任何亲戚朋友间的人情交往，就得罪了朋友。不理解我的人，也会在背后叽叽喳喳，说些不好听的话，但我仍然当作耳旁风，从不计较这些。何况，我也没时间计较。每一天几乎一睁开眼，我就在做我该做的事，修心，写作，读书，有时也会见一些见了有意义——例如能给他带来利益和启迪——的人。我总是觉得时间过得飞快，仿佛一眨眼，天就黑了，似乎不久前才剪过指甲的，指甲却又长了。胡子也是这样，时不时地，就发现又该剪了。所以，我虽然闲着心做事，也总会觉得时间不够用，我实在没心思惦记一些闲事的。我心里盛着的，只有一份浓浓的爱意，这让我对生活有了一种浓浓的诗意。

这次回凉州请的东客里，没有蔺志兵，因为，他在很多年前，就死了，据说死于疾病。听说他死的时候，还是个孩子。如果在天有灵，他知道自己的书，成了一个少年最重要的营养时，他定然会很欣慰的。真可惜。

他微笑的胖脸一直在我的生命中晃。

多年后，我就在家乡办了一个公益图书室，借书的孩子很多。那时，我就想，这些孩子里面，也许就有未来的雪漠。看到那些孩子借书、读书，我总是很开心，觉得自己好像在偿还一种宿债，只希望这些孩子好好读书，都能成才，以后，都有个好的未来。看到他们读书的样子，我也在回味小时候的自己。

从小时候的"发声书"贤孝，识字后的阴阳风水命书们，到初中时的红色经典，到高中时的《红楼梦》、雪莱们，上师范时的雨果们，到工作后的托尔斯泰们，再到后来的哲学、文化和宗教经典，我的读书一直呈现着一条向上的曲线，它伴随着雪漠的成长。不过，到了快五十岁的时候，我也会读一些西方的畅销书。我想从中发现他们那种能为大众喜欢的叙述方式。读书，学习，是我的生命习惯。我的这种读书，后来也影响了我的很多学生。

有个学生，也很喜欢读书，但自从读了我的书之后，别的书，他就很少读了，总是一门深入地读着我的书。每次见我的时候，也总爱送书给我。有一次，我就问，你为啥要送书给我呢？你留着自己看吧。他说，世上的书，太多了，生命有限，根本读不过来。我想间接读书。您把书里有益的东西吸收之后，再孕育出来写成书，我直接读您的书就行了。他的这种说法很有意思。

我的妹夫也喜欢读书，但他十多年后读的书，可能还是十多年前读的书，他总是在一个高度上跳来跳去，没有超越。我跟他最大的不同，就是一直在增加读书的难度。在修心上也是这样。所以，我老是劝那些念佛的朋友，不要自我陶醉，一定要升华生命、滋养灵魂，让佛理真正地渗透到自己的生命中去，影响自己的行为，影响自己的生活方式。这就像我们不能一辈子在门槛上训练跳高一样。

无论世间法意义上的学习，还是出世间法意义上的学习，都需要循序渐进。如果说前者有阶层性，如小学、初中、高中、大学等，那么后者也有道次第。所以，不管哪一种意义上的学习，都要不断地打碎自己、超越自己，不断地实现更高意义上的完美，这样去活，生命才有意义。

文艺队的赵老师

70 年代的洪祥中学，也有文艺宣传队。我虽是武术队的队长，但有时，也会被抽到文艺队里表演节目。

当时，洪祥公社属于永昌区，一个区管好几个公社，每个公社的文艺宣传队都要参加比赛。每到比赛前几个月，我就被抽到文艺宣传队里排练节目。那些节目的内容，我早就忘了，但那氛围，却一直留在我的生命中，滋养着我。

我虽然很自信，觉得自己是带着使命来的，做什么事都很坚定，但最开始的时候，我根本不知道自己跟别人不一样。我一直认为所有人都是那样的。但老有人说我的思维跟一般人不一样。后来，我自己也就慢慢发现了这一点。首先，我的想象力很丰富，心也比较自由，少有条条框框，也不愿意像别人那样，按部就班。这也许就得益于小学初中时的那些文艺熏陶。

我所说的文艺熏陶，就是文艺排练时的那种氛围。那时，我有一定的空间，可以自己发挥一些东西。所以，我常想，要是没有当时那种自由的文艺氛围，或许就不会有后来的雪漠了。如果按时下的这种教育方式，我在小学初中时，可能就被扼杀了想象力，变成一个很平庸的人。所以，我对儿子从小到大的教育，一直都以自由为主。我先是教他明白人生选择的重要性，然后尽量地教他做人。此外，便是最大可能地激发他的想象力。陈亦新很小的时候，鲁新云就给他讲童话故事，长大后，我就教他读书。为了让他有读书的时间，我还会打电话给学校，叫老师不要给他布置家庭作业。有了我的支持，他就有了跟别的孩子不一样的学生时代。其中最大的不同，就是他有一颗自由的心灵，也有开阔的眼界和胸怀。

我若是有些天分，定然跟我那时的自由环境有关。那时候，我做什么，爹妈都不太管，他们不识字，对文艺节目之类的东西也不懂，但是我每次上台表演，都是他们最高兴、最骄傲的时候。因为好多人都会喝彩、鼓掌，他们就知道自己的孩子演得好。那时，他们就觉得我以后肯定有出息，这也是后来他们勒紧腰带供我读书的一大理由。而且，学习方面，我也一直没给父母丢脸，没让他们操心过。所以，他们对我一直很放心，也就随着我安排自己的很多事情。这种自由的家庭氛围，让我的天性得到了最大的发展。

天性中的好多东西是不用教的，别人专门学，也可能学不来。就好比，我天性中有一种自由的、创造性的东西，也有艺术天分，很敏感，也很感性，虽然我不识谱，但我一听歌，就会唱。我不是有意去学的，而是听过之后，张口就自然会唱了。于是，多年之后，我当了音乐老师。我在很多方面都是这样，没有刻意去学些什么，但接触过的东西，我很快就能掌握。我常对孩子们说，我学习有一个诀窍，就是学什么爱什么，学什么迷什么。第一次决定做雪漠文化网时，我就下载了源代码，连着几天都在研究这个东西，还熬了几个通宵，于是就凭一人之力，利用网上免费的源代码，把雪漠文化网改造了。背贤孝、学唱歌、练武术，都是这样，学啥，我就会迷上啥，并不是我有多高的天分。

也许，这跟我生长的环境有关。西部的文化土壤中，自然就有一种有利于艺术、文学、信仰的东西。这个东西，就像是西部大地赋予一个人的基因，但这个种子本身怎么样，也很重要。要是生长在西部的文化氛围里，本身也是一粒好种子，又有后天的勤奋和努力——这是最关键的——他就能成功。否则，再好的种子，也会夭折的。

初中时，因为我嗓子好，在文艺队里，我总是受到老师的偏爱。当时负责文艺的女老师姓赵，城里人，一口普通话，很好听。那时节，城里人当乡下老师，在乡下还不多见。每次来个城里老师，都会成为当地的一大新闻。

我上初中之前，就听说了一个大新闻：一个城里老师跟一个乡下老师偷情，怀了孩子。这当然很引人注目了。听说，那是个未婚女子，很漂亮，男的已婚，娶了个乡下女子，这事引起的激荡，惊动了文教局，也延续了很多年。当时，许多人都主张给那男老师判刑，那女子的父亲却不同意。我的一位爷爷当时是贫协主席，他向我们转述了那位父亲的话："不要紧嘛，男大当婚，女大当嫁，天经地义。我的女儿很有眼力，那小伙子不错，可惜他结婚了，不然，我就把女儿嫁给他。"在凉州，像这个老人这样看事情的人不多。《长烟落日处》中，有个叫陈卓的人，他女儿跟人偷情，有了孩子，结果被他一棍子敲碎了脑袋，死了，但村里没人为那女孩打抱不平，好些人还怨那抓了陈卓的"大盖帽"——也就是警察——说他们不该抓陈卓，因为陈卓杀的是自己的女儿，还是一个给村里丢脸的女人。

但不理解归不理解，那男老师终究没有受到处分。多年之后，我见到了他，果然是个很优秀的男人，虽已进入老年，却仍是一表人才，谈吐不凡，气质很好。

赵老师也很漂亮，就成了那些大龄男生们背后的话题。她穿着很洋气，色彩鲜艳，有时学生就说她花不棱登登。凉州话中，花不棱登登是很花哨的意思，我一直没有找到相应的词语来代替它。一些凉州人有个极大的特征，对于新鲜事物，对于超出常规的做法，有时候不是好奇，不是吸收，不是接纳，而是极力排斥，排斥的同时还忘不了要添油加醋地编上好多理由，以此来掩饰内心的那种不屑和盲目自大。这一点，我恰恰相反，越是新奇的事物，我越感兴趣，每每还爆出一些奇思怪想来，所以，很多老师都说我骄傲，总是"目中无人"。

参加文艺队的我，因为经常能接触到赵老师，就老是被一些高年级的学生寻开心。每次我们参加完演出，他们就指着我脸上化妆后残余的红色，说那是赵老师每月的经费，暗含"月经"之意。在乡下人眼里，这是很恶毒的说法，因为在凉州人眼里，女人的月经是最不吉祥的东西。女人在经期时，是不能进堂屋的，否则，会冲撞祖灵，招来不祥。女人要是想害哪一家人，就在经期时，去哪家门口大哭，会让这家人败运的。在凉州，这叫糟蹋。在小说《白虎关》中，我就写了一个精通此招的女人——白福妈。

怪的是，对同学的恶毒玩笑，我当时一点也不反感，可见那时，我们是真的喜欢赵老师。她给我们化妆时，手柔柔的，很舒服，那是高年级同学很嫉妒的事——他们只能远远地望一眼赵老师。

那时的文艺表演，是为了活跃校园文化生活，有时也有宣传任务。相较于现在的学校，那时真是热闹得很。那时的农村里，也很热闹，许多农民都会自发地组织一些比赛。虽是一种穷欢乐，但那欢乐却是真的。逢年过节，村里人都欢天喜地的，或是荡秋千，或是闹社火，或是打篮球比赛，或是听贤孝，总有一种热火朝天的味道。

后来，却渐渐变了。

这次我到家乡，发现家乡差不多死了。树死了，人少了，年轻人不见了，留在乡下的，多是老弱病残者。最明显的是，没了那份热闹，没人再搞比赛了，大家都去挣钱了。连那留在乡下的妇女，也到附近村里去打短工挣钱。以前，干活时，一招呼，谁都来帮你，现在不行了，不给钱，没人帮你了。

那乡村，真的快要死了。

可见，金钱的社会，将人性最美好的东西、最诗意的向往也给吞噬了，人类成了被物化的动物。每次回到乡村，我都有种被骗的感觉，明明心中的老家是那样，但当我踏入那块土地的时候，却啥都没有了。乡村还在那里，心却没感觉了。

西部的过年和打场

小时候逢年过节，村里很热闹，有时荡秋千，有时闹社火，有时打篮球，有时听贤孝。那时节，我最喜欢的就是荡秋千和闹社火。

一到过年，村里的大人们就会在村口拴一个很大的秋千，娃娃们就会围了秋千，谁都想先玩。秋千，是童年里最好的玩具之一，踩在上面，就好像飞到了天上，越荡越高，越荡越高，心里有种奇怪的怕，却很兴奋。风的呼呼，也总能扯出娃娃们哈哈的大笑。那时，没有束缚不束缚的概念，但那种自由自在的感觉，总是让人特别舒畅。

现在的小区，高级多了，也有好多公共健身器材，因为多是健身、减肥所用，所以大多没有秋千。孩子们只好发挥天才的想象力，将小小的屁股钻入脚踏板，然后用力地左右摇晃。

还有闹社火，就是凉州民间的一种传统仪式，它融合了戏曲、秧歌、鼓乐、杂耍、相声等传统表演形式，很是有趣。它在凉州，已有两千多年历史了。

社火队分为七个部分：先是春官老爷，春官是封建时代礼部的别称，负责礼仪、祭享、贡举、外交等职，因此，社火队里的春官老爷便是总领队，负责统领指挥整个社火队，这个角色一般由村里六十岁以上、德高望重的长辈担任；第二部分是鼓乐队，一般由大锣、大铙、大钹、铰子、长号、唢呐等组成，表演者按锣鼓音乐的节奏扭摆踏步，状似秧歌舞；第三部分是天公、天母；第四部分是腰鼓队和蜡花队，队前有傻公子和丑婆子领头表演，他们相对扭舞打诨，表演很是生动可笑；第五部分是和尚队，也叫大头队，模仿十八罗汉各种神态的舞蹈；第六部分是百色队，由各行各业的人组成，大约五十到八十人，扮演唐僧取经、白蛇传、桃园结义等传统戏剧故事；第七部分只有一个人，是所谓的膏药匠，这是古代凉州民间对医生的别称，他必须能即兴地现场编唱秧歌子，活跃全局气氛。

娃娃时代的我，跟现在有点不一样，那时节，我特别喜欢热闹。除了闹社火，打场也很热闹，全村的孩子都会参加，那也是我童年时的一种快乐。

打场，就是在麦场上碾麦穗。夏天最热的时候，大人们就会把麦子收割下来，像烙煎饼一样，摊在麦场上，再让孩子们一人牵上一匹马，一匹马拖上一个石头碌碡——对，就是《西夏咒》里写过的那种石头碌碡，把它给竖起来，它就是擎天柱，老天爷要是发脾气，让天塌了，它能把天都给顶住，如果进一步放上女人用过的月经纸，或者血裤头子，老天爷就会给熏得连天主都当不成，只能给你当一回门神。可见石头碌碡有多么厉害。这是凉州的其中一个说法。

如果你看过《猎原》，说不定还记得另一种说法：大旱时，人们如果求不下雨，就会让寡妇们光着上身扫涝坝。为啥让寡妇们扫涝坝？因为寡妇不吉利，让她们扫涝坝，是辱臊龙王爷呢。这么一辱臊，龙王爷不想下雨，也得下雨。就不怕龙王爷发脾气？不怕，石头碌碡在一边顶着呢，天塌不下来。不过，这么厉害的石头碌碡，在麦场上，却是用来碾麦粒子的。

马拉着磙脐，磙子就跟着转，马走到哪儿，磙子就转到哪儿，所到之处，麦粒子就会从麦壳壳里钻出来，你把麦草和麦秆子都清掉，让风把麦壳子都吹走——也就是扬场——就只剩麦粒子了，打场的所有工序，也就完成了。

看过我的小说《野狐岭》的朋友，一定还记得一个情节，在某次仇杀中有人就用这打场的法子，将许多人摊在场上，叫马拉了磙子去轧。这是历史上真实发生过的事，就发生在凉州，凉州学者王宝元曾在一部书中记录过这事。

打场其实很辛苦，因为，麦子一般在七八月份收割，那是一年中最热的时候。可是，打场可以赚工分，劳动量也不大，大人们就会叫家里的孩子去打场，自己好空出来干点别的。我小时候很喜欢打场，因为，打场时可以跟孩子们一起玩，既热闹有趣，又可以帮爹妈挣工分。

我家有七口人，只有父母两个劳动力，村里分口粮时，我家就分得不多，家里人老是挨饿。后来，爹为了多挣点工分，就叫我放马和打场。那时，十分工算一个工，一般情况下只有两三毛钱。我做一天活儿，可以挣到三分工，只能挣到几分钱。当然，其他人也一样，所以，当时大家都很穷。大家都穷，就没人觉得那是苦难了，倒也活得快乐知足，没啥怨言。只是，我每次打场，都会引起一些孩子的妒忌，甚至抗议。为啥？因为，我打场比所有人都轻松。

每次打场，都由村里最大的孩子做头磙子，拉着马走在最前面，其他的十几个孩子牵着自己的牲口跟着走，做头磙子的孩子走到哪里，其他的孩子就压到哪里。我一般做二磙子，拉的是一匹非常聪明的青鬃马，只要前面有人带路，它就能自己走，我不用一直牵着。所以，我一旦累了，就可以偷偷地休息一下，其他孩子不行，他们一走开，马就自己跑掉了。结果，我每次休息，他们都会非常愤怒。

这类愤怒的声音，似乎成了我摆脱不了的魔咒，直到现在，它还一直伴随着我的人生。每当我的生命散发出一种光彩时，就会有人看不惯，或在背后嘀嘀咕咕，或做一些非常下作的事。可是，他们没有改变我，也没有阻止我成为雪漠。因为，我要成为谁，决定权在我，不在他们。只要我完善了人格，证得了智慧，就没有任何人能阻止我成功。当然，任何人都可以这样的。只要有了智慧和定力，你想成为啥人，你就能成为啥人。

很多当代人缺乏的，就是这样一种智慧和自信，或者说一种清醒。所以，很多人最终就叫生活消解了，变成了一个个平常的社会细胞——当然这也很好——而成不了一个叫世界无法忽略的存在。

生命其实很简单，没有那么多复杂的概念。两个人在一起，或者一群人在一起，只要真诚地对待对方，珍惜当下的温馨和快乐，就够了，其他的东西，都是附加的，可以有，也可以没有。因为，生命结束时，谁也带不走任何东西的。

所以，我们不需要读心术，我们需要的，仅仅是一颗真心。只要时刻记住己所不欲，勿施于人，珍惜他人，善待他人，不要把别人当成你贪婪的对象，或是你贪婪的手段，就够了，你也就不用揣测别人的心思了。总是盘算着那些，人会很累的。

我们每一个人，面对的，其实都是自己。别人，只是一面镜子，让你知道自己有什么局限，让你知道自己有什么执着，甚至包括那些诱惑你堕落的恶友们。当你发现了这些东西时，破除它就对了。其他的一切，都是情绪，你留不住的。

生命很短，一不留神，人就老了。

过去，我只是一个骑在马背上的孩子，现在，我已是专业作家了，写了二十多部书；小时候，我也想出人头地，怕被人望笑声，现在，我最怕的反而是别人抬举我、神化我。所以，我总是在一些文章中消解自己。时下，不同的人眼中有不同的雪漠，但雪漠自己，只想躲在一个地方，悄悄地看看书，写写文章，当一个明白的平常人。

世界一直都在变，人心也一直都在变，我实在没工夫计较那么多的变化。因为，一不留神，好多事情就来不及做了。世界一直都在变，我们把握不了好多东西，只能抓紧时间，把握好当下。这就够了，你也只能做到这。其他的，都是一些虚幻不实的念头和欲望。让你产生压力，让你生起热恼，让你消极堕落的，都是那些东西，是你自己制造出来的错觉，放下它们，不要管它们，当下就解脱了。这就是老祖宗所说的"见即解脱"。

和枣红马一起度过的童年

在童年的快乐中，最让我留恋的画面之一，就是骑马。

很小的时候，爹就教我骑马。最初，他抱着我坐在马背上，我一下一下颠着，慢慢就熟悉了马背上的旋律，五六岁时，就能自己骑马了。这时，爹就开始教我放马，我放马时，他就能空出时间，做点别的事情。

村里的车队有两头骡子和两匹马，一匹枣红马，一匹青鬃马，爹可以自由支配。其中枣红马最乖，也跟我最投缘。我最美好的童年回忆之一，就是骑着它在河滩上飞奔。

我还记得，小时候的几乎每个暑假里，在没有天光的清晨，我都会骑了枣红马，牵上一头骡子，慢慢走到河滩上，让它们吃草。当时，周围一片漆黑，很安静，只有马嚼夜草的声音。如果你在很静的时候听过那种声音，你就会知道什么叫安详。

那安详，能把夜的寂寞给淹了。枣红马是我童年最好的玩伴。可惜，后来它为了救我父亲，牺牲了自己。我当然庆幸它救了父亲，但我也不想它死。那时节，看着它奄奄一息的样子，我们全家人都很伤心，想尽了办法救它，可还是救不了它，只能眼睁睁地看着它死去。那是我第一次发现自己的无奈。那次的疼痛，也融入了我灵魂中的诗意。后来，我在《西夏的苍狼》中说，枣红马死时，我哭了很久，以后每遇到对我好的女子，我便觉得，她定然是枣红马怕我寂寞，转世来陪我的。

直到今天，我还清楚地记得，那段跟枣红马一起度过的童年。

那时，我总是趴在马背上，头枕着马屁股，望着天空。马屁股很大，马背很宽，温暖而厚实，对娃娃时代的我来说，那马背，比我家的炕舒服多了。天上的云变化着模样，我就想：云上有啥？会不会也有一群孩子在奔跑？会不会也有一匹枣红马？孙悟空大闹的那个天宫，是不是就藏在离我最近的那片云彩背后？……我又想，如果我是孙悟空，就能一下子飞到天上，看看云上的世界了，那该多好……

每当我躺在马背上幻想，或是睡觉时，枣红马就会走得很慢。马屁股一上一下地颠簸着，我也一上一下地摇晃着。马走过水沟时，碗口大的马蹄子溅起泥水，啪啪地打在马腿上。牛虻们身前身后地跟着，时而叮我，时而咬马，马尾巴就摇来摇去地驱赶着。有时，我发现马屁股一抖一抖的，下马一看，就会发现，好多牛虻正在咬马最敏感的部位，马尾巴够不着，我就把它们都给揪住，扔掉，然后爬上马背，继续睡觉。

放马时，我总是很快乐，但有时，也会寂寞，尤其在天热的时候。放马的人很少，最多也就两个人——另一个孩子大多喜欢在别处放牧——没人跟我聊天，也不知道世上还有书这种东西。单调的内容一天又一天地重复着，我总是在天还黑着时，带了牲口们到河滩上去，一直等到太阳升起很高，晒着我，也晒着马和骡子。天热时，那日子真的很难熬，不但寂寞，而且难受。有时我就会觉得，时间被拉得好长。毕竟，那是我最有活力的一个时期。那时，我就会盼着时间快些过去。

好不容易熬到太阳升起老高，我就拉着马和骡子回家。有一次，半路上遇到父亲，父亲就说，你咋这么快就回来了？快回去！我又灰溜溜地回到放牧的田野上，继续躺在马背上幻想。

这是我童年中非常安静的一段时光，虽然寂寞，但很快乐，因为没人管我，也不用面对那么多事情，心灵一直跟大自然融在一起，非常自由，非常自在。后来，虽然有了另一种自由，也拥有了许多东西，但因为我的发愿和选择，我的生命中多了很多我自己并不需要的事。所以，身边有时也会出现一些指手画脚的人，很多人都想用各种形式来绑架我。所以，现在回想，我还是很留恋那段天真无邪的时光。

童年时的我，害怕寂寞，喜欢热闹，但我的天性中，并不是一个耐不住寂寞的孩子，我也喜欢一个人静静地待着。娃娃时代，这种个性还不太明显，当我长到一定年纪，能选择自己的生活时，我就开始离群索居了。

至今，我仍然一个人住在樟木头的关房里，家人住在另一个地方。儿子每天中午接我回家吃饭——有时是有人将饭送入关房——吃完饭，再送我回关房。我曾开玩笑说："天伦之乐还是留给你们吧！"这也是我真实的生活写照，也是我的选择。

当然，并不是每个人都要像我这样去选择，因为每一种生活都很好，我只是按照自己的追求，选择了自己的生活方式而已。我的选择，只属于我自己。

　　幸好，我的家人一直很尊重我的选择。他们给了我最大的支持，也给了我最大的空间。我在前面说过，鲁新云是一个我说成仙她就炼丹的人，从我成功前，到我成功后，她都是这样，总是对我张开她干净的灵魂，总是在帮我完成我的梦想。或许，我的梦想，也已经是她的梦想了。在我选择这条路之后，她宁静的生活也受到了一些干扰，她喜欢一家人快快乐乐地待在一个地方，安安静静地活着，我却把她带出了她布置得很好的那个家，带出了她的小天地，走进了一个更大的世界。我闭关时，她就照顾孩子，我外出参加活动时，她就成了我的助手之一。为了我的理想，她付出了她的很多生命。已经很难说，这只是我一个人的理想了。有时，陈亦新也是这样的。多年来，他的生活也在变，他也从一种艺术家的生活氛围中走出来，承担了一个更大的梦想。为此，他放弃了很多他本来可以轻易收获的东西。所以，我很感谢他们。

第二编　城里的

青春

凭一篇作文选拔到一中

到城里上高中、师范之前，我有过两次的进城经历，但印象都不太好。

在我小的时候，村里的生产大队经常安排一批人在城里拾粪，就是掏城里人的厕所，然后把大粪运回村里做肥料。我父亲是马车夫，经常赶着马车去拉粪，所以他经常进凉州城，有时，他也会到城里去卖蒜薹。当时，拉粪和卖蒜薹，就是夹河人——那时我的家乡叫夹河大队——进城的两个主要原因。

我家乡的蒜薹很有名，凉州流行一个歌谣："洪祥的萝卜夹河的蒜，海藏寺的大麻赛扣钱。"那夹河，便是我们村。我们村的大蒜跟别处不一样，一是很黏，你踏黏蒜后，可以用蒜锤往蒜窝里的蒜泥中一放，就能提起蒜窝，可见黏度很高；二是很香。小时候的我，最爱吃蒜，到了每顿必然吃蒜的地步，要是有了蒜，我吃啥都觉得香极了。后来到了别处，我就再也吃不到家乡那样的蒜了。

我们的小村子非常封闭，离凉州城有二十公里，没通公交车。唯一的交通工具，就是马车，我们那儿叫皮车，赶上皮车，清晨里出发，也得下午才到。所以夹河人是轻易不进城的，能进一次城，好多夹河人都会觉得非常开心。为啥？因为，对他们来说，凉州城是一个遥远的梦。

关于这个梦，我在《白虎关》里写了一个盐池，就是产盐的地方。盐池是女主人公兰兰和莹儿的梦，她们想在盐池里赚钱，改变自己的命运，买回自己的自由。但是，命运打碎了她们的梦。盐池之旅唯一的作用，就是让她们知道，心外的一切，不能改变她们的命运。更无奈的是，她们到了盐池才发现，世界早就变了，过去，人们只有骑上骆驼穿过沙漠，才能到达这个充满希望的地方，可现在，这里早已通车了，她们在沙漠里经历的一切艰苦和危险，其实都源于心灵的封闭和愚昧。这一段沙漠之旅，包括她们与豺狗子的殊死搏斗，包括她们在沙漠里挣扎着活下来，包括她们在盐池的一切经历，都有着巨大的象征意义，它既是两个女人的故事，也是人和命运的故事，是一个人在心外苦苦寻找希望，最终发现，改变命运的唯一希望，其实是战胜心灵蒙昧的故事。

不过，我不知道，有多少人能真正读懂这个故事。

生活里的很多现象，人生中的很多经历，其实，都在显示着同一个真理，是故我们老说，一滴露水也能折射出世界，片片落叶，皆是菩提。就是想告诉你，多观察身边事物和自身所揭示的真理，可惜，迟钝的心灵，总是忽略这一切，去追求片刻的喜悦，和心外的美满。往往，只有在心外的所有希望都被打碎之后，人们才会真正地追求信仰。这时的信仰，才会真正对人们的心灵发生作用。

我第一次进城，是在两三岁的时候，当时，我坐着父亲的皮车，跟上他一起到城里卖蒜薹。父亲当然不用我帮忙，只是我小小的心里，对凉州城充满了想象，我很想知道，凉州城到底是怎么一回事。每个孩子在迎接陌生时，都有一种莫名的兴奋，他觉得，那所在定然藏着自己所期待的一种精彩——尤其是我这样一个热爱幻想的娃娃。

那天，我坐在颠簸的皮车上，用了大半天，来勾勒自己心里的凉州城，反正闲着也是闲着。我就像电影《莫扎特传》中萨列里等待偶像莫扎特的出现那样，等待着凉州城揭开它神秘的面纱。但是，并不是每个真相都是美丽的，凉州城让我很失望，城里不怎么干净，人很少，没有我想象中那么热闹，街道、房子都很拥挤。现在在城里非常繁华的地方，那时节，只是戈壁滩，因为很热，就被老百姓笑称其为"晒驴湾"，就是说，那儿能把驴都给晒死。我和父亲去凉州城卖蒜薹时，正是夏天最热的时候，我渴得实在不行，却怎么都找不到喝水的地方，最后，父亲好不容易找到一个卖冰棍的，就给我买了一根冰棍，我才终于解了渴，否则，我肯定会中暑的。而且，那根所谓的冰棍，也就是白开水调上糖，然后冻成冰，没啥稀奇的。所以，凉州城给我的第一印象并不好。

我第二次进城，已经是初中时的事了，在学校里干活时——我们那时的学生都要劳动——架子车把我的腰关节给压伤了，乡里的医院治不了，母亲就带上我，搭了便车，进城看病。当时看病很便宜，只花了几毛钱，可饭馆里吃饭要粮票，我们没有粮票，只好一直饿着肚子。所以，那次，凉州城给我的印象也不太好，只记得自己非常饿。

第三次进城，就是我考上武威一中后的事情了。

1978年，十五岁那年，因为一篇作文，我直接从乡下被选拔到了武威一中。那篇文章叫《给科学家伯伯的一封信》，后来，很多学校将它当成了范文。

武威一中是省级重点中学。至今，能进入武威一中读书，仍然是许多武威孩子的梦想。

陈亦新长大之后，文化课成绩不突出，没能考入武威一中，他的思维跟学校要求的不一样。高中的时候，他跟后来成为他妻子的王静一同参加了武威十八中的作文比赛，他那文章，让我也拍案叫绝，却没有名次，王静却获了奖。不过，后来，他的那篇文章被发表在校报上，老师们评价很好。

我在教委时，老见这样的事。这类评奖的机制，其实是在扼杀孩子的想象力。后来，我在教委主编《武威教育报》时，发现质量能上我那报纸的，大多是比赛中的末等奖，或者干脆是没有名次的作文，而一等奖之类，却几乎不能用。因为许多评奖中，其实是在倡导某种文风。那些评委特别喜欢一些喊口号的文章，许多好作文不是主旋律，就评不上奖。这也成了时下文坛的规则。于是，在各类奖项的诱导下，文学中，就可能会出现一些文学标准之外的规则。

在这些标准下诞生的文学，其实已经不是文学了，而成了另一种意义上的工具。目前国内的文学界，这个奖，那个奖，名目繁多，细细看来，多是一些人为制定的游戏规则，其目的，就是让参与者在这样的规则之内写作。这样的写作，是为了用，而不是作家们发自灵魂的爱，所以这类奖的意义很有限。明白这一点后，我就不在乎那些规则了，获奖也好，不获奖也好，我从来不去执着。一来，我明白那奖的本质也是无常，今年的奖，明年人就忘了；二来，我写作是为了爱，是心里有话想说，能让读者们读了之后，有好处，能受益，能得到清凉。这就是我的写作目的，能满足这个目的，我就写作，其他的，我管不了，也不想管。当然，从传播的角度看，如果能得奖，也是一种很好的宣传，但你不能执着，一执着，就容易本末倒置。重点还是要写出好作品。所以，陈亦新说，爸爸，你不要为了那些奖写作，你要为老百姓写作。

他说得很好，这也是我一直以来的写作原则，甚至是我的做人原则。我从来不会为了得到什么，而去做些什么事。我写小说，一开始是想说说话，后来，也想保留一些有益的文化。其他的，我管不了太多。

高一时，武威一中组织过一次作文竞赛，我又得了第一名。获奖对我最大的影响就是，让我在写作上有了信心，觉得自己在文学上能有所成就，以后能当作家。这在一个孩子的心中是非常重要的。孩子的很多梦想，其实是从得到肯定开始的，所以，不要轻易地否定孩子心里的东西。哪怕用成人的眼光，觉得它多么滑稽，也不要扼杀它，有时，没有了那些滑稽，天才就会变成庸人。

不要觉得梦想只是生活的佐料，有没有都没关系，不是的。梦想，是人真正的生命力，也是他前进真正的动力。没有梦想，心很快就会衰老；有了梦想，才会有精彩的人生。

很多人觉得，我的过去，就像是一部童话，我自己当然也这么认为。明明很多事，看起来就像是奇迹，不可能发生的，却真的在我生命中发生了。而三十多年前的我，只是一个孤独的孩子，跟很多孩子只有一些个性上的区别。我的日记中，也有一些自我表白的东西，心里也充满了痛苦和无助，当然，更多的是寻觅。没有寻觅，我的命运就会是另一种轨迹。但，我的寻觅，也是从得到肯定开始的，孩子需要肯定。

现在回想起来，写作梦想真正的确立，或许就是从那次得到肯定开始的。虽然过去就很爱写作，但信心并没有真正地建立起来。凭着一篇作文，能进入武威一中，也是一件值得骄傲的事情。在人才辈出的武威一中，也能得奖，也是让我能生起信心的原因。

去年，一次偶然的搬家中，我发现了三十六年前那次比赛的奖状，它是我平生得到的第一个奖状，正是有了这张奖状，才有了后面的那三十多年。在武威一中度过的那两年，也成了最让我难忘的一段岁月。想起来，觉得很有意思。

发现奖状的那天，陈亦新玩笑道，这奖状，都快成文物了。我也玩笑道，你连一中都考不上，你瞧，我却得了奖。

他说，哼，这种奖，我才不在乎。

呵呵，吃不到葡萄的，都会这样。

不愿像父辈那样活着

知道我考上武威一中时，父母感到很骄傲、很高兴，因为整个村子里，考上的只有我一个，但另一方面，他们又很发愁，因为我家没有钱。

那时，弟妹多，爹妈除了养鸡下些蛋换点钱外，我家是没有任何收入的。他们是典型的西部农民，一辈子守着土地，过去，一直过着捏紧了喉咙的日子。好多读者觉得《大漠祭》里的老顺一家过得很苦，其实他们在那时的西部农村，算是过得很好的一个家庭。因为他们家里有牲口，有肉吃。很多西部农村家庭，包括我们家，都吃不上肉，就连面，有时也吃不上。每到上学时，爹妈就会着急，他们不知道该去哪儿生发那些报名的钱。几块钱的学费，也能让爹妈整夜整夜地睡不着觉。不过，许多时候，妈会攒下鸡蛋，换点钱。当时的一个鸡蛋能卖两分钱，只是谁家都没钱，也不容易卖得出去。

一次，我跟弟弟开禄去抬水——家里人的吃水要到较远一个井上去抬——见到同村的一个奶奶，她的老公当老师，她家算是村里最富有的人家。一见那奶奶，二弟就问，奶奶，要鸡蛋不要？我们有些鸡蛋哩。那奶奶一听，脸一黑，恶狠狠地说，不要！我家也养鸡！当时，抬水的人很多，二弟的脸一下子红了。我嫌他丢人，也骂了他几句。事实上，要是弟弟不问，我可能也会问的，因为这是妈安顿的，只有卖了鸡蛋，我们才会有上学的钱。弟弟羞红的脸，让我难受了很多年。后来，二弟患病死了，每次见到那奶奶，我都会记起弟弟羞红的脸。每次想起，我的心总是会有一种扎疼。直到多年之后，弟弟死时，我也很是困难，我们老是为钱的事发愁。记得他要动手术的前一周，弟弟到处借钱，我们也到处借钱，终于给弟弟动了手术，但在术后一月，弟弟就死了。弟媳改嫁时，有人想叫她还了钱再嫁人，我没同意。她嫁人后，我替弟弟还了钱，代弟弟养大了他的儿子。

二弟生病的那个时期，也是我的人生陷入低谷的时候，不仅仅在生活上，也是在精神上，我都处在一种几近绝望的状态。二弟一死，我便彻底崩溃了，很多人认为我疯了，但我还是挺了过来。其实那时候，我并没有真疯，而是将自己封闭起来，拒绝外缘，放下一切，实现最后的浴火重生。当我真正放下所有执着的时候，哗，我就开悟了！

我常想，二弟要是能活到今天，该有多好。

二弟比我小三岁，我考上武威一中的那时，他在上初中。去哪儿生发那报名钱呢？村里有好多人，在这时就辍学务工了。二弟后来也没再读书，这跟我的上学有一定的关系，因为家里交不起两个孩子的学费。在我的小说《白虎关》里，有个叫宝子的农民工也考上了大学，但家里没钱供，他就只能上盐池卖苦力去了。这成了弟弟心里永远的伤口。他直到死前，也没有改变命运的机会。我不想这样。我知道只有读书，才有改变命运的可能性，假如这时候放弃了，我一辈子就只能当个苦力，像我的弟弟那样，或是像我的父母那样。

过去，从很多事情上，我都能感受到贫穷带来的一种歧视。

我从不觉得受穷是一件很苦的事情。穷了穷，省着些，也就过去了；饿了饿，少吃些，也能过去。而且，那时很多人都很穷，没有对比，我也不觉得自己有多苦。可是，那种因为穷而得不到尊重的感觉，却深深地印在了我心里。我想要改变命运，想做一个能让父母抬得起头、能让父母自豪的儿子。

我也不想成为我的父母。母亲每天都要做很多农活，种地、喂鸡、喂猪，还有大量的家务。有时太累了，她就和衣摊在炕上，一睡就一夜，第二天，再精神抖擞地重复前一天的内容。父亲的活儿也很多，他常赶了车出去拉煤、拉粪、卖蒜薹，回来后就放马、种地。每天，他们都绞尽了脑汁，榨干了骨髓，为的，仅仅是养活家里几个等着吃饭的孩子。这样的人很伟大，但他们一辈子，只能利益少数的几个人。而且，这样的人生，站在这头就能瞭到那头。我追求的，是另一种东西。

我知道，这个世界的丰富，人类社会的运作，就是因为很多人都有自己的活法，都有自己的追求，少了任何一种追求，我们就不会有今天的生活，世界也很难向前发展。但是，如果只有为一日三餐、家人温饱而活的人，我们就更加不可能有今天的生活了，因为，世界将缺少发展的动力。人类世界真正的发展，源于人类对未知的探索，源于人类对真理的热爱，源于人类心中一团永远都不会熄灭的火焰。这团火，就是梦想，就是一份毫无功利的爱和激情。所以，这个世界需要有人生产粮食，需要有人生产电脑，需要有人印刷书籍，需要有人勤恳劳动，也需要有人著书立说，但一定不能所有人都在做同样的事。就像这个世界上可以有很多人都在追求功利、追求金钱利益，但一定要有人——哪怕只有少数几个人——在追求真理、实践真理、弘扬真理，否则，人类是没有希望的。

所以，我很爱我的父母，也很尊重他们，甚至敬畏他们，敬畏所有像他们那样，在艰苦生活中活出一份乐趣、活出一份尊严的人，也尊重所有跟我有着不同追求的人，我一直认为，如果没有勒紧裤腰带供我读书的父母，就没有今天的我；没有跟我不一样的追求，就没有世界的丰富，但是，我仍然不想成为他们。

在我的价值体系中，这样的活，是另一种的轮回，因为生命在不断消耗着，又留不下什么东西。而且，我天生就不爱劳动，也干不动活儿。我在村里，真是《大漠祭》里灵官那样的"白肋巴"。所以，我实在不想像父母那样，守着土地，为了养儿引孙活一辈子。如果活着只为了养儿引孙，人生就少了某种我所认为的意义。

但是，面临家里没钱、我又想上学的窘迫处境时，我仍然非常痛苦。我不忍心叫父母受苦。我知道，虽然他们说"吃屎喝尿，也要供我的娃子上学"，但他们就算勒紧了裤腰带，也很难苦出那笔读书钱来的。面对命运的考问，我的心里充满了痛苦。

幸好，小舅舅畅国喜听到这个消息之后，马上就鼓励我说，上！有啥困难我帮你！他的这句话，对当时的我来说，就像是一支强心针。当时我就明白了，一个人在困难的时候，要是能得到一点支持、一点帮助，或是一个小小的鼓励，哪怕只有一个微笑，他都有可能会再往前走上几步的。我们永远都不知道，别人的内心世界里，正在发生怎么样的风暴，所以，只要有可能，就应该善意地对待别人，尽可能地关怀别人，给人家一个向上的助缘。这个选择，不一定会改变他们的命运，却定然会升华我们自己的心灵，让我们离自私和愚昧稍微远上一点的。

在武威一中读书的两年里，小舅舅没有食言。他当时在武威金属厂上班，也住在凉州城里，高中那两年，他常叫我上他宿舍去吃饭，只有在他那儿，我才能吃上像样的饭，其他时候，我只能干嚼馍馍。那段时间，正是我长身体的时候，要是总吃干馍馍，营养肯定跟不上的。可想而知，那时节，舅舅的帮助对我有多么重要。要是没有舅舅，我的高中生涯，定然要艰苦很多。更重要的是，舅舅的话，让爹妈安了心。

饿肚子也要买书

武威一中的食堂很好，有肉菜，有素菜。素菜一般是胡萝卜、土豆丝之类，一个菜八分钱，肉菜一毛六，或二毛四，这要看里面的肉多不多。

我们班的同学很少有吃肉菜的。吃肉菜的同学，常常是航空学校的军人子弟，他们多穿着草绿色的的确良军衣，戴军帽，很威风的样子。他们的着装，是那个时代最流行的，我只在照相时才戴过一次军帽。航校的军人子弟老吃肉菜，许多时候，吃几口，他们就会把菜倒进泔水桶里，边叫"不好吃不好吃"。我那时却认为，定然不是菜不好吃，而是他们将那倒菜当成了一种派头、一种炫耀，明显是倒给我们这些吃不起肉的乡下孩子看的。

倒是那些航校的女孩很文静，我心中的一个校花就是航校子弟，至今我还没有跟她说过一句话，但我一直记得她的模样。她跟我同级，是一班的。一班是尖子班，我在普通班。一下课，便见那女孩走到路旁的树沟里，一副很静的模样，俊俏极了，后来，我甚至没见过哪个明星有她那么美。很少见她说话，也不见她打闹。她就那样静静地待在我的记忆深处。

高中时，我是很少吃菜的，即使是素菜，我也舍不得那八分钱。记得我一学期，只问妈要了二十块，四个学期下来，只用了七十块。那时一个学期有五个月，平均下来，我每月只有四块钱，虽然还有助学金，但因为我长得很富足，没人信我家里穷，所以助学金一般是三等，一个月好像是三块钱左右。我要想买书，就只好不吃菜，大多时候，我只打馒头，有时也打些精肚儿面条吃。毕业时，要给同学们送毕业礼物，我就到武威电厂挖了一个月的下水管道，赚了几十块钱，不但买上了礼物，还给自己买了一套新衣服和一双新皮鞋。那是我人生中的第一双皮鞋。

我读书那时，要在饭堂里打饭，需要饭票，我把家里的面交到学校灶上，再补一点儿钱，灶上就会给我饭票。有时，到午饭时间，我用那饭票去食堂里打馒头，或者打面条。那时的学校，是没有排队习惯的，大家都会拼命地挤。一般情况下，挤得最凶的，仍然是航校的。他们是食肉动物，有力气，我们是食草动物，当然挤不过他们。他们常常是一人占了有利地形后，其他人就将饭盒给他，他就会替他认识的所有同学打好饭。那时节，我们乡下同学用的，是一种搪瓷缸子，而航校子弟用的，多是饭盒。那时，我并不知道，饭盒其实也不贵，但我总是认为饭盒是很奢侈的。后来，我想更重要的还是，那时候，"乡下孩子用搪瓷缸子"，好像成了一种规矩，谁也不想破例去用饭盒，仿佛那饭盒是城里人的专利，即使用了饭盒，也觉得别扭。我们这些乡下孩子很淳朴，根本想不到其他东西，但在那种环境中，航校子弟的嚣张和跋扈，确实令很多人愤愤不平。

我印象很深的事，是一位大师傅对我的鼓励。他很胖，一次，我打饭到他跟前时，他对我说，他对那些军人子弟很看不惯，虽然他们衣食无忧，但将来我肯定比他们强。我有些不信，他却很肯定地说，你一定比他们强！金银能识透，肉疙瘩识不透。他说这话时，一脸坚定，现在想来，还感到温暖。但那时节，我是没有自信的，因为除了语文、政治之外，我别的成绩，都很一般。我真正的自信，是在二十二岁之后才建立的。那时，我参加了凉州笔会，我发现那些有名的人，似乎还不如我。自那以后，我才生起了自信。从此狂心渐起，不可一世了，后来进了关房，才慢慢沉静下来。

我虽出身寒门，但若单看长相，倒看不出穷酸的。见到我的人，如果不知道底细，是不会相信我家里很穷的，连我自己也没有那种概念。似乎那穷，跟我无关。这是很奇怪的事。一般来说，人穷志短，特别是乡下的孩子。乡下孩子在那些富家子弟面前，都会有点自卑，觉得自己比别人矮了许多。但我不是这样。其实那时的我，除了一个朦胧的梦想之外，没有其他值得骄傲的东西。不过，现在看那时的照片，也觉得自己算得上帅了。在买饭时，也老有些女孩子有意地跟我挤，我虽能看出她们的心思，心倒是相对安静的，没有浮想联翩。那时，我没杂心想别的，读书占了我全部的精力，别的，就没地方搁了。我深深地明白，只有读书，才是我唯一的出路。

这次我请的东客中，有很多是高中时的同学。同学中有几人已死了。死得最早的同学，姓俞，眼睛很大，瘦，跑起来，像挣脱了枪口的兔子。他是班上赛跑唯一能胜过我的人。俞同学跑起来，跟风一样，谁也想不到，他这么好的身体，竟会在几年后死于疾病。古人说，人有旦夕祸福，没错的。

当年的一中，常常举办体育比赛。我也常常玩足球。那时最难忘的事，是跟体育老师共同抢一个球，他抢圆右脚，奋力划弧，去踢那球。我高抬右腿，用力下踏，想踩住球。两强相遇，我的脚底，跟他的脚掌相遇，顿时，体育老师抱了脚大叫。待他叫得稍缓时，他告诉我，你那是犯规，你的脚不能高过足球。这是我学得最早的足球规则。每每想到体育老师那时的模样，我都会忍俊不禁，又有些歉疚。

在学校运动会上，我得过百米和二百米的亚军，赢了两个笔记本，套着塑封的那种，一直舍不得用。几年后，我将它们送给了鲁新云。那时，算得上我最珍贵的东西了，后来，她又送给了我。再后来，上面抄满了一些我认为很美的话。今天看来，那些话简直造作极了，但在三十多年前，我却看不到比它们更美的东西了。

记得那时，每次看到我只打馒头不打菜，同学们就会说，哎呀，你可省下钱了。我也只是笑笑。他们都以为我很抠门，不相信我家没钱。一来我的样子长得福气，二来，他们以为，我是因为家里有钱，才那么"骄傲"的。那时，一有点儿闲钱，我就去买书了。

来武威一中时，我的书箱是空的，毕业时，我的书箱已满了。那时节，我其实不知道啥书好、啥书坏，除了四大名著之外，我买了哪些书，也记不清了。我的好些书都叫人借走了，一借走，就再也回不到我的身边了，我会心疼的。

我想，那些借书不还的人，其实不知道，那是我的口粮钱换来的，可以说，那都是我付出生命代价的。高中时期，是最长个子、最长身体的时候，是最需要营养的，至少也需要充足的食物来填饱肚子，但那时，我宁愿饿着肚子，难为着身体，也不会饿着灵魂。也许，我个子矮的原因，就源于以前的饿肚子吧。何况，很多借出去的书，很多人并不珍惜，也不真心去读，这是令我更伤心的事。上高中、师范时，我买的几乎所有书都被人借走了，但很多都成了别人架上的闲物。了解了这一点，你也许就会明白，我后来为啥在书架上贴"免开金口，概不外借"了。

虽说概不外借，但是后来，如果遇到了真心读书、真正需要书的人，我总是毫不吝啬地将一些好书送给他，那时候，我送的不仅仅是书了，更多的是一份希望。

从"免开金口，概不外借"，到现在买了很多书捐给全国各大学图书馆，也可以看出我发生的变化。奇怪的是，在那个缺钱少书的年代里，我发现好书虽然不多，但到处都有爱读的人；可是到了今天，有钱买书的时候，我却发现，虽然遍地是好书，但真正爱读书的人，却越来越少了。

温暖一生的雪地自行车

在武威一中时，因为家里穷，我坐不起车——记得，那时的车费是八毛钱——所以一般不回家。每周，妈就托陈泽年——他是我的一个佬佬，也是洪祥乡陈儿村人，在武威电厂工作——给我带来馍馍、捎来面，有时，还会带来一种三寸厚的大饼，很好吃，可惜放不了多久就会长毛。那馍，是一家人省下的白面做的，吃完了馍，我就到学校食堂打馒头，那饭票，也是家里人省下的白面换来的。后来，二弟陈开禄跟我斗嘴时，总是说他们用嘴里省出的白面供我上了学。这是实情。也是因为这个原因，我跟二弟的感情非常好。他死了时，我的天也塌了。

上高中时，每周一上早自习，陈泽年就会带来妈做的馍。要是他不回家，妈就得另托别人带来。好在陈泽年常回家，我就能及时吃到馍，不至于挨饿。

虽然弟弟羡慕我能吃到白面做的馍，但我后来，还是吃不下去了。你想，顿顿干馍，吃一个月可以，吃半年，吃一年，就受不了了，一看见馍馍就恶心。后来，我想了个法子：蘸着盐吃。这是一种不健康的吃法，让我后来口味很重。我能吃的饭，别人是咽不下去的。奇怪的是，我竟然健康地熬了过来。

再后来，吃盐也不起作用了，一见干馍，我就有点反胃了。我就买了几根大头菜，就着馍吃，可大头菜放不了多久就发霉了，而且到了最后，我看着大头菜也恶心，又拌上辣椒吃……总之，我想尽一切办法，让自己把馍馍给吃下去。再后来，我也叫妈捎些炒面，换换口味，但不久，炒面也不想吃了。在很长时间里，我一见馍馍就犯恶心，就是读武威一中时给吃伤了。

我的家乡离城有二十多公里，路虽然不远，但那时的路，都是土路，不好走，骑自行车差不多要两个小时。在这之前，我从来没有离家那么远、那么久过，所以我特别想家，尤其是开学的第一周。我当时甚至想，家里多好，为啥要跑到那么远的地方来上学呢？好不容易熬到了周末，我就迫不及待地让泽年佬捎我回家。但是，一回到家，对家的思念就没有了，总会害怕自己一辈子都要待在那个地方，就还是想上学。在《大漠祭》中，我就借灵官之口记录了当时的那种复杂心情。

我对家乡的情感，在很长一段时间里，一直显得有些矛盾。我的心里，对它有一种浓浓的爱，也有一种浓浓的怕。远离它时，我常会想起那里的生活，那里的一草一木，那里的爹爹和妈妈，那里的狗吠声，那里的寂静，那里的童年回忆，甚至那里的尘土味；回到家里，我又怕自己被那片黄土地给消解了，找不到存在的意义，到了那个时候，一切就停止了，生活的激情也会像洪水般退去。我觉得，那是一种比死更可怕的处境。为了逃离那种处境，我宁愿离开那片我深爱的土地，离开我的爹妈，离开那片死海般的寂静。

当我走进大城市时，也会深深地怀念它，怀念它的一切——但更多的是怀念过去的它——就像当年我第一次从家里到凉州城上学一样。我发现，家乡的一些老人们身上有一种超越的东西，这个东西，是大城市里的人们所缺乏的，我为他们感到自豪。同时，我也会看到他们可悲的一面。所以，面对那片跟我有极深渊源的土地，我的情感一直很复杂。不过，在那种情感中占主要地位的，一直都是爱。我深深地爱着那片土地，就像大树爱着它扎根的地方，就像落叶爱着它的根系——即使那片土地好像能淹没一切。

某年中秋的晚上，下着雪，陈泽年捎了我，从家里往学校赶。那样当然很冷，但为了省点儿车费，我只能坐在他的自行车上，跟他一同往城里赶。

别的都不要紧，我的手却很冻，因为路很难走，我必须扶住车尾架，才能坐稳。陈泽年觉出了啥，就问，你的手冻不冻？

我说，不冻。

他说，咋不冻？他跳下车子，脱下他的兔皮手套，给了我。

我说不要。

他说，骑自行车浑身冒汗呢，手不冻，根本用不着手套。不由分说，他将手套套在我的手上。

那个寒冷的早上，北风凛冽，他就那样赤着手，骑了车捎我进城了。

长大之后，我也会骑自行车了，那时才知道，在冬天的雪地里骑自行车时，最冻的就是手。身体的其他部位可以随着骑车活动着，但双手握在车把上，几乎是固定的，也不怎么移动，要是不戴手套，那十个手指头裸露在寒风中，骑一会儿便会冻得死疼，钻心地疼。所以，不戴手套在武威的雪夜里骑车，手是很容易冻坏的。

后来，几乎每次骑自行车冻手时，我都会想到陈泽年——师范时，我就学着陈泽年，捎一些比我更小的孩子回家——当年的我，还是个孩子，坐在他的身后，他自然给我挡了很多寒风，我的脸就不会那么冷。现在的陈泽年已经是位老人了，但我想起他的时候，脑海里浮现的仍是他壮年时的样子。有时候，一生中，与你接触过的人，能记住的，也就是那么几个镜头，如画面一般，定格在脑海里。

我上学时，陈泽年在电厂里有个单间。有时，他回家时，就叫我住他的房间。他的房间很暖和，相较于我在校时住的大通铺——它又脏又乱——这里自然是我向往的地方，有时，我也会拿来书，在他房间里静静地读书。今天想起来，仍很温馨。

长大后，我有了工作，时不时就去看陈泽年。每次看他，我都会带上一些好烟之类的东西。每次谈到那些往事时，他就说，你还小嘛，我不帮你谁帮你。留在他心里的，也是当年那个需要他保护的娃娃。

后来，每次我说我的成功跟他密不可分，他却说，那是你自己努力的。我的几个娃儿，我也供了，但人家不好好学，我有啥法子。

陈泽年的妻子在乡下，大约十多年前，她进了城。一次，我去看她时，她显得胖了些。后来，听人说，她死了，死得很突然。陈泽年把丧事办得很成功，请了全队的人，队里人都进城吃席，都搭了礼。后来，陈泽年回到乡下，把村里人的礼钱都退了，说自家人请吃个饭，还记啥礼。在凉州，乡里乡亲的，不管是婚事，还是丧事，都有凑礼钱的说法。那时乡下人相互之间的礼钱，也是人情的维系方式之一。从那礼钱的数额上，就能看出这家人的人缘如何。那时人的攀比心理还没有现在这样严重，情感的成分多一些，现在，那礼钱的意义，有时成了变相的贿赂和交易，被异化了。

陈泽年也住在电力局家属院，四楼，房子很大。三年前，我回家的时候，带了烟酒等礼物去看他，那时节，他还一屋子富足，人也很精神。没想到，这次开门迎接我的，是个胖胖的老人，我几乎认不出他了，一脸的老人斑。他高兴地叫，呀，我的侄儿看我来了！很惊喜的样子，这时，我才认出了他。

我说，你咋变成这样了？

他说，你的娘（他的妻）死三年了，我一天也忘不了。

我说，你该活动一下了，你胖了很多。

他说，没意思，没心气。你娘一死，我觉得活得没意思了。

我说，请你去参加我儿子的婚礼，但我有个要求，你不准搭礼钱，不然我不高兴。

走前，我又强调道：这次，我专门请了一桌帮过我的恩人，都不叫搭礼。你要是搭了礼，我可不高兴。

放下请帖，我就出来了。

心里很难受。我知道陈泽年的盼头也没了。没有信仰的人生，灵魂便没了依怙，无依无靠。如果心中的盼头再没了，余下的残生，心便随之飘摇了。

每当看到一些孤身老人的时候，我心里就很难受。所以，只要自己一有时间，我就尽量地回老家陪陪母亲。但我的时间总是很有限，有时，就经常给她打个电话，问候一下，也让亦新、建新常给奶奶打电话。有时候，老人的心里，盼的就是那份问候和看望。很多老人，晚年是很凄凉的，孤身一人，也难以见个人，一见个人，就会唠叨个不休，那唠叨，其实是另一种需要。有时候，我们陪陪老人，听听唠叨，也是一种享受，不要在意他们唠叨的内容，而要体谅他们那颗孤独的心。所有的老人，不管怎样，他们的身上都承载了太多的苦难，他们养育了我们，我们能有今天的生活，要知道感恩。

虽然我也劝了泽年佬，但心里，却明明白白地知道，聚聚散散，才是生命的真相。

金属厂当工人的小舅

这次还有个很重要的东客，是我的小舅畅国喜。他是陈亦新婚礼上的记礼人，也是我的恩人之一。跟我爹妈说"上！有困难我帮"的人就是他。我高中、师范在城里上学时，有很长一段时间就在他那儿吃饭。每天晚上，他都做饭给我吃。那时，他在金属厂当工人，跟一位工人合住一间房子，每天翻砂很苦，但他还是坚持给我做饭。

小舅的岁数比我大几岁，我们一向很合得来。他在四川当兵时，当过军报的记者，字写得很好。可惜命运不济，虽然做事有道有术，但却时不来运不转。加上容易轻信别人，老是叫别人骗，生活稍稍好一些，就会出一些小事。

我死去的弟弟，也曾在金属厂当过合同工，也翻砂，很苦。现在想来，那时他们挣的，是真正的血汗钱。每日里，他们翻那些黑黑的砂，脱上模子，浇上铁水，是很繁重的体力活。金属厂做的，多是生铁炉子，凉州人过去的冬天里，就是靠这生铁炉子才抵抗了严寒。

这次，陈亦新结婚，记礼的人有两个：一个是亦新的舅舅，一个是我的舅舅。

在凉州，记礼的是最可靠的人。

凉州人吃席，参加者需要随礼钱，这一点各地都差不多。凉州人的记礼是大事，以前常听说一些记礼的人，贪污了客人的钱——就是说，客人交多了，记礼的人却记少了。许多时候，礼钱的多少代表着关系的亲疏，有时候，本来很好的关系，要是你记的礼过低了，那么关系也就从此远了。

我参加过深圳一位朋友的婚礼，问当地人，估计得多少钱？他说得五百元。我就给了一千元的红包，但没想到，从此后，朋友就疏远了我。一位友人笑道，他也许嫌少了。要知道，同一个时期，在凉州，家乡人只记一百元的礼。我们认为差不多的礼，在一些富人看来，就不一定多了。后来，我就给自己定了戒，除了还家乡人的那些礼外，不再参加任何人的婚礼。还有一种情况是，待客容易请客难。有时，你准备了很多席，却没人来吃，这样，你也会很没面子的。

总之，在凉州，这样的人情世故上的讲究很多。

过去多年里，我不参加任何人的婚礼，谁请客，我都不去。不过，那时我是为了节省时间。我不知道，我因此得罪了多少朋友。凉州一般的规矩是，人不去时，礼得去。而我在过去闭关时，是人不去，礼也不去，主要是朋友们找不到我，当然也请不到我，偶尔也有请到的，但我却没时间去。可见，当初的我，确实是不懂人情世故的。

不过，要是我一开始就懂得太多的人情世故，或许也很难成为雪漠。因为，所谓的人情世故，就是一些游戏规则，以及相应的机心和算计，其目的，是为了迎合世界，讨好别人，得到利益。不能超越的时候，懂太多这种东西，心理负担就会很重，人是很难得到自由的，要是精于这种东西，还会留恋那些好处，难以放下，那么，人也很难得到自由。相反，在超越自己、超越环境、超越概念时，明白一些人情世故也会转化为另一种智慧。

凉州人结婚时，有时会两家一起办事，这样，记礼的，就分为东客西客两种。一般随礼的，都要弄清楚，哪个是东客记礼的，哪个是西客记礼的。有时候，西客也会将礼记到东客家，那么，最后结算时，就要将记错的钱还给西客。

凉州人很讲究礼行，讲究照钱送礼，就是说，人家给你随了多少礼，将来人家办事时，你也要还人家多少。当然，许多时候，还要考虑通货膨胀的因素。比如，我是1986年农历十月初十结婚的，村里人吃席每人随两元的礼，朋友随四元的礼；但这次，村里人一般随一百元，朋友一般随二百元。从礼钱上可以看出，物价至少已膨胀了五十倍。当然，亦新的这次婚礼上，有些关系好的朋友，也有千元、几千元的不等。

凉州人的记礼人一般都会待在最明显的地方，你随礼多少，都要一清二楚。一般情况是，有一个收钱的，有一个记账的，最后结账。

我和陈亦新参加那位深圳朋友的婚礼时，不知道深圳的规矩跟凉州不一样。凉州人是不用红包的，都是现钞现点，一清二楚，深圳人却包着红包。深圳人在登记姓名时，一般要送红包，或是将红包直接送给事主。我跟陈亦新不知道，就在签名后，直接进了场，然后找哪儿记礼。我叮嘱陈亦新一定要分清东客西客，哪知找了半天，也没发现记礼人。一问，才知道是进门时，人家就给了红包。我马上打发亦新去记礼，他很快就回来了。问他，他说，人家根本没有记礼的，只有收红包的。我说红包里有多少钱，他咋知道？他说，许多人都没有名字。我问是西客东客，他说，也看不出哪是东客哪是西客。我说哪有这样记礼的，你不会把钱乱给服务员吧？他说，不会，人家叫我在红包上写了你的名字。

　　因为没找到东客西客记礼的人，我一边吃饭，一边问亦新，你可别叫我丢人呀，参加朋友婚礼，要是你的红包乱给了人，朋友还以为我吃白食呢。他说，不会不会，红包上写了你的名字。我说，那要是东客呢？他说，人家不分的。那么，这种不分东西客的收红包，将来如何分配？叫亦新猜了半天。

　　凉州人不会出现这种问题，婚礼上的事，总是一清二楚。凉州人老说，亲戚若要好，钱财上不要搅。所以，总是先将规矩定在前边。亦新婚事后的第二天，我就跟我的学生开玩笑地说，从今天起，亦新就独立了，他们一切用钱的地方，都要自己掏。

　　在武威一中读书时，小舅不但做饭给我吃，对我的教育也很严格。他一直鼓励我，叫我好好学习，叫我不要早恋，不要浪费时间，不要辜负父母的一番心血。他的点滴帮助和鼓励，是那时我努力学习、追求梦想的动力之一。

　　他说的很多话，我都能听进去，也能照着去做，偶尔想偷懒时，就会提醒自己，小舅如何如何说，父母如何如何辛苦，梦想如何如何重要，等等。一想起这些，我的心就定下来了，不至于凭一股年轻人的冲动做一些选择。

　　求学时期，我没有早恋过，我真正的恋爱，是发生在工作之后的。虽然我很早就对女孩子有过好感，但恋爱方面，我还是比较迟钝的，属于发动得比较晚的类型。读书那时节，我的好感，多是一种朦朦胧胧的憧憬，现在还能想起一些，也仅仅是记得青少年时代的一些诗意而已。那时的感觉，是不能叫爱情的。比如那校花，我也憧憬她，觉得她很美，她的出现，总能给我带来一种诗意的情绪。但是，我看她，就像看画里人一样，不会想去占有她。

直到现在，我虽然还能想起她的样子，但私底下，跟她，至今却连一句话都没有说过。

那时节，我的身边，当然也有一些女孩像我看校花那样看我，但我同样没跟她们来往过。爱的感觉带给我的诗意，只是我藏在心底的小秘密。

告诉你，刚到城里读书时，我就发现城里的女孩子很漂亮，主要是打扮得很漂亮，也常有女孩站在远处，呆呆地望我。她们那时的眼神，能叫年轻时代的我写出很多诗，但我还是不会因一时的喜悦而忘乎所以。直到师范毕业，我都没有主动追求过任何一个女孩。我所有的时间，都用在了读书、修心和练武上。

我的几位武术师父

大约在高中时，我开始正式练武。这次请的东客中，就有几位练武的拳师，一位是窦世民，我们称他为窦爷；一位是白和平，我们称他为白爷。窦世民是我的同门师兄弟。八〇年前后，我跟一位叫贺万义的武师学拳时，他正好也在学，但那时，我不认识他。多年后，陈亦新跟窦爷学武时，提及贺万义，我们才知道窦爷是贺爷的弟子。

爹是反对我练武的，他怕我闹事。那时节，社会治安很不好，老有打砸抢啥的。我学武，是想有个强健的体魄，后来，爹就同意了。

贺万义是我外公的师父。凉州人管外公叫外爷爷，加个"外"字，以示跟爷爷的区别，但当面只叫爷爷，去了"外"字。外公叫畅高林，是武威洪祥乡新泉村人，是个职业箍炉匠，专为人补铁锅上的洞。

小时候，常见他挑个担子，游街串村，我很喜欢看他干活。外公将那生铁们砸成碎块，装入一个耐火的小筒里，再将小筒装进小炉，加了柴、煤等，就开始拉那风箱。童年里，那风箱的声音是常常听到的，也很好听，一推一拉，呱嗒呱嗒，很有节奏感，这声音伴随了我很长的时间。妈做饭拉风箱，我也拉风箱，我总爱看土炉里燃烧的柴火，有时是玉米秸，有时是麦草，有时是木柴等。在《白虎关》里，我曾写过莹儿被迫回娘家，有段在雨夜里烧火做饭、盯着湿柴发愣的情节，她的那些心理描写，都是我真实的体验。但爷爷拉风箱时，跟别人很不一样，他显得很沉稳，一下一下，有一种闷力。后来，爷爷给我教了烧火锤，那是一种独特的拳法，非常像半步崩拳。那时，武林中有种"半步崩拳打遍天下"的说法。

在呱嗒呱嗒的声响中，一股火苗，就会漫上来，那火苗一下下舔，舔不了多久，炉中的炭就全红了。待得那红炭燃得通红不久，爷爷就会倒了炭，用铁钳夹出那个盛铁的小筒，嘿，那碎铁都成红红的铁水了。爷爷就用小铁勺舀上一点红铁水，倒在另一只手中碎布上的谷糠上，谷糠马上会腾起火苗，但不要紧，谷糠多，一下两下烧不到手的。爷爷将那铁水放到铁锅的破洞处，对准托上去，锅里面马上会溢出红红的铁液，爷爷再拿个布条卷的圆柱体，将那铁水抹平，那破处就不再漏水，平滑了。

那时节，爷爷是按铁疤收钱的，每次箍完，他都会一个一个地数铁疤，然后收些麦子，或是角票。那时，一个铁疤收一两毛钱。爷爷就是用这手艺，养活了一大家人。后来，随着生活水平的提高，很多人家都不用补锅了，他的这一纯民间手工绝活，也慢慢失传了。现在，凉州的乡下，也很少能看到这一营生，很少有人再从事这一行业。于是，这行业也消失了。在西部，随着经济潮流的入侵，人们的生活方式也在发生着变化，很多民间的手工作坊之类的行业，也慢慢退出了历史的舞台，这是大势所向，谁也挡不住。在另一种意义上，也许是人类文明发展的一个象征吧。

爷爷有三个儿子，五个女儿，那时节，这一堆人，每个都张了口要吃食，爷爷就自己苦着，养大了儿女，两个儿子还都供了书。他的二儿子，便是人称"畅半仙"的畅国权，上高中时，曾是武威一中的风云人物；三儿子畅国喜，上了初中，后来当兵到成都，在军区战旗报社当过记者，复员后，回到了家乡，在金属厂当工人。其他的子女，后来的日子过得都不错。我妈是他的三女儿，叫畅兰英。

爷爷年轻时，就跟贺万义练过拳，他的身体一直很好。解放前，他给地主当长工。妈老是谈到那时的生活，说家中只有一件皮袄，没有被子。爷爷回家时，家里人就有了盖的，爷爷一去地主家干活，家里人就只能盖自己的衣服了。

上一中时，爷爷带我去找贺万义。贺万义是苏效武的弟子，学下了苏效武的几乎所有功夫。他们是亲家，互为师徒。苏效武是当时马步青骑五军的十大武术教官，在当地很是有名，精于少林拳，也传承了凉州武术中非常优秀的拳种。他身材高大、壮实，有着凛凛的身躯。他样子像武松，却娶了个瘦瘦的矮矮的女人，看起来身子很弱。但后来，贺爷早死了，贺奶奶至今还活着。

看来，那练武，并没有让贺爷长寿。强壮的死得早，瘦弱的活得长，这咋有点像老子说的话了呢？

我见贺爷时，他岁数并不大，也就五十岁的模样，但在凉州人看来，年过半百就很老了，说是"人上五十，夜夜防死"，所以，我到五十岁时，一想这数字，心里就会不舒服：我咋也五十了呢？

我每次感叹，妻就会骂，是活老的，又不是混老的，谁不老呀？但我的心里，还是遗憾自己没活好，就一下子老了。

贺爷最让我感动的，是他教拳从不收费。我跟他学过多年，但他坚决不收我一分钱。他只是认为，畅爷——外公叫他贺爷，他叫外公畅爷——人很好，畅爷看得起他，就教教畅爷的孙子。对他来说，这是理所当然的事，不像现在，无论你想学什么，都要交学费，但有时候，你交了学费，也不一定能学到真功夫。很多时候，教学的如同表演，只练练那些花拳绣腿罢了。但在凉州，跟贺爷学武，他首先看重的是武德。他认为，学武的人，要有武德，否则学了本事，心坏了的话，会给他惹事，毁了门风，他担不起，所以，他择徒甚严。这是他的一种做人姿态，重情意，重人品。

这次去凉州时，我拜访过凉州书法家王有，他给我写了一幅字，我叫儿子给他钱，他坚决不收，说你看得起我的字，我就很高兴了。"看得起"是凉州人常说的一句话，它代表一种做人的尊严。凉州人很看重尊严，在凉州，不笑贫而笑娼。要是女儿败坏了门风，会叫人看不起的，但要是儿子吃不上饭，不要紧，大家会给你一口饭，像我村的根喜，早年没房住时，就是村里人凑钱给盖的。凉州的这种风俗，每次想起，我心头都会生起一晕温暖。但是现在，随着全球化浪潮的猛烈进攻，很多功利性的思潮也席卷了西部大地，很多乡下的农村也都受到了不可遏制的影响。老一辈人传承下来的传统美德，渐渐地都被撞击得稀里哗啦，在年轻人的身上，已经很难再找到这些美德的影子了。这不能不说是一种悲哀，这种悲哀，是文化的悲哀，也是民族和国家的悲哀。

通过这次回家乡请东客，我已完全感受到时代在发生着剧烈的变化。在我请的东客中，大都是我的前辈，或者是我的同龄人，他们承载了凉州极为优秀的文化，承载了人性中最为美好的品质，从他们的身上，我深深感受到中国传统文化那种日落西山的意味。因为，那些优秀的传承，在下一代人的身上已经断裂了，年轻人所接受、所熏染的是席卷而来的工业时代的商业文明，他们的心已经变了，已经物化了，对那些传统的东西根本就不感兴趣，也不接受了。所以，这次请客，我心里有点挽留和悼念的意味。好在，东客中，除了凉州本地的东客之外，还有另一群特殊的外来东客，他们的到来，有着另一种意义。这意义，也许会在不久的将来彰显出来。

贺爷住在北大街，一个朝东的小巷的一间平房里。房子很老，有个很大的车门，后来，等我闭关多年出关后，我就找不到那地方了，拆的拆了，搬的搬了。当时，贺爷的生活并不富裕，靠孵小鸡过活，老见有人来抓小鸡。他没有正式工作，凉州的练武人，大多清贫，很少有富的。他们的那身本事，要是到了别处，可能会好过一些，但窝在凉州，就只好清贫了。要是他不露一手的话，你根本不知道那朴素的老人会是武林高手，他有很多绝活。以后，我还会讲到的。

不过，清贫的贺爷，在那时我的眼中，仍是一个大富翁，因为他有房子，我却没有。

有时，贺爷在那个大车院里给我教拳，有时，就在他家的小屋里，屋子很小，但他老说，"拳打卧牛之地"。

我每个周日都去他那儿学拳，然后每天早上自己练习。那时节，我还能过目不忘，他比画一阵，我就会了，不用占他多少时间，就能学会当天的功课，不多日，我就掌握了很多拳，贺爷也很高兴。

我首先学的，是关拳。这个"关"字，有点像过关的关。按凉州拳师们的说法，学好关拳，你就能学好其他拳。这是一套非常好的拳种，它几乎囊括了中华武林的所有架势，一招一式，要求十分严格。初学者只要学好关拳，基础就很扎实了。

除了关拳，我还在贺爷那儿学了其他的一些拳，包括达摩易筋经，这是一套内功。此功我练了多年，后来，恋爱时，教给了鲁新云。她练了一年后，就能在结婚那天唬住许多想闹洞房的村里青年。

我学的那些拳，做了我东客的窦爷也都会。几年前，我叫陈亦新专门跟窦爷学拳，学了关拳、燕青刀、提袍剑、六合条子等。我怕那些拳失传了。窦爷有些绝活，比如八卦万胜绝命刀，是西北五省总镖头飞天鹞子的独门绝技，后传给道人青童子，再传苏效武，传给贺爷。此刀有二十四趟，许多人只闻其名，难窥其面。像这种绝技，若是失传，真是可惜。后来，我便要求陈亦新好好传承这些文化。这次回到广东之后，我们便在每天的晚饭后练一个多小时的武术，一来锻炼身体，二来传承凉州祖宗的好东西。

上武威一中时，我虽然只有十五岁，但我的喜好，那时便已确定了，如爱文学、爱武术、爱神秘文化，等等。这些喜好，我后来一直保持下来了，直到闭关的那二十年里，为了保证有足够的时间修心和写作，我才有意地舍去了一些。

心一变，命就变了

一中的同学里，我最先请的是叶柏生和白生福。

叶柏生毕业于清华大学，后供职于中国社会科学院冰川冻土研究所。在他刚上清华的那些年，为我买来了许多学俄语的书。至今，那些书我仍然保留着，成为我最温馨的记忆之一。

白生福是学地质的，现在兰州。其儿子学习极好，最近也上了清华，据说是省高考第三名。

我和叶白二人关系很好，有时到兰州，我也会跟他们见面。

在上高中的时候，这二人就跟了我，骑着自行车，去二十多公里外的家，帮我家干农活。那时节，我干活不如他们。

我也去过他们家，跟另一位叫徐春年的同学，他们在凉州东乡，现在叫清源镇。那时节，我们四人青春年少，开心无比。多年之前，一辆车呼啸而过后，徐春年死了。我们高中相聚的时候，当然想不到徐春年会在日后死于车祸。春年妈做的面条很好，我们各吃了两大碗。我还想吃第三碗时，半天没动静，忽听得春年大声说他妈，你哪能只给人家准备两碗！又听得他妈叫，祖宗，你悄些声！

这一切，仍鲜活在我的记忆里，但春年却死了。每次想起，都有一种恍如隔世的感觉。当然，春年要是不死，他也肯定是我的东客。

清源同学说话很有特点，他们分不清好多音节，比如 s 和 sh，会将"沙枣子涩酸涩酸"，读为"沙枣质社双社双"。在最早的《大漠祭》中，我就说风沙磨秃了他们的舌尖。同样是东客的雪琪说话也这样。

雪琪也是一位作家，是雪漠出现之前武威最有名的作家。可惜，他后来不写小说了，他的文学感觉很好。要是他写下去，也会成为全国有名的作家，只是他后来进了行政单位，再也没时间执笔了。我一直为他可惜。就是从他的身上，我得到启示，让自己守住梦想，即使后来我调进教委工作，我也时时告诫自己，不要丢下人格修炼，不要丢了作家梦，要写自己想写的东西，不要迎合市场，不要写那些时尚文章，不要扼杀了自己天才的思维。即使在生活最为困顿的时候，我也告诉自己，一定要坚守住，不可动摇！因为，我的很多有才华的文友，一旦进入行政单位之后，就都不写作了，都把文学梦丢了，纯为生存而忙碌了。我之所以能成功，其实很简单，就是我坚持了下来。我常说，人要为自己创造一个灵魂家园，在世俗的生活之上，要有自己的梦想，要有形而上的追求。如果仅仅停留在物质层面，那和动物性的生存没多大区别。人一定要有更高的生命取向，这样，你才能实现升华和超越。

生活有它的两面性，就看你如何智慧地分辨和选择。很多有梦想的人，起初都是踌躇满志、壮志凌云的，但是，随着进入社会，进入残酷的世俗生活，很多人的价值观便发生了动摇和异化。面对比梦想更大的诱惑时，有的人便被牵跑了，走向了另一条路，根本看不透那诱惑背后的真相，即使能看透，有时也无法抵御那诱惑。另一方面，当你一心追求梦想的时候，你是无暇顾及那些凡俗生活的，那么，诸多的嘲弄和挤压会让你喘不过气来，甚至连基本的生存都难以保证，这时，就出现了巨大的考验：你是放弃，还是坚守？这取决于你的选择。你的选择，你的取舍，就决定了你的命运。

我亲自去兰州请叶柏生和白生福。见到叶柏生后，我奇怪地有种不好的预感。他到我住处来时，我跟他多次谈了开车系安全带的事。我跟他去洗车时，在车上，我还说了一路。他说，不要紧，我开车很慢的。他本来打算开车来武威参加我儿子的婚礼，我叫他坐火车来，不要开车。我甚至提议，叫他次日去刘家峡的罗家洞——这是胜乐金刚圣地——朝圣，发个大愿，会逢凶化吉，遇难成祥。次日，他真去了。但后来我才知道，他没到罗家洞，只是在途中的一个农家山庄里打了半天牌。

我请叶柏生时，希望他能早点到武威，我们好好聊聊。但在几天后，他还是去野外考察了，因为没系安全带，被甩出车外，不幸遇难。

他的死，很让我心疼。

他的死，也给朋友和家人带来了巨大的痛苦。

我曾在《痛说张万雄之死》一文中说过，儿子办婚事前后的几个月中，我就失去了两位很好的朋友——叶柏生和张万雄——可见世事无常。

好多人或许该从这两件事上想一想，明天真像你想象的那样，肯定会来临吗？你的梦想，真的应该活在计划之中吗？我们为什么不在自己还能掌握生命时，就做一些只有活着才能做到的事情呢？比如，好好地爱自己的家人，学一些不学就会留下遗憾的东西，见一些不见就会留下遗憾的人，而更应该做的，或许就是在活着时，改变心灵，自主命运。

你想，叶柏生要是能听进我说的话，改变了心念，至少系上安全带，他的命运就有可能会改变的。今天，他可能还活在这个世界上，还陪着自己的家人。可是，只是因为一些看似很小的细节——没提前来武威，去了野外考察，没系安全带，他就像命运中注定的那样，被甩出窗外了。

有时，改变命运，说难也难，说简单也简单。有时候，心一变，命就变了。

在《无死的金刚心》中，我写了一个小细节：琼波浪觉和班马朗在雪山里过夜时，琼波浪觉听到了一个很微妙的声音，他心念一动，叫起班马朗，两人提前上路了，不一会儿，他们睡觉的地方，就被雪崩给埋了。要是琼波浪觉不生起警觉，不动那个走的念头，他和班马朗就会死在雪山上。

后来，叶柏生上清华大学的女儿因父亲的去世，一直走不出来，有自闭症迹象。她的母亲很害怕她会得抑郁症，希望我跟她说说话。我说好。去兰州时，我专门见了她们母女。我发现我的开导起了作用。后来，柏生的妻子终于走出了生命的阴影。

武威一中的其他同学，我叫学海代请。

自 1980 年高中毕业分手后，三十二年过去了。好几位同学都死了，王金柏死了，小余也死了。前几年，王开柏也死了。王开柏患了感冒，没注意，等到他注意时，已经晚了。

那些同学死时，年纪都不大，其中有些人，可能在死前，也曾叹息过别人的死去，但自己却也死了。如果他们在叹息时，发现死亡也在不远处候着自己，如果他们知道，一场感冒就能夺走自己的生命，他们会不会有另一种选择？他们会不会开始寻觅？他们在死前，会不会有另一种行为？说不清。

目睹死亡，让佛陀踏上了寻觅证悟之路，但同一场死亡，在佛陀身边的那些人心中，却没有激起多大的浪花。这源于不同的两种心，不同的心，导致了不同的命运。

粗粗算来，在当地，还有二十来位同学。当官的当官了，离婚的离婚了，活着的也老了，有的叫人骗了，有的也骗人了。一出校门，每个人都有了相异的人生。心不同，命运便不同。

那时节，我在班上的文科最好，其他成绩一般。文科以外的课程，我总是学不好。后来，我只坚持写作，慢慢就走到了今天。可见，家长们不用逼着孩子把所有课程都学好，而是应该帮助他们找到自己的梦想。

我所在的武威一中十班是当地很有名的一个班，选拔的，都是各公社的尖子生，都是乡里的孩子。

那些乡里的孩子，就是因为进了武威一中，才改变了命运。

改变命运的念想

那时的武威一中，虽是当地最好的中学，但现在想来，还是很破的。不过，在那时，跟洪祥中学相比，就觉得很好了。

我们住在足球场北面的一排宿舍里，记得是高低床。进城时，我带了个小木箱，装着我最心爱的书。闲了时，我也会趴在那木箱上写点东西，有时也会抄些我认为很好的文章或诗。在一中，我抄下了雪莱等诗人的诗集，还抄下了《红楼梦》中的几乎所有诗句，至今，我还能背诵一些。这些书，在那时的我眼中，是天书，是可望而不可即的。所以，一到手，我就买些蜡烛，晚上不睡觉，直到抄完才会松一口气。那些抄本我还保存着。我也保存着那时写的文章，现在翻开看时，你绝对想不到我会成为作家。在那些文章中，看不出我有一点儿天分，能看到的，只有热情。也许，热情便是最好的天分吧。

在武威一中，我的语文一直很好。老师讲的几乎所有内容我都过耳不忘，但对于数理化，我实在是啃不动，我听不懂老师讲的那些内容。所以，那时候，我偏科很厉害，但有趣的是，在高中，我却选择了理科，没有选文科。当然，那时候的选择，更重要的是为了前途择业。

记得，我刚考上武威一中时，许多人说，这娃子，有铁饭碗了。但同村没考上的娃儿都撇撇嘴，说，不一定。那时节，因为娃儿多，劳动力少，我家在一些人眼里很穷。有些生活较好的人，总是小看我家。妈老是谈到一件事：一天，她跟社员们在队里干活，看到路上有人骑自行车，妈就说，啥时候，我给娃子也买一辆自行车。村里有个外号白鸽子的男子说，你们要是买上自行车，我要买上飞机了。妈于是老拿这事教育我，说，娃子，争口气，别叫人家小看我们。每天从城里回家，妈都会这样激励我。后来，我有了工作。再后来，我在城里有了两套房子，妈才松了口气。有时，她也会开玩笑说，我儿子有两套楼房了，咋不见他买飞机呀？

写出这些，并非为了攀比，或者卖弄啥，也许在妈心里，自行车和楼房很重要，她想争口气，但在我心里，这些都是身外之物。

自小我就是这样，在这些方面，我从来不争。我真正追求的并非这些，虽然物质方面的东西对我来说也是一种激励，但是我更追求形而上的、精神的东西。那时，真正激励我的，是改变命运的念想。每当看到父母牛一样在地里干活，很是艰辛，我心里就想，我一定要改变命运，不能再像父辈们那样活着。我要走出另一条路来。很小的时候，在我的心中便有了这样的志向，所以便看淡了那些物质性的追求，我的心，一直是很富足的。

为了给妈争口气，我学习很下苦功。不过，我在数理化上下了苦功，也还是学不进去，当然主要还是我不爱。有时，我也会在半夜里偷偷爬起来，去路灯下背一些需要背的内容，但没办法，所有文史，我不用背，看一遍就记下了。那理科的内容，我无论如何背，脑中也总是一团糨糊。这也许是基础太差的原因，乡下上初中时，老师的质量也不高，我考一中时，理化只有二十七分，我是凭一篇作文选拔到武威一中的。

　　因为进入武威一中是我人生中的第一步，也是非常重要的一步，所以我至今还能背下那篇作文的内容。当初，那作文被许多学校油印了，发给学生们当范文。但现在想来，也没有多么高明，倒是情绪饱满，很有激情。

　　写到这里，我还想闲说几句。那时凉州乡下，几乎是没有闲书的。唐诗宋词啥的，根本就看不到。虽然我记忆力很好，但记下的，也就是那些课本，此外就是舅舅教的那些命相学呀、符咒呀、贤孝唱词呀、民歌呀之类。我常想，以我过目不忘的记忆力，那时要是生在书香门第，也许长大会更受益些。我在上高中时写的那些东西，根本不能跟陈亦新他们在高中时写的比。这也是没办法的事。但同时，我对民间文化的热爱，也是那些八〇后们所不能比的。虽然，我自小没得到传统文化的滋养，但我在生活中得到的东西，大多是独一个，是书本上得不到的。多年之后，我上鲁迅文学院时，就听到两位南方作家的议论，哼，我们写的，大家都知道；雪漠写的，只有他知道。那口气，有种愤愤不平的味道。可见，西部的生活虽然贫瘠，但给予我的，也够我这辈子用了。

　　不过，虽然生活给了我们很多独有的营养，但西部的作家走向成功，却远比南方作家艰难。首先是起点，当你将现在南方孩子写的博客跟我当初的作文相比，就会发现，虽然我那时是武威一中作文写得最好的孩子，但两者间的差距还是很明显。从一个非常闭塞、找不到可读之书的所在，走向成功，需要补很多课。后来，当我知道世上还有唐诗宋词元曲那些好东西后，真的有一种惊喜。于是，我制作了许多卡片，装在裤兜里，走路时背诵。我的古诗词课，就是这样补上的。当然，除了文化起点的原因外，西部作家还有许多弱项：一是没有群体作战的习惯，有时甚至还相互拆台，自相残杀；二是不懂一些文坛的潜规则，因为他们的农民父母也不懂这些，他们只有在碰壁多次之后才能学会，而更多的人，一生也不一定懂得那些，我初涉文坛，就因为不懂规则，得罪了很多不该得罪的朋友；三是世界的关注点，多集中在经济发达地区，即使西部作家写出优秀作品，也容易被活埋。所以，我身边虽然有很多作家能写出很优秀的作品，但其影响力就是上不去。西部作家登上文坛，需要比南方作家多花很多倍的气力。当然，要是真的能登上文坛，其作品也定然有独有的分量。

这是闲话了。

上高中时，除了数理化，我用功最多的，是俄语。乡下孩子从来没有涉猎过外语，我们只能下苦功。每天晚上，我跟同学们就到路灯下背俄语单词。

不过，在我多年的经验中，背单词不是一种好方法，因为三十年后，我背下的单词几乎全部忘了，但我背诵的课文却仍然记得，至今，我还能背诵许多俄语课文。师范毕业工作后，我还学了几年俄语。后来，闭关写作时，我就扔下了一切。出关后，一切都忘了。我的大脑像被格式化了似的，过去的许多东西，都完全放下了。这次要不是请东客，那些格式化了的东西，也许就永远消失了。

所以，我也想借这部书，将过去的一些记忆定格下来，留给后人，也许还会给他人带来一些启发和滋养，让他们在对雪漠感兴趣时，能翻阅这些回忆，看看孕育了雪漠的文化和土地，看看雪漠的成长痕迹中透露出的某种规律。

我的初中老师们

在武威一中时，教俄语的老师叫田植英，写的一手好字。他常说，学好一门外语，等于多了一双眼睛、两只耳朵、一张嘴。他的语音很纯正，据说是标准的莫斯科口音。三十多年后，在一次同学聚会上，我看到了他，他显得老了，但人仍很精干。他说他看过我的作品，学生中出了个作家，他很是欣慰。但遗憾的是，我已扔下了俄语。那时节，我多想学好俄语呀，我很想读读原版的托尔斯泰作品，很想去俄罗斯，看看那块诞生了那么多文豪的土地，但我没能坚持下来。我放下了很多我不想放下的东西。但我知道，有时，不想放下的东西，其实也需要放下，因为人生很短的。能真正做好一件事，就已经很好了。

武威一中让我见识了一些好老师，田植英是其中之一，还有一位宁老师，和一位龚老师。

宁老师是我的高中语文老师，叫宁玉顺。他个子很矮，驼背，一副大眼镜，一口普通话。他是个好老师，学识渊博，教学认真。即使在遇到很多好老师之后，我仍然觉得，宁老师属于其中非常优秀的一个。每次他到教室，我都会追着问这问那。每一次，他都能让我满意，他也很喜欢我这个学生。

记得，我在学校的作文竞赛中获奖时，宁老师很是高兴。我自己当然也高兴，每次，看到那奖状时，沧桑感都会扑面而来，那张小小的奖状，记载了我的过去。在一个孩子的心中，它曾是莫大的激励。所以，那奖状，我一直保留至今。

许多初高中时的用物和笔记，我也都保留着。有时翻一下，便知道自己当初确实下过一些功夫。虽然我搬过无数次家，但这些东西，我一直舍不得扔，家人也非常珍惜，从未遗失，包括初中时收集的那些资料，比如贤孝、民歌、俚语、古籍、传说、故事等，也留在武威的老家里，成捆成捆地包着。对我来说，它们不仅仅是素材了，更是一个群体、一片土地曾经的生命痕迹，如果扔掉了，就再也找不回来了。

我写的这些书，也是我的生命痕迹。百年后，留在世上的，不会是我的肉体，只会是我的书，或是关于我的那些文字和视频，包括这部书，包括"大漠三部曲""灵魂三部曲""心灵瑜伽""特别清凉"们，等等。我的所有书，都记录了我的某一段生命。

一个人能留下的，也就是这么点东西。其他的，包括金钱啥的，虽然能在活着时让人有很好的享受，却没有真正的意义，因为它们很快就过去了，留不下的。

我的学生心印在知道自己患了绝症时，说过这样的一句话：世上没有一物属于我，也没有一物可以伴随我，除了信仰。

她是对的。死亡把她生命中的许多幻觉都打碎了。生病后，她深深地明白，自己能带走的，只有功德——对社会贡献的价值——和明白。她带不走其他东西。我也明白这些，所以，自小，我就不在乎物质，更不会守着物质，我虽然也拥有一些物质，但对我来说，物质只是实现价值的工具，比如，它能满足我的生活需要，也能让我做一些事情，等等。它们永远都不会变成我的追求。

有一次，我跟一些学生聊天，谈到我每月的收入，有个学生当时就哭了。我问他哭啥，他说，自己以前的收入跟我一模一样，可是，我每个月给那么多志愿者发生活补助，还做了那么多事，他的收入除了给父母，和存下些定期之外，就全都花光了，没有给别人带来什么帮助，其价值很有限。面对我的行为时，他说他不仅仅感动，还很羞愧，他说，自己从此明白了，人的价值体现于他的行为，你有什么行为，就有什么价值。他觉得自己以前白活了，但也觉得自己很幸运，因为他在健康地活着时，就明白了这个道理。

鲁新云一直非常珍惜地保留着我生命的痕迹，对于这一点，我很感谢她，她在这方面是我最好的助手，她总是很细心地替我做着这一切。其实，很多时候，重要的不是那些物质，而是它们真实体现的那一段段人生。也许，很多人会从这些东西中得到一种精神的滋养，这就够了。

看，我又扯远了。

龚老师虽不给我们代课，却常常举办一些讲座。我印象很深的是，他讲过一次《红楼梦》，讲的是贾珍。印象中，他当时用批判的眼光，把贾珍批得体无完肤。我虽然还是有些迷糊，但很佩服他。听了他讲的《红楼梦》之后，我对他的佩服甚至超过了对宁老师。我希望宁老师也做一次这类的讲座，但两年间，宁老师只是教学，不搞讲座。他非常低调，除了教学，他很少露面。有时，我们也会在林荫道上见到他的夫人，个子矮矮的，但至今我还不知道她是哪里人。

上一中之前，我敬佩的老师不多，因为我总是能发现老师的错误。这不怪老师，主要是因为我看的书多。书看多了，眼界就高了，自然就有了自己的评判标准，思维非常活跃。而我那时又不懂得低调，总喜欢和人辩论一些东西，那时的辩论，其实并非为了炫耀自己的优势，而是心中确实很想和他人探讨一些深层的东西，如人生呀、理想呀、生命呀之类的，因为那时候年轻，很有激情——虽然感性成分居多。于是，我就成了一个让老师又爱又头疼的主儿。他们爱我的学习好，也头疼我的调皮捣蛋。

我的调皮捣蛋，不仅仅体现于爱恶作剧，我甚至经常捉弄老师。

我捉弄老师常用的法子是纠正老师的错别字。对于我喜欢的老师，我一般难得糊涂。对于我不喜欢的老师，我总是会在课堂上当场纠正。一次，初中教物理的王老师叫我纠正过后，下不了台，恶狠狠地骂，你鸽娃脑袋爹上，叫人发蛆哩。我马上又纠正，王老师，那是发呕，不是发蛆。引得课堂上又是一片哄笑，那王老师真的是下不来台了，很难堪。那时的我，根本不懂得人情世故，不懂得讨好人，尽说一些大实话，又不会拐弯抹角地去说，总是直来直去，黑白分明，所以，也得罪了几位老师。不过，即使得罪了他们，在他们的心中，我还是最好的学生。因为在品德和品行上，他们也觉得我很正直、很仗义。即使到了今天，很多还在世的老师，提起我来，仍然是赞赏。后来，我成了作家，很多曾经教过我的老师，都为我骄傲。

所以，有时，做学生的没必要讨好老师，也没必要讨好同学，要是你有好的品格，将来能有一番作为，他们就会为你骄傲的。即使你的不讨好，会让你们之间发生一些不快，也没关系，因为所谓的不快，只是一时的情绪，情绪过了，不快就没了。不用在自己的心上搁那么多东西，应该把心思放在升华自己、让自己成长上面，少了这个，人就少了自救的力量，容易沮丧，容易绝望。人生中最可怕的不是困难，而是绝望。之所以说信仰是抑郁症病人的重要救赎方式，就是因为有宗教信仰的人不会绝望。有时候，有了希望，人就能继续拼搏下去，哪怕有再多的挫折，有再多来自灵魂深处的痛苦，他也不会放弃，其实，只要不放弃，人就有希望，就能战胜自己。而且，信仰是自己的，只要你明白，你的信仰，是为了让自己升华，让自己成长，你就没啥好担心的了。你所有的担心，都只是天上的云罢了，信仰的大风一吹，云就散了，烦恼也没了。所以，真信仰者，是很少有烦恼的，他们不追求物质等外在的东西，只想净化自己的心灵。

我将说真话这一习惯保持到了工作之后。到双城中学工作时，校长某次刁难我，我便说，你要是再刁难我，我就在开会时，专门给你纠正错别字。因为他在会上爱读报，却时不时念错字，全校老师都知道，就他自己不知道。老师们当然也不说，都有点心照不宣。我这样一说，他从此不再刁难我，当然也就失去了最后一次纠正错别字的机会，直到他离开人世时，那些错别字也没有纠正过来，有一种"英雄战死错路上"的遗憾。

从这一点上，我得到了启发，以后在与人交往时，凡是有人能给我指出错误和毛病，不管是当面，还是背后，我都会静心反思，而不是一股脑地朝着那人辩驳，一味排斥。我首先会冷静地分析自己哪些地方做得不对，或者哪些地方做得不完美，别人指出来的目的是什么，他为什么这样说，我都在心中一一分析，最后，好的我都虚心接受，继而很感恩给我指出毛病的人。而那些存有不良之心的人，我也不会在乎，因为我知道，那都是一些情绪化的东西，不值得在乎，也没有时间在乎，很多时候，我都不解释，不争辩。

何况，像上面那样的事，在那时的凉州并不奇怪。由于师资的奇缺，那时的乡下有许多民办老师。不过，有些公办老师，比民办老师的水平更低。后来，我当老师之后，跟一位诗人老师成了朋友，每次谈话，我都会纠正他的错别字，那错别字，大多是他的老师教的。

那时，在凉州流传着许多领导读错字的笑话。我所在的北乡，就有一位人称丁可拉的书记，他在会上表扬教师的可歌可泣时，念成了可歌可拉，从此，人们便叫他丁可拉。多年之后，他有了当教委主任的机会，据说因为这一外号影响深远而告吹。一位文化局局长也老是张口便是错字，于是人们编了一些段子，如"文化局长没文化，教委主任丁可拉"，等等。从这些现象可以看出，其实很多老师和文人，都是从那个特殊年代过来的，基本上都没有经历过系统的学习，在那大搞各种运动的年代里，最该读书的年龄，却没有好好读书。所以，后来我就原谅了他们，因为有时候，看似是个人的毛病和缺陷，也是那个时代的产物，所以，我们也不要强求他们。但是，我仍然感到遗憾，因为师资的低下，下一代人仍然得不到更好的教育和学习，这就形成了一种恶性循环。这是最令我头疼的。所以，当初报考师范学校，除了个人命运的选择之外，我的内心也确实有树立为人师表的愿望。后来，确实也当了多年老师，但在做好老师的基础上，我还有更大的梦想。这些梦，也都伴随着我的成长而成长，因为我是一个不断挑战自我的人，我总是不满足。正因为这种不满足，才让我有了今天的格局。

我之所以敬佩宁玉顺老师，就是因为他有真才实学。他讲课很生动，传授的知识也正确，有时，在我好奇的追问下，他还能给我讲一些课本之外的知识。那时候，我最快乐的时刻，就是问老师问题，他总能很耐心地给我讲解，没有一丝的厌烦，这让我感到很温暖。后来，我注册了广州市香巴文化研究院，有了一些学生，当他们向我提问的时候，看到他们一脸的迷茫和向往，我就从他们的眼神中看到我过去的那种渴盼，就会想到当初的自己。

这次回到凉州时，听说宁老师已经不在了。一些同学谈到他时，还很是怀念。

跟宁老师一样令人印象深刻的，是班主任沈利民。他是民勤人，乡音很浓。沈老师是一切为了学生的老师。他教政治，至今我还记得他讲过的许多内容。沈老师最大的本事，是能根据时事猜出高考考题。高考前夕，他为我们选了一些题，刻蜡版，他甚至刻肿了膀子。那年的高考政治题，差不多都叫沈老师猜中了，我们班的政治课成绩都非常高，记得平均有八十多分。我政治成绩最高，一百分的卷子，我得了八十九分，在那时，这是一个很好的分数。

实际上，在每个孩子的生命中，除了父母，最重要的榜样，就是老师。像宁老师、沈老师等，都是我的榜样，他们除了让我学到知识之外，还让我学到了如何做人。对孩子的考学来说，前者固然很重要，但对于孩子的一生来说，后者或许比前者更加重要。

因为功利文化的影响，现在的老师中强调人格者已经不多了，有个学生说，他旧同事的老婆，刚当老师没多久，还是一个纯洁、有梦想的女孩，但是进了那所学校后，发现在很多节日，每个老师都会收到家长的红包，自己不收，就会跟环境格格不入，结果她就非常苦恼。可见，我们现在的文化环境，正在逼着一些很好的孩子变坏。你想，如果连老师这个群体，都开始走向堕落的话，我们的孩子会怎么样？他们将来进入各行各业时，会成为怎样的人？他们会不会觉得做事一定要给红包，或者觉得帮人一定要拿报酬？

我们那个时代，还有沈老师、宁老师那样的好老师，他们对孩子很负责，他们的德行背后，就有某种能让孩子一生受益的东西。我的一个学生也说，她也遇到过一些好老师。二十多年前，她的老师也很重视人格，不但教给孩子们知识，也教给孩子们做人的道理。她至今仍然记得，有一位老师告诉她，做人要有真才实学，不要怨天尤人，只要你是金子，在哪儿都会发光的。这句话一直影响着她，让她能积极向上。她说，自己虽然没有想过要为人师表，但这位老师，却是她成长路上的一个标杆。她觉得，现在的学校里，如果能多一些好老师，学生们的人生中，定然会多一种正面的灵魂滋养。

80年代初期，全国的高考入学率只有百分之四。我们那一班，有一半人考上了大学——叶柏生还考上了清华大学，在当时的武威一中，很是轰动——一小半考上了中专，剩下的几个人，在次年补习后都考了学。当时全班大约有五十多人，只有一人又回到乡下，当了农民，别的人都端上了铁饭碗。可见，一个团队中，只要大家积极向上，自然就会产生一股力量，互相激励，共同进步，成功的概率就会很大。当时这成绩，是很了不起的，沈老师于是名声大振。后来，他当了市乡镇企业学校校长。退休后，沈老师也常常参加同学们的聚会，看到同学们都有了出息，沈老师也很开心。

这次儿子婚礼，我本来想请沈老师的，可是学海说，别请老师了，他不知有多少学生，一个个都请，他能忙过来？学海这样一说，我觉得有道理，就没请沈老师。但过后不久，我就觉得没请他是一件憾事，他应该是以东客的身份进入本书的。按学海的意思，或许是不想让沈老师破费。班里留在武威的其他同学，大多成了我的东客。

在某次同学聚会中，我给了沈老师一套我的作品。过去，每次见面，都答应给他，但每次一离开，我总是进入了自己的境界里，很少想到红尘中的事。我将那套书给了沈老师后，他的夫人对我说，我误解你了，以为你成了名人，变势利了，现在才知道你很忙。其实，我也不是很忙，我只是老沉入自己的世界里，不出来，一恍惚，就多年过去了。

也是因为这个原因，我常常与世隔绝，少与人接触，所以很多人都不太了解我，也有人对此编造是非等，其实，很多都是子虚乌有的，我虽然知道一些人的用心，但从来不解释，不争辩，主要还是没有时间。我的生命太宝贵，一恍惚，就过去多年了。后来，即使我成了所谓的名人，很多时候，也是独善其身，很少进入哪些组织或小圈子。即使我成了作家，也是一个游离于文坛之外的边缘人，有一种内心的远离。我必须与文坛保持一定的距离，才能在精神上保持独立。所以，一个作家，既要扎实地深入生活，汲取营养，更要有出离心，要实现超越，这样，才能有大的格局。如果超越不出来，卷入琐碎和庸碌，只会碌碌一生。

当我实现了超越之后，在我心里，所有的人，包括曾经给我制造流言和违缘的人，包括父母、朋友、同学、老师等，就和我达成一味了，我就不再有分别心了。我对他们，只有那种浓浓的爱，大爱无言，当我无法言说那种爱时，我便写作。我将自己所有的情感，所有想要说的话，都化为文字，写成书，奉献给他们，这是我对这个世界的一种回报。

恰同学少年

我老说人生的本质是记忆，真是这样。影响我一生的那段时光，细想来，不过一点记忆而已。在武威一中上学的时候，我读过的书中，对我影响最深的是《红楼梦》，我背下了里面的很多诗词。此外，是雪莱的诗，我还记下了很多古诗文。

当时的武威一中，有一种很好的风气，就是大家互相借书看。所以，我看了很多书，养成了良好的阅读习惯。对我来说，那些小说虽是人们眼里的闲书，却寄托了我的梦想和希望，所以，我是带着一种敬畏心去读的。我会抄下一些当时认为很美的文字，还会分类保存。那时，我常在深夜里到学校的操场上转圈圈，为的，仅仅是给自己一个独立的环境，静静地背书。慢慢地，我就养成了摘抄和背诵的习惯。那习惯，一直延续了很多年。

那段时间非常青涩，也很快乐。我用在读书上的时间很多，占据了我当时的大部分生命。我经常一个人待着，很少关注学习和读书之外的事，就少了很多诱惑和干扰。

那时，我的主要方向，是拒绝外界的干扰，守住自己的心，最大限度地将生命用在学习、成长、升华上面。其他的一切，我都会有意识地拒绝。当时，一些年轻人的价值观非常混乱，没有立场，没有原则，就是因为他们盲目地吸收了很多东西，不懂得分辨，把自己的心给搅乱了，最后，就被时代同化了。

我关注的内容，只有两个：一是如何修炼人格，二是如何成为作家。我会吸收与之有关的营养，拒绝与之无关的一切。很多事情，对我来说，只是过眼云烟，没啥意义，不值得消耗生命。

在我的价值体系中，最值得关注的，就是大师们的思想、灵魂、智慧和感悟。他们人生的沉淀，总能给我提供很多营养。虽然高中时的我还太小，对很多事情还没有很深的体会——比如人生和社会——以至于读一些经典时，我很难产生后来的那种兴趣，也很难深入地思考一些东西，但是，好书仍然滋养我，比如给了我一种很好的氛围，这种氛围不断在熏染着我，让我远离卑鄙，远离狭隘，远离琐碎，远离懒散，远离和理想相背离的一切。曾经有人问我，如果上天给我再来一次的机会，我还会不会像过去那样度过我的青年时代。我告诉他，会的。因为我珍惜了所有的时间，没有留下多少遗憾，我做出的都是当时最好的选择。所以，就算再来一次，我仍会那样选择的。

不过，当时看过的书，我大多忘了名字，倒是有一本至今仍记得，那便是《青春之歌》。因为我在读它时，正上早自习，不巧撞在那威严的女校长的枪口上，叫她没收了。这书是我借别人的，我于是心惊肉跳了许久，才终于大着胆子，进了校长室。校长批评了我几句后，把书还给了我。可以看出，高中时候的我，是根本不守规矩的。同时，也能看出我对文学的热爱。那时的高中，相对来说，比较宽松，不像现在这样拼命追求升学率，孩子们很难有时间读闲书，都被那些繁重的功课控制了，所以，在一中时，我读了很多闲书。

还有一件难忘的事，是我们班同学干的坏事。自打武威一中招了农村班学生后，我们得到了很多好评。在深夜的路灯下学俄语的，定然是我们班的，老师们都说农村的孩子真能吃苦，但农村的孩子也有着城里孩子没有的毛病。

记得那时的冬天，总是很冷，西北风呼呼的，那平房老是走风，经常是滴水成冰。房里虽有炉子，也有煤，但最缺引火的烧柴。一天，一位同学发现了烧柴——学校正修新房子，修房子的椽子是用大木头锯的，那些边角料们，就可以引火了。许多同学都去拾那些边角料，往自家床下面塞。后来，边角料没了，有人动了歪心，就砸那椽子。一人一砸，许多人也都砸，于是每个宿舍的床下，都塞满了木柴。这事被学校发现了。那些木柴被弄到院里，总务主任气得发抖，连吼带骂，一位领导却劝道，别骂了，农村孩子嘛。那"农村孩子"，仿佛是个天大的理由，这事就没人再提了。现在想来，那时的我们，真不懂事，糟蹋了那么多好木头，但一想那领导说的"农村孩子"，仍感到温暖。但后来，我们这班农村孩子也给学校争了光。

我请的东客中，有些同学已经三十年不见了，同在一座小城，却很少联系。其他同学间是有活动的，他们常常聚会，但我从来不参加。闭关的那些年，别说同学，连家人也找不到我。于是，老有人传言说，陈开红死了，有时，我若出去，碰到同学，他们会大吃一惊：他们不是说你死了吗？由于我经常不参加同学的聚会，也不参与他们婚丧嫁娶之类的事，不理解的人会认为我没人情。三十年间，我几乎没参加过这类事。这次我办事，却来了很多同学捧场，这是很让我欣慰的事。这说明，同学们并没有在乎我当初的"六亲不认"。

　　记得有一次，一同学劝我参加一下聚会啥的，他说，人跟人活，阎王爷跟鬼活，你不能活成独生人。我笑说，不要紧，现在你们不理解我，以后，你会因为有了我这样一个同学而骄傲，不过那时，你要是说雪漠是你的同学，别人还说是吹牛呢。多年之后，真这样了。我的一些文友说雪漠是他的文友时，别人都说他吹牛。我的一些亲戚说他是雪漠的亲戚时，别人也说他吹牛，亲戚于是大怒：难道我连当他亲戚的资格也没有吗？为了验明正身，有些同学就专门请我到他家，因为他儿子同样不相信雪漠是自己爸爸的同学。这次送请柬时，有人要我当场签名，注明是他的同学，这当然是同学用另一种方式对我表达了认可。

　　许多时候，我常说，不迎合世界时，世界就会迎合你的。前提是，你必须要有被世界迎合的理由。一开始，我就将那理由，提到了世界的高度，自己一直朝着那个目标走，直到我达到了那个高度，那么世界自然就会望向我。这个过程，我只做好自己就行了，其他的，我不管。因为，我知道，当你真正成为一座高峰的时候，就会成为世界瞩目的焦点。当然，同时代人的瞩目是一方面，更重要的是，能否令世世代代人瞩目。

　　在所有的东客中，同学留给我的印象最好。同学没法选择，只能是命运的安排。你想，三十多年里，他们有事时，找不到我。我有事时，一招呼，他们全来了。所以，后来，我很珍惜同学们的情谊。

　　在我的前半生中，接触过各种各样的人，亲人、同事、文友、道友等等，还有三教九流中的很多朋友，但所有的人群中，我觉得最没有功利心的还是那帮同学。同学真的是好，想起每一个人，我心里都会有一阵阵暖流。虽然在校时，彼此之间也会有各种各样的小摩擦、小误会，但是都像孩童时玩的过家家，吵吵嘴，打打架而已，都不会留在心里的。能留在心里的，也只有那些温馨的画面。我常说，人生就是一种感觉。不管遇到什么人，什么事，即使再大的事，过后都是一种记忆、一种感觉而已。所以，活着时，好好珍惜身边的人，那也是一种难得的缘分。

第一次尝到失败的滋味

考上武威一中，是我人生的第一步，若是没有这一次的进城，我很难想象后来会有怎样的结局，但可以肯定的是，我仍然会爱文学的，但我的爱文学，也许就跟千万个农村青年的爱文学一样，不会有大的格局。一个人要想发展，必须跳出自己的生存环境。

高中时，我的文科好，高考时却考了理科，原因是当时的文科没有中专，理科却有中专，为了保险，我做了这个选择。其实，要是报文科，我考上的可能性很大，但在那个时候，高考不仅仅关系到我的个人命运，还关系到我的父母。他们对我，有着很高的期待。要是报了文科，却考不上大学，就什么都没有了。所以我还是报了理科，后来，果然没考上大学。

确实，这个结果并不突然，因为我的数理化成绩一向都不太好，但我还是很难受。于是，我就回到了乡下。这是我人生中第一次尝到失败的滋味，在一个十七岁的孩子心里，这无疑是巨大的打击。

知道我大学落榜后，村里就有人说风凉话了。我考上高中时，有人就在背后议论，考上高中也没啥了不起嘛，又不是考上了大学，又不给分配工作。这次，我没考上大学的消息一传出去，村里就有人说，你看，我早就说他考不上的。《大漠祭》里灵官没考上大学，回到乡下后的际遇，就源于我那时的经历。但是，最让我难受的，还不是人们的那些话，而是对父母的内疚和遗憾。

《大漠祭》中的一段话，就有我当时的影子：

灵官忽然发现父亲竟那么苍老。他佝偻着身子，搂着几根干沙枣树条。快要落山的太阳把他的身子印在沙地上，扭成一棵蠕动的老树。父亲老矣。灵官有种莫名其妙的伤感。他想起了三年前的某个清晨父亲背一袋面和他去搭一辆便车的情景。他永远忘不了父亲喘吁吁放下面袋后的那句话："娃子，好好念，不要叫人家望了笑声。"两年后，他落榜的时候，父亲却什么也没说。在已经淡忘了落榜痛苦的今天，灵官忽然感到异常强烈的内疚和遗憾。他想，要是自己考上，父亲该多高兴啊。

我的想要考上大学，一方面为了改变命运，另一方面，也想给父母争气，不要叫村里人望了笑声。所以那种沮丧感，比挫败感更叫我难受。更让我心疼的，是父母失望的神色。

父亲听到村里人的难听话时，很不高兴，说了很多牢骚话。那时，我才第一次意识到"人生"这个词意味着什么。当时正赶上挖蒜，所以高考落榜后，我干的第一次农活，就是挖蒜。我不喜欢干农活，小时候就不喜欢。我怕见太阳。自从有了记忆，我就有两个细节，一直忘不掉：一是我还是婴儿时，有人将我抱到太阳下，我突然就觉得头昏了；另一次是，有人第一次喂我肉时，我的头也一下子昏了。我说的昏，是觉得有一种奇怪的力量涌向头顶，有种很强的质感。小时候，我是不喜欢吃肉的，后来才渐渐开始吃肉。但是，在太阳下待久了，我仍会头昏，会流鼻血。所以，村里人管我叫"白肋巴"。

因为村里有些人说了我的闲话，望了我的笑声，父亲觉得我没有给他争气，很不高兴，见我在蒜地里干不动活，笨手笨脚的，就越加不开心了。

下面，我先得解释一下挖蒜。挖蒜时一般在秋天，太阳还很热，蒜地里是很湿的，不然挖不出蒜来。挖蒜时，你会感到又热又湿，你还得猫着腰，时间一长，就会腰酸背疼。父亲就说我，腰来腿不来，跌倒起不来。还说老子供你上学，你却不争气，干活又没本事，等等。高考落榜，我本来就不开心，父亲一说，我越加觉得没意思活了。那一刻，我忽然想，这样活着，有啥意思？某个瞬间，我甚至产生了不想活的念头。

回到家里，我也没吃中午饭，就闷在炕上，睡着了。很快，我就进入了梦境。梦到我在蒜地上挖蒜，忽然来了一个黑胖子，带着两个人，拿个铁锁，想锁住我。我知道他们是阎罗王的人，就用我学的武功打他们。梦中的我很强悍，几下，就打跑了他们。醒来后，觉得手很疼，就很奇怪这个梦，那不想活的念头，也忽然没了。也许，是练武的原因吧，我觉得自己的灵魂一直很强悍，无论在什么样的梦中，我都能打败别人。

高考落榜，这件小事虽然不大，但你要是接着想下去，就会发现，要是我考不上学，会有多种可能性。至少我不是一个好农民，我会变成灵官，要么出去，要么憋死，要么成为老顺。这些可能性，以及后来长时间的那种苦闷和思考，你可以在《猎原》中的牧人黑羔子身上发现一些痕迹。我是黑羔子的生活原型之一。

不过，很快，我就收到了一个好消息：我考上了师范。

师范属于中专，我说过，那一年，整个洪祥公社里，就我一个人考上了中专。虽是个中专，但在80年代初，这意味着有了铁饭碗。我从此进入了体制，就是说，我从农民的儿子成了一个干部——当时的老师，是干部编制。

那时候，人们很看重户口，城里人和乡下人的区别就在于户口，仿佛那户口是一道铁栅栏，非常分明。有了城市户口，意味着可以吃国家粮，不用出苦力干农活。更重要的是，人们心中的那种城乡观念是很顽固的。所以，后来，我决定娶鲁新云——她至今仍是农村户口——为妻的时候，不少人就劝我，劝我找个有工作的。也因为这，母亲瞒着我，拒绝了邻村莲子的求婚。而我的二舅，给我算命时，也说过我和鲁新云属相不合之类的话，但我全然没理睬。我坚信，我的命运，是我的心造的。我想有什么样的命运，就会有什么样的命运。最后，我还是执意娶了鲁新云，她对我是一片真心。我要的是人，不是户口和铁饭碗。

不过，你也别小看这个铁饭碗，那时节，若是没有体制为我提供的工资，我是不可能在后来闭关的，否则，非饿死不可。所以，后来我有了力量之后，总是会为那些想实践梦想的孩子们提供生活补助，让他们没有后顾之忧。因为从我的亲身经历中，我知道，有很多人，年轻时都是意气风发，也有梦想和憧憬，但因为生存的压力，他们走得非常艰难，到后来，就不得不放弃梦想，苟且于活着了。虽然我也走过一条相对来说很艰难的道路，但因为有基本的生活保障，就能坚守信念，坚守自尊，没有倒下。当然也得益于我的人格修炼，它让我有了一颗大心，让我窥破了虚幻，放下了执着。如果一个人没有智慧和大爱的话，过大的生活压力，就会耗尽他的生命。

考上了师范，这个小小的改变，让我摆脱了当农民的命运。我说这话，并不是看不起农民，而是因为，我一旦成了农民，就摆脱不了那种繁重的农活，就没有机会读书、写作了。我的一些同学，天分虽然很高，但叫农活压得没了灵性。在西部，那块土地独有的文化氛围赋予了人很多的灵气，这些天赋都需要开发和挖掘，一旦开发出来，他们就会是闪耀的明星。但，那块土地的贫乏，生存的艰辛，又会扼杀人的灵气。很多人在沉重的生存压力之下，不得不放弃梦想。我从村里老人的身上，从爹妈的身上，从很多人的身上，都看到了西部农民的那种苦难命运。所以，我必须读书，必须修心。读书让我摆脱愚昧，修心让我拥有智慧和专注力。

所以，后来，陈亦新有了梦想时，我除了叫他参与必要的社会体验外，一般尽量叫他多读书，多修心，不干那些为了生计而浪费大好生命的事。

目前，我的身边，还有一些有梦想的孩子，他们一边跟我学习，一边当文化志愿者，我也尽量为他们提供必要的生活费用，让他们能用全部的生命来学习和修心。生活的重压是必需的，但有时候，若是压力过大，大到必须用生命或时间去换生活之资时，就有可能将大好时光虚掷了。

在我的电脑桌面上，我一直留着一段文字，来提醒自己："只要我的儿子读书、写作、修心，我就让他衣食无忧地、有尊严地活着。"西方一些国家能让没工作的百姓衣食无忧地活着，为啥我们不能为自己的孩子提供基本的生存条件，让他去实现梦想呢？

最大收获是读到很多书

1980 年 6 月，我考入了武威师范。在武威师范读书的那两年，我正式开始了静修。

那时，师范有个胖胖的书记每次讲话，总说师范是培养干部的学校。进了这学校，等于跳出了农门，捧上了铁饭碗。

在当时，师范是很多孩子的梦想，我们那一班，都是高中毕业后上师范的。后来，它开始招初中毕业生，有许多成绩很好的初中生宁愿放弃上大学而选择上师范，原因当然是为了先有个铁饭碗。虽然凉州流传着"家有三担粮，不当孩子王"的说法，但老师还是凉州最受尊敬的职业之一。后来，我的许多成绩很好的学生都选择了上师范。再后来，连大学生都没工作了，何况中专生，于是，武威师范就死了，它改成了现在的十八中。

当年的武威师范还很吃香，我们那一班的师范同学，后来也成了凉州各个行业的精英。

那时的师范，有个很大的操场，中间是足球场，老是有人踢足球。我们班的宿舍就在足球场下面。宿舍不大，不到二十平方米，但住着七个人，两个同学住小铺，我跟四位同学住大铺，虽然我的床铺宽不过二尺，但我还是在靠墙的那边放了一个小箱子。从武威一中起，它就一直陪着我。箱子不大，长约二尺，宽高约一尺许，里面装的，是我最心爱的书，还有日记啥的。从上师范起，我就有了记日记的习惯，一直记到几年之前，后来，我整天安住于空性做事，也就很少写日记了。我的日记中，大多记着一些理想之类的事，现在看来，大多是些口号似的内容，但那时，正是这些内容，每天激励着我自强不息。就这样，一天天，一年年，我就走到了今天。

后来，我成了作家，写出了很多的书，有了很多读者，有人戏称为雪粉。他们中，有的人就以写读书随笔的形式来记录自己的成长过程，虽然内容多是围绕着我的作品展开，但那也是一种参照和学习。他们就在一边阅读，一边写随笔的过程中慢慢成熟了起来，心灵变得清澈而强大。其中，有的人已经坚持写了多年的随笔，数量达几千篇，在某种意义上，这也是他们的一种生活方式。就是在不断的写作中，他们明白了人为啥活着，明白了生命的意义，找到了自己的人生梦想。也许，只要自强不息，坚持一生，他们就会成为真正的学者、专家、文化大师。

细心的读者，只要读过我的小说，就会发现，我的小说大多是心灵世界的展示，透过人物的心灵及习气，就能发现他们的命运轨迹，里面有更深层的东西。在那平凡的生活之中，有着难以察觉的生命真相。这一切，都与我们每个人息息相关，只要能深潜进入，你定然能发现人性的奥秘。小说里所有的人物，其实也是我们每个人，所以，他们的身上藏着人类的全息。我的生命经历，也许会给更多人带来参照，只要你有颗不甘堕落的心。

在师范，我最大的收获是能读到很多书，每周，我们可以去图书馆借一次书。我一般都借小说，我囫囵吞枣地读了很多名著。至今，好些内容都忘了。但读书的目的，不一定要达到记忆。你通过读书，首先知道了世界上还有另外一种生活、另外一个世界。它跟我看到的世界不一样，那些异质的书，开阔了我的眼界。我知道了很多作家，如雨果、司汤达等等，他们的几乎所有作品（只要国内有译本）我都读了。后来，那时节读过的名著，我就再也懒得去读了，这也许是过早读经典容易导致的毛病。许多经典，其实是应该重读的。少年时的读，和青年时的读、中老年时的读，都会汲取不一样的营养。

那时，我虽然知道托尔斯泰，但我不喜欢他，我一点也不喜欢他那种慢吞吞的叙述，倒是高尔基的作品我能读进去。对托尔斯泰的喜爱，是三十岁以后的事，一爱上，就上瘾了，直到今天。上师范时，我只有十七岁，那时我最喜欢的作家，还是中国作家，像五四时期的那些人。我于是疑惑：明明他们比托尔斯泰强，为啥不是世界文豪？直到三十岁后，我才发现，他们跟托尔斯泰有着很远的距离，主要就在于境界和胸怀。托尔斯泰有着别的作家没有的那种大气和悲悯，这与他的宗教素养有关，而中国的作家，缺的就是这一点。所以我说，爱托尔斯泰需要资格。如果你的胸怀和境界达不到的话，你不会爱上他的。我说的爱，是深入骨髓的爱，是真爱，是灵魂深处的那种爱，近乎一种信仰。只有这样，你才能进入托尔斯泰的灵魂，才能与他产生共振。当我痴迷托尔斯泰的时候，离我文学上的开悟，已经不远了。所以，当你的见地和境界达到一定高度的时候，一遇契机，得道是必然的。之前，你所做的就是，不断地向往并走近它。

我读书，喜欢系统性地读，对于每一个我感兴趣的作家，我都喜欢读完他的所有作品。这样，我就能对他有个全面的了解。在师范的两年里，我差不多将现当代的中国小说名家都看了一遍，一直没有找到一个叫我爱得疯狂的当代作家。相较于那些名家，我更喜欢庄子。因为，当你看过庄子之后，会发现没有人能超过他。所以，三十年后的某次访谈中，有人叫我向青年们推荐书，我就推荐了《庄子》和《道德经》，他们说看不懂。我说，看不懂也要看。先登山顶，再窥万象。再后来，我爱上俄罗斯文学之后，对于其他的小说家，即使读他们，学他们，也很难再生起对托尔斯泰和陀思妥耶夫斯基的那份敬畏，真的是"会当凌绝顶，一览众山小"。

在师范时，除了读书、静修之外，我还抓紧练武。我给自己定了任务，每天要举一对三十六斤的哑铃四百次，要踢腿，各种腿法一百次，练易筋经一个小时，等等，身体越来越好时，我就时时和人比武，从没落败过——当然，也没遇到过高手。一般情况下，早饭前和晚饭后都是我的练功时间，其他时间里大多读书——我在课堂上也读书。

我有一种一心多用的功夫，能一边读书，一边将进入耳朵的内容记下。在课堂上，我从来不认真听课，永远都是在看小说。两年里，我练武、读书，后来又拜了松涛寺的吴乃旦为师，学习静修之法。所以，那时节，在学校里，我是最"不务正业"的一个。

常有老师发现我偷看小说而突然袭击，但他们的提问，我总能答得很好，往往是他们的问题刚一落下，我马上就将那答案脱口而出。一次，历史老师看我读得正入迷，就叫我起立，问我他刚才说了啥，我当然都能复述。他看了我几眼，只好叫我坐下。当时，很多老师和同学都发现了我的这一本事，都感到不可思议。后来，我更是将这本事用到了极致，至今，我仍能一边静修，一边做事——有时是同时做几件事——没人知道，我在别人看似忙得不可开交中，仍安住于空性观修。

最近几年，总有人发现，我说的闭关有点不可思议，甚至有点不可理解。因为我总说自己从来就没有出关。实质上，对我来说，根本不存在什么闭关出关之类的概念了，我的生命每时每刻都处在真心中，早打成一片了。所以，当有人问我是不是很忙的时候，我就对他说，身忙心不忙，我只是闲了心做事而已。当你恒常地处在真心状态中时，所做的一切，无不是真心的妙用。

除了这，一心多用还叫我练成了很多节省时间的本事，一直到今天都是如此，比如，我能边跑步边背诗歌，边持咒观想边散步，边看电视边跳跃锻炼……没办法，人生苦短，我只能这样。

很多人觉得，我那么忙，一天要处理那么多事，为啥还能读完那么多书？这是令他们特别惊讶的一件事。其原因，正是我多年前养成的这种节省时间的习惯。节省时间，已经融入了我的生命，虽然我总是在享受生命中的每一个当下，但是在生活的选择上，我还是会抓紧我能抓紧的每一段生命，尽量多做些文化上的事。

有一次聊天，有个学生说了我的一个细节，那细节，我自己早就忘了，他却还记得。他说，那天是我的生日，孩子们集体请我看电影，电影正式开始之前，我挑了一个有灯的角落，坐下，校对书稿，直到电影开始，关了灯，我才回到自己的位子上。那学生说，当代人，可以为了吃饭，等上一两个小时，而我却争分夺秒地工作，连自己生日那天，也是这样。这令他很是感动。他还说，自己于是明白了，我为啥能在这几年内，写出那么多书。我想，他可能不知道，我连结婚的当天，都在看书呢！

　　其实，现在有很多孩子都很有灵气，你随便打开一本杂志，打开一个博客，就能看到这样的孩子。他们无论是叙述视角，还是文字感觉，都有自己独到的东西，而且，他们有一个先天优势——这个时代为他们提供了海量的信息，他们可以随时看到很多书，看到很多好电影，要是他们愿意学习，想要拥有一种文化底蕴和更高的鉴赏眼光，这个时代就为他们提供了大量的便利。你想，要是童年时的我，生在这个时代，会如何？我会在记忆力最好的时候，找到大量值得背的东西。买不起书时，我可以上网看书，我可以找到无数种方式，让自己不用在找书的过程中，显得那么辛苦——但是，假如没有了那时的辛苦，对书，我还会像今天这样珍惜吗？大家可能不知道，我看书，经常会包书皮，为的，就是尽量延长书本的寿命。这习惯，都是长年累月积累下来的。而且，假如我生在这个时代，还能拒绝很多诱惑，拥有一种相对宁静、向上的心态吗？说不清。

　　我们那个年代，有我们那个年代的长处；这个年代，也有这个年代的长处，关键是看你选择什么，拒绝什么。我那个年代，也有许多人像当代人一样，追逐金钱利益；这个年代，也有一些人像过去的我那样，热衷于成长和求知——只是，当代的年轻人里，像我过去那样精进修炼、磨炼人格者，也许不多了。

　　信息的发达，给了当代人大量的便利，但是，也让这个时代变得浮躁和肤浅了，深度阅读，渐渐淡出了许多人的生活，因为，他们的工作节奏和工作压力，让他们没有办法再去读那些很有深度、需要细心品味的书了。听我的学生们说，为了保证自己的竞争力，他们在上班、加班之外，还需要不断地学习一些术，以便在社会上保有自己的一席之地。但这一席之地，又能保持多久呢？术的学习，能让他们一直走下去吗？真正的成功者，多有文化底蕴，他们中的大部分人，都热爱读书，且热衷于深度阅读，他们对人生，有着自己的见解。为生活而读书的人，或是为消遣而读书的人，永远都没有为人生和命运而读书的人那样有成就，其格局和出发点，限制了前者的很多东西。所以，好些有灵气的人，不是被生活磨去了灵气，就是将灵气下降为玩物，随手把玩，最后，随着岁月的更替而消失，留不下任何东西。慨其叹矣。

那时不懂爱情

我们班的同学都很用功，我却将大部分时间都用于读书了，所以，我的成绩，在班里只算中等。不过，便是如此，语文老师还是预言我会有出息。

一天，他讲契诃夫的《小公务员之死》，教科书上说它揭露了高贵者主宰低贱者命运的现实，我偏说作者在讽刺小公务员的奴才相。时不时地，我就会发出类似的怪声。语文老师倒是不怪我跟他唱反调，反而感叹说，将来，这班人中，最有出息的，是陈开红。他说，陈开红的思维跟一般人不一样。他为啥这么说，我倒是没有想过，但经过很多次的验证，我也渐渐发现了这一点。

从很小的时候起，我对生活、对人事、对命运、对生命之类的，都有着自己独特的思维和看法，那思维，似乎是我的一种本能，不是学来的，更不是抄来的。因为，我看很多事，都很自由，而有些人，却受常识和环境的制约，让他们很难发出自己的声音。或许，这就是我跟他们的不同。你看，那"高贵者主宰低贱者命运"一说，就明显有着意识形态的痕迹，而我的感受，当然也源于我的心，我很关注人和命运之间的关系，也关注人的品格。

那时，我的读书和做人，都追求个性，追求独特，这是在有意识地和环境拉开距离。当时，定然给我带来了很多不舒服的感受，比如环境很难理解我，但是，感受始终只是感受，很快就过去了，而那种保持个性和主见的性格，却让我最终实现了灵魂上的独立和自由，也让我改变了命运。对我来说，这才是最重要的。

那时，我虽然重视事业，总想将自己的一切，都献给事业，将来不但要做个很好的人民教师，也要当个好作家，我是真的想为人民服务的。这种人，一旦被放在一个庸碌的环境中，就注定会显得很孤独，肯定会被人斥为幼稚、天真、造作。幸好，读师范时，我跟某些同学的追求虽然不一样，但那时的环境很是向上，同学们都好学，爱读书，所以，我也有一些好朋友，不至于太孤独。

那时的我，当然不知道什么是孤独，我的孤独，在那时节，只是一种找不到共鸣的失落。我一方面追求独特，但另一方面，又因为独特而不被人理解。我也需要交流，需要情感的慰藉，需要爱的滋养。那时，我才刚刚开始学习修心。当时的我，还是个孩子呢。

而这个孩子，心中也有对爱情的渴望。

我在班里是找不到爱情的，因为我们班只有四个女生，都是端庄型的，少言寡语，引不起大家的话题。而且，那时节，男女之间不交往，甚至不太交谈，偶尔碰面，也是匆匆而过，连招呼都不打。在那样的情况下，女生和爱情，对我来说，都只是一种想象，我是摸不到实体的，当然也很难理解一些东西。

那时的学校里，很少有人谈恋爱，便是真有人谈恋爱，也大多是城里人。我们班多是农村孩子，一般是没有人敢谈恋爱的。那时的我们，虽然都很渴望爱情，但大多胆小，又在传统礼教的氛围中长大，男女交往很是规矩，思想也比较封闭，不像现在的年轻人这样开放、随便。即使后来，我跟鲁新云谈恋爱时，也是这样。很长时间内，我们连手都没有碰过。这对现在的年轻人来说，就几乎是童话了——纯洁的精神恋爱，像童话故事那样。

那时节，我们常去操场最西端，因为那儿有幼师班的琴房，在整个学校里，幼师班的女孩子最漂亮，同学们常常议论她们。但因为胆小，大家都不敢去跟她们交往。有一次，一位漂亮女生朝我们的方向走来，男生们就一个个地说，谁去跟她说句话，我们大家给他买套好书。于是，大家就一起吼同样的话，谁都想得到好书，但谁都不敢跟那位女生说话。后来，直到那漂亮女生走远了，也没人跟她说过话，也就没有任何人得到书。

我读师范那时节，每到夜晚，大家都会谈自己喜欢的女孩，跟我同铺的小袁，爱着一个叫黑牡丹的同乡女子，那女孩皮肤虽黑，却十分漂亮。

袁同学说，他很喜欢黑牡丹，但黑牡丹不理他。有一种说法是，黑牡丹之所以不理他，是因为想嫁给城里人，不想回到乡下了——她和小袁都是古浪山里人。这事没法考证，都是同学们的分析和瞎猜，但后来，黑牡丹倒真的跟凉州城里的一个青年结婚了，成了城里人。

那一嫁，倒也真的改变了她的生活状况。

当时，我专门写了一篇日记，表达了自己的愤慨。那时我还是愤青，非常反感功利的婚姻，虽然当年，大家还是孩子，谈不上婚姻，但我一旦听说黑牡丹因为想进城，就放弃了小袁，而小袁还对其恋恋不舍，我心里就有一种不理解。当时我很愤怒，还在日记中，把黑牡丹批了一顿。

可见，当初的我，也没有多么高明。我读师范的那时，人们多追求双职工。我后来的同事中，有些老师，三十多岁了，还不找对象，就是因为想找双职工。我还有一位同事，身边老有非常漂亮的女孩，他玩了一个又一个，也不结婚，就是因为那些女孩的户口都在农村。所以，我后来娶了现在户口仍在农村的鲁新云时，别人都大眼张风，说我傻。但几十年后，那些两口子都有铁饭碗的人，生活并不见得比我好，可见，一个女人的工作，改变不了老公的本质，也改变不了老公的命运——除非你娶了大官的女儿。

写下那日记后不久，我们就毕业了，我和袁同学都回到了乡下。

同学聚会时，人们常会问起黑牡丹。

我跟黑牡丹也是同学，但直到二十多年后，我才跟她说过话。

那时，《大漠祭》已出版了，我成了所谓的名人，为了接父母来城里生活，我买了一套房子，想办房产证，就到了房管所。在那儿，我见到了黑牡丹，她认出了我。她模样没大变，仍显得很漂亮。那次，她帮了我一个忙。我给朋友张柱打了电话，省了四五千元的费用。那时节，我虽然出了书，但其实没多少钱，因为这事，我一直感谢张柱和黑牡丹。

取房产证的时候，我出了房管所的大门，忽听有人叫我，我闻声回眸，见是黑牡丹。她的上半身探出楼上的窗口，大声对我说，×主任给你帮了忙，你也不给她送本书？我身上正好有书，就上了楼，给那主任送了书。

黑牡丹于是成了对我有实质帮助的同学之一。我一直感恩她这一点。所以，虽然她不是我的东客，我却想把她写进书中。

过去，我没有注意过她，那日记中对她的记录，其实是一种片面的想象，因为受了情绪的影响，就显得有些偏激了。而这次，通过与她的交谈，我发现，她并不像我日记里写的那样，她虽然进城多年了，但仍然有一种淳朴的东西。

她其实是非常好的女子。

从这件事上，你就会发现，我们对别人的看法，其实一直在变。有时，那变化源于别人；有时，那变化源于我们自己；有时，因为相处得多了，或得到了更多关于他们的消息，对他们就更加了解了。

明白这一点，你就会明白，对别人如何看待我们，你也不用太在意的，因为他们的看法不断在变。我们不用执着，更不用迎合，只要做好自己，不要被外境搅乱了心，就会清者自清的。我们是活给自己的，不是活给世界的，所以，别人的看法，其实并不重要，重要的，是我们做了什么。

虽然那次见面，让我对黑牡丹印象很好。但从那之后，十四年过去了——我的生命总是这样，一晃就是十多年，晃不了几下，我就老了——我没再见过她，那是我们唯一的一次接触。

在后来一位同学的婚礼上，我也见了袁，他仍是那样子，变化不大。三十年后的好多同学，其性格，都跟三十年前一样，真的是江山易改，本性难移。

真正发生了变化的，或者说变化最大的，就是我了。

我变化的主要原因，是因为我在修心。

师范毕业后，我们才知道，班长赵登睿居然跟我们班的一位女生恋爱了，这让我们非常吃惊。在我们班，班长的岁数最大，他非常有组织才能，很会处理事，要是时来运转，是能成大气候的，后来，他只当了一个小官，可惜了一个人才。

当年，知道班长跟那女生好时，我们班上一位暗恋那女生的同学，就想找班长的麻烦。那麻烦似乎很大，那人时时有动刀子的念头，这念头，容易招来血光之灾，在凉州，血光之灾是最可怕的灾了。谁要是算命时，算出有血光之灾，就会非常害怕。爱好和平的凉州人怕见血，但事实上，有时的血光之灾，也不过就是破点皮流点血而已。但我一知道要发生血光之灾，就整天去陪那同学。后来，他因此成了我的好朋友。当然，赵班长一直不知道这事。

可见，那时年轻，人多热血，豪气冲天，为了爱情，连命都会豁上的。后来我就想，爱情的力量真那么大，足以让人付出生命代价吗？虽然上初中时我也喜欢一个女生，但远远没到爱情的地步。没尝过爱情滋味的我，咋也想象不出，为啥那男子的爱，竟能让他动了拼命的念头？那时，爱的力量一直在我心里潜藏着，没有露出半点迹象，我的整个大脑，都被伟大呀、理想呀、事业呀塞满了，没地方放真正的爱情。后来，参加工作之后，那爱情，才汹涌而至。

同学是你无法选择的

我的师范同学中，也有好几位文学爱好者，如民勤的赵多忠，还有王全仁、柴永贤等。

赵多忠变化不大，仍是肉肉的、圆圆的。三十年前，他也喜欢练武，记得他还练过飞镖之类。赵多忠话不多，有点离群索居。后来，听说他搞文学了，找过我，但我一直没看到他的文字。

自从我的《大漠祭》打响后，同学中也有人搞文学了，他们都有天分，可惜没经过我那样的灵魂历练，其文字就跟我顿悟前的那样，一直没有写进去。我老说，我的天分不高，没有才能，但我有智慧。这其实是实情。我能放下一切，边苦修，边做事。我的一生里，其实只做一件事：完善我自己。这完善的方式，主要是修心、读书和写作。后来，那读书和写作，其实也成我的修心了。我的一生里，一直在修心。

我在文学上的成功，激活了一些武威青年的文学梦，这十年里，出版了很多长篇小说，水平有高有低，但都很认真。许多人的天分都不差，只是缺了修心的经历。这一点看似微小，但其实非常重要。我人格修炼后的写作，是因为爱，而许多人的写作，是因为用。一旦有了功利心，就很难流出很好的文字。只有修到老祖宗要求的破执境界，才会流出真心，否则，就永远只是在造作地写了。从真心里流出的文字，会有光，否则，就只是些情绪而已。

赵多忠等民勤同学，是由老班长赵登睿代表我请的，来的人最多最全，在这件小事上，也显示出老班长的影响力。

老赵曾在民勤的运输公司当经理，听说当初，他是有机会买下这公司的，这样他就可以获大利。后来，他懒了一下，就没买。这事是万儒告诉我的，但我跟万儒都没有惋惜，因为我们总是会追问，成个亿万富翁又能咋样——一个人的生存，花不了多少钱——我看重的，仍是人格。在我心里，人无职业的高低，也无财富的多寡，重要的是人格，人格决定着人的价值。

记得当初上师范时，赵登睿就有极强的组织能力。那时节，每到课间时分，他最爱跟人猜拳，很少有人能赢他。此外，他最爱唱《小放牛》。某次，雷达老师谈起了《小放牛》，评价极高，认为里面有一种西部独有的黑色幽默——

养了个一对牛，长了个趴趴角，
拉着犁地去，倒把铧打破。

买了个一双鞋，底厚帮子薄，
跳了个水渠渠，倒把脚崴过。

腌了个一缸菜，砂子石头多，
拿来下饭吃，倒把牙崩脱。

种了个一升地，打了半升多，
倒进仓子里，老鼠盘了窝。

穿了个破皮袄，虱子虮子多，
晒到阳洼里，猪把领扯破。

盖了个破房房，鸽子鸟儿多，
它们来踩蛋，倒把梁踏折。

娶了个大老婆，脸上窝窝多，
借了一升面，搽去多半个。

娶了个二老婆，瞎得摸不着，
叫她填炕去，倒把炕捣破。

娶了个三老婆，嘴上长豁豁，
打发她拨灯，倒把灯吹灭。

娶了个四老婆，腿短身子矬，
进城十里路，走了半年多。

这《小放牛》，用民勤口音唱最有味道。除了上面的歌词外，每一段后面还要加上"世上的那个穷人多，哪个就像我？"。今天想来，仍很亲切。

王多刚也是民勤人，变化不大，三十年前，他就一脸英气，现在仍这样。听说他就职于金昌公安局，当了刑警队长。

同学是一种缘分，你可以选择朋友，但你选择不了同学，你在哪个时候的哪个学校遇到啥人，这不是你能决定的事。所以，我对同学情感一向很珍惜。这次亦新的婚礼，来得最齐全的，就是我的同学。

凉州的文学疯子

上回来武威时，见过我师范的同学王全仁，他像二十多年前的我一样，也是个小学老师，也想靠文学改变命运。我看过他写的文字，显然是用了功的。但他太想说话了，他想在一篇小说中说出所有他想说的话，这样，写实和宣泄劲的冲击，消解了创造的可能性。所以，他的小说非常实在，实在得不像小说了。武威的许多作者，都有这样的毛病。这次，我托人请王全仁，可是盛玉说，不请他了，他都快疯了。据说，因为太爱文学，他已经成了人们眼中的疯子。

其实，王全仁目前的状态，跟我二十多年前相若。那时节，我的精神也陷入了困境，找不到出路，是信仰救了我。于是，我能放下世俗的世界，而专注于我的艺术世界和信仰世界。这是在文字里流出真心所必须做到的。

要想流出真心，至少需要几年近似于闭关的训练，许多人，因为缺少了这一环节，而一直在外面打旋。所以，那所谓的文学疯子，大多是因为缺少智慧，破不了执。所以，后来我开办"雪漠创意与灵性写作班"时，首先就教别人如何破执，如何流出真心。

凉州有许多这样的文学疯子。我印象最深的，是一位姓魏的青年。我二十五岁那年，发表了中篇小说《长烟落日处》。不久，一位青年找到了我。那时，他在一家酒厂上班。他找到还在南安中学教学的我，我接待了他，我们挤在一张单人床上。后来，过年时，他又拜访了我，我们开始了长达多年的接触。

后来，我去过他家，看到了他的母亲。他家很穷，真是家徒四壁，但他妈很要强，时不时就会为她家的穷辩解。比如，他家没有被子，只有黑黑的棉絮，上面裹一个被面。夜里我躺在小魏的床上，一拉被子，却只拉开了一个被面子，原来他家的棉絮都没有缝上被面。此外，他家柜子显得很破旧，不是这儿坏了，就是那儿烂了，原来小魏的爹妈老是打架，一打架，就会砸家具啥的。他家的沙发，是用土坯砌的，上面铺一块布，坐上去，瘆冰瘆冰的。

小魏时不时会感叹，唉，今年没写多少小说，只写了四百多个短篇。问他写的东西呢，他会找一把铁锹，在地上乱翻一气，会翻出一堆碎纸来。他说，村里人老是会进来，把他的书稿偷去卷烟渣子抽，他只好将书稿埋在地下。就这样，几百篇几百篇的东西就没了。

一年冬天，他又来教委找我，正下着大雪。他只穿个单衣，冻得发抖，我只好将自己唯一的毛衣脱给了他。他也没推辞，就穿了。这下，我也只剩个单衣了，只能待在屋里，出不了门。鲁新云马上买了毛线，夜以继日，给我织毛衣。十天后，我刚穿了新毛衣，他又上门了，仍穿那件单衣，仍是冻得发抖。我问毛衣呢？他说给他弟弟了。我只好又将新毛衣脱给了他，自己再想办法。

就这样，他还是做他的文学梦，但不久，连饭也吃不上了。再来找我时，我就给他想了个办法，去寺院。我亲自带他去海藏寺，找我的僧人朋友，希望给他提供衣食。朋友答应了。不久，朋友找我了，说那人实在不行，在寺院办了一份油印报纸，办得一塌糊涂，还时不时大叫，或是在别人跪拜时偷偷发笑。我问小魏时，他对那些和尚意见也是很多。

后来，他离开了寺院，我仍多次帮他，给他找对象，帮他找工作，或是为他提供衣食保障，希望他能写出大作品，但都失败了。他过于痴迷文学，却连基本的生存技能也没有。

一次，我认识了一个女孩，爱好文学，是个裁缝，能挣到钱。我介绍了小魏，她也愿意，在我的撮合下，他们见面了。中午吃饭时，他要了小笼包子，吃得很香，边吃边咂舌头，说没吃过这么好的东西，逗得那女孩笑个不停。后来，那女孩还约过他，他没去，问原因，他说，文学上不成功绝不结婚。到了后来，他想结婚时，却再也没人愿意嫁他了。

后来，他便下落不明了。再后来，他的弟弟找到了我，原来他们家遭遇了一场伤害案。有个当地的恶人，打伤了他的弟弟。我找了一位律师朋友，没要费用，帮他打赢了这场官司。后来，律师很不高兴，说，他们不值得帮，打赢官司之后，连句感谢的话也没有。我说，他们本来不爱说话，没必要计较这些的。

后来，小魏又下落不明了。我一直也没有再见到他，但时不时地就会想到他。

在凉州，有许多这类别人眼中的文学疯子。

其实，在我"成功"之前，在许多人眼中，也是这类疯子。

那种疯，其实是世人不理解的一种痴迷。

我的同学王全仁，也成了别人眼中的疯子。我觉得他写得不错。我很看重能写出独特味道的东西，只要能写出自己独特的味道，就有价值。这有点像书法，虽然有很多人临了一辈子帖，能写出非常漂亮的字，但就是没有自己的味道。我到书店选字帖，很难找到我喜欢的，原因就是那些帖都太大众化了，没有自己的味道。在书法史上，我喜欢郑板桥、傅山和八大山人这类人，不喜欢太流行的东西。

王全仁的文字朴素，写得也很真切，但他一直没有进去。我说的进去，是用文字流出自己的真心。他写得很用力，有种写文章的秀。可是，当你有了写文章的架势时，你是写不好文章的。

但这次，听同学说，王全仁的精神，真的有了问题。上次我见到他时，他一提起那些当官的，就恨得咬牙切齿，言语间也很激烈。这种人容易被当成疯子，有些人，还会被关进精神病院。我不知道，王全仁是真疯了，还是被人当成了疯子？

这次我很想能看到他，但同学说，他不能来，他一来，就猛喝酒，喝醉了就会大哭。听到这，我的心一下抽疼了。这也是我的毛病，我说过，我总是在别人的病里，疼痛我自己。

不过，内心里，我还是希望能见见他，好好和他聊聊天。毕竟，我也经历了类似的岁月，太明白他的苦了。

写此书时，我打了好几个电话，给家乡的同学，想叫他们帮我提供王全仁的电话，我想尽力帮帮他。但同学说，王全仁从精神病院出来后，就失去联系了。据说，他在一个非常偏僻的地方，看大门。

松涛寺的吴师父与石和尚

上师范时，我常去松涛寺。我第一次去松涛寺时，是 1981 年夏天。

那时的松涛寺，只有两间破房子，大殿早叫人拆了，吴乃旦师父就一个人住在那儿，《西夏咒》里的金刚寺，就是照着我对松涛寺的第一印象写出来的：

这寺院已算不上寺院了，大雄宝殿被拆了，梁木们都当了烧柴。佛像们也烂的烂，坏的坏，它们也龇着牙叫苦。……寺里只有老僧，以前有好几百和尚，但在宗教改革后都遣散回家了。偌大的寺院空旷极了，要不是调子们常来这儿，寺院也就死了一样静。

我去松涛寺的那时，松涛寺也是这样破旧不堪、残败不堪的，吴师父发过愿，要重建寺院，几十年里，他为了那梦想，一直在打工、化缘、搞副业，筹款近百万，先后修建地藏殿、护法殿、僧舍、山门等，自己的生活和饮食，始终非常简单。对他的生活状态，《西夏咒》有如下记录：

每月初一、十五，周围的百姓都要来还愿献盘。那盘，就是馍馍，文字人叫馒头。每个盘，有十五个馍馍。那天有好多人献盘，就献了好多十五个馍馍。石和尚吃不完，就阴干了，在梁上挂个门扇，将那掰成核桃大的馍馍放在门板上，想做饭了吃饭；不想吃饭了，打点开水，泡点儿馍馍。

多年之后，石和尚圆寂了，其弟子吴乃旦继承了石和尚的传统，也制造出许多干馍馍，吊在梁上。每次，我去他那儿接法，都会望着那半墙空的干馍馍慨叹不已，给他留下许多菜钱。后来，我发现，无论我留下多少钱，吴师父吃的仍是干馍馍。后来的多半生里，他就以干馍馍为主要食物，省下供养和香火钱，修了一座寺院。

正是因为过度操劳，饮食又不好，吴师父的身体一直都不太好。十八岁认识他的时候，我就对他说，你要把师父教给你的东西传下去，不然，师父会不高兴的。我说这话时，也没想太多，因为我当时去找他，本来是想学武功的。那时节，人们都说松涛寺吴和尚的师父石和尚，是凉州有名的武术奇人，对他的修炼境界，凉州人不一定知道，但是他的武功之好，在凉州是难逢敌手的，这却几乎是家喻户晓。我听了这传闻，就叫亲戚带我去松涛寺找吴和尚。当时，我也在跟贺爷学武，但武术这东西，我是不怕多的，因为确实喜欢。那时，我对武术，也像现在我对文化一样，涉猎很广，要是我专注于武术，说不定也会融会贯通、与时俱进的，但是我很清楚自己这辈子是干啥来的，于是，武术，就只能算是我的一门爱好了，当然，也是我看待世界的一种眼光。文学是一种眼光，文化是一种眼光，贤孝是一种眼光，武术也是一种眼光。多几种眼光，人就会更成熟一些，不至于变成孤芳自赏的井底之蛙。只是，石和尚一死，他的绝世武功就失传了，这也让我明白了武术的无常。

那次去松涛寺，我住了好几天，在那几天里，我们就渐渐熟悉了。吴和尚清楚了我的秉性，开始教我一些东西，后来把毕生所学全都教了我，他甚至想教我学藏语，就给了我一本藏语书。但我在学语言上没有天分。以前学过俄语，闭关后，全忘了。现在，我开始学英语，希望可以有另一种眼光，进入一个更大的世界。我告诉陈亦新，我学英语，只是想展现一种姿态：我们可以走不出去，但不能没有走出去的心；我们可以飞不起来，但不能没有飞翔的心。只要有了那心，有了那行为，结果究竟如何，就不是我们的事了。

不过，那时节，我学了一段时间的藏语，最后还是没能坚持下去，吴师父也就只好随缘了。

吴师父是《西夏咒》里吴和尚的生活原型之一，另一个原型是我的二舅舅畅国权。关于弘法和建寺方面的选择，我曾问过吴师父，吴师父说，他也可以弘法，但这需要大量的精力，他既然发愿要重建寺庙，就只有减少在弘法上花的心思了。所以，他虽有很高的修证，也有很好的德行，一辈子却没收几个弟子，比起一些出名的高僧大德们，他一生的轨迹，就显得黯淡了许多。但其实，无论修证还是德行，比起好些弟子众多的高僧大德，他都是有过之而无不及的。

吴师父有神通，但他很少显露，偶尔在我面前显露，也是为了成熟我的心性，增长我的信心。要知道，没有信心，就不可能建立真正的师徒关系。你想，风平浪静时还好说，一到了分岔路口，师父说向西，你偏偏觉得该向东，这时信心的重要性就会显得格外重要。因为你不一定明白师父为啥说要向西，你可能觉得，西边的路很窄，你害怕掉下去，不敢走，那么这时，你是因为害怕而退缩，还是照着师父的话去做？有些人真的向西了，可能会发现，前面一片大好风景，所谓的窄路，只是保持了你的清净，让人不会干扰你走路罢了。而要是向东，前面说不定就有一个陷阱，你在不知情的情况下，就会掉下去。这时，师父也帮不了你的。要是你想重新选择，你还得自己爬起来，重新回到岔路口，往西走。只是，这时，你的生命已耗掉一大截了，而且，掉进陷阱的那时，你和你的马车，都可能会受到某种伤害的。这时，你的走路，还像不像之前那么稳健、那么顺畅？真不好说。但不管步履有多么蹒跚，只要知道了方向，向前走，你还是能到目的地的。问题是，你是及时回头，听善知识的话，还是不信那个邪，非要往错路上走？更有一些人，错了一步，就错过一生了。

"文革"时，吴师父一直参加劳动改造，而他始终没有像一些僧人那样还俗。关于吴师父当年的经历，我在《西夏咒》中有过记录：

吴和尚也被揪了出来。寺里的好多东西都叫砸了，包括金刚杵金刚铃啥的。连佛像都叫砸成烂泥了。宽三砸佛像时，佛像啥话都没说。谝子便说受骗了受骗了，这玩意儿连自己都保不了，咋能保老子们？好些人就骂吴和尚是骗子。他们算呀算呀，终于算出多年间寺里骗去了他们的几千斤酥油，还有好些别的东西，便以骗子的待遇来对待吴和尚。吴和尚除了挨斗，还要参加金刚家的义务劳动呢，以此来抵消他多年来的骗吃骗喝，正所谓好吃难消化呀。

桦条声暴风骤雨般响着，那是一股啸叫的旋风。吴和尚抱着头，由了那桦条们泼向自己。琼明白吴和尚的抱头不仅仅是保护自己，更等于是一种姿态。他抱头的姿势显得很可怜，不会进一步激怒那些打手。吴和尚完全没了上师的派头。

据说，吴师父的磨难，石和尚在圆寂前就有过开示。

1962 年的某天，石和尚专门叫来吴乃旦，对吴师父说："未来会发生一场巨大的磨难，到时，你可能连红布条（袈裟）都挂不上，但你一定要忍着。"随后，他将住持之位传给吴师父，自己圆寂了。据说，他当年已能自主生死。

没过多久，"文革"爆发了，学校占领了松涛寺，吴师父就在石和尚的坟前搭了草棚，白天劳动，晚上修行，就这样过了好多年。那段日子，是吴师父生命中非常艰难的一段时光。

经历磨难之后，吴师父一直很小心，平日里，村里人问他一些东西，他总是用打卦的形式来解答。那所谓的打卦，只是一种掩饰罢了，因为他不能显露自己的修为。在一段时间里，就连公开收徒，他都非常避讳。对有可能带来违缘的东西，他一直比较敏感。这种敏感，有着深深的时代印记。

最初，我想拜他为师时，他对我说，你想学啥，我都可以教你，但你不要公开拜我为师。后来，他陆续传了我上百种法要。每次我去松涛寺，他都会偷偷教我一点。那时，他住在土屋里，很少有人来。有时，一来人，他就使个眼色，意思是不说了。

吴师父教我的，一直都是解脱道的路子，他叫我直接在心性上下功夫，我后来也修过方便道。后来，我写《西夏咒》《西夏的苍狼》时，把这些都写了进去。

因为吴师父的关系，我和松涛寺的因缘持续了二十多年，那段时间里，我常去松涛寺看他，有时是学习，有时是供养。婚后，我也经常带上鲁新云和陈亦新，去看看他，也供养些东西，直到 2006 年吴师父圆寂。

说起我和松涛寺的因缘，有一件事情非常奇怪。

我第一次去松涛寺那天，是一个刮着大风的日子。那天的天色很暗，聊得晚了，吴师父就叫我住下。夜里，我做了一个奇怪的梦，梦里有个矮和尚把手放在我头顶上，然后，我就感到一股巨大的力量从顶门涌入，就浑身酥麻了，第二天醒来时，我的身体有了明显变化。我想起昨夜那梦，觉得不寻常，就兴高采烈地告诉吴师父，吴师父却不高兴地说，我们不信鬼神。后来我才知道，那时节，他怕别人说他教唆青少年。后来，我将那梦告诉了当地的亲戚，还说了梦里那矮和尚的样子，亲戚就惊讶地告诉我，那矮和尚，就是石和尚呀。

或许就是当年的那个梦，开启了我跟松涛寺二十多年的因缘。

石和尚俗名石彦云，法号释达吉，他的修证很高，据说有神通。吴师父告诉我，小时候，自己被一个孩子欺负，石和尚就从很远的地方推了一掌，那孩子就摔倒了。据说，还有人见过石和尚在松树间飞。

石和尚究竟能不能飞，固然无法考证，可他的武术之高，却是有史料记载的，当年，在凉州，几乎无出其右。后来，我就以他为其中一个原型，塑造了《西夏咒》里的久爷爷。

石和尚对吴师父很好，吴师父很小的时候，就跟着他修行，他把毕生所学——除了武功——都传给了吴师父。最初，他想把武功也传给吴师父，但吴师父不肯学，还说，武功修上再好，最后还不是一死，我不如多磕几个大头。于是，吴师父在三个月内做完了十万个大礼拜。后来，每过一段时间，他就做十万个大礼拜。那才是真正的苦修。据说，就是这样的苦修，改变了他的命运。

吴和尚从小体弱多病，常常病危，家人就把他送到松涛寺，希望出家和修行能改变他的命运。后来，他跟着石和尚修啊修啊，躲过了寿难。

西部人相信，一个人如果出了家，命运就很可能会改变。所以，他们要是养不活家里的孩子，就会把孩子送到寺院里去。出家前患了重病，出家后却活了很久的人，也确实有很多。

不过，我认为，改变他们命运的，并不一定是出家人这个身份。如果我们能像吴师父那样，守住誓约，放下一切，好好修炼，我们的身心就会改变。据说，虽然宇宙中有一种暗能量，当你用某种形式与之达成联系时，你就能跟它达成共振，它会帮你达成愿望，但是从根本上说，真正能成就你的，还是你的心，是你愿意放下一切，无计无利，没有丝毫怀疑和算计的那颗心。而出家，只是对世俗生活的拒绝，或是你为自己创造的一种方便。

如果一个人执着于生死，始终希望能长寿一些，他仍然很难改变命运，因为他放不下那执着，就改变不了自己的心。吴师父之所以改变了命运，就是因为他守住了誓约，精进苦修，从本质上改变了自己的心。实际上，最后，他已不在乎自己可以活多久了。

吴师父圆寂后，安葬在了寺院的后面。

那墓地，就建在他的自留地里。

畅半仙与凉州神秘文化

《西夏咒》里的吴和尚有两个生活原型，一是吴乃旦师父，二是我的二舅舅畅国权，《大漠祭》里灵官二舅舅的原型也是他。那两个小说人物有一个共同点，就是都懂神奇的法术，这也是我的二舅舅最独特的地方。

二舅舅比我大二十多岁，一辈子研究西部的神秘文化，没有结婚。他懂得很多咒语和法术，也知道许多稀奇古怪的故事。小时候，我最喜欢听他讲故事，也喜欢叫他教我一些神秘的咒子。在我记忆力最好的时候，就不自觉地记下了许多神秘文化的东西，也记下了好些流传于凉州的咒语。我的小说中，就有了好多非常独特的文化信息。在这一点上，二舅舅影响很大。

比如，《西夏咒》里有个止血咒，瘸拐大剥皮时，就会念那咒子：

阴山血，阳山血，打个刀子快如铁。我看刀子快不快，割断筋骨不见血，如果见了一点血，朝着太阳踢三脚。今今风清，五唎太上老君。

《西夏咒》中的金刚家和明王家抢水之前，也会念一种护身咒，让自己在打斗中不要受伤：

> 天护身，地护身，五大金刚护我身。护了前心护后心，护了鼻子护眼睛。护得两耳不灌风，护得身体如铁棍……

还有，雪羽儿进老山时，也用了一个禁野兽的咒子，野兽听了，就会打瞌睡，不会咬人。这些咒子，都是小时候二舅舅教给我的。不过，平常人念，就不一定管用。据说，施咒者本身必须修出一种能量，才能借助咒语，调动某种神秘力量，来达成愿望。所以，在我不到十岁时，二舅舅就教了我很多修炼的方法，比如修定、坐静、存想等等。

所谓存想，跟观想很相似，只是叫法不一样。修炼时，要像坐禅那样练静功，也就是坐静。这是一种凉州独有的、儒释道合一的功夫，直到现在，在凉州仍然极为盛行。

对家乡的理解，我经历了多个阶段，正好借此回忆，也将自己的前半生好好地梳理一下。平时，我是懒得归纳和总结的。

很长一段生命里，我总怀疑自己是否活着，经历的人和事，都如梦如幻，都在哗哗地变，心中留不下任何痕迹，自己只是在经历、在体味、在欣赏。有时，明明一些人、一些事与己有关，但似乎又与己无关，自己全然成了局外人，看着那些幻相，或喜或悲。如果没有那一部部书的出版，我似乎感觉不到，自己是否真的经历了那些苦乐年华。

我对家乡文化的了解，分为三个阶段。第一个阶段，是启蒙阶段，这是在二十岁以前，那时节，对于家乡，我谈不上了解，我只是在学习。我的一切学习，都围绕着文化课的学习，多注重知识性的学习。

我首先学习的，就是家乡的神秘文化。它对我的一生影响巨大，让我在很小的时候，就能进入另一个时空——你可以理解为我独有的精神世界。但那时，世界不知道我。后来，我出版了诸多的作品，有小说类的，有文化类的，世界才慢慢关注到我的存在。很多人读了我的作品之后，发现我的小说很难归于哪一类。虽然我自称不要主义，但还是有人将我归于神秘主义。不过，中国驻法国大使馆的文化参赞蒲通先生称我为理想主义，一些评论家还称我为浪漫主义、象征主义等等。陈亦新在讲卡夫卡的《变形记》时，说我的《西夏咒》是典型的表现主义。事实上，不同的主义者们，都能在我身上发现不同的主义，但单就神秘主义这一点来说，在第一个阶段中，我确实接触得较多。当然，这种接触是无意识的，因为我自小就处在西部那种文化氛围里，一个小孩子每天都呼吸着那样的空气，就有了一种基因。

西部盛行神秘文化，因为老百姓相信它，觉得它有用。所以，精通神秘文化的二舅舅，就一直很受村里人的敬重。人们叫他畅半仙。就是说，在人们眼里，他能顶得上半个神仙。村里一旦有人想知道点啥，或者生了怪病，就会找二舅舅打卦、治病。比如，村里人丢了东西时，总会请二舅舅帮忙，二舅舅就会画上一张符，贴在擀面杖上，然后把擀面杖立在门后，念一阵咒子，让门神和土地神帮着找。怪的是，一般情况下，都能找得到。有一次，邻村有人丢了抽水机的电机，二舅舅就是这样帮他找回来的。如果念一次咒子找不到，二舅舅就会把擀面杖倒过来，再念一次。

治病时，二舅舅用的也是这种功夫。

他会先给来人算上一卦，看看对方是不是被哪个鬼冲了，再找对治之法。这种方法很像神婆的禳解，可二舅舅说，他的东西跟神婆的东西有本质上的区别，因为他们有本草，也就是经典。

他所说的经典，后来给了我。

大约在我二十岁到三十岁之间，我对家乡文化的理解，进入了第二个阶段。我有意识地收集和整理了大量流传于凉州的民俗文化资料。一旦遇到类似的资料，我就会抄下保存，婚后，也叫鲁新云跟我一起抄。慢慢地，收藏下的资料便越来越多。那些资料里面，就有二舅舅所说的经典，它虽然不属于正统的佛道文化，但也很好。它们多以手抄本的形式存在，敦煌出土的典藏中也有类似的文献。

在第二个阶段，我对凉州文化产生了盲目的热爱，甚至算得上是一种狂热。我早期的许多修炼，也发生在这个阶段。那时节，我的感性很重，产生了许多体验，有了一些所谓的功力，在凉州双城镇河西小学教书时，曾用"气功"治好过很多不易治好的病。这个阶段中，对于民间文化、神秘文化，我是全盘接收的。

我有一个很大的特点，就是好学好问，刨根问底，对于文化、哲学、生命的东西，我总是充满了敬畏和向往。在凉州，文化人很多，藏龙卧虎的人也很多。小学和初中时，我就经常跟二舅舅去拜访一些高人，也接触了很多神秘文化方面的东西。长大后，我也是这样，每次发现谁的身上有我值得学习的地方，我都会亲近，虚心请教，吸纳接收。换上一些人的说法，我的学习，像海绵吸水一般。而且，我接触所有文化时，都不仅仅满足于知识性的学习，我更注重生命的实践，吸收其精华，让它进入我的灵魂，直至成为我生命的一部分。我接触的人多，吸收得也杂，没有太多的筛选，就如蜜蜂一般到处采蜜，然后进入自己的蜂巢，不断地发酵、酝酿、储备。

在二舅舅的身上，我同样发现了很多有价值的东西。他用了一辈子时间，去深入地研究本土文化，在文化的层面，他的身上，有许多我可以不断深挖的宝贝。我对本土文化的了解，有很大一部分，都源于跟二舅舅的聊天。每次跟他聊天，他都会告诉我很多本土文化里的宝贝，他一辈子积累下的许多故事，最后，都成了我创作的养分。当然，二舅舅的宝贝，指的不一定是功能，而是一种文化的信息。功能，只是人在实践那文化时，产生的一种现象。

后来，我进入了解凉州文化的第三个阶段，也就是实现超越的阶段——我的人格修炼已达到了一定境界——时，凉州文化就成了我文化格局中的一个小元素。它已融入我的基因，成为我的营养，却不再局限我了。这就是我能走出凉州的一个重要原因。这与我的自省和自强有着非常重要的关系。追求超越的人格修炼，让我拥有了出世间的智慧，让我明白了取舍，所以，当我实现了超越，走出凉州时，我便拥有了一个更大的世界。这一特征，主要体现在我后来的"灵魂三部曲"和《野狐岭》等书中。我的前半生，在一定意义上来说，就是一个不断出走的阶段和过程，我通过不断的出走，实现不断的打碎，进而实现超越。没有出走，没有超越，也就没有那一部部作品。

如今，实现超越之后，我又回来了，又在构建另一类作品——这时，本土文化吸引我的，就不是二十多岁时的那些东西了。二舅舅提供的一切资料，都变成了我作品中的素材和营养，但我最感兴趣的，还不仅仅是这个东西，而是它背后的意义。就是说，这种文化中，有没有什么信息，能给当代文明——比如当代的生命科学等——带来启迪？里面有没有一种规律性的东西？

我越是研究，就越是发现这种文化的深厚，同时也发现了它跟人类灵魂、梦想、信仰的联系。它虽有着貌似迷信的外相，却折射了中国西部一个人类群体的精神追求，这种追求其实跟整个人类的追求是一体的。发现了这一点，我才能写出后来那些有西部气息，也有人类全息的小说。

所以，在我的生命中，二舅舅是一个非常重要的存在，尤其在我的童年、小学、初中时代，他直接影响了我的很多东西。其中最重要，也是我最重视的，是西部文化的熏染，这为我后来的修炼和写作打下了很好的基础。

这次请东客时，我发现二舅舅虽然才六十多岁，但看上去，一脸皱纹。按小舅舅畅国喜的说法，畅半仙的心早空了。也许是的。他似乎不想事，烦恼当然少了。但我发现，空了的半仙，在境界上并没有很大的提升。在许多方面，他跟几十年前差不多，并没有很大的飞跃。由此，我认为，单纯地没烦恼，意义很有限，一定要有正念，没有正念，没有向上的愿力，没有行为上的改变，你证得的那点儿空性，意义并不大。

舅舅的功夫，偏道家的多一些，他于符咒上着力了一生，功能性很强，应事常有立竿见影之效。

这次回凉州，见他仍提着那个小黑包，那是他随身带的吃饭家伙。记得在我小的时候，他就带这种黑包，包里常有一些怪模怪样的书，我在二十多岁时，就跟妻一起，抄下了很多这样的书。

他很喜欢法术，也用法术解决了很多人的问题，同时，也为他自己带来了麻烦。以前，有人丢失东西，叫他来算，他算后，下了镇。那小偷着祸之后，就提了刀来杀他。这类事，有很多。

二舅舅以前当过民办教师，后来，他因为这一爱好，被当成了封建迷信，老是被点名批评，再后来，又叫辞退了。辞退之后，他就专职干起了这营生。我问他，你非僧非道，非巫非儒，算啥职业呢？他答，算法官吧。他说的这"法"，当然不是法律的法，而是法术的法。

他用这样的法术，真的帮了不少人。我亲身经历的事，就有很多。

我有个堂哥，曾跟我在一间学校教书，妻多年不孕，哥就闹离婚。我问原因，他说是老婆输卵管不通。堂嫂的哥是市医院的名医，也没办法治好他妹妹的病。那女子后来求到了舅舅，叫舅舅帮她禳解一下，舅舅答应了。我埋怨说，人家是输卵管不通，连医院都没办法。你不要应这事了，会丢人的。

舅舅却很有信心。奇怪的是，他按那套法术禳解了之后，堂嫂一连生下了两个儿子。

这类事，在舅舅身上有数以百计的例子。我一直想弄清楚，他的这套方法到底是怎么回事。这一次，他将全部秘诀都传给了我。

畅半仙的符咒也很厉害。小时候，有一天，我妈牙疼，脸肿得老高，输液好些天，消不了肿，更止不了疼。妈受不了，要去找舅舅。我说，你是牙疼，又不是鬼毛了，没用的。妈说试试。去时，一边抽气，一边抱着脸。二十多分钟后，妈像个没事人一样回来了。我问，舅舅用了啥法子？妈说，真的，他判了一道符，叫我冲水喝了。妈说很怪，喝上就不疼了。

又一次，某家的东西叫人偷了，失主请舅舅作了法，小偷的眼睛忽然瞎了，他很害怕，就买了礼物，叫人带路，前来忏悔，舅舅让他将东西送还后，就解了法，那人的眼睛就好了。

我在很小的时候，他就教我这种东西，我很迷恋那现象背后的真实。

还有一人，早年当过我家乡的武装部长。小时候，我老见他挎着盒子枪，威风极了。几年前，他得了癌症，抬上手术台，拉开口子后，医生发现早已转移，没法动刀了，就缝上了。病人回家后，不甘心等死，就请了畅半仙。半仙以他的方法进行了禳解。之后，怪事出现了，病人竟慢慢好了。后来去医院一查，那癌细胞没了。我问他，你做了啥？舅舅说，我祭了神，做了个替身，又在他家的院里下了四道镇。我说，那镇，你只能镇得了一时，镇不了一世。有些债，你是非要还的，除非你证得空性，真的能"挣脱羁绊已向天，十方三界任我去"。他说，当然。

舅舅的一生里，有很多稀奇古怪的事。

我很想将他的那些符咒文化也抢救下来。小时候，他每次见我，就能教我一些奇怪的咒语，我也老是诵呀背呀。我后来爱好神秘文化，就跟舅舅有关。

这次回凉州，我给张万儒当院长的凉州第二幼儿园捐了上百套幼儿读经典的光盘之后，又给舅舅畅国权、魏顺强等人送了一些书，叫他们去结缘。我想利用回广东前的那段时间，做以下的几件事：

一是系统地采访二舅舅畅国权，将他一生积累下的许多东西抢救下来。他有许多绝活，是中国民间文化的组成部分。

二是重新审视过去丢下的一些东西，比如周易、命相学等。小时候，我曾在这方面下过功夫，那时记忆力超人，一看书，就能背诵，所以，对许多命相书我一看就记下了，也曾为许多人算过命，多很准，后来，决定以造命为主，就放下了。再后来发现，愿意造命的人，是少数；能够造命的人，就更少了。

以前，即使我发现了别人可能不好的一些迹象，告诉他一些注意事项，他也是不听的。这次办陈亦新的婚事，我那两位早亡朋友的事，是我非常心痛的。我想从根本上帮帮他们，都提过醒，但都没成功。因为当被帮者对你没有真正的信心时，是不会听你的话的。而命的改变，应该从心的改变做起。

三是采访一些人物。

我们一家人打算在九月底回广东。在二十多天时间里，可以用来做一些事，或者学习一些新东西。我的理念是活到老，学到老。我很少花时间去休闲，哪怕是在别人眼中的休闲里，我也能学到很多人学不到的东西。孔子说，三人行必有我师。我却是，所有众生皆我师，世上万物皆我师。我眼中的几乎所有人，都有值得我学习的东西，或是人格，或是知识，或是某个细节，就看你能否发现。这就是我在同样的时间里，总能比别人有更大收获的原因。

我有个学生，在跟人交往时，总是会发现对方的许多毛病，我告诉他，眼睛是用来发现美的，发现美，学习美，然后让自己成长，要是眼睛老是看到别人的毛病而生起烦恼，那还不如瞎了好。

后来我采访的那几位，大多是我的东客。

我首先请二舅舅到了我家。为了保留下一些珍贵的资料，我录了音，摄了像。

他又给我系统地教了符咒、下镇、送替身、挂袍、送包、禳解术及流行于凉州的许多法术。我当然不仅仅是采访，我想以一种文化传承者的身份来保留这种文化。

舅舅将他随身带的那些宝贝书给了我，自己留下了复印本，说是给了我传承，要我将它们传下去。我很想出本书，将这些东西保留下来，又怕很多人不理解，说一个作家，也在乎这些东西。其实，我当然不一定需要，但世界却需要。在这种西方文化席卷而来的格局中，我要是也不在乎，许多东西就没了。

在舅舅身上，有许多流传于凉州民间的好东西。这些东西，一般人视为迷信，我却视若珍宝。记得小时候，舅舅就带我去拜访一些民间高人，因为我记性好，只要是对方说了的，一入我的耳，就能落耳生根。印象很深的是一位老人，他修道术。在谈到肉体和灵魂时，他说灵魂如种子，投胎如种子入土。这比喻很形象。他还给我诵了一首诗："富贵一时苦，难离娘家土。若见本来根，神魂不附主。"我见此人那年，他正修道，住在堂屋。凉州的堂屋是用来供祖先牌位的，一般不叫女人们进。后来，我还去过这人家。

小时候，我陪着舅舅见了很多这样的人。就是从那些人身上，舅舅学到了许多东西，这成为他日后安身立命的根本。他的正业，就是用学到的那些东西，来为一些人解疑解惑。无论科学如何用各种理由来否定神秘文化，那种文化也还是成了凉州人离不开的另一种药。

在凉州，有许多这样的职业。这是凉州很特别的地方，别处，尤其像广东，更吃香的，是风水师。据说，尤其是潮汕地区，就连装修师傅，都得多少懂些风水。一些广东人，包括年轻人，尤其是那些老板们，若是工作不顺，爱情不顺，或是家庭不和时，有时也会找风水师，按风水师的指点，购置一些物件，摆在家中。不过，他们叫你购置的物件，都是一些很普通的东西，像是花啊，矿石，等等，特点是能够融入家庭装饰，不会叫不信风水的人感到奇怪。风水师们，也在与时俱进，听说，风水学还变成了心理学的一个分支，被人们研究着，就像外国人研究神学和星相学一样。

这个时代，所有的文化要想生存，都得与时俱进，都得用这个时代所随喜的语言和方式，进行研究和传播。

我的造命秘诀只有八个字

在过去的几十年里，每次见到舅舅，我都会跟他学东西。学习，成了我生命的一个习惯。我命中多水，八字中有五道水，养两支木，发一道火。我的八字中没有金和土，是一种奇怪的命格。按命相中的说法，水主智慧。当水居于高处时，可能会有水患之灾；当水将自己放得很低时，就可以实现百川入海。凉州人于是说："人低为王，水低为海。"

凉州有好多天生的哲学家，他们不经意说出的一些话中，往往隐含着深刻的哲理。比如，《西夏咒》里有这样一段情节：

> 阿甲疑惑地望着老僧，刚要发问，听得屁股下有人说："你弄疼我了。"一低头，见一条蛇在扭动。琼说："怪，这儿的蛇也会说话。"老僧道："这有啥好奇怪的。人家要是披张人皮，就和你一样了。"

老僧的这句话，其实源于西部的一位平常老人，那老人，是金刚亥母洞的守门人老乔爷，他长年累月地守着金刚亥母洞，比好多修行人都更有信仰。

有一天，我教了他一个很简单的方法，就是不要胡思乱想，一心一意地盯着正在燃烧的香头。后来，有一次我们在那洞里会供，他就跟我说，陈老师，刚才有个奇怪的黑胖子进来，他有六只手臂。我就笑着告诉他，没关系，那个黑胖子是我的朋友，叫玛哈嘎拉。

这个老头子很有意思。他属于凉州人中非常好的一种。因为他放下了很多世俗追求，追求一种形而上的东西。

他的一生中，也出现过一些非常神奇的事情。

大概在1994年时，他曾经"死"过一回，那年他七十二岁。我去看他的那一天，他躺在床上，起不了身，家里人已经开始给他办后事了。我拿了一瓶供过金刚亥母的酒，对他说，起来，死什么死。他有气无力地说，陈老师，我起不来啊，我要死啦。我又对他说，起来，你不死。你起来，每天一杯，喝了这瓶酒，就好了。结果，他一下就爬起来了。此前，他全身都没有力气了，连起床都办不到，此后，腿脚开始有力了，直到现在，还能常常上山。今年，他还活着，已经九十多岁了。他老是说，自打我喝了陈老师给的佛酒，不死了。呵呵，这事儿有点奇怪。

在凉州，经常发生这种事。

老乔爷的老婆死了十多年，因为山上要开发，家人把她的棺材打开后发现，她的身体不但没有腐烂，肤色还像活着一样。可家人觉得不吉祥，就重新埋了。

凉州有很多高人，他们看破了人生，追求一种形而上的意义，但也有一些人，看破人生后，就变得消极懒惰，"今朝有酒今朝醉，不管明天喝凉水"。后者的快乐虽然也很好，但它毕竟是消极的，产生不了什么价值，这样的群体，是很难发展的。

这种消极的生活观，不是真正的超越意识。真正的超越是提倡看破人生，但积极做事。

我也看破了人生，但我追求一种比肉体更永恒的意义，一种更高意义上的利众行为。就是说，我追求的那个东西，不但要利益我自己，还要给世界带来某种价值。这也是我的写作理由之一。

几十年里，我系统地学习了舅舅传承下来的许多神秘文化，命相学、符咒学、法术、民间秘术、禳解术、镇法等等。当然，我是用不上这种东西的，但我想，我的学，其实不是为我而学，而是在保留一种流传于中国西部，也许很快就会从世上消失的文化。

舅舅没有其他弟子。他过去有很多好书，后来，那些书都没了，因为当他记下那些内容之后，书就可能给别人了。有些书，一直以手抄本的形式流传于凉州，是历代凉州智者们的智慧结晶。虽然，其中的很多东西，不能跟博大精深的佛家文化相比，但它确实也解决了很多人的问题——尽管这种解决并不究竟。

现在，舅舅自己留下了复印件，将原书给了我。原书同样是手抄本，字很规矩，眼见得抄者对这类书充满了敬畏。由于多年的翻阅，这些书都变油了。每页纸都成了油乎乎的透明物，一看，就会叫人生起敬畏，你当然可以理解为浸透了舅舅的心血。我想，他将这几本浸透了自己心血的书给我时，也许是真的想叫我保留下去的。

我也非常想将这些文化保留下来。一位朋友强调说，你继承了这些好东西，要是不传承下去的话，你就是犯罪。后来，我曾向一位朋友谈及此事，他却说，你还是不要谈这种事好些。要是一位大成就者再谈这些，别人会看低你的。了义地看，这当然有道理。但这世上，其实没多少人愿意真的从心性入手改变命运。我在深圳遇到过一位书画家，他对我的书很推崇，他说，你是大师，但问题是人们需要的，只是小学初中知识，那你就得给他小学初中的知识。这话当然也有道理。

许多时候，生活中其实是充满悖论的。比如，几乎所有智者都明白，命运是存在的，命也是可以造的。不过，造命的途径有两种：一种是世间法的造命；一种是出世间法的造命。前者以《了凡四训》为代表，认为只要行善积德，就能改变命运。这种造命，中国贤哲早就说过了，比如"积善之家，必有余庆；积不善之家，必有余殃"，"天行健，君子以自强不息；地势坤，君子以厚德载物"，等等。但了义的、究竟的造命，还是要证悟空性。

我是知命的，在很小的时候，我就知道自己未来的许多事情。我明白前的许多命运轨迹，都能一一对应我的命相，但我明白之后，命相就完全变了。比如，我命遇劫财的那年，可能反而有许多财富自己涌向我。因为，我总是主动地布施，将我的财富回向给社会。这在命相中，似乎是破财，但这一行为本身，却为我带来了福报，进而带来了相应的财富。我一直在散财、布施，只要有点钱，就会印一些善书，寄给一些有缘的人。早年钱不多时，我就印报纸——内部刊号的——结缘，每月邮资得几千元。妻外出时，坐公交车得六毛钱，她就宁愿走路，说可以省下钱多印一份报。那时节，我们节省开销时，总是会算能印多少报纸。后来，我们就送书。现在，几乎所有大学和省市的图书馆，都有我捐赠的书了。我倒也没有穷下来，反倒有了更多的钱来做事。所以，我造命的秘诀，只有八个字：毫不利己，专门利人，真正能做到这八个字时，又能实现最大的利己。

当然，只有当你明白之后，你才能真正地、了义地造命。当你真正消除了二元对立、做到了无我之后，世上无时不吉、无处不吉，也就不用刻意去造命了。

只是许多人并不是从心性入手去造命，只想避凶趋吉，这也无可厚非。但要是信仰的力量不够时，这种心愿也只是一厢情愿罢了。

青年时，有几位朋友命中有难，我都进行过提醒。有的信我，后来就躲过了；有的不信，我说了等于没说。没有真正的信，造命之说，只是戏言。我曾多次提醒一些可能遇祸的人——要知道，有好多事，在发生前会有预兆，像地震和台风那样——有时还说得很直接，但他们仍然控制不了命运的惯性。这命运的惯性，当然仍是欲望。有些欲望，也许是基因使然。没有修炼意义上的基因改变，人是很难控制自己的欲望的。

虽然舅舅在自己的一生中，做了许多他认为普度众生的善事，却没有改变许多人的命运。他也许只是在沸腾的水中加了瓢凉水，但烧火的柴抽不走，水仍然会沸腾的。要想真正地改变命运，必须釜底抽薪，从心性入手。

像我的一位朋友，命中有难，害了大病，我曾带他找到他有信心的几位"高人"——其中就有我的舅舅——后来，他真的解除了痛苦，病渐渐好了。但在病好后不久，他就出车祸而死。死之前半年，我跟陈亦新见过他，陈亦新也说他有难。我问其理由，他说，上帝叫谁灭亡，必先叫谁疯狂。他说，他没见过那样疯狂地、肆无忌惮地享受的人——死前，那人津津乐道的，就是给几百个青年戴上了"绿帽子"。他疯狂花钱，以玩弄女性为荣，真是疯狂了。这种人的心不改变，无论有多少外力，也很难让他趋吉的。过了不久，他就死了。

所以，依靠心外力量的造命，是很难成功的。人生的重点在于改变命运。而终极的改变，是让生命升华，让自己不受生命惯性的束缚，明智、逍遥、独立地生活。

奇门是改变不了命运的

采访完畅半仙，我又去采访据说学过奇门遁甲的未央。未央参加了我儿子的婚礼，也是我的东客。

听说未央学奇门，也搞神秘文化产业，她开了一个"本命年"店。我想帮帮未央。我想，有时候，我的一点善念，改变的，可能是别人的一生。

我一直对奇门遁甲很感兴趣。在二十多岁时，我也学过奇门遁甲，师父是那时住在凉州西街的老梁爷。记得那时，凉州民族街那儿，还有许多平房。当时凉州文化局的王局长带我认识了老梁爷。我就拜他为师，他教我踏罡步斗演奇门。那时节，我对神秘文化兴趣很浓，一边修炼内丹，一边看这类书，常常熬夜，乐此不疲。

我有个毛病，学啥总是会迷啥。迷上一个东西时，学起来就很快，比任务式的、功利式的学习要快得多，而且能主动思考、融会贯通。

我学神秘文化时，也是这样。

老梁爷是高人，在凉州知者并不多。他常炼外丹，为人治病，他的特长是治一些皮肤病。《白虎关》中的月儿，就叫老梁爷治过病：

月儿说那人学过奇门遁甲，神奇无比。解放前，凉州城有专门求雨的道人，若是天年大旱，县里也会找道人求雨。求雨前，都要订契约的：求下雨来，县里酬粮五百石；求不下雨来，就架笼火，烧死道人。每次订契约前，道人都要问老梁爷——月儿说他叫老梁爷——老梁爷掐指一算，说某年某月某日有雨，道人就将契约订在那天。若是算出近日无雨，哪怕县里给多少粮，道爷也不敢应承。现在，有些卖烧鸡的，若是剩得多了，也会来找老梁爷，叫他算算，哪个方向吉。一算，朝东，就朝东；朝西，就朝西。一去，多少剩货都能卖完。此外，老梁爷专门炼各种丹药，治愈了好些疑难杂症。别说梅毒，就是更重的病，在老梁爷那儿，都是小菜一碟。

老梁爷有一脸苍老的肉，但无一根胡须。唯一能显示其异的，是他肥大的耳朵——那甚至算不上耳朵，只能算形状像耳朵的一堆肉。

上文中描写的，是我在那时看到的真实情况。那月儿的原型，是一位天马宾馆的服务员，陪客人去外地时，得了性病。老梁爷向我谈了此事。后来，我在兰州认识了另一个人物原型时，老梁爷讲的故事，就一下在我心中醒了过来，跟天马宾馆那服务员，一起组成了月儿这人物。

在老梁爷的指导下，我看了许多关于奇门遁甲的书，也收集了许多奇门遁甲的孤本。在一般人眼中，奇门遁甲很深奥，但弄明了原理之后，也不难入门的。

多年来，我还收集了很多奇门遁甲的版本。我想，要是未央人不错，我就都给了她。

我去了那家小店。

不料，我发现，未央学的奇门遁甲，跟我学过的奇门遁甲明显不一样。未央说奇门有很多流派，她学的是其中一种。

去时，我还带了一本明代的奇门遁甲书，就是想告诉她，什么是真正的奇门遁甲。

未央很热情，取出了她学来的资料，这是打印资料，文字内容都很粗浅。

我曾在舅舅那儿看到过这类书。未央向我介绍了他们的起卦方法，也是月上起日、日上起时。这方法，我小时候，就在舅舅那儿学过。在广东，有人办这类班时，竟然每人每期收三十六万元人民币，我的朋友中，竟然也有学的。其内容，大多是江湖术数，本身没啥了不起，还容易叫人变得越来越执迷，越来越愚痴，但能让人明白解脱、改造命运的文化，倒是没听说谁花费巨资去学，这世界，是认假不认真，认骗不认劝的。

我的学生中，也有人花了数以万计的金钱，学到了一些江湖术。后来，我要是发现谁学了道术、法术之类，就要求他把学到的全部拿来，不叫他再用这些东西。因为洗不净他的杯子，智慧的水注入了，他也清净不了。为啥？因为他始终放不下贪欲。

当然，对于一些学生来说，我的那种"没收"，也是一种考验。

你不要看一些事小，有时只是一件小事，就能试出人心。我经常叫一些学生做事，一来是让他们借事调心，能够成长，二来也是想看看他们的品质。在做事的过程中，往往能看清人的本质。

时下还流行一些骗子，骗子的东西容易操作，也容易办班。倒是那些真的好东西，因为需要中国传统哲学垫底，费时较多，有的甚至需要浸淫一生，反倒不是办几天班就能学会的。像四柱命相学之类，深不可测，要是悟性不够，没个十几年是很难窥其堂奥的。

从未央的店里回来后，我有些遗憾，觉得一个青年，花生命研究那种江湖术数，可惜了。我准备了几十本我收藏得很好的佛书，给了未央，想叫她学一些智慧性的东西，别将生命花在那些术数中，空耗了一生。又想，也许，我是饱汉不知饿汉饥，说不定她学这些，是想吃饭呢？于是，我还想把自己收藏的几十本奇门遁甲书送给未央，并且介绍精通奇门遁甲的高人朋友，叫他教教未央。朋友答应了，但他提了个建议。他想试试未央的心量。

朋友说，你已给了她很多佛书，你也试试她，要求复印一下她的那些抄本，你说你要搞比较研究，看看她对你如何。

没想到，我一提，未央果然拒绝了，说是她师父不叫外传的。

朋友于是大笑。他说，我不教她。你给了她一堆黄金，想要她的几个铜板，只是复印一下，她都不愿意，这样的人，你还帮她做啥？

他说，要是一个人不知道感恩，是很可怕的。

我说，你也不能这样说，她人很好的。

朋友说，人好人坏，要看他的行为。有些人，说话很好，但一做事，就露馅了。

我说，你不能这样说，她真的很好，很善良。

我说不过朋友，只好替未央遗憾了。

我于是给未央发了短信：你捂住你的杯子吧，你想留住你的那点儿水，却拒绝了大海。

她回短信：要不要我问问我的师父？

我回：不用。他的杯子更小。

朋友说，许多时候，一件小事，就足以改变命运。因为这小事，代表的是他的人生格局。你老是想到利众，当然就成了雪漠。若你老是索取，不想奉献，那你还有今天吗？

他又说，未央最遗憾的，不是错过了我的奇门，而是错过了一个修炼的机缘。她便是精通了奇门，也生时不知谁是她，死时不知她是谁。奇门是改变不了命的，要想改变命运，还是得从心性入手。

离开家乡时，我收到了未央的短信。她表达了忏悔的意思，但我已经上了车。这次离开家乡，再来时，不定几年之后了。

我有些为她遗憾了。

叶柏生死前几日，说等看完我的《实修心髓》，会向我请教修炼问题的。但几天之后，他就出了车祸死去。他仍然没来得及看完我的书。他的妻子谈到夹在书中的书签时，在电话里哭了。我想，要是叶柏生不是我的同学，是我的学生的话，不知是不是会好一些？

于是，我给未央回了个短信：

心若有执时，便是障道关。

千里求小术，对面失大缘。

岁月匆匆过，红尘迷风光。

他方相见时，白首叹当年。

在凉州，有许多我想帮的人，都因为类似的原因错过了。于是，我感叹之下，写诗一首：

> 好龙叶公今犹在，可惜卿卿不自知。
> 月在中天正皎洁，但净凡心莫相疑。

不过，一年后，未央还是又找到了我，她坐着火车找到了岭南，参加了香巴文化论坛。她将那资料复印给我，并完全放下了奇门遁甲。

我命在我不在天

在举办陈亦新的婚礼期间，我还采访了一位道长。道长是全真教的道士，我曾跟他学过一些东西。他童年出家，年过八旬，身体很好。他有几个习惯：一是每天清晨，只喝几杯浓茶，此后一天不再喝水；二是他从不刷牙，他认为，刷牙会损伤牙齿。这两点，跟流行的观念相悖，但怪的是，他身体十分健康，牙也很好。

道长自幼学医，医道很高，他传过我一些秘方，大多只有几味药，但效果极好。

我认识他，已好些年了。每次跟他学习，我每有所问，他都不保留。我有个习惯，我不愿意跟不真诚的人打交道。人生苦短，真心相待还嫌时间不够用，哪有应付的时间？所以，我一发现某人不真诚，就不再见面了。在这一点上，我跟那些苦口婆心度众的大德相距甚远。我知道自己的天命，我不是来收弟子的，我是来著述的。有缘碰到好种子了，就收个学生；无缘了，我就读书、修心、写文章，也很好的。所以，我很在乎相遇时的真诚。

道长待我很真诚。多年来，我从他那儿得到了很多好东西，在内丹和命相学方面，我得到的最多，有许多东西，是他多年的经验，非掉书袋者可比。

这次见道长时，遇到了一个学生。多年之前，她听过我的课，记得她要去北京，我说还是回到家乡吧。这次一见我，她就直了眼望我，并说："我回来了。"

看她的模样，分明有了病。一问陪她的人，那人是她的父亲，他说，她病了。

那女孩说，你能治我的病吗？

我答，心病可找我，身病找道长。

她说，我还是找你吧。

但我还是向她推荐了道长。

道长向我表演了他的太极十三剑。我自幼习武，也学过太极。我发现道长的武术功力一般，显然是半路学武，但身手倒也敏捷。一个八十多岁的人，还能舞剑，让许多人赞叹不已。

为了不打扰道长，我告别了他。

下午再见他，道长说，那女子入魔了。她喜欢瑜伽，去过印度，回来后，就说自己是梵天。道长说她身后跟了鬼。

下午，接到那女子的短信，希望我能帮帮她。我倒是很想帮她，约了一位朋友，想一同帮她。哪想，她临出门时，又变了主意。我只好对朋友说，随缘吧。也许，是她身上一些凉州女子的习气作怪。

我在一篇文章中写过，凉州女子是最好的母亲和老婆，但有些人局限也很明显。我曾在东关小学工作过，调到兰州时，我给一些老师发名片，上面有联系方式，一位女老师不敢收。一些凉州女子容易把正常的礼节当成别人在勾引她。我的朋友也常常遇到这种情况。所以，在凉州的多年里，我几乎不跟异性交往。也许，那位入魔的女子，在出门之前，转了念头，也源于这一点。

后来，我还是叫道长帮帮她。只是不知道长能不能治"梵天"的病。要是那女子对道长没有信心，道长是治不了她的病的。

这次在凉州，我多次采访道长。道长有绝活，能从八字中推出一个人啥时候死。张万儒的父亲病时，找过道长，道长算出他父亲活不过那年正月十二的午时，果然，那天的十一点过三分，老人就落了气。

以前，我学命相学时，也能做到这一点。我曾算出我那嫁到外地的小姨妈某年某月会有大难，我说出时，妈很不高兴，还骂了我。后来，小姨妈果然在那年患病而死。这种事很像迷信，但在真正明白命相的人看来，似乎有它的道理。

早年，我也曾为我的一位朋友推过命，他在某年某月某日时，命运中确实有大凶，很难过去。后来，他真的死了。我甚至也想救他，但他信心不到时，是不会听你的话的。早年给人看命相时，我时时感到脊背冒汗，因为我仿佛能清晰地看到一些人的命运轨迹。后来，我毅然放下命相学，专事修心，用以造命。我坚信我命在我不在天。

写这种内容时，我很矛盾，原因是，命相学一直被人们当成了迷信和江湖术，却不知这也是中国文化的组成部分，流传了千年，定然有它存在的理由。

而我提倡造命。

但造命，说说容易，做起来却不易。当世人达不到真正能造命的境界时，其实是需要一种趋吉避凶之方的。在中国古代智慧中，有很多这样的内容。

前面说过，造命的方法有两种：一种是世间法的造命；一种是出世间法的造命。

先说世间法的造命。我曾写过一首《雪漠造命歌》，这就是典型的世间法的造命。其内容，来自传统文化，我看了，发现内容很好，但我记不了那么多，只好改写成偈颂体，便于记忆。后来，别人也喜欢，就流传开了。

顺便强调一句，这歌，是用来造我的命的，故名。在我过去的三十年中，它太重要了，录在下面，分享给有缘者——

日月两盏灯，天地一台戏。你我演千年，谁解其中意？
四河水滔滔，生老与病死。六道更茫茫，百业附牵系。
如入沙尘暴，弥漫轮回里。热恼亦痛苦，生生又世世。
雪漠今做偈，告尔妙消息。君若如法行，大慧无歧路。
祸福原无门，世人唯自招。心变命亦变，吉凶由心造。
鹰欲搏天空，母鸡窝前绕。小人长戚戚，君子乐逍遥。
狷者万人嫌，圣贤百世傲。其命由心定，不借他人韬。
心善无厄运，祸福自了了。恶贯满盈者，菩萨也难保。
福由诸善积，祸由贪嗔招。慈心万物时，遍天清明谣。
满腔诅咒日，清风也无聊。天命尤可违，形影诸果报。
达者当自励，穷者莫懊恼。听我造命歌，行者即舜尧。

不履诸邪径，不欺暗室俏。举头有神明，动心宜自好。
矜苦恤孤寡，忠恕仁悌孝。草木诸虫豸，亦当父母报。
悯人之凶事，乐人之善好。济人之急难，救人于危道。
人得如吾得，人笑如吾笑。人失若吾失，人乐吾陶陶。
己所不欲时，勿施于六道。不彰人之短，勿炫己所傲。
扬善并遏恶，拒多而就少。受辱勿怨愤，宠时不浮躁。
予人不追悔，施恩不求报。非义悖理事，勿助亦勿效。
勿以恶为能，残害不相蹈。不逭无识者，不谤诸同好。
不虚诬诈伪，不侮人师道。亲疏宜平等，是非当了了。
待上无谀媚，视下不狂傲。遇怨无系心，受恩常思报。
爱人如父母，勿违太平道。不损人夺财，勿随诸恶好。
不倾人夺位，不贬圣贤道。吾过不怨人，他美宜随好。
蛰栖不搔惊，鸟兽勿相扰。不破卵伤生，勿填穴覆巢。
愿人皆胜我，勿毁他人道。危者助其安，哭者令其笑。
减者使其增，卑者使其傲。他善我不掩，他美我不盗。
人丑我不彰，人私我不曝。人亲不离间，人财我不耗。
人爱我不夺，人非我不笑。逞志不作威，你胜我不闹。
苗稼我不侵，婚姻我不撬。高名我不沽，利养我不要。
阴恶我宜耻，祸心全抛掉。人长当随喜，己短勿庇好。
乘威不胁迫，暴力我不要。宰食我不贪，美服我不好。
美色我不美，违缘我不恼。恶咒我不发，怨冤我不报。
朋党我不结，争讼我不造。神鬼我不骂，命舛我不叫。
良贱我不压，恶贵我不效。貌慈心亦慈，安详我不佻。
心如雪皎洁，量如大漠浩。雪漠作此歌，助你把命造。
当有行为做，更用智慧照。若是有信仰，念佛更精到。
积善成大德，心变命遂造。证怀不问天，唯心净土到。

　　上面的偈颂，可以用八个字来概括：诸恶莫作，众善奉行。有时候的
一点善念，是真的能改变命运的。我在小说《西夏咒》的一章中写过两个人，
一个是张屠汉，一个是只修了三天的人，都是因为一点点善念，而改变了命运。

我的一位朋友出车祸后，他的妻子问我，要是她老公真有了信仰，他还会不会出事？我说，有可能不出事。因为许多时候，祸事其实源于一个念头。那个念头生起了，就有可能出事。要是不生起那个念头，那祸也归于无形了。像我出车祸的那位朋友，他的出事，就源于那一次出行。要是不生起那出行的念头，或是系了安全带，就没有那次车祸。这种故事，在古书上有很多。我们总是能从书上发现类似的故事：某人叫他的朋友在某个时候不要出门，不然会有血光之灾。其原理，也许就是在那个我们认为很凶的时辰中，大自然里会有许多干扰他生命的东西。畅半仙曾告诉我，在凶煞多的时候，出车祸的概率，往往会比吉时辰多得多。但按照吸引力法则，你的善心，会吸引许多善的力量，也许就能化解一些负面的能量，让你的生命跟大自然和谐。

　　出世间法的造命便是证悟空性，二元对立消失后，你的心就是法界，那时节，你便能跳出三界外，不在五行中。境由心造。因为你实现了无我，你命相中的那五行啥的，跟你巨大的能周遍一切的智慧和慈悲相比，也就微不足道了。这一点，在《庄子》一书中，有许多精彩的描写。书中有位成就者，可以随心显出各种境界，让相士难测深浅，惊恐而逃。

　　不过，不是谁都能精通命相学的，这需要花大量时间，并且有悟性才行。世上流行的，多是一知半解的，更有不少骗子。

　　叶柏生出车祸后，他的妻子谈到了多年前的一件事。十多年前，她的老公外出时，家里来了两位"出家人"，说她老公有血光之灾，会出车祸。她马上将当月工资几千元奉上，"出家人"进行了化解，并说三天后她的家门口会有一摊血。但三天后，她并没有见到啥血。她问我，她老公的死，是不是跟十多年前的那事有关？我说，无关。那两个"出家人"，分明是骗子。

　　中国古代的命相学中，有许多凶煞之说，但一些大师级的命相学家，不一定用神煞，他们大多只从五行相生相克中断吉凶祸福。

　　抛开那些神秘的内容不说，命相学原理其实是东方智慧的生活化运用，它的所有原理其实只有两个字"和谐"：一是身心和谐；二是跟他人和谐；三是跟大自然和谐。和谐之道，与人为善，所以，善心能造命。

　　采访了道长之后，我又采访了漠西、宝林及其夫人，还有其他几位在神秘文化方面有造诣的人。他们都很真诚，对我没有任何的隐瞒。

　　后来，回到广东之后，凉州最让我念想的，便是他们。

凉州求雨

凉州有很多奇怪的现象，所以凉州人大多已见怪不怪了。可是，当我把这些事写进书里时，别人就会把它们当成故事。其实，这都是真实发生过的事情。比如，《大漠祭》里求雨的细节，写的就是十多年前发生的一件真事，我自己就是见证者之一。

1995年，凉州闹过一次大旱，长达数月，连黄河都断流了，我在《大漠祭》中写过那次大旱。城北的永丰乡就请了道人求雨。那天，我刚好骑车回家，路过求雨现场，就想看看人家是怎么求雨的。我想看看，传统的方法，是不是真能求下雨来。到那儿时，仪式已开始了，道人们点了香，一边念经，一边敲打法器，仪轨正是我早就知道的那些，不过，我听不清咒子的内容，不知道咒子是不是也一样。看完仪式后，我就骑车回家了，结果，半路真的下雨了。如果说这只是巧合，也未免太巧了些吧？所以我想，传统的东西，也许是有其合理之处的。

其实，在凉州，求雨已不是稀罕事了。过去，凉州有个专门求雨的道人，人称廖寡子。寡子，在凉州话里，就是傻瓜、疯子的意思。当时，凉州有句歇后语，叫"廖寡子求雨——胡整"。为啥？因为廖寡子求雨的方法跟别的道人不一样，别人都按规矩办事，他却说"风雨雷电随身带，由道不由天"，就做出了一种雷碗——我也会这——上面画着符咒，专门用来打雷神的神柱，也就是雷神的牌位，逼着老天下雨。打上几个雷碗之后，天就必须下雨。这方法灵是灵，却得罪了雷神。最后，雷神恼了，就下来追杀他，他就逃跑。他一边跑，一边用雷碗打雷神，一打，雷神就跑了，但跑了之后还会回来继续追，廖寡子就继续逃。最后，雷碗用光了，廖寡子就把身上的衣服、帽子都画上打雷神的符咒，可一切能用的都用完了，雷神还是穷追不舍，一直追到廖寡子赤身裸体，再也找不到任何东西可以画符，雷神就把廖寡子给劈死了。

这件事也是真的，好多凉州老百姓都听说过。廖寡子，就是《西夏的苍狼》中黑寡子的原型。

还有一件事，就发生在我们村里。

过去，我们村有个非常厉害的道爷，论辈分，我该叫他爷爷，但他三十七岁就死了，没活到被人叫爷爷的岁数。他死于一场非常诡异的横祸。

有一天，村里有人盖房子，缺一根大梁，就请那道爷作法。道爷一作法，天上就刮起了黑风。黑风一息，他就叫人去一个泉沟里抬大梁。原来，这是他从别处摄来的。我的本家爷爷打庄子时，墙时不时就倒了。有时打好了，也会马上倒掉。道爷一算，知道地下有太岁——你知道啥是太岁不？它是一种类似于肉菌的生物，经常在西部出现，炒着吃，非常香，而且会不断地长。按民间的说法，太岁属于土地神的一种，具有巨大的功能性力量，如果在有太岁的地方打墙，是很难打好的。就算打好墙，也会马上塌掉。道爷就掐了个茅山诀，叫人继续打墙，忽然，地里突然冒出一股黑气，卷向道爷，道爷大叫一声，倒在地上。道爷知道自己命不久矣，就叹了口气，对村里人说："你们把我抬回家吧。我得罪了太岁，活不成了。"果然，没过多久，他就死了。

在西部，神秘现象到处都有。神秘主义已成为西部人的一种思维模式，而道人、神婆、神汉们，也形成了经久不衰的行业，多年来，一直存在于西部人的生活之中。再加上凉州贤孝千年来的熏陶，西部人中，有宗教信仰者，就占了绝大多数，很多西部人都爱追问活着的理由。现在，随着外来文化的入侵和贤孝等传统文化的衰弱，情况或许有一定程度上的改变。

凉州贤孝虽是民间艺术，却充满了儒释道文化，既劝善、劝孝，也有具体的修炼内容。比如，过去，我常提到一首叫《吕祖买药》的贤孝，其中有一首道歌，叫《五更词》，它就直接泄露了天机。所谓天机，就是修仙得道的窍门——

一更里打坐好孤凄，合掌儿叹息。
师父就传下了妙消息，自个儿寻思：
一呼一吸头三悬呀，上下儿周旋，
犁牛吸水过玄关，珍珠帘儿倒卷。

二更里打坐好逍遥，魔王儿盗宝，

六贼绑定了闹嘈嘈，如何儿是好。
无音寺里碰金钟，响亮儿一声，
忽然间惊醒了主人公，赶退了魔军。

三更里打坐月儿高，好一个逍遥，
海底龟蛇自缠搅，肾水儿上朝。
三昧真火要提防，曹溪水儿用上，
一点儿圣水落中央，自在而安康。

四更里打坐月儿西，好一个消息，
世上的能为几个人知，万法却归一。
诵经堂里去听经，历历又明明，
三玄路上仁义行，三千个功行。

五更里打坐月儿落，拍手儿呵呵，
我今天躲过了十阎罗，谁人能比我。
昆仑顶上放毫光，亮亮又堂堂，
金龙玉龙照十方，万道儿霞光。

它从一更的修炼要诀讲到五更，把每个时辰要注意的东西都讲得清清楚楚，从一更时开始学打坐，一直讲到最后的修仙得道。这五更，其实是修道的五个阶段。这些内容的真正意义，就连唱贤孝的瞎贤们自己都不一定知道——他们只是从师父那儿学来，并不知文字背后的意义——我对修道却一直有一种天生的直觉。所以，我一听就开窍了，还反过来告诉瞎贤们，这首道歌的目的是什么。

凉州老百姓固然不知道贤孝里面有这些东西，但他们生活在这样的文化氛围中，自然有了一种信仰的基因。在日常生活中，他们就会下意识地，把这种文化一代又一代地传承下去。

我的作品里也有这种文化基因。它是一种味道、一种气息、一种氛围、一种脉搏、一种思维，而不是资料的堆砌。有这个东西，作品就是饱满的，是活着的，能让人不断往里挖，不同的读者，可能会挖出不同的东西，这时，作品就有可能会流传下去；没这个东西，作品就是贫乏的，是死着的，它至多流行上一段时间，等那热力一过，它就会像秋天的落叶一样，化为泥土的一部分，被人遗忘。

所以，我作品的主角一直都是文化，人只是文化的载体。他们都可能有大量的心灵独白，那些心理活动折射出的，既是灵魂的密码、命运的密码，也是人物所承载的文化。这个东西，跟人物形象和具体的情节一样，构成了我的作品。它像是游荡了千年的幽灵。要是没有它，我的创作就只是一场短暂的游戏。游戏结束，宴会也散场了，无论多么热闹，都只是幻梦一场，留不下什么东西。

所以，智者们都说："人生如梦。"很多人眼里的实与虚，其实是颠倒的，因为，他们认为实在的人生，不过是一段又一段很快就会过去的故事或记忆，而他们认为虚无的灵魂，却才是生生世世伴随他们的东西。有时候，我眼中的灵魂，其实也是文化。文化是可以传承的。

除了神秘文化，我对道家内丹也很痴迷。因为我悟性好，就有一些道人喜欢我。他们中的一些人，甚至将我当成了重要传人，教了我很多绝活，希望我能把他们的东西传下去。为啥？因为他们也明白，人的寿命是有限的，如果你牢牢地抓住一些东西，不愿教给别人，或是找不到一个能跟你学，还能得到你真传的人，那些东西就会随着你的死亡，在世界上消失。一个人承载的文化也是这样。

不管在哪一个领域，水平最高、境界最高的那些人，都是一些有文化眼光，也有文化使命感的人，因为，没有这些，他们是很难成大器的。既然人家已经成大器了，就说明他们打碎了人性中的狭隘。他们明白，自己得到的东西不属于自己，是整个人类共有的，自己只是从师父的手里接过了它的火种，然后尽量让它燃得更亮一些，并且把它传下去，不叫它熄灭而已。那些文化大师更是如此，他定然不希望自己承载的文化，只有几十年，甚至几年、十几年的寿命，而是希望它能一直活下去，一直发挥作用。这也是我后来一直著书立说、培养人才的原因。

所以，除了二舅舅畅国权教我的，我还得到了道家正一派和全真派的传承。内丹、大小周天等，我都实践过。传统中的结丹征兆，例如耳后生风、脑后鸠鸣、两肾滚烫、身涌鼻嘘、眼吐金光等，我也有过。还出现过出元神之类的现象。

此外，我还专门实践过达摩传下的易筋经。我发现，其丹田修炼之法，虽然目的是强身健体，跟心性修炼关系不大，但是，你如果学会了易筋经，就可以借它实践道家的性命双修，身体也会因此变得很好。所以，我对易筋经一直很感兴趣，跟鲁新云谈恋爱时，也教过她，她一直修，身体就没出过什么大毛病，即使得了病，也会很快痊愈。据说，道家功夫修到一定的程度，就能给人治病了。

在这之前，没什么人知道我在修道。因为我一直与世隔绝，自己住在一个小房子里，也不跟别人说这方面的东西。三十岁后，我对世间法的东西就不感兴趣了，只想追求一种究竟意义上的超越和自由。

上师范时，我每天早上都会花很长时间练武、站桩、坐禅。没人知道，我那时的站桩，其实是在实践吴乃旦师父教我的一些方法。在修炼上，我是极其认真的。

那时节，还有几位同学跟我一起练武。像阎照强、盛玉等人，都是武术爱好者。这一次，他们都成了我的东客。

十岁就发现了死亡

我从小就是一个爱问问题的孩子。我一旦有了追问，就会去寻觅答案。我从小，就不愿糊糊涂涂地活着。

我对生命、对人生的叩问，是从十岁开始的，那时节，我就在思考一些大人才会思考的问题。这跟凉州的文化土壤有很大的关系。

比起别处，凉州人更容易想到死，尤其在凉州的农村。每当村里有人死去，唢呐声就会飘满每一个角落，你根本没办法忽略。天性敏感的我，就在十岁的某一天发现了死亡。

那天，我发现村里有人死了，他闭着眼不动弹，脸色很难看，人们把他装进一个大箱子里面——大人们说，那是棺材——然后埋进土里，很多人都在哭。第二天，他消失了，一切都不属于他了。又过了不久，他的亲人们不哭了，谈论他的人也少了，他的媳妇成了别人的老婆，他的孩子也开始叫另一个人爹爹。他啥也没留下，就连活过的痕迹，也渐渐消失了——这就是死亡。

大人没告诉过我什么叫死，我却怪怪地发现了那一切。从此，死亡就像我摆脱不了的黑洞，无论我在哪里，无论我在干什么，它都在一个离我很近的地方窥视我，我甚至可以听见它的冷笑。它在等待着一个裹挟我的机会。

没有意义！啥都没有意义！这类念头疯狂地轰炸着我的心。

白天还好些，因为有各种东西往心里进。到了晚上，当我被黑暗所吞没时，那恐惧就逼了来。于是，那种渗进骨子里的寒冷又包围了我。没多久之前，我还是一个跟同龄人一起在土窝窝里玩、在沙洼里打滚的孩子，现在，我却陷入了一种没人知道的恐慌——谁会明白，一个孩子在面对毁灭、面对大无常时的无助？

妈帮不了我，爹也帮不了我，在这个问题上，我找不到任何依靠。没有人知道，一个孩子蜷缩在黑夜里恐惧的感觉。我甚至不敢睡觉了，即使累极后入睡，也常被梦中的黑洞吞噬，然后，我就会被自己的尖叫惊醒。我被噩梦裹挟了。噩梦就像《西夏咒》中裹挟了琼的路那样，裹挟了我，我不知道未来会怎么样，也不知道这种恐慌何时才是尽头。我觉得，自己就像一片飓风中的落叶，身不由己，几乎被恐惧给撕裂了。有时，我甚至不知道，撕裂了我的，到底是黑暗中的力量，还是我自己的幻想。

不敢睡去的我，就在黑暗中胡思乱想。夜好黑啊，村子好安静，狗也不叫，爹妈都睡着了，我听得见他们的呼吸，还有爹打雷般的鼾声，这让我觉得安全了一些。爹妈都在身边。可他们都不知道，黑暗中藏着一只叫死亡的怪兽，它随时会扑上来，咬住我的生命，狠狠地将它扯离我的身体，然后，我就会在世界上消失，慢慢地，我就会像那些被遗忘的老人一样，变成一个渐渐模糊的记忆。再然后呢……恐惧像潮水一样，把我淹没了。

多么可怕。

这成为我走向信仰的原因之一。

我对死亡的反思，持续了很久，一直到二弟去世后的第三年，我才放下了对生命的执着。但是，当你放不下死亡时，它对心灵就是一种挤压。当然，你不能说这种挤压就不好，因为它是一个人真正走向信仰的原因。有些人在亲友死亡时，对无常也会有浓浓的感悟，觉得这辈子很多东西都能放下，不用一直抓着，就算一直抓着，到最后，其实也抓不住啥。但是，随着时间的流逝，他们就会淡忘死亡，被欲望裹挟而去。好些人甚至还觉得，淡忘了死亡，就是一种进步。实际上，包括那些在医院里工作的人，天天面对人的生老病死，有那么好的修道助缘——过去的很多修行人，都选择住在尸林边上，就是想要牢牢地记住，自己的归宿也是那个地方——但其中的很多人，都没有真正地参透生死。要是他们真的看破了生命，放下了生死，他们就不会去在乎那些短暂的名利，更不会为了一时的利益，给自己和别人带来痛苦。有些人并不真正明白，人活在世界上，只是很短的一段时间，很快，就会死亡，然后开始一段新的生命。这时，那些短暂的名利，就成了过眼的云烟。

对死亡的觉受越深，人对生活的贪著就越淡。我从小就不太在乎金钱物质之类的东西，一方面是因为西部文化对我的熏陶，另一方面，正是因为从小就对死亡有了很深的感悟。这种感悟一直伴随着我的生命，让我很早就有了一个比较终极的参照系——生死的参照系，当我将很多东西放在死亡面前时，就会发现，它们没有真正的意义。你也只有时时提醒自己，你的身体，只是一个暂时的载体；你的名字，也是一个暂时的标签。它们此刻存在，下一刻，就有可能会消失，或许过上几十年，或许过上百年，但世界上，没有不会消失的躯体，没有了躯体，你这时争夺的一切都没了意义。

所以，我不争。我从来不争。过去有一段时间，我的工资一直很低，但我不争；别人拖欠我的稿费，一直不给，我也不争——主要是我不想花时间浪费生命——我的生命中，充满了一般人认为愚、认为吃亏的经历，但是，正是这些亏，让我放下了很多。也有人会觉得我傻，但对我还是很敬佩的。因为他们发现，我对待他们很在乎的东西时，竟然是那样的云淡风轻。其实，我不是云淡风轻，而是从心底里明白，那表面的得失，很快就会过去的，它既然影响不了我当下的生存，也就影响不了我的生命。那么，我就不用在乎这些。当你这么一直观察下去时，就会发现，一想到死亡，几乎没有任何东西是你需要在乎，或能够在乎的，因为死亡一旦来临，你什么都带不走。

我有个学生说，他有一次误解了朋友，以为自己做错了什么，伤害了对方。不过，他在迷惑和难受的同时，也想起了我书中的一句话："他人与外境，皆为如意宝。幻相于当下，如实明体空。"他想，人总有死的一天，那时，你放不下朋友，也得放下的。那么，何不借助这事来修心呢？何不借此机缘，看看自己的智慧能不能生起妙用呢？在他这么想的同时，也就放下了，甚至没什么放下的过程。奇妙的是，当他忘了这事时，朋友来了电话，向他澄清了误会。没有失去朋友，他当然很开心，但自己放下了那恐惧，才是他最开心的事。因为他明白了，放下得失，才有真正的友谊。

真是这样的，你只有真正地明白死亡就在不远的地方，才会懂得如何去珍惜、如何去相信。要是你懂着懂着，又忘了，你就会重新陷入困境中去的。

我的对手一直是我自己

我在师范时期的一个重要变化，就是开始写日记。

我的几位朋友写日记，是为了宣泄一些东西，记录一些不能对人说的事情，但我不是这样，我也会在日记里宣泄情绪，但我写日记，还有自我检讨、自我激励和自我调整的作用，是我的一面镜子。我经常在日记里分析一些人事。最有趣的是，我的日记里经常会出现"事业、理想、为人民服务"这样的字眼，而且，我经常会谴责自己不珍惜时间。一个十八岁的孩子，竟然那么珍惜时间，很有意思。

当时，我想当作家，想改变命运。虽然我跳出了农门，但离我的作家梦，还很遥远。

小时候，我就坚信自己将来会成功，那时的我，当然不仅仅想当小学老师，不仅仅想在小学过一辈子。虽然小学生活也给了我很多温馨的记忆，但我还想做更多别的事情。我的心，一直不想当关在笼子里的金丝雀，我不是只要温饱，只要能活下去，就会满足的那种人。我总是想要成长，想要突破，想要不断地进步，想要挑战我人生的极限。即使后来我实现了自己的梦想，证得了自己向往的智慧，也还是一直在学习，一直在做事。当然，我的学习也是在做事，我的做事也是在学习，这时，我生命中的一切，都变成一味了。对一些名相，我不是太在乎，我可以借助它们与不同的人交流，但是它们不能用自己的规则来限制我。不管在哪一个游戏中，我都会遵守他们的规则，但绝不背弃我自己的规则，那就是超越和自由。

其实，当老师也罢，考大学也罢，都不是我的目的。我的梦想，还是想当作家。大学，也是我当作家的梯子。我始终觉得，要是考上大学，有一个很好的学习环境，能深造一下，对将来的写作总会好一些的。

我的一切，都没有偏离我的梦想。

一位朋友告诉我，有些孩子在上大学前，还有梦想，但是在大学里待了四年后，却变成了混混。这虽然跟大学的教育模式有关，但主要还是看自己如何选择人生。如果懂得学习，大学会给你提供较好的环境，如果不懂学习，也不懂选择，大学就会变成一个染缸，让你异化。

当然，如果不懂选择，任何地方都会变成染缸的，或者说，整个世界就是一个巨大的染缸，无论你在学校里，还是在社会上，都会被庸碌、舒适的环境所熏染，一天天下去，你就会失去前进的动力，失去追梦的激情，你会觉得舒适的生活也很好，不用再努力了，努力多累啊，再不享受，人就老了。

其实，我也在享受，可我最大的享受，就是珍惜每一分每一秒，让自己无悔。无悔的人生，才是安宁的。除了这个，我不太在乎其他东西。我也不在乎别人眼中的精彩，我有自己的精彩。我心中最精彩的青春，莫过于一段用尽全力去追梦的日子。那些汗水，那些忍耐，那些忏悔，那些升华，那些进步，都是我青春中最宝贵的记忆。那段记忆的名字，就叫梦想。

有梦想的人，是不会老的，当然，他的躯体仍然会老，但是，只要他的梦想没有死，他的心就不会老，他始终会有一种孩子般的热情和纯真，他会享受他生命中的一切，因为一切，都已经融入了他的快乐，融入了他的梦想，变成了他的生命本身。

从最初的做不到，到最后的能做到，我走了二十年，我的日记记录了这一切，以后，我会专门出一本书，谈一谈日记中的我和现在的我之间的变化。有兴趣的朋友，可以看看这书。

年轻时，我一直在着意地训练自己的思维。我不但会跟同学们辩论，还会在日记里跟自己辩论，平时走在无人处时，也会自言自语。有时，那种激烈的交锋，很像唱双簧。那时节，我是真的关注社会问题、关注民生的，我经常针对某个时事热点，发出自己的议论。

虽然我的个性确实很要强，很敏感，容易受伤，但总的来说，我能容人，若是见到很优秀的人，我就会格外地欣赏他，把他当成我的一个标杆，学习他身上的优点，让自己也变得像他那样优秀。

很多人之所以一辈子都差不多，没有大的改变，往往就是因为，他们身上缺乏一种更大的胸襟和心量。凉州人说，"水低为海，人低为王"，就是说，一个人要允许别人不完美，还要追求自己的完美，才能变得更完美。要是容不得别人诋毁，他就永远都差不多，不会有大的改进，尤其不会有超越意义上的改变。能实现超越的人，都是能正视自己毛病，并去改变的人。

所以，我在《无死的金刚心》中说，没有长夜哭号的历练，便没有觉悟。这世上，不经勤勇便能成就大业者，寥寥无几。就连佛陀，也是苦行六年之后，才成就的。所以，每一个真正想要升华、想要证悟的人，都应该勇敢地面对自己灵魂中的污垢，正视自己。没有这份勇气，始终害怕面对自己不那么美好的一面，他就不可能升华。因为，人心中的欲望和习气，只有在发动时，才能被认知，要是它一直潜藏在你的潜意识里，一直不发动，你就一直没法清除它。不过，只要是心里的毛病，迟早会发动的。要是你不能认知并对治，你就会一直受到它的困扰，得不到绝对的自由。人生的苦，不是我们想逃避，就能逃避得了的。那么，为啥不在有可能改变时，面对它们，升华自己，自主命运呢？

年轻时，我也曾经陷入精神困境，但真正有信仰者，那痛，其实也是另一种乐，因为他们相信真理，愿意清除灵魂的污垢，虽然艰难些，但还是在往上升的路上走着。只要灵魂在飞升，他们就得到了满足，世上的利益、名声等，都不是他们追求的终极。因为人生在不断地流逝着，能尽量多给别人带来一些利益，总比留不下任何痕迹要好。在生命的飞逝面前，他们也不在乎"脸面"了。因为他们知道，一切都会过去，变成记忆。

在我的东客中，有几位朋友，以前跟我有过不快。但三十年后，每每想到那些事，都变成一种诗意了。

那时候，直言不讳的习惯，给我带来了很多麻烦，有时会招人误会，有时会招人反感。我受到了伤害，就在日记里宣泄，同时，因为有了梦想，有了更高的参照系，那些所谓的伤害，在我心里停留的时间就不长，而明白后，我就更加不会在乎了，因为我明白，非议也罢，赞美也罢，都会很快过去的。它们只是生活中一些小小的点缀，很快会云烟般远去的。所有的非议，哪怕一时显得多么猛烈，它很快会过去的。重要的是，你说的话对不对，有没有这个世界所需要的某种价值？

生活中的荣辱，都是这样，就像夏天定然会热，冬天定然会冷，下雨天不打伞定然会打湿衣服，买了没有电梯的房子就定然得爬楼梯……那么，为什么我们不能坦然地面对非议呢？要知道，非议跟这些现象一样，都是必然存在的。因为，这个世界上，本来就有很多种人，他们有着各种各样的知识体系，有着各种各样的生活经历，有着各种各样的成长环境，有着各种各样的追求和恐惧，所以，任何一种观点，都定然会有人非议的。尤其对一个在黑暗中长大的群体来说，你突然点着的火焰，当然显得非常刺眼。但你还是要点火的，因为，如果你不点火，那黑暗就会永远淹了一些人。

三十年过去了，我的东客朋友中，以前活得像羊那样的，仍然很温顺，仍然没自己的立场和原则，也就仍然平庸。因为，冲突会让他们感到痛苦，也可能叫他们失去一些既得利益，这就让他们少了一种说真话的勇气，就会在一些不该懦弱的事情上，也显出一种卑微和懦弱来。久而久之，平庸就成了他们的天性。

这样的人，很像我在《猎原》中描写的一群羊：

在黑羔子的叫声中，头上打着黑色印记的羊一个个倒下了。它们痛苦地扭动着躯体，却并不惨叫。这就是羊，无论黑羔子眼里的羊如何凶残，羊终究是羊。面对屠刀，它们只能伸出脖子；挨了屠刀，也只会抽动四肢；而后，大瞪着瓷白的眼珠死去。

懦弱的人，跟这群羊其实没什么区别。他们在命运的屠刀砍向自己时，也只能瑟瑟地发抖，不懂反抗。但狼不是这样。狼是一种有王者气的动物，要是同伴受到了伤害，或是屠杀，它们就会不管自己的死活，像人类中的烈士那样，冲向拿着刺刀的对手。它们身上有一种血性，这是很多人都缺少的。而羊呢？羊非常善良，不喜争斗，不爱掠夺，只愿悠闲地活着，即使同伴受到了屠杀，它们也只会在旁边发抖，等着自己成为下一个被屠杀的对象。

我希望自己能有一种狼的强悍，但我的对手，一直是我自己。

我喜欢用狼的强悍来激励自己、征服自己，让自己变得更强大，却不用狼的欲望争夺世界，用狼的嗔恨伤害世界。我明白，外界没有自己的敌人，每一个人的敌人，其实都在自己心里。我的对手永远是自己的欲望。无论我如何贪婪，一切都在飞快地成为记忆，我不愿意从贪婪的青年变成贪婪的老人。我的人生真如过桥，我不会在桥上建房子，我只想放下一切，平坦了心，升华自己，享受命运里所有的故事——哪怕是一些现在显得苦涩的故事。

过去，我也一次次地这样说，有很多人觉得我说得对，也能放下一些东西，但一旦他们回到生活中去，负面的信息就会包围他们，把那一点放下的清凉，冲得烟消云散，他们总觉得身不由己。因为，心灵的惯性，有时不是一句话就能消除的，内心潜在的欲望，也必须有一个消解的过程，但你应该知道，它的本质是什么。

你今天不愿正视它们，今天就会被它们左右，一辈子不愿正视它们，人生就整个地荒废了。我不愿用宝贵的生命，去在乎一些留不住的东西，我要清醒地、明白地，享受我的人生。遇到一些刺耳的声音时，我总想平坦了心，反思自己。因为，刺痛了我的，定然是我在乎的，它代表了我的某种执着和贪欲。那时节，我总在调整自己，提醒自己：一时的情绪不要紧，一切都会过去，整个世界都在不断地死去，不断地重生，它只是一个巨大的假象。在这个巨大的假象之中，除了精神和智慧之外，一切都会过去。

做一个不为外物奴役的自由人

但在那个时候，明白道理的我，也总在受伤。这次的东客朋友中，有许多人曾经就伤害过我。

我从小就非常敏感，很容易受伤。

因为敏感，我有了成为作家的可能，我可以从一个很小的细节中，引申出大段大段的议论。比如，别人一个小小的眼神、动作、表情，或是一个小小的选择，包括气氛上一种微妙的变化，都能让我产生联想，这让我有了很大的创作空间。所以，你会在《白虎关》中，看到那么大篇幅的心理描写。没有敏感的心，是写不出那种作品的。这是一种作家的先天素质。

但是，对于早年的我来说，这也是一个巨大的心理负担。因为那时我没有智慧，不知道怎么面对，很难释怀。你想，一个敏感天真的孩子，突然发现社会上有很多的乱七八糟，怎么不会产生迷惑？如果这个时候，生命中没有一种向上的力量，一直牵引着我，让我放下烦恼，升华心灵，我就有可能会堕落。

之所以有那么多敏感的孩子，并没有成为作家或艺术家，却变得消极、孤僻，不断放纵自己，终而伤人伤己，活得非常痛苦，就是因为，他们在建立自己的价值体系时，没有得到很好的引导，反而受到了污染。

我的敏感除了天性之外，也跟家庭有一定关系，我的妈妈就很敏感。她有很多小心思，别人心里想啥，她很容易就能猜到，这一点上我遗传了她。你看《西夏咒》，就会发现，里面有那么多的人物，形形色色，善的，或是不善的，都有。如果作家没有敏感的小心思，他是不可能写活那么多人物的，所以我才说，《西夏咒》中所有的小人和恶人，都存在于我的自性中。我仅仅是通过修心战胜了自己，清除了习气，破除了执着，完成了自己。

十七八岁时，我还很容易受到外界的干扰。世界在我心中的投影，还是会激起我各种各样的情绪。我甚至有些易怒。有时，我会因为一个小小的细节而感动或受伤。我总能从人家一个不经意的眼神中，读到他当下心里的某种情绪。有时，那种情绪就会伤害我。当时，我当然不知道，情绪是最无常的东西，它随时都在变。过去望过我笑声的人，现在面对我时，还会是同一种情绪吗？所以，不要管别人的情绪，做好该做的事情，完善自己的人格，这才是最基本的。

我决定改变自己的命运。

我虽然相信命运，但我觉得，命运怎么样，还是靠自己的心来决定。假如你是一个君子，就不会有小人的命运，就像甘地即使被偏激分子枪杀，也会活在人类的历史之中，人类忘不了他为杜绝暴力而进行的多次绝食，这远比人类的枪支弹药更加强大，它唤醒了无数个沉睡的灵魂。当你看到电影

《甘地传》中，印度女人备好医疗用品，印度男人一批又一批地走向手拿木棍的警察时，你会发现，这才是真正有勇气的人类。他们明知前进就要被毒打，也不会像懦夫那样退缩。我总会想到甘地饿得奄奄一息时说的那句话："当我感到绝望时，我总会想起，历史中最终获得胜利的，都是爱和真理。"一辈子奉行这句话的人，才是真正的伟人，他因为心灵的力量而唤醒他人，而不是借助外部的力量征服他人；他活着是为了利益世界，而不是为了侵略世界。

我一直想像甘地那样活着，在面对那些随波逐流的人时，总是觉得自己很强大。但在那时，因为贫穷，我是得不到尊重的。

穷人家的孩子想要得到一点东西，就得付出比富人家的孩子多好几倍的努力。穷人想办成一件事，比富人要难得多。每一个上了大学的穷孩子，背后都有一个为他牺牲的家庭，都有一些让人心酸的故事。

在当时的日记里，我记下了大量关于金钱的思考，也记下了各种贫穷导致的境遇。其中有三件事，发生的当下给我的打击特别大。

第一，某日，我买了一包白砂糖回家看母亲——那时节，白砂糖也算是很好的东西，所以，西部人回家时，都会带上白砂糖——结果塑料袋破了，白砂糖撒了一地，母亲舍不得扔，就把白糖和着土捧起来，用白开水泡了，等土沉下去之后，就把糖水给喝了。那情景，就像一根很钝的竹子扎疼了我的心。

第二，刚进教委时，我连八毛钱的公交车都坐不起，有时回家，就要骑上两三个小时的自行车，回到家，小小的儿子扑上来，抱住我的腿，开心地叫爸爸，我却连给他买爆米花的几毛钱都没有。当时，我只能对他说，对不起，爸爸没钱给你买爆米花。儿子却摇着头说，爸爸，我不想要爆米花。陈亦新在小小的时候，就已经很懂事了。

第三，我们跟父母分家之后，穷得吃不上鸡蛋，有一次，我母亲炒了鸡蛋给陈亦新吃，陈亦新就含在嘴里，偷偷跑回来，吐出来给他的母亲吃。

那时，我真想放弃了，可另一个声音又会对我说：不行，你不能放弃！一旦放弃，就再也回不来了！所以，我只能继续下去。我唯一的希望，就是尽快实现自己的生命追求。

有好几年，我一直在世俗情感和形而上的追求之间徘徊着。我一直在寻找心灵的解脱，寻找我的灵魂依怙，成功的渺茫也曾让我感到压抑，但我舍不下那寻觅。正是因为舍不下那寻觅，却可以舍下其他的很多东西，才终于实现了超越。

人的尊严，并不仅仅体现于一些关乎民族大义的事情，而首先是一件又一件的小事。当你能忍受生命中的一些小事，忍受一些很多人都会面对、却不能忍受的东西时，你才会拥有一种人的尊严，你生命中很多坚韧的力量才会一点点涌现。最后，你的心灵就会变得非常强大，比起那些用外在条件武装自己、让自己显得很强大的人，要更加坚不可摧。

这时，你的心就属于你自己，再也不会被任何人所操纵了。

一个不被外物奴役的自由人，自然是有尊严的。

老祖宗说的忍辱，并不是叫你消解自己的尊严，盲目地顺从外界，而是叫你借助外物来修炼人格，让自己超越变幻莫测的世态人心，超越一时的现象，放下，明白，证得智慧。

这时，你才能不以物喜，不以己悲。

用梦想抵御诱惑

从我决定要写《大漠祭》，到《大漠祭》的出版，足足有十二年。这十二年里，我既要保证自己的生存，还要养活我的家人，所以，我在与世隔绝地待着时，其实承担着非常沉重的生存压力。

在很长的一段时间里，我既要养活老婆，又要供儿子读书，父母的基本生活和医疗保障也全部由我承担，弟弟治病时欠的债务，也是我偿还的。弟弟去世后，我还带着他的儿子陈建新，一晃就二十年了。我的好多亲戚如果有什么困难，我也得出钱支持。最初，我还不是专业作家，每月只有两百多元的工资，有时连吃菜的钱都没有。在这样的现状面前，一个作家想要坚持一些东西，是很难的，但最难的是，我还必须面对生活中的魔桶。

什么叫魔桶？

我在《无死的金刚心》里写了一种魔桶咒，它指的是一种迷惑你、让你失去向往的幻觉。琼波浪觉遭受过两种诅咒，一种是诛杀咒，施咒者想要夺去他的生命；另一种就是魔桶咒，施咒者想要夺去他的慧命。在那故事中，琼波浪觉在某次错误的选择之后，进入了一个名为圣地、实为魔桶的世界，那个世界跟现实世界一样真实，里面有个自称奶格玛的女子，琼波浪觉和她结了婚，过了一段名为双修的红尘生活，还"修"出了一双儿女。直到有一天，他们的儿子突然死了，妻子因为极度痛苦而失控的反应，让琼波浪觉发现，自己所认为的奶格玛，其实不是真正的奶格玛，因为真正的奶格玛证得了究竟智慧，是不会因执着而痛苦的。那个瞬间，他的幻觉突然就破灭了，于是他离开妻子，再一次踏上了寻觅之旅。可那时，已是二十二年后了。

这个故事，后来被《中国作家》杂志选登。故事中的象征意义，对很多当代人来说，都是一种警醒。这个时代的很多人，都被一种类似于魔桶咒的东西魔住了自己，或是金钱，或是名利，或是脸面，或是感情，或是物质，等等。一旦被魔住，就会忘掉自己真正该做的事情。

我生活中的很多人，都陷在生活里，觉得人生定然要被柴米油盐等琐事所填满，觉得人不可能有另一种活法——但我仍然拒绝了舒适的生活，选择了一条有人认为很苦的向上之路，就是因为我不想走进魔桶，不想被魔桶同化。

为了不陷入魔桶，我除了修心和读书之外，也在日记里记录自己的每一个小毛病，包括坏念头、坏倾向之类，它们都像是我解剖自己灵魂的手术刀。我常常把自己捅得鲜血淋淋，将习气和毛病都放在心灵的镜子前，让自己好好地看清楚，久而久之，才战胜了自己。

那时节，没有老师在身边指点我，我只好自己审查自己，也不断在身边寻找自己的参照系，依照他们的行为，来修正自己。这一点，有点像孔子说的"三人行必有我师"。

真正的信仰者是不害怕逆境的，在他们心里，逆境是试炼自己最好的道具，只有在逆境中，才分得出一个人是不是真正的信仰者。

如果你发现自己还没有升华，也不用怕，你就升华自己，让自己到达那个层面就对了。因为信心是你自己的，只有你才能决定你相信什么。所以，哪怕心灵暂时缺乏力量，你也要一直向往，一直向上，一直不放弃。只要不放弃，你的心有一天就会强大起来。

其实，生命是一场幻化的游戏，就像很多孩子玩的那些电脑游戏一样，它就是叫你在活着的过程中升华心灵，战胜自己，让自己少一点计较，少一点盘算，少一点烦恼，如果你在某一次的实践中失败了，也不要紧，如果你看过我的《无死的金刚心》，就会发现主人公即使到了一个很高的层次，他也仍然会在无数次考验中失败。每次失败，他都会忏悔，然后重新生起寻觅和前进的勇气，接受命运的下一次考验。我们也应该这样。因为，人总是要死的，死亡来临时，我们拥有的一切都会消失，朋友也罢，亲情也罢，爱情也罢，财富也罢，事业也罢，责任也罢，都不再属于你，到了那个时候，你不想放下，也得放下，那么我们为什么不在活着时，就放下他们，给自己的心一点空间，让自己快乐一些、自由一些呢？

除了崇尚侠义精神，我早年的练武，也是为了强健身体和心灵。一个男人要是没有强健的体魄和心灵，就什么都做不成。如果一个人很早就疾病缠身，他能做的事定然会相对少很多。我除了敬佩那些侠客们的行侠仗义，也很敬佩武学大家们的人格修为，像贺万义，他不拿武术来卖钱，只教给他觉得品质不错的人。过去的很多武术大家们都是这样，一些入世的武学大家们，在危机面前，往往能守住良心，守住傲骨，守住尊严，不做见利忘义的事。像电影《一代宗师》中的叶问，日本人占领了他的家乡，他失去了所有的财富和产业，但是他没有向日本人低头，在孩子都被饿死的情况下，他还是守住了自己的民族尊严，这种不为五斗米折腰的骨气，是眼下的功利社会特别缺乏的。那些武学大家们不但修身、习武，也有强大的精神力量，他们不管能不能保证温饱，都追求一种物质以上的东西。要是多一些这样的精神和心灵，当下社会的很多负面现象，都是不会发生的。

前面说过，读武威师范时，我每天很早起床，晨修后，就到操场上举四百下哑铃，然后打拳。那哑铃，有十八公斤重。虽然有点累，可是我坚持下来了。因为，我明明白白地知道自己这辈子要做什么。这种愿力，是支持我前进的动力。我需要一个好身体来支撑我的大愿。

一个人如果确定了梦想，明白自己这辈子就是来做这事的，这个世界，对他就不会有那么多的诱惑了，因为他觉得那些东西跟自己没啥关系，是虚的，他没兴趣去追求，也就谈不上拿起和放下了。这时，他就会表现出一种惊人的毅力，在别人觉得枯燥的生活中，感受到乐趣。

所以，强大的定力，其实来自强大的愿力。

如果你真想做成一件事，就要不断坚定你的向往之心，假如有一天，你突然发现，自己在一些事上变得犹豫了，就要马上生起警觉，因为你的心在发生变化。你的心里有了欲望，它在干扰你，在影响你的向往。你要仔细观察，发现增长你欲望的东西，然后毅然地拒绝它们，不要有丝毫的犹豫，一定要记住，外界没有你的敌人，真正可怕的，是你给欲望寻找的借口和理由。

假如你没有足够的警觉，总是顺从借口，或是被妄念牵走，有一天，你就会发现自己迷失了。当然，发现自己迷失了，说明你没有真的迷失，那么就赶紧回到正轨上就对了。真正可悲的是什么人呢？是那些有过梦想，又觉得庸碌生活还不错的人，因为他们已经被庸碌给消解了。

所以，你要不断忆念你的梦想，忆念你的大愿，忆念你的向往，不要让莫名其妙的东西进入你的心，发现一点，就把它们扫掉，告诉自己这是假象，是骗局，不能上当，那么你的心就不会乱，你向上的愿力也会越来越强，你就会有很强的专注力。

十几岁时，我就开始规划自己的生活，什么该做，什么不该做，什么对梦想有益，什么会损害我的梦想，我分得清清楚楚。比如，我可以读书，可以关注世界，可以练武，可以写日记，但我不早恋，也不看过多的电影和电视。即使偶尔不能遵守，我也会在日记里反省自己，希望自己能改正。

现在有很多孩子也有梦想，也有追求梦想的行为，但他们总是给自己太多的借口，比如，一些孩子会告诉自己，我要了解世界，我要了解人性，然后看大量的动画、漫画、电视和电影，用一种散漫的生活，来填充自己的生命；他还会告诉自己，跟别人聊天也能学到很多东西，所以，他又花了很多时间找人聊天。其实，他明明白白地知道，自己只是因为寂寞，或是想要逃避——有些人纯粹是因为懒惰和享乐的欲望——才用这些东西来填充自己的。一旦那些闲事占据了他的心灵空间，他就会忘了自己该做什么。

当然，好的影视作品也能令人反思、启迪智慧，跟人交流也确实能学到一些东西，但问题是，你有没有选择？有没有节制？是真的在学习，在升华，还是在解闷？或是逃避一些你不想面对的事和情绪？最重要的是，它会不会影响你的心？

要知道，事情很快就会过去，情绪也会很快过去，可是一旦不好的生活习惯影响了你的心，你就要花上更多的力气，才能将被污染的心洗净了。像有些孩子就说，他们习惯了懒散的生活之后，就变得浮躁了，还多了点愤怒，多了点欲望，多了点无知。这些变化有时是细微的，他或许很难发现，有时发现了，也不会在乎的，因为人类喜欢舒适生活的本性在控制他，而且，一切还没到不可挽回的地步。

但后来，一些能忍辱的人，会发现自己变得易怒了；一些非常专注的人，会发现自己散乱了；一些无我的人，会发现自己自私了；一些很有耐性的人，会发现自己变得不耐烦了。更可怕的是，平庸的生活，罪恶的信息，会在不知不觉中侵蚀他，让他不再敏感，不再悲悯，不再为他人着想，只关心自己的感受和得失。不管他有过多高的见地，那见地，也不能左右他的心，因为不良的习惯腐化了他的心。

所以，一个人在具备足够的专注力和智慧之前，最好远离那些充满欲望的圈子，否则，他是很容易被污染的，也不要放纵自己做一些表面看来没什么，却会无形中消解自己的事情，要好好保护心灵的纯净。

早年的文学训练始于写日记

三十年的时光过去了，以前的许多事，都变了色彩。

十七八岁时，我也有忍不住看电影的时候，但那时的大部分电影，都是励志的，很积极，也很向上，不会传递一些污染心灵的信息。相反，现在的电影五花八门，什么都有，有些电影，在传递一些糟糕的信息，最明显的一个特点，就是价值观的混乱和扭曲。

现在，随便打开一个视频网站，欲望、暴力、血腥、功利就会扑面而来，它们甚至变成了空气般的存在，就连孩子们玩的游戏，也是这样，还有偷窃、欺骗等等。一些人用趣味和娱乐包装了这些精神毒品，让人们乐此不疲地受着罪恶信息的熏染，所以这个社会就变得越来越贪婪和冷漠了。这种负面的趋势，让人不得不思考我们的文化所出现的问题。

读武威师范那时，我每次看完电影，都会很懊恼，觉得自己浪费了时间，然后就会在日记中大段大段地谴责自己，希望自己不要再犯。

这种谴责，也是一种自省，在我的生命中，这是一个非常重要的内容。我的好多进步，都源于一直以来的自省和忏悔。不过，我很少后悔。我往往不允许自己后悔。我知道，后悔是一种负面情绪，它会消解一个人向上的动力。从小，我就是积极的，这是我日后能成功的一个很关键的原因。积极的人，总是能在困境中看到希望，这样，他就不容易绝望。无论在世间法上，还是在出世间法上，正能量都非常重要。一个人假如始终很沮丧、很消极，就容易自暴自弃。所以，我的心灵始终很强大，就算遇到了打击和拒绝，我也会乐此不疲地继续前进，所有的失落和痛苦，都化为了前进的动力。

我早年的文学训练，是从写日记开始的，但是，看过我日记的人就会发现，那时节，我的写作水平并不高，跟陈亦新十六七岁时写的文章相比，我那时的文字，就显得很粗糙，没有任何文采可言。许多江南才子在我那个年纪，都写出了很好的东西。后来，我在凉州开写作培训班时，也发现，好些孩子都写出了我三十多岁后的文字感觉，所以我总是说，我的文学天分并不高。

不过，就算这样，那时的我，也比身边的很多人都要强。我只能摸着石头过河，看书，是我那时唯一的希望。我虽然每天都在勤奋地写，但都是在瞎写，因为我还没有很好的眼光，分辨不出什么是好东西，什么不是。比如，很多时候，我以为自己在写诗，其实只是在写"春风荡漾的晚上，我站在操场的边缘，透过乳白色的月光，看到了微弱的灯光"之类的顺口溜。你可想而知，我那时的成长，有多么艰难。

刚参加工作时，我有三十九块五毛钱的工资，除了吃饭，钱都买书和文学杂志了。我觉得哪些杂志比较重要，就会叫城里的邮政报亭给我留着，我定期去买。每次回家，我都会带上一网兜书。回到家，我不做别的，光是读书、修心、练武，然后写一些东西，跟在学校时一样。

那时节，我还养成了一个习惯：在日记里记录一些好故事，作为以后写小说的素材。

当年，我记下了这样一个故事：有个女学生老跟一个男老师请教问题，就有人传闲话，说他们发生了不正当的男女关系。其实那女孩很纯洁，没有做出啥见不得人的事，但没人相信她，谁都骂她不正经，村里人疏远她，爱过她的表哥也开始恨她。就连自己的父亲也不相信她，把她赶出了家门。最后，她走投无路，就堕落了，真的跟那男老师发生了关系，还变成了女流氓，在社会上鬼混。

这是个真实的故事，当时我觉得，自己将来一定能把它写活的，就把故事的重点记了下来，决定以后专门写一部小说。但是小说没写成，它倒在我的生命里种下了一颗有趣的种子。我的生命中，真的就出现了一位经常向我请教问题的女学生，我们的交往也真的引来了风言风语。于是，我同样面临了那位男老师的选择。我之所以排除万难娶了鲁新云，其中一个原因，或许就是害怕那故事的结局会在她的身上重演。

还有一个故事，后来我经过二次创作，用在了《长烟落日处》和《大漠祭》里。

有一天，我看到一个农民跟一对城里母女闹纠纷，农民说女孩碰坏了他的单车铃铛，女孩的母亲不承认，两人就揪住农民不放，对他进行了羞辱，农民本想还手，最后还是算了，谁知那母亲却变本加厉地叫来儿子，她儿子带来一班小混混，先是把农民羞辱了一顿，然后狠狠地打了他，打得他鼻血直流。围观的人里，没有人对农民出手相助，混混的母亲还洋洋得意，好像儿子是民族英雄。这令我特别气愤，却苦于功夫没到家，没有能力对付那么多的混混，于是我就许下了两个志愿：第一，勤练武功，将来为弱者出头；第二，锻炼文笔，将来为弱者说话。

后来我的心变了，我发现，这不是一个人的拳头，或是几个人的拳头，就能改变的现实，它的根源，在人的心里。过去有很多人都想用拳头改变一些东西，但事实上，什么也没有改变。在赫尔岑的那个时代，他想用革命改变俄国百姓的生活，但是他不知道，当革命真的胜利之后，俄国老百姓的生活反而更差了。如果他知道这一点的话，心里定然会纠结的。因为，那改变的发生，是无数人付出了血的代价的，但结果却不是他们想要的。所以，有时候，即使有些人愿意付出生命的代价去做一些事，但付出了生命的代价之后，是不是就真的能让社会现实发生改变呢？想要真正地改变社会现实，就必须知道现实是如何改变的，所以，我不想用拳头改变弱者的命运了，我只想依托我的笔，说些我该说的话。

那时，我想做的，是自己点亮了火炬，把它传递给下一批想要传递火炬的人。另外，我也想做个世界的观察者，用自己独有的眼光，观察这个世界。但世界上的那些起起伏伏，我并不真的在乎。经过了那愤青的阶段之后，我发现，这个社会的改变，首先在于自己的改变，然后用你的改变去感染别人，影响别人，让别人也跟着你一起改变。重要的是你想要改变的那颗心，它会生起巨大的力量，让你真正地改变自己。

过去，当我发现城里人无论多么普通，面对农民时，都有一种毫无来由的优越感，觉得自己高人一等，有人会看不起农民。而农民自己也觉得低人一等，不由自主地忍气吞声时，我的心痛，就变成了一股让我不断向上的力量，在这种力量和其他一些力量的鼓舞下，我写出了《长烟落日处》和《大漠祭》们，将当年刺痛我心的细节，用艺术的形式，告诉了这个世界。我不是想要宣泄自己的心痛，我只想让人们知道，这个世界上，活过这样的一群人。我希望，他们生命中的一切苦乐，一切高贵和卑微，都通过我的笔，展示给这个世界。也许可以给他们的生活带来一点改变，也许不能，都没关系，我已经做了我能做的。

在武威师范读书时，我拥有了人生中的第一辆自行车，那是一辆很旧的二手自行车，但我很珍惜它。一来，它给我的生活提供了很大的便利；二来，这是父母送给我的礼物，为的，就是让我多回家看看。

有了自行车后，我回家的次数也多了，每次回家，总要花上两三个小时，一路上车不多，很安全，也很清静，还会路过很多跟我家乡非常相似的小村子，沿路有很多土房房，有很多扬着溏土的小路，有很多杨树，也有很多种满了玉米、向日葵和麦苞子的田地。这时，我的心情总是很舒畅。

在那时的日记中，我记下了一些生活中的见闻，此外，我也记下了自己生活中发生过的一些事，比如一些对爱情的憧憬，比如一些被朋友欺骗的故事等，那时节的我，还很在乎朋友，所以遭遇背叛时，我总会很难过。不过，我有个特点，就是无论遇到什么事，无论情绪有多低落，我也不会消极，我绝不会因为一时的难过，就放弃自己的追求和选择。

那时节，我也很关注当下。我常常结合历史事件，思考当下。有时，我也会在日记里讨论历史人物。比如，在1981年6月6日的日记里，我就悼念了两位这一天自杀的历史人物——屈原和伍子胥，也表达了自己的一些看法。当时，我不赞成他们自杀，但后来我发现，历史上有很多事都说不清，而且，屈原们的自杀，跟一般意义上的自杀是不一样的。

很多人自杀，是因为他们得不到某种东西，尤其是当代人，比如失恋了，获不上奖，考不上学，破产欠下很多债，等等。产生这些失落的追求，在当下社会很普遍，但它们都属于形而下的领域，是无常的，很容易就会被现实撞碎。那些做生意的人，在金融风暴来临时，都有可能变得一无所有，如果他们的人生意义就是地位和金钱，那时，他们就有可能想不开，导致轻生。而且，人的欲望也是无常的，它会不断膨胀，所以，一些人就算没有遇到任何致命的打击，也会觉得失落、空虚、得不到安宁，有时甚至会产生自杀念头。

我有个学生说，他们那儿有个工人，很年轻，有一天突然跳楼了，幸好被救下，但是人们问他为啥跳楼时，他却说自己也不知道。这就是灵魂中的空虚所造成的。当一个人的欲望得不到满足，无法令他感觉到自己生存在这个世界上是有价值的，是有意义的，他就有可能结束自己的生命。也许他自己也说不清为什么，因为不是每个人都有和自己的灵魂对话的能力。很多人看了我的书，心中也会有一种感觉，但是他们要是不经过着意的训练，就没有办法说出那种感觉，这属于一种作家的天分。但事实上，每个人都需要这个东西。所以，人们才需要静坐、坐禅等，让心静下来，梳理自己的思绪。不过，仅仅是静坐、坐禅，也是不能让人破除烦恼的，因为烦恼的根源，在于心的蒙昧，如果不能明白真理，破除欲望，遇事时，人还是会生起烦恼的。当然，习惯坐禅的人，往往能静下心来，灵魂不至于浮躁，那么他们相对于那些静不下心、总是任由思绪乱飘的人来说，就不那么容易生起烦恼。

但是，所有将活头主动下降为物质和欲望的人，在活头被现实击碎时，都有可能会产生轻生的念头。一旦他们被这种念头所控制，就会自杀，包括一些世俗中的精英们，比如顾城和海子们。

很多人都非常喜欢顾城，对他评价很高，尤其喜欢他的那句"黑夜给了我黑色的眼睛，我却用它寻找光明"。这句诗的意境确实很好，但他的行为却否定了他的很多东西：他杀了妻子，然后自杀，让孩子变成了孤儿，让亲人陷入了痛苦。这种行为对谁都没有好处。他可以有很好的作品，有很好的才华，但这种作品也罢，才华也罢，只有建立在优秀的人格上，才有意义。

什么是光明？光明是遍及一切的大爱和智慧，它就像阳光一样，既照耀鲜花，也照耀毒草；既照耀东部，也照耀西部。它没有任何局限，也没有丝毫狭隘。它是平等的、圆融的、没有丝毫阴影的。能达到这种境界，才谓之光明。当然，一个人之所以向往光明、寻找光明，就是因为心里有黑暗，需要救赎。这一点可以理解，但不能推崇。否则，一些人在遇到同样的事时，就会像顾城那样做。这个世界上，就会多了孤儿寡母，多了痛苦的心灵。所以，我们可以理解一个人无法战胜自己的心魔，但不能宣扬它，更不能让它变成流行文化的一部分。一旦它成了一种流行时尚，就会成为集体无意识，整个社会，整个人类，就会为之付出代价。

我同样不随喜海子的行为。我觉得，他虽然没有杀害别人，但他杀了他母亲的儿子。所以，他的死也不是诗意，仅仅是欲望得不到满足时的失落。他用极端的行为，来表达自己的失落，也给亲人带来了痛苦，这是对亲人的一种侵略。

所谓的美，应该是生命燃烧到极限时发出的光芒，哪怕只有一瞬，也定然能给这个世界带来光明，能照耀人心。如果某种行为只能带来负面的影响，它就谈不上美，只能算是可悲了。

贾家姑爹

贾家姑爹是当然的东客，我亲自去请他。

我上中专的时候，中午和下午仍在小舅舅家吃饭，有时会自己带面，也带上些白菜和土豆之类，那些家里都有，不用花钱。周末时，我还会到武威电厂找姑爹，在他那儿过周末。

姑爹叫贾森林，也是我生命中的贵人。1978年时，他跟泽年佬一样，也在武威电厂工作。他专门看锅炉和澡堂子。现在看来，那工作并不显赫，但在那时，我的眼中，几乎是世界上最好的工作了。他有两间大房子，套间，有很白的墙壁，还有铁床、三匣桌之类，这都是乡下的我没有见过的稀罕物。

姑爹一般在集体食堂里吃饭，我到他那儿去时，就简单做些饭吃。有时，他会带些包子、发糕之类给我，都是家里吃不到的，非常好吃。吃完饭，我还能洗个澡，小舅舅畅国喜偶尔也会过来洗澡，那时，我们就会聚在一起聊天，很热闹，有一种天伦之乐。

贾森林老婆叫畅凤英，是我姨妈。畅凤英便是我的贾家娘娘。小时候，去贾家娘娘家玩，是一件很开心的事，因为我可以吃到自家吃不到的好东西。

她的儿子贾忠延比我小几个月，能玩到一起。印象最深的是，我曾跟他们干过活，那活是从地里往外抽土。凉州人种地，大多要往地里上土粪，一年几十车，一年几十车，上几年后，地就高了，得抽低一些。抽出来的土，还能用来垫圈。

本来，抽土是大人的活，但贾家娘娘请了同村人，却没人愿意帮。这一下，我的心里有了豪气，说，娘娘，他们不干，我们干。

然后，我跟贾忠延拉了架子车，一口气，把半亩地的土运到了圈门上。只是太累了，还剩下一半，我们想缓一缓，再一口气干完。哪知道，这一缓，我跟贾忠延就成了一堆泥，再也拉不动车子了。

那是我小时候干过的最苦的一次活。在自己家里，爹妈是不叫我干苦活的。

畅凤英种地时，身体很好，因为姨父"月月有个麦儿黄"，生活比一般家庭好，娘娘就显得胖。后来，姑爹在电力局有了房子，就将畅凤英接进了城。

不久，听说贾家娘娘得了病，是老人们常见的高血压、冠心病之类。这成了我妈不进城的一个重要理由。

每次，我叫妈别种地了，进城来享享福。妈都会说，我种地，是锻炼身体哩。你瞧，你的贾家娘娘，以前身体多好，现在，浑身都是病。你瞧我，跟小伙子一样哩。

这倒是，说这话时，妈年过七十了，还能扛上一百斤白面上五楼。

我想，要是贾家娘娘能选择的话，也许会选择健健康康地回家种地吧。但许多时候，人明白该选啥时，大多没有了选择的权利。

再一次看望贾家娘娘时，我叫她一定要锻炼。她非常羡慕我妈，羡慕她有个好身体。有时，人就是这样，在乡下的时候，羡慕城里人的生活，觉得人家有那么好的生活条件，真好。但享受的时候，也会带来一些负面的东西，又会羡慕以前乡里的那种简单淳朴的生活。人的欲望，就是在各种条件的刺激下，不断轮回着。人是很难守住自己的心的，总会受外界的影响而波动。

后来，我就常见姑爹和贾家娘娘在武威文化广场跳舞，这也是凉州文化市场独有的一道风景。每天早晨，总有一些老人在跳舞扭秧歌啥的，这是很好的一种锻炼。我很高兴他们能有这样一份好心情。

但不久，一件事击垮了他们。贾忠延忽然死了。有时候，人能憧憬久远的未来，却想不到眼下的某一刻。

死前一月，他还带着家人在北京天安门前留影呢。他胖多了，得了糖尿病，他也不当回事。他说，妈还说我呢，我一测，她的血糖比我还高。从他口中，我才知道，贾家娘娘又得了糖尿病。这下，她真像妈说的那样，浑身是病了。

贾忠延是在上厕所时，忽然倒地而死的。别人发现时，就没气了。因为是电力局职工，又是在上班时死的，所以单位处理了几十万块钱。但钱再多，人却没了。

贾忠延办丧事时，我正在广东，陈亦新参加了丧礼。

他说，贾家娘娘哭得死去活来。妈劝她不要太伤心。十多年前，我弟弟死时，是贾家娘娘劝妈妈，现在，轮到妈劝贾家娘娘了。贾家娘娘有两个女儿，只有这一个儿子。这一死，她就没儿子了。在凉州，没儿子是叫人心穷的事。所以，此后，我见贾家娘娘时，她说她心穷了。

我就劝她，不要紧，还有我呢，你把我当成儿子就行了。劝归劝，说归说，我知道，劝的那些话，其实解除不了她内心的疼，只能宽宽心。要想不疼，除非她能明白，找到那颗不疼的心。我很想告诉她，但是我知道，她听不懂的，也不会听我的。她自始至终放不下的，仍是那心穷带来的记忆。

这次，我带了些礼物，去请贾家娘娘，将请柬递给她时，她的眼红了。我知道，她又想到了儿子。她像祥林嫂念叨阿毛那样，一句一句地说：心穷了，你说，我心穷了。儿子是很多凉州女人的盼头，一个女人，只要生下儿子，便是她生命的全部，所以，凉州女人都是好母亲，但往往是，这样的盼头一旦消逝，她生命的火苗也就渐渐熄灭了，心便穷了。

我问，姑爹呢？

她说，去散心了。

我见她又胖了许多，说你还得跳舞呀，又胖了。

她说，心穷了，没那份闲心了。

我不知道如何劝她。

下楼了，贾家娘娘的泪还在我心里闪，那"心穷"，还一直响着……

如果不想让自己心穷，那么只有让自己拥有大心，让自己的心从那个小小的盼头中超越出来。世俗人的盼头多是狭隘而执着的，一旦盼头消失，便会遭遇致命的打击。在我的小说《白虎关》中，我就写到了几个女人的盼头，盼头不同，其命运也不同。有时候，那心中的盼头，也是人在苦难人生中活下去的唯一力量。如兰兰和莹儿，在沙漠中遭遇豺狗子的袭击，就是靠各自心中的盼头，才走出那段沙漠之旅的。最后，兰兰的盼头得到了升华和超越，而莹儿的盼头仅仅是灵官，当灵官消失之后，莹儿也就有了那样的命运。

所以，人要有盼头，不过这盼头要足够的大，大到能消解自己所有的执着。

最后一个馒头

请完亲戚们后，该请同学了。我首先请的，是师范的同学。

上师范时，跟我同宿舍住着的，有七个人。中午和下午，我在小舅舅那儿吃饭，只有早上，我跟同学们一起吃。那时的规矩是，每天早上，由一位同学去食堂打馒头。他一次会打七个馒头，一人一个。一个馒头有四两，吃上一个馒头，肚子就饱了。我是周日打，但每到我打馒头的时候，许多同学都回了家。这样，我会省下钱用于买书。虽然老是觉得过意不去，但能读到书，毕竟是一件好事。

那时节，因为心里歉疚，我总是最后一个取馒头。我觉得，因为回家而吃不到我打的馒头的同学，是完全有理由不给我打馒头的。但在那两年里，每天早上的网兜里，总是会剩下一个馒头。那装着馒头的网兜就一直在墙上晃来晃去，一直晃入我生命的最深处。

正是其他六个同学的无私，我才有了很多书。也许他们并不认为自己做了什么，也没觉得什么无私不无私的，反正没人说过要帮我，也没人计较，没人提出任何异议，仿佛是很自然的事，而在我的心里，却都记住了。每当和他们在一起时，谈到那最后一个馒头时，他们根本记不得了。同样，他们也不会想到，那时候的一个馒头，是我每天的养命食，我就是那样挺过来的。所以，想起他们，我的心里总是很温暖。我总是觉得，身边有很多人都对我很好，一直在帮我，没有他们，就没有今天的我。

我一直为他们感到骄傲，因为，他们的身上承载了凉州文化中非常美好、非常优秀的东西。他们与我的交往，一直是没有任何功利的。不管他们为什么帮我，是因为我的追求和品格也罢，是出于一种道义或情谊也罢，我都觉得他们很了不起，我的家乡文化很了不起。因为，家乡的土地上能养育出这么多的好人，说明我们那个地方定然有一种优秀的东西。

现在，让我记下他们的名字吧！

他们是：张万儒、王科建、袁彦龙、石生辉、石成彦、张明泽。在我心中，他们都是我的兄弟。

后来，王科建当了县长，我成了作家，石成彦患肝癌病逝，张万儒当了幼儿园园长，其他同学，都当了老师。他们是我当然的东客。

毕业后，由于多年的与世隔绝，我跟同学们的音讯都断了。我委托三位同学代我请师范同学：赵国聊请古浪同学，姜荣基请武威同学，老班长赵登睿请民勤同学。

虽然我很久没跟同学联系了，但他们都知道我的情况。儿子说，你的那些同学，就按实数安排席位吧，他们都会来的。果然，婚礼那天，他们都来了。

师范的同学里，我还给小山打了电话，他刚刚遇了事。

小山本是一家学校的校长，年轻有为，后来到文化馆当了馆长。我这次到武威时，听说他出了事。说是他拿了馆里的七万元跑项目，部分钱款下落不明，法院认定其贪，判了刑，他不服。我请他当东客，他正在上诉。听说，要是上诉不成的话，他的公职就没了。

听说此事后，我专门去看过他，没有见到他。小山不懂人情世故，还用管学校的办法来管文化馆，就得罪了好些人。据知情者说，小山的出事，是得罪了一些人，有人想谋点私利，没有如愿，就告发了他。

又据说，小山跑来了上百万的项目，花了七万元。其中，哪些钱花在了项目上，花在了何处，都是不便言明的事，又没有收条或发票，就容易被当成贪污。不过，这只是一种说法。也有人说，苍蝇不叮无缝的蛋，只要小山的个性不变，出事是迟早的事。

虽然以前我跟小山走得不近，但这次他出了事，我还是想安慰一下他。于是，我拨通了他的电话，告诉他，人生中难免会遇到一些挫折，不要沮丧，不要抑郁，要注意身体。虽然他不一定能参加我儿子的婚礼，但我仍然想请他当我的东客。

我之所以请他，是想在他人生的特殊时期，表示一点点作为同学的关切。哪怕他真的贪污了钱，只要能悔改，我觉得也应该得到一点鼓励。

一个不懂文化人的小官，在凉州，怎会不出事呢？凉州，虽是文化古城，有着悠久的历史文化，但是就因为太古老了，有点暮气沉沉，在如今的时代里，很像一池巨大的沼泽地，里面啥都有。任何人陷进去，很难看清真相，想超拔出来，都是不容易的。我之所以能走出来，是因为我修心和读书。修心，让我拥有智慧和爱；读书，让我视野广大，走向世界。也许，很多人能做到我那样的读书，但是不一定能做到我那样的修炼人格。如果没有真正的信仰，不经过严格的修心，便没有出世间智慧，更不会有大力。

我当然同情小山，哪怕是他真的犯了罪。他还年轻，还有机会的。

后来，小山让他妻子代表他来参加了亦新的婚礼，那女子的脸上露出了真诚的笑。我希望小山的事，不要太让她担忧。

人生的事，很难说，跌倒了，再爬起来。也许摔跤，对一个人的成长未必不是好事。所以，在人受难的时候，我们不要幸灾乐祸，多一些鼓励和微笑，对他来说，便是阳光。人的一生，要过很多坎，过一次，便会成熟一次。我真的希望小山能够走出那段阴霾，重新审视人生，做出正确的选择。

第三编　　学校里的

爱情

南安中学里的隐士

现在双城镇的南安中学，是我这次婚事东客最集中的地方。

1982年5月，我从武威师范毕业了，被分配到南安公社的南安中学。我在修心和文学方面的许多准备，就是在这里完成的。

金川的姑爹姑妈希望我去金川——后改为金昌市——但没有去成，当时的日记中，我用了"接连的打击——到金川美梦的破灭"这样的描述，但是，现在想来，那几乎不算啥了。但在那时，这也就算是打击了。其实，我完全可以去的，只是因为主管的领导——文教局人事股长说，他只能保证分到金川，不能保证分到城里，就因为这，我临时放弃了。现在想来，没去金川确实是好事，因为如果那时我去了金川，就肯定不会有今天的。因为，在后来的教学生涯中，和在教委工作的时候，我几乎跑遍了整个凉州，积累了大量素材，开阔了眼界，要是我分到金川，哪怕能在城里，也就是一个普通的小学老师，实现梦想恐怕是无望了，至少，我肯定写不出"大漠三部曲"的。所以，许多当时看来是"美梦破灭"的事，一放到几十年后，就可能是一件好事了。无论大大小小的事，其实都这样。

其实，南安中学也很好，直到今天，那学校仍在，隶属于双城镇。我工作的时节，南安是一个公社，在乡下来说，能分到中学，是很好的事了。那中学坐落在一个相对热闹的街道旁，有几个店铺，供销社也在附近，而且中学有独立的宿舍，有食堂，不用自己做饭。想来，那真是那时最好的职业了。

没课时，我就一个人待在宿舍里，静修，读书，写作，生活条件反而比以前更好了。因为我可以一个人静静地待着，做我自己的事。但那毕竟是学校，来来往往的人很多，下课时，学生们也很喧哗。为了避免干扰，我借了学校地理教学用的挂图，那挂图是油布做的，很厚，挂在门窗上，屋里就没有一点儿亮光。需要看书写作时，我就开灯；需要静修时，我就关灯。那挂图阻碍了阳光，也阻断了噪音，帮我闹中取静，提供了一个相对安静的闭关之所。有时，我连白天黑夜都分不清了。

我变成了学校里的隐士。

我跟隐士们最相似的一点，是对大自然的向往。陶渊明"采菊东篱下，悠然见南山"，我见不到南山，只好在墙上贴一些山川、河流、草原的教学挂图，给自己制造出一片很美的自然景象。其他的不足，我就用作家的感受力和想象力来弥补。累时，我总会看一看那些画，回忆我离开了很久的大自然，那时，我的心情就会变得非常明快、舒畅、陶醉，仿佛又像童年时那样，跟大自然融在一起了。

我的小说《西夏咒》中有一个细节：

一间木屋里，除了炕、灶具、几件兵器外，一无所有。只有墙上有几张剪纸，像是小鱼。后来，我欣赏雪羽儿唐卡时，每次见到那独具象征意味的小鱼，一股热流便扑进心来。身处旱地无法养鱼的雪羽儿，只好将心中的小鱼养到自家的墙上了。这是最能体现雪羽儿女儿心的细节。也正是这一点，带给了人们许多的联想和温馨，更将雪羽儿跟其他不食人间烟火的空行母区别开来。

这里写的是雪羽儿家，也像我在南安中学时的小屋。不同的是，雪羽儿请来了小鱼，我请来的，却是大自然。相同的，是我们的心情。我们心里，都有一种属于作家的细腻和诗意，但雪羽儿没有成为作家，她升华为智慧空行母，将灵魂中的那份细腻和诗意，融入了一种充满奉献精神、带着女性浪漫的慈悲。而我，则成了一个明白的作家。

当年，我跟雪羽儿的另一个相似之处，当然就是练武。

那中学的南边有个树林，每天早上四五点钟，我就会跑到那个安静的树林里去练功。整个南安，都知道我在练功，但都不知道我究竟练啥功。除了武功之外，我也练吴乃旦师父教的一些功夫。

那时节，每天吃过午饭，我就会到那时南安公社的后院里练功，这时，大家都睡了，那地方就成了最安静的所在。为了避免敏感，我只说自己练气功。那时候，社会上正流行气功热，人们还是能接受这一概念。练功的同时，我更注重心性的修炼，注重人格的完善。

这段日子，也算过得平静，没去成金川的那点儿伤痛也过去了，人生中的很多情绪，哪怕来时多么猛烈，其本质也是有如梦幻，不可能恒常的。

人生就是这样。

那时节，时间在不断流逝着，我却看不到什么希望。一切，都像是一场灵魂的旅行，我不知道终点在哪里，也不知道自己能不能走到终点。我只好每天给自己安排一些任务，但有时，却完成不了。完成不了时，我就会非常沮丧，就在日记里忏悔，希望自己不要再浪费时间了。

比如，1982 年 9 月 23 日中午，我睡了两个半小时的午觉，醒来后非常懊悔，就在日记里写道："今天下午，我贪恋了舒适的热被窝，整整浪费了两个半小时。"然后，给自己计算时间："一个人活上一辈子，也不过只有三万六千天，浪费一天，就浪费了生命中的三万分之一。"

其实，在一般人眼里，我不但没有浪费时间，而且已经很勤奋了。我常常三点起床，晚上睡得也很晚，就算中午睡了两个半小时，一天加起来，也没睡多长时间。很多人觉得这只是一件小事，可我不这么想，我知道，自己可以有无数个理由偷懒，甚至可以睡得更久一些，过得更舒适一些，但理由和借口不能改变我的命运。很多人都在理由和借口中老去了，活得非常平庸，我不想那样活。我也知道，懒惰虽然不会伤害别人，也不是一个多么肮脏的缺陷，但它会无声无息地吞噬一个人的生命。所以，我宁可对自己苛刻一些。

在这一点上，我跟米拉日巴很像。

我对自己苛刻到什么程度呢？

那时，我每天都花上好几个小时练武，体力消耗很大，吃得也很一般，没什么营养，而且本身睡眠就不足，所以老是犯困，老是觉得很累。有时，我看不到外面的天色，睡时已是凌晨三点了。实在受不了时，做什么都打瞌睡，我就用冷水浇头，好让自己尽快清醒过来。冬天时，我还会开了窗，用冷水浇头。武威的冬天很冷，风一吹，头发上的水就会结冰，我就顶着满头的冰碴子静修、写作，人就能精神一些。当时，为了能在早上三四点醒来，我就买了闹钟，但年轻人的瞌睡，连闹钟也不一定能打断。我常常一觉睡到天亮，每次睡过了头时，都会自责。后来，我想了个办法：在临睡前喝下大量的水，这样，我总是在睡梦中慌慌张张地找厕所，找呀找呀，找不到，就会憋醒。这样过了几个月后，我就能在早上三点钟起来了。十九岁到四十多岁之间，我一直坚持着早上三点起床的习惯。直到后来我当了专业作家，为了身体健康，才改在五点钟起床。这也是我们家的习惯。至今，我们一家人也总是在五点钟起床的。后来，陈亦新的爱人王静有了孩子，需要保证睡眠，我们才允许她特例一下。待得小孙女清如大了些后，那特例也就没了。清如一岁之后，她也会在五点钟醒来，在家人晨修的时候，她就静静地坐在妈妈的怀里，也不哭闹。

不过，就算我对自己这么严格了，有时还是会忍不住，到南安公社的礼堂里看电视。那时节，电视机刚出现，还没有普及，大家都觉得很新奇。学校也有电视机，所以，有时我就算不出去，待在学校里，也会忍不住看电视。看时倒是很入迷，很快乐，但看完后，我才发现自己又在享乐了，就在日记里忏悔。

我那时的日记里充满了这样的忏悔，我总是嫌自己在一些细节上做得不对，不够珍惜时间。

有一天，我给自己做了一盏台灯，那台灯很简单，就是一个灯泡，一个灯盏，一个底座，但我足足花了两个小时。完成时，我很开心，但很快又觉得不值得花那么长时间，又开始忏悔。其实，那台灯陪了我很长时间，给我提供了很多方便，但我当年是不管这些的，我只知道自己该把所有时间都用在正事上。我也不管自己需要休息，不管自己内心对娱乐的渴望，我对自己是否珍惜时间的考量，是用小时来计算的。一天读书多少个小时，静修多少个小时，写作多少个小时，全都有量化的标准。因为我在给自己记考勤。在这些标准的帮助下，我不断调整自己的作息，希望找出一种最佳的状态，让自己学习、读书、写作、静修的质量能更高些。

那时我大多凌晨三点起床，晚上十一点半才睡，中午就必须睡觉。因为太累，一睡又容易睡过头。我就想了很多办法，让自己不要在睡觉上浪费太多的时间。比如，打瞌睡时，我不到床上睡，仅仅是坐在椅子上，闭上眼睛眯一下，然后赶紧起来继续做事，累极了，就打拳、练武，通过各种方式来驱除睡魔。后来，我觉得白天要上课，没有大块的时间用来学习，就想利用白天不上课的时间睡觉，晚上连续学习，但白天偏偏睡不着，就会浪费好几个小时。于是，我又一边忏悔，一边继续调整。

我的座右铭是"战胜自己"

当时的我，在有为的静修上真的很精进。我用尽了所有的生命，想要尽快地升华心灵，也想尽快成为一个优秀作家，还想考上大学。

现在看来，当时自己还年轻，还不懂一些东西，有些不珍惜身体。现在我不是那样的，我学会珍惜身体了。2013年我在藏区体验生活时，有些学生专门来见我，我就给他们讲了好多注意身体的方法。雪漠文化网上，也专门加上了"健康之友"的栏目，里面的好多文章，都是我专门挑的。因为，我发现好多孩子都不照顾自己的身体，等到身体出了问题，他们才开始操心。所以，我多次强调：身体帮你做了这么多事，你要好好珍惜它、好好对待它；不懂得珍惜身体，本身就是一种愚痴。幸好我从小练武，内外家功夫都很好，所以身体基础很好，虽然早年的生活习惯很糟糕，但也没出现大的健康问题。要是现在的一些孩子像我当年那样，身体就会变得非常糟糕，所以一定要注意。

不过，当年我的做法到底是好，还是不好，还真说不清。因为，如果我不像当年那样精进，拒绝很多东西，那么珍惜时间，我后来的定力会不会那么好？我能不能一直坚持下去？能不能有后来的明白？很难说。

人的一生中，常常要跟自己作对，要强迫自己去做一些该做的事。如果一个人总是对自己妥协，总是让欲望和懒惰控制自己，他最后就会一事无成。因为，每个人一天都只有二十四个小时，非常公平，不能说一个人累了想休息，上天就会多给他一点时间。更重要的是，不对自己妥协是一种很好的生活习惯，当你养成这种习惯时，就会有很强的定力，能控制自己的身心，有一天，你就能战胜自己。

当年，我最大的愿望就是战胜自己，为此，我在日记里写下了大量的口号，比如"要做一个对社会有用的人"，等等。那些口号看起来很夸张，但我是非常真诚的，没有一点作秀的心态。我的目的，仅仅是让自己变得更崇高、更优秀、更强大。为了时时提醒自己，我还在宿舍门后贴了一张纸，上面写了"战胜自己"四个字，它是我在很长一段时间里的座右铭。后来，我换过好几个地方，但那四个字一直没换。现在，我不用这样了，我可以控制自己的心，想叫自己怎么样，自己就能怎么样，想睡多久，到点就自然会醒来，甚至不需要闹钟。

大约二十年后的某一天，我跟一位朋友回到南安中学，当时，我已是"知名"作家了。我在自己住过的那间小屋里发现了"战胜自己"的残片。看到它时，一股浓浓的沧桑感扑面而来，惹得我很想落泪。同事笑道，文人的伤感情绪又犯了。

不知不觉，竟过去了那么多年。当年那个伏在案头的年轻背影，仍伫立在我的心里。那青年当时并不知道，三十多岁时，他会像自己二十多岁时预言的那样，走进全国文坛；他也不知道，三十年后的今天，他会写下这样的一本书，说出自己当年的故事；他更不知道，三十多年后，他讲座时经常说到的"战胜自己"这四个字，也会走进他的好多学生的生活，他的儿子也会在书桌上贴了一张纸，上面写着"战胜自己"。

伟大的情绪人人都有过，很多人都曾真诚地想要战胜自己，也曾真诚地想要做个更好的人，但他们最后并没有战胜自己，甚至连那向往也失去了。因为，这对他们来说，只是一种情绪，不是一种向往，更不是一个目标。或者说，这曾是他们的向往，也曾是他们的目标，可他们却被繁忙庸碌的生活给消解了，再也找不到自己。

我也在庸碌的环境下生活、工作了许多年，之所以我没有被消解，反而升华了，原因只有一点，就是我将很多东西化为了仪式，而不仅仅是想法。在《无死的金刚心》中，女主人公莎尔娃蒂说过这样的一段话：

我慢慢理解了仪式的重要性。一定要周而复始地坚持、强化、凝固。否则，我很容易麻木、遗忘。一旦麻木、遗忘，恶念、贪念就会乘虚而入，一点点侵占思想的时空，渐渐扩大地盘。

这也是信仰训练跟很多东西不一样的地方。它很像一些人所说的洗脑，或是心理暗示，到了一定的时候，它就会改变一个人的心。不要觉得洗脑有多么可怕，关键是你被什么洗脑，被洗去了一些什么。当你被伟人洗脑时，你高尚的向往就会增强；当你被伟大思想洗脑时，你的贪婪和嗔恨就会减少。那么，有一天，你可能也会变成一个伟人，或是智者。因为你只有腾空了心里的垃圾，本有的智慧才会显现。可怕的是什么呢？是你用一种不是真理的东西给自己洗脑，用一种对人生和世界无益的思想给自己洗脑，结果把善良和智慧都洗掉了，装上了一些垃圾。

现在，很多人不去被释迦牟尼洗脑，不去被甘地洗脑，也不去被雷锋、丛飞、焦裕禄等人洗脑，反而被功利思想洗脑了，他们丢掉自己的尊严，丢掉自己的善良，丢掉自己的诚实，换来金钱、名誉和地位——有时仅仅换来一种痛苦的渴望——最后，活了一辈子啥都留不下。可是，像丛飞那样的人，虽然只活了三十七岁，而且，在行善的过程中，还被人当成了冤大头，受过一些闲气，例如在患了癌症，无法工作时，被自己资助的人追债，但是，他没有放弃自己的追求，这让他得到了相对的永恒。当你读到他的故事时，会被感动，会被熏染，会觉得像他那样活着真好。因为，他活得像一个真正的人，活出了一种担当，也活出了一段能留下去的故事。许多人的故事，却只能被吹散在风里。

过去，我的所有修炼，包括学习，都是在用慈悲和智慧熏染自己，净化心灵，洗去贪婪，洗去嗔恨，洗去嫉妒，洗去一切阻止我变得更优秀、更伟大、更干净、更积极、更向上的东西。我也想活出一段能留下去的故事。为此，我给自己设计了很多学习的仪轨。

比如，我买了一台小小的录音机，录上诸多类似于"你要珍惜时间""你要更加勤奋""你要早点起床"等激励性质的内容，那些内容经常随着我的状态变化，我需要战胜什么，就录上什么，经常给自己补充一些正能量。我还录了老子的《道德经》和庄子的《逍遥游》们。这些经典不但能为我补充文学上的营养，还能为我营造一种智慧的、大善的氛围，让我的心在潜移默化中变得更博大，人格也变得更完善。每天早上一起床，我就会打开录音机，一边洗漱打扫，一边听录音，背诵我录下的东西。这个习惯跟背诵唐诗宋词的习惯一样，我坚持了很久。后来，我到小学里教书，没有食堂，只能自己做饭，我就在做饭、擀面的地方，贴满了要背诵的资料。因为，我难有大块时间单独补充这些营养，只能充分利用做饭、吃饭、上厕所、走路等零散时间。生命每延长一天，就是命运对我的恩赐，然而，它也意味着我的生命又少了一天，所以，我必须跟死神抢时间，把我健康活着的每一分每一秒都用在刀刃上。

你大概不知道跟死神赛跑的感觉，很多人都感觉不到这一点，所以，我常叫一些学生去探望我的学生心印。心印得了重病之后，一直在跟死神抢时间，她忍受了剧痛，像活在地狱里一样。她唯一的心愿，就是不能让自己白活一场，不能白挨一次病痛，要活出一种价值。这种直观的体验，让她渡过了很多一般人熬不过去的难关。最早她被诊断患了舌癌时，我对她说过，"人的尊严就是在生死关头体现的"，这句话一直印在她心上。她告诉我，每次死神和负面的念头扑面而来，想要让她放弃，想要让她懦弱，她都会想起这句话，她把坚守这句话作为对我的回报。她不想辜负我，所以一直熬了四年。那四年，她真是在熬，虽然她对生死和疾病都很淡然，但她是真的在受苦，她的肉体始终活在无休止的酷刑之中。健康人最基本的生存行为，对她来说，也像是一次又一次地受刑。

有些人觉得自己很痛苦，却不知道，对心印来说，如果哪次喝水时，感觉不到撕裂般的疼痛，或者刷牙、漱口时能好过一些，生活对她来说，就像是天堂了。所以，现在很多人的痛苦，实际上是出于不知足，不知道自己只要拥有健康的生命，哪怕失去一切，都能重来，除非他自己倒下了。心印最了不起的地方就在于，面对一般人都会放弃的绝境，她反而实现了最彻底的蜕变，从一个脆弱的人，一个绝望的抑郁症舌癌患者，升华为一个能信守誓约、能利益众生的人。她是一个真正有信仰的人。她的心灵力量证明了她的信仰，这才是真正的生命奇迹。如果一个人混沌地活着，多活几年跟少活几年，没有本质上的区别。因为，任何人都无法躲过死神的镰刀。

所以，我不想埋怨命运，也从来没有埋怨过命运。我知道，那没有任何意义。我只能勤奋一点，再勤奋一点，尽快让自己博大起来，增长自己的学养，尽快完成一个作家在人格和文学上的修炼。

最可怕的，其实不是境遇上不如人，也不是天赋上不如人，而是诸多的理由和借口。

我的两位逆行菩萨

前面也说过，我在南安中学教书时，校长经常批评我。

校长姓梁，如果说当时学区辅导站——这是西部农村管乡镇教育的一种机构——的刘站长是我生命中的第一位逆行菩萨，梁校长就是我生命中的第二位逆行菩萨。在一部小说里，我写过一个细节，说只要见到啃骨头的，肯定是校长。但其实，那时的梁校长不啃骨头，他倒是把我当成了骨头，时不时啃几下。这次请东客，我也请了他，没请刘站长，倒不是不想请，而是因为我找不到他。

当年，每次开会，我都是两位逆行菩萨的唾星靶子，他们要是不批评我，我就会觉得很意外。就是从他们的不断批评中，我才发现了一个真相：当官的，就是要批评人的，如果不批评人，就没有权威。那所谓的权威，就是在批评人的过程中建立起来的。这一点，直接启发了我写《西夏咒》里的那个有着极大权力欲的谝子。不过，《西夏咒》里的谝子有着很多当官人的特征，他不是具体哪个人，而是一个象征。《西夏咒》刚出来时，我就怕有人会对号入座，产生一些没必要的误会。

在我的印象中，梁校长是个好人。虽然他那时老是批评我，但我觉得他人很好。

当年，我从师范毕业，刚参加工作，正好又处在愣头青的年龄里，思维和装扮都跟环境格格不入，个性很张扬，武功又好。那年代，正流行武打片《少林寺》，我自然就引人瞩目了，当官的会觉得我刺眼，就时不时敲打几下。南安中学，是我进入社会后发现的第一个世界。

正是梁校长和刘站长当年的鞭策，让我自强不息，走到了今天，所以，至今我仍很感谢他们——是真心的感谢。我常常感到后怕，要是他们当年重用我，给我个副校长或教导主任啥的，今天的我，肯定不会是雪漠。正是他们的不器重，铸就了我的大器。现在想一想，不管是校长也好，刘站长也好，当初都狠狠地骂过我。他们的批评，帮助了我的成长。所以，许多时候，为你制造违缘的，其实是你生命中的贵人。有他们制造的违缘，才有你的反思、打碎和进步。

梁校长很瘦，很高，我请他时，他住在乡下。我一打电话，说了啥事，他就笑着答应了。虽然他老是批评我，但在我的印象中，批评仅仅是他的一个习惯，他是很好的人。

刘站长是我的另一位逆行菩萨。那时，他看不惯我练武，就经常刁难我，说一个老师舞刀弄枪的，搞得文不文武不武。在他眼里，我很怪，跟身边的世界格格不入，所以他总是恨铁不成钢，总想好好地调教我，让我走上正轨，但是，我也有自己的正轨，所以在这一点上，我从来没有向他妥协过。他越是打击我，我反而越是坚强，反倒让我坚定了选择，因为我不想成为他们。

南安中学有个我比较熟悉的女老师，姓潘，我一直忘不了她说过的一句话。她说她最佩服我。理由是，几乎每次开会，我都会被头儿批评，但我一点也不在乎，总是哼哼咛咛唱着歌回房间。在许多人眼中，挨批评当然不好。但那时的我，其实没有挨批评的概念，也没有修忍辱的想法，因为我没觉得有谁在辱我。受辱者，多是自辱。人先自辱，然后才受辱。人不自辱，是无人能辱你的。即使那些头儿"整"我，我也没有什么脾气和怨气。有些话，别人或许会觉得是在辱骂自己，是在贬低自己的人格，会受不了，但是对我来说，根本不是，我只觉得这是对我的一种磨炼。我当然不是很多人所认为的脸皮厚，而是我的追求和梦想与他们不同，我有着更高的价值取向，不会把生命浪费在这些无聊的人是人非上。何况那时，我有种恶作剧的自我安慰，因为我能很清晰地看到那些当官者的未来，我知道，虽然他们现在这样骂我，这样整治我，但是他们不会长久坐在那位置上的，等他一离开，就失去了骂人的资格。他现在手里有权，就要骂人，否则过期不候。所以，也就不用计较的。

不过，对小潘，我印象极好，她是我在南安中学时处得很好的同事之一，还有瑞文、柴老师等。我找不到小潘的电话，找到了瑞文的，打通了，我说是我，她却挂断了。我再打时，她没有接，我就发了个短信请她，还附了言：您虽不接电话，我还是礼敬在先，呵呵，来否随缘。后来，她真的没有来。

以前，瑞文希望我能为她写一篇论文发表，说是想评职称。我没有答应，也许她还在生我的气呢。有时，我就想，难道她的心就那么小？一点事没如意，就会得罪了她，就能把你记恨一生不成？不过，那时候我没有答应，原因其实很简单的，我不能弄虚作假当枪手呀！

直到今天，她评上了什么职称，不是我所关心的；她为啥生气，也不是我所关心的。我关心的是，三十年来，我一路上发生了诸多变化，从中学老师到小学老师，再到教委，又到小学老师，最后成为专业作家，这期间，我变化了很多很多，但是有些曾和我共事多年的同事，变化却不大。他们最大的变化，仅仅发生在年龄和相貌上，其心灵没有多少改变，很少有升华的。有人教了一辈子书，围绕的还是那些翻来覆去的教学知识，不管是在专业水平，还是人格完善上，都没有太大的超越。凉州人说，三岁看大，七岁看老，也许有一定的道理。三十年前，我刚参加工作时，喜欢给人算命，我像是能看到很多人的未来，就胡说一通；三十年后，几乎都应验了。也许人的命运真是个定数，只要心不变，那命运轨迹也很少变。我当然也能看到我那时的命运。为了让自己不成为那样，我一直发愤图强，读书、写作、苦修，让自己修出一种定力和慧力。表面看来，一些人过得很滋润，人生中没有经历太大的风浪，这也非常好，我也祝福他们。只是我不想太安分，不想太平庸，只能不断地超越了。

平日里，在南安中学，我跟瑞子关系很好。他的字好，为我抄过很多遍《大漠祭》初稿。那时，它还是一部中篇，我仍在一遍遍地修改它。每改一遍，我就叫瑞子照抄一遍。那时，我还不知道，《大漠祭》最后一稿的出版，其实是十二年之后的事。现在，我仍然保留着那初稿，它记载了一段我生命中最珍贵的友谊。我不但保留着那些初稿，也保留了一些底稿，或是一些读者的评论，以及与一些朋友的书信。这是我的一个习惯，其实我并不是怕它丢，更多的时候，那是我对朋友的一种尊重和珍惜。不管以后有用没用，我都尽量保留着，也想留下一些珍贵的原始资料。

后来，我到城里，进了教委，因为闭关，跟瑞子的联系也少了。后来，他到了检察院。他同样是我必须要请的东客之一。

在我的生命成长过程中，哪怕是一个人的一个善念，或者小小的一点帮助，或者仅仅是举手之劳，我都忘不了，都会刻在我的心上，每每想起他们的时候，想到的就是那些细节。很久以来，我就想找一个机会，跟他们聚一聚，但一直没能如愿，主要是我老"忙"，老是沉浸在自己的世界里，所以，这次借着陈亦新的婚事，也圆了我多年的一个愿望。只要能留在我记忆中的人，我都竭尽全力地找到他们，邀请他们。

在南安中学的同事中，我常想起的，是老胡。那时节，老胡的理想是当作家，他在《红柳》杂志上发表过一篇小说，让我很是羡慕了一番。后来，他的理想变了，想搞训诂。他想搞训诂时，我还不知道啥是训诂。不久之后，老胡当了教导主任，就忙了起来。后来，老胡进了城，在街道上当领导。前不久，我见到老胡时，发现他已经老了。当然，见到老胡老了时，我其实也在感叹自己的老。不知道老了的老胡，是不是还有年轻时的训诂梦？

正是从老胡的口中，我才知道啥是训诂。后来，我在一个地摊上捡到一本讲训诂的书。一见那种形式，我就感到新奇，那时，我就想，要是用这样一种形式来写小说，会很独特。多年之后，我的《西夏咒》中，就有一种训诂的味道。

老胡很聪明，他是有作家天赋的，只是他的梦想没有坚持下来，时时在变，所以就半路夭折了。不像我，有点像榆木疙瘩，认准一个理，八斧头也劈不断了。

那时节，我们全校的老师在一块儿吃饭。每到吃饭的时候，就是我们最开心的时候，总是笑语声声。每个老师都很有特点，齐玉青爱喝汤，人就说他是"一瓢头汤"；天平爱吃盐，人说他是"一猪头盐"；老胡总爱摇头晃脑地咬文嚼字；老雷爱看书；老侯有理想，想融李白、苏轼、关汉卿为一体，就起了个笔名"白轼卿"，反叫老胡分析得很是难堪。老胡说，白轼卿就是白事情，骟马的锤子。凉州人管生殖器叫锤子，意思是骟了的马，就算锤子起了性，也干不了事，所以是白事情。自从老胡分析白轼卿之后，老侯就不用这笔名了。

那时，学校里有很多有理想的人，但后来，成了作家的，就我一个。当时，倒也没看出我有多高的天分，只是我坚持下来了。其他有理想的人，后来大多转型了，他们大多想当官，但也没当上多大的官。

我电话请老胡时，他说他正在外地，好像有个亲戚出了车祸，正在处理。

我人生中的第一笔工资

我人生中的第一笔工资，是每个月三十九块五毛钱，仍然大多买了书和杂志，尤其是杂志。每次我去报刊零售亭，都会买上几十本杂志。这习惯一直持续到二十岁。二十岁之后，我的阅读口味变了，流行文学刊物已不能满足我的口味了，我就开始读一些更重要的书，主要是《道德经》《逍遥游》等经典，也读一些外国文学作品，比如《少年维特的烦恼》等。

当时，老庄对我的影响很深，但我特别迷恋《少年维特的烦恼》那种笔法。有时，我还会试着写一些小说，但那所谓的小说，只是把自己的经历加上一些虚构的东西，让它变得更像一部小说，而且，我全都没有写完。更有意思的是，虽然我做了那么多年的老师，后来还在教委工作了十多年，但是我发表的作品中，却没有一部是关于教育题材的——过去写过一部，但不成功——相反，对于农民生活，我却写得非常鲜活。这一点非常有趣。也许，创作必须跳出自己的环境，不能纪实，不能记录，否则，很难写出好作品。

我一直对身边的生活和世界很感兴趣，愿意观察他们，接近他们，把他们当成朋友，跟他们交心，从他们身上学一些东西。如果一个人有了这样的意识，他就很适合做一些创作型的工作，除了作家，还有演员、导演、编剧、艺术家，等等。前提是，他们要懂得发挥和发展自己的天分，不能让浮躁的心态和懒惰的生活习惯，把一生荒废了。

我有个朋友很出色，也有非常细腻的心灵和感性的文笔，但多年来的庸碌生活，已熏透了他的心，让他变得非常浮躁，哪怕面对自己喜欢的书，他也静不下来，很难深入地挖掘一些东西。后来，他坚持了七八年，却一直没成功。如果一个人耐不住寂寞，是不可能成功的。

从很小的时候起，我就能直观地感到时间的紧迫，哪怕一个小时，对我来说也是奢侈品，因为它代表了一段我留不住的生命。这段生命过去了，就不会再来。多少昨天死去的人，都希望自己能多活一个小时，可以完成手头上没做完的事，可以跟爱人多处一段时间，或者对一个自己伤害过的人说句"对不起"，但是他们没有时间。

我对时间的重视，源于无常带给我的感悟，也源于我对梦想的渴望。当时，我不仅仅是向往一种精神，向往一种更大的人生格局，也想证明自己，不想叫人望笑声——妈的教育，真是深入我骨髓了。虽然考不上大学的疼痛已经淡了，但那种叫人望笑声的印象，却依然留在我的心里。它跟我对父母的愧疚和感恩掺杂在一起，交织成一种并不复杂、但很沉重的情绪。所以我总是觉得，每一天都过得那么快，太阳刚刚升起，转眼又落下了。我在我的小屋里，几乎感觉不到时间，梦幻的感觉很浓。

后来，我开始采访一些人，有猎人，有民间艺人，也有普通老百姓，这个习惯不仅为我积累了大量的生活素材，让我有了很多朋友，我的一些作家素质，也就逐渐被挖掘出来了。

我还经常去镇上看一些农民艺术展，比如刺绣、绣鞋垫等。那些淳朴的老百姓，都俨然艺术家一样，能做出很美的东西。不过，他们心里没有艺术家的概念，就像我后来的画画、涂鸦一样，纯粹是在玩一个自己很喜欢的东西，当然也在流露着自己内心的快乐和喜悦。我们都是为了爱而创作的，不是为了用，也不是为了叫人喝彩。这是西部文化中一种非常优秀的东西。

很多人追求物质，就是为了得到快乐，但是人们就算拥有了很多物质，也不一定能得到快乐，因为人们心里有欲望。欲望产生功利心，功利心让人计较结果，所以人们在做事的过程中，就很难享受做事的快乐。其实，快乐不在于一个人达到了多高的层次，而在于他懂得享受生命的当下，懂得放下一些没意义的东西，做一些他认为有意义的事，还能享受做事本身。我觉得，诗意和陶醉，就是艺术的本质。

我一向认为，生命是不需要卖弄的，文学也不需要卖弄，它们产生的原因只有一个，就是灵魂与灵魂之间需要真诚的沟通。但是，当一个人习惯于卖弄时，往往很难摆脱那种卖弄的习惯，除非他能消除功利心，真诚地走入文学的核心，跟灵魂对话，而不是卖弄。我发现，无论什么领域的大师，都有一定的修为和境界。

就这样殉文学吧！

我从小就向往那诗意和陶醉，所以才走向了文学和信仰。

表面看来，我似乎不愿跟人群待在一起，其实，我只是用身体的远离，来守护心灵的宁静和独立，实现一种更高意义上的靠近——灵魂的靠近。我很早就明白，如果没有证得灵魂的自由，身体的靠近就容易导致灵魂的远离。因为人的心里有欲望，也有功利，有人的地方，就有矛盾和纷争。所以，当我的灵魂还没有彻底觉醒时，我必须远离人群，避开污染和干扰，证得一份绝对的清醒。而证得觉悟之后，也就没有远离和不远离之说了。这时，智慧和慈悲才能变成一轮明月。

所以，过去的我，是在用一种形式上的远离，践约一份更高意义上的爱。这份爱，或许不能被很多人理解——很多都觉得我没有人情味——但我的人情味和诗意，其实已融入了我的作品。

很多人都说，我的小说有一种高浓度的浪漫。那浪漫，那诗意，也能赚人眼泪，有些女大学生就把我幻想成潘安那样的男子。结果，她们慕名来找我，却发现她们心中的潘安，其实是一个留着大胡子的西部汉子，于是大倒胃口。她们哪里知道，世界上最浪漫的不是情人，而是真正意义上的明白人。

不过，在南安中学教书时，我还没有明白。那时，我只是一个文学殉道者，就想做路遥那样的作家。

路遥是一个优秀的作家，他对文学的追求锲而不舍，但是，他对文学的追求达到了极致时，文学就成了他心灵的绳子，把他死死捆住，他无力挣脱。这时的他，已失去了最初在文学中尝到的那种陶醉。所以，他活得很苦，也很累。

其实，文学不需要任何人去殉道，它仅仅是一个人享受生命的一种方式。

文学可以承载某种精神，可以承载某种智慧，但你要是把它们变成文学的原因，就永远都无法接近文学。因为，真正的文学，是一个人内心的东西，是一个人在陶醉时心灵的流露。它是简单的，是质朴的，是赤裸的，就像孩子面对母亲时的微笑，也像慈母给予孩子的拥抱，温暖、纯粹，没有一丝的造作和目的。有了目的，就不是文学了。它就变成了一种工具。变成了工具的文学，是虚伪的，也是死的，你很难在里面尝到真正的诗意。

有些作家开始是有诗意和享受的，但写着写着，就没有了一个文学青年的单纯。他有了一种功利，哪怕那功利不是一般人向往的金钱、利益和名誉，而是一种以爱为名的东西，比如对土地的爱，对人类的爱，等等。但这种爱不是真正的爱，它只是一个美好的向往，甚至只是一种情绪。所以，他的写作有了一种很强的功利性，这限制了他本体灵魂的喷涌。如果他不能用智慧之剑斩断心上无形的链索，他就定然会被自己打造的牢笼所困，死于自己最优秀的东西。

有时，我也能理解一些作家，因为生存是一件很艰难的事。但是我觉得，一个人在生存之外，还应该为自己的灵魂保留一点纯净的空间。如果连这点空间都没有了，文学的可能性，也会随之消失的。如果这个世界上，所有作家都失去了灵魂的领地，都变成了功利的文字工具，那是多么可怕的事情。但是，这个世界是奇妙的，哪怕有一百个人都在向往欲望，向往功利，也总会有一个人仍然在追求灵魂的纯净。这第一百零一个人，就是文学的希望。

在南安中学教书时，我虽然没有好的文学老师，但是我有信仰。经过严格的训练之后，信仰让我一天天放下了功利。

二十五岁时，我就写出了《长烟落日处》，还获了甘肃省的奖，赢得了许多好评。但我没有满足，而是有了一个更大的梦想：为农民写一部书，为他们说说话，留住一个时代。这个念想很好，但它变成了我心上的另一种绳索，把我牢牢地套住了。当我发现自己写不出这样的作品时，就立刻失语了，什么也写不出来了。

当年的我，就像一个失去了声音的歌手，焦虑、恐惧、痛苦。我每天清晨坐在书桌前，等待着心里流出我想要的文字，但时间一分一秒地过去，我却什么都流不出来。偶尔写出一些文字，也不是我想要的感觉。那时，我就会更加焦虑，更加痛苦。

晚上，我像幽灵一样在街上游走，想找到一个能跟我谈文学、谈梦想的人。因为，那时节，心里的渴望快要把我给压垮了，我总是感到窒息。我想，就这样殉文学吧！但那灵魂深处的压力和焦虑，却让我难以忍受。我看不到一点儿希望，但也不想放弃，因为那是我生命的意义，是我活着的理由，我是不可能放弃的，而且我还在自省、自律、自强，我的灵魂中，还有巨大的向往。

当年，有一个叫陈兰云的文友，也陷入了我的那种困境，可她没有信仰。有一天，她被渴望和现实的冲突折磨得实在受不了了，只好跳入黄河自杀。当年的我，也总是想要自杀，可是我有信仰。信仰是那时节我唯一的希望，无论有多苦，我都会自省、自律、自强，不允许自己放弃。所以，在我濒临绝望时，我仍然可以看到，遥远的天边，有一线曙光从夜空中洒落。它在等待着寻觅的我。所以，陪伴我度过无数个黑夜的，其实不是我的家人和朋友，也不是我的文学，而是我的信仰。

宽恕一切

南安中学在一个很小的镇里，附近只有一个很小的村子，人很少，但即使这样，那也是一个比较不错的工作环境，因为我毕竟是个中学老师。中学有食堂，如果在小学里教书，就得自己做饭了。而且，中学老师的素质比小学老师要高一些。但是，素质高的人多少有些优越感，有些人就喜欢用自己的棒子去打身边的人。

一些人尤其看不惯我这样的人，因为我对学习抓得特别紧，总是不参加一些对我来说没有意义的活动，比如闲聊打扑克之类。而且，我从不逢迎拍马，从小就没啥城府，不会掩饰自己，看到不屑的事情，我的脸上总是写得一清二楚。这些东西，成了一些人眼里的刺。

这些人也是我生命中的逆行菩萨。后来，我才发现，他们对我的挑剔，其实是另一种关怀和认可，因为这种认可，他们对我的要求特别严格，总是恨铁不成钢。没有他们当时的鞭策，就没有我后来的成就，所以，我从心底里感谢他们。

从小学起，我的生命中就充满了逆行菩萨，几乎每到一个地方，我都会遇到逆行菩萨。

上小学的时候，我有个同学，每当他干了坏事，被老师发现的时候，他总是会痛哭流涕地向老师坦白，说是我教唆的他。那时节，我知道了，人间还有一种叫诬陷的事情。当时自然很生气，觉得很委屈，但后来，在一次游泳中，他不幸被淹死了。我虽然很伤感，但也知道了，人间还有另一种东西，叫因果。自那以后，对所有泼在我身上的污水，我都不辩解，不理睬，随其来去。我几乎与世隔绝了二十多年，我的同学和朋友大多不了解我，对我有多种传言，我笑对一切，从不解释。因为我知道，只要做好自己，时间会解释一切的，历史会证明一切的，就如同太阳一出来，雪就会融化，真相也就大白了。

辱骂其实也是这样。前面说过，我上初中的时候，有一位老师曾经嘲弄了我差不多两年，让我抬不起头来，他常常在课堂上用侮辱性的语言骂我。但也正是他，让我对文学有了兴趣，因为我难受的时候，就会利用日记等形式来跟自己说话。面对自己的心灵，是搞文学必备的素质，所以，至今我还感激他。

我的人生，就如那向上蹿的螺旋桨，每一到节骨眼的时候，就需要加足马力，需要大力，而那大力的来源，便是逆行菩萨。表面看来，他们给我添了一些麻烦，或是让我失去了一些好处，但命运或上帝是最公平的，这里少了，那边就会多给点。所以，我放下了很多东西，却得到了许多人梦寐以求的东西。

那些逆行菩萨们，让我成就了功德。

无论在文学界、文化界，还是在宗教界，都是这样。

凉州有许多圈子，但我没有圈子，无论在哪个领域，我都不属于任何一个圈子。我在文学、文化界的朋友也不多，我不爱交往，不爱凑热闹。去广东之前，我只跟几位学者有交往，但这种交往，也只是几月或几年交往一次。我对时间没有感觉，除了老觉得头发指甲疯长之外，稍一恍惚，就几年过去了。到东莞时，才觉得几个恍惚，一算又过去了六年。

关于这，有一趣闻：十多年前，兰州有一朋友约我，我后来答应她前去时，她已到美国了。她来信说，她是六年前约的我。等呀等呀，一直没等来我。

《大漠祭》出版后，省文联想调走我，武威市委书记张绪胜专门带人来我家，说他代表二百万武威人民挽留我，希望我能留在这块土地上，为家乡文化做一些事。我很感动，就答应了。于是他不拘一格降人才，经过考核、公示，想让我当武威市文联副主席，还不给我安排事务性工作，让我专心创作。这决定在电视上一公示，就触动了许多文人的神经，一位以前跟我关系很好的音乐界朋友在文代会上首先发难。后来，同样跟我很好的一些朋友想方设法，让我在选举时落选。当时，参加会议的省文联党组书记张炳玉有点打抱不平了，对我说，跟我到省上去吧，这儿别待了。于是，他调我去了省上，当了专业作家，从此有了创作的时间和自由。

这一事件，在武威沸沸扬扬了好多年。初时，我也有些伤心，因为，那些人都曾是我很好的朋友和老师，我对他们一片诚心，不应该出现这样的事。我为失去了他们而伤心。后来，我开始感谢他们，因为，他们给我制造的障碍，让我不得不跳出当时所处的环境，他们就像我命运中的鞭子，每当我这头"老驴"想要歇脚时，他们就会站在我的背后，狠狠地抽打我，我就能再往前走。没有他们，我就不会有今天的一点成绩。

所以，他们虽然干扰了我当时的一些选择，但我生命中最大的顺缘，也正好是他们。他们每一个人的存在，都是成就我的助缘。没有他们，今天的我，仍是一个地级市的文联副主席，忙于一些会议应酬，绝不会有《大漠祭》后的那么多的作品了，更不会有客居岭南后的诸多机缘。

后来，我主动跟策划以上事件的一位文友和解了。我告诉他，我们都老了，没必要再想那些鸡毛蒜皮的事，过去就过去了。除了老这一原因外，我还知道，许多时候，人们对我的所谓迫害其实是一种情绪。那情绪早过去了，我们没有必要计较那些早就过去了的情绪。更何况，那些逆行菩萨们，既然从另一方面帮助了我，我更应该心存感激。

在凉州，婚礼是解除误会或不快的一个机会。所以，这次，借陈亦新婚礼的机会，我也请了文学界和文化界的一些朋友，后来，他们都到场了。除同学们外，他们是来得较早的。我由衷地感谢他们。

趁着儿子的婚礼，我还请了一些以前我认为不可能再相交的人。比如，我的家乡乡镇有位辅导站站长，我在教委时，他跟我关系很好，欠过我书店的好些书款。后来，我一离开教委，他就不承认这事了。朋友中出了这种事，是很伤心的。后来，他见了我时，也总是假装不认识，有时甚至很不友好。但他一直在练书法，而且很有功力，我非常想帮帮他。我有几位很有力量的学生，在他们的努力下，许多原本默默无闻的书画家功成名就了。凉州有许多书法家，很有才华，有的甚至有大师的功力，可惜老死于凉州了。再说，近些年，我也看淡了很多事，也怪怪地开始怀旧了，我非常怀念过去那些曾让我开心过的朋友，所以，这一次，我也想借机跟站长朋友和解——我并没有恨过他，而是他对我不友好。我有很多借过我钱的朋友，不借钱时，关系很好，一借钱给他们后，有人就开始像仇人一样躲我了——这次亦然，我的请客电话打通之后，他一听是我的声音，就有点恶声恶气了，仿佛是我欠了他的钱似的，人性真是有趣。

早年的那些文友，都在凉州有了地位，有的当了电视台长，有的当了报刊主编，都成了一方诸侯。凉州文学青年多，每次见他们，总觉得他们有种被前呼后拥的感觉。这种感觉当然很好。不过，每次见到他们，我都会为他们惋惜。我老说，他们的天分比我高，只是我经过苦修，有了智慧，他们却叫跟文学关系不大的事牵走了心。这种说法，有许多人不同意，因为他们认为，我的天分也很好，这是他们没见过我早期文稿的原因。现在，我还保存着早期的练笔手稿，从那些稿件中，看不出我有多高的天分。我真是苦出来的。不过，我的苦，主要从人格和智慧上下手。当我的智慧修炼得很高时，也就有了别人没有的天分。

细想来，我所有的好小说，都是它自己喷出来的，甚至包括我的处女作《长烟落日处》。记得那时，我白天上课，一到晚上，坐在书桌前，文字就自然而然地流出来了，流了一个多礼拜，就成了一个中篇。后来，我极力想写出能超越它的小说，却因为有了执着，那管道就堵住了，重新打开它时，已是五年以后了。那五年的练笔，后来被我称为梦魇，那真是一场可怕的梦魇。也许没有那五年的梦魇，我就不会有文学上的顿悟。

同样，如果没有多年来的这些逆行菩萨，我也不会有智慧上的开悟。

这次，我请那位欠过我的钱后来却不再理我的朋友时，一位朋友正好在场。

我说，我们都老了，没必要再计较那些小事了，给他个跟我和解的机会吧。

朋友笑道，你不了解他，他不会理解你的心的。小人永远是小人，小人一旦撕破脸，他会永远当你是仇人的。

我说，你这话不对。人是会变的。当一个小人心变成君子心时，小人就成了君子。我们要给任何愿意改变的人一个机会。

朋友说，季羡林说他活了九十年，没见过一个坏人变好。

我说，这种观点不对。因为要是这样，教育和信仰就没有了意义。

我告诉朋友，人没有永远的好，也没有永远的坏，只有心的变化。心变了，一切都会变的。但要想改变他人，前提是，我们自己首先得变，自己先做好了，他人也会慢慢受影响的。己所不欲，勿施于人。这是我所信奉的。我相信，善的心，会凝聚善的力量，再坚硬的顽石也会被磁化的。

我告诉陈亦新，要感谢那些外相上不一定如你的意，却在帮你的逆行菩萨。他们其实是命运的鞭子，总是在你懈怠的时候，抡上一下，让你不敢偷懒。

借儿子的婚礼，我的有些邀请，便是一个个抛出的橄榄枝。我很高兴有这样一个机会，能够和我的逆行菩萨们和解。

我的人生观和鲁迅不一样，他是"一个也不宽恕"，我是"宽恕一切"。我跟曹操也不一样，他是"宁可我负天下人，不可天下人负我"，我是"宁可天下人负我，不可我负天下人"。

我知道，过去的一切，已成为记忆；现在的一切，正在成为记忆；将来的一切，也会成为记忆。所有的记忆，仅仅是一种事过境迁的情绪。我们要珍惜来之不易的活着，享受生命带给我们的所有温馨。

现在，看到几年、十几年、几十年不见的那些朋友，我也像回到了以前，一种浓浓的沧桑和温暖向我扑来。

也没觉得做多少事，但儿子已大了，要结婚了。猛想来，自己的那些恋爱故事，还在眼前晃呢。

前几天，做了一个梦，梦到儿子还很小，弱弱的，丢了书，藏在某处，他低着头。我正在教育他：做错事不要紧，但骗人就不对了。他就认错了。

然后，他就低了头，怯怯地去找书。我骑个摩托，走上另一条路。到了目的地，却发现儿子没来。我就找他，显得很急，就醒了。醒时，想到儿子已成墙头高的汉子，我竟然悲伤地大叫一声，很留恋那个弱弱的、低着头的小孩。后来，我就对儿子说，所有的老人，都会爱孙子，其实他们是从孙子身上看到了儿子小时候的身影，爱孙子是老人爱儿子的另一种方式。也许因为这一点，我很爱小孙女清如。

人一上了岁数，就会怀念过去。我也时时会梦到乡下的生活，一片绿野上，妻在地里拔草，我去找她，途中绿水相伴，我就会在梦中陶醉着醒来。所以，想到儿子小时候，我其实也想到了自己的青春时光。

用胡子守住我的精神阵地

不过，那时的我，即使有意地拒绝环境的干扰，也还是受到了一定的影响。

那影响，轻易是发现不了的，因为它源于我从小接触的那种文化，以及我的父母和家庭。父母传给我很多美德，比如助人为乐、知足常乐、不计得失、有底线、有良知，可是，他们的身上同样也有很多消极守旧的东西，它会潜移默化地阻碍我的成长。以前，我没有意识到这一点，直到有一天，有个朋友告诉我，雪漠，你很有才华，但你不会有出息的。我问他为什么，他说，第一，你生活的环境里没有大师，你没有学习的对象，没有人能指导你；第二，凉州文化安分守己，非常保守，它定然会影响你的。一个人在狼窝里生活两年，就终身改不了狼的习性，何况你在这里生活了那么多年，以后还会一直待下去。你说，你能跳出这种局限吗？他的话让我恍然大悟。我这才明白，为啥自己不能突破目前的层次，原来，身边的环境，已悄悄污染了我的心，在我的灵魂深处留下了一种污垢，我没有足够的智慧去发现它。而且，因为没有更高的参照系，我不知道怎样才能做得更好。这一点限制了我当时的心灵境界和人生格局。如果一直跳不出去，我就会像那个朋友预言的那样，不会有太大的出息。

此后，我就留下了大胡子，谁让我剃，我都不剃。哪怕他不让我进城，不给我发工资，不给我安排工作，我也坚决不剃。我要守住的，其实不是胡子，而是心灵的独立，我不能叫人从心灵上把我阉割了。胡子只是一种象征，它象征了我的精神阵地。只要我能守住那阵地，外界就无法同化我，也无法干扰我的独立。另外，我用了各种方法——第一是人格修炼，第二是读好书——为自己创造一个更博大、更积极、更高尚的氛围，将自己和庸碌的环境分隔开来。

比如，我夜以继日地严格静修，发大心、做利众之事、坚持日行一善，用一种博大高尚的文化，将自己和环境变成了两个独立的世界。那时，我会给自己打考勤，每天做了什么事，有没有珍惜时间，我心里一清二楚。每到月尾，我就会总结一次，在考勤表里对自己进行警示，比如"注意！本月读书只有十多个小时，你把大量的生命都浪费了，再这样下去，你注定会一事无成！"等等。我也读了大量的大师著作，用做批注的方式，跟书中的灵魂交谈，汲取他们的人生经验，汲取他们思想中的营养，让自己在这种交谈中不断开拓视野，不断反思人生，然后一天天博大起来。

我所说的批注，是跟作者交流的一种方式，就是针对作品中的某段内容，写下自己的观点，和作者进行平等对话。这是一种深入读书的方法，这样，你就会真正地理解作者的思想，把书中的精髓化为自己的营养。

当然，有些书，不是为了叫你思考而写的，比如《金刚经》，它承载智慧，常读常诵，自然能获益。如果你去思考，就会扰乱你的心，让你无法进入它的核心。为啥说单纯的孩子更接近神性呢？就是因为他们不会想那么多，而会直接照着去做，就很容易进入信仰的核心。走入信仰，是不用多么高明的才华和智商的，你只要用一颗赤忱的真心迎向它，就像你童年时迎向母亲的怀抱，就够了。

《无死的金刚心》也是这样的书，其大部分内容，承载了一种生命本有的智慧和诗意，你用真心去接近、去感受、去品味，比用脑子去思考，更容易获益。我发现，一些知识分子读《无死的金刚心》时，往往不如一个简单的孩子那么容易进入。

大约在南安中学时，我就完成了定力和专注力的训练。虽然一开始，我也很容易动摇，但是无论做什么，我都很容易能钻进去，读书、写作、静修，都是这样，而且不是浅尝辄止，而是像坚持信仰那样，一直坚持下去，直到有一天窥其堂奥。

这里面有两个内容很重要，一是持久，二是虔诚。持久，就是坚持；虔诚，就是向往和真心的爱。好多人最初充满了热情，有狂热的感性，但过不了多久，那热情就消失了，甚至会失去信仰，勉强坚持下去，也没有了一种情感的驱动力。信仰的本质是向往，是用大善熏染自己的心，让信仰者变得更慈悲、更无我、更明白，最后超越欲望和概念的束缚，得到自由。

信仰既是理性的选择，也是感性的向往，掺不得一点假。有虚伪，就没有信仰。那些对自己的灵魂撒谎的人，即使表面看来多么虔诚，也不可能真正地敬畏一种更高的存在。有些人的虔诚，只是在作秀——或作秀给自己看，追求某种我执觉受的满足；或作秀给别人看，追求别人的关注、好感，或是某种利益。这些都不是真正的信仰。真正的信仰是无条件的，是无为的，是不管别人怎么对你，不管生死，不管荣辱，都不会丢失信心的信仰。

所以，那时节，无论做什么事，我都会观照自己的心，看看有没有执着。执着是由贪婪产生的。不管你贪婪的对象是什么，不管你焦躁的理由是什么，它最终都会让你丧失慈悲心和清净心。我时时提醒自己：一切都会过去，当你的身体消失，你的呼吸停止，你贪婪的对象就会离开你。那时，你就会明白，其实它从来都不曾属于你，就像你即使交清了房款，也并不拥有你的楼房一样——你拥有的，仅仅是七十年的使用权，过了这段时间，你就会失去楼房。更常见的情况是，楼房依旧在，只是故颜改。要么你不在了，楼房还在，所以它换了主人；要么你还在，楼房却遭到了拆迁，它最后还是换了主人。你和你的楼房，仅仅是这辈子的一对旅伴，偶然相遇，很快就会道别。你的身体、你存折上的财富、你的妻儿、你的社会地位等等，都是这样。

就这样，我一直提醒自己，观照自己，渐渐就没了执着。

我继续在请东客的过程中寻找着逝去的时间。我时时被一些怀旧的情绪所裹挟。我甚至很怀念当初非常贫穷的那段时光。那时，我几乎没有物欲，也没有物累，那是一段非常干净的人生。

那时，我不怕稿费比别人少，也不怕影响力比别人小，我只怕自己受到环境的影响，浪费宝贵的生命，去制造一些文字垃圾。后来，我参加文学活动时，也会时刻提醒自己，不要被文坛的那种功利同化。到上海、广州之后，我被城市文明那种灵动的生命力所震撼，可我仍然告诫自己，要从城市文明中汲取营养，剔除糟粕，不要被城市人的功利同化。

到了今天，我知道，已经没有什么可以同化我、诱惑我了，我本身就是一个世界。当然，最初的我，只是一个不断寻觅的少年，比起锻炼外在的能力，我更注重锻炼自己的心灵。我始终能发现自己的软弱和自私，从不自欺欺人，也从不对自己妥协。那种坚持和训练，使我没有过多地浪费时间，也形成了积极的生活态度。无论遇到多少质疑、否定和排挤，我都不会放弃。我必须对自己的人生负责，必须对自己的使命负责，不能堕落，要保持人格和心灵上的独立。

所谓独立，就是不依托于外物，不受制于外物，它跟年龄、性别、工资、地位、学识关系不大，只关乎心灵。为啥一些女孩最初活得非常优雅潇洒，也有远大的理想，一谈恋爱，却变成了小女人呢？就是因为，世界上还有能够控制她的东西，她很贪恋那个东西，她被那个东西控制了。所以，独立不是表演一种特立独行，而是有一种清醒的眼光，一种不会轻易被消解的主体性，敢于跟别人活得不一样。有了这个东西，你才谈得上更高意义上的理想、尊严、自由和价值。我觉得自己走近了凉州文化的核心，它告诉我，不要贪婪别人的东西，要知足常乐，要有尊严地接受命运给予我的一切。而佛家文化也告诉我，要破除一切执着，用一种"无缘大慈，同体大悲"的心面对世界，积极且不计结果地做我该做的事，在肉体消失之前，实现自己的价值。它们让我有了很好的人生态度，让我能时时自省。我的生命中，从此有了一种挥之不去的警觉。

我开始反思历史文化对我造成的影响。我知道，无论什么行为，背后都有一种文化在发生作用，哪怕他是利己的，他的背后也定然有一种利己的、功利的文化在发生作用。集体无意识等具有共性的行为更是如此。

所以，我在发现社会问题时，开始反思它背后的文化。请我十九岁那年就一起工作的同事时，我有了一种浓浓的沧桑。

在大城市里，很多十九岁的孩子，还生活在父母的保护之下，他们刚上大学，不知道社会的辛苦。可农民的孩子到了这个年纪，又考不上大学，就不能再依赖父母了。他们要么当农民，下田种地，苦一辈子；要么进城打工，受另一种苦。直到今天，真正走出那个地方的人，仍然不多。当然，我所说的走出，并不是到另一个地方去谋生，去安居乐业，而是心灵上的走出，这是超越环境的另一种说法。

寻找南安中学的东客时，花了一些时间，因为毕竟离开太久了，有些人差不多有三十年没见了。好容易找到时，大家都一脸沧桑了，真让我感慨万千。

离开南安中学时，我还没成为真正的作家，但在那几年里，无论是修心，还是写作，我都打下了很好的基础。写作上，我记下了大量的典型人物，对他们那些具有代表性的行为进行了分析，对很多人物的个性、心理，我已经了如指掌了，在后来的创作中，能写透人性，能写活人物，就跟那几年的训练和积累有很大的关系。而且，我的小说里有很多人物，其原型都来自这个生命阶段。

比如，《西夏咒》中谝子的原型之一，是我家乡的一个贫协主席，他为人霸道，大字不识，却口若悬河，是那个年代有名的红人；《西夏咒》中宽三的原型之一，是南安中学的一个体育老师，他没有才学，却看不起任何有才学的人，见到领导一副嘴脸，面对我们，又是另一副嘴脸。

每一个群体中都有这种人，他们在自己的环境里，总是显得很强大，但这种强大很脆弱，一旦没有了权力，他们就会像落叶一样，被岁月的秋风扫得不知去向。因为他们对社会、对别人只有索取，没有贡献，他们不管得到过多少利益，到头来，也会一无所有。

生活就是这样。一些有钱有权的人，总是利用职权做损人利己的事，他们不明白，自己的权力终究会消失，没有了权力的他们，也会变成一个普普通通的老人。有时候，眼前所谓的强大，其实只是生命中的一种幻觉。

不期而遇的女生

接下来，要请鲁家东客了。他们是鲁新云的娘家人。

多年之前，为了生存，鲁新云开过一个书店，从那以后，我就叫她鲁老板。

1982年9月13日，鲁新云在我的日记中出现，从此她进入了我的世界。她是我的初恋。

我的东客中，有鲁家的几位亲戚。在凉州的习俗中，不对亲戚是两家，对了亲戚是一家。鲁家过喜事，我们是东客；我们过喜事，他们也是东客。我们互为东客。

年轻时的我有点帅气，很像灵官。在南安中学教书时，喜欢我的孩子很多，其中也有女学生。

鲁新云也是我的学生，她是南安中学那时的校花。那年我十九岁，她十八岁。我平时教政治，因为歌唱得好，后来代了全校的音乐课。她十八岁才上到初三。要是她按正常的计划早上几年的话，肯定就跟我错过了。

认识鲁新云之前，我没有谈过恋爱。那时节，我常提醒自己，不要结婚，不要堕落，不要沉迷于花前月下，我还在日记里虚构了一个爱情故事，故事的主人翁——一个有过梦想的男孩子——就在情感的诱惑下，跟一个女孩子发生了肉体关系，终而结婚，堕落，一事无成。当然，我不是说结婚就是一种堕落，而是说，对于一个有着远大追求的人来说，过早地沉迷于温柔乡，纠缠在一些柴米油盐的琐事上，不再思考人生，不再追求生命的意义，不再追求梦想，就是一种堕落。当然，我说的堕落，是相对于我之前那种追求而言的。

我之所以虚构那个故事，就是想提醒自己，假如我受不了诱惑，跟女孩子产生了感情，将来会有怎样的命运。

对很多人来说，结婚是人生的必经之路，没啥可怕的，但对那时的我来说，却是一件可怕的事。因为，我可能会被世俗生活所消解，丢失自己的梦想。要想不被消解，我就要像《无死的金刚心》中的琼波浪觉那样，始终用苦修来坚定自己的心，不让自己迷掉。所以，后来我虽然谈了恋爱，还结了婚，但我娶的人，却是一个愿意为我无条件付出、愿意等我一辈子的人。她不能像一些女人那样，总是为了一些鸡毛蒜皮的小事纠缠不休。不过，就算这样，我仍然纠结了很长时间。在后面的内容当中，你会看到我的纠结，你或许还会感叹道：原来雪漠也有过这样的灵魂历程呀。

是的，我也有过这样的过程。我和琼波浪觉一样，都是一个鲜活的灵魂，跟别人不同的，仅仅是我们的态度，还有我们的选择。琼波浪觉选择了离开自己的爱人，继续寻觅，我婚后却仍然过着一种与世隔绝的生活，尽量不让自己纠缠在世俗之中。要是我做不到这一点，就可能被世俗的洪流卷了去。

就像琼波浪觉最初并没有爱上女神一样，刚开始的我，也没有爱上鲁新云。我跟鲁新云的关系，只是单纯的师生关系。后来，她总是带着一个长得不好看的女同学来请教问题，我们就越来越熟悉，也越来越亲近了。我们身上都有一种身边的环境所缺少的东西，就是对诗意的向往。它是高于生活的。它就像建立在生活上空的神秘花园，你遥望着它的时候，就像遥望着夜空中一颗一颗的星星。当你的心出现一种浸满喜悦的疼痛时，你就跟它产生了共振。

鲁新云没有什么事业上的追求，在跟她交往的很长一段时间里，我都在帮助她，也教过她很多东西。后来，除了出世间的梦想外，她的梦想，就是我和家庭了。

而那时节，在我心里，她也是一个清凉的梦。

在那个压抑的环境里，能遇上这样一个简单、纯粹、充满了诗意的女孩，是一件多么清凉的事！

那时，我在日记里记下了很多跟她有关的细节：从她如何在我房外张望，到她如何来向我请教问题，一直到我们后来的交往、对话，等等。很多琐碎的细节，我都写得津津有味，有时还会专门描写她笑的样子，描写她说话的表情，等等。这时，我的日记就出现了一种小说的感觉。陈亦新后来整理我的日记时，就说我在严格意义上的练笔，是从这个时期开始的。那时节，鲁新云就像阳光那样，突然照进了我的生命，也像是一阵轻柔的风，带走了我灵魂中的许多焦虑，留下了一种少女独有的清凉。

那是我生命中的一次不期而遇。

在很长一段时间里，面对鲁新云时，我的心总是很复杂。我不知不觉地期待她的出现。她没来时，我会想：她啥时候才来？她来了后，我又不愿她来。因为，当时有好多人开始嘀咕了：那丫头子咋整天到小陈老师的房里去？

你还记得那个女学生的悲剧吗？对，就是那个被谣言毁了的女学生的故事。它在我心里种下了一颗忧虑的种子，鲁新云的出现，在激活我某种情感的同时，也激活了我对那个故事的记忆。我担心鲁新云也会陷入绯闻，更害怕她会扛不住压力，悲剧发生。所以，我总是故意表现得非常冷淡，叫她不要来了，但隔上一段时间，她还是会来。虽然我表面上仍然很冷淡，但我心里其实很感动：人生很短暂，有人能用这样的真心对你，没有任何条件，不离不弃，就是你最美的收获。

那时，我虽然很年轻，没有太多的社会阅历，但我善于洞察人心。一遇事，我的心里就会哗哗地出现多种分析和判断。所以，有人若是骗我，我就会远离他。我的洞察入微，后来变成了水至清则无鱼，眼里容不得一粒沙子，所以我的朋友非常少。直到苦修成就时，这一点才改变了。

鲁新云对我，一直是一片真心，所以我非常珍惜。即使我很冷淡时，也很在乎她的感受。那时，我自己也在挣扎。每一次跟她相处，我的坚持和拒绝都在动摇，我从潜意识里渴望一种东西。或者说，有一种情感不可抗拒地苏醒了，它正在撼动我的自主和宁静。我从来不觉得，一个人的日子有多寂寥，而鲁新云的出现，却唤醒了我对寂寞的所有感受。我渐渐失去了过去的那种安宁。过去的日子，虽然压抑，却不能扰乱我的心，鲁新云的出现，激起了我对美好情感的向往，我开始渴望她的陪伴。她在我身边时，我总会觉得特别开心，后来，她甚至走进了我的梦里。

有一次，我在梦里救了一个人，那人竟然是鲁新云，很有意思。

恋爱虽然发生了，但我仍像过去那样，在日记里不断激励自己，希望自己能更努力，能早日成功，也常在日记里歌颂祖国，说一些非常像口号的话。就是在这样的自我激励下，我一天天成长着。

我每天都给自己定很多计划，强迫自己完成，例如一天写多少字，几点到几点做什么事，等等。但有时一看小说，就把什么都给忘了，回过神才发现，把后面的事情都耽误了，就在日记里忏悔。有时，也因为学校的安排有变动，才导致我完不成计划。但我仍然不给自己任何借口，不愿把失败归咎于环境。我知道，不管你有什么理由，都无法改变事实。所以，我从不埋怨世界，总能正视失败，寻找自己的毛病，希望能做得更好。

在人格修炼上，我也抓得更紧了。我一般早晚坐禅，至少两座，每座两到三个小时，中午有空时也会打坐。即使在写作和读书时，我也持着宝瓶气。随着静修的深入和视野的开阔，我的心性发生了变化，这时，我帮助人的方式也就发生了微妙的变化。

过去，我总是路见不平拔刀相助，但现在，我的关注点渐渐转向了人心。因为我发现，命运取决于人的行为，行为取决于人的选择，选择取决于人的心灵。假如心出了问题，选择就会出问题，行为就会出问题，命运中也会出现负面的东西。假如一个人不满意自己的命运，又不愿改变自己的心，就算他能得到一时的帮助，也不可能真正地改变命运。所以，我开始尝试从心灵上帮助别人解决问题。

女难

那时节，跟鲁新云相处时，我总有一种非常诗意的感觉。就像你在一个微风轻抚耳畔的日子里，坐在湖边，看着依依杨柳，湖畔青草也在微微摇摆，湖面荡漾着一圈一圈的涟漪，再慢慢地恢复镜面般的平整。是的，在理性没有掠夺我的心灵时，她总能带给我太多的诗意。她很质朴真诚，就像童年时的大自然，让我有了一种无拘无束。在充满了功利的人群里，她的出现，显得异常清凉。我的心产生了波动。我一方面不愿放弃她，一方面又害怕婚姻影响我的事业和信仰。

在很多时候，我的观修中，竟然出现了她的身影。

在《无死的金刚心》中，有这样一段话：

我只觉得生活中有了她，一切都有了意义。那时的许多个瞬间，我甚至也这样想：人不就是一辈子吗，很快就过去了，为啥不珍惜眼前的爱，而去折腾自己呢？你想，多可怕，那时，我竟然将寻觅奶格玛，也当成了一种折腾。多可怕。

这就是一种退转的情绪。在面对巨大的、难以抵挡的诱惑或考验时，人难免会生起退转的情绪，但你不能屈服于它，你要明白，它不过是一些念头罢了，你不能跟上走。你要是跟上走，而且走了很远，就很可能不想回头了，就算再想回头，也会忘掉来时的路。那么，你的信仰生活就结束了，你就会丢了信仰。

那时节，我也面临这样的境遇。

人如果失去了向往，就会一辈子陷在那些短暂的、表面的快乐当中，做一些自己也不知道有啥意义的事，或乐此不疲，或患得患失，到了临死时，你才会发现，生活原来是一个巨大的幻觉啊，爱情也不过是一场游戏。我们都在扮演着相爱的某某，但不管我们当时有多认真，感觉也终究会变的。当时间的火车拽上我们，走出了几十年以后，猛的一个停顿时，你会发现，一切已变了，一切都让你感到陌生。你熟悉的，已不是过去的那个东西。你拥有的，只是一段记忆，和一种巨大的惯性，还有一种无奈和不甘心。但过去的时光，被世俗阉割前的心灵，还要得回来吗？更多的人，被生活的琐碎磨去了激情，磨去了感动，磨厚了脸皮，磨去了诗意，磨去了知足，麻木了心灵。能一辈子相濡以沫的夫妻很少，蓦然回首时，对过去的梦想，还能像初恋时那样着迷的人，更少。

很多人最初都有可能成为伟大的作家、伟大的画家、伟大的作曲家，或是伟大的漫画家，可他们却像亚当那样，跟他们的夏娃相爱了。没有悲剧，没有战乱，没有贫困，仅仅是一段热烈却短暂的爱情，就消解了他们所有的梦想和向往，让他们远离了一种伟大的可能性，走进了一段庸碌的故事。他们为谈情说爱而消耗的宝贵生命，也要不回来了。

于是，我在《无死的金刚心》里又说：

我真的理解了为啥老祖宗将爱上一个女人称为女难，真是女难。要是没有足够的定力的话，那所谓的爱，就会成为不可救药的女难。许多有可能成为高僧大德的人，就是在遭遇了他们很爱的女人之后还俗的。你想，唐代的玄奘大师要是爱上一个女子，他还会成为玄奘吗？

当然，我的这种思考，是相对于我的信仰而言的，你不要用它来套自己的生活，让自己和家人烦恼，也不要用它去套别人的生活，让别人烦恼。

我常说，现在，我也想出家，但是我已经结婚了，也有儿子，所以我会先做个好老公、好父亲、好儿子，再说别的。我的所有选择，都是建立在这个前提下的。如果我对家人不好，我的其他选择就没有意义。

信仰的意义，就是让你放下自己，学会去爱。换句话说，就是珍惜生命的相遇，感恩别人的付出。没有跟慈悲结合在一起的智慧，就不是真正的智慧。真正的智慧是可以在世俗淤泥中开出的莲花，就是说，它必须是慈悲与智慧俱足的。

很多信仰者总是执着于感性的体验，但其实，真正的成就，并不是殊胜的体验，而是无我的爱。我有个学生说，他发现自己每一次有了殊胜的体验，他的家人都会来打扰他，刚开始他感到很不耐烦，觉得别人为什么总在节骨眼上打扰他，但是后来他发现，让自己受到干扰的，其实不是别人，而是他自己，别人只是试炼那体验的一个道具。真正的智慧不是体验，而是一种周遍一切的爱。你明白一切都是一体的，所以不会有自他的分别，不会觉得谁来打扰你，或是谁来干扰你的清净。所以，真正的智慧，是要到世俗生活中去检验的，既不能让世俗生活消解了你，也不能因为出世间的梦想而不懂得珍惜和感恩。

命运中的诗意逼近了我。

哪怕我已严格地苦修了几年，哪怕我天生就有很好的定力，我也抵御不住爱情对一颗年轻心灵的诱惑。我与鲁新云的世界，在不知不觉中，离得越来越近。她家离南安中学很远，骑自行车要四十多分钟，所以，她中午一般不回家。我就让她到我房里来吃饭、喝开水。冬天时，她也会一大早到我房里来放棉衣，她爱美，不愿在温暖的房子里穿棉衣。大概在那一年的12月5日，我还到她家住了一段时间。她非常开心，总是在院子里唱歌。从我认识她，到现在，她一直是一个追求完美的女人。

这种完美，不是世俗标准的完美，而是心灵的完美。她没有任何名相，没有任何毛病，甚至不计较自己的一切。谈恋爱时我练武，她就跟我一起练武；结婚后我静修，她就跟我一起静修；我读书、写作，她就把读书、静修之外的时间，都用来照顾我。她不需要自己的世界，也没有这个概念，她的世界就是这个家。年轻时，她等了我几十年，现在我们不住在一起，她依然在等我。她和我，不像夫妻，反倒像道友。她总是尊重我的选择。真是这样的。我的身上，还有所谓的知识，一有知识，便有污染，便有功利。因为，你会下意识地，用你拥有的知识诠释生命最本真的东西。但鲁新云没有。她非常质朴简单，从来不想值不值得。所以，我一直非常崇敬她。

有些人在最初相处时，也能对你很好，没有一丝功利，但随着越来越深入的交往，他对你的态度就会变，欲望会增加他的贪欲和执着。但鲁新云没有变。我们相识了几十年，她对我始终一片真心，毫无所求，永远都在无私地付出。我创立广州市香巴文化研究院后，将数十万的稿费投入了文化传播，做会计的周阿姨急了，说你咋不给师母留点养老钱？鲁新云在一旁听了，只是淡淡地笑。她不在乎这些。我成不成功，有没有钱，她都是那样对我，从不抱怨。

她也像一面镜子，总能让我发现自己的不足。她几乎破除了生命中所有的名相，非常淳朴、自然、本真地对我、对每一个人。这种人不多。而且，她从不觉得自己在奉献、在牺牲，非常本分。我心里还有理想、永恒、伟大、不朽这样的东西，她没有这个概念，也不想这些。她的生命中不需要这些东西，只想做好自己该做的事情。这一点很难得。她甚至不像一般的女人那样怕老。她总说，谁都会活老的，所以，她不恐慌，也不刻意去化妆、打扮、美容。

十八岁之后，她做的所有事情，就是用一片真心来待我。二十三岁（那年我们结婚了）之后，她做的所有事情，就是让我快乐、健康、安心地做我想做的事。十九岁的我，正是因为她的真心，才对她难以割舍。

在那时的日记里，我记下了跟她有关的一切：我们相处的每一个日子，每一句有意或无意的话，每一个眼神。我在她的眸子里，搜索着她情感的痕迹；我在她的言语里，揣摩着她的心情。但其实，我只是等待着她的笑。我爱看她的笑。她一笑，黑压压的天地，都随之亮了。一切跟她有关的东西，包括她的亲人，包括那偏僻的小学，包括那偏僻的村子，对我都有了特别的意义。

在当时的日记里，我详细地记下了好多经历，包括跟鲁新云相处的一些细节，甚至包括跟她父母、姐妹、弟弟的一些对话。所有的故事，都像小说那样细腻。在《无死的金刚心》中，你或许也能捕捉到我过去的影子，里面有一种生命深处的感觉，是两个生命相遇时的纠结和感动。

那时节，我跟鲁新云的关系，已明显地超越了师生的界限，虽然我们很纯洁，但是我们的亲近，引来了大量的风言风语。不过，那时，我已经不可能叫她不要来了，因为巨大的情感已经裹挟了我，理性已经不管用了，那时，我智慧的光明还没有焕发，我的心还不属于自己。我随着环境剧烈地波动着，有些想要随缘了。

在那段压抑的日子里，这是我唯一的诗意。

爱情让我陷入了纠葛

那时，家人已开始给我找对象了，我的身边，也出现了一些主动追求我的女孩，主要原因是我有正式工作。我们那个年代，年轻老师找对象都要找双职工，就是两口子都有正式工作。鲁新云是我的学生，又是农民，要是我们恋爱了，我的家人定然不会随喜的。但我不管。我眼里没有那些东西。我觉得，挣钱养家不是问题，就算老婆是农民又能咋样？人最重要的，还是人。那时，能阻止我跟她相爱的，只有梦想和信仰。

我跟她聊得最多的，也是梦想。

我们跟普通的青年男女不一样，我们很少谈花前月下的事。在我们的大量信件中，我谈得最多的，就是如何学习，如何读书。我还会叫她练字，开始她的字很丑，后来练出了一手好字。她的学习成绩不太好，但很有智慧。她在上初中时，就如痴如醉地读《红楼梦》了。恋爱之后，我仍经常教育她，还常常穿了黑色夜行衣，翻墙到她家里，叫她跟我一起练武。

所以，我们的交往方式，一直跟普通的情侣不一样，我甚至不愿做主动表白的那一方。当我决定跟她在一起时，就想了个法子，让她来挑明我们的感情。

有一天，我给了她一本叫《新村》的杂志，叫她拿回去看。那本杂志里有一篇文章叫《说吧，我爱你》，里面写了很多因没有表白而错过的爱情故事。她拿走那本书后，我就等啊等啊，等着她来捅破我们之间的那层纸。第二天，她就写了张纸条给我，告诉我她有多么痛苦，最大的痛苦，就是不能跟我在一起。于是，我就顺理成章地接受了她，我们就恋爱了。

但是，这件事，我们俩都没有告诉任何人。

我虽然才十九岁，只大鲁新云一岁，但我们之间的关系毕竟是师生。还没有发生这件事之前，流言蜚语就很多，好多人都在议论，说我不可能跟鲁新云在一起，因为她是农民，我肯定会找双职工的。要是我们的关系公开了，舆论是很可怕的。而且，当时我还没有决定啥时跟她结婚。

那时的人恋爱时，女方总会有诸多的要求，她不是那样。对我，她从来只有奉献，没有索取。做学生时，她就把自己的好东西都给我了——她妈妈给了她一些好吃的，比如苹果、饼干、点心、花糖啥的，她自己舍不得吃，全都给了我；我们结婚后，她就融入了我的世界。三十年来，她没有自己的朋友，没有自己的空间，她的所有空间，就是我和儿子，现在又多了一个孙女，她不求自己的任何东西。所以，对于跟她恋爱，我虽有过纠结，却从来不曾后悔，我觉得，人的一生中，能得到这样一份感情，是最大的幸运。

确定了恋爱关系之后，我却越来越纠结了，我所有的思绪，都围绕着这件事，怎么都跳不出去。我时而想放弃，时而想继续，但最终，还是舍不得。当时的日记里，充满了痛苦的焦灼。我一直扮演着两个角色，一个角色鼓励我继续，另一个角色要求我放弃。两个角色不断地提出各自的理由，都想争抢我的心。那战局，就像血肉横飞的战场一样惨烈。每次纠结过后，我都会身心疲惫。

当时，有个朋友专门跟我谈过爱情和事业的问题。他说，一个伟大的人，首先要学会控制自己，不然，事业和爱情就是相互冲突的。他说得对。

在南安中学教书时，我在事业上的追求，就是考上大学，成为作家。可是，如果我考上了大学，去大城市读书，鲁新云咋办？她能一直等下去吗？最后我会跟她结婚吗？我会让她等多久？假如我没有养家糊口的本事，没有成为一个优秀的人，没有成功，我能跟她结婚吗？要是我去闭关，她能等我吗？

有时，我的心实在太乱了，不想再去考虑了，就想等到考上大学再说。但另一方面，我又觉得这样对她不公平，应该早些做个决定，不能浪费了她的青春和感情。于是，我的理智和情感就总是在吵架，我就像处于暴风的中心，一直有种不能自控的感觉。那时，烦恼对我来说，也是非常真实的。我总是陷在自己的烦恼里，惦记着未来的事情，品味着过去的一切。我定然不知道，后来的自己，会走进一种充满了诗意的宁静，会真正地拥有自己的心。

在《无死的金刚心》中，你就会看到我那段纠结的灵魂历程。

我对莎尔娃蒂的爱，其实是我跟命运的一次遭遇战。我是在没有任何准备的时候爱上她的。等我发现自己爱上她时，她对我的爱也已不可救药了。

不过，当我们穿过千年的岁月云烟看这次相爱时，我却仍在感激命运的赐予。要是没有莎尔娃蒂，我的人生会逊色很多。我指的不仅仅是感情，还包括我的事业。

但在某一天，我发现了一种很可怕的事。我发现，一想到生活中没有莎尔娃蒂，我就不再有灵感，不再有激情，忽然没有了人生的乐趣和意义。那个瞬间，我可怕地发现，一想到要离开莎尔娃蒂，我的寻觅就退出了老远。

那时，有两个我老是打架。一个是我的梦想，一个是我的爱。我的梦想告诉我，离开她吧，你还有更远的路要走。另一个声音却说，爱她吧，你到哪里寻找这么好的女子？这世上，最值得珍惜的，是爱。你便是修成了大成就，没有爱，有啥意义？

有时我甚至想，我也不度众了。因为当那种巨大的爱袭来时，我只在乎眼前的女子，奶格玛虽也在心中笑着，但那是很遥远的事。你想，无论我的读经、我的静修、我的观想持咒，我其实都被莎尔娃蒂包围着。那情景，很像你家乡的沙尘暴。是的，爱是一种沙尘暴似的感觉。漫天啸卷的，就是莎尔娃蒂的气息。她的笑，她的叹息——那时，她老是不经意间叹息，她的皱眉——她皱眉的模样最叫我扯心了。她的一切都会像一粒粒石子打向我的心。

许多天里，我都想，我不在乎世界了，我最在乎的，其实是一个女子的微笑。

我也像琼波浪觉那样，把心中的纠结告诉了鲁新云，我想给她一个选择的机会。她无论做出什么选择，我都会尊重的。潜意识里，我甚至有些希望她放弃了，因为如果她放弃了我，我就能义无反顾地追求我的梦想和事业了，但是，一想到她将会放弃我，我的世界就突然变得空空如也，一切都失去了颜色，连每天的静修、写作和练武，也变得有些乏味了。

那时的我，是真的离不开她。

但是，那时我心里，其实明白，她不会离开我的。果然，我坦白之后，鲁新云几乎不假思索地说，好，等你八年也行，等你十年也行，等你一辈子也行。

很多人在热恋时，都说过这样的话，但实际上，能守住那承诺的人不多。对很多人来说，那个承诺，都只是一时的情绪，说过了，就变成了记忆。如果他没有把那承诺牢牢地刻在生命中，用一种宗教般的热情和形式去守护它的话，人是很容易发生变化的。但是鲁新云却守住了她的承诺。她不像一些人那样轰轰烈烈，总是淡淡的，但是她骨子里有一种非常刚烈的东西，有点像《白虎关》中的莹儿。后来，我虽然没有去大城市上大学，但同样叫她等了一辈子。直到现在，她仍然在等待，可幸好，后来有了一个可爱的孙女清如，她就不寂寞了。

不过，当年她的承诺并没有让我安心，很快，我再一次陷入了灵魂的挣扎之中，我始终觉得爱情和信仰是不能共存的，定然会相互干扰，也很怕自己将来会对不起她。

在这个问题上，我足足纠缠了一年多，在那一年里，我的心总像沙尘暴的重灾区，总是剧烈地波动着，不能自主。我生命中的很多情感，就是在那时被激活的。那时节，我不断在日记中倾吐着情感纠葛，这让我有了面对灵魂的能力。我的语言，也随着不断地倾吐，变得更加细腻，对话、情感、场面的描写，也有了很大的进步，显得越来越饱满了。其中的很多日记，现在看来，已经很像小说了。1981年10月8日——我投出了我人生中的第一份稿件，但没有回音。

那些日子里，爱情让我陷入了痛苦纠葛，也或多或少地干扰了我的静修和学习，因为，我总是不由自主地陷入相思，也总是在坚守和放弃的天平上摇摆，一会儿上，一会儿下，一会儿在天堂，一会儿在地狱。但是，它也给我的创作带来了很大的好处。首先是前面说过的，它激活了我生命中的许多情感，然后，它给我提供了一些创作灵感和素材。

比如，有一天非常冷，鲁新云没有骑车，就让弟弟捎她来学校，她一进门，我就发现，她满脸都是冰碴子。当时，我的心里有一种说不清的感觉。那种感觉很独特，没有深深爱过一个人，你是不会明白的。再美的语言，都没有办法描绘出那样的情感。它就像你心底深处的一汪清泉，荡呀荡呀，荡得你心都疼了。

在当天的日记里，我记下了那个细节，还虚构了好些对话。例如，我这么问，她这么回答；我接着问，她再接着回答。实际上，那些对话根本就没有发生过。陈亦新和王静整理那些日记时，就一边打字，一边大笑，把肚皮都笑疼了。为啥？因为他们知道，这些场景，都是他爸爸虚构出来的呀。

所以，那时节，我已经开始创作了。不过，我的日记里没有连续的故事，没有连续的场景，而是一次又一次地即兴发挥。虽然每一次都能写好，但假如我尝试创作一整部小说，就会立马失败。因为，我还没有真正地开窍。

不过，即使在情感纠结最为强烈的一年里，我也没有丢掉自己。我的生命里，始终充满了自省和自强。我永远都不可能心甘情愿地沉醉在温柔乡里，做一个平庸的小男人。

你只要翻开我的日记，就会看到大量激励自己的内容，比如："醉生梦死追求安乐，还是不断进取成为生活的强者？我选择了后者。"

鲁新云没有自己的天地，她那时的梦想是我的事业，但她是一个自主的人。她的生命中，从来没有出现过唯唯诺诺，即使和我相爱时，她也是自尊的。她的奉献，她的尊重，她的跟随，她的等待，都是一种主动的选择——她选择了追求，选择了奉献，选择了尊重，选择了跟随，选择了守候，她不是一个被爱情剥夺了自主权的弱小生灵。她始终是强大的。她灵魂的纯粹、强大、自由和诗意，有点像《无死的金刚心》中的莎尔娃蒂。她们这样的女人，几乎在选择了爱情的同时，就选择了等待的命运，所以，我将其称为"貌似爱情的信仰"。

当然，也许在另一类女人眼中，她们的等待是不值得的。因为，另一些女人所需要的，恰好就是不在乎这个世界、不在乎自己的梦想、不在乎自己的灵魂而只在乎她、在乎小家庭的男人。每个人都有自己需要的人生，每个人都有自己需要的圆满，每个人都有自己需要的幸福。有些人之所以会觉得不幸福，有时是因为求之不得，有时是因为，他所追求的，并不是他真正需要的东西，他没有读懂自己的灵魂。

在我的一生中，总是能清醒地明白我需要什么。

因为，十多岁时，我就有了死亡的参照系，面对任何事，我都会用死亡的参照系来衡量它，然后判断它有没有意义，值不值得我去追求。所以，很小的时候，我就确定了自己的梦想，一直没有动摇过。我的读书、写作、静修、练武，都是为了这个梦想，只有恋爱是一次意外。可是，即使在谈恋爱时，我也没有中断过自己对梦想的追求。我仍然大量地读书，持之以恒地练笔，定时定量地静修。就连给鲁新云写信时，我也在反反复复地传递这些信息。有时，你真的很难相信，这竟然是一个十九岁男孩写给女朋友的情书。而且，在跟鲁新云谈恋爱的一年里，我连她的手都没碰过。

跟一般孩子比起来，我的自控力确实很强。但是，在那时，我也会嫉妒，也会揣测，也会埋怨，甚至会怨恨。在这一点上，你看不出我有任何的出色之处，就像陈亦新在看到《无死的金刚心》中琼波浪觉写给莎尔娃蒂的情书时，曾斩钉截铁地说：他仍是个俗僧。任何一个人，在刚开始的时候，都是那样的，是正确的方向和坚持，让他们成为了自己。

但是，这毕竟是我最鲜活的生命经历，不经历这个过程，我是不可能走到今天的，它也是我的一种寻觅和叩问。

对于一个始终在寻觅真理、始终在叩问灵魂的人来说，他生命中的一切，都是寻觅的一部分，都是在等待灵魂的觉醒，不管它有着怎样的外相，不管它会不会显得很世俗。而且，这种人无论经历什么，都一定在向往着更高的精神境界，他不会屈服于一些狭隘的情绪。

这就是信仰。信仰是朴素的。

思念与揣测成了每日的功课

谈恋爱的第一年，我真的尝到了寂寞的滋味。

过年时，我常常不回家，在学校里看校园。每到那时，我就会感到非常寂寞。虽然每一天都在静修、读书、写作、练武，也会有意识地闭关，但我面对那些空荡荡的教室、空荡荡的走廊，倾听风声在校园里的呼呼回响时，仍会觉得孤独。这时，我就非常希望鲁新云能来看看我。

有一次她来看我，临走时，说自己明天还会来，但她没有来。我等了她整整一个月——一个小时一个小时地熬。我静修时在等她，读书时在等她，写作时也在等她。我虽然也能全情投入地做我该做的事，但投入上一段时间，就会忽然惊醒，然后，就会不由自主地倾听门外的世界——那里，还没有响起她的脚步声。

刚开始，我在一种幸福的期待中等她，随着时间一分一秒地过去，我慢慢变得焦虑、烦躁、猜疑。当我一个人做饭、吃饭时，那感觉格外清晰。我不再清静了，也不再安详了，就连工作上的烦恼，也被我抛诸脑后了。我不断揣测着鲁新云没来的原因，心里就充满了莫名其妙的烦躁。

对于这段经历，你也可以看一看《无死的金刚心》：

在分别之后，我多么希望听到你的声音呀！没有它的抚慰，我是熬不过那么多长夜的。因为，只有在看到你的信之后，我才会坚信，你还在爱我！

要知道，在每一次灵鸽来临前的漫长等待中，都会叫我产生"她有了新朋友"的可怕念想。我的眼前，马上就会出现那些足以叫我发疯的画面。

这时，你也许才能理解离别对我带来的巨大刺激。

最可怕的是，我得的那种病，只有在我不爱你的时候才会痊愈。

可是，要是我不爱你了，活着的我还算活着吗？

你也许发现了这封信的混乱，但这混乱，正代表了我今夜混乱的心情。在我的一生里，这份混乱，真的很稀罕。

你看，那时的我，还远远不是今天的雪漠。

那时节，除了学习和静修，我总是被一种情绪裹挟。我总是在想：她为啥不来？写作时，我也会分析她不来的原因，甚至设计了好几套方案，准备见面时惩罚她。但是，第二天，她还是没有来，第三天也没来。这样的等待，持续了一个多月；这样的纠结，也持续了一个多月。我丝毫没有因为时间的推移，而变得好受一点。我没日没夜地期待着，没日没夜地失落着，没日没夜地揣测着，只有在坐禅和学习时，才能得到一丝安宁——那红尘，真的变成火狱了，而我，也像是火宅中的孩子，既无力挣脱，又乐此不疲。

思念她，揣测她，埋怨她，成了每日的功课，但我却一直没去找她。我还是守住了自己。我不是在跟她较量，而是在跟自己的灵魂较量。我的生命，毕竟不是用来谈恋爱的，不是用来跟一个女子缠绵的，我要守住的，也不是那个女子的爱——虽然我很爱她，也离不开她——而是我灵魂的自主和寻觅。就像琼波浪觉无论多么想念莎尔娃蒂，无论写出多么混乱、缠绵、纠结的情书，也不会再回去慰藉他的恋情一样。想念她的我，也仍然守在空荡荡的校园里，静静地等她，静静地做我该做的事情——读书，静修，练笔，写作，没有一日中断过。这是我没有因为恋爱而迷掉的最重要的原因。

等待，并没有让时间变得更加漫长，因为，我赛跑的对象仍然是死神。参照死亡时，时间永远不会显得太长。我总是一抬头，就发现天已经黑了。星星，在夜幕上微微地颤动着，或是在笑，或是冷得发抖。呵呵，它也知道，高处不胜寒呢。

那时节，我偶尔也会走到操场上，呼吸一下新鲜空气，运动一下麻木的四肢，免得因为久坐伤害了健康。夜晚的操场，总是很美，充满了静谧和自由的气息。我可以在那个地方，在清凉的空气中，尽情地放飞我的思绪，思考我的生活。那时，我总觉得，那片空旷和静寂，不像故乡的沙丘，我望着它，就像望着充满了可能性的未来。

一想到未来，那时的我，就会觉得忧虑，但也有一种奇妙的兴奋感。那兴奋感，来自我的自信。我坚信，只要竭尽全力，只要坚持，未来就一定会成功的，眼下的我，正玩着心跳呢。

只是，在那些寂寞的冬夜里，我总是看到她的笑脸。它总是随着我的思念升起，随着我的凝视落下。那问题，也随着时间的推移，变得越来越折磨人了：她为啥不来？

那时，我也会向一位堂兄——后来的东客、当时的同事——谈我心灵的秘密。他也会为我守候那秘密——虽然是秘密，但大家其实都知道了。

我变得越来越焦虑。埋怨和思念，都在内心的某个地方疯狂生长着，让我的灵魂焦渴无比。我就像沙漠里的旅人期待饮用水那样，期待爱情给我带来清凉。每天，我都在日记里挥洒各种想象，诸多的情绪也冲破了理性的桎梏，奔流而下，那文笔，竟有了一种天籁的味道。于是，我终于明白了，为啥每个失恋的人，都像是诗人或是言情作家。就连古今中外的大作家们，也不会例外的。

那些大作家们，也定然平凡过，也定然有过诸多的不如意。他们想要挣脱命运的罗网，才会不住地叩问，或叩问一时，或叩问永恒，在那叩问、寻觅和锲而不舍的坚持下，他们才慢慢变成了一个不一样的人——有多少大作家从一开始就少欲知足，有多少大作家一辈子一帆风顺？所以，文章憎命达。觉悟之路也是这样。除了那些天生的圣人，大部分人都是在某种失重之后，才真正地开始灵魂寻觅的旅程。但即便如此，能一直走下去的人，也不多。所以，失落的人很多，觉悟者却不多。

我跟很多人最大的区别，不是天分，也不是宿慧，而是认真和坚持。

我从来没有荒废过学业，也从来没有让自己颓废过。我对学习，一直抓得很紧。我大量地阅读、摘抄和归类的工作，也一直没有停止。在 1983 年那本日记的封面，我摘抄了雨果的一句话："有一种比大海更大的景象，那便是天空；还有一种比天空更大的景象，那便是人的内心。"它寄托了我的一种向往——对文学的向往，对信仰的向往，对未来的向往。在我的心里，文学殿堂是神圣的，是不可亵渎的，因为，它承载了整个人类最伟大、最崇高的一种情感和精神——对人类灵魂的观照，对人类心灵的探索，对人类命运的关注。我所向往的文学精神，就是这个东西。它就像一盏灯，高高地挂在文学的天空上，当我在黑暗中抬起头时，总能看到它，心里就会充满了激情和力量。我想，这就是文学的力量。

多少人曾说，文学是无用的，文学是无力的，文学是仅供消遣的，但我一直不同意这个观点——我也同意，但我同意的，仅仅是文学的缺乏功利之用。它的确是远离功利的，你很难用文学，来实现某个功利的、短期的目的。

但文学有大用，那所谓的大用，就是对人类心灵的影响。正如托尔斯泰、陀思妥耶夫斯基的作品，至今仍照亮了无数的心灵一样。我们之所以热爱它们，就是因为，它们激发了我们内心的力量，激发了我们本性中善美的力量，唤醒了我们的正义之心，唤醒了我们的担当，唤醒了我们的神性，唤醒了我们内心最温柔、最平和、最安详，也最坚定的那个东西。

多少年来，无论生活有多难，我都没有放弃文学。这不仅仅得益于我的信仰，也不仅仅得益于传统文化对我的熏陶，还因为文学的精神一直在鼓舞着我，我一直都没有丧失对文学的向往。它跟信仰一样，为我点亮了通向梦想的明灯——当然，我追求的梦想，主要是当下的明白和解脱。

但十九岁的我，还远远没有解脱。我还是一个为情所苦的少年呢。

我就像望儿山上的阿番婆（《西夏咒》中的人物）等待儿子那样，望眼欲穿地等着她。区别是，阿番婆始终相信，儿子会踏着金光来接她——最后，她的儿子终于回来了，她却在饥饿和兽性的裹挟下，亲手敲碎了儿子的头颅——而我对她没来的原因，却有着太多的揣测。

一个多月过去了，眼看就要开学了，鲁新云仍然没来。一天，有个朋友来学校里看我，叫我跟他出去，我想，她今天大概也不会来，就跟他出去了，很晚才回校。回去时，守门人却告诉我说，有个女孩来找你，你没在，她等了整整一天。我心里嘀咕着，我等你你不来，不等你，你反而来了。但总算是松了一口气——她还是在乎我的，这说明，她没有变。没变就好。在那一刻，我对她的所有揣测，都像是太阳下的霜一样，消失得无影无踪了，备受折磨的一个多月，也像是做了一场噩梦。

情绪是多么虚幻啊。

不过，心虽然放下了，相思却重了。我很后悔自己出去了，要是不出去，再等等她，我们就能见上面了。下次，她啥时候才会来呢？明天会来吗？后天呢？总觉得，下次见面，又要等到很久以后了。但无论如何，只要一开学，我们也就见上面了。

果然，开学时，我才见到她。

我问她为啥一直不来找我，她说，她妈妈知道了我们的关系，很不高兴，骂她不好好学习，到学校里来谈恋爱，还坚决反对我们相爱。一个多月以来，她妈一直不叫她出门，好不容易出去一次，却见不着我。她说着说着，就哭了。我也很难受。我当然明白她承受了多大的压力，真不想让她那么痛苦。但是，一个多月的相思，让我更加确定，我已离不开她了。她也哭着说，就算死，我们也要死在一起。

唯一一次没有选择的选择

不久，好多人都知道了我们的事，其中有一些人，后来也当了东客。

闲言碎语就像沙尘暴一样，卷向了我们。好多以前不议论我们的人，也开始反对我们相爱。有些人甚至认为我在玩弄她，不可能跟她结婚，因为，他们总是觉得我不可能娶一个农民。多年之后，拍《大漠祭》电视剧时，有人说灵官即使回来，也不可能娶莹儿时，我就说，咋不会，我都娶了农民，他为啥不会。

虽然我们还没有定下婚期——我一直怕结婚会将我拴在这土地上——但我对她是认真的，我从来没想玩弄她，也不觉得她的农民身份有啥不好。如果不牵挂梦想，我会毫不犹豫地娶她。我不怕别人的闲话。那时节，就算没有任何绯闻，人们也会说我坏话的，我已习惯了，甚至把它当成了我生活的一部分。但鲁新云不是这样。她只是一个初三的学生，没有经历过大风大雨，也没有经历过社会的洗练，她的世界，曾经非常安静、简单。但是，在和我相恋之后，她就像突然被卷进了沙尘暴。她虽不脆弱，甚至有些倔强，但她能经得住多少流言蜚语呢？要知道，在我们那儿，唾星总是会喷向女人。我们毕竟是师生。当时，有很多不堪入耳的话，泼向了她。

舆论的压力，给我们的爱情蒙上了阴影。当时的天空，也好像罩着一层浓雾，总想吞噬我们。

那时，我总是做梦，梦里梦外都有人在造谣，可见，那时节，舆论给了我们多大的压力。不过，这压力也让我们更坚定了。如果环境很温暖，我或许就会更加长久地陷在爱和事业的纠结之中，但是环境的反对，给爱情编织了一道光环，让它变得更加诗意了。守住它，似乎也变成了我的信仰。我们都不想对外界屈服，不想被外界同化，更不想放弃。

所以，从一定程度上说，那些逆行菩萨们也成就了我的爱情。

有时，我还会约上鲁新云，趁夜色正浓，躲了喧嚣的人群，到沙枣林去——是的，就是"大漠三部曲"中兰兰和花球约会的生活原型——《白虎关》里，就有我们当年的影子：

> 他们带个大衣，铺在沙丘上，并排躺了，望月。那月光会伴了情话，渗进心里。若是在春天，就有了沙枣花香。那沁人心脾的香味，和月光，和情话，给了兰兰许多回忆。

那朝天吠的老山狗，就养在她家的后院里。我们的暗号也跟兰兰和花球一样，她啪啪——啪——啪啪，我啪——啪啪——啪。不过，当年的我们，不像现在的年轻人那么放纵，我们的聊，真的仅止于聊，并没有发生兰兰和花球那种让人脸红的故事。我们也不在沙枣林里过夜，每次聊到半夜，我都会送她回去。

有时，我还会跟她一起练武，她家的后院里种了花，我便趁着月色，在花丛旁练武，她在一旁看我，时而跟我一起练。人们那些带有恶意的声音，就远到心外去了。

当时，除了梦想，我最重要的一个念想，就是不要叫人望了笑声——这是一句凉州话，意思是不要叫别人幸灾乐祸地望着我的失败发出笑声。我身边有一些看不起我的人，他们不一定比我强，但不愿意认可我。他们经常在背后嘀嘀咕咕，嘲笑我的梦想。所以，我当时最大的愿望，就是尽快实现梦想，成就事业，证明自己。在 1983 年的日记中，我写过这样一句话："我真怕我将来成为一个言过其实的吹牛大王，那样，我将无颜留于人世。"那是我当时最大的动力之一。

从小，母亲就告诉我，娃子，要努力，不要让人望笑声。所以我一直很要强，总是不肯认输。高考的落榜，是我第一次叫人望笑声，那种感觉很不好受，它深深地印在了我的心里。我曾答应过自己，有一天，一定要给自己、给父母、给所有相信我的人争一口气。为了实现这个和自己的约定，我不断调整自己，总想找到一种很好的规律，让自己能有更好的学习状态。后来我发现，学习和静修之间，有着密切的关系。假如我能坚持静修，学习效率也会很好；假如哪一天我撒懒，不修，学习的状态就会非常糟糕。所以，我一直在静修，它教会我必须放下万缘，做好生命中最重要的那件事。

为了做好该做的事，一生里，我放下了无数的东西。

在武威师范读书时，我跟同学们学会了抽烟，而且抽得很凶。那时，我抽的是莫合烟，劲大，也不贵。但是，慢慢地，我发现自己没了烟就写不了东西，而且抽烟对身体也不好。要是再这样下去，成为大作家之前，我就会给烟熏死了。于是，我毅然决然地戒了烟，下决心的那一刻起，就一根都没有再抽过。我也喜欢看电影，喜欢弹吉他，但我的生命中容不下那么多东西，就只好放下了。我还放弃了挣大钱的机会，放弃了当官的机会，远离了天伦之乐，因为，在我的生命中，还有更重要的事情。

几十年来，我不断为自己做出各种选择。爱情，几乎是我生命中唯一一次没有选择的选择。但现在看来，那也是一个很好的选择。因为，如果没有谈过恋爱，我是不可能写出那些美丽爱情的。《白虎关》中，月儿倚在沙枣树上等待猛子的身影，深深地印在了许多读者的心里；莹儿在沙漠里埋下蓝外套，上面写着"莹儿爱灵官"的那份纯真和坚守，也感动了许多的读者。这些女人之所以那么美丽，就是因为，她们像坚守信仰那样，坚守着自己的爱情。如果我没有经历过爱情，所有的美丽和鲜活，就不会存在了。说不定，我永远都写不出"大漠三部曲"那样的小说。而且，有些人虽然不喜欢《无死的金刚心》中的那些情书，但他们不能否认：琼波浪觉的寻觅中，如果少了这样的一种存在，少了一个为他苦苦守候的女神，就定然会多了一份孤寂，少了一份温暖的。所以，莎尔娃蒂，既是他寻觅的牵绊，也是他寻觅的动力，真的很难把她当作情魔。

我也是这样的。我爱上的，也是一个莎尔娃蒂那样的女人，一个值得用生命相待的女人。对她的爱，曾扰乱了我的心，但也是那份爱，推动了我的寻觅，让我更加进取，更加向上，更努力地追求觉悟和成功。所以，面对"情魔"这个说法时，我也只能像琼波浪觉那样，深深地叹一口气。

爱情是一把双刃剑。

我明明白白地感觉到，爱的温馨正在软化我的寻觅之心。有时，我真想什么都不管，跟她好好地爱一场。人生太短了，一口气提不上来，人就死了。

为啥不好好地爱呢？我无法坚决地回答这个问题。让我仍在挣扎的，只有一个词：寻觅。我对寻觅的坚持，让我始终像是罗网中的鱼那样，不肯屈服于自己那颗渴望沉浸在爱情里的心。但少了她的世界，总是少了一种味道。所以，我总是矛盾。

身边也总有人劝我放弃她。

有些人的劝，是不怀好意的挑拨离间，而有些人，却是真心为我好的。我分得清，但觉得两者都一样。因为，他们无论如何劝我，无论出于真心还是假意，替我做决定的，都是我自己。我不会受他们影响的。我有一个特点，就是主体意识非常强，很多像我那样的人，后来活得非常平庸，除了跟我在梦想上有区别外，最重要的，就是他们不一定有主体意识。一个没有主体意识的人，是很容易被环境改变的，因为他们有时分不清是自己错了，还是环境错了。当他们发现环境也有道理的时候，就有可能会改变自己的观点。说得直接一些，就是他们没有自己的立场，没有非常坚定而不可动摇的东西。但是，我很感谢他们对我的关心。而且，有些人劝我的话，确实很有道理，我自己也是那样想的。

比如，1984 年的某一天，我进城去买染发剂——年轻时，我的头发是黄色的，像外国人一样，走在人群里，总是很扎眼。《少林寺》刚开始流行时，我索性剃了光头，但后来头发长了，就不想剃了，想把头发往黑里染——那段时间，父母的一个老朋友，金川的吴叔叔，刚好在城里住院，我就跟舅舅畅国喜去看他。吴叔叔见我手上拿了瓶东西，就问我是啥，我说是染发剂。吴叔叔就皱着眉头劝我，他说，你不要追求外表，要好好学习，你还没有成功，没有打扮的资格嘛。舅舅告诉吴叔叔，我正在谈恋爱，吴叔叔又劝我，你不要早恋，要把心思放在学业上。舅舅也一起劝我。我知道他们是为我好，他们都觉得我是好苗子，有很好的将来，都担心我会因为恋爱荒废了学业。

我跟一般的年轻人不一样，我虽然自信，也很倔强，但我并不盲目，我分得清什么该听，什么不该听，别人对我的有益提醒，我总能虚心接受，而且能放在心里。所以，虽然我不会因为别人的一两句话就放弃爱情，却仍然非常感谢吴叔叔对我的忠告。那时，正是我摇摆得最厉害的一段时间。他们的忠告提醒我：无论如何，都要以学业为重。所以，虽然那染发剂很贵，但我一直没有用它，还在瓶子上写下了"立志成才"四个字，摆在我的书桌上。

它就像座右铭一样，时刻提醒着我。我每次看到它，都会想起吴叔叔的那番话，然后提醒自己，不要追求一些无关紧要的东西，更不要忘掉人生的方向。

现在，那瓶染发剂早已过期了，但我仍然留着它，为的，就是纪念吴叔叔当年的一份心意。前些年搬家，我偶然翻出了这瓶染发剂，记起那段往事，心里很是温暖。在那段岁月里，每一个鼓励我、鞭策我的人，都是我生命中的贵人，他们都陪我走过了人生中的一段时光。没有他们，或许就没有今天的雪漠。

这次陈亦新办婚事时，我很想请吴叔叔当东客，但我却再也找不到他了。在我的生活中，他只出现过这一次，就给了我正面的影响。

宁愿做一只牛虻

虽然吴叔叔苦口婆心地劝我，父亲也明确表态，叫我想清楚，如果不想跟鲁新云结婚，就不要拖着人家，但我实在不想离开鲁新云。父亲担心我害了人家女孩子，我也担心，但我更怕离开她。我唯一能做的，就是好好学习，做好我该做的事，将来无论怎么样，我都要变得更加优秀。这不仅仅是为了我的个人命运，也是为了她。因为，就算以后结婚了，我也得给她一个优秀的丈夫，给她一个相对好一点的生存环境。

我对学习抓得越紧，一些人就越是挖苦我。他们总是说，你要是如何如何，驴都不吃草了。他们觉得我是不可能成功的。他们看不起我，尤其看不起我的不安守本分，我说的话，他们也不爱听。有些人已习惯庸碌的生活了，只想一辈子庸碌地活着。当你告诉他，这是庸碌，我要离开时，他们就会很不高兴，觉得你辱臊了他们，觉得你像只牛虻，把他们给戳疼了。也有人害怕我成功，《白虎关》中的两个年轻农民之所以掘富翁的祖坟，就是这个原因。他们中的一个人，虽然接受了富翁的布施，但是那钱戳痛了他的心，他觉得，大家原来都在一个差不多的水平线上，你还更穷些，为啥今天是你来布施我，不是我来布施你？这也是人类常见的一种陋病。

凉州文化的知足常乐，是一种美德，也是一种智慧，但是，消极懒惰的人，常用它做理由，让自己能心安理得地混日子。那些悠闲的生活，当然也很好，但是他们面对身边那些不悠闲、又能过得很好的人时，却不一定能保持很好的心态，尤其在对方出了名、发了财之后。他们总是不明白，让他们不快乐的，仅仅是自己心里的欲望。其实，如果不甘心，最好的方法就是改正自己，这个世界上没有什么东西是不能改变的，当然也包括你。你在这一刻，没有升华的心，也就失去了改正的可能性，但是如果你在这一刻，有很坚定的升华的心，你就有改正的可能性。无论在世间法上，还是出世间法上，都是这样。

很多人为啥听不进批评？就是因为他们心里更重视那个"我"，而不是改变的可能性。这样的人，有可能成为世俗意义上的好人，但他们的人格到了一定境界，就很难升华了，因为他们拒绝了改变的可能性。我跟他们的区别，就在于我能闻过则喜，因为我是真心信仰的，在我心里，没有什么比人格的升华更加重要。虽然我不喜欢被人望笑声，不喜欢丢脸，但是我仍然明白，没有行为，就没有一切。有了行为，就算一时丢脸，又能怎么样？最重要的，不是你丢不丢脸，而是你有没有改变。有改变的人，命运自然就会变，没有改变的人，命运自然就不会变。

我原来只是个农村的孩子，看不到任何改变的希望，但是我没有放弃，我身边没人支持我，但我仍然没有放弃。那是因为，我有信仰，无论生活如何打击我，我都只会向上，而不会堕落。因为我不甘心堕落。在人的一生中，其实有很多堕落的诱因，受到了打击，承受了失落，等等，这时，你选择了什么，就意味着你必须接受什么。我有个学生，在承受命运的打击时，有了一种自我放纵的倾向，这是不好的，因为放纵就意味着堕落。放纵是一个不好的缘起。真正的信仰，就是不甘堕落，不管在任何时候，人都要自省、自律、自强、向往，才有可能一直向上。只有一直向上的人，才是真正的信仰者。不能一直向上，是不可能拥有信仰的。所以，不要在乎一切形式上的东西，你只要叩问你的内心，不管你说了什么，真正说明你怎样的，只有你的行为和选择。不要放弃。放弃，不可能拥有信仰。所以，很多时候，我都会做一只牛虻，我就是想发出一些怪声，戳醒那些沉睡在自己编织的梦境里的人。

当然，在我的生活中，那些逆行菩萨也是牛虻，他们总是在用另一种方式戳我，叫我不要懒散，不要沉沦，叫我清醒，叫我向上，叫我升华自己。没有他们，就没有后来的我。他们让我一直没有停下前进的脚步，一直没有对自己屈服。所以我不随喜那些对自己屈服的人，我总是告诉学生，不对自己妥协。只有不对自己妥协，不放纵自己的人，才有升华的可能。过去，我可以经历很多事，甚至可以经历很多波折，经历很多违缘，但是我仍然会一直向上，永不后退，而且，我很少误了正事。

最有趣的是，结婚那天，我仍在读书。父亲急了，说你咋今天还在看书。我就不慌不忙地说，看书也结婚，不看书也结婚，我为啥不看书？这句话让父亲哭笑不得，却是实话。如果我结婚就不看书，谈恋爱就不看书，生病就不看书，困了就不看书，忙时就不看书，我就会找到无数个不看书的理由。最后，我就会放弃一切，就绝不可能有今天的成就。人们还会像当年我没考上大学时那样，在背后嘀嘀咕咕，说那个叫陈开红的人，是一个吹牛大王。所以，我必须做出该做的取舍。谁都该这样。

我常对学生们说的一句话是："不要浪费生命。"另一句话是："好钢要用在刀刃上。"我拒绝任何一种形式上的浪费，面对时间，面对金钱，都会这样。我一辈子最肯花钱的事，一是买书，二是做事。其他方面，我都非常节俭。很长时间里，我只有两套衣服，好多学生就说，雪漠老师，你咋穿来穿去都是那件红衣服？就给我送了一些衣服。所以，现在我多了一些替换的衣服，但也不多，因为我需要的不多。我觉得，一个人的生命中没有太多时间，该做的事情却太多，如果在打扮上多花一点时间，在吃饭上多花一点时间，在睡觉上多花一点时间，一辈子很快就过去了，留下的东西并不多。能体现一个人价值的，也就是他做的那些事，以及那些事所代表的精神。所以，我拒绝任何一种形式上的铺张浪费，尤其是对生命的浪费。

我在恋爱时没花什么钱，也没花太多的生命，因为，我不需要时，鲁新云是不会来"打扰"我的，她非常珍惜我的一切，尤其是我的生命。婚后，她用全部的生命为我做饭，为我打扫卫生，为我料理家务，为我处理生活上的琐事，为我照顾孩子……她燃烧了自己的生命，节省或延长了我的生命。这些年，我能做那么多事，在某种程度上说，正是源于她的付出。

陈亦新在小学六年级时，曾写过一篇文章，叫《母亲的心》。其中，就写到了他妈妈的等待：

在无数个黄昏与夜晚，母亲总会趴在窗口，痴痴地望着前方。我知道，母亲在想父亲。父亲在一个离城区很远的地方修行和写作。

父亲走了。母亲承担了家里的一切，撑起了这个家。她起五更，睡半夜为家庭奔波。她不让父亲担忧，让父亲在那里安心地创作。

父亲走了。这个房子空荡荡的，没有了往日的笑声，没有了往日的温暖，一下子变得十分冷清。母亲忍受着这一切，孤独，寂寞。但母亲的意志十分坚强。她坚信，父亲一定会辉煌的。既然付出了就一定会获得；既然耕耘了，就一定会丰收；既然努力了，就一定会成功。她全力支持自己的丈夫，再苦再累也不怕。她愿为丈夫付出一切。

母亲的身体本来就很虚弱，但她以惊人的毅力和坚强的意志，克服着一切困难。说实在的，我真佩服她。她是个坚强的女性。

每到夜里，家里就十分冷清，静得可怕，没有一点温暖的气息，空气似乎也凝固了。母亲就这样，度过了一个又一个孤独而寂寞的夜。在父亲写《大漠祭》的几年里，母亲老了许多。她像慈母一样关怀着父亲。如果没有那份等待的煎熬，她至少比现在年轻十岁。她做到了寻常人做不到的一切。她是父亲成功的桥梁。

陈亦新说得很对。

陈亦新很像我

很多人看了上面那篇文章后，都觉得非常惊讶。让他们感动的，并不是陈亦新的文笔，而是他对父母的那种理解和尊重。

很多孩子都做不到这一点，一些父母和孩子之间，有着解不开的心结。虽然父母很爱自己的子女，但他们的爱总是不能完完全全地让孩子理解，而他们自己，也不能完完全全地理解孩子，所以，孩子觉得父母很难沟通，父母也觉得孩子不听话。这就是部分中国家庭呈现出的一种状态。我的家庭虽聚少离多，但家庭氛围非常和谐、幸福、快乐，孩子的心态非常健康，还那么懂事。我开写作培训班时，跟许多家庭打过交道，我也有很多的学生，接触他们之后，我发现，大部分家庭都不那么和睦，总有一些若隐若现的矛盾和纠结，就像地下河流一样暗暗涌动，遇到某种刺激时，就会突然爆发，把整个家炸得四分五裂。所以，好多做了父母的学生，都很想知道我是怎么教育孩子的。他们都希望自己的孩子能像陈亦新这样，也希望自己能像我这样。

陈亦新很像我。他很小的时候，就知道追问什么是大善，什么是大美，什么是大爱，什么是人生的真正意义，什么是完成自己。因为，他从小就跟我学习人格修炼。我也不断给他灌输大量珍爱生命、善待他人的信息。对文学，他也像我一样痴迷。他这辈子最大的梦想，也是当一个作家。他不仅仅想当一个畅销书作家，还想当一个非常优秀的作家。所以，身边的孩子都在玩游戏时，他在读书；身边的孩子在混日子时，他也在读书；身边的孩子在享受攀比时，他仍然在读书。所以，他虽有一颗童心，看起来一直像个孩子，也充满了生机和活力，但事实上，他非常成熟懂事，做事也很灵活老练。

不过，我更看重的，并不是他有多么的老练出众，而是他懂得选择，能放下小我，融入大我。2011年，当我问他，你要不要来广东跟我一起做事时，他答应了，马上就关掉了年收入好几十万的写作培训班，到广东来，做一些利众的事，主讲一些公益文化讲座，写一些传播文化的文章，给我当司机，还要履行广州市香巴文化研究院副院长的职责——他这个副院长，一直都只有副院长的付出，没有拿过副院长的工资。为了履行这些职责，他把自己那部早就进入修改阶段的小说一拖再拖，至今仍没有出版。他并没有像很多人认为的那样，因为我而得到多少好处，相反，他牺牲的比许多人都要多。心印曾说，陈亦新非常了不起，他跟很多人共享了一个父亲，而且，他很随喜父亲对其他孩子的付出，这是一般人做不到的。心印说得很对。陈亦新从我这里继承的，不是什么特权，而是一份明白、慈悲、责任和担当。虽然我经常训他，从不给他留面子，但是，在我心里，对他还是满意的。

我觉得，我对他的教育，也算是成功了。

对陈亦新影响最大的，是我和他妈妈的生活方式、思维方式、相处方式。所以，他很大气宽容，心里没有那么多乱七八糟的东西。他始终在追求更大的人生格局，而不是女人、名车、地位之类。最重要的是，他懂得如何去爱别人，也懂得如何去珍惜。他也知道，自己做的很多事情，都是在完成自己，是在实现自己的价值，提升自己的人生境界，他不像很多人那么功利，也没有要求过回报，所以，很多人都说，跟他在一起非常舒服，也很快乐。

真正的大善文化，就是消除人类内心的负能量，让人回归自性，回归天性，回归最本真的自己，回归最自由的灵魂状态。在这种状态中，人是没有那么多二元对立的。之所以很多人一见到我，或看了我的书，就会进入一种寂静和安详，也是这个原因。他们被某种心灵力量磁化了，真实地体验到了一种文化的内在理念。如果一个人经常生活在这样的氛围之中，他一般是不会变坏的——除了那些丧失了信仰的人——所以，老祖宗提倡亲近善知识，远离恶友。善知识，就是明白了真理，证得了真理，并且有相应行为的人。你跟这种人学习，经常接受这种人的言传身教，就会慢慢地被他同化，变成他那样的人，也就是所谓的近朱者赤，近墨者黑。

现在，那个小孩子也马上要结婚了，这其实也在提醒我，我的生命又老了一段。

除了从我这里继承了一种责任和担当之外，陈亦新也继承了一个梦想。他在童年时，就想当作家。我给他算过一笔账，这笔账的内容，他写进了《我与父亲雪漠》一文中："假设人生七十年，睡觉占去三分之一；上学占去十六年；吃饭、喝水、上厕所每天算两个小时，这将近五六年；谈恋爱再占去几年；生孩子、教育孩子，为孩子上学、工作、结婚操心再占去几年；还有孝顺父母、看电视、上网、锻炼身体……"这笔账得出的结论，是负数。那数字给了他很大的震动。当时，我之所以给他算这笔账，就是想告诉他，要想成功，要想实现梦想，就必须珍惜时间，珍惜生命，舍去一些不必要的物累。因为，一个人可用的时间，其实并不多。假如把很多琐事填进生命中，人的一生，基本上就虚度了。所以，他也非常珍惜时间。上高中时，他每天三点起床，六点多去上学，其中的那段时间，就用来写作。为的，就是多争取一点时间，好尽快地实现梦想。

现在，陈亦新的文章已经不错了，2011年，他刚来东莞时，就写了一篇散文，叫《三千公里外的家》，一发表，就在东莞获奖了。他还写了一部二十多万字的长篇小说，虽然还没有出版，但初稿早就完成了，我看过，写得很好，但现在他还在一遍遍地改，等机缘成熟后，大家或许就能看到。它写的也是人类寻觅永恒的故事，但那故事跟雪漠的故事不一样，它是陈亦新的心灵历程。

这就是文学的有趣之处。故事的主题，仅仅是一粒种子，它种在不同的心灵土壤中，就会长出不同的果实。至于会长出怎样的果实，就要看种子投入了怎样的心灵。

陈亦新一直在善文化的氛围里熏着，也一直在实践。他不断在消除自己的习气，消除自己的欲望，让自己变得更博大一些，更宽容一些，更慈悲一些。他没有文人相轻的那种东西，能为别人的成功衷心地感到高兴。这一点非常不容易，有人活了一辈子，都做不到，尤其在文人的圈子里。

陈亦新之所以能做到，是因为他知道这辈子最重要的是什么，他知道这个东西以外的一切，都留不住，都没有真正的意义，都不值得我们去执着，不值得我们去在乎。所以，他不做名利的奴隶，也不做金钱的奴隶。他从来没有对我提过任何超出生存的要求，也没有太多的欲望。所以，他可以节省大量的宝贵生命，去做一些岁月毁不去的事。

世界上每分每秒都有无数人在死去，也有无数人在诞生，有无数人在成名，也有无数人在经历悲剧。世界很忙，人类也很忙。没有人会毫无来由地记住另一个人，除了他的至亲、挚友、恋人。但这些人也有自己的生活，他们的生命也有自己的长度，除了那些建立了功德的人，谁也留不下去的。

真正有大智慧的人都明白这一点，所以，他们会放下一些毫无意义的东西，直接追求生命的终极目的，直接建立岁月毁不去的功德，直接做一些贡献社会、利益他人的事，实现自己的价值和意义。他们不会在利益的追逐中徒耗生命的。

不过，当年的我，没有陈亦新那么幸运，没有人为我提供实现梦想的平台，告诉我每一步应该怎么走。我的父母也很爱我，对我很好，也会经常教导我一些东西，但他们没有我需要的智慧——或者说，他们也有一种了不起的智慧，但那种智慧，只能让他们成为很好的农民，却不能让他们成为大师。

我不想做农民，也不想做一个很好的教师，不想做一个公务员，我有我自己的梦想。而我的梦想，是一条必须我自己去走的路。早年的我，没有同行者，也没有引路人——后来，我也有了自己的恩师，像雷达老师和陈晓明老师等——我的寻觅之所以那么艰难，就是这个原因。

所以，我身边的那些孩子最幸运的地方，不在于他们得到了什么特权，而在于他们有真正的信仰，愿意实践一种文化，而且，也有人能告诉他们这条路该怎么走。这一点，是他们自己的选择。

二十岁，我只想改变命运

许多岁月云烟般远去了，留不下任何痕迹。要不是这次请客，我不知道还有没有机会来追寻流逝的岁月。

过去的事情，我从不放在心上，我总在自己的了无牵挂中，宁静安详地活着，有时发出感叹，也是希望孩子们能珍惜自己所拥有的，达成属于自己的那种明白和自由。在这个世界上，很多人都在承受贪欲和愚昧带来的痛苦，他们都想解脱，但不知怎么解脱，他们也像当初的我那样，没有老师。他们甚至连接触修心的机会都没有。茫茫人海中，他们很难找到真正的善知识。

所以，我想以书籍为载体，传承一种文化，这样，以后的人即使找不到老师，也能在这些书里找到正确的路标。当他们沿着这些路标一天一天地寻觅，有一天，他们就会胜缘俱足，遇到生命中最重要的那个贵人，最后，他们就有可能证得智慧，改变命运。这就是我为啥写了那么多文化著作的原因。

不过，二十岁的我，还不知道出路在哪里。未来对我来说，是一个黑洞。我看不清里面有什么，也看不清自己最终会走到哪里，我只是在走路。而且，我走得很认真，也很坚持。

在南安中学工作时，我的工资很低，不能给鲁新云买啥东西，甚至不能给自己补充营养。我把省下的工资，都用来买书了。当年，我每周都会进城，去邮政报亭取我订下的书。后来到北安小学教书时，我也是这样。因为，那两所学校都很偏僻，附近没有买书的地方。有时礼拜六回家，我就把珍贵的书都放进一个大包里，用自行车捎回家里放着，回校时，再带上。我生怕它们丢了。我对书的热爱和珍惜，已到了一种痴迷的地步。这不仅仅是因为我天性爱书，也是一种理性的选择：在我们那片土地上，一个人想要走出去，改变命运，他唯一的希望，就是读书。不读书，我就走不出传统文化的封闭，走不出历史文化的桎梏。我的视野，就永远无法超越我工作的那所小学、中学，或是教委，也无法超越我的家庭和我生长的那个村子。那么，我就不可能拥有大的人生格局，也不可能写出大作品。如果一辈子只能实现一些很小的东西，我就觉得白活了。

当然，二十岁时的我，还没有考虑到这一层。我只想走出自己的命运。

当时，我最大的短期追求，就是考大学。所以，我学习的重点，一直围绕着大学的必考科目，包括历史、地理、俄语，尤其是历史。后来，我失去了考大学的机会，背下的大量资料也没有用上，但好的一点是，那时的用功，让我后来的写作非常受益。因为，我的历史等知识非常扎实。

那时节，还发生过一件事，现在一想起来，我就格外地感伤。

南安中学地处偏僻，很难找到俄语教材和辅导材料，我真的伤透了脑筋。后来，我的高中同学叶柏生知道了，就帮我买到了我需要的所有资料——他当时在清华大学读书。当时，我对他特别感恩。后来儿子结婚时，我叫他不要去别的地方了，9月份来参加婚礼，他答应了，却没来，连道贺的电话都没有。我打电话去问，才知道他外出考察，在8月22日遭遇车祸，离开了人世。知道那消息时，我非常难受，也很感慨。人生中的好多事情，真的说不清。

人生中充满了这种无奈，我们能做的，仅仅是尽力去改变一些东西，改变不了时，也只能坦然地接受了。

关于考大学的事情，我也非常无奈。

当年，为了考大学，我拒绝了很多安排——比如，我不肯当班主任，总是一下课就躲进房子里，做我计划好的事——便得罪了刘站长。他最初就很反感我练武，总是批评我，每次开会，他不批判我，我就会觉得很意外。后来，他就把我调到了比南安中学更偏僻的北安小学，还拒绝了我的高考申请，不给我在申请书上盖公章，我就无法报名，无法高考了。他当时的理由是：

师范生教小学没问题，不用考大学了。

我为考大学做了那么多的准备，花了那么多的工夫，却不让考。不让考也没办法，只能不考了，我虽然无奈，但没有争辩。我知道刘站长是怎么想的，知道争也没用，那么，就平静地接受吧。既然不让考大学，我只好写作了。

很多时候，我都是这样对待世界的。虽然我不是唯唯诺诺的人，但也很少去争取自己的利益，因为我知道，在死亡面前，很多东西都没有意义，我在乎的，是宝贵的生命和时间。过去那为数极少的几次争，也不是为了世俗利益，而是为了保证自己有足够的时间、独立的空间，去追求我的梦想。表面看来有些吃亏，但我一直都是这样的。我知道，一切都会过去的，面对命运中的不如意，我宁可活得高贵些、从容些，不想难为自己的心。

人生中有很多无奈，那是人生的必然。有时，是一些小无奈，无论多么努力，都得不到你想要的东西；有时，是一种大无奈，你明知不可为而为之。如果你想要少一些无奈，就要变得很强大，直到能不断战胜外界的很多东西。但是，你始终战胜不了死神、战胜不了时间，也战胜不了衰老的，最后，你仍会一败涂地，这是生命的必然。每一个人能做的，其实仅仅是让心灵强大起来，能超越那些无奈，安详、随缘地活着，做出当下最好的选择，享受当下的活着。当你做到这一点时，你往往会发现，自己已经在很大的程度上控制了命运。而且，眼下觉得不好的事，多年后再看，或许就不会觉得不好了。

多年后我发现，刘站长其实帮了我，要是我在二十多岁时上了大学，或许就是另一种命运，就没有今天的雪漠——也许我没有机会在后来跑遍凉州并闭关。所以，他当时对我的整治，很难说是在给我制造违缘。

但是，那时节，离开中学到北安小学，在一般人眼里，是一种惩罚。我在接到调令的一个小时内，就离开了中学，骑一辆破自行车，捎了我所有的家当，去了小学，真有种被流放的感觉，但是我没有丝毫的争辩，就走了。

后来的多年里，我就这样被惩罚性地调来调去，但是，我仍然坚守着自己的梦想，朝着那个方向一直迈进。当你越走越高的时候，你就会发现，其实很多人，在某种环境里都想拉扯你的，因为真正想向上的人很少。在一个小花盆里，是容不得大树的，正所谓"木秀于林，风必摧之；行高于人，众必非之"。后来，我闭关时，关房里有这样一句话："耐得寂寞真好汉，不遭人忌是庸才。"我知道，只要自己不倒，任何人是无法打倒我的。我的心灵一直很强大。这源于我的信仰，我有着更高更大的灵魂标杆，所以，在生活中，我便看淡了一切。对我来说，一切都是生命的体验，同时，也是命运必需的经历，没有刻骨的灵魂体验，我的小说就不会有那种震撼人心的力量。

不过，被调到北安小学时，我还是有些不安。因为那学校很偏僻，我不太了解那里的情况。而且，听说小学里没食堂，得自己做饭，这对不会做饭的我来说，真的不是一个好消息。但既来之，则安之，我也管不了许多了。

到了北安小学，我只提出一个要求：要一间单人宿舍。校长答应了。

于是，我将从南安中学带来的那张油布挂图挂在我的窗户上，又开始了读书、写作和静修。惩罚性的行为丝毫没有影响我的心，我还是延续了在中学教书时的习惯。

北安小学的鬼故事

这次我请的东客中，也有我在甘肃武威双城镇北安小学工作时的同事。

北安小学非常破旧，学生不多，可对我来说，变化其实并不大，因为，我仍然躲在自己的小房间里读书、写作，每天早中晚各修一座禅定，每座至少两个小时——放假看校园时，一天会修四座，每天累计在八小时以上——身体的锻炼也抓得很紧。不闭关的时候，我每天至少有三座静修，到现在也是一样，哪怕是功夫成片达成无修之后，我还是坚持在每天的早中晚各修一座。我想给学生们做个表率，不要以任何理由放松修炼。

在北安小学，我像《武林志》里的那个老汉一样，将一间废弃的教室布置成练武场，里面吊了沙袋，摆上树桩，栽了葵花秆，练梅花桩、九宫步、飞镖啥的，把墙上扎得全都是洞眼，也练静功，倒也逍遥。

当时，我不但自己练武，也教一些孩子们练武，所以，当地的老百姓都知道我，对我也很好。最初，我不会做饭，就买了好多面，到附近的一个叫郝玉兴的铁匠家里，请他帮我做饭。可是吃了一段时间，我就再也不去了。

因为我发现，他和他老婆对我太好了，每次我去他家，他们都会做上很多好吃的饭菜，无疑给他们增加了麻烦。所以，我就决定自己学着做饭。

最初，我没把调到北安小学的事告诉父母，怕他们担心，但他们还是知道了。因为，在那个年代，中学里炊事员做饭，是需要老师们自己交面粉的，爹怕我的面粉不够，有一天，就自己骑了自行车给我往南安中学送，却听说我被调到了小学。他很是为我担心，就捎了面，去北安小学找我。

爹后来说，他听到那消息时，真有种晴天霹雳的感觉。当时，他很想找到我，问清楚到底发生了啥事，为啥叫调到小学里去了，但他不知道北安小学该怎么去，只好一路打听，慢慢地找去。看到那冷清的环境，破旧的校园，他的心更沉重了。他知道小学里没有炊事员，心想，娃子咋吃饭啊？心里难受极了。毕竟我当年才二十一岁，又不会做饭，在父母眼里，我还是一个不会照顾自己的孩子。

他一见到我，就问，你是不是犯了错误？他以为，要是我不犯错误，是不可能下放到小学的。我如何解释，他总是似信非信。后来，他总是要我跟领导搞好关系。而我自己，其实没跟人闹啥别扭的。别人看不惯我，是别人的事。我自己，除了上课吃饭，总待在自己的宿舍里，一不迎合，二不应酬，三不争名争利，除了教学之外，我有自己的空间和自由。这样，就能保证我做我该做的事，我从来不去干涉他人的事。但在生活中，却一直有人总想干涉我，总对我指手画脚，制造一些违缘和流言。凉州的群体意识中，不喜欢你个性太突出。如果你在人群中高了一头，立马就会成为众矢之的，会遭到群体性扼杀。这是很奇怪的一种现象。在我的人生经历中，不管在哪个群体，还是在哪个单位，都是如此。因为太惹眼，当然，不仅仅是相貌的惹眼——那时候，我就留了胡子——还有很多在他人眼里似乎是奇谈怪论的东西，都叫人不舒服，特别是那些有点权力的人，我的存在，对他们来说，就是一种不和谐。

后来，我一想到爹得知我调到小学后的那份难受，心上就有些过意不去。

爹最担心的，是我不会做饭。那时，我只会做拌面汤，这有点像城里的疙瘩汤，只是没有菜。我的做法是，烧一锅水，把面拌成疙瘩，下到锅里，一煮，有点像糨糊。我一天只做一次，吃三顿，有点像范仲淹画粥而食的意味。那时，我不知道剩饭在四个小时后会有细菌。我只想节省时间。结果吃了几个月后，我得了肠炎，每天早五更，就会疼醒，拉肚子。那时的我，并不认为那是病，反倒很高兴。因为，即使我醒不来，那疼痛的肚子也会叫醒我，有种以苦为乐的感觉。那时候，我常常想到的就是孟子的"天将降大任于斯人也，必先苦其心志，劳其筋骨，饿其体肤，空乏其身，行拂乱其所为"，我总认为，这是上天对我的考验，我坦然接受这样的考验。这种状态持续了很长时间。

说出这些，并非我有意拔高自己，显得自己多么伟大，而是我确实经历了那样的岁月。那时候，即使再苦、再累、条件再不好，一个人只要自己不倒，任何人是打不倒你的。你要想做出不凡的成就，就必须付出努力。这种坚韧和毅力，也与我的刻苦练武有着很大的关系。

那时的北安小学东南方，也有一个小河湾，离学校有两公里左右，因为有许多坟堆，平时很少有人去。每天凌晨，我就去那儿静修和练武。在那里，最容易让人生起出离心，看淡红尘中的纷争。面对那些乱坟堆，我就想，争什么争，斗什么斗，争来争去，斗来斗去，最终所有的人都会进入坟堆里的。一想到这，我心里就很宁静，生活中带来的烦恼和不快，也就很快消解了。那时候，我想到最多的就是死亡，一直想了脱生死，解开生命的真正奥秘，而其他的事，在我心里，也都是小事了。那时候，我的禅定功夫很好了，也有了诸多体验，所以，相对而言，外界的纷争一般干扰不了我，我时时都会沉浸在自己的世界里入定。

除了吃饭教书之外，我的所有时间，仍然用来静修、读书、练武，也仍然在打扫房间时开着录音机，听《庄子》们，一直是一心多用。

那时节，北安小学老有闹鬼的说法，我也有过一些神奇的经历。

到河湾里练武的一个月后，我做了个梦——但清晰得不像梦——梦见自己仍然到河湾里静修、练武，看到远处的坟堆上，有个女人像猴子那样蹲着。那女人一见我，就跳下坟堆，跑过来跟我对打，那招式，竟跟我一模一样。对打了一会儿，她突然跪下来叫我师父，还说了自己的来历。她告诉我，这一个月以来，她每天都跟我静修习武，学了很多东西，现在她超升了，要去某个地方，特地来谢我。后来，我问村里人，人家才告诉我，旁边的坟堆里真的埋了个女人。这事儿，有点怪，但实录下来，权当故事吧。那个小村里，这类的故事很多，我们可以看成一种集体无意识的产物吧。

在北安小学里，我没有改变自己的生活方式，仍然在那昏暗的小房子里，没日没夜地做我该做的事：静修，写作，读书。那两年里，我补充了文学营养，积累了成功所必需的一些知识。到了假期，是学校里最安静的时候，因为闹鬼的说法，别人都不愿意看校，所以每到暑寒假，我总是一个人待在学校里，不回家，静静地做自己喜欢做的事情，那是我最开心、最自由的时候，没人干扰我。

　　有一天，我出去办事，回来时，那位叫郝玉兴的铁匠说，小陈老师，刚才来了两个女的，进学校了，可能是你的女朋友。我说不会吧，校门锁着，她们应该进不去啊。然后我进去一看，果然没人。但是到了夜里，我突然看到窗外烈火冲天，正烧着两个女人，那情景很是恐怖。所以，在北安小学教书的两年里，我睡觉时常常不关灯——即使不关灯，房里也会发生诡异的事情：半夜里，我老是发现桌子旁边坐了人，跟我聊天，此外，也经历了一些鬼皈依的故事。平日里，也经常听到一些稀奇古怪的声音。但我都当成幻觉之类，不予理睬。

　　这些事情，我没有告诉任何人，尤其没有告诉我的父母，怕他们担心。可后来，人们还是知道了。

　　在北安的时候，我认识了后来的诗人北野。后来，他在一篇文章中也提到过这些往事，当时，我给他的印象就是胡子拉碴、兀兀穷年、落魄至极。后来，他在编辑《武威大辞典》时，就将我的《大漠祭》《猎原》《白虎关》全部选了进去。

　　一天，我去外面，叫北野看校，住在我的宿舍里。早上一见他，他就说，这学校里闹鬼，有怪声，响了一夜。

　　村子里也老是发生一些怪事。比如，一天，一人叫鬼迷了，趴在涝池里一边吃淤泥，一边高叫："香呀，亲家的好长面。"要不是村里人发现及时，他就会叫淤泥填死。有很多次，村里人说有几个女子进了校园，但事实上，校门一直是锁着的。北安有许多诸如此类的故事。

　　但即使是这么一个奇怪的地方，我也是安然地待着，做我该做的事，将一切都视为幻觉，一待，就是两年多。

我是人群中的烧山羊

我在北安小学教书时，鲁新云已初中毕业了。她的成绩很一般，就没有继续念书。她也没有什么成功啊、永恒啊、事业啊之类的概念，就留在家里，帮父母做些农活。这一点，她很像"大漠三部曲"里的莹儿。她是一个为诗意而活的女人，爱情对她来说，就是一种信仰。所以，在对待爱情的问题上，她就像莹儿一样倔强。她爱了就爱了，不会管值不值得，也不管未来会如何。她只问自己愿不愿意。愿意了，就守一辈子；不愿意，你就算给她金山银山，她也不会待在你身边的。她就是这样的女人。她甚至不管那么多的概念和规矩，她只管爱情本身。所以，我在北安小学教书时，她还是会来看我。每次看我，她都会带上一些馒头。她知道，我虽然学会了做饭，但做饭对我来说，仍是一种毫无意义的消耗，她也想尽量帮我节省一些时间。可是，她不能常来。

因为没有订婚，她妈妈其实并不随喜我们来往，怕当地人会说闲话。但她要是太久不来看我，我就会在日记里骂她，发泄一种无法释怀的情绪。为了宣泄这种情绪，我还经常在日记里虚构一些故事。那些故事里，总有一些我生命中不曾出现过的女子。她们代表了我的一种向往。从中，也可以看出我当时的一种心情。

那时候年轻，也需要朋友间的交流和倾诉，但大部分时间，我仍然喜欢沉浸在自己的孤独中，让读书、写作、修心占据我全部的生命，所以心中也就不会想东想西，很专一，不散乱。有时，孤独极了，我就写日记，在日记中自己同自己说话，那时候，记日记成了我最好的练笔，也留下了许多资料。有很多内容，现在看来，也很有趣。虽然我将所有的心思都用到了修心和读书上，但我的日记中，还是能看出那种沁入我灵魂深处的孤独。

真正的孤独，是一种境界。当你到了某种境界时，孤独自然就相伴了。那时候的孤独，多出于无人相知的境界，而后来，我证悟空性之后，便是一种大孤独了，当然也是一种大自在。

其实，在那种闭塞的环境里，我很想找个朋友聊天。我说的朋友，是真正的朋友，是知己，是灵魂上的朋友，但我找不到。世俗中的朋友，我是能远离就远离的，因为实在不想浪费时间。所以，从很早的时候起，我对朋友的选择就是极为挑剔的。我想，要想让自己趋向伟大和完美，就要向大师看齐。混混堆里，出不来大师。

幸好，鲁新云会时不时地给我送来馍馍之类的吃食，在那段时间里，这是我唯一的温馨和诗意。

那时，我总是期待一种清凉的存在，它会像我虚构的那些女子一样，静静地路过我的生命，带走我灵魂中的孤独。我向往她们，就像向往我灵魂中的母亲，就像琼波浪觉向往奶格玛，就像琼向往雪羽儿。我向往的，不是一个完美的女子，而是一种更高尚的存在，一种出世间的爱。它是没有一点污垢，也没有一点欲望的。它是灵魂中的诗意、依怙和清凉。我也幻想着，假如有这样的女子做伴，人生或许就不会孤独了。

不过，有时的虚构，也跟向往无关。我仅仅是想气气鲁新云。骨子里，我还是童年时那个喜欢恶作剧的少年。

有一天，我发现一个农民用墨粉画了山口百惠，画得非常美，我就把那幅画要来，挂在房间的墙上，还编了一个初恋的故事，写在日记里，专门气鲁新云。我大量地描写那初恋故事，描写那个女人，写得很是细腻详尽，好像那女人真的在我生命中出现过一样，现在看来，实在很好笑。因为鲁新云是我的初恋，在她之前，我从来没跟别的女人交往过，就连关系很好的异性朋友都没有。但鲁新云不知道这一点，她看了那墨粉画，又不认识山口百惠，就把我编造的故事当真了，还难受了好长时间。

在北安小学时，我的际遇跟在南安中学时很像，虽然也有温暖的时候，比如我常跟几位老师一起做饭，大家最喜欢吃的，就是揪面片。时不时地，老师们还会打平伙，就是大家凑钱买了羊肉，煮了一块儿吃，但是，我还是喜欢一个人待着，依旧用那黑油布蒙了窗户，依旧喜欢熬夜。为了驱走睡魔，我总是喝浓茶，那种牛血一样的浓茯茶我喝了多年。后来，因为睡眠时间很少，有时，无论多浓的茶也驱不走我的瞌睡，我就用冷水洗脸，或是大冬天窗户大开。现在想来，这种方法的效率不一定高。不过，在那时，我其实不追求效率了，我只是在跟自己的懒惰——有时其实是极度的疲惫——较劲。

我的灵魂也始终在独行，没有人能理解我的追求，有些人看不惯我的勤奋，就老是在背后嘀嘀咕咕，觉得我是烧山羊。这个"烧"字是发烧或烧坏脑子的意思。你还记得《猎原》里的黑羔子吗？对，他就是人们眼中的烧山羊，他读过书，有了思想，就觉得自己的放羊是在造孽，是在跟子孙们抢饭碗，所以他总是拧个眉头，说一些别人听不懂、也不爱听的话。他最大的苦恼，就是不愿混日子，却又不知道，自己如何才能不混日子，如何才能活得像个人。最后，他把自家的羊们一只只捅死，像灵官那样，走向了一个更大的世界。他会走向哪里？他的未来会怎么样？不知道。每一个走向寻觅的人，其实都走进了一个巨大的未知。但是，他们至少拥有了一种改变命运的可能性。

我也是人群中的烧山羊，对庸碌生活的拒绝，就是我当时的出走。

不过，我是喜欢交朋友的，尤其喜欢交真诚的朋友，我常去老百姓家里，跟老百姓聊天，收集农村的一些故事，记录老百姓的生活细节。因为我总是用一颗真心跟他们交流，所以总能跟他们打成一片。

过年时，我总是主动提出看守校园，就一个人待在空荡荡的校园里，享受一个人的清净日子。远处传来阵阵鞭炮声，我知道老百姓们在辞旧迎新。这是一个阖家团圆的日子，我家院子里，此时也在放鞭炮吧？

过年前，爹曾来学校找我，希望我能回家过年。他说，你一年就这么一个假期，还是回家住几天，一家人好好过个年吧。我知道，爹妈想我了。进城读书之后，我很少回家。但我还是拒绝了。我对爹说：爹爹，我不回去。小孝是给你端茶供水，大孝是光宗耀祖，让你为我骄傲。我要做个大孝之人。你相信我，我将来一定是个了不起的人。父亲叹了口气，就回去了。可是，望着父亲苍老的背影，我的心里，其实充满了一种说不清的感觉。

对父母，我有很深的感情，但自从开始追求梦想，我就很少跟家人团聚。天伦之乐，已成了难得的享受。很多人都觉得我六亲不认了。但别人的看法，一向跟我没有关系，我在乎的，仅仅是了脱生死、改变命运，这也是我尽孝的方式。

当然，我所说的大孤独，并不是别人都不理解我的心，而是我无法改变一些人。我明知只要改变观念，他们的命运就能改变，但我没有办法把这种明白塞进他的心里，有时，只能眼睁睁地看着一些人堕落，看着一些有着大师潜质的人，最终变成混混。这是一种大悲悯，也是一种大无奈。它不是轻慢，不是失落，也不是愤怒。它跟"我"是没有关系的，其中没有任何的我执。当我用智慧观照世界时，觉得别人愚昧也好，睿智也好，都不要紧，我尊重他们的活着，我只在乎自己做的事有没有意义。如果有，我就一直做下去；如果没有，我就会停下来，做我该做的、有意义的事。

所以，证得智慧后，我已走出那种无人相知的孤独了，而有了一种大悲悯。如今再说这些往事，仅仅是想表述一个过程，让你明白一个人是如何从不明白到明白的，中间经历了一种怎样的灵魂挣扎，那种挣扎又会给自己带来怎样的痛苦，我是如何超越那痛苦不再执着的。我想通过这三十年来我的变化，来展示这个过程。

我的生命经历会告诉你，遇到困难和阻力时，不要对自己失去信心，因为一切都很短暂，在整个人生的长河中，它太微不足道了，如果把它放进无始无终的时间，它更是渺小如一个水泡，很快就会消失的。你在自省的时候，在感到无助的时候，也要给自己多一点耐性，你要知道，经历了这一切之后，生命的真谛就会向你展开它的微笑。我也想告诉你，信仰让你追求的，不是一颗石头心，不是对一切都没有感觉了。

佛陀在远离妻儿、剃度为僧时，心里仍然是有爱的，他之所以一定要离开，只是因为他发现了世界的无常，知道分离是必然的，他想在活着的时候，发现生命的真相。这不仅仅是为了他自己，也是为了他的亲人，和他所爱的人。所以，他可以忍受很多东西，可以毅然决然地做出一个"六亲不认"的决定。

大信仰者的出离心，是滚烫的，它不是没有温度的。

要是有一天，你发现自己看不惯父母，看不惯亲人，看不惯身边的每一个人，觉得他们愚昧无知，对他们产生轻慢、厌倦心时，你就必须告诉自己，你修错了，这不是正修。正修是悲智双运的。就是说，你能明察秋毫，但你不会轻视不明白的人，你允许别人拥有他们所认为的圆满和快乐，也不觉得你高他们一等、有干涉他们的权利。最重要的是，在明察秋毫之外，你还有一颗感恩心和慈悲心，你珍惜与他们生命的相遇。

让人变得安详、慈悲、包容的修炼，才是正修。

所以，我所说的放下万缘，是放下对万缘的牵挂，而不是叫你放下一切人的情感，变成一块石头。在这个前提下，你也要尽量尽好你的本分，做一个好儿女、好父母、好夫妻，让自己和家庭都趋于和谐，才有意义。

我在北安小学教书的那些年，改革开放的春风，也吹到了凉州大地，很多人都开始学着做生意。我也省下工资，托人帮着买了上百只"二八八"鸡，带回家里，让爹妈养上，希望他们能从此脱贫致富。哪知，不几月，全叫爹吃了。因为家里每次来人，爹都要杀鸡待客。爹说，养了那么多鸡，来客人不杀鸡，他会不好意思的。爹就是这样的人，心实，很憨，大气。虽然在一些人眼里觉得这样很愚，但正是这份愚，让他活得很坦然、很从容。这一细节，我也写在了《长烟落日处》里。

惊动学区的对联

那时节，除了学习，我花费大量时间的，还是静修、练武。有时的礼拜天，我也会进城买书，或是到松涛寺学法。这时，我的静功已经很好了，在别人认为闹鬼的地方，我却一点也不害怕。有时，也会遇到一些灵异，但也见怪不怪了。

每当学习累了时，我就静坐。有时，也能用静坐代替睡眠。虽然静功很好，我的内心却是十分丰富的，写了很多诗，看起来很嫩，但可以看出，那时节，我已经有了一个丰富、独特的内心世界。这些诗，有几首后来收录到《拜月的狐儿》里，由中央编译出版社出版了。

对于这段时光，有一些日记，将来机缘成熟时，有缘者就可看到。读者们也许就会发现一个多愁善感却又积极向上的雪漠。所以，我的经历，既包括了世俗意义上的生活体验，又有出世间法意义上的灵魂历练，这就构成了一个多面体的雪漠。后来，我的小说出版之后，很多人读了，发现书中有很多关于信仰的内容，觉得不理解，其实那是他仅仅了解了我的一方面。如果不谈信仰，还是雪漠吗？当然，我说的信仰，不是制度化的宗教。书中的那些关于信仰的内容，其实也是我生命的另一种展示。文学，是我在世俗世界里发出的一种声音。

有时，学习累了，我也会去练武，仅仅是为了让身体健康，不至于英年早逝。我怕我过分的用功，会影响健康，所以，对于练武，我抓得很紧。

一天，当地的一个叫程平的农民说，小陈老师是个贵人，他将来肯定了不得。因为，他没见过像小陈老师那样用功的人。他给过我一些实际的帮助。我给爹妈买产蛋鸡时，就是托他帮忙的。

在当时，像他那样想、那样说的人不多。

有一次，过年的时候，我就在宿舍门口贴了一副对联，上联：哎，谁家放炮？下联：噢，他们过年。横批：与我无关。

这对联，道出了那时我的一些真实心境，但也为我招来了许多违缘。有人看到后，便借题发挥，浮想联翩，这是没有办法的事。同样一件事，不同的心，就会有不同的理解。这本是我自勉的一副对联，可他人就能看出别的意思。其中，也有那个辅导站刘站长。刘站长又在全学区的师生大会上点名批评我说，全社会都在大干社会主义，为啥与你无关？我只觉得好笑，我写副对联，关别人啥事呢？那时，我就想，如果日后我真成了作家，谈起这则往事的时候，人们还会说是我刻苦努力、自强不息呢。果然如此，《大漠祭》出版后，就有媒体专门报道这事。我读后，也觉得有趣，人生就是这样，如演戏一般，不断地变化着。

就是在这样的条件下，我完成了自己的文学必修课和诸多的准备。

在北安小学时，我完成了真正的处女作。那小说，讲了武威一个很有名的民族英雄齐飞卿。他就是北安人。在北安，我搜集了他的很多资料，就写出了这小说的初稿。

关于齐飞卿，百度词条有如下解释：

齐振鹭，字飞卿，武威县人（今双城镇北安村）。生于清同治七年（1868），光绪年间武秀才。能书善画，文武兼备，在乡民中很有威望。

清朝末年，外患频繁，内政腐败，经济凋敝，民不聊生，整个社会动荡不安。孙中山先生领导的资产阶级民主革命，经过多次武装斗争，影响迅速扩大，势如燎原。地处边陲的河西地区，由于连年灾荒，农事不兴，广大人民深受贪官污吏、苛捐杂税之苦，怨声载道。清光绪三十四年（1908）农历八月十六日，齐飞卿领导的以哥老会为骨干的武威农民大暴动爆发了。

暴动当天，四乡六渠农民浩浩荡荡涌进城门，要求县衙减免税收。他们捣毁四大街的巡警岗楼，抄了缙绅王佐才、蔡履中、李特生等的住宅，打伤了捕厅张傅林，知县梅树楠吓得越墙而逃。与此同时，衙署军警已暗中出动，手执快枪马刀，向乡民猛扑过来。因乡民缺乏周密的组织与战斗训练，手中武器又多是长矛农具，无法抵御枪击刀砍，马上就被冲得四零五散。齐振鹭在乡民掩护下，化装逃走，陆富基、李飞虎、于成林等起义组织者被捕遇害。

齐振鹭外逃后，接触了一些革命志士，接受了革命思想，于宣统二年（1910）秋，潜回武威，进行反清活动。他组织哥老会，筹措武器，建立农民武装，积极准备配合全国革命。宣统三年（1911）三月，武威哥老会在齐振鹭领导下，再次暴动，由于准备不周，力量薄弱，这次暴动很快被陕甘总督长庚派兵镇压了。齐振鹭在乡民掩护下准备去西藏，不料被族弟齐振海出卖，被捕入狱。同年十月，武昌起义爆发，革命的风潮波及全国。齐振鹭闻知，又在狱中策划起事。由于起事密令鸡毛传单被凉州知府王步瀛侦获，暴动泄密流产。十月十五日凌晨三时，农民暴动首领齐振鹭被当局杀害于武威大什字，年仅四十三岁。

齐振鹭等人的事迹在武威民间广为流传，被编为故事和凉州贤孝唱段到处宣讲演唱，至今不衰。

那本叫《风卷西凉道》的小说初稿现在还保存着，它没有发表。用现在的眼光来看，它显得非常幼稚，但它毕竟是我第一次真正的文学创作，不像以前，都在记录生活。看了它，许多人都会生起信心的。因为雪漠就是从那么差的小说起步的，说明任何人只要努力，都会成功。

在完成那初稿的三十多年后，我又开始将齐飞卿的素材用入了小说，新小说叫《野狐岭》——2014年由人民文学出版社出版，反响很好，一月内再版三次，还登上《光明日报》光明书榜。可见我不是一个捷才。我的许多小说，都需要几年、十几年，甚至几十年的发酵。从这一点上，可以看出写作仅仅是我的生活方式而已，我的执笔，仅仅是在生活。我用我的笔记下自己的一生，也是在这过程中，我实现了超越。

当然，我的那些作品，是一个浑然一体的存在，随着我的不断成长，我的世界也越来越清晰了，所以，一部部作品，就展示了我的世界。也许，它本来就存在于这个世界上，我仅仅是个出口而已。

在北安时，我曾借到一本很厚的大词典，很是喜欢，就花了很多时间，对里面的词语进行了归类，重新编辑。虽然花了很多时间，好像也没起多大的作用。现在，家里时不时还会发现这类的笔记本，翻开看时，许多内容都不记得了。过去，每找到一本书，我总是大段大段地摘抄其内容，但今天已记不得了。虽然抄的那些文字，对我没有直接的帮助，但我却一天天成长着，现在，我自己写的文字，已经比我以前摘抄的那些好很多了。我的脑中已不再有任何文字，但用时却能流出无数的文字。也许，没有以前的那种笨办法，我是很难进步的。许多时候，我们的成长，需要的其实是营养。

现在想来，我也许真的走了很多弯路。但每一段弯路，其实都有它的作用。一时的失，在整个人生中，也是一种得。有时，它影响了你的选择，有时，它会让你学到另一种东西。

一位朋友对我说了他的一段弯路：他是个特别缺乏爱的人，他的个性中始终有一种软弱的东西，平时还好，遇事时，他的这种毛病就会表现得非常明显。有一次，他就经历了一个考验。他发现，自己是在索取爱，而不是奉献爱；在依赖别人，而不是爱别人。他总是把应该向内的眼光转向了外，所以他的心始终跟着外界而波动。他需要的，应该是放下一切得失，享受他生命的改变。

要知道，一切都在变化，过去的和谐与温馨，或许会突然消失；过去认可自己的朋友，也会离你远去。但是这一切，对你的整个人生来说，也许是好事，而非坏事。因为你多了一种经历。真正的爱，需要清醒的反思。它不是一种贪婪。

我走过的那些弯路，为我打下了另一种基础。那时候，纯粹就是自个儿的摸索，没有人教我，也没有人指点我，就像居里夫人在铀矿沥青中不断提炼镭一般，我也经历了类似的阶段。这个阶段，对于心性的磨炼是很重要的，缺了这一环，便少了一分成就。

磨炼近乎痴狂

那时节，我的磨炼已近乎痴狂了。我经常强迫自己熬夜，半夜里喝浓茶，肚子饿了，哪怕晚上一两点，也会给自己做饭，吃完接着学习、写作。

在 1984 年 1 月 28 日的日记中，我写道："夜已经很深了，灌下过多的浓茶已经让我下泄，我像喝药一样喝着茶。我真苦啊！我多想吸烟啊！但我毕竟戒了它。"这时的我，已不再吸烟了，但疲倦感总是笼罩着我，我老是写不出好作品，于是，我的灵魂就被巨大的失落感和烦躁感所笼罩着，像是一个无助的孩子，在冬夜里瑟缩着，没有奔跑的力量。但我的文字却越来越好了，细腻感性，富于想象，而且眼光独到，也有了写虚的意识。或许，真是"文章憎命达"，只有经历了坎坷，只有经历了挫折和失落，灵魂才会有强大的力量，文字才会厚重。所谓的大气，不是凭空而来的，它是灵魂中某种力量的展现，不是表演，也不是捏造。我一直在有意训练一种独到的眼光。我为日后的写作，打下了很好的基础，但我的心头，还没有闪现那道非常重要的灵光。

我说的那灵光，是一种智慧的光明，也就是我说的灵性写作的那种灵性。当你的本有智慧显发时，你和世界就没了障碍，世界就会从你的笔下源源不断地流出。你也就不用再去寻找灵感了，整个世界，所有在你的世界中出现过的场面，都会变成你的灵感：一草一木，一山一水，一哭一笑，一场纠纷，握紧的双手，微微吹拂的清风，孩子沾满了米粒的小脸……所有的感受，会像水一样流入你的世界，你的笔会像打开的水龙头一样流出它们。不过，这一切，离我在凉州北安小学的那时，还有很长的距离。这是差不多十年后才会发生的事。真正的发生，是在我打碎了自己之后。那时，才会有一颗低到极致的心，有一种包容的态度，有一种充盈宇宙、遍及万物的慈悲，有一种毫无欲望的积极，你的心才算真正地打开了。这时，你的心才会属于你，你的笔也才会属于你。世界给你的馈赠，就是向你展示它所有的美，让你的心充满诗意。

在北安小学的那时，我其实就是缺了一种无我的慈悲，我还非常在乎自己的感受，所以心中充满了焦虑。虽然我的心里总是有一种诗意的东西，它在鼓舞着我、温暖着我，让我一直都没有放弃，但是我的心里，仍然充满了焦虑和烦闷。

我最大的焦虑，就是时间的飞逝引起的焦虑。我总觉得自己不够珍惜时间，总觉得自己没有把握好生命中的每一秒，总感到生命像流水那样飞逝，也总是因为不能更好地珍惜时间而陷入恶性循环。那时，我每一本日记的封面，都写着这样一段文字："当你翻开日记时，你是否想到，自己已经把最宝贵的组成生命的材料无辜浪费了许多？你愿意这辈子庸庸碌碌无所作为吗？"我当然不愿意，我从灵魂深处厌恶庸碌。

这样的日子，我过了好几年，我能坚持的唯一原因，就是我有信仰。有信仰者，有自己的标准和生活追求，所以不会轻易被环境裹挟。我虽然会受到外界的干扰，因为外缘而发生波动，但是我最主要的还是面对自己的贪嗔痴，所以，即使在最烦躁的时候，我也没有降低过对自己的要求。每天，我座上静修都不会少于六个小时，再忙也是这样。

那时节，我在日记里写下了这样一段话，从中，你或许就能看出我当时的心情："既然这个世界上没有你的知音，你就和自己说说话，请记下你艰苦跋涉的足迹吧！"那时的我，确实感到了痛苦。不过，另一方面，因为自己一直在进步，那时的苦，也就变成了另一种乐。所以，有时不用太计较自己有没有达到那个目标，一天走一点，进步一点点，不要太急躁，允许自己有个成长的过程，只有这样，你才能坚持下去，要不，很快，你就会把自己给压垮了。

这些，都是我在北安小学的收获。不过，我的另一个收获，是学会了做饭。这样，我就能远离人群，独立生活了，它为我后来的闭关打好了基础。

在北安，我待了好几年，其间我曾给武威市文化馆的冯老师写过一封信，信里说：我二十五岁一定会在甘肃成名，三十七岁一定会在全国成名——这类话，我后来跟当时主编《武威报》的老作家李田夫也说过，后来都应验了，包括一些细节，比如《大漠祭》会在上海出版等等——请他把我调到文化馆里，让我有一个好些的学习环境。冯老师鼓励了我，给了我一些稿纸。多年之后，在一次搬家中，他发现了我的那封信。那时，《大漠祭》已有了很大的影响。他说，这家伙，十多年前就知道他的今天。

那个时期，我很珍惜生命中的任何一点鼓励。每一点鼓励，都是我灵魂中的温暖，是远方的星光，我在心里珍藏着它们，就充满了前进的力量。虽然那些逆行菩萨们，也是在对我进行另一种鼓励，但是前者给我的感觉，定然温暖得多。

本来，按西部的惯例，我应该请一些编辑老师当我的东客，但我怕打搅他们，就没去请他们。

在北安小学的时候，我见到了《飞天》杂志的冉丹老师。他是来找另一位作者的。我见了他，但他并没有记住我。几年后，我才真正跟他认识了。他是我文学上的第一个贵人。几年后的1988年，朋友雪琪将我的小说推荐给冉丹，冉丹看后批语说："此人的文字功底和文学感觉都极好。"就是这句话，让我看到了希望。那时，我的身边一直没有能够点拨我的人。我一直在寻找文学上的老师。冉丹的出现，让我看到了这种可能。冉丹建议我读《百年孤独》。后来，我在同事的一堆旧书中找到了它。读了那本书，我才知道，原来小说还可以那样写。读完《百年孤独》，我第一次开窍了——不过，更大的开窍，离我还很遥远，大约在十年之后，我才有了第二次文学意义上的顿悟。

我的生活积累本身就很丰富，所以素材、观察和思考，我都不欠缺。在我真正开窍的那时，我过去积累下的一切，都变成了我灵魂中的乐符，随着我的笔流淌而出，有了一种天籁的味道。那时节，我终于感受到了写作的快乐。那真是快乐，我没有了自己，没有了文字，没有了写作，没有了成功，只有一种灵魂绽放的快乐。"文思泉涌"四个字，已不足以形容那快乐了，它灵动、丰富、柔软，它让我感到，我不是自己，我跟一个巨大的存在融为一体，我在述说着它的故事，我在流淌着它的灵魂。我甚至觉得，在那些瞬间里，我就是它。如此自信的我，就有了一种自由的酣畅。我才知道，原来这就是酣畅。发明"酣畅"这个词的人，是不是也有过这样的经历？我甚至没有了快乐不快乐的概念，我就像一缕自由的风。灵魂如风。我像风那样，在虚空中跳舞，尽情地洒下我心中跳动的音符。我的笔，跟我的灵魂连在了一起，我流出的世界，显得极为饱满，而且高度真实。

我发表的第一部作品是《长烟落日处》，它是我的处女作，也是我生命中第一次真正的灵魂喷涌。最有趣的是，后来，我到了一个叫大甘沟的地方，发现那儿竟然跟我想象出的西山堡一模一样。

那稿子，我不经修改就寄给了冉丹，冉丹看了，推荐给了《飞天》小说组长李禾和主编李云鹏。他们看后大为赞叹，马上就配了评论，在1988年第八期的《飞天》杂志上发表了。不久，那小说就得了甘肃省优秀作品奖。一夜之间，我就从一个名不见经传的文学青年，变成了甘肃省青年作家，也实现了我的第一个预言——二十五岁在甘肃成名。所以，我一直把冉丹、李禾、李云鹏当成我文学生涯中非常重要的三个贵人，他们在创作技巧方面点拨过我，我很感恩他们。

李禾老师今年八十多岁了，他一直写作，前些年，出了一本《贾闲人闲传》，印了一千本，我看了非常好，是中国的好小说之一，但没人关注，我问他还有没，他说有八九百本，我叫学生进了五百本，进行研讨。我希望能有更多的朋友关注李禾老师这类作家。

生命深处的野性之力

1989年，南安学区举办了教坛新秀评选活动。当时参加的老师很多，我也参加了，还得了第一。虽然刘站长对我印象不好，但大家还是选了我。按他们的说法，我跟第二名相比，水平高出太多了，不评我第一，良心上过不去。然后，学区就把我调到了中学。但对于我来说，每次调动，都像是一番折腾。某次，我还吓唬一个常刁难我的领导，说你要是再折腾我，我就打你。那领导知道我武功很好，吓坏了，从此再也不敢刁难我，我终于安定了几年。

我的人生，充满了类似的反抗，这是我的个性使然。我总是不愿让别人干涉我、侵略我、控制我，所以经常招来违缘。但是，我不想改变自己，就只有反抗了。

我觉得，人活在世界上，必须有自己的个性，有自己的追求。要是为了不得罪人，连真话都不敢说，唯唯诺诺地过一辈子，他就不可能活好，不可能得到自由，不可能实现自己的价值。可是，当代教育制度始终在阉割人性中最鲜活、最本真的东西，把许多未来的大师，都变成了奴才。

首先，幼儿园会教育出一批又一批好孩子，让纯真烂漫的孩子，费尽心思地讨大人喜欢；中学会制定一系列的标准答案，不按规定的方向思考，考试就不能过关；大学似乎允许你思考了，可那刻板的训练已成了固定模式，各种标准依然会限制思想的自由。十几年后，大部分有着无穷创造力、想象力的孩子，都会变得墨守成规。那成规，就是一种渗透在生命深处的所知障，它像是积累了千年的垢甲，清除它，需要脱胎换骨般的灵魂历练。如果你不想承受这种灵魂剥离的痛苦，也行，但你只能是蓬间雀，成不了搏击长空的鹰。你可以把小日子过得很好，也可以在烦恼中过一辈子，或许也会有些小成就，比如开一家公司，做个老板啥的，但是在历史的长河中，你留不下任何痕迹。能留下痕迹的，只有那些能为世界、为人类带来利益的人。这些人，便是后人心中的大师。

所以，只要你开始叩问永恒，就要反思自己，反思环境，要在理性判断的基础上，有一种反叛的精神。

我一直是个反叛的人——当然主要是反叛自己的成见、执着和惰性——但我并不盲目。我从不排斥有益的营养，哪怕它以批判、否定、质疑的形式出现。我反抗的，是那些外相和概念对我的控制。如果有人想让我看他的脸色，或让我成为另一个他，我就会不留情面地拒绝。我永远不会欲拒还迎。因为生命很宝贵，我实在没时间在一些琐事上纠缠。

当然，我们不要把反叛精神当成排斥和抗拒。真正的反叛精神，不受传统和环境的压迫、控制和同化，敢于另辟蹊径，敢于推翻、否定和创新。这个敢于，不仅仅是一种大无畏的精神，也是一种源自生命深处的野性之力。真正的反叛，要在剥除心灵垢甲的同时，拒绝物质文明对野性之力的屠杀。

我发现，好些失去了原始野性的人，都看不惯别人的狂野，就像那些长夜里号哭的冤鬼，最见不得活人的快乐，所以，他们定然会对追求自由的人进行排挤和打压。然而，我必须做个灵魂上活着的人。

只要你的灵魂还活着，就有可能与世界发生碰撞，有可能被贴上一些不太好听的标签，比如凉州人所说的"二杆子"。可是没关系。在人类历史的长河中，掀起某一思潮，发动某一运动，推动人类文明向前发展的，都是人们最初所认为的"二杆子"。建功立业者也是如此。人类发展到今天，还没有任何一个唯唯诺诺的人能开创一个时代。如果没有人愿意当"二杆子"，人类就会停滞不前，甚至会因为生命力的枯竭而很快灭亡。

可惜，很多伟大的"二杆子"都专注于破除外界对自己的束缚，而没有意识到，束缚自己最深的，其实是自己的欲望和执着。

当然，真正的反叛，不但要有闯的意识，还应该有立的精神。没有立的精神，不能开创一种大的格局，只愿在一个小范围内小打小闹，就有可能成为混混——所以，凉州人把小混混、二流子，也划入了"二杆子"的范畴。文化大师的闯，是综合分析之后科学的闯，而不是盲干、蛮干。后者纯粹是一种头脑发热，而前者却是理性的决策。它需要纵观全局的大智慧，需要冷静敏锐的洞察力，也需要排除万难的魄力。那魄力，也是一种能应对变化的驾驭能力。所以，闯是一种技术上的东西，而立，则是一种精神上的追求。为天地立心，就是一种大格局的立，是一种大胸怀、大境界、大远见，也是一种大善。能称得上大师者，定然能在大闯中大立，也定然能承载某种对全人类有益的精神。

而目前的教育制度，就是在摧毁着这种东西。这是非常可怕的。如果一个人在接受这种教育的同时，没有很强的主见，没有反叛的魄力和意识，他就会变成奴才，绝不会成为大师。

陈亦新从小学到高二一直不写家庭作业，不上晚自习，高二结束时还毅然地退学，不考大学。他明显违背了学校的所有规矩，可我不仅不呵斥他，还会帮助他，每次都打电话到学校，请老师尊重和允许他的决定。有一天，我忽然觉得，这样做或许是一个错误，因为，学校的很多训练固然机械化，却能培养一种必要的学习习惯。可是，陈亦新却告诉我，如果他照着去做了，就肯定不是今天的陈亦新了。他说得有道理——不过，要是陈亦新上了大学，也许会有更加优秀的可能性，所以，我不倡导人们像我那样教育孩子——刻板的训练固然能培养一种习惯，却也能快速地谋杀心灵的自主和自由。无数的孩子最初或许都是天才，可他们后来都变成了鲁迅笔下的闰土，被礼教的东西扼杀了灵魂——除非他能将教条化为营养，大破大立。如果能做到这一点，他在教条中积累的大量知识，就会转化为智慧，让他具备一种全面的眼光。

但大部分人都做不到这一点，因为所知障的力量非常大，"我"的幻影也很强大，比起升华自己，很多人在心底里最深的渴望，其实是拥有更多。比如别人的认可，比如别人的好感，比如别人的爱，等等，他们最害怕的，就是被群体抛弃，所以他们习惯了塑造一个能得到这些东西的"我"，而不是打碎小我。虽然这样也挺好，因为他们可以拥有很多东西，比如很好的生活，有余钱时，还可以帮助他人，贡献社会，但迎合外界是一件很累的事情，外界始终都会牵引着他的心，让他的心产生波动。要是他没有办法在外界得到自己想要的东西，他就有可能对"我"产生质疑，如果这时候他没有信仰，就有可能会陷入精神危机，失去安全感，失去希望，一旦走上了精神的悬崖，失去了生活的勇气，他就有可能会毁掉自己——你一定记得那些非常优秀的自杀者。即使在信仰者群体里，也有很多这样的例子，因为很多人没有上升到真正的信仰层面，不能让人格升华，所以人性的污垢始终会影响他们。但是，只要他们经得起一次又一次的灵魂拷问，在无数次的失重和失落后发现生命的真相，就有可能拥有真正的信仰。因为，那时你才会发现，除了人格的完善和行为的利众，人其实是留不住任何东西的。所以，除了完善人格和行为利众外，其他的变化和得失，不用太在意。

当然，人格的完善也需要时间。不是说你有了向往，就会马上变得完美，马上变得一尘不染，没有一点毛病，没有一点阴影。任何人都要经过一个过程，只要保护好你的信仰，保护好你对真理的信心，你就肯定会成长的。就算你现在是个小人，只要不甘心当小人，你最后就不再是小人了。因为你面对的不是别人，而是你自己的贪婪仇恨愚痴。不要跟那些人格已经非常完善的人比，要跟自己比，只要你比昨天慈悲了一点，更懂得为别人着想，对世界少了一点埋怨，你就成长了，这就是你今天的成功。每天成功一点点，最后你就会得到大成功，那时你就化为光明了，再也没有一丝阴影，你也就变成了坦荡荡的君子。就算有一天，你的警惕性不够，退步了，也不要紧，只要及时发现，提起警觉，就能让自己清净。

在过去的那段岁月里，正是上面的那份警觉，让我没有迷失。

信仰是我生命中的太阳

那时节，我总是提醒自己：这个世界上，除了你自己，没有任何人可以让你倒下。我还时时提醒自己，就算你是一株生长在沼泽里的毒草，阳光也愿意照耀你的。信仰永远都不会嫌弃你，不会觉得你太糟糕，不会觉得你太麻烦。信仰会放弃的，仅仅是那些把升华挂在嘴上，不肯反省自己的人。

在我眼中，信仰是我生命中的太阳。

所以，我从不埋怨世界，从不在别人身上找毛病，我永远在自己身上找毛病。我没把信仰当成遮风挡雨的大树，也没有把它当成避难所。信仰更像是太阳，是照耀你成长的，它甚至不是拉着我升华的。信仰永远是自己的事。任何人只要拿着一把真理的锤子，一直在心上敲，总会把包裹心灵的顽石敲碎，让心得到自由。有些人力气大，一下就能敲碎，但有些人力气小，那么就慢一些，也没关系。在《无死的金刚心》中，琼波浪觉也说过，这条灵魂历练之路，他会一直走下去，哪怕这辈子不能完成自己，也不要紧，他下辈子会再来，继续完成自己。所以，只要不放弃，一个人就有出路，所有的努力都不会白费的。

信仰告诉我，只要心态正确，任何东西都是你的营养，而不是你的压力，不是压在你心上的石头。哪怕它们会暂时地压着你，因为你还有欲望，但它们也压不了太久的，当你的心被压得很低时，就会发现不一样的风景，这就是真正的反思。这时，你眼中的世界就会改变。

在一个真正懂得反省的人眼中，世界上的一切，都不是在质疑自己，不是在嘲笑自己，不是在批判自己，而是在帮助自己，在督促自己，在鼓励自己。你想，当所有的一切都在让你向上时，你怎么会上不去呢？一切风景，都源于你的心。所以，只要把心放平，学会反省，人就有出路。哪怕一时难受一些，也不要紧。

真正的反省，就是知道自己的选择构成了命运，而自己的那些毛病就是你不被尊重、得不到自由的原因，还要知道，一切都有改变的可能，只要你还活着，还想升华，还愿意付出行动，一切就能改变。很多一辈子不变的人，其实不是真正的信仰者，信仰对他们来说，只是一种心灵慰藉，让他们在难受的时候舒服一些，要是他们的心没有升华，下次还是会难受的。

真正的信仰，不是道理，而是一种诗意，是一种灵魂深处的大诗意。这种诗意，是一个人通过实践，清除了他生命中的所有污垢，然后从灵魂中喷涌出的独特世界。这个世界，承载了他生命的全息，也承载了整个人类的全息。

从十八岁起，我就一直在自省、自律、自强、向往，但也曾多次陷入精神危机。有时候，我都觉得自己看不到一点希望了。这时，单纯的自我激励，已不足以让我走出精神的低谷了，让我走出来的，其实是一种比小我更强大的力量，一种肉眼看不见，却始终包围着我的信仰之力。

信仰让我的灵魂得到了慰藉，让我无论在什么样的困境之中，都始终相信自己能走出去，能迈过去，因为我最希望改变的，并不是外界，而是自己的心。当我发现自己实现不了某个愿望，或目标，所以非常痛苦和失落的时候，我会借信仰之力去放下欲望，让自己升华，打碎自己。只要打碎自己，人就不会绝望，只有一个人不愿意放下欲望，非要满足那欲望的时候，人才会绝望的。比如非要死去的人活过来，比如非要找到一个完美情人，比如非要从一个穷小子立马变成富翁，比如非要让写不出好东西的孩子变成托尔斯泰，比如非要从一个没有想象力的孩子变成凡·高，等等。当你追求这些东西的时候，影响因素很多，你是很难自由的。即使你实现了这些愿望，你的心一变，又想要更多的东西时，你就会再一次失去自由。但是，打碎自己，是自己完全可以做到的，是自己完全可以控制的，而且，随着自我幻象的打碎，欲望会越来越少，心就会越来越自由。毕竟，生命很短暂，你留不住许多东西，才华、名气、名誉、面子、好感啥的，都会过去的。你只有真正地明白了这一点，才不会轻易地陷入绝望，也不会轻易被环境迷惑。

但是，明白这一点，不是文字上的事，不是思辨上的事，而是智慧上的事。你要学会真正地、全然地相信真理，同时实践它。实践非常重要。它是让道理变成智慧唯一的方法。

真正有信仰的人，哪怕肉体上受到地狱般的折磨，也不会绝望。因为，他是无求于世的。比如我的学生心印，她因为患了绝症，在生命的最后几年，已生活在无休止的疼痛中，但她已不再期待身体的痊愈，或疼痛的消失了，而是恬静、安详、积极地在疼痛中做事，最后坦然地圆寂，达成她所追求的解脱。有些人刚好相反，他们非常健康，生活也不困难，却依然活得非常焦虑、恐慌。为啥？因为他们没有信仰。

有信仰和没信仰的区别在于，前者不强求世界，只求自主心灵；后者想改变世界，所以注定会失望。

他或许希望长寿，身体却不可挽回地走向坏灭；他或许想留住某段快乐时光，奈何已人事全非；他或许想以某种方式活着，自由地做些事情，客观条件却一直在阻挠他；他或许需要一笔钱去完成某个心愿，收入却总是达不到那个数字……期待和现实之间，总是有着一种落差——因为人的欲望是无止境的。如果你放下落差，只求尽力，就不会生起烦恼；如果你关注落差，就会感到痛苦煎熬——哪怕你不在乎名利，只渴望一种完美人格。

有时的完美，是一个可怕的词。因为它不一定是升华的产物，也可能是一种我执。区别是，前者想给世界带来更大的利益，所以不断完善自己，不断破执；后者追求虚荣感和成就感，所以不断挤压自己，执着于小我的得失。

真正的信仰者，追求的是身心的自在、自由和自主，以及人格的完美，这是贪执息灭后的一种必然结果。最初，你可以把它当成你的追求，但到了一定的时候，你就要放下它，追求进一步的破执。如果你放不下，就会陷入另一种执着，不明白"我"一直在变化。最后，那执着就会捆绑你的心灵，变化出无穷的幻觉，让你认假成真，让你惶惶不可终日，让你不能自由。

不要追求破执之外的一切，不要执着于得失、好坏、对错、善恶等对立概念，甚至不要执着于破执本身。要知道，执着是欲望观照下产生的，而欲望，就是一种对世界或自己的攀缘或贪执。所有的贪执，是不可能产生安详和快乐的。只要提起警觉，安详、恬淡、进取地活着，尽量多做些利众的事情，有一天，某个东西就会撞疼你的脑袋，它就是成长。

大师虽然在人格上趋向完美，但他的心里，也定然有更大的东西。北宋哲人张载，曾用四个短句归纳了这个东西，那就是"为天地立心，为生民立命，为往圣继绝学，为天下开太平"。能做到这四点的人，定然是大师。

定格一种灵魂的气息

1988年8月，《长烟落日处》在《飞天》杂志发表了，我又到了南安中学。陈亦新婚礼上的好些东客，都读过那部中篇小说。从那以后，他们都对我刮目相看了。

《长烟落日处》在省内得到了一致好评，批评家陈德宏先生为它写了书评，说雪漠是一棵生机盎然的小树，日后必然成长为参天大树，还有学者将它和茅盾的《追求》、托尔斯泰的《童年》进行类比，说它虽显稚嫩，却有一种鲜活的、雪漠独有的东西，所以他断定，雪漠将来一定会成为大作家。类似的评价，还有很多。

在80年代的武威，这是一件很了不起的事了。但我并没有感到满足，因为我追求的，不是这个东西。我虽然想要光宗耀祖，也总怕被人望笑声，但我不是为了这些东西活着的，我总想用文字定格一种很快就会消失的存在，也总想为农民父老说说话。虽然我知道，小说改变不了任何东西，包括农民的命运，但是我总想在活着的时候，做点我能做也值得做的事。

在这一点上，我的想法总是跟大家不一样。很多事情，大家都觉得可以慢慢来，不用那么着急，但是我却很着急。我做事习惯了不拖拉，无论做什么，都是这样。因为我有一种直观的智慧，明白很多东西都在飞快地消失着，包括文化，也包括我们的生命。如果不能及时地定格一些东西，以后还有没有这个机会，就说不清了。我创作"大漠三部曲"的二十年里，西部人的精神面貌也罢，生活方式也罢，一直在变，《白虎关》定格的东西，和《大漠祭》已经有了很大的不同，而《白虎关》中定格的生活，也很快消失了。一切都在消失着。

《白虎关》里的故事，其实也发生在世界某一个阶段的每一个角落，这是整个世界的趋势。随着经济和科技的发展，当下的世界变得越来越急躁，越来越功利，就连偏僻的西部，也不能逃开那趋势。西部人心中那种弥足珍贵的东西——淳朴和野性——正在渐渐消失。

过去，我们那儿借钱不用打借条，谁借了钱，都一定会还，你不用像现在的城市人那样，像防贼一样防着身边的人。少了很多担忧和算计，西部老百姓就活得非常洒脱自在，不像城市人那么疲惫，那么惶惶。你走进城市，会看到好多压抑的面孔，很多人的脸上都停着一朵乌云。当你看到这样的人群时，也就不再羡慕大城市的那种表面的繁华了，因为你知道很多城市人活得并不开心。相对于他们，西部老百姓的身上反而有一种生命本有的色彩和力量，他们显得质朴又快乐，身体里好像随时都有一股原始的力量在涌动。不过，这一切，现在也在变化着。那变化让人觉得很可惜，很失落，但却是不可阻挡的。

我唯一能做的事，就是像《白虎关》题记中说的那样，"当一个时代飞快地消失时，我抢回了几撮灵魂的碎屑。"

所谓的抢回，其实就是我常说的定格。我定格的，不仅仅是一种存在、一种文化，也是一种灵魂的气息。这种气息，曾经在这个世界、那片土地上存在过，它温暖了整个西部大地，让西部始终显得和谐安宁。随着它的消失，随着西部人的变化，这种和谐的氛围还能维持多久？说不清。整个世界都变得贪婪和焦虑，落伍的西部传统文化，或许很难阻挡历史的洪流。它将不可避免地面临死亡。

我很早就发现了这种变化的必然性，这就是我很想定格一些东西的原因。

我知道，现在的一切，不论多么值得怀念，都会过去的。随着时间一点点的推移，它会完完全全地被人遗忘。西部的变化虽然缓慢，但是，从我小的时候，到我写出《长烟落日处》时，西部人的生活方式已发生了无数次大大小小的变化。以后会怎么样？曾经温暖过西部人心灵的一些东西——比如凉州贤孝等——还能存在多久？说不清。所以，我虽然很想为西部老百姓说说话，但我更重要的写作目的，还是定格一种必然会消失的存在。那存在，不仅仅是物质层面的，也是精神层面的，尤其是后者。

当你用这个标准衡量《长烟落日处》时，就会发现它虽然也有一定的成功，但是还没有完全地实现我的追求。我确实得到了鼓励，也有了更大的信心，但信心的背后，是一份沉重的压力，因为我想要写出一种更好的小说。这种压力，反倒让我一个字都写不出来，即使有时能写出一些文字，也不是我想要的感觉，而是那种充满了机心的东西，所以，那时节的我，陷入了一种浓浓的失重感，变得非常焦虑。那时，我经常对着书桌坐上几个小时，却一个字都写不出来，心里很是焦虑、恐慌，却没有一点办法，生命中的污垢在阻碍我流出灵魂里的文字，而我的人格，在当时，也没有达到我期待的那种境界。所以，我只有精进地努力。有时，我甚至会对自己写出的东西感到恶心，于是屡废屡写，屡写屡废。底稿越积越高，成功的希望，却仍然很渺茫。大部分时间里，我只是盯着面前的几张稿纸，期待灵感在不期然间降临。但是，被执着堵住的管道，却无法让我流出真心。

在许多作家的生命中，这种事也经常发生，人们称之为瓶颈，但是每个人处理这种情况的方法都不一样，我的方法，就是修炼人格，破除生命中所有的执着，等待那管道的真正畅通。此后，我又苦修了整整七年，最后才流出了我需要的东西。

前年，"大漠三部曲"重新修订出版时，我又一次看了它们，连我自己也流泪了。我想不到，自己当年竟然能写出那么朴素的文字。《西夏咒》之后的小说，跟我当年的小说，已不太一样了，我的关注点变了，智慧境界变了，人生格局也不一样了，我再也写不出当年的那种东西了，但是，我也很爱后来的小说，明白自己会越写越好，越写越博大，会走进一个更大的世界，但也可能越写越难读，当然，假如读者不怕难读，坚持去读的话，肯定能得到更大的利益。不过，现在看"大漠三部曲"，也确实觉得它真是好小说。它定格了西部的一群人、一片土地、一种文化，其实也定格了我走向灵魂寻觅之前的那片心灵土壤。

后来，一位这次当了我东客的朋友问我，为啥不趁着《长烟落日处》的声势，写一些赚钱的东西，让自己更出名呢？

我告诉他，在一个人的心灵真正属于他自己之前，很多世俗意义上的机遇，都会变成裹挟他的魔咒，叫他远离自己灵魂的轨迹，被异化成另一个人。当然，信仰者在发展的同时，也可以守住他自己，因为他有更高的灵魂标杆，永远重视人格多于其他的任何东西，但前提是，他必须是真正的信仰者。

真正的信仰，是非常高贵的，不是任何一个人，只要对某种文化有好感，就可以自称信仰者的，因为他或许觉得自己有信仰，但是他的行为和选择却会否定他自己。衡量一个人有没有真信仰的唯一标准，就是看他会不会被欲望裹挟。

不过，即使一个人的信仰还停留在前信仰的层次，只要他能够自省，愿意升华，愿意调整心态，当下战胜自己，他的信仰就会升华，有一天，他就会拥有真正的信仰。那时，生命中遭遇的一切，对他来说，只是他检验自己信仰的道具。

那时节的我，还没有达到这个层次。要是我进入了一个功利的环境，又得到重用，有一定的特权和便利，我会不会被裹挟、被异化？这还真不好说。因为那时的我，还没有足够的慧力和定力。所以，我宁可错过一些所谓的时机，也要守住自己灵魂的干净，不让环境和生活把我给异化了。

我一直在用生命酝酿一部真正的好作品。

这种酝酿，其实也不是对作品的思考，而是一个积累和学习的过程。我在经历寻常猴子成为齐天大圣的那种苦修历程。

我在吸收西部大地给我的营养，包括阳光，也包括暴风和骤雨。没关系，不淋雨的小树，是很容易枯死的，它不可能长成参天大树。我想长成参天大树，因为我需要更加自由的呼吸。我愿意把根系扎在西部的土地上，但我的枝丫，要伸向更广阔的天空，我的叶子，要在不一样的空气中跳舞。我追求心灵的自由，追求更广阔的天地，但我也热爱那片养育了我的土地，热爱那儿的父老乡亲。对他们，我有着太复杂、太深厚的感情，我愿意为他们而等待。

不过，这段时间有些长了，直到七年后的1995年，我在智慧上开悟了，才真正有了创作《大漠祭》的自信。那时，我所有的写作、生活、读书，都变成了保任智慧、验证所得、清除习气的过程。我已不再追求过去的那些东西了。我放下了一切。

二十年后的今天，我仍然在做事。虽然积极，却没有了过去的一切焦虑。人看我老在奔走，便问我，你不累吗？我说，我很忙，但不累，因为我总是闲着心做事。我做了很多事，但我的心中，其实是没有事的。心中无事，才能做更多的事。

每一次跟不同世界的相遇，都会激活我内心的一种东西。我的心中，不断孕育出形形色色的人物。他们都是现实世界的倒影，他们也是一个个鲜活的灵魂。那些灵魂，总在我心灵的时空中闹腾，总像胎儿那样嚷嚷，母亲，你啥时候才让我们出世？我便像孕妇那样等待，等到时机成熟，就让他们呱呱落地。依托文字而生的他们，已成了一群独立的生命，他们在我的生命中交融，混合了我心灵的养分，已成了全新的存在。而且，他们一旦跟读者的心灵产生碰撞，又会诞生出另一段新生命。这样，我的作品，就可能会有永不枯竭的生命力。

那时节，我也很为身边的一些文友们感到可惜，他们空有很好的文笔和才华，却看不到真正的生活，否则，他们为啥用宝贵的生命去编造一些莫名其妙的故事？为啥要无病呻吟？为啥要追求一些留不下的东西？上帝赋予了作家一颗敏感的心、一支细腻的笔、一双锐利的眼睛，是为了让他们承担某种使命的。真正能履行那使命的人，才会真正地留在历史里。可他们，为啥要忽略那些他们不该忽略的角落？但是，我也理解他们。谁都要填饱肚子，谁都要养活孩子。只是，世界上多了些这样的作家，不过是多了些很快就会过去的情绪；少了些有使命、有承担的作家，却会少了许多的色彩。

我想，最初走入写作的文友们，或许也是非常纯粹的，他们的心里，也定然有过诗意和悲悯，不然，我很难想象，他们怎么能熬过寂寞的岁月，走入生命中的辉煌？

我始终相信，即使在人们认为的小人心里，也定然藏着一种纯粹的东西，因为那东西的存在，他们也有过伟大的瞬间。但他们没有战胜自己，将宝贵的生命都用来追名逐利，都用来嫉妒和诅咒一个他无法超越的人，而不去升华自己，不去成为一个值得岁月铭记的人。

一位作家说：雪漠能写出《大漠祭》那样的小说，是因为他经历过一段不一样的生活，我们没有那样的经历，所以我们写不出那样饱满的生活——真是这样吗？

2012年，英国《卫报》刊登了我的一个短篇小说，叫《新疆爷》。《卫报》认为，它是当代中国最优秀的五个短篇之一，但它其实很简单，很平淡，写的就是一个西部老人的故事。那老人有生活原型，他的故事也是真实的，但一般人很难发现他，也很难走进他的灵魂。为啥？因为，他只是一个普普通通的卖果子的孤独老人。

我们的身边，有太多这样的老人。可是，有多少人关心这些老人如何活着？在南方，我们也会碰到盲艺人，又有谁关心他们有着怎样的故事？他们现在的生活咋样？有多少人会停下追名逐利的脚步，省下追名逐利的时间，放下心中的揣测，认真地听他们唱唱歌，跟他们聊一聊心里话？许多人不是因为他们的身边没有独特的生活，而是因为，他们丢掉了悲悯的、鲜活的灵魂。

智慧女神是公平的，它不会眷顾那些不热爱生活的人。

文学之路上的贵人们

请完南安中学的东客后，我又去请双城中学的同事。在这儿，我也教学多年。

在双城中学，我最先分在一间有电视的房间里，那时候，电视还是很稀缺的，不像现在这样普及，所以每天总有很多人来看电视。我就找到校长，要求换一间独立的房子。最初，学校不太愿意，幸好有个女老师人很好，叫杨金莲，看过《长烟落日处》，知道我在写小说，就主动对领导说，小陈老师要写东西，需要安静，我不要紧。然后，她就将自己的房间换给了我，自己住进了电视房。

从此，我又有了一间非常安静的房间，那房间在果树园后面，校园的最南面，环境很幽静，无论静修还是写作，都是上好的地方。我每天不上课时，就在那房子里读书写作。校园生活的一切喧嚣从远处飘来，就融入了树林里的虫鸣和鸟叫，形成了一种独特的、自然的音乐，非常美。我很感谢杨金莲老师，她给了我一个很好的写作环境，比我往日里待过的任何一个地方都要好。

除了上课，我仍是离群索居，或读书，或静修。那时节，我静修占的时间很多，真正的写作并没有开始，我一遍一遍地写，就像西西弗斯一遍一遍地把石头推到山上，但始终写不出我想要的感觉。1990年的某一天，我得了重感冒，提不起劲，没精神写小说，就中断了小说的创作，开始写其他东西。

记得，那时的我，经济上一直不宽裕，一个月的工资只有几十块。为了解决经济上的困境，而且也恰好收集了一些民间资料，我就想写一部书，帮助人们了解"江湖"。于是我花了一个多月，写了一部叫《江湖内幕黑话考》的书，寄给了上海文艺出版社，书很快就出版了，那是 1991 年的事。

那书的稿费不高，只有几千元，但那时的钱还很值钱，也就解除了我的许多困境。而且，虽然我觉得那书价值不高，也不算是严格意义上的创作，但是许多人都觉得它很有价值，出版后，就在武威引起了反响。1992 年时，此书叫武威宣传部上报到省上，还获了甘肃省社会科学最高奖。

一位大学教授路过武威时，见了我。他很喜欢我，希望我能考他的研究生，可惜我只有中专文凭。我安慰他说，不要紧，我还是写我的文章吧，以后叫你的硕士、博士们研究我的作品。后来，真的这样了。我的小说真成了北京大学、复旦大学、中央民族大学、同济大学、兰州大学等高校师生的研究课题，有好些人研究我的小说获得了博士、硕士学位。

现在看来，《江湖内幕黑话考》最大的作用，不是那稿费，也不是那奖项，而是为我跟上海文艺出版社牵了线，让我认识了编辑吴金海老师。差不多十年后，《大漠祭》在上海出版，责任编辑也是吴金海。

那时，我一直跟吴金海老师有书信往来，他建议我好好为农民写一部书，我也这么想，就很高兴地答应了。他也很高兴，给了我很多很好的建议，还一再鼓励我，叫我要着重写西部农民的生存状况。这些话，都说到我的心里去了，当然，我不仅仅想要写好西部农民的生存状况，还想保留西部的独特文化，以及那种文化所承载的精神。我就把这些想法都跟他说了。他的很多建议，都给了我很好的启迪。当时，我答应了吴金海老师，没想到，真正实现这个承诺，已是十年后的事了，但幸好，我没叫他白等。他看了作品后很是欢喜，立刻就送审了，没过多久，《大漠祭》就出版了。后来，他在《白虎关》的作品研讨会中，说在跟他联系的作者中，我是唯一一个听了他的话，拿出了过硬作品的人，我俩都兑现了自己的承诺。

吴金海老师的慧眼，促成了《大漠祭》在上海的出版。吴金海老师是我生命中的贵人之一。而我对他最好的回报，就是让他编了《大漠祭》和《白虎关》这两部小说——本来，我打算把《猎原》也给他的，但那段时间，我父亲正在生病，我需要钱，所以就把稿子给了北京十月文艺出版社，因为他们的起印数高。

我的生命中有很多贵人，吴金海是，雷达老师也是。

在鲁迅文学院进修时，每个学员都要选择一位导师。我想选雷达老师，可雷达老师觉得，我该趁着这个机会，多认识一个能帮助我的编辑。他劝我说，雪漠，你什么时候需要我，我都会帮你。现在，你要选择一个好编辑，让他在创作上具体指点你。我跟你之间，别在乎有没有这个名分。但我还是坚持选他，我说，雷老师，您当然不在乎，可历史在乎。您想，将来，作为雪漠的老师，您会多么自豪啊。这句话听起来可能很狂妄，但我是真诚的，我总想让所有老师都感到欣慰，都为我自豪。

　　雷达老师，就是我非常感恩的老师之一。

　　《大漠祭》的全国知名，最主要的，还是雷达老师的全力推荐。

　　雷达老师是国内评论界的泰斗，他的推荐及认可，直接改变了我的文学命运。当时，我们并不认识，我也没什么名气，是甘肃省作协主席王家达先生专门写信给他，向他推荐的《大漠祭》。他看过之后，就在《光明日报》《文学报》《小说评论》等报刊上发表文章，评论《大漠祭》，而且，他不管在什么场合，碰到什么人，都会推荐《大漠祭》。比如，2000年中国小说排行榜评选时，他把《大漠祭》推荐给中国小说学会，评论家看过都觉得好，《大漠祭》就入选了当年的中国小说排行榜；2002年第三届冯牧文学奖的初评名单中，本来是没有《大漠祭》的，也是雷达老师向评委们推荐，评委们觉得不错，将《大漠祭》补入候选名单，才有了后来的全票通过并获得冯牧文学奖；《大漠祭》能入围茅盾文学奖和第五届国家图书奖，也是因为雷达老师的推荐。我到鲁迅文学院上学之前，我们一直没见过面。《大漠祭》获得认可后，我有了去北京进修的机会，才认识了他。我一直认为，我的成功，不是我个人的成功，而是很多人的成功。他们或帮助过我，或点拨过我，是他们的善行成就了我。不管他们是名人，还是农民，我都会将他们的善心、善行、善言牢记在心。而且，我会用自己的方式，对他们表达我的感恩。我总觉得，世界无常，生命在不断走向死亡，从短短一生来看，每个人都注定是生命中的过客，但有些东西，却是值得铭记，甚至定格的。

　　有时，我最看重的，也不是那些恢宏的历史事件，而仅仅是一份感动。

　　在读《阿含经》时，最让我感动的一个细节是，释迦牟尼对阿难说，阿难，我背疼。

　　那时，感动了我的，不是金光四射的佛陀，而是一个鲜活的、生病的老人。我向往的，不是一个受万人敬仰、名垂千古的教主，而是一个无我利他的老人。正是那份向往，让我走过了许许多多痛苦煎熬的日子，最终走到了今天。我也想做一个释迦牟尼那样的人。我希望，在活着时，能做些他常做的那些事。因为我知道，很多人都陷入了灵魂的困境，很多人都有无数的热恼和迷惑，他们都在寻找一种能让灵魂得到清凉的东西。但是，真正能帮助他们的人，并不多。在这个充满了功利和欲望的社会，佛陀的精神弥足珍贵，它就像夜空中的北斗星，虽然不能照亮整片天空，却能给人指明方向。对于一个在黑暗中迷路的人来说，只要生命中能看到北斗星，他就不会绝望。

双城中学的东客们

我在双城中学时，气功热渐渐出现了。我老去松涛寺，跟吴乃旦师父学习观想、念诵和宝瓶气之类。我资粮道的圆满，正完成于这一时期。同样，一般人只知道我写作和练气功，对于静修啥的，知者并不多。现在想来，那时的密修是必要的。否则，我会招来更多的违缘。因为那时，我公开地练武功，招致了辅导站刘站长持续不断的批评，他老是在会上批评我不务正业，文不文，武不武的。当然，从他的角度来看，我确实是有点不务正业的。此人，总是举着命运的鞭子，驱使我成长。

在双城中学，有一些很有政治抱负的老师，现在想来，他们仍然非常优秀。平日里，大家闲谈的，总是国家大事，话题大多不离政治，都有种"天下兴亡，匹夫有责"的气派。许多话题，甚至超前了。有时，在国家的某些改革措施出台之前，我们就已经想了许多实施细则，有些甚至早于国家的正式公开好几年。平子和飞子是其中两个最有见识者。

平子一向有政治抱负，且显得十分老练，若是遇到好的机缘，他也能在政治上成功的。后来，他当了一家中学的副校长。在双城的同事中，有好几位当了校长，级别虽然不高，但在教育界，能大小当上个官，总比上课吃粉笔灰强。

凉州人是很容易满足的，这一点上，我就不同。我非常愿意过一种跟现在不一样的生活，所以，一旦发现某种生活差不多要定格时，我就想换一种活法。有时候，我的读书，甚至也是为了感受另一种活法。我喜欢将某一类的书读透，然后再读透另一类的。我的这种读书法，效果很好。我总是在某个阶段集中地读某一类书，而且我尽量会读完能找到的所有这一类的书。所以，当我读完某个领域的书后，差不多就能跟这个领域的专家对话了。从某种程度上说，读书成了我体验另一种活法的方式。

每天饭后的一段时间，便是老师们"打白铁"聊天的时候，话题总是很大，大家总是各抒己见。我一向对政治兴趣不大，我知道那是一个游戏，我不喜欢玩这种游戏，因为不同的政客会制订不同的游戏规则，我不想浪费生命。我只喜欢跟自己的内心玩。那时，我所有的风暴都发生在我的内心里。我喜欢自造的一副对联：静处观物动，闲里看人忙。除了每天上两节课外，我把大部分时间都用于静修、读书和写作。但那时，我的创作效率一向不高，我很少有大块成篇的东西。这一点，陈亦新也像我。在十六岁时，他就写一部长篇，每天写，每天写，自己一成长，就对写成的东西不满意了，就再重写。只有到四十岁后，我的效率才真正提高了，时不时地，就能出一本书。有时，读者甚至会埋怨，我出书太快，他们根本读不及，原因是，我这时的创作，已经不是写，而是在喷了。稍稍喷一阵，就是一本书，看上去，沉甸甸的，倒也不是可有可无的东西。

我一向有收集资料的习惯，无论从民间，还是从书本，我都收集到了很多东西。大部分虽然没用，其实有好些已经融入我的血液了，写小说时，就会渗入文字，流入笔意，让作品有了另一种味道。所以，真正写作的时间并不多，而读书、体验生活的时间比较多，这也就是"功夫在诗外"的意思吧。

在双城中学，有很多老师爱好文学，我就叫一些老师帮我抄稿子。金兰的字很好，为我抄过小说。为我抄过文章的，还有一位叫高万梅的女教师，可惜没她的联系方式，这次我没有请到她当我的东客。当然，没请她还因为我有顾虑，因为一般人总是害怕被人请，甚至有人戏称那请柬为罚款单，都说先是人情后是债。

在凉州，好多人收到婚宴请柬之类的，总要掂量一番，是赴宴，还是不去，总会在心中打上一阵算盘，看值不值得去。如果相互之间都有子女婚娶嫁迎之类的，那请柬便是维系其交往的象征。因为我请了，他来了礼，随后，如果他的孩子遇到婚事等，那我必须要还人情的，这就是民间的礼尚往来。很多时候，亲戚朋友之间关系的维系，便是这样的潜规则。而我的请，却有着一种品尝或凭吊岁月的意味。虽然这样，那些我难找的朋友，我也就懒得去找了——尤其在给瑞文打电话却不接之后。也许，他们真是将我的请当成罚款了。

我只希望，在这部书出版之后，要是他们有机缘能读到这些文字时，希望他们能够理解。很多时候，我们心中要有一份美好、一份诗意、一种超俗的东西，放下一些功利，感受心灵之间的那种温暖和感动。我觉得，保留一份纯真和浪漫，就是最好的。生命很快就会过去的，活着时，好好珍惜。虽然我们身处世俗的世界，但是也要相信，还有一种纯粹的情感。

这也难怪他们，因为在双城中学，我仍然是与世隔绝的，同事们并不完全了解我。

虽然，我有些懒得再找人了，但我倒是想找到高万梅老师。那时节，她是双城中学的一道风景，长得很清秀，也很清高，总是独来独往。她那儿有很多名著，我没有直接向她借过书。我是从她的学生那儿转借到了《复活》等书的。有时的寂寞里，我也想去跟高老师聊聊天，但每次一见面，却又拘谨。所以，我一直没有跟高老师深谈过。一天，我的儿子来学校，她问，陈老师，这是你啥人？我答，我的作品。她听了，掩口而笑。这一切，有种历历在目的温馨。

我记得的，还有个叫希堂的人，他是刘站长的儿子，很胖，娶了一个老师，就成了双职工。那时节，双职工是许多乡下老师的追求。有些人，为了"双职工"的梦想，可以熬到三十多岁。虽然在凉州的乡下，三十多岁没结婚是件很不好的事。

那时，希堂能娶到双职工，跟他父亲当站长有关。那女子，原跟一位诗人有感情，但他的父亲是农民。几年后，希堂死了，妻子很快嫁人了，正应了《红楼梦》中的那词儿："昨日黄土垅头埋白骨，今宵红绡帐底卧鸳鸯。""君生日日说恩情，君死又随人去了。"可见，世间的情感，真的是没必要执着的。

希堂是我弟弟同学的同学。我弟弟死时，他的一位同学叹道：陈开禄那么好，却死了。不久之后，他也得了白血病。他死时，他的同学希堂也叹道：他那么好，却死了。希堂叹过不久，也忽然死了。死前，他已经当了学校的教导主任，这是个很忙的差事，在学校，也是相对有权的一个位置。我一直没有担任过啥具体职务，即使后来当了甘肃省作协副主席，也是挂名的，我不爱操心任何具体的事务。现在想来，这倒真是件好事。人的生命是有限的，做了这个，就做不了那个，所以，我一旦确定了自己的梦想之后，就会将所有跟梦想无关的事情舍去，这样才能保证我有足够的生命长度来实现梦想。很多人，在年轻的时候，也有过这样那样的梦想，但是在实现的过程中，往往就会受到各种世俗利益的诱惑，金钱呀、官权呀、名利呀等等，忽而东，忽而西，忽而要这个，忽而贪那个，最后，将最为珍贵的生命搞得支离破碎，就一事无成了。

双城中学的同事中，我请了平子、寿堂、飞子等人。

我还请了存年。那时节，存年在辅导站上工作。他媳妇搞培训班，为当地培训了许多裁缝人才。几年前，我见过存年老婆，发现她也不干裁缝了，开始做直销。

我在双城中学时，辅导站还请了两个天水女子，当草编老师。天水女子很美，皮肤很好，跟凉州女子不一样。我觉得应该会有人追求她们，哪知，几年之后，直到她们离开武威时，也没见谁追过。她们想请我带她们进凉州城，我拒绝了。没人知道，我拒绝的原因，是没有钱。那时节，她们即使真的跟我进了城，我也请不起她们一顿饭的。除了吃饭，我的钱几乎都买书了。

在双城请的另一位朋友便是飞子。我专门去双城请过他，那天他不在家。他到了小学，听说他在一所小学，管伙食。在学校里，能管伙食，也很好，因为一些贪权的教育局长，甚至会把手伸到乡下的小学，安排一些职务。我希望管伙食的飞子，能少上些课，多一些写作时间。

在双城中学工作的那时，我和飞子老是在一起聊文学、聊政治。他很有见识，也写了许多文章，可惜没有出版。飞子有大抱负，写了很多书。现在想来，那些书其实也不差，至少有了骨架，但飞子的毛病是不坚持，他是坚持一阵，写上几部，发表不了，就不再写了。我是一遍一遍地写，不在乎结果。二十年后，我就成了作家，飞子调到了家乡的一个小学。去请他时，他正好不在家，我将请柬留下就回来了。

在双城中学时，飞子是我很好的朋友，他有很多好书。那时节，我因为爱买书，老是没钱，时不时就紧张了，每次没钱时，我就飞快地跑到飞子那儿借钱，他也总是会借给我。发工资后，我最先做的事，就是先还飞子的钱。那段日子里，我常常是借了还，还了再借，成轮回了，但是飞子从来都不烦，也从来没有表示过拒绝，他是很好的人。他有个开理发店的老婆，日子过得很滋润。

飞子有正义感，老爱对时事发表评论，其见地极高。他的那些话，即使现在想来，仍是很好的，尤其是对政治的评论。一天，他说他发现了马克思的错误。他说，马克思认为的那些剩余价值，其实不全是工人创造的，其中大部分可能是机器创造的。他举了很多例子，来证明机器是创造剩余价值最重要的因素。我虽然觉得他不一定对，但在那时，我没有办法反驳他。

在双城时，我的静修仍然抓得很紧，不过一直没多少人知道，即使在我写出了《大漠祭》，完成了从一个小学老师到作家的超越时，很多人还是不知道我的修炼，包括我周围的亲戚朋友。

不进城可以，胡子不剃

在双城中学时，我赶上了武威教委组织的一次城区选调教师，这是教委主任蒲龙上任后才有的一种政策。此前，从来没听说过老师还能通过考试进城。

需要告诉大家的是，那时节，许多乡下教师都想调进城里。在朱喜麟、蒲龙当主任之前，要进城是需要花钱活动的。到了朱喜麟当主任时，就有了提拔人才进城的先例，我的同学张万儒就是凭着几篇论文进城的。我这次能参加考试，也跟朱喜麟老先生的推荐有关。

我参加了考试。

后来有个传说，说我上课时是穿着拖鞋的，头发长，胡子长，这倒是真的，因为那时我实在没时间管外形了。有这么一个故事：一天，一个同事理了发，很好看。我说，等哪天，我闲了，也理这样一个头型。一个女老师笑道，你也不要理了，先洗洗。另一个女老师又笑道，你也不要洗了，先梳梳。从这个小故事可见，那时的我，真的是头也顾不上梳的。

因为有另一种追求，我很早就破除了对外形的执着。但是，后来，我却渐渐地变了。我的包里，或者衣服口袋里，总会装着一把小梳子，时不时就会拿出来梳梳头。因为，后来，我走出凉州，见识的人多了，冷不防就会遇到读者，他们随时都会拿出手机、相机猛拍，有时还往网上发。即使我再怎么大大咧咧、不修边幅，为了对得起大众，我也开始注重自己的形象了，这得益于鲁新云和陈亦新的不断提醒，他们常常这样教训我，要我注意言行举止等。他们的意思是，现在的我，大小也是个"名人"了。虽说也长得并不帅，但是一些雪粉却总认为我酷，我也不知道，自己的这个模样酷在哪里，后来，在一所高校讲座时，一个学生偷偷告诉我，雪漠老师，您的大胡子真酷！我才明白，原来自己酷的是胡子呀！

看，我又跑题了。

还是回到进城考试吧。

通过层层考核，我竟然考上了。

在那时，我之所以参加考试，主要是不想叫为我提供讯息的人失望。我觉得，他是一片好心，我应该珍惜。至于能否进城，我并没有真正放在心上，虽然在别人眼里，那是一个巨大的诱惑，可望而不可即，但那诱惑，却诱惑不了我的心。所以，才有了后来惊动整个教育界的"胡子风波"。

对那考试，我没有进行任何打点，也没有找人说话，甚至没有进行任何准备。一般情况下，我这样的人，不可能被评委赏识，更不可能得到调动的机会。但有趣的是，我还是得到了进城的机会。这说明，即使在一个功利的环境里，你也可以有不功利的活法。

那次考试，出来后，我听到一个长得有点异相的人——后来，我才知道，他叫杜祥，是教委副主任，管人事，是当时教育界仅次于蒲龙的人物——说，嘿，那家伙，头发乱乱的，穿双拖鞋，课却上得好极了。

呵呵，这就够了，那时节，我看重的，就是才华。其他东西，我可以忽略不计。这有点像我后来的创作，我根本不注意那些文学技巧、文学形式之类，更注重作家自身的人格修炼。我觉得，这才是最为重要的。

在《白虎关》后记中，我专门写到这一点，如果想生出大的作品，那么作家本身必须是大狮子。一只小老鼠，无论怎么努力，撑破肚皮也生不下大狮子来。当我完成"大漠三部曲"之后，才有意识地注重一些文学形式的东西。因为我发现，这个时代不同了，如果你直接拿出黄金来，很多人是读不懂的，根本就不识得那是黄金，所以，我就在黄金的外层上又镀了一层铜，这样就好看多了。所以，后来，我也在文学形式上，进行了大胆的创新。没有创新，文学就不会有质的超越，就不会有大的出路。

考核通过之后，许多人都来向我祝贺。

别说那时，便是现在，能进城，也是许多乡村教师的梦想。能进城工作，从此就成城里人了，这当然叫人羡慕。所以，在那时，即使你有了城市户口，吃着皇粮，但是你人在乡下，就还是个乡下人。乡下人在发展机会上与城里人不同。那时候，城乡差距非常明显。

我考进城之后，家人也很高兴。记得那时的双城学区，只有我一个人考中了，在当时，也是一大新闻。那时，我被分到城里的共和街小学教书。我就开了介绍信，来城里的教委报到。

到人事科开介绍信时，科长小吕玩笑道：你的胡子咋这么长？不行，你得剃胡子，你要是不剃胡子，我就不给你分配工作。

现在，我知道他也许是随口开的玩笑。但当时的人事科里，还有许多人。所以在那时，我就认真了，我从他的话里，听到了另一种味道。

我说，不进城可以，胡子是不剃的。

吕科长说，真的不剃？那我不开介绍信。

我说，那我就仍然回乡下去。

吕科长见我认真了，就缓和了语气，说，别急，你去跟你的家人商量一下。

我很干脆地说，不用了。我叫他马上给我开回去的介绍信。

在我的坚持下，科长给我开了回双城的介绍信，我就又回到了双城。

那时候我没有想太多，只觉得城里人看乡下人有种高人一等的优势。那种眼神很令我难受，我毅然决定回去。

这事，在当时的武威引起了轩然大波，在武威的历史上，也许是第一次。

后来，有人告诉我，这事在教委也引起了不小的波动。有人认为我无视教委的权威，认为我一个小小的乡下老师，竟然这样不识抬举，想将我"发配"到张义山区，叫蒲龙阻止了。

那时的教委主任蒲龙是个好人，他也是我生命中非常关键的人物之一。没有他，我还能不能成为今天的雪漠？还不好说。

不过，我对小吕也没啥意见。我的选择，跟我的性格有关。这样的性格，让我的生命中多了很多波折。但如果没有这种性格，我也就不可能成为雪漠了。

在教委，小吕是我很尊重的科长之一。他当人事科科长时，有个不成文的规矩，只要是教委干部，就可以在学生分配时为一个人说情。小吕的记忆力惊人，你在他面前提过的名字，他是不会忘记的。那时节，学生分配到哪个乡镇——进城除外——由人事科说了算，为了能让孩子分到好些的地方，一般家长会拿上一条烟、两瓶酒找教委干部，只要不超出名额——一人一个——小吕总是会满足同事，他当然不要那烟酒。那烟酒，就叫说情的干部享受了。

只要一超出名额，小吕就会拒绝。他说，细水长流，细水长流。

在我的印象中，小吕是很能干的人事科长。后来，他不当科长了，一般干部的说情，作用也就不大了。

那时节，因为小吕的存在，我也在乡亲们面前挣足了面子。每年，总能为乡亲办些事。我不爱烟酒，有人就送我书致谢。我曾给一位老乡说过情，他给我送过一套《静静的顿河》，至今，仍是我最心爱的书之一。

那些年，在我的回忆中，是最美好的记忆之一。

在儿子的婚事上，我当然也请了小吕，不过，他没有来，但我还是时不时会想到他。要是有个好机缘，他会成为一个好干部的，待在那样一个地方，真的是可惜了。也许，他也将我的请他，当成了一份罚款。其实，我请的，只是一份回忆。那些将我的邀请当成了罚款的人，其实，抹去的，是一份美好的回忆。

关于胡子，我还想多说几句，虽然我说过很多次，但仍然会有人问，我也仍然会回答。索性，就在这里再写一次吧！

后来，我借调进教委之后，因为胡子，仍面临留下或回乡下的选择。工会赵主席找我谈话，说，要想待在教委，就必须剃了胡子。我笑道，教委可以不待，胡子是不剃的。因为上次的"教训"，赵主席就没跟我开小吕那样的玩笑。再后来，教委梁书记又找我谈胡子的事，希望我能剃了胡子，我问，我留了胡子，是不是有人在告状？书记说，那倒没有。我说，那就不剃了。再后来，在某次开会时，田市长见了我，也虎了脸问我，你是机关干部，为啥不剃胡子？我答，就剃，因为它把武威的经济影响得不发达了。他哈哈大笑，说，不剃也好。从此，一见我，他就叫我胡子作家。

那时节，我就是通过坚守胡子，坚守了我的个性和梦想的。在那段时间里，每天，我只要一照镜子，胡子就会提醒我：别被同化！战胜自己！我就能时时提起警觉，没有被红尘卷了去。要知道，这世上，有许多比进城更大的诱惑，要是我为了进城，就剃掉了个性胡子，以后为了一个更大的诱惑，我也会剃掉个性中一些比胡子更重要的东西，要是我时时妥协，是绝不可能成功的。

不过，虽然我拒绝了梁书记和赵主席的要求，但他们一直是我尊重的师长。最初借调进城，我就跟着他们写材料。赵主席写了一辈子材料，对教育界非常熟悉，记下了一大串数据。梁书记人也很好，他们都与人为善。他们真的是为我好，他们叫我剃胡子，是希望我能进步，有个一官半职，有个好前程。他们当然不知道，我不需要这些。

虽然我不需要他们想给我的东西，但是我一直感恩他们的这份心，可惜，这次回家，他们已经不在了。他们要是活着，这次一定会是我的东客。在这里，我表示哀悼。

最荒唐的岁月

我拒绝了城市，回到了乡下，没有任何的犹豫与迟疑。很多时候，我就是这样，不让自己有丝毫的牵挂。那时候，我没和任何人商量，或者做别的妥协，自己就决定了。我的这种个性，让我在人生的许多重要关口前，都能够迅速地做出取舍。我很明白，我这辈子是来做啥的，与我的梦想无关的事，我统统扔掉。所以，有时候，我的行为看起来过于极端和偏激，很多人很难理解，觉得我有点不近人情，其实，这是一种智慧。很多人就是因为没有这种取舍的智慧，才在一些烦琐俗事中耽搁了大好时光。

虽然我很想回到那个果园旁的小屋，因为，相较于城市，那所在，更适合我写作、静修。但因为双城学区开出了介绍信，我其实已不属于双城了。所以，当我回去的时候，刘站长不接收我。他的理由是：没有一个学校愿意接收我。于是，我成了"无国籍的人"。

现在想来，他也许是想逼我回到城里，也许是真的为我好，也许像我这样的人，实在令他头疼不已，巴不得我离开，但在那时，我却以为他在刁难自己。这时节，只要按他给我的理由回到城里，我仍然能够留在城里。毕竟，进城的人是教委会议上定下的，别人也不会说啥，只要自己稍微能缓和一下，说几句好话，就可以挽回一些事。同时，教委的人也想找个台阶。但他们不知道，在我眼里，城里乡里，其实是一样的。现在看来，自己那时真是不识时务，不懂得人情世故，也许年轻气盛，不知道收敛自己的锐气，也正因为如此，才会在乡下待了好些年。这对我的发展来说，未必是好事，如果早一点离开那个偏僻闭塞的乡下，也许会少走很多弯路。但待在乡下，对于心性的磨炼、资粮的成熟来说，也许是必需的。

那时节，刘站长拒绝我的理由，很难让我接受，这理由，等于宣告，在双城学区，我是个不受欢迎的人。

于是，我借了一个录音机，开始走访。我采访了许多学校校长，他们都表示欢迎我，没有一个人说不要我的话。为了有说服力，我录了音。我告诉刘站长，说各校都想要我。

刘站长很不高兴，他没想到我会那么做。所以，虽然我拿来了录音，提供了证据，他仍然不给我分配工作。

没有工作，我就没有收入，一家人都要吃饭，生活上也陷入困顿。那时候，我已成家了，陈亦新也几岁大了。

于是，我又去找镇上的尹书记。没想到，他也骂我傻。这时，我便说了一通气壮山河的话，内容大概是我不想进城，只想为双城的教育事业贡献自己的青春，等等。在那时，这几乎是我最有效的自救了。

这一来，尹书记不好说啥了，就叫辅导站分配我的工作。

现在想来，尹书记其实也希望我进城的。在他们眼中，能进城，对我的人生来说，是好事，但我那气壮山河的一通话，叫他也无话可说了。

几天后，我就被分配到了更偏远的河西小学，这次不仅仅是惩罚了，更有种被流放的意味了。但是，我不在乎这些，只要先有份工作能养家糊口，能养活自己和家人，有个落脚地再说。当时，虽然很多人不理解我。但是在人的一生里，对那些别人趋之若鹜的东西，应该有一份淡泊和取舍。

几年前，一位学生给我刻过一个章：河西雪漠。呵呵，这下，那章就真的有用了。

河西是双城南边的一个小村，很偏。学校不大，有六个年级。学校给了我一间单独的房间，在学校东面，有个荒弃的院落，没人来。记得还有个戏台，在东侧有个小平台，我常去那个平台上静修。半年后，有个据说通了天眼的孩子，就看到那个平台上有紫光，他认定那儿是我静修的地方。

河西是我最荒唐的一段岁月，也是我最不务正业的一段岁月。

我带小学一年级的课，这是最轻松的活。所以，我利用大部分的时间，认真研究了道家的丹经。我邮购了很多关于丹经的书籍，进行了系统的研究。我的这种研究，并不单纯是书本知识的研究、文字上的研究，而是实修实炼，真正地去实证。那时候，我也结交了很多道家的高手，得到了全真派的传承。这种学习实践的习惯，让我终身受益。

每天早上，我都去学校东面的戏台东侧静修。

一天，学校总务主任孙茂德老师的老婆翟雪莲来学校，我发现她身体浮肿，问原因，她说是严重的肾病。因为水肿，她的手成了通红的馒头，皮肤紧紧的似要爆裂。我治了一次——那时，我是有气功师职称的——再教了个方法，没想到，效果很好。一直到今天，二十年过去了，孙老师的夫人仍然活得很好。

于是，许多人知道了这事。

次日，一个姓孙的女子找上门来，她患了严重的皮肤病，感染了，伤口溃烂，奇痒难忍，据说已花了很多钱。她说，我也不求好了，只希望不痒就行。我治了一次，她就有了很大的好转，后来她进城动了一个乳腺方面的小手术，也没有复发。回来后，她就来找我，说奇迹出现了，自那一治后，竟然没再痒过。

还有同村的孙某，牛皮癣十八年了，身上遍布厚厚的白茧，他也来找我，我也治了治，教了他一种方法。次日，他来时，身上已经尽是通红的细肉。他说夜里做梦，有人扯他的皮，次日早晨，一炕的癣皮，身上尽是嫩肉皮。

　　这几下，便招来了无数的病人。整个小校园里布满了驴车之类，按朋友的玩笑话，驴粪肥屙了一校园。虽是夸张，但病人很多，却真是实情。而且那些病人，皆是顽疾，多是医院没治好的。

　　没办法，只有治了。

　　同校一位姓秦的老师的母亲病了，希望跟我学习，就帮我代课。他这一代课，我成了全职的不务正业者。我便找了一个空教室，将蜂拥而至的病人请入里面。

　　那时节，满屋子的男男女女，有跳舞的，有大笑的，还有号哭的，那景象非常有趣。

　　怪的是，治疗后，所有病人皆有很好的效果。

　　一天，学校里来了一帮人，说是武南铁路上的职工，是著名气功师严新的徒弟，说严新往新疆发功时，发现这儿有个高功夫师，告诉他们大致范围，叫他们过来找，他们就来了。我笑道，我算啥高功夫师呀。但还是有人生起了信心，后来，一个叫王英伟的，就一定要跟我学，我胡乱教了些。后来，他说他竟能看光了。

　　那时，我对自己有十足的信心。这种奇怪的信心，几乎伴随了我几十年。无论是对文学，还是对信仰，我都是非常自信。那时，文学上我总是坚信自己能成为大家。一天，《飞天》杂志的编辑冉丹说我总是自我感觉良好，我却想，这哪是自我感觉良好啊？我明明是本来就很好。再后来，《小说评论》原主编李星称我实现了一个小学教师一夜间名扬天下的神话时，我才明白，在成为"著名作家"之前，我在人们眼里的位置，其实是很低的。

　　后来我想，也许，我那时的自信，是因为自己清楚，不管是在文学方面，还是在信仰方面，我都是扎扎实实用过功的，没有自欺，也没有骗人——这些，即使你骗得了别人，也骗不了自家的灵魂。虽然修炼让我吃了很多苦，但现在想来，其实那些苦也是修炼本身，我没有感觉到有多大的苦，反而越苦越乐，越苦越自信。因为越苦的时候，我越能真正战胜自己，那么就会增强一份自信。正因为有了那么多别人认为的苦，才有了后来的证悟。证悟之前是苦的，一旦开悟了，只有乐了，后来，只有宁静。

那时候，战胜自己一直是我的目标，不管是信仰也好，文学也罢，都是我战胜自己最好的途径。因为我知道，只有战胜了自己，实现了超越，才能真正地改变命运。人与人最大的区别，不是财富，不是高权，不是物质类的东西，而是心灵。心变了，命才能真正改变。所以，我一直在跟自己的内心做斗争，时时训练自己的心，让心灵自主而强大。

有一天，一位城里的大老板来找我，说他的父亲有病，疼得止不住，请我去治病。我说，我不给人治病，我又不是医生，我不会非法行医的。他说叫他父亲跟我学习也行。我说，这当然行，不过，得教委主任给我批个条子。后来，他真的托了不少领导去求教委主任蒲龙。蒲龙哭笑不得，说你学就行了，这种条子，我能批吗？

现在想来，这种批条子的事，也许成了我后来进教委的助缘。因为老是有人提醒蒲龙雪漠的存在，当然也提醒着他，这就是那个因不肯剃胡子而放弃进城的青年。那时节，这无疑是有点传奇色彩的。

现在想来，我的那时，是非常荒唐的。你想，一个教师不上课，却招来满校园的病人，不说别的，只那情形，就十分不雅。

因为当时大队主任的老婆也有病，所以村上领导，对我还是支持的。那时节，人们对我的说法很多，有说我会气功的，有说我会遣动鬼神的，说明在那个时候，有人已开始将我神化或是妖化了。我其实一直不懂气功，不过，我却按自己的理解教那些人学气功，怪的是，都有神奇的效果。至今，有人患上一些难治的病时，也会想方设法来找我，我却拒绝了。因为不从心性上着手，所有的病都治不了根。

为啥有些人出现心理问题，喜欢找心理医生，却解决不了根本问题呢？因为心理医生多从技术入手，不能转化病人的心，即使病人全身心地信任医生，医生也能指出病人烦恼的原因，让病人得到暂时的释怀，但人的心灵是千变万化的，只要病根未除，一遇刺激，心结又会转化成另一种烦恼，再一次困住他的心。

我的朋友张万雄就是一个例子。他是一个法官，很有担当，不到绝望的地步，是不会自杀的，但他还是选择了跳楼，留下了他的妻子和孩子。看到我那篇《痛说张万雄之死》的文章时，我的一个学生也写了一篇文章，叫《说点感受给您听》，分享了自己的一点治病心得。他也是抑郁症患者，因恐惧疾病患上了严重的抑郁症，求医问药，没啥效果，屡次想要自杀，还留下了遗书和绝笔，后来看了我的《实修心髓》，心情慢慢变好，自杀的念头才自然消失。因为心结一旦打开，就不存在什么问题了。

心理疗法虽也有道理和作用，但它不能保证病人永远明白、快乐。就像在沸水里浇上一瓢冷水，也能让水暂时冷却下来，但是，只要火还在烧，很快，水就会再一次沸腾的。所以，真正的救心之法，不是让你暂时地宽心，而是熄灭你的心火，从源头解决问题。

如果把人的烦恼比作大树，那大树之根就是烦恼之心，只有斩断树根，大树才会枯萎、死亡，烦恼才会真正断绝。就是说，息灭烦恼的究竟之法，就是改变心性。老祖宗有一套训练心性的方法，非常科学严谨，任何人只要依法而修，久久行之，必能打开脉结，改变贪婪、仇恨、烦恼的生理基础，让人得到身心自在。它属于一种向心内探求的生命科学。那有效性，是经过几千年验证的，但你必须坚持。要是不能坚持，或半途而废，就不能真正地放下纠结，不能消除心灵的所有缠缚，也不能让心态真正地健康起来。

每个人都有自己的活法

说起张万雄，有一件事给我的印象也很深，每次想起，都很是心痛。

我虽然不在乎世俗生活，但我还是想认真办陈亦新的婚事。因为我得尊重别人，除了尊重儿子之外，还得尊重人家的女儿和亲戚们。许多时候，我们得随顺世间法，因为这是对世间人的一种尊重。人家养个女儿不容易，谁都想让自己的女儿风风光光地出嫁。如果咱想马虎一点、简单一些，是说不过去的。即使我再惜时如金，儿子的婚事，我还是作为自己最重要的事来办。它跟红尘诸事一样，都是我的生命体验。没有体验，便没有我的创作，所以我说，文学就是人生，人生就是文学。我用我的生命创造着文学，同时，文学也在滋养着我的生命。那文学，就象征着我的世间生活。对于操办儿子的婚事，我仍然以超越的眼光来对待，这同样是我灵魂的一种滋养，这不，正是因为有了这一场婚礼，我才有了这本《一个人的西部》。

陈亦新说：我们得请个大东。

在凉州，人的一生有三件大事：一件是出生；一件是结婚；一件是死亡。自己能决定的，只有结婚了。别的两件，你想参与，也没法参与。

既然结婚是大事，便需要一个能统筹全局的人，他能策划，能统筹，心思缜密，能把握全局。婚事的成功顺利与否，很大程度上取决于大东。

儿子问，谁当大东？

我说，谁也行，反正我不当。

儿子笑了，他说，你当然不能当。你得请个大东。

我想了想，却没个合适的。凉州的朋友中，有组织能力的，大多当了官。他们大多很忙，我哪能叫他们为我的小事浪费时间。闲些的大多是文人，他们往往是在自家结婚时也能喝得烂醉的主儿，分不清东西南北，让他们当大东，显然不合适。

于是，我对儿子说，大东不急，先请客吧。

不几日，大东自个儿找上门来。

那便是张万雄。他请了古浪法院的常发院长。常院长是个读书人，也是喜欢我作品的凉州人之一。多年前，我见他时，似乎说过他能当法院院长之类的吉言，后来他果真当了。他几乎阅读并收藏了我的所有作品。这次来时，我带了几套《实修心髓》《实修顿入》，满以为他没有，哪知他已经在凉州的一禾书城买了。

凉州有许多我不认识的好朋友，他们买了我的书送朋友，像以前的李文清市长，据说自个儿掏腰包买了五百多本《大漠祭》送朋友。《大漠祭》出版那年，只凉州就销出了五千多本。这种朋友，为我心中的凉州添了光、增了彩，是我在以后的日子里常常念想的。他们没人倡导，也没人鼓动，更没人组织，都是自个儿自愿去做的，纯粹是读了书，受其感动，就分享给朋友。在我心中，这是最为温暖的事。这不仅仅是作为一个作家，因为自己的作品受到读者的热爱和认可而感动，更因为凉州有了这样一些不功利的朋友，让我对家乡多了一份温馨的回忆。

同张万雄一起来的，还有进山、悟祖几人。在一家茶屋里，他们请我品尝凉州的茶文化。凉州茶屋极多，随处可见，打麻将的，喝酒的，也很多，可见凉州人善于享受生活。以前，老有人说凉州人安分守己，虽不无道理，但再想来，人生来，还有比幸福更重要的事吗？虽也不习惯凉州人对时间的奢侈消费，但也能理解他们。像我这样整天将时间真的当成生命的人，在凉州并不多。对这一点陈亦新说："活着便是目的。他们也很好的。"

这话当然对。

是的，每个人都有自己的活法，每个人都有自己的生命轨迹，谁也不要去干涉谁，相互尊重，是最好的。我的这种生活方式，也只属于我这样的人，属于希望像我这样活着的人。有些人愿意延续凉州千年来固有的那种活法，也很好。我不愿像他们那样活，不是说那种活法不好，而是我有更高的追求——主要还是我的活法，能给我自己带来快乐，这是根本。

这次来，我发现，好些人都老了。正是从别人脸上的皱纹里，我才发现了自己的老。很久以来，我感觉不到自己的老，总是沉浸在自己的世界里，偶然间，看到镜中白发，才发觉时间又过去了几年。很快，我当公公了，随后，我又当了爷爷。这些跟我似乎毫不相干的称谓，居然渐渐地走向了我。只觉得，自己稍微打了一个盹，世事便沧桑如斯了。一恍惚，那老也在自己的相貌上刻了印痕。

我不知道，自己是真老了，还是更年轻了？说不清。在广东的日子里，很多学生就说我越活越年轻了，越活越像老顽童了。不知此话是贬是褒。这些，在我的心中，似乎也没有多大的意义。眼前的世界，时时在变，人在变，物在变，一切都在飞快地变化着，自己倒越加沉静如水了，难以激起更大的波澜。在我的生命中，觉得自己只走了几步，而后面的路还没有完全铺开，需要更大的生命投入。我现在仍然在体验，仍然在读书、写作，仍然激情澎湃地发着声音。与此同时，我也是闲了心，慢慢品味着生命中的每一个变化，享受着变化中的一切。

万雄问，有没有需要我办的事？

我说，没有。你们来吃席便是了。

虽然我需要大东和东家，但我却不想麻烦朋友。

没想到，万雄说，我知道你需要。你请常发院长当大东，请我当二东。我们为你操办这事。

这当然求之不得。在当初自己的婚礼上，我也是懒得管事的，即使在婚礼那天，我仍然在读书。读书，是我每天的功课，即使再忙，也要读会儿书。生活中，我的读书、写作、吃饭、睡觉、和朋友聊天，其实都是一种修心。修心贯穿于我的所有生活，成了我的一种生活方式。

在闭关的二十年里，我极少参加别人的婚礼。这有些对不住同学和朋友，但没治。那时，我要想成为自己，只能逃离人群。我不想让一些俗事占用我的生命。所以，老有同学骂我，但怪的是，骂我的那些同学，也总是以我为豪。

也因为很少参加别人的婚礼，对婚事那一套，我不熟悉。更不知道，到了二十一世纪的今天，凉州的婚礼有了哪些创新，又有了哪些不一样。在儿子的婚事上，千万不要闹出什么笑话来，否则，就会成为一大笑谈。我倒无所谓，就怕人家姑娘家那边挂不住脸。因为，在世俗意义上，婚礼代表了一种门面，虽然我不在乎，但是很多人在乎。

万雄了解我这一点，就主动帮我了。他们还主动承担了车辆和司仪等有关事情。

陈亦新说，爸爸交际极少，想不到还有这样的朋友。

这倒是。在凉州，最了解我者，就是那些朋友。有了这些朋友，我就不孤单了。

2012 年 8 月 20 日，常发院长专程从古浪法院赶了来，他订了一间茶屋，召集了第一届大东工作会，定了要请的东家人数、用车、娶亲人、送亲人等事项，并决定在 24 日举办正式的启东仪式。启东的意思，是东家要开始工作了。东家是专门为东西客服务、操办婚事的人，一般由比较亲近的亲戚和朋友担任。

首先确定了迎客的几位朋友，由他负责迎接不同群体、不同单位的朋友。接着又确定了娶亲人、请客人、车辆等事项。娶亲人是陪同新郎去娶新娘的人；请客人是代表男方家去请西客的人。定下了六辆车，双数，图个吉利。常发不愧是院长，有着极强的统筹计划和组织能力。

常发特地选了一家能炒好土鸡的茶屋。茶屋在凉州最常见，触目可即，大小规模不一，一般的招牌菜便是鸡肉和羊肉。朋友聚会，凉州人首选的便是大盘鸡，量足，实惠。这家的鸡很好，据说用的是土鸡，跟别家的鸡味道不一样。鸡上来后，我按照自己的习惯，偷偷进行了供养、超度。然后，大家边品尝，边赞叹，吃得很欢。

小会之后，我步行回家，去了几家书店。凉州的书店除了一禾书城外，别的都很萧条冷落，也没啥可看的书。到了一禾书城，我的书大多摆在一进门最醒目的地方，除了不见《大漠祭》《猎原》外，《白虎关》《西夏咒》《西夏的苍狼》都有。

店里还挂了几幅当地书法家的书法，很好，一看标价，一千元。问服务员，有没有人买？她笑笑，说有看的，没买的。我不由得替凉州书法家们感到难过了。他们没有走出去，当然，我说的走出，是《大漠祭》里灵官的走出，是心灵意义上的走出，如果他们在书法艺术之外，实现了另一种意义上的人格超越，那么，他们的书法就生辉了，也就值钱了。记得上次，万儒说，要是凉州书法家知道你的字价的话，怕是要气死了。上次，东莞文联主席林岳也说，人家爱的，不是雪漠的字，是雪漠的人，字占一分，人占九分。这当然是林岳主席的看法。其实，我这个人是很无趣的。你想，每天从很早起来，不是静修，便是读写，日复一日，年复一年，就老了。那样子，就如一个千年老僧一般，木讷无趣，长年累月地重复着那些事，唠叨一些别人也许不太爱听的话，怪的是竟然有了那么多的雪粉，真是天下之大，无奇不有。

也许，心一变，命就真的变了。

而我最希望的，是朋友们也能改变命运，因此我总想把自己改变命运的法子告诉他们。但能听进去的，也就听进去了；听不进去的，还对我有了意见，从此便疏远了。但不管咋样，时间还是在飞快地流逝着，也由不得我在乎了。

这不，那茶屋里的茶才刚凉，众人的笑声仿佛刚歇，张万雄却不在了，让人很是怅然。

人格修炼最为重要

在河西小学的那时，虽然我不教书却教人治病，是明显的不务正业，但由于得到了很多病人的拥护，学区领导也没有批评我，甚至教委领导也没有批评我。他们对我，真的是太宽容了。不过，对我的事，教委主任蒲龙还是很好奇——毕竟，老有人找他开批条。不久，他就叫教委副主任沈建华来调查此事。

沈主任来时，正好是我上体育课的时间。

1990 年前后，按乡下小学的规矩，所谓的体育课，就是让孩子们打篮球，自己去玩耍，教师是不用上课的。那时的体育课，不像现在城里这么严格，不列为学生的必修课。所以，每到体育课，我就让娃儿们去打篮球，而自己则在房里静修或是读写。

有一天，正是体育课时间，我在房里用功，有人忽然砸门。我开了门，见一年轻人，显得很激动，他喝问我，你为啥不上课？那表情，显得有些怒不可遏。

我觉得面生，不明其来意，就拍拍他的肩膀，说，安静！安静！

那人显得越加生气，因为我那拍肩膀的动作，一般是长辈对晚辈的。在他眼里，这显得有点放肆。旁边的一个年轻人赶忙介绍说，这是教委的沈主任。

我请他进屋，洗了两个苹果，一个我自己吃，一个给他。他接了咬了一口，气也渐渐消了。

那便是我跟凉州教委副主任沈建华的第一次见面。沈主任人非常好，能干事，是个人才，做人一直很率性，虽然很年轻就当了领导，但一直没有得到太大的提升。这一点，很奇怪，我接触过的人中，凡是我认为非常好、有才干者，进入官场之后，都很少能真正得到提升，而那些我认为不怎么样，甚至品质很差的人，却在官场中混得如鱼得水、节节高升。这种现象，不得不令人深思。

第一次见面时的沈主任看起来非常年轻，猛一看，根本不像是领导，倒像是哥们儿。我并不知道，那时，沈主任其实带了一个任务，是来考察我的，教委想调我进城。没想到，我竟然没有上课，所以，这第一印象显然不好。

后来，他回去复命了，我不知道他是如何向领导汇报的。便是我自己，也知道那时的自己，不是一个合格的老师。倒是对娃娃们的文化课，我一直没有放松。误人子弟，如杀父兄。除了文化课，对于体育课啥的，我就叫娃儿们自己去玩，玩得越痛快、越开心越好。

沈主任走后，我又回到自己的世界里。夜里，除了静修，我还系统地读那些丹经。虽然也在进行着所谓的写作，但在那段日子里，我并没有写出啥作品。我说过，我没有捷才，我的所有作品，必须经过十年怀胎，才能出世。这个过程中，我必须不断地增补营养。

到了第二学期，我就不再治病了。虽然没有人限制我，但我自己觉得真有些不务正业了。老有病人来找我，我都一一拒绝了。还有一个原因是，我不想当个给人治病的气功师，我有着更高的追求和梦想，我不会满足于那些雕虫小技。我明明知道，那些东西根本不究竟，与我追求的终极解脱有着天壤之别，所以，此后，我很少再涉及这些东西。后来，那些曾显赫一时的气功大师们都一个个销声匿迹了，有的甚至灰头土脸了。所以，若是不从心性上下手，一些功能性的东西，永远改变不了人的本质。

那些我曾经救治过的人，虽然延长了生命，不会再受到疾病的折磨，但是，也仅仅如此而已，他们的命运仍然没有改变，仍然被穷困、愚昧、热恼笼罩着。

那时，看到像父母那样的农民贫困苦焦、时不时受到欺负和愚弄、被生活逼得狼狈不堪的现状，我就想写一写他们，让外面的人知道，还有这样一群人，就这样活着。但那时候，自己在智慧方面还没有完全打开，对生命、对命运、对生死等问题，还没有完全彻悟。那时的我，也处在一种痛苦和挣扎之中。后来，我就全身心地注重心性方面的修炼了。

我一直认为，不管怎样的修炼，都以人格修炼最为重要，如果没有人格上的完善，没有智慧上的顿悟，仅仅靠一些花拳绣腿来哄骗自己，只能白白浪费生命，对己、对人、对世界都没有任何实质的意义。

当年的病人里，也有人一直跟我保持联系，这次也成了我的东客。

二十多年前的又一天，我正在河西小学的宿舍里读书，忽听有人大喊：陈开红！陈开红！其声如雷，响彻校园。

出得门来，见院里已多了一辆车，一人正大喊着我的名字。那人很胖，很高，很严肃。

校长介绍说：这是蒲主任。

蒲龙对我吼：去取你的教案！

我一听，头皮都麻了。我没有认真备课，因为我教的是一年级，对于那些拼音啥的，我很精通，就懒得备课。为了应付检查，我也写了些，但按教委的要求，肯定是不够的。

我将教案递给他。

他翻了翻，说，你咋备了这么一点？

我说，教拼音 a、o、e，其实是用不着备课的。我小时候就精通拼音了，都烂到脑子里了。

他笑了笑，又说，你要好好发挥你的特长，好好教娃娃写作文。

我说，蒲主任，一年级没有作文。

这一说，蒲主任笑了，对校长说，你给人家安排个高年级教教。

这是我跟蒲龙的第一次见面。大概过了一个礼拜，我就接到了调令，进了城。听说，学区的刘站长还想压我，但蒲龙怒了，说，陈开红要是不来，你就叫站长来。

站长这下急了，亲自来催我进城。你瞧，有趣吗？其实，生活有时候比小说精彩多了。所以，有时候，我都迷瞪了，不知道自己是在搞文学，还是在演戏？

从那时起，我又进了城。在河西小学，我只待了一年多时间。

第四编　教委里的

写作

最苦的日子

1991年5月，我进了教委。虽然这是好多乡下老师都很羡慕的工作，但我仍然过得很苦，心情也非常糟糕。

第一，我的工资很低，每个月买书后，我连坐车回家的八毛钱都没有，只能每个周末骑着破自行车回家，每次都要骑上很长时间，想给儿子买点小东西，比如爆米花之类，也没有钱。但是，我没有任何办法，我不能为了挣钱，就丢掉一辈子的梦想。

第二，当时我只是借调，教委领导不知道我的底细，要是直接调来，怕管不住我。在那时的学校里，我的荒唐，是出名了。来到教委，教委主任蒲龙就安排我下乡采访，写材料。采访很好，因为它让我走遍了凉州大地，开阔了视野和胸怀，但写材料，是让我非常头痛的一件事。

丢掉《长烟落日处》的笔法，探求新的笔法，已是沉重的压力了，典型材料所要求的那种模式化的公文写作，更是压得我喘不过气来。但我进教委，就是为了写材料，所以，我只能硬着头皮写。

在河西小学时，我不用坐班，也没有多么繁重的工作量，甚至不用备课，那时节，我有大量时间做自己的事。刚进入教委的那段日子里，我失去了大部分的自由时间，连宿舍都没有，在办公室里支了一张单人床，跟一个孤僻古怪的老头子住在一起。不过，那单人床虽然简陋，却是我在城里的第一张床。这代表着，我从农民的儿子，真正地成了城里人。

那时节，每天，我都要工作到很晚，有时还要熬夜，实在没办法像过去那样，花大量时间静修读书，我就在晚上休息时坐禅，时间很短，但还是坚持了下来。每天早上，我仍然三点起床写作，但心里流不出任何东西，只能焦虑地坐在那里，只好转入静修。那种从黑夜等到天亮的感觉，真的不好受，我于是理解了那些整宿睡不着觉的人。

但最痛苦的，还不是这些，而是那种公文写作。它跟文学创作完全是两种思维。假如我习惯了那种思维，就可能再也写不出好小说了。

教委里，也有人写过小说，但没多久，便什么都写不出来了，也许是因为典型材料写多了，思维就僵化了。我很害怕自己变成他们那样。幸好，我一直在静修，这让我的想象力得到了很好的训练，所以我并没有变成自己担心的那样。

刚进教委时，我还有一种愤青的习气，不像现在那样宽厚平和，总觉得那里的人很平庸、很无聊，好多风气我都看不惯，比如拉帮结派、排挤别人、钩心斗角等。

刚开始，我也觉得这样的人生很痛苦，但后来，我才发现，它给了我最为珍贵的生命体验，也给了我很好的创作素材，我也多了一种从体制内观察世界的角度。初到教委时，很寂寞。虽有几个文友，经常谈文学，但整天都谈，人家也就厌烦了。因为是借调，我的工作还很不稳定，在教委，终归比回乡下好，因为在教委，我能走进一个更大的世界，能发现很多乡下老师看不到的东西。

所以，我明知生命被无数的俗务虚耗了，明知我做的很多东西都没有意义，也不是我想干的，但我仍然没有放弃。我在焦虑中忍耐着，等待着生命的转机。我知道，命运是非常公平的，你在得到一种东西时，必然要放弃另一种东西。

那时，我生命中唯一的温馨，仍然是家人。

我们那儿的人，长大了就会跟父母分开过，我也跟父母分家了。鲁新云就一个人带着儿子，住在乡下。我在每个周末都回家，回家以后，做点脱麦子、收庄稼之类的农活，周日上午，再骑车回教委。那短短两天的幸福时光，总能洗净我一周的焦虑和烦闷。

刚到教委时，我遇到的另一个困境，仍然是写作。那时节，我只有在一个人静静待着时，才能写作，只要有一点声音，我就写不出东西。到教委后，我没有自己的宿舍，也没有自己的办公室。最初，我很焦虑，老是写不出东西，写不出东西，我就会更焦虑。于是形成了恶性循环。后来，我跟办公室主任申请独立的工作空间，他训斥我说，你咋那么多毛病？为啥不一个人待着就写不出东西？他的话一下点醒了我，我发现自己确实很依赖环境。于是，我开始训练自己。

一来我确实没办法控制环境，二来我觉得，大丈夫立于世，必须无所凭依，不能依赖任何人，也不能依赖任何外物或环境。一旦有所依赖，心灵就不可能自主、独立。

最初，我很不习惯，身边一有人，一有响动，我就会觉得烦躁，感到一股无形的压力从四面八方涌来，心也受到了牵扯，写作的感觉就中断了。哪怕写的不是小说，而是教委的材料，也是这样。除非身边的响动消失，身边的人也走开了，我才能感觉到空气的清新，心灵才会舒展，才能写出东西。但有了对治的意识后，就不一样了，每次发现自己变得烦躁不安时，我就会提醒自己，这是毛病，要战胜它。慢慢地，我也就改了过来。久而久之，我就随时随地都能写作了。现在，就算走在喧闹的人群里，我仍然能像独处时那样专注。

后来，教委主任蒲龙把他房间的钥匙给了我，让我能在下班后写作。再后来，一位叫王开奎的退休老干部，把他的房间钥匙给了我，每到晚上，我就在那个安静的小房间里清修。那时的许多生命体验，如阳光三现、两肾烫煎之类，在这小屋里清修时常常出现。

那时节，《大漠祭》还仅仅是中篇。我始终在写，但始终写不出我需要的东西。尤其在借调到教委，而不是正式调入教委的那段时间里，真正用于写《大漠祭》的时间非常少。某个月里，用在《大漠祭》上的时间只有一个半小时，却用了四十三个小时来写材料，读书也才三十三个小时。

生命在飞快地流逝着。无数个恍惚间，我总是看到，那个名叫无常的魔鬼，正龇着牙对我狞笑。但是，我没有一点办法。我只能等待转机。在这个过程中，对我最重要的就是读书和修心。修心提升了我的人格，读书扩大了我的视野，让我的心不至于太过封闭。

为了练笔，我也写日记，在日记里学习写人，可不管我怎么写，都写不出鲜活的人物，也始终流不出我想要的文字。

现在想来，那不是我对人物不够熟悉，也不是对细节观察得不够，或是生命体验和想象力不够，而是因为那时的我还有功利心，还有机心，还想写出更好的文章。这一点，阻碍了我的灵魂流淌。一旦我打破了这个障碍，我的写作，就会出现突飞猛进的变化。因为我是在农民家庭里长大的，农民的心态和思维，已经融入了我的血液，农民生活的场面和细节，也构成了我的整个童年记忆。更何况，我一直在有意地采访和记录。对农民形象和农民生活，我几乎能信手拈来。只是那时，我还是井底之蛙。视野的局限，限制了我心灵的格局。

那时，我仍被一种执着障碍了心灵，让我不能流淌出自己的真心，但是，这也成了我不断寻觅、不断成长的契机。因为那时我的心还不够大，即使能流出灵魂，也流不出后来的《大漠祭》。从《长烟落日处》和《大漠祭》之间的区别，你就能看出，那七年中我成长了多少。这种成长，是需要寻觅、积累和历练的。

在这一点上，教委的工作经历给了我很大的帮助，此后的几年间，我走遍了整个凉州。

每个人都是自己行为的承受者

教委的东客里，还有一个小景。他跟我当过多年的邻居。我在城里有第一间宿舍时，小景就跟我是邻居了。

我们住一个楼道，常见他打老婆小孔。小孔是个非常好的女子，人很漂亮，很干净，爱读书，但小景打起来，却像捶驴一样，除了疯耳光、愣拳头外，还时不时捞个东西就抡过去。一次，他举了一把砍柴的斧头，狠命砍了去，要不是我拽了一下，小孔就可能没命了。某次，小孔实在不想活了，绝了几天食，我妻子劝了多时，叫她多想想女儿。实在不行，妻子就把她拉到我家，给她做了拌面汤，劝她吃。后来，我们都有了新楼房，他们住二楼，我们住五楼，还是老听到那惊天动地的打老婆声。

后来，小孔从原来的单位下岗了，小景就跟她离了婚，新娶了一位老师。他请我参加了他的婚礼，我时时会想到那个可怜的小孔，有时，也会看到在别人的粮店里打工的小孔，弱弱的，见了我，也显得不好意思。在凉州女人眼里，离婚是件很丢人的事。小景的女儿跟了小景，从此之后，我们时不时就会听到女儿的惨叫。在冬天的大清早，老见那女孩举着黄瓜大饼边吃边去上学，脸上总是青一块紫一块的。

在亦新的婚礼后不久，从凉州传来消息，小景在深夜两点跟一位女老师在街头游荡时，被一辆车撞成重伤，不治而死。凉州的一位朋友打电话告诉我，说小景跟陈副主任一样，便是在死后，还是有很多人幸灾乐祸。大家都在谈论那个老是挨打后被他抛弃的女子，也对他深夜还跟女老师在街头闲逛的行为有种种说法。据说，那天晚上，女老师的老公也正好下乡了。这一事实，引发了当地人很多的想象。

在武威在线网站上，有一些这样的议论："凉州教育局的领导是不是都是晚上找女教师谈工作的？晚上两点的工作真是重要呀，看来马上教育界又要有大动作了，教师们你们该受累了，领导干部都是在晚上两点多找女教师传达精神。""景某某在上班时，态度非常恶劣，你要办事没拿好烟根本就问不上一句话，还会把你臭骂一顿赶出来，不知道有多少人挨过他的骂，所以我有点幸灾乐祸！"网上还说，小景利用职务之便，常找女教师"谈心"。他掌握着人事科的权力，总会有人巴结他。此人是 2012 年凉州教育系统的优秀党员，死前是副科长，主持日常工作。要不是出了这事，他肯定会当上人事科科长。这事一出，有人就说，他的福气不够，叫官压死了。一位了解他的朋友说，从这件事上看出，老天爷还是公平的。我说，话也不能这样说，毕竟人家死了，我们还是要同情他。

小景的遭遇，让我想到了原教委的陈副主任，他也死得早，退休不久就死了。在凉州，我遇到了很多老师，一提起他，都说他死得太迟了，要是他早死几年，会少造很多业。至今，每次提到他，还是有很多人咬牙切齿。一次，我有个朋友，想从职业中专调到小学，送了礼，送了钱，但迟迟没动。我在教育局时，就去人事科，大声说，你们问问陈主任，人家礼也送了，钱也送了，为啥还不办？人家从中专往小学调，又不是多大的事。我这一说，那人才调成了。呵呵，你看我，以前，也是很坏的。

我跟这位陈副主任相交多年，了解他。在当官之前，我们关系很好，他很会写材料，我们也谈得来。他是当了副主任后才变的。许多时候，人的变化跟环境有关，我们也不能只怪他个人。一个群体的味道，总是会熏染一个个个体。当我说这话时，一个朋友又说，那还是他个人的问题，怨不得环境。老天爷要刮风，你自己不倒，谁也没办法。也许，他说得有道理，因为我也在那环境中待了十年。环境仅仅是一方面，关键还是自己的心。在这个世界上，心真正属于自己的人很少，大都被生活的飓风卷跑了。所以，我才写了那两本小书《世界是心的倒影》《让心属于你自己》，真正读懂它的人，也许会活出另一种精彩来。

顺便谈谈另一位东客，他叫王大臣，现任凉州区统计局局长。以前在教委工作时，我们关系很好。他的女儿结婚时请我，我正好客居广东，没参加婚礼。这次儿子结婚，我不好意思请他。在凉州，崇尚礼尚往来，我请你时你不来，你请我时我当然不去。我犹豫多时，没好意思请他。没想到，在婚礼那天，我忽然接到电话，他说，雪漠，你儿子结婚，咋不请我？我告诉他上次没参加他女儿的婚礼，这次有点不好意思。他说，你在外地，情有可原。我在本地，你不请我不行的，我们关系那么好。我正要去兰州，叫我妹妹代我参加吧。后来，我在婚宴上见到了他妹妹。从这个小小的细节上，也能看出许多命运性的东西。你想，要是你为人好了，日久天长，几十年过去，自然会有不俗的命运。日常的细节，其实决定着一生的命运。

我常说，一个人的价值就是他的行为。我们在做事时，要常拿死亡参照一下，看看能否做到，在自己死了时，别叫人觉得死得太迟了，更不要叫人幸灾乐祸。从究竟意义上来说，每个人终究是自己行为的承受者，与他人无关。行善的，就有善的行为，自己就是善行为的受益者；行恶的，就有恶果，最终还是自己去折腾自己。

写出以上文字时，我也深深地为死者的亲人感到难受，无论死者咋样，对亲人来说，这事都是巨大的打击。外出时，我们一定要注意安全。

大甘沟之行

我下乡考察的第一站，是大甘沟，去采访一位叫金万禄的校长，他在那儿待了几十年，很会办学。

大甘沟之行，是我第一次真正进入山区。虽然我的《长烟落日处》写的就是山区，但那里面大多是想象。但正如前面所说的，我在大甘沟里看到的生活和环境，竟然跟自家在《长烟落日处》中描写的一模一样，不但形似，而且神似——无论是生活场景，还是人物和感觉，甚至关于村落的描写，也仿佛写的就是那儿。很是神奇。

大甘沟是凉州上泉乡的一个村，在张义山区，比较偏僻，有种《西夏咒》中描写的老山深处的感觉。山很高，无草，相对贫瘠，地无三尺平。所有耕地，都挂在山坡上，靠天吃饭，有雨就收，无雨就丢，全看老天爷高不高兴了。

在后来的《西夏咒》中，就有大甘沟的影子。大甘沟学校旁边，有一座叫赵家岭的山，山上有个庄园，庄主姓赵，因为财势大，就在山上盖了房子。这当然是犯忌的。按当地人的说法，山上盖房子，是欺负山神爷。那赵家庄园，正好盖在山脊上，可以看到山两旁的村落。那所在，能盖寺院，是一处福地，自家若是福小，是居不了福地的。在大甘沟的一个多月里，我常上那儿，站在山顶的庄园上，山下就一览无余了。我甚至为那些撒尿的妇女担心了，要是站在赵家岭上，矮矮的庄墙遮不了啥。

赵家岭上的庄园有种赫赫的气焰，在《西夏咒》中，它就成了法王的居所。我在写《西夏咒》时，琼跟阿甲找怙主时，攀登的就是赵家岭。

大甘沟小学，就在山脚下。一抬头，就能看到山上的庄园。

关于那庄园，《西夏咒》里有一段描述：

凉州人只觉这庄园凶，赫赫焰焰，气焰嚣张。它将整个山头都占了，立在墙上的垛口上朝下看，可以看见女人们撒尿时露出的屁股。村子里从此没有了秘密。每个人都觉脊背上多了双眼睛。后来，传教士约翰概括了那感觉：人家坐了上帝的位置。

跟我一同去的，是明林，他也是文学青年，很有天分，出名比我早。在武威，我出名较晚。算起来，有许多天分比我高的人，只是他们太聪明，就放下文学，干别的去了。明林也是，他很早就经商了。他一边上班，一边经商。

按明林的说法，叫他陪我去大甘沟，除了写报告文学，还想叫他观察并调教我，叫我懂些机关的规矩。这也许是真的，但按我后来对蒲龙的了解，他不会叫明林做这事，他是真正的用人不疑。但跟明林的接触，确实让我明白了机关中的许多规矩。

那时，我们每天的做事，便是采访，我一边采访金万禄校长，一边采访当地的民情。对后者的采访，成为我创作中取之不尽的源泉。《西夏咒》中飞贼雪羽儿的原型故事之一，就发生在当地。当地真的有个叫贺玉儿的飞贼，很是厉害，后来，因跟我的某朋友姓名相似，我就换成了雪羽儿。《西夏咒》中的许多场景，也发生在这一带，比如谝子组织村人在院中用飞石头砸雪羽儿；比如砸腿——事实上是挖眼睛，现实有时比创作更加残酷——还有许多内容，都取材于这里。

在几个月的时间里，我积累了很多材料，《西夏咒》用去的，只有一点儿，大部分的，还等待我的发酵呢。我的很多材料，都是如此，都需要很长时间的挖掘和酝酿，随着我生命体验的不断加深，对这些材料，都赋予了不同的意义。就如我的读书，某一类的书籍，在不同的年龄段里，对其的吸收和甄别都是不一样的。所以，在一定意义上说，我的一生只是在写一部大书，每个阶段，都在完成其中的一部分。虽然那些书，本来就存在于天地间，只不过需要我的生命分阶段去流出它们。书里写的那些人和事，其实也涵盖了人类全息。就如这个《一个人的西部》，看似是写了凉州，写了一些与我有关联的人，但其意义远远超越了凉州，我是一面镜子，折射的，也是整个的人性世界。我们每个人的身上，都有人类的全息。

大甘沟回来之后，我写了一篇报告文学，叫《闪光的步履》，它一直没有发表。原因是，我对于命题作文，一向是写不好的。它的使命，仅仅是促成了我的一次生命体验。

在我的生命中，这是我很难忘的一段体验。这儿的地貌民情跟我的家乡完全不一样，它让我感受到了另一个凉州。

关于它，我也许会在另一部书中详写。

熬过生命中的噩梦阶段

正式调入教委之前，我的工作很杂，主要写材料，也处理一些展览、公文性质的东西。后来，教委搞希望工程时，我还写了一个宣传片的剧本，那宣传片在电视上播了很久，为凉州的希望工程吸引了大量捐款。

现在看来，那也是一种学习，它给了我一种难得的经验，让我有了另一种思维。但是，在当时的我的眼中，这仍属于一种消耗。因为我正专注于创作《大漠祭》，任何跟此事无关、又会占用大量时间的事情，我都觉得是在消耗生命。

那时节，我的家里也发生了很多需要处理的事。

鲁新云的父亲得了病，到城里检查，发现是晚期食道癌，他只好留在城里治病，我就陪着他到处找住处，还帮鲁新云的弟弟办了民办教师转正的事，这样，老人要是走了，也能走得安心些，我也报了恩；鲁新云得了肝炎，我帮她买了几瓶药，吃完就没钱再买了，她妈妈就叫她大量吃胡萝卜，她一边吃红萝卜一边静修，竟把肝炎彻底治好了。另外，我还帮着朋友处理了一些事情。

总之，那段日子里，我完全被俗事牵绊着，心也受到了牵扯，但是我不能拒绝。因为有些事，你一旦拒绝了，或是无动于衷，修炼也就失去意义了。像《西夏咒》里那个修了三年密法的老和尚，就是因为见死不救，所以失去了解脱的机缘。所以，我常对学生们说，失去人格追求的寻觅，是没有任何实质意义的。信仰最重要的就是奉献，是无我的大爱，而不是别的。当你做了一些看似对自己毫无好处，甚至会伤害自己，却能帮助别人，让别人渡过难关的事情之后，你也就得到了最大的好处：提升了人格。所以，对上面的那些事，我都没有拒绝。那些事虽然干扰了我，让我无法安心写作，却给了我写作之外的一种营养，它是另一种生命体验。

不过，那时的我跟现在不一样，我还不能安住于当下，享受生命中的一切，我的分别心还很重，所以就感到了巨大的焦虑。那时节，《大漠祭》的创作整个停止了，我写不出一点东西。怎么办呢？我只好读书，但读书的时间也很短，整个1992年10月，写作只有五个半小时，写材料达到了五十八个小时，读书四十六个小时。我的创作，几乎看不到一点出路。

那时，我尝到了梦想停滞不前，但生命却不断消逝的滋味。那感觉，真不好受。

那是我生命中最关键的一个阶段，我时常想要放弃，时常觉得生命没有意义，时常陷入极度的焦虑，因为我见不到未来的曙光，也没有人能告诉我，希望在哪里。幸好我有信仰，要不，我就会被生活和困境给迷了，失去了向往，失去了自省和警觉，就可能被生活的黑洞给吞噬。好多人就是这样被吞噬的，他们从此再也写不出东西了。我的信仰，让我心里始终有另一个声音，它一直在对我说，梦想虽然很远，但它就在你的脚下，继续跋涉吧！于是，那苦，也成了上天对我的一次考验。

就这么熬着熬着，到了11月，我的噩梦终于结束了。

那时，我终于被正式调入教委。之前的六个月，是借调。在那段时间里，教委领导一直在审核我的人品和工作态度，如果他们发现我有一点懈怠、懒散或不负责任，他们就会立马叫我回去教书，但六个月后，我通过了考验。他们认为我的人品很好，也能干活，就结束了对我的考验。

调入教委没多久，蒲龙就大幅减少了我的工作量，让我专心编写《武威教育志》。这是一本差不多编好的书，不用我花多少时间，只是补充一些资料而已。虽然，他偶尔也会让我写一些重要材料，但一般的材料，我已不用去写了。我顿时从困境中解脱了出来，读书、静修、写作终于回到了正轨。而且，在教委，我能看到大量的旧报纸，它们为我提供了无数的创作素材。

可见，有时就算生活陷入了困境，也不用太担心的，只要你不放弃，困境有一天就会过去。只有那些在上天的试用期内，能一直坚持下去的人，才能收获最后的成功。

11月起，我读书的时间大量增加了，我就开始读一些西方现代小说，像卡夫卡的作品等等，也看一些《正大综艺》之类的电视节目，吸收当代的营养。我的工作比较自由，就采访了很多人，包括《西夏的苍狼》中老梁爷的原型和《西夏咒》里的一些人，还采访了一些非常神奇的人物，收集了很多神奇的故事。

那时的每天晚上，我整理完录音资料，都会在日记里描写这些人和这些事，尝试将它们变成小说，但写得仍不顺利。客观环境的改善，并没让我的写作走上正轨，我仍然写得非常热恼，因为我始终对自己有一种期待，希望自己能写出比《长烟落日处》更好的小说。每次翻开那书，我就会变得很伤感，很感慨，我想，那时的自己竟写出了这么好的东西，以后，还能写出这样的小说吗？当我这样想时，压力就更大了。

有时，我们总是喜欢自己折磨自己，而不能允许自己有一个成长的过程。但是，在我们追求完美、追求成功的过程中，却是必须要经历一个过程的。没有这个过程的成功，是乏味的，也缺乏内容，所以，真正重要的不是成功本身，而是积累的过程，是一个人为了成功而一天天地升华自己，一天天变得更博大，最后自成一个世界的过程。只有经历了这个过程，人才会真正地进步，才会有成功真正的资本，无论在人格、智慧、眼界还是学养方面，才会真正地成熟。少了这个过程的成功，只可能是小成功，不可能是打碎一切局限之后的大成功。打碎，是必然会让你承担痛苦的。你也很可能会承受嘲笑、轻视、排挤、冷落，等等。但经历了这些，你的心才能变成大海，迎接四面八方的水流。这时，你的整个生命就活了，成功就会扑面而来，你挡都挡不住。

1992年，在我的生命中，是比较温馨的一年。

有时，我会搜集凉州的民间古籍，和鲁新云一起抄下来保存。有时，鲁新云会带上孩子，进城来看我，我就带了他们到城里转上一圈，享受天伦之乐。最初，我没法把他们接进城里跟我一起住。因为我没有宿舍，也没有独立的办公室。我总想等到条件好些时，再把他们接过来，这样，他们也能过得好些。但是，8月里发生了一件事，却改变了我的整个计划。

8月的某个周末，我回家帮鲁新云干农活。当时，农民们正在收割麦子，他们总会把麦子拉到一个地方垛起来。可我天生不会干农活，我一垛好，麦垛就倒了，再垛，又倒了，我非常狼狈。我很希望村里人能帮帮我，可他们都不帮我，还望我的笑声。我觉得没意思极了，就想把麦子都烧了。幸好当时是个大风天，我怕引起火灾，就没这么做，但也不想在那个地方待了。好不容易收拾完麦子之后，我就对鲁新云说，走，我们进城。她就收拾好东西，带着孩子跟我搬进了城里。从此，我就坚决不种麦子了。

所以，鲁新云和陈亦新最初的进城，源于我的一时冲动。其实，我完全没有接他们进城的客观条件。刚开始，他们没地方住，我也没钱租房子，只好让他们跟我一起住在办公室里。幸好，当时跟我一间办公室的，是一个老头子，他不常来办公室。我就把行李放在角落里，在单人床旁边加上一块木板，拿两张凳子架住。我睡在木板上，鲁新云和儿子睡在单人床上，就这样过了很长一段时间。但是，他们总不能一直住在我办公室里吧？后来，我申请了一间宿舍。于是，在城里，我终于有了一个真正的栖身之所。

虽然那房子很小，只有十平方出头，放了一个大书柜，一张小床，一张沙发，就没地方放别的东西了，但屋子外面可以做饭，我们一家三口，就过上了相对正常的家庭生活，我也不用叫弟弟陈开禄天天给我做饭了。

每天早上，鲁新云很早就会起床，然后叫醒我和儿子。洗漱过后，我们就坐在铺在地上的毡上静修。我每天仍给自己打考勤。晚上睡觉时，我们三口人两顺一倒地睡在床上，有时他们睡床，我睡沙发。那沙发，不像现在的海绵沙发，里面装的是弹簧，有点硬，不太舒服，我一动，它就叽里咕噜地响。但毕竟跟老婆孩子在一起，那小屋里，就充满了一种温馨。

当时，家里啥都很少，唯独书多——我的工资一直很低，生活就始终非常窘迫。有时，我们一家人连菜都吃不起，我只好在办公室里收些旧报纸去卖，才有钱买菜吃。我甚至连一双像样的鞋子都没有。可是，不管过得多么困难，我都会坚持买书。很快，大书柜装不下了，我就做了一个小书柜，放在大书柜旁边。可没过多久，它也被装满了。我买书很快，看书也很快，发现重要的书时，还会一遍一遍地精读。

1992 年，我重点读传统文化经典，也读一些文化书和哲学著作。文学方面，我侧重读俄罗斯小说，比如托尔斯泰的一些中短篇和《安娜·卡列尼娜》。

当时，我已读懂了托尔斯泰，能进入他的灵魂世界，能跟他对话了。他心灵的宽广和悲悯深深地打动了我，也给了我很大的启发。在他的作品中，我甚至嗅到了凉州贤孝的味道：它们都有历史画卷般的气势和价值，对琐碎生活的描写都很到位，而且，它们的情感深刻而细腻，对人物心理的剖析也很深入，能让人产生强烈的真实感和灵魂共鸣。

发现这一点时，我想，能不能像贤孝那样写作呢？于是，我开始尝试。

这是我一个很重要的特点：无论面对什么，我都会有意地汲取营养，寻找它值得我学习的地方，如果实在没有，我就寻找它身上我可以避免的错误，而且我无论学到了什么，都一定会学以致用，这样，我就一直都在前进。

对成功的渴望是心里的一口气

1992 年 5 月，我参加了陇南成县举办的同谷笔会，认识了著名诗人公刘老先生和他的女儿刘粹。公刘老先生是我很尊敬的一位诗人，我们见面时，我充满感情地谈到了凉州文化。公刘先生对我说，雪漠，要是你想成为大作家，必须用批判的目光看家乡文化，不能沉浸在里面，一味地热爱。他这么一说，仿佛醍醐灌顶，我猛然惊醒，立马有了另一种参照。

这次相遇，让我进入了了解家乡文化的一个重要阶段。

过去，我对家乡文化有一种盲目的热爱，总是一味地欣赏，一味地赞扬，从来不去思考它的不足之处。所以，我始终不能全面地了解家乡文化。就像面对人性的时候，你要知道它有善美的一面，这一面代表了人在神性方面的追求，也要知道它有邪恶自私的一面，它代表了兽性对人的诱惑。这两种追求，糅合成了一个完整的人，有时，它们也经常纠斗不休，这时，人就会变得非常复杂。如果你不了解这种复杂性，你就很难了解人性，也很难了解人这种存在。这个道理听起来很简单，但是从来没有人能给我指出这个错误。在公刘老先生告诉我的那个瞬间，我就知道他是对的。

我很感恩命运在我如此迷茫的时候，让我遇到了公刘老先生。

这个时候，我才明白与大师交往的乐趣。真正的大师不用说很多话，只要点你一下，你马上就会明白好多东西。要是你能融会贯通，有时就会一下子开窍。过去我的环境中，是没有大师的，虽然也有人能发现我的问题，他们发现的所谓问题，只是一些我根本不在乎的东西，因为，那些问题对应的，只是一些他们所在乎的人际关系、升官发财等，我不需要这些。我需要的，只是实现我的梦想，做点我觉得有意义的事。

那次同谷笔会，我的收获不仅仅是认识了公刘老先生，我还认识了作家李本深。

李本深是八九十年代走红的著名作家，我们很投缘，而且，那次见面，他给了我很大的启发。当时，我表现出一种对名人的崇拜，他就告诉我，雪漠，你不要崇拜他们，你越往前走，你打倒的人就会越多，不要怕。第二天我们一起跟朋友聚会，他又问我，你今天有什么收获？我说，我记下了好些不错的故事。他就告诉我，不对，最有价值的，是那些人物，故事是可以编的。他的话，同样点醒了我。

但是，一回到武威，那种满载而归的感觉就消失了，生活又回到了原点，除了记忆之外，我的生命中，仍然充满了失落、迷茫和焦虑。环境仍像是一团巨大的糨糊，时刻想要吞了仍在"闹腾"的我。教委的人事关系很复杂，烦琐的事情很多，一不小心，我就会像《无死的金刚心》里的琼波浪觉那样，陷入魔桶生活。我不一定有一百五十岁的寿命，经不起二十二年的折腾——琼波浪觉在魔桶里过了二十二年，才重新开始寻觅——所以，那时节，我即使焦虑，也一直保持着高度的警觉，生怕自己被环境给吞了。

我保持警觉的方法，除了平时的坐禅和读书之外，还诵《金刚经》。跟我同办公室的黄炳林老先生有个资料箱，那箱子很大，可以坐一个人，我就坐在上面静修，每天晚上都那样。有时，一坐就到天亮。早上，我就在办公室里诵《金刚经》，怪的是，我一诵经，就没人打搅。佛陀说得对，"深入经藏，智慧如海"，经典让我的心趋向安宁。可是，一旦我面对写不出东西的现实时，心里就会充满了忧虑。虽然经上说，"过去心不可得，现在心不可得，未来心不可得"，但是仅仅记住这句话，还是不能让那时的我得到解脱。

那时，我看了六祖慧能的故事，知道他原来是一个不识字的砍柴人，我很惊讶，他闻经开悟，悟后渐修，最终从心里流出了《六祖坛经》中的智慧。可见，读经和静修是有益于创作的。当你连通了一个伟大存在的时候，你的笔就能流出天籁般的景致。这个景致不是想象出来的，而是一种巨大的诗意。

当这种诗意充盈了你的心，击碎了小我的存在，让你融入了大我，融入了宇宙间的神圣，融入了大爱无我的精神时，你就能流出最美的文章。在这之前，你的所有东西，都不会超过你自己的心。我当然也希望自己能像慧能那样，从灵魂中流出伟大的作品。

不过，那时节，我还做不到这一点，虽然我一直在读经，但想要写出好小说的功利始终捆绑着我的心，让我得不到自由。我有太多东西想要展示，反而什么都写不出来。能写出来的东西，总是离我的心很远。

与公刘老先生、刘粹、李本深等人的相遇，还在我的心头晃着，写作的感觉，却像水中的月亮，怎么捞，都捞不着。虽然曾经得到了启迪，有了新的眼光，但写不出东西的挫败感，又让那时的我坠在梦想和现实织成的雾里了。我在当时的日记中，写下了这样一句话："游山玩水不留我，回到武威又进入梦中。"可见，那时的我，没有希望，没有光明，只有一颗充满了热情的心。

那时节，我试着写了一部叫《黑谷》的小说，后来虽然发表了，但不算成功。写它时，真的是在写，而不是喷，没有一种浑然天成的味道，也达不到《长烟落日处》的水平。

这样的探索，就像是梦魇，那时我的心中没有乐，只有苦，只有热恼，这样的情况一直持续了五年。

正式调入教委之后，我读书的时间渐渐多了起来。

1991年11月，能正常静修了，我给自己打考勤，只要完成一天的功课——我一般是一天早中晚各一座，约两个多小时——就会在那项目上画个圈，而不明确地注其具体内容。毕竟是机关，我得注意影响。在那个月里我读书时间有六十六个小时；到了1992年2月，读书九十八个小时，写作五十六个小时，写材料只用了六个小时。但我仍然在尝试一些让自己效率更高，也能省下更多时间来做事的方法。例如辟谷，就是修炼一种特殊的仪轨，让自己好几天不用吃饭。我发现，不吃饭能省下大量的时间，头脑也会非常清醒，就开始节食。

节食的习惯，我到现在仍然维持着。每顿饭，我都吃得很少，主要吃菜，也不会吃得过饱。所有东西，我都是尝尝便好，从不贪多。唯独坚果、黄豆等，我会多吃些，因为，我们家多吃素，需要补充蛋白质，而且，我脑力劳动的时间很长，也需要补脑，但我仍然不贪嘴。

年轻时，抽过烟，而且很凶，但是，一旦我发现那样对身体很不好，就毅然决然地戒掉了。现在虽也喝酒，却很有节制，葡萄酒对身体好，也是一天一杯。我觉得生命里的好多东西都是这样，我不分别它好还是不好，只看它会不会对我造成负面影响。不能完全控制心灵，还会对它形成依赖，或占用过多的生命，影响我做正事的时候，我会毫不犹豫地戒掉它；能控制心灵，不再依赖任何外物、外力时，我就会随缘地吸收一些我需要的东西，但仍有选择——一方面考虑到健康，另一方面也考虑到生命的容量。

我始终提醒自己，生命很宝贵，不值得浪费在一些没有意义的事情上面。即使在心无挂碍之后，我每天仍然很早起床，有时也觉疲惫，但从不懈怠。因为我知道，每时每刻，都有无数人痛苦地死去。既然我还健康地活着，也知道了一些别人不一定知道的东西，就该趁自己能写时，多写一些别人需要的东西，多帮一些需要我帮助的人。除了这些，生命中的一切都留不住，对我来说，也没有太大的意义，包括物质、利益、名声、享受等等。

但1992年时，我还不是这样。当时，我还执着于写作，始终想写出很好的东西，始终想要成功。那种对成功的渴望，就像是我心里的一口气，这口气不能断，断了，我就会放弃，没法继续下去。我的梦想也会死亡。我始终牵挂着它。无论我在干什么，在哪里，跟谁在一起，受到了怎样的质疑和打击，我始终牵挂着它。我不想失去它。即使我被包裹在浓浓的黑暗里，即使我的心里还会出现一些我并不随喜的东西，即使身边的一切都想让我放弃，即使世俗的一些东西还在牵扯我的心，即使心灵陷入了一片暗无天日的死寂，我也不想失去它。对我来说，它不仅仅是梦想，也是灵魂本身。我不能想象没有它的世界——那所在，该是一片黑暗吧？我愿醉死在梦里，却不愿沉睡在黑暗里。

1992年6月，我常到各个乡镇去检察工作，也经常跟着舅舅畅国权到处去拜访凉州的奇人，搜集大量的民俗资料，还不时到寺院里去，但静修仍然没有大的进展，写作也停滞不前。

我始终等待着顿悟的来临，也始终期待着再一次的豁然开朗。我想，要是能再一次遇到公刘老先生那样的大师，能得到一种新的启迪，该多好！但我拜访了很多文人，都发现他们自己也是盲人，并不比我更加明白。其实，那时节，我已接近开悟了，只是我自己并不知道。我读过很多经典，也拜访了很多的道友，其中虽有明白人，但我们没有师徒的缘分，所以他们没法叫我也明白。那时节，我的心里，始终有一种焦虑。

我已渐渐步入中年，这是那时我陷入焦虑的一个重要原因。我的自信和现实之间的落差，总是像铁锤一样敲打着我。心里总有一个刺耳的声音，会在不期然间惊扰我，让我开始怀疑自己。落笔很难了，我只能拼命地战胜自己。我知道，自己还没有放下对世俗的牵挂，有担忧，有畏惧，有渴望，那六根未净、充满热恼的灵魂，是不可能像雄鹰般飞翔的。

一方面，我非常渴望自由，丝毫不亚于我渴望成功，但是我仍然在挤压自己，因为不想放弃梦想。哪怕没有任何感觉，我也要求自己写作，用一种堪称严苛的标准，狠狠压榨着自己。我的心里还有诗意，因为我一直要求自己不要变得麻木，不要变得冷漠，但我还是写不出东西。那时节，有一种压力正狠狠地压着我的心，唯一让我没有放弃的，就是积极向上的生活观，还有苦修所修出的毅力。

梦想让我放下好多欲望

这一次的东客朋友中，有几位来自金昌市。

多年之前，金昌还叫金川。

1992年夏天，我参加了金川的一次沙漠笔会，却备受冷落，没有遇到能点拨我的人。但是，我仍然满怀敬畏和向往地听了一些甘肃作家的演讲，我没想到，几年之后，自己就会远远超过其中的很多人。

参加沙漠笔会的我，还是一个崇拜名人的文学青年。

那时，我渐渐发现，好多名人并不像我以为的那样了不起，他们不愿花时间读书，不愿花时间升华自己，他们可能很出名，却不一定对社会有真正的贡献。有些名人仅仅是因为商业炒作或到处讲课，才有了所谓的名声。所以，对这类名人，我后来都不关注了。

我只读值得读的作品，不管它的作者有没有名气。

生命太宝贵了，我不愿把它浪费在任何形式的垃圾上面，我只看那些有意义，能让人升华、进步的东西。我也不会被时尚所左右。我只相信那些肉体早已死了，但作品还活着的名人。我觉得，在行为上利众的人才是真正的伟人，比肉体永恒的作品才有真正的价值。相反，一些名人整天忙忙碌碌的，究其本质，却在忙着一些毫无意义的东西，比如交际应酬赶场子等。他们不叩问生命的意义，只想挤出更多的时间追名逐利。有啥意思？这样的人，不管多出名、多有钱，都只是混混。混上一千万的资产，他们就是千万混混；混上一亿的资产，他们就是亿万混混。因为，他们总是被命运裹挟着，走到哪儿算哪儿，一辈子挣下的一切，只是太阳下的露珠，总会被岁月之风扫得干干净净。如果他们明白了这一点，能在吃饱肚子、体面活着的同时，做些能利益世界的事，他们就不是混混了。如果他们能放下自己的利益，为人类、世界的福祉而做事，他们就是伟人了。

这时，我有个朋友开书店，积压了一批书，让我帮他卖掉。刚好，我已穷得连菜都吃不上了，就想了一些法子，很快把书卖掉了，赚了一些钱。于是，我发现了商机，也知道了如何赚钱。那时候，我可以找到各种借口，比如老婆孩子跟着我一起挨饿呢，没钱咋孝敬父母，我可以一边做生意一边写作，等等，让自己放下一切去做生意，去当老板，去过舒坦日子。但我知道自己这辈子是干啥来的，就拒绝了。后来，蒲龙让我开教学用品公司，全市二十多万学生的教学用品都从我这儿批发，我也拒绝了。我知道，有钱很好，可以做很多事，可是，我这辈子不是来当富翁的。

我不知道，这是不是另一种执着和愚痴，但在那时，我就是这样想的。当然，现在想来，那时的我，还是有一点偏激，但我欣赏自己的这种偏激。要是没有这种偏激，肯定没有今天的我。因为我们只要给自己理由，就可能有无数堕落的可能性——虽然，那时我眼中的堕落，可能是今天一些人眼中的成功。

对那时的我来说，只要能吃饱肚子，做我该做的事，就够了，更多的钱，只是一些毫无意义的数字罢了。我不关心自己的生活水平，也不关心自己啥时候出名，更不关心人们啥时候才会理解我，我关心的是，啥时候才能在作品中流出我的真心。

对梦想的执着，让我放下了好多欲望，也放下了好多红尘的负累。我很少感觉到一般人的烦恼和诱惑。生命对我来说，也变得越来越简单了。它只有两条标准：第一，你能战胜自己吗？第二，你能实现生命的价值吗？但是，我没有意识到，那标准和梦想，也变成了桎梏心灵的枷锁，给我带来了巨大的障碍。我没有意识到这一点，只是一门心思地想要改变现状。从本质上看，当时的我，跟拼命赚钱的人并没有什么两样。只是，我们追求的东西不一样而已，那执着，仍然给我带来了痛苦和热恼，让我不能控制自己，甚至影响了我的正常生活。

在那时的凉州，人们喝点小酒，抽点小烟，就能很快乐，很逍遥，但我心里，却塞满了沉重。好多人都觉得我傻，好端端地在教委工作，有个听话的儿子，现在，又有那么多的发财机会，为啥不肯接受？咋不懂知足，还闹腾个啥？他们当然可以这样活，这样活也有他们的快乐，但是我不追求这个东西。我期待的，不是一辈子的舒坦和安稳，而是一种高于生命的价值。我觉得，人不能只活这一辈子，也不能仅仅为了活下去而活着，应该有一种高于活着的意义。

那时节的我，不明白只要放下一切，流出真心，就能写出好东西。相反，我用思维桎梏了灵魂的流淌，却没有意识到那是一种错误。写作，本该是一件自由的事，就像一个人真心地说话一样。不该有机心和功利，有功利，就可能写不出真正的好东西了。当然，即使那时我明白这个道理，也破除不了我的执着，因为概念是无法破除对概念的执着的。

不过，有时我偶尔也会忘掉那执着，醒过来，透透气，那时，我就能写出很好的作品，比如《入窍》。

《入窍》写得很快，虽然算不上一气呵成，比起现在，要慢上许多，但写得非常酣畅，也很快乐。

那是《长烟落日处》之后的又一次灵魂喷涌。看过那小说的人，就知道，那时的我，已经比《长烟落日处》时进步许多了，学会了叙述，隐约有了后面小说的感觉。不同的是，那小说偏重于故事，灵魂方面的挖掘相对要少一些，但是，里面的人物全都非常鲜活。

不过，那稿子被《飞天》杂志社否决了，没有发表。我就一直留着，直到前些年，才寄给《中国作家》杂志。后者觉得非常精彩，马上就发了，没做一点改动。

那次写作经历，是智慧光明对我心灵偶然的光顾。我能触摸到它，但认不出它，更留不住它。它不是呼之即来的存在。

后来的很长一段时间里，我仍然痛苦地坐着，写作也时断时续，常常一个字也写不出来。某个月，我每天在书桌前坐上好几个小时，但真正写出了东西的时间，却只有三十二个小时，读书也只有四十四个小时。

除了写作状态不佳之外，那段时间的琐事也很多。我知道，有些事情是不得不做，也应该去做的，可每当我计算自己的考勤时，就会感到实实在在的热恼，又有多少生命被荒废了？

我对待时间，就像葛朗台对待金钱，那计算，近乎吝啬了。对我来说，写作、读书、静修之外的事情，都像在浪费生命——尤其在闲聊或应酬时，我就会感到焦虑和痛苦。人们视为享受的一切，都变成了我的负担。

那段日子，真的可以用"熬"来形容，不过，那时我并不知道，自己已经在不知不觉中长大了。我读过的很多好小说，很多文化经典，我风雨不改的修炼，我苦修般的写作，都在潜移默化地改变着我的心。我虽然没有完全打破心灵的桎梏，但那彻底自由的时刻，已在不远处等我了。

那时的我，有时也会感到一种物我两忘的快乐和自由，但是，我并没有真的放下，我只是忘了自己。一旦我想起来，就会再一次被困。那时，我又会失语了，因为那通道又被堵住了。如果没有留下文字，当时的我，真怀疑那是一场梦了。当时我并不知道，世上的一切都是梦，包括那些你喜欢的，以及你不喜欢的，而且，当智慧完完全全地融入你的生命之前，你会产生波动，你的心还不能属于自己。这时，你感到的清凉也会变成一场梦的。

死亡夺走了二弟

1992年的一天，二弟陈开禄来找我。他说肋下长了个硬疙瘩。我一摸，果然，便问他疼不疼，他说不疼。我说，也许是个脓包吧。他就到医院开了逍遥丸，吃了好几天，可一直不见好，还越来越大了，而且长得飞快。陈开禄有些发慌，又来找我。我安慰他说，不要紧，坏东西哪能长那么快，但还是带他到医院做了 B 超。结果出来后，医生说是肝包虫，开刀把虫子取出来就没事了，但从手术室里出来后，肝包虫却变成了晚期肝癌。那消息，像闪电一样击中了我，我一下就蒙了。

我做梦也没有想到，二十六岁的弟弟，竟得了那种好不了的病。我突然有了一种噩梦般的觉受。瘫软像潮水一样涌向了我，我想，妈妈知道了咋办？那一刻，我特别希望一切都是一场梦。要是一场梦，该多好？

医院里的一切，都显得那么不真实，来往的人，也像是飘来飘去的影子。那段日子里，我看不到太阳。世界变成了一部灰白电影，我是穿梭在电影里的幽灵。所有的声音，都跟我没有任何关系。我变得沉默了。人前，我总是挤出笑来，似乎什么都没有发生；人后，我总是流泪。弟弟的病像是心头的刺，时不时地，就会在我心里扎出血来。

那时，我便祈求观音菩萨，希望她能改变弟弟的命运。假如菩萨真能显灵，救了我弟弟，我愿出家为僧。但奇迹没有出现。不过，我仍然每天静修，并没有怀疑自己的信仰。

很多人在这个时候，就可能怀疑自己的信仰，都会问，到底有没有佛菩萨？但我不是这样，之所以我不会这样，是因为我不是为了求神庇佑而走入信仰的，我是真的向往佛的智慧和慈悲，真的想要升华自己，所以，就算整个世界都崩塌了，就算我失去了一切，也依然不会动摇我的信仰。信仰像是中流砥柱，始终屹立在我的心头，不管心潮如何澎湃，它仍是坚定不移地立在那里。那时节，因为弟弟的死而陷入了半痴呆状态的我，仍然能感觉到它望着我的双眼。我仍然坚持着每天的静修、读书、写作。

弟弟住院时，我为他包办了很多的事情。最初，我没把弟弟的真实病情告诉任何人，始终一个人承受着痛苦，没人可以倾诉，也没人可以依靠。有时，我甚至希望，弟弟能快些结束这苦难的人生。那实实在在的生命，在我眼中，也变成了一捅就破的肥皂泡。这给了我很大的打击。

弟弟确诊后的几个月里，我没去教委上班，一直陪着他。陪重病病人是世上最累的活儿，我总是替他挨痛，总是希望自己的挨，能真实地减轻他的疼。有时，只陪一个小时，我就累成泥了。后来，我，二舅畅国权，妹夫齐加平三个人轮流陪，每人一小时。那时，他们都知道弟弟得啥病了。

虽然我们都希望弟弟的病好，但他腹部的那个大球，仍在吹气似的长。

我们都在等那个非来不可的东西。

弟弟睡觉时，我就坐在旁边读书。有时，思绪会像水一样流过。我想起好些小时候的事，想起我们俩一起走过的日子，想起他带着面粉来学校里看我，想起他憨憨的笑，想起他被人骂了之后通红的脸……我真的不敢相信，那个陪我走了二十六年的人，竟然很快就要从世上消失了。但是，看着他日渐消瘦的身体，看着他鼓起的腹部，看着他黄瘦的脸颊，我又不得不相信：我年轻的弟弟，正在不可阻挡地走向死亡。

弟弟这辈子，真的没有活好。他初中毕业就去卖苦力，供我读书，到死都是农民工。但有一次，我却伤害了他。当时，我们正在斗嘴，气头上的我冲口而出："你不过是个卖苦力的！"他顿时怔住了，半晌后号啕大哭。他受到了很大的伤害。他一辈子最在意的，就是自己的农民身份，为这，他一直很自卑，觉得自己比城市人矮了一截，但他没有想到，连哥哥也瞧不起他。

其实，我从来没有瞧不起他。对他，我有很深的感情，也很感恩。我明白，我能读书，也因为他的付出，可一时冲动，竟说了不该说的话。那是我唯一一次伤害他。我当时就后悔了，却无法改变发生了的事情，也不知如何向他忏悔，怎么说，都好像会越描越黑。我想任时间冲去那记忆，可那画面，却成了插在我心上的刀子，而弟弟的死亡，又让我失去了忏悔的机会。他死后的许多个夜里，我都会从睡梦中哭醒，在孤独的空气中大叫着："弟弟，宽恕我吧！"但漆黑中没有回音。

当我亲手扬起一锹锹黄土，掩埋了他时，我的生命里，就没了好多执着。我目睹了一个健壮的生命逐渐衰竭、消失的全过程——他1992年11月查出癌症，12月15日已走进了黄土堆，生命的消逝，竟那样快——名利啥的，真成过眼云烟了。

我整个人进入了一种半痴呆的状态，人问啥，我都不知道，反应不过来。好多人就说，陈开红傻掉了。虽然我还是坚持读书、静修，但写不出任何东西。写作基本上中断了。

像《大漠祭》中写的那样，每次看到乌鸦啥的，我就当成弟弟的化身，总会像鲁迅小说《药》里的老女人那样，对它说话。当时，我唯一的快乐在梦中。因为我总会梦到弟弟。梦里的弟弟是活着的，却阴着脸不跟我说话。阴着脸也好，活着就好，可一段时间之后，连阴着脸的弟弟，我也梦不到了。我再次陷入了一片黑暗和绝望。

家里的情况也非常糟糕，钱花光了，母亲也病倒了。她的大便里有血。我马上陪她去医院做检查，生怕她得直肠癌。幸好，检查了很多次，医生们都说，她只是得了痢疾。但我的心里，仍像揣了块石头般地沉重。

三弟陈开青也突然从新疆回来了。回来的他，舌头上裂开了好多血口子，非常吓人。我想，刚死了一个弟弟，这个弟弟咋也变成这样了？便带着他到处看医生。医生们都说不要紧，他慢慢调养着，也痊愈了，就给我讲了好多故事。

原来，开禄去世时，开青正在几千公里外新疆的森林里伐木——他不知道陈开禄病危的消息，我们没法通知他——那时是严冬，风雪交加，他和同伴在齐腰深的雪地里走了好几个小时，差点冻死后来，他们在一个山洞里躲了好久，才被几个哈萨克人救下。他说的故事我都记下了，想写进小说里，但一直没用上。

那段时间里发生的很多事，都让我深深地感到了无常。虽然我一直把生死作为参照系，来做每一个决定，但真正遇到至亲死亡时，那种巨大的冲击感，还是不一样的。那时节，我才终于明白了什么叫经历死亡。那时的觉受，是我生命中最重要的体验之一。它让我明白了生命的脆弱和无奈，我直观地感到，当一个人走向死亡的时候，什么都带不走。包括他的亲人，他的朋友，他的肉体，等等，陪着他的，只有自己的灵魂。这成了我后来走向觉悟的一个非常重要的机缘。

对死亡的感悟，让我放下了生命里的很多东西。那段时间里发生的很多事，对我来说都没了实体，都像水泡般忽生忽灭，除了家人的健康，我好像什么都不在乎了。唯一鲜活的，就是弟弟的死。

1992 年 3 月到 12 月，一共九个月间，我读书三百六十六个小时，写作二百一十七个小时，平均每天写作不到一个小时，那段时间，真是我生命中最大的绝境了。但是我仍然不想放弃。虽然弟弟的事告一段落后，我又开始写作，但仍然写不出能让自己满意的东西，生命于是变成了一种煎熬。我只能将几乎所有的生命用于静修。

过了两年多，我才真正缓过来。缓过来之后，我就把弟弟的事写进了《大漠祭》。从《大漠祭》中，你可以看到弟弟从生病到死亡的整个过程，也可以看到我和家人的心灵历程。或许，你会看出一种感悟来；或许，你会更懂得珍惜生命，在有限的生命中，做一些让自己觉得没白活的事情。

因为，虽然很多事都值得做，很多享受也很好，但每个人的生命空间都非常有限，生命时间也很有限，而人的一生里，能留下意义的东西，其实并不多。好些人活了一辈子，有过辉煌，有过潇洒，有过得意，但到头来，对别人产生不了任何价值，也就什么都没有留下。他们哪怕非常优秀，也只是茫茫人海中的水滴，被岁月的艳阳一照，就蒸发得无影无踪了。这样的活着，只是对生命的消耗，有啥意义？可好多人，一辈子都不明白这个道理，比如那些给陈开禄动手术的医生们。

记得，那些医生们也在私底下议论着，说弟弟得了实质性的病——就是说，他们已知道那病的真相，却仍然告诉我们，那只是肝包虫——而且，凭当时的医疗水平和弟弟的症状，他们也不该误诊的，可他们偏偏叫弟弟去动那个毫无意义的手术，为啥？为了手术费。麻醉师没给弟弟打麻药，就让医生在弟弟的肚子上割了一道五寸长的口子，为啥？因为我们没给麻醉师送礼——我一直不敢想象，那锋利的屠刀，是如何伸向苦命的弟弟。

我在《大漠祭》后记中写了我的希望，希望那些医生和偶尔有点权力的人们，能早些发现世间利益的无常，建立一种岁月毁不去的德行，为世界贡献一点美好。

要知道，一切都会过去的，无论利益、享受、地位，还是别的。在历史的长河中，天大的事情，也不过是忽生忽灭的水泡，留不下什么。生命也是这样。无数个陈开禄来了，又走了，他们迷恋过的一切，他们放不下的一切，都消失了。真正伴随着他们的，只有灵魂深处的疼痛和寻觅。

我们兄弟三人用颜色起名字，陈开禄本名开绿，后改名开禄，是因为他希望能吃上官粮，能月月混个麦儿黄。但他奋斗至死，都没有摆脱农民的身份。可是，假如摆脱了，又能怎么样？当农民的陈开禄也罢，吃上官粮的陈开禄也罢，最终的归宿都是死亡。他在世间的身份，并不能减少他患癌时承受的痛苦，也不能改变他的命运，财富和地位到头来，都会变成别人的东西。

你的一切——包括你的老婆孩子，甚至包括你百般爱护的身体——最终都不属于你，你还能真正拥有啥？你辛苦了一辈子，错过了很多追求梦想的时间，又是为了啥？

前边说过，《猎原》中张五的生活原型是我的伯伯陈召年。他晚年得了癌症，没钱治病，也买不起止痛药，只好躺在家里，疼得像牛一样号叫。他没有任何希望，也没有任何尊严，挣扎着活在地狱里，只是为了最后的死去。后来，我带了几支杜冷丁——杜冷丁不好找，我是给弟弟准备的，但那几支杜冷丁还没用完，弟弟已死去了——和一块鸦片去看他。他看到鸦片，双眼立刻放出了异样的光彩，然后，用火钳烫了点鸦片，贪婪地吸那白烟。那细节，深深地刺痛了我的心。后来，我就用《猎原》定格了那个瞬间——我想告诉这个冷漠的世界，有些人活得非常艰难，他们很需要别人的关怀和帮助，可愿意关注他们的人，又有多少？这个喧嚣、麻木的世界，能感觉到一种疼痛吗？

我想为无数的张五说些该说的话。

西部是癌症高发区

西部是癌症高发区，死于癌症的人非常多，而且，那片土地上没有癌症俱乐部或癌症互助组之类的团体，很多癌症病人只能孤独地面对恐惧，孤独地承受那种无法安睡、拿刀剜骨般的折磨，最后，在极度的痛苦和绝望中死去。好多村子——比如古浪县的一些山村——离医院很远，交通很不方便，加上没有钱，癌症患者去不了医院，只能活活地疼死。

那情景非常悲惨。也有好多老人没钱看病，或不想让子女倾家荡产地给自己治病，就在家里等死。他们唯一的希望，就是买上些止痛药，减少些疼痛。真难以想象，他们的灵魂和肉体，经受了怎样的煎熬？

我的父亲后来也得了癌，但他活了五年。在那五年里，我尽自己最大的努力，让他过上了一种舒适的生活，也尽量提高了他的生命质量，可他肉体和灵魂上的疼痛，仍然只能自己承担。我能做到的，其实很有限。

任何一个生命想要走出绝境，都必须证得心灵的明白和放下，其他存在，只能为他提供一些帮助，却不一定能改变他的命运。

2008 年，我采访过一位北京的名中医，她主攻肿瘤治疗，也救治过无数的癌症患者。在谈到治疗效果时，她说，有信仰的患者生命存活期很长，远远超过没有信仰的患者。因为前者有灵魂依怙，不会感到绝望、恐惧、焦虑，也不觉得孤独。他们不渴望那些得不到的东西，也不羡慕别人的生活，因此能接受现实，正视疾病，放下一些毫无意义的东西，积极地过好每一天。而没有信仰者的心里，却只有对疾病的恐惧。负面情绪放大了肉体的痛苦，也一直在腐蚀着他们的生命，让他们度日如年，生不如死。有些人扛不住，就寻了无常；有些人恐惧过度，把自己活活吓死了。

后来，我一直关注现代医学的肿瘤治疗趋势，看了大量这方面的研究书籍，我很重视精神对健康的影响。

我曾遇到一个得了肝癌的老人，他以前是个教授。他对我说，雪漠，我活不了几天了，我得了肝癌，还是晚期的。我告诉他，我们每个人都会死，你只是比一些人早一点而已。这是谁都改变不了的命运。我们能改变的，只有面对疾病的态度。有尊严地面对疾病，就能体现人的尊严。另外，你的价值，就是你的行为。生命的长短不要紧，人的价值跟它没有关系，就算长生不老，也不一定有价值。我们应该考虑的，不是自己还能活多久，而是怎样才能利益世界。事实上，我们每个人都该这样。

即使我们不得癌症，最后还是会面临死亡，每个人都是真正意义上的绝症患者。人与人之间的区别在于，一些人留下了活过的价值，而更多的人，却什么都没有留下。比如，每年有那么多小说出版，能经久不衰的有多少？医院里有那么多痛苦呻吟的病人，能参透虚幻的有多少？你愿意淹没在呻吟声里，淹没在绝望、萎靡、呆滞的目光里，做一个时刻等着被吞噬的细胞，还是挺起腰杆，做一些力所能及的事？比如，你也可以乐观、不屈地面对困难，用行为告诉所有陷入危境的人：绝境并不可怕，只要你的心不死，就没有真正的绝境。所谓的绝境，只是妄心营造的幻象罢了。战胜它，你就有可能实现超越。

真正可怕的不是绝症，甚至不是死亡，而是一个人到死都不知道什么是人生。所以，我们既然活着，就要珍惜每一分每一秒，真正意义上提高生命的质量。尤其是那些患了癌症、据说活不了多久的人们，更应该放下一些毫无意义的东西，去做一些真正值得做的事情，追求一些真正值得追求的梦想。

生命中最大的困境

经历了弟弟的死，我的眼中，再也没啥更大的磨难和打击了。对我来说，梦想之外的一切，都像不断流淌的溪水，我是走在小溪边上的人。我不想留住那溪水，只愿静静地走路。

1993 年 1 月，我从喧闹的世界走进了宁静的小屋。那小屋，在很早就租下了，一有空，我就去闭关。但 1992 年 3 月到 12 月之间，虽然也有各种各样的事干扰我，但每天大多能坚持三到四座静修，有六到八个小时。我每天早上三点起床，到八点上班时，我一般能修两座。中午和晚上也能各修一座。

但那期待中的觉悟，还是看不到影子。那时节，我就像风中的柳絮，随着世事不断飘移。写作一直不太顺利，因此，我总是非常焦虑。幸好，静修让我有了一种定力，没被环境同化，也没有因为忙碌而丢掉我的追求。不管座下要处理多少事情，不管写不出东西时，我有多么焦虑，座上的我，都是宁静和超然的。我很少在静修时考虑其他事情。静修为我营造了一个宁静安详的氛围，我才没被纷扰的世事搅乱了心。

那时节，我也会常常写一些诗，提醒自己：

卿卿修道已成功，上座好似观世音。

一见邪师口吐秽，食肉夜叉怒空行。

只是师尊偶一试，虚名引来斗牛风。

黄发冲冠红颜怒，不怕火烧功德林？

卿说要降魔，斩尽诸魔军。

何必跟疯狗，计较赛吠声。

乌云自来去，是非勿上心。

性命呼吸间，转瞬即成空。

诽谤是梵乐，不斗不嗔恨。

不争不解释，放下是正行。

卿当守空性，妄想自涤清。

　　每天，我一上座，就好像离开凡尘俗世，到了净土。那温柔而清凉的氛围，就像母亲的手，一下一下，抚慰我焦虑不安的心灵。我很喜欢那种宁静。或许是因为对宁静的偏爱，我一直不觉得静修枯燥乏味，也始终不觉得是一件苦事。我从不在修炼上敷衍了事。我很明白，修炼是为了定心得慧，它是我发自内心的一种需要，是一种完成自己的方式。在我的生命中，它甚至比写作更重要。在写作和修炼之间，写作总排在后面。我的习惯是在书桌前静修，有感觉了，就写；没感觉了，就修。因为我知道，要是修不成功，我也写不出啥大东西。我将写出好东西的可能性，像押宝一样，压在我自己的灵魂升华上。

　　我热衷修炼，并不是因为我贪恋宁静，而是因为我向往大智慧和大慈悲。这向往，是我生命中最重要的东西。名啊、利啊之类的追求，对我毫无意义，我不是为了那些东西活着的。我也明白，一个人最初可能并不贪恋那些东西，但随着环境的腌，他就会慢慢觉出那东西的重要性。当他觉得那些东西也很重要时，他的心灵就已变异了。刚开始，他很难发现自己的变化，即使发现了，也很可能不愿承认，最后不得不承认时，可能已六神无主了。所以，我必须坚持修炼。

　　我需要教委的工作，它为我提供了很大的便利，但它同时又是一个染缸，里面充满了功利、欲望、机心和各种陋习。它的负面影响，是千丝万缕的。如果没有足够的警觉，我就会轻易被它污染。它会激活我内心一些负面的东西。这是非常可怕的。虽然我已破除了诸多的执着，但如果不坚持修炼、拒绝环境中的异味，我那趋向于洁净的心，还是有可能会被环境污染的。我有几位很好的学生，刚学静修时，很有信心，升华很快，后来，一陷入单位，就很快被异化了。人一旦被异化，再反顾信仰时，会否定自己的当初，也甚至会否定信仰。要改变这种状态，也许只有在死亡降临时，才有可能，像心印，要是没有绝症，她是不可能实现超越的。所以，我老说身边的几位志愿者已超过心印，我的理由是，他们是在健康时坚定地选择了信仰的，要是心印法师仍然健康的话，她可能仍然会选择世俗的成功。

要知道，信仰之路并不平坦，陷阱很多。有些陷阱非常明显，你可以轻易识破；有些陷阱却伪装得非常成功，你陷入其中也不易察觉；有些甚至是貌似信仰的魔桶，就更危险了。要是你还没有找到生命中最重要的那位上师，走偏时，是没人能告诉你的。所以，那时的我，必须非常小心、苛刻地对待自己，时时自省、自律、自强，始终以佛菩萨为标杆，约束、调伏、升华自己的心，否则，我在文学上的苦修，也是很难成功的。写出《入窍》后的一段时间里，我再没出现很好的写作感觉。1993 年，我仍然每天写作，但都不成功，就扔了再写，写了再扔，依然非常苦闷。有时，连续一个月的写作——那是真正意义上的煎熬——让我从肉体到精神，都疲劳到极点，我渐渐有了一种透支的感觉。唯有在读书时，我还能感觉到一线希望。

那时，我读了很多书，以俄罗斯文学为主。大部分小说，我都是通读，唯有托尔斯泰和陀思妥耶夫斯基的小说，我精读了好几遍，有的也在书上做了批注。

那时，我根本不知道，虽然写作一直不顺利，但我的心灵一直在成长着。我的灵魂开始独立了，因此，才能跟两位世界级大文豪对话。我更没想到，再过几个月，我就会迎来文学的顿悟。相反，我越来越绝望了。我的黑夜越来越浓，我寻求一处宁静的、能让我写出东西的所在，但那伊甸园，却远到梦里去了，那时的我是痛苦的。

我对文学的执着达到了顶峰。

无论在做什么，我都想着写作，我只想写出令自己满意的作品。我非常害怕，怕那坚持了多年的梦想，会无疾而终。我整天都在练笔，就连梦里也在练笔，我很想找到一个能与之灵魂沟通的人，向他倾诉我的期待。但迎接我的，只有孤独。

世界仍叫我感动，但我心里，已填满了写不出东西的焦虑，那些感动，也总会在我提笔的那一刻，悄悄地溜走。它多像一个淘气的孩子呀。但是，我也觉不出那可爱了。我只想好好地写作。那段时间，我觉得自己快要疯了。

《猎原》出版后，鲁新云看到那后记，才知道我当初的痛苦，就对我说，活该！孤独时，你为啥不找我？但她不知道，那时节，任何人都拯救不了我，让我痛苦的，是灵魂深处的一种孤独，不是孤单。任何亲友的陪伴，都不能解除我的痛苦和无助，能拯救我的，只有心灵的明白。但是，无论在人格修炼上，还是在文学上，我都没有找到能令我明白的老师，只能拼命地读书。

那个月里，我读书九十八个小时，写作三十个小时，用于工作的时间，已很少了。

蒲龙给了我很大的自由，他安排我编《武威教育简报》，其他的工作也不多了。那报纸一个月才出版一期，编起来不难，组稿时还能随时下乡采访，我就有了大量的闲暇时间。那时，我一天修四座，每座两到三个小时，除了处理一些必要的事情之外，我很少外出。但静修和写作，仍然没有出现质的飞跃，那条系在我和梦想之间的红丝带，也发出了撕裂的声音。它和我的心灵一样，已到了一种极限。

那时的我，陷入了生命中最大的困境。

教委的贵人们

这次我请的东客中，就有我那时的贵人。

在生命中最困难的时刻，我遇到了蒲龙、杜祥等人，这是我的幸运。他们是当时教委的正副主任。他们给我提供了当时所能提供的最好待遇，继任蒲龙的李宝生主任也是这样，他们任职期间，我度过了在教委最美好的岁月。我后来主要的闭关，就是在蒲龙当主任时开始的。那时，我的工作非常清闲，除了一些正常的检查工作，和不定期地编那份简报之外，我几乎是游离于机关之外的一个存在，可以以记者身份到凉州的任何地方体验生活。没有那时的教委，就没有今天的我。

在教委的同事中，我首先请的，就是蒲龙，他是我在这次东客中请的第一个人。我想到凉州，他是我感到最温暖的人之一。后来，我还请他担任了我儿子婚礼的证婚人。

从蒲龙那儿，我得到了杜祥的电话。按凉州的规矩，我得亲自给杜祥送请柬以示尊重，我就给他打电话问他的家庭地址。杜主任很热情，他说，你不用送了，你告诉我时间、地点，我就来了。后来，我果然在婚礼上见到了他。

杜祥也是我生命中的贵人之一。我第一次考试进城时，他是负责那次考试的教委领导。那时节，我已经认识了他的老上级朱喜麟。朱喜麟向他推荐过我。

关于杜祥，有这样一个流传甚广的故事。一天，他儿子的老师体罚了他的儿子，儿子心理受到了极大的伤害，后来病情加重，终于不治而死。对于他，这显然是一场灾难。那时，他正在教委当副主任，完全可以追究那老师的责任。但后来，那老师只是受到了批评，并没有像人们认为的那样坐牢。我一直没有证实这个故事，我怕我追问这个故事会勾起杜主任的伤心。

后来，在儿子的婚礼上，我见到了杜祥，他没太大的变化，仍是老样子。我很感谢他只凭我的一个电话，就来参加我儿子的婚礼。

我也请了沈主任。几年前，美国记者到武威采访我时，他带领凉州区电视台的记者们也来采访过我。

他是个很敬业的人。我这次到武威时，他已经离开了电视台。据说，在电视台的公开招考干部中，他是原任领导中唯一笔试合格的人，但又据说，在面试中被淘汰了。这种传言很有趣，因为对于现任领导来说，笔试不好通过，面试一般问题不大。当了大半辈子领导的沈主任面试没通过，显然是一种很滑稽的说法，无论在哪个方面，他都是个很优秀的领导。

我打通了他的电话，请了他。他很热情。

我发现，生活中的每一个细节，都能显示出一个人的教养、学识、性格、境界及领导风格来，这都决定着一个人的仕途命运。只不过有些人，身在里面太久，熏染得觉不出味道来。如果一个单位里，风气不好，心灵便会随着外境而波动，甚至于异化了都不觉知。我在教委里的时候，时时就能很敏感地嗅到那一股股气，所以，自己也尽量地远离，不想成为乌合之众，但往往如此，而成为众矢之的。后来，我离开教委，也有这样的原因。所以，任何时候，都要与某些人群或某个团体保持一定的距离，这样才能看得清、看得远。

请其他曾经的教委同事时，我有些犹豫。按我多年在教委工作的了解，教委虽人才济济，但也是最为势利的所在。因为下乡检查时，老是能见到校长和老师们的笑脸，在教委待久了，就容易发飘，待到一定时候，行事时定然会以有没有用来衡量。因此，在不读书的一些人眼中，雪漠其实是个无用的人。一则，我身上没啥油水，一介书生；二则，我无权无势，两袖清风，也帮不了人啥忙。

我问万儒，请不请教委的其他人？他说，当然请呀。

于是，我去了教委。算一算，自己离开也快十年了，一起共事过的同事，也有了一些变化。铁打的兵营，流水的兵，单位的很多科室都在，但里面的人和事，却时时在调整。往往是，一个科室的人员变动，无异于一场风浪。

我先找到学海，从他那儿，我找到了当初我工作时的几位同事。我决定请几位要好的，先请一个科室里工作过的同事。

在我的记忆中，这是我第一次做请人这种事，请人的感觉不好，有一种求人的味道，但不请，人家会笑话的。后来，我碰到许多我没有请的人，他们果然说我看不起人——但要是请了他们，他们也未必会来——我发现，与人打交道，真是麻烦。所以，在过去的岁月里，我总是以闭关的方式避人，这让我节省了很多生命。

于是，我进了一个个科室。

我发现我犯了一个错误。我在请工会王主席时，见到了大虎。接到我请柬的人，显得很高兴，大虎却一脸赤红了。我请吕科长时，小柴见我没请他，也有些难堪。我忽然有些替他们难受了。在一个办公室里，一个被请，一个没被请，那没被请的，会很没面子的。

我将此事告诉了学海，学海说，你又不缺一张请柬，来不来是他的事，请不请是你的情。于是，我又专门去请了大虎和小柴。同样的道理，我还请了我以前的通讯员小李。

我没请他们时，他们很难堪，但我请他们时，他们的脸色却突然变了，仿佛我是个求他们办事的人。你说，这世界，有趣吗？这时，你就明白了，我为啥宁愿和农民打成一片，也不愿和当官的在一起，哪怕他是个芝麻小官。

很快，我这一好心的宴请，忽然以一种笑话的方式传播开来。悟祖说，四处流传着一个笑话，雪漠请同一个办公室的人时，一个请了，一个没请，转出去回来时，又请了另一个人。

我笑着解释了此事。我说，我被他们没请时的难堪刺痛了。

一个朋友笑道，唯机关的"吊吊灰"难请也，请之则不逊，不请则怨。

在凉州的方言中，"吊吊灰"就是在充满灰尘的环境中，久久积蓄，在屋檐上下垂成线的灰尘。

我对朋友说，你不要说这么难听的话。

朋友说，不信你看，那些"吊吊灰"肯定不来。你不请时，他们怨你看不起他，你请他们时，他们就会端起架子。

后来，真让他说中了。

在婚宴上，我见到教委工作的同事，除蒲龙、杜祥之外，还有臧柱仁、齐玉银、朱福春、罗生强、徐兆盛、王登彪等人。那几位被朋友称为"吊吊灰"者，真的都没有来。

有一种病叫"政治癌症"

原武威市教委主任朱喜麟老先生也是我的东客，他派他的女儿参加了婚礼。

请朱喜麟前，我算了算，不见他，有二十二年了。虽然同在一座城市里，但是我一直没有再见到他。我到教委的时候，他已经退居二线了。

朱喜麟曾当过原武威市教委主任，曾是武威教育界天摇地动的人物。我当老师的那时，觉得能够跟朱喜麟结上缘，是很荣幸的事。

那天，我买了适合老人吃的礼品，跟万儒一起去找朱喜麟。

开门的是一位老人，一副风烛残年的模样，他就是朱喜麟。原来他有心脏病、糖尿病，还有白内障，视力极弱，他的眼疾已经很重了。按他的说法，几十年前，医生就告诉他，他的视神经开始萎缩了。他却一直在看书，也不知道保护，视力就越来越坏了。我却想，幸好他在眼睛没坏时读了很多书，要是有了眼睛不读书的话，眼睛的价值也会大打折扣了。

为我沏水时，朱老手抖得厉害，颤颤的。那杯子显得有些黑，但我还是喝了水，怕老人伤心。

我曾答应过朱喜麟，要送他一套《实修心髓》《实修顿入》，这次，我特意带了来。他说，他早就失去了阅读能力。不过，我的送书，更多的是向他表达敬意，留个纪念。他看与不看，已不重要了。

再说了，活到七八十岁时，只要是喜欢读书的人，我想说的话，他们也都知道了。这世上，道理都容易明白的，难的是，能够做到。有个故事这样说：白居易参访鸟巢禅师，问什么是佛法。禅师说，诸恶莫作，诸善奉行。白居易听了哈哈大笑说，这两句话三岁孩子都能说得出，还用你来教吗？禅师说，三岁儿童虽道得，八十老翁行不得。

我送了书，朱老先生很高兴，说也好，叫孙子看看，他爷爷也交了这么好的人。他说这话的时候，我有些心疼他了。二十年前，因为爱才，他在当教委主任的时候，制定了很多用人政策，这在当时，是很了不起的。如今，我也拿出了自己沉甸甸的作品，他感到很欣慰，我没有让他失望。

这次回凉州，以前觉得很多天摇地动的人，都变成老人了；以前曾经叱咤风云者，也销声匿迹了。不管怎么样，人都会老的，都会变成他们那样的老人，不可能雄风再起了。人的一生，很短，闪光的就是那么一段岁月。

朱喜麟爱才，德行好，口碑也好。张万儒的进城，只是因为他发表了几篇论文，没花过一分钱。我进城两次，也没花过一分钱。这是朱喜麟和蒲龙上任后才可能有的好事，所以，那时我也赶上了好时候。一个人的成功，是需要机遇和平台的，但更重要的是你要有真才实学。真正的人才，是埋没不了的，时间能证明一切。

这不，通过写这本书，许多人，许多事，一生的经历，也就明明了了了。虽然只是些片段，但从这些泛起的浪花中，足以看出很多人的人生轨迹来。十年河东，十年河西，也许太短，看不出脉络，那么，三十年河东，三十年河西呢？就很难说了。

朱喜麟在教委主任的位子上下来后，还当过武威师范的校长。我就问及师范的几位老师，才知道他们大多已经不在了。一茬茬的人，就这样没了。

我离开母校，都三十年了。那时节，我的岁数比儿子还小，现在，儿子都结婚了。

朱老谈到了师范老师。那时，师范的老师中，有许多人患了癌症，于是有了一个传言，说那地方不吉祥，容易得癌症。后来，朱老研究了一番说，他们得的，其实是"政治癌症"。

他举了一个秦多文的例子。秦多文年轻时是凉州有名的才子，后来，因为跟学生谈恋爱，被判刑。出狱后，学生跟他结了婚。在生活中，他一直郁郁不得志，常在街头跟一帮老人下棋以排遣寂寞，平日大多以一个饼子当饭。这样生活多年之后，就得了癌症。还有一些"文革"时在政治上受到迫害的老师，要是遇不到一个好的家庭，情绪不好，长期抑郁，也多有患癌症的。

朱老将这种癌症命名为"政治癌症"。

我也深以为然。

按当代医学的说法，癌症跟情绪的关系极大。

于是，我就想，我要给所有跟我接触的人一份好心情。当我们不能改变别人的命运时，我们就给他们一份好心情吧。

心印幼年时，她父亲爱女心切，希望她完美，老是打她，后来，她又遭遇了一些恶缘，患了重病。陈亦新谈到心印时说，要是她的父亲知道自己的女儿在二十九岁时会得癌症，他疼爱都来不及，还会打她？写本书时，我从心印姐姐那儿得知，她爸爸也得了牙龈癌，刚动过手术。以前，父女俩要是知道自己的未来都会得癌，交往中就可能会有更多的爱。

在严父的教育和自己的努力下，心印学业极好，英语极好。正是在黄金的生命段里，她非常想做事，也有了做事的能力，但健康的恶化，却让她做不了多少事。这确实是值得我们深思的。每次在禅坛，看到心印那张越来越惨白的脸，许多人都会心疼。

我弟弟的病，或许也跟心情关系极大。他得病之前，曾跟村里的一个恶棍发生过纠纷。他的一位哑巴朋友去帮他，倒叫恶棍揍了一顿，他便有了心结，一直难受。那纠纷起时，弟弟吃了肉。按凉州人传统的说法，人要是吃了肉，再生了气，会得癌症。这说法，不一定科学，但定然有它的道理。弟弟约在几个月后，就发现患了癌症。

听了朱老的话，我就想，当我们不能改变世界时，至少，也该给身边的人一份好心情吧。抑郁的情绪，久而久之，就会影响到身体生理的诸多变化，脉结不通，就容易生病。

朱老谈到了他的妻子。在90年代初，他的妻子得过癌症，我给她治过一次病。不久前，老伴去世了。朱老显得很难受，他说，他以为自己会走到她的前面，没想到，她先走了。我劝道，这样也好，要是你走到她的前面，她会很痛苦的。现在，她该承受的痛苦，由你承担也好。我说，我也希望妻子能死在我前面呢，这样，我就能处理好她的所有后事，不叫她承担一点儿失去亲人的痛苦。我这一说，他点点头。

有时候，我们换一种思维方式，痛苦就没了。但往往是，人们总是按照惯有的习性那样看待人和事，心中的纠结也就不容易解开，如果心变一下，自然就打开了。我不知道，我走后，朱老会不会从丧偶之痛里走出来，毕竟是老人了，对许多事总是念想，总是牵挂，放不下。

我谈了谈我的近况，他还问了一位文友，夸他聪明。这是一位畅销书作家，追求三个月的效应。我跟他不一样的是，我追求的，是死后能留下来的书。但对那些畅销书作家，我还是很尊重的，毕竟大家都得吃饭。每次遇到畅销书作家，我也会问询一些畅销的原理，他们都会告诉我，但我每到写作时，就原形毕露了。因为追求不同，我的侧重点就跟一般人不一样。当然，还有一个原因，我的笔总是有它自己的习好，它自个儿流啥，我是懒得去管的，我仅仅是个出口而已。

我向朱老谈到我二十年来的事，关于闭关，关于写作。过去跟他交往的一切历历在目，但现在想来，已过去二十二年了。他感叹道，真快。我说，我只觉得指甲和头发老是疯长，我觉不出时间了。心里很静时，时间就会过得飞快。没办法，我见他时，他还没当公公，我还是个孩子，现在，他的孙子也大了，我也要当公公了。

老人显得很老了，其实只有七十三岁。他不爱运动，所以老得很快。医生劝他动手术，剥了白内障，但他说自己已风烛残年了，懒得做那事。对我送他的书，他说，他会叫孙子读给他听。我知道他在安慰我，我也知道，老人其实也不一定需要读书了，有些该知道的道理，他其实也知道了。我书中写的信仰之类，也不是读读就能生起妙用的。人一到老年的时候，许多事就力不从心了。有信仰的倒好，要是没有信仰，也来不及生起了，因为一生的许多东西，是很难动摇的。细想来，朱老还为我留下了许多念想，他毕竟为我说过话，帮过我，我一直忘不了。这也说明只要你做了好事，别人总是会记得的。

我想，虽然朱喜麟的名字留在了无数的文件中，但多年之后，那些文件就会成废纸了。能叫人记住的，还是他做过的事。人们会在我的书中，知道曾有这样一位老人。

明知老人当不了我的东客，我还是留下了请柬。

我说，您就当个纪念物吧。

我想，在我的东客中，要是没有朱喜麟老先生，这本书就会缺点儿东西。

朱喜麟代表了曾经过去的凉州，他的身上承载了很多优秀的品质。在凉州当官的群体中，像他这样的人，很少。如今，虽然他老了，但是我觉得，他的一生中，最大的贡献便是爱才如金，正因为他的惜才，像张万儒，像我这样的人，才有了改变命运的可能性。

回家后，我谈了朱老的事。

妻说，你以后可要多锻炼，不然，老了也会这样。妻的特长是见缝插针地教育我。她还说，有个老人，每天锻炼，一百零四岁了，还能做顺风扯旗。顺风扯旗是一个武术动作，两臂抓了直立的木杆，将身子像展开的旗子那样横在空中，这需要两臂有超人的力量。

妻的特点是习惯于当我的老师，她说我时的语气，像母亲说不听话的幼儿。这是她的特权。自结婚以来，她一直这样，在家里，她是老板，一切都由她来张罗，所以我才有了那么多读书、写作的时间。家，就是她全部的世界，她为此付出了全部的生命，也正因为有了她，在我闭关的多年里，我才能出离专修。也是在她反反复复的教育下，我每天锻炼，至今仍然强壮如牛，豪气不减。这一点，妻是真心为我好。她希望我长寿。

在家里，每次看电视时，一见那些她不喜欢的东西，她就拿来当反面教材教育我，希望我"长大后"不要变成那样。她不知道，我已年过五十了。那些道理，我都懂，但对于妻的特权，我还是默认了。真是奇怪，在妻的眼里，我永远是长不大的孩子。

终于放下了文学

让我们再回到二十多年前的教委吧，继续追忆那似水年华。那时的我，在别人眼中，也许是文学疯子了。

1993 年 9 月，我在日记里写下"时不我待，勤则成，萎则败"之类的话，想要激励自己读书，激励自己学习。但那时，理性的推力已不大管用了，我很想放弃，因为一直看不到希望，我的情绪总是很激昂，总是很愤怒，从灵魂深处感到窒息，心定不下来，那时我觉得，如果再这样下去，我一定会疯掉的。而且我很快就满三十岁了，还没有看到文学上的出路，实在不想那样下去了。

10 月，我终于下定决心，放下文学，不想当作家了。我只想好好修炼。我不能让梦想毁了自己，也不能让梦想毁了我的家庭。不过，我仍然每天读书，因为我还是爱文学，我的爱，本身是没有任何目的的。

做出这个决定时，我进入了一个非常重要的阶段：破除最后一个执着。

需要说明的是，做出那决定的瞬间，其实我还没有真正地放下。突然没了目标的我，一方面感到很轻松，另一方面，又陷入了一种失重感。在《无死的金刚心》中我写过这种感觉：

在离开本波寺院时，琼波浪觉忽然有了一种无着无落的情绪，他觉得自己没有了依附。正是在那个瞬间，他忽然明白了为啥人们需要宗教，为啥需要一种灵魂的依怙，为啥人总是要苦苦地追求一种形而上的东西。他说，宗教定然源于这种无依无靠的孤独感。他觉得自己忽然被抛入了陌生。虽然那是他自己的选择，那种被抛入的感觉仍非常明显。

那份孤独和被抛入的陌生感，一直跟踪了琼波浪觉许久。他感到自己徜徉在无边无际的空间和无始无终的时间里，像茫茫大海里的一片落叶。有时候，他更像飘游在秋风中的黄叶，从天的这头飘向天的那头，一任那秋风撕扯自己。原以为，离开本波的自己应如脱缰的野马，能畅快地撒野一气。却想不到，他忽然有了一种失重的感觉。

一方面他有了一种异样的轻松；另一方面，他对未来不免多了一些忧虑。

他不知道自己将走向何方，不知道自己会有怎样的转机。他看到了高天之上翱翔的苍鹰，它们展着翅膀，悠游于翻滚的云层间。他看到了那份闲缓和舒适，感觉到那份自由和悠闲。那个画面感染了他，冲去了他离开本波寺后的失落。毕竟，他在那个富丽堂皇的所在待了二十多年。在那里，他度过了童年、少年和青年时代。他生命里最有可塑性的年代就是在那儿度过的。

这里面，可以看出我当年的生命体验。

这也是我必须克服的心理关卡。因为，这时我会出现两种选择：第一，再一次拾起文学梦；第二，升华人格，消除欲望，放下对过去的牵挂，放下对未来的担忧，让心安定下来，让心大起来，让自己拥有大爱和智慧。

我坚决地选择了第二条路。

我决定放下一切，专注修炼人格。我每天诵《金刚经》。经里那种无我的慈悲一天天熏染着我，让我的心变得安详，让我的心变得清凉，让我一天天没了贪婪，渐渐体会到了一种从未有过的自由和舒畅，能心无所住地做一切事，包括写作。那时，我才从写作中得到了快乐。

我仍然经常去采访，每天都整理录音，每天都在练笔，但这时的练笔，已经没有任何目的了。不去想将来会如何，我的心里就少了很多负担，生活在我的心中，也渐渐变得丰满了。我有了无数的素材，也有了高于生活的"第三只眼"，和一颗一天天趋向于无我的心。

就这样，我放下了自己在乎了十几年，甚至曾经视为生命意义的东西，我放下了所有执着，我有了很强的专注力，我有了真正的信仰。

那时的我，也到了一个很接近开悟的时刻。我虽然仍想找到很好的文字感觉，但是那找，更像在等待——等待一次命定的相遇，等待一场春雨的洒落，等待一阵微风的拂过，等待恋人的微笑，等待孩子的第一声"爸爸"，等待一首美妙的旋律。这时，我的心里总是充满了感觉，充满了莫名的喜悦，万事万物，对我都有了另一重意义。

我读了很多俄罗斯文学作品，也读了海明威的一些小说，它们很快变成了我的营养。每天，我都像饱乳的婴儿那样，安然入睡。于是，在 1993 年 11 月的某一天，《新疆爷》便不期而至了。

看过《新疆爷》的朋友会发现，我的文学实现了一个超越。那篇小说，没有太多的情节，主要就是在写人。但是，因为我笔下的人物有着饱满的灵魂，显得非常鲜活，所以那小说像浸过生活之水的玉石一样，散发着迷人的光泽。许多人都说，新疆爷就像一个活在人们身边的老人，虽然他有着跟别人不一样的品格和智慧，但是他的质朴，让他显得非常真实。有人还说，那小说，就像是一缕清风，足够真诚的读者，甚至能从那风中，嗅到淡淡的清香。

《新疆爷》刚发表的那时，获得了甘肃省"华浦杯"短篇小说大赛的二等奖，不过，它没有形成《长烟落日处》那样的轰动效应。直到 2008 年，法国的一位汉学家才发现了它，2012 年，英国最有影响力的报纸《卫报》也将其全文翻译发表，认为是当代中国最优秀的五部短篇小说之一。

其实，对这效果，我并不在意。我仅仅是享受写的过程。我知道，一切都是一场游戏，有没有人鼓掌，跟我已经没有关系了。

《新疆爷》里的那个老人，虽有生活原型，又何尝不是我心灵的另一种显现呢？文字就像一面镜子，它永远高不过作者的心。

放下文学的那段时间里，我将生活的重心转向了静修，生活习惯也从节食改成了过午不食，我只吃早饭和午饭。读书的时间依然很多，还是以托尔斯泰的小说为主，长篇和中短篇都看，但写作的时间少了。我不再逼着自己写作，应酬也少了，但经常外出采访。

回到家，我就整理采访录音，有感觉了，就写成小说，平时大多练笔。不过，自从写出了《新疆爷》之后，灵感就成了我心灵的常客。短短的一周内，我就写出了五六个短篇小说，如《黄昏》《磨坊》《丈夫》等，全都非常精彩。《掘坟》也是一夜间完成的，它的文字感觉已经非常成熟了，后来被编入人民文学出版社的《21 世纪年度小说选：2002 短篇小说》，后来又成了《白虎关》的一部分。

表面看来，我的放下梦想，似乎是命运的转机，而事实也确实如此，但我的放下，不是放弃。那时的我，有点像佛陀结束六年苦修，走入中道而证悟。我们不能因此而否定他证悟前的六年。要知道，如果没有前面六年的严格训练，佛陀就没有那么强的定力，他的进取心和向往心，就有可能被舒适的生活所消解，那么，他就不可能实现破执。

我也是这样。如果没有苦苦追求的作家梦，我定然不会将所有精力都集中于人格修炼和写作，不会读那么多书，不会坚持练笔，不会到处去采访。那么，我就不会有后来的学养和视野，也不可能写出"大漠三部曲"们。所以，我走过的那条路虽然漫长，虽然曲折，虽然痛苦，却是我必须走的。只有走过了那条路，我才能一天天成长，才能一天天放下，才能一天天成熟。正如，表面上，那些逆行菩萨虽然给我带来了很多麻烦，却反而成了我的助缘一样。如果没有他们对我的刺痛，早年的我就有可能输给惰性，沉醉于一种舒适的生活，而不会一直想要突破自己，寻找另一种可能性了。

追求真理的路一向都不是平坦的，真理的实践者也罢，真理的拥护者也罢，真理的传播者也罢，都必须有承担痛苦的勇气。只有不怕大痛苦的人，才可能有大担当。害怕痛苦的人，即使多么向往伟大，也只能说说空话，他是不可能承担一些东西的。因为，他没有相应的智慧和心量，也没有相应的力量。

不过，了义地看来，这世上，其实是没有痛苦的。1993 年的我，已经接近开悟了。

我很清楚，当我还是一条小溪的时候，是不可能流出大海的。所以，一切压力都消失了，剩下的，是一种随缘的喜悦和快乐。我已经不会受到任何诱惑而偏离我的轨道了。我仍然对时间抓得很紧，知道自己当下该做什么，也能全身心地投入去做。世界上的一切，在我眼中，只是营养，而不是枷锁了。

我仍在剥自己心上的鳞。我仍然像过去那样，从自己心上，把恶俗卑劣的鳞甲一片一片地剥下来，有时，真是血肉模糊了，但我总能继续剥，以便让自己尽量完美一些。我是一个充满了缺点和毛病的人，我的心里，也曾有过很多污垢和琐屑，我也做过很多傻事。我之所以能走到今天，仅仅是因为不断自省，真心忏悔，一直向往，从不自暴自弃。

我知道，只要自己的心足够强大，外部的困境就会很快过去。我知道，心灵的困境源于纠结所导致的错乱行为，其源头，是心的愚昧，只要消除愚昧，证得智慧，困境就会过去。

真正阻挠你的，并不是你的卑琐和渺小，而是你那颗时时想要放弃的心。

托尔斯泰有过一段荒淫的生活，陀思妥耶夫斯基也是一个赌徒，但他们又是真心向往善美的，他们不断忏悔，才能走进人性的最深处，洞悉人类那种善恶交织的复杂情感，他们的文字，才能展现出史诗般的博大与丰富。那丰富不是别的，正是人性深处的泪与笑、真诚与虚伪、卑鄙与伟大——而那诸多的纠缠不休，又何尝不是一体的两面呢？

所以，哪怕我们背负着心中的十字架，也要抬头挺胸地向前走。要明白，在这个世界上，能阻止我们这么做的，只有心灵的自私、固执和愚昧。

三十岁，剃发闭关

1993 年农历十月二十，是我三十岁的生日。那天，我到理发店剃光了头发、胡子，还想剃眉毛。理发师傅说，眉毛剃了可就再也长不出来了。我说那就算了，然后回到关房里。

武威文联在自己的大院里给我提供了一个住处，就在《红柳》编辑部里，除了鲁新云，我没有告诉过任何人，不用外出办事时，我就一个人躲在里面闭关，每天就是读书、静修、写作，不做别的事。我每天只吃一顿饭，鲁新云给我送。

我的心里，有一种说不出的轻松。因为，我像剃光了头发那样，放下了生命中所有的负累。我的心里，已没有了生命中不可承受之重。剃头，只是我对生命和世界的一种表态。

那段日子里，我连休息的时间也不放过。一旦下座，我就开始读佛经和文学经典，比如《战争与和平》《安娜·卡列尼娜》和左拉的一些小说，等等。常有一种说不清的感觉在告诉我：你的生命中，很快就会发生一件大事。我隐约感到，那会是静修上的飞跃，但我一点也不着急，写作上也不着急。我甚至有点享受了。

白天和黑夜在不断更替着，时间在飞逝，却不再让我感到焦躁。我明白，只要珍惜了每一分每一秒，也做出了每个当下最好的选择，就够了。我并不急着超凡入圣，也不急着实现我的梦想。我觉得，无论是凡夫还是圣人，我都会做事；无论梦想实现了还是没有实现，我都会写作。所以，成功也罢，佛果也罢，我都不在乎了。

有时候，压力和焦虑，就是急躁的心情带来的。而急躁，就是因为贪婪一些东西，很想得到。当你不求它时，你的生活，其实是很简单的，仅仅是随缘地做些事，享受它，享受每一刻你活着的时间，珍惜每一个跟你相遇的人。

蒲龙给了我很大的自由，我不坐班，我不参加教委的大部分活动。当时，我只参加教委在每个学期第一、第二周的下乡检查。因为，下乡时我可以到处去搜集素材，还可以做些采访。所以，外界对我的纠缠也越来越少了。我将好多牵扯精力、消耗生命的东西都过滤掉了，不再牵挂它们了——后者才是最重要的——我不再压抑，变得越来越宁静，心中也常有一股大美在涌动着。于是，我的写作风格就变了。

你会发现，无论是《丈夫》《掘坟》，还是《黄昏》，都几乎由大段大段的心理描写——有时那描写，也以对话形式出现——构成。一些较为浮躁的读者，可能更关心故事的发展，但那些真正热爱文学，或者说更为宁静、单纯的读者，却更喜欢跟人物的灵魂对话。他们甚至会读出一种熟悉呢。有的读者告诉我，从小说角色的身上，他们看到了自己。

写作跟静修很像，它是一种让你跟灵魂对话的方式。那过程，只有在宁静到极致的时候，才可能出现。所以，我必须放下一切，跟小说人物生活在一起，高度地专注。如果我兼顾红尘里的一些东西，那氛围就不纯净了。我会始终感觉到一种灵魂的躁动。而躁动的灵魂，是不可能有大智慧的，它向外喷涌的，仅仅是一些情绪。情绪像落叶，岁月的风一扫，它就会消失的，真正能留在这个世界上的，仅仅是智慧和大美。不过，这不能强求，只有在人格达到一定境界的时候，它才会自然而然地从真心中流出，造作是造作不来的。一有造作，就没了真心。

那时，我从早到晚都在修，发展到后来，就连梦里都在修。那时，我的心已非常宁静，无任何杂念了。离开关房，进入世俗生活时，我仍是这样。我不再有懈怠，也不急于实现什么东西。我仍然是随缘。我的生活，也依然维持着它原有的节奏。对我来说，所有体验只是我生命中的一个足迹，有了这个足迹，我才知道自己走到哪里。它或许能增强我的信心，但我并不执着于这个东西。有也罢，没有也罢，我都是这样。因为我知道，多么殊胜的体验，都不是目的，修炼的目的是为了得到心灵的自由，回归一种本初的清净。直到现在，除一些必须参与的社会活动外——一年也只有不多的几次——闭关一直是我的生命常态。我经历红尘的种种，也像在梦里。它没有真实感。多少年来，我脚步匆匆，但从不尾随红尘的变幻，只跟随信仰和灵魂的脚步。我活在一个人们看不到的角落，做着一些平常得不能再平常的事。你很难想象，大意义下的独处，有着怎样的大乐。那僻静处的故事，其实也很精彩。

生命升华后的体验

1994 年 9 月，我仍在闭关，住在文联提供的房子里，鲁新云和陈亦新住在教委宿舍。我每周都尽量把必须处理的事集中在周日完成，不能等到周日去做的事情，就尽量安排到下午。其他时间，尤其是早上三点到中午十二点，我专注于静修、读书、写作，重点读陀思妥耶夫斯基的作品，也读一些其他作家的经典作品，比如司汤达的《红与黑》等。几乎所有牵扯精力的可能性，都被我杜绝了。我热爱人类，但远离人群。

当时的我，一切顺其自然了。妄念越来越少。休息时，我会读书，但写作却断断续续的，一个月下来，连一万字都写不了。而且，我经常产生强烈的出离心，静修时间也越来越长。那时，我已没有了座上和座下的分别，随时可以得定。

1995 年 5 月 13 日，我预感要发生的大事降临了。那一刻，我就像游子投入母亲的怀抱，就像滴水融入了大海，我知道，自己终于找到了灵魂的依怙，我生命中最后的一点躁动，也戛然而止了。

还记得《无死的金刚心》中琼波浪觉在噩梦中想起奶格玛时的心情吗？

那时，他的恐惧全然消失了，因为，他相信只要心里有奶格玛，他的灵魂就是安宁的，没有一丝恐惧，没有一丝怯懦。那种无伪的信念，是言语无法形容的，只有经历过的人，才会明白。所以，假如你明白我此时所说的，假如你的心里也有这样的情感，我祝福你，希望你能珍惜它，时刻依止你生命中的太阳，不要被幻象蒙骗，远离贪嗔痴慢疑，一天天向上。那么，你就会明白我在这本书中说的很多东西。

那时节，《无死的金刚心》中琼波浪觉的几乎所有体验，也出现在我的生命中。我总是感到有一种巨大的来自外部世界的力量介入——我也称之为暗能量——总是有一股大海般的力量在我的生命里运行。我仿佛能进入任何时空，能跟任何信息场沟通，几乎所有的障碍都被清除了。这种体验，你同样可以看成是一种超心理学的现象。这其实不是多么神奇的事。在数千年中，有无数的实践者，都产生过这种体验。

后来，便觉得自己和另一个伟大的神秘存在已融为一体了，总觉得四周都是眼睛。我没有任何隐私，也不需要隐瞒什么，更没有丝毫的压迫感，只觉得到处都是光明朗然。我时刻充满着大乐，好像没有了身体，走路时就像充满了气的气球那样，在街上飘。就连跑步，或是做体力活时，我也没有累不累的感觉。

1995 年后，我总是处于一种明空中，无嗔，无贪，也无疑。我的心始终是安宁的。就连别人骂我时，我也如如不动了。我不执着很多东西了。

不执着，就是一种智慧，而且是一种究竟的智慧。它不是仰仗某个神佛，而是一种贪欲息止后的安宁。仰仗神佛者，如果发现那神佛不能保护他，不能让他免除灾祸，就会产生疑惑；后者无论怎么样，哪怕身患重病，身陷险境，心也是安稳的。因为，他没有怀疑，没有迷惑，没有贪恋，心明如镜，也就没有畏惧。

生命升华之后，你的心，就像无云晴空，明朗无比。你看得见云彩的美丽，能觉出微风的轻柔，摸得到雨水的清凉，听得见小鸟的歌唱……你是清醒的，敏感的，又是淡然的。你太清楚世界的纷繁，但纷繁的世界干扰不了你。你还是你，却不是过去那个愚痴的你。

我还是我，我没有变成另一个人，我只是不再愚痴了。这就是我的改变。

从许多东客身上，我发现，二三十年后的命运，取决于二三十年前的发心。

我之所以能从传统文化中得到大益，不仅仅因为苦修，也不仅仅因为无伪的信心，还因为我有利众的大心。很多人也想升华，也愿苦行，也有信心，但他们没有利众的大心，也就没有真正的使命感。他们只追求自己的离苦得乐，这就局限了他们的境界。因为世界上没有不利众的圣人，也没有不利众的伟人。你能得到多少东西，能达到什么境界，并不取决于别人，而取决于你自己。你的心有多大，你的事业就有多大，当然，一切要体现在行为上。

如果没有发大愿，没有使命感，我是不可能走到今天的。我后来的很多成就，便源于我那些利众的发心。

我想，我是传统文化的受益者。我的经验，不仅仅属于我自己，它属于所有寻觅真理、坚持梦想的人。它应该写入书中，利益更多的人。

第五编　　　　《大漠祭》

的诞生

在雨亭巷完成《大漠祭》

1995年8月，文联不再给我提供房间了。我就在一个叫雨亭巷的地方租了房子。

在我的作品中，这个雨亭巷曾多次出现，比如《西夏咒》里雪羽儿背着她的老母亲路过的一个地方，比如《西夏的苍狼》中东莞大杂院的原型。

对于那个地方，我有过一些诗意的描述，我人生中的很长一段时间，就是在那里度过的。因为租金不贵，也为了能接触到另一个世界，我在那里住了六年。后来，我又在很多地方租了房子。比如，创作《猎原》时，我就住在蔡家社的一间小房子里，为了给自己创造一个很好的写作环境，我故意选了一间没有窗户的小屋子，采光和空气的流通，全靠屋顶上的一扇天窗。冬天非常冷，我就买了一个小电炉，每天都开着。不过，那冷，倒也符合我的心意，这样，我就不会昏昏欲睡了，那个昏暗的氛围，也很是适合写作。就是在那个昏暗、寒冷的屋子里，我写出了《猎原》。

每一处关房，都是我的秘境，我给它们起了同一个名字：红云窟。

生命到了这个阶段时，我的人生中，就充满了有趣的现象。除了前面说过的觉受和体验上的殊胜——比如我可以自由进入任何一个时空，我的生命经历也显示出诸多的不寻常——宇宙间仿佛有某种东西，也在那个时候，开始用它的方式，对我表现出一种尊重。

比如，我在雨亭巷租的房子很破旧，屋顶上有个大洞，一抬头，你就能看见一小片蓝天和白云。所以说，以前一下雨，屋子里就一片汪洋了。可是，我住在里面时，它却从来没有漏过雨。有一次，连续下了十几天暴雨，屋外一片泥泞，屋里却不见滴水，仿佛有种神秘的玻璃，悄悄地挡在了房顶。房东觉得很奇怪。

这样的现象多了，连旁人都觉得奇怪。于是，我就成了一些人眼中的怪人。不过，我的怪，不仅仅体现于独特的生命经历，也体现于一种不一样的生活方式——当地人很快就发现，我虽正值壮年，也不孤僻，却像独居老人一样，深居简出，身边看不到任何女人。

当时，鲁新云和她的弟媳张雪包了书店里的大小事务，这成了那时家里的主要经济来源。

1995年12月，教委准备盖职工宿舍楼，每个职工只要交上两万多元，就能住上楼房，所以，我每天早上、上午、晚上用来静修和写作，下午就出去为生计奔波。不过，这种生活不长，只持续了一两个月。因为，只要赚够了需要的钱，我就不愿让琐事占用生命空间了。我的生命，要用来做一些其他人做不了的事情。于是，鲁新云就帮我承担了大量的琐事。那时，我就自己做饭，一天只吃一顿。

有一次，我出去办事，回到关房时，发现门上夹了张纸条，上面是鲁新云的字迹。她说，睡觉记得开着窗户，要是空气不流通的话，会煤气中毒的。简简单单的一句话，没有表白，没有倾诉，却有滚烫而朴实的温度。我知道，写纸条的那个人，无时无刻不在牵挂着我，无时无刻不在守护着我。她所有的生命内容，就是我和儿子；她所有的梦想，也是我和儿子。她不期待自己实现什么，也没有理想和抱负等概念，她只希望我和儿子能健康、快乐、实现梦想——即使她非常清楚，我追求的是放下一切牵挂，承担一种更大的牵挂。那牵挂里有她，却不可能只有她。

她知道这一切，但她仍然一如既往地支持我，为我提供她力所能及的一切助缘，从不阻止我，从不控制我，从不牵挂小家庭的利益。

一直以来，她用整个生命和灵魂守护的，都是一片注定不属于她一个人的星空。这种行为，已经证明了她的灵魂追求。虽然她没有写书，没有演讲，没有教别人一些东西，但是她用朴实的行为，一直在做着利众的事情。她的这份心，无论在我明白之前，还是在我明白之后，都温暖着我的心，它比一切物质上的珍宝都更加珍贵和罕有。

你不要以为，那时静修很好的我，已没了情。不是这样的。我只是不再贪婪，不再渴望，不再埋怨，只活在当下的明白里，但我不是石头。我的心就像明镜，对一切都清清楚楚，只是不为所动罢了。虽然我从一些细节中，感受到来自亲情的温暖，但是，我始终明白自己当下最该做什么，不会因为一些情绪，就忘掉自己该做的事情。

1995年后，我过得比较自由，教委基本不给我安排工作了，报纸也是不定期的。除了参加一些必要的活动，比如跟信仰有关的活动——时间不长，一次也就五六天——之外，我每天早上三点起床，因为不吃早餐，就一直修到中午十二点。读书方面，我重点阅藏，读《华严经》。有时，我一边坐禅，一边写作；有时，我下午或晚上才写作，总之，有感觉我才写东西，其他时候，我还是以静修为主。

《长烟落日处》发表时，有人预言我会成为大作家。他们对我的评价很高，对我的期待也很高。可他们想不到，我竟整整沉寂了十二年。当时，家乡一片嘘声，很多人都觉得雪漠已经不行了，江郎才尽了。有个人还在报纸上写过一篇文章，说，曾经有一位作家，二十五岁就写出一篇优秀的作品，让人刮目相看，但他从此之后，再也没有写出一篇像样的作品来，他选择了开书店，生活倒过得很滋润，他算是选对了自己的位置。

我看了那报道，心里就偷偷地笑。因为，我已完成了《大漠祭》的初稿，只待修改完毕，就可以寄给出版社了。我对它很有信心，我知道，它一定会马上遇到伯乐的。我也知道，自己定然会名扬天下。对这些，我从不怀疑。所以，我当时就想，《大漠祭》出来之后，那人会不会很不好意思？我想他肯定会的。

1997年，我们一家人住上了新楼房。楼房坐落在甘肃武威职业中专的大院里，是教委的职工家属楼。从那一天开始，我终于在武威城里有了自己的房子，但那儿住的，是我的家人。我一直没有搬回去，仍然一个人住在外面的关房里。

当时，除了记录修证经历之外，我已不再需要写日记了，因为我没有了妄念。我的《大漠祭》的写作，也是断断续续的。我不是从头写到尾，而是有感觉了就写一段，再有感觉了再写一段。这一段和上一段之间，可能没有任何的关联性，最后全部写完了，我才按照逻辑顺序，把它们串联起来，做一些过渡性质的增补，和一些艺术上的打磨。农村生活已进入我的血液，故事是现成的，人物也活过来了，那些内容之间，定然不会有大的冲突。所以，我当时的写作非常自由。

我的生活也很自由。

教委主任蒲龙和他的继任李宝生没给我安排具体工作——除了不定期地办一份报外。我心里也没有任何执着，确实像前面那个人所说的，过得相对滋润。后来，我家开了书店。我每天早上三点起床，先静修，后写作到中午十二点。我嫌管理书店太花时间，索性将它交给鲁新云打理，我就专心地静修、读书、写作。"鲁老板"这名号，就是当时取下的，一直沿用到现在，好多人以为，那代表了她在我们家的地位，这只答对了一半，其实，她真的当过老板，还当得非常好。

不过，我所认为的轻松，在别人看来，也许就是一种紧张。因为，我整天都在看书、坐禅、写作，没有任何娱乐和消遣。我偶尔也会采访，积累一些素材，或是做一些运动。可是，我不会像别人那样，做一些我认为浪费时间的事情。这是我一直以来的原则。我只做对生命有益的事情，或是对别人有益的事情。其他的事，不值得占用我的生命，包括那些别人认为的享受。

1999年后的很长一段时间里，我更是整天都在静修——2000年，我还专门到青海塔尔寺去闭关——静修中间有感觉了，我才开始写作，让它流出来，最后，《大漠祭》就零零碎碎地完成了。此时的写作，跟我后来不太一样。我证悟之后，信仰和写作就打成一片了，变得非常自由。在《猎原》和《白虎关》中，你就能感觉到一种跟《大漠祭》不一样的自由。

最初完成的《大漠祭》，很像一部随笔集，由无数个生活场面组成。而且，它是手稿，我必须把它输入电脑，才能修改和发给出版社的编辑。可是，我当时不懂电脑，不知道怎么打字，我的字又像是苍蝇爬出来的一样，身边会打字的人都看不懂。怎么办呢？难道我要等到学会打字，才能慢慢地把它打出来吗？我正犯愁时，书店里来了一个其貌不扬的女孩子，竟然能看明白我所有的字。那一刻，真有种"柳暗花明又一村"的感觉。我马上请她帮我把整份稿子都打出来，然后，我再慢慢修改。

当我终于完成所有的串联和打磨时，已是2000年了。那散乱不堪的稿子，也成了一部完整的长篇小说，我名之为《老顺一家》，这便是后来的《大漠祭》。

当时，我把内容梗概同时发给了十家出版社，也包括吴金海老师所在的上海文艺出版社。这时，跟吴老师当初的约定已过十年了，不知道吴金海老师还记不记得我们当初的约定。没过多久，有六家出版社都给了我回复，说他们想出那部书，上海文艺出版社就在其中。于是，我把稿子给了上海文艺出版社，责任编辑就是吴金海老师。

"一夜成名"

随着人格修炼的提升，我的生命不断发生着变化。

首先是写作。此时，我已将空性打成一片了，进入了智慧写作的状态。无论什么时候，我都能写作；无论什么时候，我都在修；无论什么时候，我都有一种快乐。写作时，我既心静如水，又大乐充盈，文字不断从笔下喷出。2001年4月，新华社报道《大漠祭》进入中国小说排行榜时，我已完成了《猎原》初稿，进入修改阶段了。所以，比起《大漠祭》，《猎原》显得更加自由博大，也有了一种普世价值。

我仍是每天静修，但已不是为了让心安定下来，而是超越了个人解脱层面，进入了更大的境界，我仍每天三点起床，这时，我的静修和写作，就不再为我自己了。

分别心消除之前，所有的修炼都难免有作意成分，很难拥有一种无缘同体的大慈悲。当然。因为你还有二元对立，还有概念在影响着你的心。

《无死的金刚心》中，琼波浪觉知道自己应该慈悲无我，应该消除所有的分别心，但他在面对麻风女，面对狼群中的女人，面对沼泽里的老人时，却做不到这一点，这就是因为，他始终还在二元对立当中，没有脱离假象的蒙蔽。他无论知道多少道理，都会把眼前的现象当成实实在在的东西，很难感受到它如梦如幻的本质。所以，司卡史德多次为他开示心性，他却仍然不断因为心外求法而重入困境。

老祖宗向往的终极境界不是这样的。它提倡无我的付出，却不管有没有人信受奉行，因为终极的真理没有自他分别，不需要去包容什么。在智者眼里，生命是一场幻觉，人生的种种，也只是一种示现。智者把很多事情都看得很淡，但他理解众生所承受的苦痛，因感同身受而生起悲悯。所以，他虽然不在乎结果，却比谁都积极做事，积极利众，无怨无悔。这时，他就会做到两点：第一，尽人事，也就是尽力地去做；第二，听天命，不在乎结果，一切随顺因缘。这两种生活态度结合在一起，才是积极的人生。

此时，命运向我微笑了。

上海文艺出版社收到《老顺一家》后，从责任编辑初审，到编辑室主任、副总编辑复审，再到总编辑终审定稿，竟不足一个月。《大漠祭》出版没多久，甘肃作协主席王家达将它推荐给雷达老师。在雷达老师的力推下，它马上在全国引起轰动，登上中国小说学会 2000 年中国小说排行榜，选入《中国文学年鉴》，得了好多大奖，如敦煌文艺奖、五个一工程奖、第三届冯牧文学奖等。我几乎在迅雷不及掩耳之间，就变成了"著名"作家。

于是，我的"一夜成名"，就成了一些文学青年心中的梦想和童话。

不过，我的心早已变了。

过去，我很在乎自己能不能成功，但从弟弟去世时开始，我就不那么在乎了。因为我发现，面对死亡，很多东西都不值一提，其中就包括这个"一夜成名"，也包括很多利益层面的东西。

有一次，我和另一个作家共同角逐某个文学奖项，奖金很高，本来一直是我排在第一，后来不知为啥，他却排到了第一，只比我多一票。有个朋友告诉我这件事，我却没有他想象的那么激动。他就大惑不解地问我：你咋一点儿反应都没有？我对他说，就算我拿了这个奖，那奖金也迟早会消失的，而且，除了文学圈的人之外，没人在乎它，所以，你也不用太执着。我还给他举了个例子：我现在住的楼房虽然很漂亮，但政府只给我七十年的使用权，不管我多执着，也改变不了什么，有啥好执着的？

生命也罢，幸福也罢，都是这样，健康也是这样。世上没有永恒的物质，只有真理。当我们明白道理之后，活在当下的安详、宁静、清凉、明白之中，不去执着很多东西。我们真正能拥有的，只有这个东西。

此外，你帮助别人的行为所承载的精神，也有可能实现一种相对的永恒，但是，你带给别人的那个东西，仍然会很快消失的。比如，你现在看我的书时，觉得很安详，几天之后，再见到很多乌七八糟的东西，你或许就不安详了，所以，这个安详感是不会永恒的。但是，我的书承载的精神，已留在你的心里，你会觉得这个东西非常好，还想把它传递给别人。别人看了，也想把它传递出去。为啥？因为，它是一种善的东西，有普世性，是人类的共同需要，只要有人类存在，这种精神就不会消失，对这种精神的向往和追求也不会消失。所以，它就是相对永恒的。

某次，我跟雷达老师谈到过这一点，我以短信的方式告诉他：很感恩您为我所做的一切。文化的意义在于照亮跟它有缘的人。要是没有您，就没有我的今天；要是没有我的今天，我也就不可能像现在这样影响有缘人。对于个体生命来说，文化和文学似乎是虚无的，但它的意义其实非常实在，它可能会直接改变有缘者的命运。您和我的相遇，我和有缘读者的相遇，正好证明了这一点。未来跟我们有缘的人也会一直这样相遇下去，进而改变人生，改变命运。这是一种流动和变化的存在，它会照亮更多有缘者，他们会像您帮助我那样帮助别人，未来就可能会出现无数个雷达。

这也是文化与信仰的意义。

我为什么要说话

我不知道，你能不能理解我说的这些话。要知道，这些话虽是我生命的感悟，却也只是一些道理。在你真正地体会到它，能像呼吸空气一样与之共存、与之融合为一之前，它只能给你带来一种稍纵即逝的感觉和情绪，很难对你产生真正的意义。

什么是真正的意义呢？如果它能改变你的心，让你从另一个角度思考问题，不会被眼前的一切所迷惑，不会被外物和情绪所左右，永远知道自己该做什么，永远能控制自己的心，它对你就产生了真正的意义。换句话说，能作用于心灵，能改变行为，进而改变命运，你才算是真正地获益。

比如，《大漠祭》一出版，我就让鲁新云不再开书店了。因为，书店虽给我带来了收入，但它会牵扯我的一部分精力。这时，我进入了真正的写作阶段，好东西源源不断地从我心里流淌出来。我不想让任何多余的事情打扰我的生命，包括唾手可得的金钱。至于书店里的那些书，我大多捐给了偏远地区的中小学。他们能接受多少，我就捐多少。

我当然可以把那些书卖掉，但我觉得，那些偏远地区的孩子们更需要这些书。只有读书，他们才能走出那片贫瘠的土地，有一种更好的发展。毕竟，我就是从那种经历中走出来的，其中的一切，我都感同身受。我知道，钱也罢，人情也罢，都比不上一个改变命运的希望。

后来，捐书成了我惯常的行为。时下，几乎所有大学和省市的图书馆里，都有我捐的书。每年，我都会捐数以千计的书。后来，一些志愿者跟我一起来做这事，发起了一个香巴爱心读书工程。

这就是文化对我的心起了作用。

我真的用生命实践了这种文化，也证得了一种智慧。如果没有这智慧，我就分不清自己该做什么，也可能会放不下那些触手可及、不用花费太多精力的利益，那么，我就成不了雪漠，也写不出《大漠祭》们。

过去，我很少说这些，习惯了默默地做事，主要是怕人打扰。但我现在觉得，如果一种智慧、一种思路仅仅属于我自己，只能改变我自己的命运，它就只对我自己有意义。如果它属于整个人类——它也确实属于整个人类，因为我不是发明者，不是创造者，而是验证者和获益者，我不但证得了一种本有的真理，也从整个人类智慧、人类文明中汲取了大量营养，最后，我才能写成书——那么，很多人的命运就会改变。然后，他们或许也会像我那样，去帮助别人，去改变别人的命运。

这就是说话的价值。

当然，现在之所以有那么多人愿意听我说话，愿意相信我说的话，是因为我验证了世间和出世间的一种圆融。一些人认为，如果照着我说的去做，不但活得很好，说不定还能创出一番事业。

其实，不是说不定，而是一定。因为，虽然我的很多机遇表面看来是一种巧合，但事实上，它们都是我种下的因所结的果。就是说，当我具备了一定的素质和能力，也实现了某种价值的时候，就算帮过我的很多人都没有出现，也会有另一批人帮我，让我成功。这是宇宙中的一种规律，西方学者称之为"吸引力法则"。

就是说，世界上没有纯属巧合的成功，也没有纯粹走运的成功人士。每一个真正成功的人，都定然有他做到极致的地方。反之，如果一个人能把某件事做到极致，老天就不可能不让他成功。尤其当他传承了一种优秀文化，成为其载体时，他就更不可能不成功了。有时，他的成功，还会反过来推动文化的复兴、发展、进步。所以，一个人成功的关键在于，他能不能专注地做下去，做到真正的极致。

任何一个人，无论有多少才华，是不是聪明，都定然可以把某件事做到极致，因为，每个人都有他的天赋。不是说所有人都必须做同一件事情——比如写出大作品，成为大作家——否则就不能成功，不能实现他人生的意义。不是这样的。只要他找到自己的天赋，或者说天命，然后持之以恒地学习、锻炼、成长，有一天，他就会成功。

关于这一点，鲁新云说过一句很好的话："能坚持，就能成功；不能坚持，就是半桶水。不怕慢，就怕站。"后来，我将其概括为"没有失败，只有放弃"。的确是这样的。很多没有成功的作家并不是没有才华，而是相对懒惰。他们没有足够的意志力，无法把一件事做到极致。这直接导致了他们的平庸，而不是环境不让他们杰出。

那么，天赋是不是成功的决定因素呢？我觉得，天赋是每个人刚出生时，对生命的那种特殊感悟，它跟人的遗传基因有关系，决定了一个人后来的很多东西，比如对人生的选择、对梦想的选择等等，但一切都是无常的，也包括天赋。所以，如果你很想做一件事，又不知道自己有没有天赋，就不要管这个问题，只要你好好地去做，去努力，就对了。乌龟没有奔跑的天赋，它想去某地时，只能慢慢地、努力地一直向目的地爬去。可是，只要它知道方向，而且有足够的生命长度，它就一定能到达目的地，就算比别的动物慢一些，也没有关系，它仍然会成功。

所以，假如你有某种天赋，又愿意一辈子做那件事，那当然最好，因为，这样你很容易就会成功，也很容易创造某种价值。如果你不具备自己所向往的某种天赋，也没关系。老祖宗有上中下三根之说，每一种根器的人都可以成就自己，区别仅仅在于具体的方法和需要的时间。写作是这样，很多事情也是这样。

没有功利心时，你只要勤奋地走，不断完善自己，让自己升华，成功的土壤和平台就会出现，慢慢地，你就会成功。对于文学青年来说，就是成为真正的作家。如果你不能放下功利心，总是想着爆发，你就会成为一个不那么干净的作家，成为一个文字匠，成为一个所谓的写手，你就定然成不了大作家。就是说，有时的功利心虽然是必要的，但很难让你有大的出息。只有非功利的破执的信仰，才能让你真正有大成功。

所以，坚持往往比天分更重要。或者说，坚持才是一种真正的天分，一种真正的决定因素。只有能坚持下去的人，才可能达到极致，才可能成为大师。半途而废者，将一事无成。

"流放"东关小学

《大漠祭》出版前夕，我从教委调往东关小学。这次我请的东客中，也有东关小学的同事。

东关小学之所以加了"民族"二字，是因为该学校地处回民居住区，旁边有清真寺啥的。凉州的回民多，做生意的人很多，因为信仰的独立，他们仿佛是游离于凉州之外的一个群体。我有许多回民朋友，相较于一些没有信仰的汉人，我更愿意跟有信仰的回民朋友打交道。

我到东关小学上了不多的几天班，教二年级语文。我上班的时候，正赶上国家教委提倡给孩子们减负，我严格遵守这一规定，不给孩子们布置家庭作业。因为这一点，孩子们都很喜欢我。多年之后，还有些家长说孩子老是会提起那个不布置家庭作业的陈老师。

进了东关小学之后，我集体办公了一段时间，同办公室的老师们待我很好。这个学校女老师多，她们向我表达了欢迎和认可。这是很让我开心的一段日子，也是我人生中对时间最为挥霍的时期。那时，我必须遵守学校规定，早上很早就得上班，晚上很晚才回家。我一边上班，一边却觉得自己在浪费生命，这其实是我的习气，也不好。

那时，在我眼中，除了读书、写作和静修之外，其他所有的事，都是浪费时间。后来在一次采访中，我谈到当小学老师的经历时，甚至认为继续当小学老师就是不成功。其实，这是片面的。再后来，我才明白，无论当小学老师，还是当作家，其成功的标志其实不是职业，而是人格。米拉日巴没有职业，按现在某些人的标准，他无职无业，行脚十方，就是无业游民了，但这丝毫不影响他的伟大。

　　在东关小学时，《大漠祭》快要出版了。一天，朱校长向我透露了一个讯息，某次他跟一位领导一起吃饭，领导说，他非常想帮帮陈开红，可是陈开红不找他，他也不好意思帮人家。朱校长说，好些领导都想帮我，他要我去求求他们，这样我就会有一个很好的职业，就会有更多的自由。但我笑笑说，我不愿意，我的准则是不求人。我最怕自己养成求人的习惯，这样，我就会一天天生起贪心，被欲望异化了。所以，对于那些命运中的礼物，我总是选择全然接受，绝不求人。这成了我非常重要的一个习惯。后来，我认识了一些大人物，我都没有求过他们。一些人在退休之后，才看到我那时候的艰难，一个原武威地委书记在一次会议上公开说，他在职时最大的遗憾，就是没能在在位的时候帮帮雪漠。

　　我很感激他们。

　　后来，市上的一位领导甚至把我带到市委专门的接待酒店，介绍给经理，告诉我，可以随时来这儿吃饭，随便签单，他可以安排人来结账。我很感谢他，他的本意是能让我多一点营养，也能让我招待一下外面来的文友。按领导的说法，来找雪漠的文人，就是武威人民的朋友。我非常感谢他的好意，但直到我十年后离开武威时，我一次也没在那儿签过单。这已经成了我的做人准则，所以，即使在东关，作息时间已严重影响到我的静修和写作，我仍然不想养成求人的习惯。细细算来，我有限的几次求人，是为朋友求的。比如我曾在文章《痛说张万雄之死》中写道："因为万雄是个有良知的法官，我也帮过他。他在某次提拔之前，我给那时的市委张书记发过短信，希望他照顾一下。那时我想，万雄要是有了实权，凉州就会多一点公正。"这是我今生里唯一的一次求人。此前，有很多官员想帮我的忙，有人甚至想给我妻子解决工作，我都拒绝了。

　　写《猎原》和《白虎关》的时候，我文如泉涌，欲罢不能，但工作时间又不允许我连着写。于是，我提出返还大部分工资，以勤工俭学的名义跟学校订合同，这样我就可以不再坐班。但是当时的教委 Z 主任不同意，硬是让我坐班。我就在校园里发了怒，说了很多让他害怕的话——当然涉及反腐败的内容，那时节，该主任正在经营教辅读物，利润可观——在原则问题上，我是不让步的。后来，他再也不敢干涉我的创作。学校领导也答应了。一方面，学校可以多点儿钱；另一方面，也可以帮我。于是，此后的一年多里，我就不再上班了，绝大部分工资给了学校，留下的几百块钱，也够我吃饭了。

从教委调到东关小学，也有人说是贬，让我看到了另一洞天，但我没有太多的情绪，这只是让我体验到了人情的冷暖，一到东关，周围人一片嘘声，说啥的都有。我顶住各方的压力，继续在自己的世界里静修、读书、写作。其实，那时候，外界的一切已丝毫干扰不了我。我老给朋友写一句话："静处观物动，闲里看人忙。"

我在东关小学的时间虽然很短，但对那儿的老师印象很好。尤其是几位女老师，总是力所能及地帮我做事，一般情况下，同年级若是制定计划之类，她们总是会帮我制定了，有些人甚至帮我批改作业或是阅卷。虽然事情不大，但这种情分，我至今一直记得。

于是，在某年的教师节上，我给学校的很多老师都写了诗，一人一首，情意绵绵。大家在办公室里大声朗读，惹得笑声响彻校园——那校园当然不大——好些女老师十分开心。直到今天，谈到这事，她们还会捧腹大笑。

我的创作自述

2000 年，我从东关小学直接调到兰州，成了专业作家，结束了长达十多年的教育生涯。按《小说评论》原主编李星先生的说法，这时，我完成了一个从小学教师到著名作家的"神话"。

对于他的说法，我也同意。因为，即使现在看来，对于当年的我来说，创作《大漠祭》们也真像是一个类似于创造神话的工程了。

1988 年动笔，2000 年《大漠祭》在上海出版，其间几易其稿，草字百万，拉拉杂杂写了十二年。其中甘苦，一言难尽，仅仅是记录一些点滴，就足以让我写成书了，可见一个人想要实现梦想有多难。但是，我的命运是真的因它而改变了。

《大漠祭》是我的成名作，为我赢得了众多的声誉，例如获得第三届冯牧文学奖。我还记得，获得第三届冯牧文学奖的获奖词是这样写的：

在文学将相当多的篇幅交给缠绵、温清、伤感、庸常与颓废等情趣时，雪漠那充满生命气息的文字，对于我们的阅读构成了一种强大的冲击力。西部风景的粗粝与苍茫，西部文化的源远流长，西部生活的原始与淳朴以及这一切所造成的特有的西部性格、西部情感和它们的表达方式，都意味着中国文学还有着广阔而丰富的资源有待开发。雪漠关注的不仅是西部人的生存方式，他还想通过对特殊的西部生活与境况的描绘，体会与揭示人类生存的基本状态。在当下文学叙述腔调日益趋于一致之时，雪漠语言风格和特色显得更为鲜明。短促有力、富有动感的句式，质朴而含意深厚的西部方言以及西部人简练而直率的言说方式，使我们获得一种新的审美感受。

然后，《大漠祭》又接连评上了上海长中篇小说优秀作品大奖等奖项，入围第六届茅盾文学奖和第五届国家图书奖，登上当年的中国小说学会中国小说排行榜，2001 年入选中国社会科学院编著的《中国文学年鉴》，2004 年江苏省委宣传部和甘肃省委宣传部联合改编成电视剧《大漠缘》，2009 年入选《中国新文学大系》第五辑（王蒙、王元化主编，上海文艺出版社出版），2013 年入选《陇原当代文学典藏》。北京大学的洪子诚老师主编《中国当代文学史》（北京大学出版社，2010 年 1 月版）时，也提到了它。而且，在《大漠祭》刚出版的那时，有数百家媒体对它进行了报道和评价，像《人民日报》《光明日报》《文汇报》和新华社、中央电视台等，还有专家及媒体称它是"真正意义上的西部小说和不可多得的艺术珍品"，在南京大学丁帆老师主编的《中国西部现代文学史》中，对它也有重点论述，它也就成了当代西部文学的标志性作品。

当然，每年都有那么多小说作品推出，《大漠祭》之所以一出来就能被人发现，跟著名评论家雷达老师的推荐有很大的关系。那时，雷达老师在《光明日报》上撰文说："《大漠祭》的题旨主要是写生存。写大西北农村的当代生存，这自有其广涵性，包含着物质的生存、精神的生存、自然的生存、文化的生存。所幸作者没把题旨搞得过纯、过狭。它没有中心大事件，也没有揪人的悬念，却能像胶一样粘住读者，究竟为什么？表面看来，是它那逼真的、灵动的、奇异的生活化描写达到了笔酣墨饱的境界，硬是靠人物和语言抓住了读者，但从深层次看，是它在原生态外貌下对于典型化的追求所致。换句话说，它得力于对中国农民精神品性的深刻发掘。"他的推荐，直接导致了我的作品没有被海量的信息所掩盖。

后来，我在报道中看到雷老师对此的解释，他说，他之所以那么大力地推荐我的小说，仅仅是不想让一本好小说被海量的信息淹没了。对于我的小说一开始就遇到了这样的伯乐，我很感恩命运。

虽然很多人对社会现状都觉得很失望，觉得很多领域都很黑暗，有大量的潜规则，但是《大漠祭》的出版，让我发现这个世上其实有很多好人。因为，我完全没有为我的小说活动过，却有那么人主动为我的作品写评论，这是我始料未及的。它让我发现，其实，很多人都愿意无功利地帮助一些他们认为好的、有价值的作品，而作家的责任，就是写出更多的好作品，来回报这些人对作家的期待和帮助。

《大漠祭》出版到今天，不过十多年的时间，但它已经不断再版，到2013年中央编译出版社集结《大漠祭》《猎原》《白虎关》出的新版"大漠三部曲"，已是第四个版本了，与2000年上海文化出版社出版的那个版本相比，这个版本应该说更加原汁原味一些，因为它把很多之前被删掉的内容都补上去了，从原先的三十六万多字，增补为四十七万多字。此外，敦煌文艺出版社在2009年时，还分别出了两个新的版本，一是平装版，一是精装版，内容跟之前上海文化出版社的一样。

如果说《大漠祭》用逼真鲜活的笔法写了西部农民的生存状态，那么《猎原》则超越了《大漠祭》，将立足点从西部上升为人类，写了人类共同面对的诸多问题。

写《猎原》之前，我跑遍整个凉州，多次前往草原和大漠，采访了上百位猎人和牧民，搜集了大量不为外人所知的创作素材。书中描写的生活和人物，都是其他作家很少涉猎的。

因为细节问题，《猎原》没有在上海文化出版社出版，而是交给了北京十月文艺出版社，该社的王洪先先生读后非常惊喜，他说，他多年来一直渴盼见到这样的作品，能真正地写出西部精神，没想到，快退休了，他才终于如愿。

令我非常感恩的是，他们非常珍惜《猎原》这部书稿，请了最好的设计单位进行装帧设计，选用最好的纸张，而且前后校对了五次以上。后来，那书首印三万册，竟销售一空了，在纯文学读物中，这是不多见的。

雷达老师对《猎原》也很推荐，他说："《猎原》是雪漠继《大漠祭》之后的又一力作，浑厚、大气、严酷、细腻，以生活的深刻性见长。"又说，"环保只是其外壳，实际上还是写西部农民的艰难存在。"雷达老师读懂了《猎原》。我写《老顺一家》——即后来的"大漠三部曲"——的初衷，除了定格西部土地上的农耕文明之外，最重要的，还是写那一代西部人的生活。

记得，在《长烟落日处》出版之后，我曾经跟上海文艺出版社的吴金海老师说过，我想为西部的农民父老写一部书，让世界看看他们，让世界知道，西部大地上有这样一群农民父老，他们很艰苦，但他们有自己的尊严。

直到今天，我的读者群中，仍然有很多人非常喜欢《猎原》，认为它是"写大西北地域文化不可多得的作品"。当时，著名评论家阎晶明、崔道怡、孟繁华、白烨、李星等老师，都对《猎原》给予了很高的评价。它还登上了《当代》杂志专家推荐排行榜，位居第一，还获得了中国作家大红鹰文学奖、首届甘肃黄河文学奖、第五届敦煌文艺奖等奖项，虽然它不如《大漠祭》出版时那么轰动，但也得到了广泛的认可。

2008年出版的《白虎关》，是我的第三部长篇小说，也是"大漠三部曲"的收官之作，由上海文艺出版社出版，四十七万字。

《白虎关》是中国作家协会重点扶持作品，被复旦大学的栾梅健老师誉为"中国西部文学的扛鼎之作"，2011年入围第八届茅盾文学奖，获得第三届黄河文学奖一等奖、第六届敦煌文艺奖等。我摘录的其中一些内容编成的《豺狗子》，获得了中国作家鄂尔多斯文学奖优秀作品奖。

在我的所有作品中，《白虎关》的影响并不算最大的，但它是我最满意的一部作品。之后我虽然又写出了很多我很满意的作品，但《白虎关》对我来说，意义仍然非常特殊。第一，写它的时候，我的文学渐趋成熟了，它是我第一部真正得心应手的作品，而且在那时节，我的文学技巧、文学追求、文学理念、文学修养都开始成熟了，人生历练也达到了一定的境界；第二，它不是对世界的表面化描摹，而是对人物灵魂的深入刻画，它不再局限于文学的层面，而直接进入了灵魂深处。有趣的是，不同的人看它，会看出不同的风景。著名评论家陈思和老师觉得《白虎关》是象征主义小说，《文艺报》副主编张陵老师觉得《白虎关》是浪漫主义小说，雷达老师却仍然认为《白虎关》是现实主义小说，是写西部农民生存的，但雷达老师补充说，《白虎关》是一部能让浮躁心灵沉静下来的作品。他在自己的博客中说，《白虎关》是当年最好的小说之一。对于雷达老师一直以来的认可和关注，我真的非常感恩。我希望，自己的成绩能对得起雷老师多年来的帮助。

在出版这三部小说的八年里，我真的改变命运了。但当我改变命运的时候，我却已经不在乎这个东西了。命运对我来说，变成了一个概念。我只是不断地做一些我愿意做的事情。我总有一种浓浓的感觉，于是我就会创作，而每写完一部书，搁笔之时，总有一股浓浓的沧桑扑面而来。我不知道自己是不是写出了眼前的一切，面对这个世界，我总是难以表达。

最初发愿写《大漠祭》时，我只想为父老乡亲们写一部书，定格他们的生活，定格那个即将消失的时代，定格即将消失的农业文明，《大漠祭》《猎原》更侧重于这方面的使命，而创作《白虎关》时，我有了更大的野心：我不但想定格时代、定格文明，我也想重现灵魂。在这一点上，我做到了。

而此时，我已四十六岁了，最初落笔时那二十五岁、风华正茂、只发表过一部中篇小说《长烟落日处》的文学青年，已须发斑白了，在世俗人眼中，我已是"著名作家"。这二十年来，我经历了风风雨雨，经历了无数的灵魂叩问，既完成了最初在文学上的梦想，也收获了一个更好的自己。就像我在《白虎关》的后记中写的："这二十年，从表面看来，我只写了一家农民。其实，它更是我最重要的一段人生历程，我完成了从文学青年到优秀作家——我自己这样认为——的升华。不管我写的有没有价值，但至少做到了一点：我奉献了黄金生命段里的全部真诚。"所以，对过去，我是无悔的。

2010年，我出版了一部有着转折意义的长篇小说——《西夏咒》。这部书跟我过去的写作完全不同，它完全进入了灵魂写作，令很多评论家大感意外。

很多人不能理解这部书想要表达的那个灵魂世界，但也有很多人因为这部书，认为我的作品已经能够进入世界视野了。北京大学的陈晓明老师甚至因为这部书，认为我是"被严重低估的作家"，而孟繁华老师也因为这部书，认为我已经具备了大作家的素质。因为，他们能看到小说中那种激情喷涌的状态，也能敏锐地捕捉到那种状态的独特，陈晓明老师誉之为"附体的写作"。这部书也再一次获得了敦煌文艺奖和黄河文学奖。

如果说"大漠三部曲"是我投入生命的创作，那么"灵魂三部曲"就是我融入灵魂的创作。包括2011年出版的《西夏的苍狼》。

在我的所有作品中，《西夏的苍狼》是文坛关注最少的一部，这里面有创作本身的原因——虽然这部书也是我很喜欢的作品，同样投入了我的灵魂和生命，但是相对于我其他的作品来说，这部作品花在艺术打磨方面的时间要少一些，没有其他作品那么精致。不过，在"灵魂三部曲"中，它是最容易读的一部，也是很多大学生最喜欢的一部。

"灵魂三部曲"的收官之作《无死的金刚心》，更超出了人们对小说的理解，在文坛中，我听不到多少评价这部书的声音。但是，这部书对需要它的那部分读者来说，却非常重要，它为我赢得了大量的新读者。

"灵魂三部曲"是写给那些有灵魂追求的人的。它们都在定格一个独特的精神世界，而那个世界同时又是非常广博的。因为，每个人都有灵魂的痛楚，每个人都有灵魂的追问，每个人的心中，其实都有一部《无死的金刚心》——我的意思是，每个人都有属于他们的寻觅之旅。但并不是每一段旅程都能找到"无死的金刚心"，所以，并不是每个人都能读懂《无死的金刚心》。

不过，在"灵魂三部曲"中，我不断在挑战自己，不断在挑战新的领域、新的形式，最终，读者从"灵魂三部曲"中，就能看到一个全新的雪漠。不管读者们喜不喜欢，我都实现了生命的一次又一次超越。它们不是时下评论家眼中那种中规中矩的小说，只是我想说话时，从心中喷出的另一个生命体，它们有着自己的灵魂，不是我能够控制的。

类似的，还有中央编译出版社出版的《实修心髓》《实修顿入》《参透生死》《当代妙用》《文学朝圣》《智慧人生》和海南出版社出版的《世界是心的倒影》《让心属于自己》。前者是文化著作，后者则是心灵随笔。在我的所有著作中，这类著作给我带来的读者是最多的，这令我感到意外。

不过，比起诸多的文化著作，我花的心血最多的，还是小说。它们真正渗透了我的生命智慧、人生体悟，不读小说，不可能进入雪漠的灵魂世界，也不可能了解雪漠真正的创作。

我曾说过，托尔斯泰哪怕一篇短短的小文章，也有他独有的气息，我其实也是这样。这种气息的源头，便是我的智慧和体悟，也是我承载的文化。它们扭结成深深的"雪漠烙印"，打在我的小说中。包括我早年的短篇作品《新疆爷》。那部作品很短，寥寥数千字，却感动了国内外的许多读者。很多年前，法国汉学家就将它翻译成法文，作为法国人学习中文的教材；而在2012年，英国《卫报》也对它全文翻译刊载，还称之为"当代中国最优秀的五部短篇小说之一"。

至今，我最新的作品是长篇小说《野狐岭》，这部作品既有"大漠三部曲"的接地气，又有"灵魂三部曲"的寻觅。它在2014年由人民文学出版社出版，可以说，它是《大漠祭》之后，我在文学界影响最大的一部作品。

《野狐岭》跟《白虎关》一样，也是中国作协重点扶持作品，也跟"大漠三部曲"一样，定格了一些鲜为人知的文化和存在。例如骆驼客文化，例如东莞木鱼歌，例如凉州贤孝。在这部书中，我写了凉州贤孝和东莞木鱼歌，还直接写出了这两种文化的精髓。当然，这部书就跟我所有的作品一样，就像吊在半空中的一颗水晶，你无论从哪个侧面看，都能看到不同的风景。

看了此书的书稿，雷达老师写道：

雪漠回来了！如果说，雪漠的重心一度向宗教文化偏移，离原来意义上的文学有些远了，那么从这本《野狐岭》走出来了一个崭新的雪漠。不是一般的重归大漠，重归西部，而是从形式到灵魂都有内在超越的回归。人们将惊异地发现，雪漠忽然变成讲故事的高手，他把侦破、悬疑、推理的元素植入文本，他让活人与鬼魂穿插其间，他把两个驼队的神秘失踪讲得云谲波诡，风生水起。人们会明显地感到，雪漠变得较前更加丰沛了，不再只是讲苦难与超度的故事，而将阴阳两界、南北两界、正邪两界纳入视野，把诸多地域文化元素和历史传说糅为一体，把凉州贤孝与岭南木鱼歌并置一起，话语风格上亦庄亦谐，有张有弛，遂使文本有一种张力。人们还会发现，其实雪漠并未走远，他一刻也没有放弃他一贯对存在、对生死、对灵魂的追问，没有放弃对生命价值和意义的深刻思考，只是，人生的哲理和宗教的智慧都融化在形象中了，它超越了写实，走向了寓言化和象征化。我要说，人人心中都有一座野狐岭。

北京大学的陈晓明老师也说：

雪漠的叙述越来越成熟大气了。《野狐岭》中，多种时间和空间的交汇，让雪漠的小说艺术很有穿透力。他进入历史的方式与众不同，他敢于接近那些神秘幽深的生命事相，他不只是讲述传奇式的故事，而是给你奇异的生命体验。

在随后举办的上海作协研讨会、中国作协研讨会、西北师范大学文学院研讨会上，诸多的专家学者也对《野狐岭》做出了很高的评价。专家们普遍认为，《野狐岭》是我对"大漠三部曲"和"灵魂三部曲"的超越。

对于这个观点，我也认可。在《野狐岭》中，我第一次考虑了市场，我希望写出一本好看的小说，而不仅仅追求形式和艺术上的创新。这种尝试显然是成功的，一上市，它就引发了热销和热议，被誉为"挑战阅读智力的好看小说"，也多次登上当当网新书排行榜和热卖榜，被评为当当网"五星图书"和《光明日报》光明书榜（10月）上榜好书，并登上百道网2014中国好书榜年榜（小说类），还受到《文艺报》《中国艺术报》《文学报》和新浪网、搜狐网、网易、凤凰网、人民网、光明网、新华网、中国台湾网等近百家媒体的广泛关注。

我正在走向更大的世界。我的创作，将来也许会超越文学的局限。我希望我的创作，永远不会被形式、平台、身份、文化、民族等局限。诸多的概念和局限，也是我要打碎的东西，它们只会成为我创作的营养，而不会成为我的枷锁。我希望我的创作，能在普世性之外保持一种独特性。无论我飞向哪一片天空，西部大地始终是我心灵的厚土，它在不断为我的创作输送营养。我生命的大树，也许会成长得越来越茁壮。

一切，才刚刚开始。

外地的东客

在这次婚礼上，还来了许多外地东客。

上海复旦大学的贾立军教授来了。上回在樟木头时，他叫亦新结婚时一定要请他，他一定要参加亦新的婚礼。虽然那婚礼只是一时之事，但那回忆却可以保留一生。因为《大漠祭》的出版，我跟上海结下了不解之缘。跟我打交道的很多上海人，或是在上海工作的人，都给我留下了很好的印象——无论是工作方面，还是交往方面。在我看来，他们的身上，承载了上海那种海派文化的优秀基因。

还有一些外地东客，陶庆霞、陈思、古之草们提前两天就到了凉州，她们是文化志愿者，一直在默默地做一些文化传播之类的事。

陈彦瑾正在北京校对我的新作《参透生死》，她也是《野狐岭》的责任编辑，她和中央编译出版社的董巍先生一起，为《实修心髓》《实修顿入》等图书的出版付出了心血，她托人带来了贺礼。雷贻婷守在岭南，一边照顾心印，一边处理禅坛事务，她托人带来了自己的礼金。雷贻婷从大学毕业后，学习视频，到了岭南当志愿者。后来，她的父亲雷清宇和母亲马玲仙也一同到了岭南，他们一家是著名的志愿者之家。除了工作之外，雷贻婷每天还要给心印按摩，几个月过去，她也累病了。一些河南朋友也托马玲仙带来了贺礼。此外，还有十多个省市的朋友来参加这次婚礼，好些外地朋友也托人寄了礼，像安凤影、陈斯妮、陈尚琪、王韩梅、魏自宽、庄英豪、杨月玲等。

婚礼的前两天，心印法师给亦新打来电话，问他要账号，想赞助五千元，让他们两人婚后去香格里拉旅游，作为给他们的新婚礼物。

我对陈亦新很严格，很少给他零花钱。我一直强调他自己养活自己，所以，陈亦新休学之后，开始用自己的方式挣钱，一是教学生作文，二是帮我整理录音书稿，这两项，花去了他很多的时间，他的小说进度就慢了许多。

心印卖了她的房子之后，就提出要将她的三十多万作为陈亦新的创作赞助费，叫他不必在日后打工，能潜心写作。我拒绝了。后来，她又买了一架高级相机，想作为他们两人的订婚礼物，我也没有同意。

陈亦新结婚时，心印就提出要赞助他们去旅游。我说，您的心意我领了，还是我赞助吧。拒绝了几次，她却一直坚持，给陈亦新打了款。我知道，她是用一种理由给他送红包。

这次，心印给我发来一条短信：本来，我还想去西藏、内蒙古和敦煌，但后来发现，那些愿望像肥皂泡一样破灭了。人总是在啥地方都去不了的时候，才会想到生命中还有些不去就会感到遗憾的地方。

同样，人总是在啥事都做不了的时候，才会想到生命中还有些不做就会遗憾的事。但是就像心印说的，那些愿望都像肥皂泡一样破灭了。心印圆寂前一直想完成自己的小传，就是想叫自己一生的故事，给很多像过去的她那样的人带去一点启迪和警示。后来，这一点心愿，她也没精力实现了。有时候，命运是非常吝啬的。当我们随便挥霍生命时，并不知道它的珍贵，当你知道它的珍贵时，有时可能来不及珍惜了。

陈亦新结婚时，心印已跟病魔搏斗了三年，远远超过了医生断言的三至六个月的寿命，其间，她还主编了三期《香巴文化》杂志，重读了我的所有作品，精选了十多万字能对人心有滋养的精语，编成了《世界是调心的道具》《特别清凉》等，后来都出版了。

心印原名杨菲菲，出家前是一家著名时尚杂志的主编，曾被《中国图书商报》评为全国十大主编。她是在人生最成熟的时候患了绝症的。她刚刚懂得了最该做啥时，却没了健康。有人甚至追问，要是心印现在仍然健康的话，她还会像那样珍惜生命吗？她还能舍弃那份体面而高薪的工作吗？她还会出家吗？她还会做那些能贡献社会的事吗？

这个问题不好回答。有人说，她要是恢复了健康，当然能肯定地回答上面的提问。要是她一直不曾得病，就不好说了。

从这个意义上来说，人有时的疾病，其实也是一次升华的契机。关键在于选择，人在任何时候，都可以做出选择，那选择，便是命运。

心印在重病中，仍在关心别人，这令很多人感动不已。有趣的是，就是一场小小的婚礼，也能看出人间百态。

当有人知道陈亦新要结婚的时候，问我，雪漠老师，您还在乎那个婚礼吗？还在乎世俗中的那些形式吗？我说，我不在乎那些，但是陈亦新在乎，王静在乎，我妈在乎，王静的父母在乎，很多很多的人在乎，所以，看似是两个人的婚礼，其实包含了很多人的愿望。那么，我就随顺大家，尊重大家，尊重这样的世俗仪式。

一些外地朋友一来到凉州，就马上帮着陈亦新布置新房。他们从市场买来很多粉色气球，还有一些拉花之类的，一起将新房和客厅装饰得非常喜庆，很有味道。

我还破例允许他们进入楼上的佛堂——我曾在这儿闭关，写出了《无死的金刚心》等书——将里面也收拾得焕然一新，书房也被整理得井井有条，楼上楼下各个房间也打扫了一遍。

在清理的过程中，我教了他们动中禅，表面看来是在做些杂事，但这也是修心的最好方式，将日常生活中的行为都看作事部瑜伽，专注于眼前所做的事，在做事的同时去摄心，去调心。这一点，我在小说《无死的金刚心》里专门写到，琼波浪觉在神庙里的经历就是如此。

所以，真正的修心不离日常生活。好多人，执着于座上修，但一回到生活中，该烦恼还是烦恼，该发怒还是发怒，管不住自己的心。那心，并没有因为座上像模像样的修而有丝毫的改变，那种修炼，只能是作秀。所有的修炼，要是改变不了心灵，是没有意义的。

随后，又陆续来了一些外地东客。来的人中，有很多专业人才，罗倩曼和苏连居负责照相，李麒麟负责设计新房，李雪花和黄美燕一起为房间美容。

我不知道父辈们结婚的时候是如何浪漫的，也许他们的心中根本就没有浪漫一说，婚礼一过，马上就要面对残酷的生活，即使想浪漫，也不会浪漫多久的，接踵而至的生存压力会压碎那浪漫。过不了多久，那所谓的浪漫，便被生活剪刀剪得无影无踪了。

当初，我结婚时，虽然生活也很清贫，但是相爱的两人会忽略其他的，唯一的念想就是厮守终生、生死相依，那么，再大的苦，再大的磨难，也是值得的。虽然那时，我仅仅是个小学老师，给予不了妻太多的物质享受，却给了妻一个梦想。她选择了我，也选择了那个梦想。二十多年来，我们就靠这个梦想走到了今天。

尾声

西部的婚礼

东客分工

按凉州的规矩，在正式娶亲的前夜，大东要安排工作，进行分工。关于那分工，当时形成了文字，虽然略显琐碎，但从保留资料的角度来看，它还是很有意义的，现录于下：

1. 8月24日晚压床：陈亦新、魏顺强
2. 8月25日车队负责人：孙悟祖、陈建新
3. 娶亲人：张万儒、鲁小云
4. 水火进门负责人：李麒麟（水）、贾立军、马江民（火），加真、张健（炮）
5. 新郎新娘进婚礼现场：全由水火负责人安排
6. 迎亲：盛玉（负责）、陈开青、齐作锋、陶庆霞、陈学海、张万儒
7. 记礼：畅国喜、陈思、周志红、鲁成良
8. 烟酒总管：鲁成昌、袁妍、李雪花、罗倩曼
9. 摄像：陈建新

10. 照相：苏连居、罗倩曼

11. 婚礼仪程：（1）司仪：张先生（2）嘉宾代表讲话：广东电视台主持人傅慧杰（3）证婚人：蒲龙（原武威市教委主任）（4）双方父亲代表陈开红讲话（5）张万儒、鲁小云负责陪送新郎新娘

12. 运送货物的车：陈开青、孙良俊

13. 准备敬酒的盘子：三副酒具、小方盘三个、红布三块放在盘底，由鲁成昌负责

14. 红包三个：送车队司机、送亲人、压轿人，由孙悟祖负责

15. 守新房：魏顺强的媳妇杨春梅、鲁邦

以上分工，要在婚礼前一天下午，由大东常发院长安排公布，次日的所有活动，就以此为准。

每场婚礼，很像是一场战役，需要调兵遣将。次日婚礼的成功与否，全在于大东此时的安排，要是安排不周到，婚礼就会一团糟了。所以，有个思维缜密的大东，不用我自己去操办很多细节上的事情，真是我的幸运。

凉州人眼里，婚礼上除了要叫东客西客吃好喝好之外，还要不发生一些争吵、打架之类的事。这一切，都需要大东在事先就要考虑到。有时候，甚至在请东客的时候，一些可能闹事的人，就要被事先排除了，不能请，所以请客也有很大的讲究。这次的西客讲究更多，一些单身的客人诸如光棍、寡妇，他们都没有叫到婚礼现场来。东家就专门派人送去了一桌酒席，以示尊重。

红包

婚礼那天，是 2012 年 8 月 25 日。这日子，是我选的，既是黄道吉日，又是礼拜天。

在我原来的安排中，婚礼分为两个阶段：第一阶段，是凉州的传统婚礼。所以，一家人从遥远的广东赶回了凉州，按照当地的风俗筹办婚礼；第二阶段，是敦煌的朝圣之旅。前一阶段中，参加婚礼的多是本地东客；第二

阶段，多是外地东客，都是些来自全国各地的学生和弟子。两种东客，各代表了不同的群体。正是因为有了第二阶段，这次婚礼，就有了一种别样的色彩。以前，我就想让儿子去旅行结婚，这一次，传统婚礼和旅行结婚都有了。

婚礼是孕育新一代人的第一步。人类总是将最美好的希望寄托于新人，于是，那梦想便延续了下来。那延续，不仅仅是种族的延续、生命的延续，更应该是一种文化的延续、精神的延续。所以，亦新的婚礼流程基本都是按照凉州的传统习俗进行的。

有时候，仪式也很重要，没有仪式便没有那精神。在世俗生活中，很多人是很注重那仪式的，仪式的隆重与否，代表着承办方的重视程度。

因是儿子的大事，我很早就起来了，写作两小时后——我已经开始写《一个人的西部》——人们陆续到了。

张万儒是我请的到西客家的请客人，一进门，他就给了亦新五百元的红包。凉州人本来没这规矩的。凉州的规矩是，我们要给请客的人红包，一般是一个红包一百元。万儒一给红包，亦新很开心，这是他婚礼这天收到的第一个红包。

不一会儿，我的岳母徐存英到了。一进门，她也偷偷塞给亦新一个一千元的红包，并一再叮嘱他不要告诉任何人。这是她攒下的一点钱，她也许是怕别人攀比，或是怕别的。岳母子女多，孙子外孙们也是一大群，在子女面前，她要一碗水端平，否则就会有诸多的误解和分别，家庭就会不和睦。这一点，我能理解老人的心。但陈亦新很快就告诉了我。他说，她不叫告诉人，我却不能隐瞒人家的善行。

这两个红包，让亦新这天的婚礼有了一个好的缘起。按凉州的规矩，这种私下的红包是不上礼簿的，上礼簿的贺礼一般讲究随众。比如，按凉州时下的规矩，同学和朋友的礼，一般是两百元。要是在一群人中，你突然比别人多出很多的话，就会"显"住别人。那些跟你一般身份的人，会很难堪的。在世俗中，因为人都有分别心，都有自尊心，所以在很多场合下，就会展现出人心的境界来。往往是，因为有了分别心，便有了贫富、贵贱、远近、亲疏等诸多的差别，人们往往会按照自己心中的这些差别，来揣测你的心，那么，就会在日后的交往中引起诸多的误解和矛盾，就会形成一个看似很简单，但极其复杂的关系网。每个人都是这网络上的一个点，只要动一动，就会引起诸多的连锁反应。

当然，信仰者的群体中有另外的一种价值观，他们虽然也会受到人性的纠缠，但是他们更重视另一个东西，那就是人格。所以他们在观照自己，发现了这些毛病的时候，往往会对治自己的心，而不是分别地对待别人。

不过，对待世俗的人际关系，还是有对待世俗的一套智慧，像很多关系很好的人，在礼簿之外，就会再给办喜事的孩子一个红包。这红包一般在婚礼那天给，据说，这会为新郎新娘日后的生活招来好的财运。

凉州人在婚礼上有许多讲究。比如，订婚那天，王静家就不叫单身的人露面。这单身，包括死了配偶者，也包括光棍未娶者，或是大龄的剩女。陈亦新订婚那天，王静的奶奶就没叫上门，还有她年近四旬却没有结婚的叔叔。我见过那人，戴个眼镜，有几分文气，也没啥娶不上亲的理由，人很精干，又是大学生，还是老师，但怪的是，就是没结婚。在凉州，年过三十不结婚，是很没面子的事。听到王家的这个规矩，我心里很难受，一为那个刚刚失去老伴的老人；二为这个年近四旬却没有婚娶的叔叔。我想，这种忌讳，定然会在他们受伤的心口上撒了盐。我不知道，凉州的这些不成文的规矩好坏与否，但我也理解王家，他们不希望他们的女儿女婿再成了单身。

凉州人，是很重缘起和兆头的。所以，这两个红包，让陈亦新很是开心。后来每每提及，总是慨叹。

也有些人，在婚礼之前，就将红包给了陈亦新，像北京的曹萍。曹萍是北京的书刊"销售大王"，送过我好几台电脑。我最喜欢的一套《巴尔扎克小说全集》，也是她送我的。在跟我的交往中，她总是热情大方但没有功利。我和陈亦新常常会提到她。

曹萍和青岛的张笑颜一样，是我每次想到，都会让我感到温暖的那类人。

娶亲

八点多时，我方娶亲的队伍出发了。

随车同行的，有两个人，一个是请客人，由张万儒担任；一个是娶亲人，由陈亦新的姑妈担任。按规矩，这两个人必须有儿子。在凉州，能生下儿子，是一种吉祥的元素。婚礼头一天晚上压床的人，也必须有儿子。于是，连续生下了两个儿子的魏顺强就成了上等人选。他的妻子杨春梅，也成了我们参与婚礼时，留守在屋里的人。按凉州的规矩，留守新房的，必须有儿子。你瞧，在凉州，儿子多么地重要！所以，很多读者这时就能明白《大漠祭》里，那一直没儿子的白福为什么宁愿把自己的女儿引弟骗到沙漠里活活冻死，也要生儿子。在凉州的农村，因为诸多风俗习惯的影响，这种重男轻女的观念还是很顽固的。

按目前凉州的规矩，给儿子娶妻，其实是很亏本的。时下的凉州乡下，娶个媳妇，没个二十几万下不来。这个数字，即使放在大城市也很扎眼，因为一般的老百姓，家里定然没这么多的积蓄，生活本来就是一种沉重的负担了，何况好多人还想存钱买房子。城里的男青年，就有好多人因为没有房子，或是没有稳定收入，一直娶不上老婆。当然，有时也不是女方在意，而是男人自己的心里过不去，社会和家庭，给了男人很大的压力。对于西部农民来说，那彩礼，就更是天文数字了。要知道，一家农民的全部家当，其实也值不了几万。某家农民的儿子谈了个对象，两人感情很好，但哪知女方家里一开口，就要了十八万的彩礼，两人只好分手了。可以看出，在凉州一些地方，婚姻其实也是另一种变相的交易。

我在散文《凉州与凉州人》里，就专门写到了凉州的买卖婚姻。以前是这样，现在更严重了，因为随着物价的上涨，彩礼的金额也愈加多了。正如那民歌里唱的，"没钱娶婆姨，只有走西口了"。对于一般农民来说，给儿子娶个妻，家里必然会负债累累。但怪的是，谁都希望生下儿子，还将能生下儿子的人，当成了一种吉祥元素。事实上，等媳妇一过门，立马就会分家，于是，那一大堆的债务，最终还是由自己女儿来承担的。从这一点上，就可以看出凉州女人的命运。怪的是，每一个凉州女人在年轻时，都遭遇过这种命运，都忍受过这种心酸，但是她们对待下一代时，仍然是这样，没有太大的改观。都说，嫁出去的闺女泼出去的水，死活都是婆家的人了。不管遇到什么，娘家都是不干涉的。所以，凉州女人一旦嫁出去，便嫁鸡随鸡、嫁狗随狗，一辈子就认命了。我在《凉州女人》一文中曾经写道，明白了这点，你便明白凉州女子为啥那样世故地从娘家往自己窝里扒财。

关系一经异化，里外随之更换，拿来主义永远盛行。她们无法理解电视上的女儿往娘家转移钱财的勾当。她们只明白父母嘿嘿笑后的那句话："姑娘天生是外家狗。"

有时，为了给儿子娶媳妇，好多人也有受骗的。鲁新云有个表妹，也跟我同村。年轻时，她也是个美人，嫁给了我们村。她的儿子娶亲时，花了十多万，但婚后不久，儿媳闹离婚，离开了家。他们家只好打官司，法院最后判给了女方几万元，但女方家里不服，又上诉了。在凉州，娶个媳妇往往会让一家人负债累累，要是媳妇再闹离婚，就是家庭的巨大灾难了，按当地人的说法，这是人财两空。一些地方，也有一些女子，专门骗婚，先讨要巨额彩礼，再以合法的手续离婚，就可以多"卖"几次。在旧社会，管这种人叫"放飞鸽"的，谁遇上都是倒霉事。有时候，那女子出逃时，还会顺手牵羊地拿走些贵重物件。你说，这还叫婚姻吗？这样的龌龊事，一般背后都有爹妈的参与和指使，女儿便是父母手中的另一种工具。最后，不管是骗人的，还是被骗的，两家都没有好的下场，那苦果，最终自己来承受。

在我的小说"大漠三部曲"里，兰兰和莹儿是姑嫂，都是两家换亲的牺牲品，通过她俩的婚姻命运，完全可以看出凉州女人的那种宿命，里面可以探讨的话题很多。

不过，凉州人都认为儿子难得。凉州人认为人有两难得：胡子难得，儿子难得。老天要是不给你胡子，或是不给你儿子，你都是没办法的事。所以，在凉州的婚礼上，能生下儿子的人，是很受欢迎的。连新房里的压床和看新房，都需要有儿子的人，明白了这一点的人，就明白了《长烟落日处》中为啥有那么多一生下来就"得病"死去的女娃。只是，在我的心中，却更喜欢女娃。一年后，每次见到孙女陈清如，就会有巨大的柔软扑进我的心，像见到了天使。这种感受，以前不曾有过，这定然是命运给我的一次大礼吧。

跟请客人、娶亲人一同出发的，还有八辆车，这也是时下流行的一些习俗。这种娶亲的车队，也随着时代的变化而变化。

记得以前，乡下娶亲时用皮车，这皮车，其实是木头做的，并没有多少皮，一副车架、两个胶轮，只有牲口拉车用的套绳是皮做的。那时，爹是生产队里的车户，鞭子一扬，很是威风。娶亲时，西客们就上了皮车，一路欢笑，一路灰尘，姑娘就到了婆家。后来我娶亲时，变成了东风大卡车，只有新娘和娶亲人坐在驾驶室里，别的西客只能坐在后面敞露的车斗里。在乡下土路上，行不了多久，西客的漂亮衣服就沾满了飞扬的土。到了儿子婚礼，凉州又流行小车了，而且一般是六辆或八辆。朋友有车的，可以来帮忙。按规矩要给朋友一个红包，内装一百元，挂个大红被面，再免费吃一次席。朋友没车的，也可以到婚庆公司去租，一般车二百二十元，头车必须是好车，租金三五百元。

这次陈亦新结婚，是由常发、张万雄张罗的朋友的车。头车是常发找的，很豪华，是奥迪Q5，陈亦新专门找了一家公司装扮头车。为了节省费用，别的车就由魏顺强跟陶子们打扮了。这打扮，也很简单，挂个大红绸被面，车窗上贴两个双喜，再弄些其他的喜庆元素，粉色气球、鲜花之类的，就可以了。这些东西，是去市场买的，只这一项，就省了上百元。

新车出发后，家里顿时清静了很多，两个大东就和我喝起茶来。黄美燕的老家在福建，她懂茶艺，弄起茶来平心静气，赏心悦目。我们喝的是保存了多年的普洱，汤色很好，口感也极佳，喝一口，通体都滋润了。这时节，我们暂时没事了，按约定，新车子大约在十点半到达，我们有两个小时可以喝茶聊天。那时节，我看张万雄的心情还很好，那好，是真的好，定然不是装的，你绝对想不到，几个月后他会从法院的楼上跳下去自杀身亡，可见世事无常。

我家离新娘家并不远，直线距离不过两公里，但凉州娶亲时有个规矩，不能走回头路。所以，等新车的这段时间，我们用来品茶。茶是姚贵生供的普洱，这茶真是好，有琥珀一样的汤色，有温润的口感，有甘美的回味。显然，姚贵生将他收藏中的最爱给我了。以前，我曾在《实修心髓》一书的后记中谈到过贵生的茶。除姚贵生外，钱宏彬、孙良俊、苏晓霞等人也常常给我寄好茶，那茶中的清凉也融入了我的笔意。

我们边品茶，边叙旧，约一个多小时后，忽听鞭炮响了，新车到了。鲁新云和我上了阁楼。按凉州的说法，新娘进门时，是不能和公婆照面的，不然将来她会跟公婆顶嘴。顶嘴是犟嘴的意思。这种说法流传很广。

我和妻上了阁楼，在佛堂，上了香。

这时节，负责安排水火的人开始进门了。这次的水，由复旦大学的贾立军教授来提。他在国外一家有名的大学读完博士之后，由复旦大学作为重要人才引进。火是由新疆的李麒麟来提，几年前，为了能见到外出的我，他专程在凉州租了楼房，花了几个月的时间来等我。他在新疆搞过婚庆，这次到凉州来，亦新的新房就是由他负责的。他带着一班人忙活了一两天，把整个书窟弄得喜气洋洋了。

那炮声响了许久，有几个人专门负责放炮。

新郎将新娘抱上了楼，进了洞房。我跟妻能下楼了，见地上满是踩破的气球。那噼噼啪啪声，其中就有踩气球营造的声音。新郎和新娘是踩着气球进屋的，这种习俗代表着吉祥，那色彩，那声响，都有种喜庆之味。

婚礼现场

我跟妻坐了弟弟的车，去了婚礼现场。

这所在，是凉州最大的一家酒店，中间，有个很大的厅子，布置得非常富丽，是专门承办大型婚宴的场地，各种设施一应俱全。整个大厅分为东西客两大部分，中间是长长的铺着红地毯的甬道，直达正中央的婚礼主席台。这厅子本来就很豪华，昨夜里，陶子又带了慧杰、雪花、陈思们布置装扮了一番，所以，越显出一种别样的浪漫来。

我到达现场时，已经有许多朋友到了。我先看到了纪天材、彭生、李田夫等人，他们是老夫子。我在请柬上说十点半到，他们定然会在十点半到。本来，我想请他们早一点来，我想跟他们聊聊天，哪知道事儿太多，我想聊，也没法聊了。

婚礼上的李田夫显得老了，也正是从他的脸上，我发现了自己的衰老。一算，他上了七十，我也五十岁了。距他率领记者第一次报道我的那时，已过去二十五年了。

按大东的安排，婚礼将在十一点五十分开始，这段时间里，我跟先到场的一些朋友打起了招呼。

婚礼

炮声响了，意味着婚礼就要开始了。

放炮的，是来自各地的我的学生。北京的老魏头发花白了，她举了花炮，像个小孩子那样守在红地毯两边，让很多东客很感动。张万儒感动不已，当即赋诗曰：

跪在地板洗垢尘，
修举花炮迎佛神。
白发老人最率真，
一举一动菩萨行。

随着炮声，新郎新娘手挽着手进来了。随着《婚礼进行曲》，他们走在红地毯上，礼花飞舞，整个场面，很是热闹。

司仪是当地人，熟悉当地的婚礼习俗。

婚礼上，我特意请了原教委主任蒲龙当陈亦新和王静的证婚人，他做了一个简短而质朴的发言。

蒲龙是我命运中的第一位贵人，他给了我很大的帮助，至今，我仍然感恩不尽。所以，这次陈亦新的婚礼，我特别邀请他作为证婚人。恍惚间，二十年过去了，我已近五十知天命，而当时的老领导，现在也近古稀之年，他身体不太好，还有重病。我一直关注着他的身体状况，时时问候他。

亲家们上台时，我扶着母亲上了台，亲家王练忠和杨秀香跟在后面。

母亲苦了一辈子。她的苦除了生活的艰辛之外，还因为她放不下很多东西。我的弟妹多，每个弟妹，都成了妈放不下的理由。许多时候，生活总是像翘羊头，这头按下了，那头又起来了。一件事还没完全了结，下一件事又有了，所以，母亲总是不能心闲。母亲要强，七十多岁了，仍能种几亩地。我托了舅舅多次去说服她，有时冬天说服了，可一到春天，她便又种地了。相较于同村和外面的那么多生病的老人，母亲说她的苦，其实也是福。这倒是的。所以，后来每逢遇到我的学生唠叨自己的父母怎样怎样不好的时候，我就说，父母能养活我们，已经很不容易了，要懂得感恩！

按惯例，儿子儿媳举了酒杯敬酒时，我们得给他们红包。母亲没有准备红包，我赶紧装了两个，塞给她。她很高兴，说，连孙子都结婚了，能不叫我老吗？过上一年，重孙子也就有了。能四世同堂是许多老人的梦想。

我代表亲家们发了言——

首先，对于今天能够参加我的儿子陈亦新和王静的婚礼的各界前辈、老师、同仁表示感谢！

因为大家知道，我在二十五岁之后，就因为写作与世隔绝了，足足占去了二十多年，所以，今天来了这么多朋友，我很高兴。其中有很多朋友，都是我三十年以来第一次见面。但是，大家还是来参加了我儿子的结婚庆典，对此，我表示衷心的感谢！

今天是我生活在凉州以来最温暖、最快乐的一天！谢谢大家！

整个婚宴大厅，都坐满了，面对如此多的亲朋好友，这是我二十多年来在凉州的第一次公开亮相。很多人常闻其名，罕见其人，包括很多的亲戚等，我一发言，全场静了下来，很多人听了，都感叹不已。后来，我才知道，当我说出那几段话时，了解我生命历程的一些学生，都流了泪。有人老是说我殉了信仰和文学，其实不是，我是在享受它们。它们带给了我真正的快乐。

来的东客中，很多人，将近三十年了，也是第一次见到我。当年意气风发的青年，如今也都步入老年了。由于我经常与世隔绝在闭关，很多人见不到我，也找不到我，所以很少见面，甚至曾经有段时间，在凉州传言"雪漠死了"。一朋友说，在婚礼上，能亲眼见到我这个活人，有点像做梦一般。我也像做梦一般，记忆里的一些人还很年轻的，现在一见，脸上已爬上皱纹了，头发也花白了，从他们的脸上，我也看到了自己。我们都经过了漫长的岁月，我也早已不是当年的我。

我过去的那些灵魂历练，也像在梦里。往事不堪回首，一切都在不停地变化着，生命也在飞快地流逝。人世茫茫，竟然如斯。在过去的岁月里，曾有段很长的时间，我甚至是见不到陈亦新的，那时候他还很小，由妻一个人带着，如今他也成年了，结婚了，这一切，让我感觉如坠梦中，仿佛仅仅停留了几日，红尘诸事便发生了如此大的变化。

在我邀请的几位东客中，本来还有两人，他们已经准备好参加婚礼，但就在几日前，因为意外的车祸，永远不能到场了。这让我感到非常的心痛。于是，我告诉自己，要善待周围所有的人，说不准，在你稍微疏忽的一刹那，很多人的生命就没了，那些熟悉的音容笑貌便永远看不见，也听不到了。

生命就是这样善逝，一定要好好地珍惜当下拥有的一切，包括你的亲人，包括你的朋友，包括你的爱人，包括你的同事，包括你的子女，等等。有时，当你连说句对不起的机会都再也没有了时，你的灵魂会很疼痛的。

婚礼结束之后，客人就开始吃席。吃不了几嘴，大东就安排我跟鲁新云去敬酒，我向那些能参加我儿子婚事的东客们一一表示谢意。寻常的婚礼上，东家们还会欺负公公，给他墁个黑脸，戴个驴围脖之类，因为这次来了我的很多学生，东家们就省了这节目。

敬完酒，大家吃完席之后就可以回家了。

下午，婚宴结束之后，张万儒、张万雄等几位多年好友相聚在家中，聊得不亦乐乎，彼此都很高兴。

我也难得这样的开心，酒也喝了几杯，还是凉州本地酒。凉州人喝酒，一般不上酒肴，不像东部那样，招待客人的时候，总是摆上满桌子的酒菜。婚礼之后，万雄和几位东客，又回到我家的客厅里，聊着聊着，就划开了拳，那阵势，那韵味，仿佛又从《大漠祭》里孟八爷的吆三喝五声中荡漾开来，满屋子的酒香，满屋子的说笑。是的，在婚礼上，要的就是这个味道，这种声音。

多年来——严格来说，几十年了，我还真没有这样放肆过，开怀过。这真是我生命中少有的挥霍了。当然，不管我喝酒也罢，唱歌也罢，还是训斥谁也罢，睡觉打呼噜也罢，都不会改变我的心。

在外面，时间久了，影响大了，也有了一点名气，成了所谓的名人，其实，名人也罢，啥也罢，跟我都没啥关系的。无论有名没名，我都那样了，都改变不了我的心。但很多人需要某种精神的牵引力，他们希望"雪漠"当这种角色。要是他们真能像我那样做事，我当然也随喜他们的，我也愿意将自己走过的路告诉他们，带着他们一起走。很多时候，我做的事，是别人需要的，我也只好做了。现在，也有一些人理解了我，也跟我一起做事了。于是，我就有了朋友和学生。

晚上，在家里，来了近三十多个外地的东客，满满一屋子人。

唯一的遗憾

在那次婚礼上，我唯一感到遗憾的，就是父亲没活到现在。要是看到自己的孙子结婚，他会非常开心的。

父亲在 2001 年 6 月底患上了胃癌，按一位道家朋友的说法，他的寿命当时就到头了，是我们用了各种仪轨，包括放生等等，为他延续了好几年的生命。那时我想，只要死亡还没有真正地降临在父亲身上，我就要把握每一个机会，让他多一种得到救治的可能。所以，那时节，我经常带父亲放生，或是为他修延寿仪轨等，这至少表达了我的一种心愿。当然，对每一个人，也包括那些曾对我制造过违缘的人，我都会这样。我做到了"与人为善"，做到了"己所不欲，勿施于人"，做到了惜缘，也做到"视众生如父母"了，所以，我的人生中很少留下遗憾。

在 2006 年，父亲去世了。有时，我也会念叨，我没个爹爹了。心头总是会涌上浓浓的沧桑和伤感。

父亲那一代的西部农民很苦，连基本的生存条件，都很难得到满足。父亲之所以会得胃癌，就是因为年轻时总是吃不饱肚子。我努力了那么多年，除了想要实现自己的世间梦想和出世间梦想，也是想要成为一个能令父亲自豪的儿子。我终于做到了，有了叫他过得相对好一些、能安享晚年的能力，他却得了癌。所以，我想尽量延续他的生命，让他舒舒服服地多活几年，多尝一些过去吃不到的好东西，住住过去住不上的好楼房，那么，父亲也罢，我们也罢，都会少一些遗憾的。

有人曾经问我，父亲去世时，你还会感到痛苦吗？我告诉他，当然痛苦，只是我还发现有个不痛苦的东西，我也能安住那个不痛苦里，观察那痛苦。只要我们愿意努力，每个人都能安住在那种不动中，体味人生百味，心如明镜，朗照万物，但一切都不能动摇我们的明白和宁静了。那时，你就不执着任何结果了，因为你会清清楚楚地明白，一切都会很快过去的，一切都是记忆和幻觉。

铸心铭

在请东客的过程中，我也检验着我的明白。

我发现，明白和不明白，虽然只有一字之差，但人生和命运，却有着很大的不同。

三十年前，我是个孩子，混混沌沌；三十年后，我还是有颗孩子的心，不同的，只是心的明白与否。当然从外貌上看，也有了大的变化：脸上多了皱纹，头发和胡子白了。在静观世事的沧桑和无常之后，我多了一份宽容，多了一份自在，不再像以前那样愤青了，锐锋渐逝，心趋醇厚，窥破虚幻，不再执着，静处观物动，闲里看人忙。

这变化，看似简单，但我用去了三十年时间。我在跟广州明子的对话中写过一首道歌，讲了我破执后的感受：

无毁无誉赤条条来，有毁有誉赤条条去。
毁也誉也化云烟，仰脸向天吁口气。
明明朗朗梦中醒，逍逍遥遥笑里哭。
仰天大笑无回音，垂首只影人不识。
不求解脱不求真，无法无我无明体。
百草难迷来时径，乱云不歧去时路。

记得那年闻法后，破也立也如隔世。
十载虔信今何在？三生誓约随它去。

何方妖魔正窃笑，如闻天籁陶然居。
咿呀风中蒲公英，飘兮零兮落何处？

寄语香巴诸明子，风卷瑞雪正相契。
我今已无心头云，月光更照不夜路。
足下千里快哉风，胸中一点浩然气。
斩断羁绊已冲天，十方三界任我去。

不过，在请东客的过程中，我还是发现了自己的一些习气——正是这习气，才让我成了作家。不过，我还是决定清净它。于是，我写了《雪漠铸心铭》，时时默诵，来提醒我的每一个当下——

雪漠是天空，能容诸云翳。风云和雷电，不染自然智。
雪漠是大地，能纳诸垢污。污辱与诽谤，庄严此沃土。
雪漠是大谷，低至最低处。百川入海时，汪洋成大池。
雪漠是清风，清凉遍天地。不与人诤论，柔和拂万物。
雪漠是细雨，无声而润物。静享平常心，广行平常事。
雪漠如大日，遍照诸有缘。香花和毒草，温暖同施予。
笑对红尘事，善待情与器。与人皆是善，不生分别意。
给人好心情，广行法布施。空谷生大鸣，和风吹香气。

从当初的《雪漠造命歌》，到后来的《雪漠铸心铭》，心细的读者也许能发现我的一种变化。

东客背后的凉州

按我自己的习惯，那次婚礼后，我对来参加婚宴者，做了一个分析，点滴讯息，或可窥破世相。

来客比例占第一位的，是朋友，接受我邀请的凉州朋友——包括曾经误解我的一些文友——全部参加了婚礼。他们中，有的不见已三十年了，但无论相隔多久，真朋友总能超越时间。

到客比例占第二位的，是同学，包括高中和师范同学。除了有要事急事脱不开身的，全部出席了婚礼。"同学"是一个温馨的词。

到客比例占第三位的，是基层同事，比如，我第一次参加工作的南安中学，从校长、教导主任到一般教师，除个别的几个外，都出席了婚宴。在凉州，老百姓最重情义。

到客比例最小的，是我工作了十年的教委。那些离你最近的人，其实也离你最远。明白此理者，便明白凉州。在以前关系很好的同事中，只要现在还有点权的——无论以前关系有多好，无论现在权有多大——都没有来。文友说，有权者的功利性最强。

办这次婚礼之前，为了不给别人带来麻烦，我定了个规矩，这次婚礼，不请外地人。在省文联，我一个同事都没有请。我当然怕给他们带来麻烦。我没请其他省份的朋友，但还是有很多朋友闻讯后赶来了，我很是随喜他们。

不远千里来参与这次婚礼的外地朋友，有上百人，来自北京、上海、广东、福建、西安、安徽、河南、山东、新疆等，还有几十人，人没来，但贺礼来了。张万雄说，没想到，这个时代，还有这样一个重视信仰的群体。这是本次婚礼上最让大东们感动的事。

结语

圆满地办完了陈亦新的婚事，我们回到了广东。

一个多月时间里，我又像经历了另一个世界，也成就了这部叫《一个人的西部》的书。经过这次婚礼，我们一家人，都有了新的身份。我成了"公公"，鲁新云成了"婆婆"，陈亦新成了"老公"，我们的生活，也应该有新的变化了。

我跟陈亦新约定，从10月1日起，他和王静必须跟鲁新云一起静修。以前，他们各修各的，从今后，我要求他们共修了。原因是有个约束。我告诉他，只有用信仰改变行为，你的人生才会有质的变化。修心会升华你的人格，会激活你的智慧，会让你跟另一个伟大的存在连通信息，会引导你向上，实现终极的超越。

　　2012年10月1日早上5时，我收到了他的短信：爸爸，已按时起床！

　　我回复道：海纳百川，厚德务实，坚定信仰，勇猛精进。这内容，以前我用来鼓励自己，现在，也常常赠给别人。

　　接下来，我又以短信形式，给他发了我最喜欢的一句歌词：

　　"用我百点热，耀出千分光！"

跋

写给灵魂寻觅者

写这部书的过程很有意思，因为我不得不翻阅过去的记忆和日记，这时，很多往事就像小溪一样流过了我的心。那感觉很美，既像是看一些遥远的、跟我无关的故事，又明明能感到一丝一缕的温馨。毕竟，它们曾经滋养过我的生命。有些事情，还真的很难忘呢。但不管多么难忘，被岁月的风一刮，也就显出了一种昏黄的色彩。时光就是这样。只是，发生过的事，在一个人的生命中，定然会留下它的印记，或是感悟，或是滋养，或是温馨，或是一种淡淡的记忆。消失的是什么呢？是经历时的感觉，也是一种情绪——一种强烈的，甚至能左右心灵的情绪。但，再强烈的情绪，也会过去。

最初的我，当然也有过诸多的情绪。从这部书中，你就会发现这一点。你会发现，雪漠不是一个塑像，不是一堆标签，他是一个活生生的人。他也曾经像很多人一样，有过彷徨，有过无助，有过痛苦的寻觅，有过长夜里的哭醒。不一样的，是他始终在向往，始终在自省、自律、自强，最终，他战胜了自己。这些故事，大多记在了这部书里。

过去，我没有想过写这样的一部书，但是我保留了自己的日记。我总是不把自己当成一个单独的个体，从很小的时候，我就觉得自己承担了某种使命。很奇怪，那么小的孩子，就有了一种历史的意识。所以，我总是下意识地保存自己的一些生命印记，像日记，像考勤表，像手稿，等等。现在看来，那是对的，因为在若干年后，记忆已封存在我脑海里的某个地方了，轻易出不来，但这些记录就会提醒我，在某年某月的某一天，曾经发生过什么故事，我是如何从一个不懂事的孩子，成长为今天的雪漠。假如有人问我，我就能说给他听。

我不喜欢诸多的标签，不喜欢被人神化，但我喜欢当老师。我当了二十多年的老师，这已经成为我的一种生命习惯了。所以，只要有人问我啥，我总是会回答的。有时，恨不得倾囊而出，唯恐有一点点的藏私。我知道，很多看起来属于自己的东西，其实并不属于自己，它其实也属于社会。所以，我从来不觉得自己在教育谁，而仅仅是不愿把滋养了自家的宝贝，自己"私吞"了而已。我总是觉得，要是太阳能照亮我，我就不该把它藏进自己的口袋，而应该叫别人也能晒晒太阳。这种个性，让我做了许多年的堂吉诃德。今天，我其实还是另一种意义上的堂吉诃德。

或许，堂吉诃德已经成了我的一种宿命，而这本书，也是我舞动着长矛冲向风车的记录吧。虽然，在很多人眼里，这样的行为都很傻，但正是因为这种傻，我才走到了今天。从很小的时候，我就发愿，绝不做那种非常精明的庸人。

其实，一些非常精明的人，在最初的时候，也可能有过堂吉诃德的心，但他们最终都变成了"大多数"。为啥？因为他们守不住那颗心。当群体念力不断告诉他，他真的很傻，他坚守的梦想根本不可能实现，他必须向物质生活低头的时候，他就有可能放弃，一旦他放弃了，就会丢掉梦想，这时，他就丢掉了自己的灵魂。因为，灵魂其实不仅仅是——至少在我眼里——物质的东西，它更是一种精神追求，而且是一种不会死去的精神追求。你可以坎坷，可以迷惑，可以在无数个魔桶中穿梭，历练你的生命，因为，这是没有彻底觉醒的人必然走入的命运。但是，你不能认命，你必须在长夜里苏醒，必须听到自己内心的声音，不能放弃挣扎。那么，有一天，你就会大梦初醒。此外的一切是什么呢？是考验你的道具，是试炼梦想的道具。只有经得起考验，有所追求，有所担当，为了这种担当不惜牺牲自己的人，才是严格意义上的有灵魂的人。而更多的人，其实并不关心自己有没有灵魂。

不关心灵魂的人，是没有资格谈论灵魂的。因为，真正的灵魂非常高贵，它不容亵渎。

　　你或许还记得，《野狐岭》里的木鱼爸是如何守护木鱼歌的，实际上，他守护的不仅仅是木鱼歌，也是他自己的灵魂，是他所认为的使命和尊严。有了这个使命和尊严，他就成为真正的人；丢了这个使命和尊严，他就会成为行尸走肉。为了这个使命，木鱼爸用家里唯一的田地换了木鱼书，结果一家人穷得连裤子都穿不起，当他因为没有穿裤子，被当众羞辱的时候，他选择了自杀，但活下来之后，他仍然守着木鱼书，仍然用所有的生命去谱写木鱼歌，即使因为在木鱼歌里说了真话，遭到了报复，失去了谋生的本钱，他也没有放弃木鱼歌。在生命受到威胁时，他首先保护的也不是自己，而是木鱼歌。他以民间艺术的形式，留下了一部又一部的百姓史书，但在他死后，其作品才成为巨著，养活了许许多多研究它、传播它的人。他的这种坚持，让人一旦想起，就会觉得非常心痛。心痛的原因，不仅仅是他的尊严受到了践踏，也是他虽然受到了践踏，但仍然守住了自己的尊严。

　　精神意义上的灵魂，是一个曳血带泪的梦想，是一种令人心酸的守候。而这种梦想和守候的背后，是一个生命所能实现的最大的尊严。生命是必然会结束的，肉体是必然会消失的，能留下的，其实只有这种承载了大美和大善的行为，以及这种行为背后那个鲜活的灵魂。所以，木鱼爸代表了无数个文化传承者鲜活的灵魂。

　　这部书其实也是这样。百年后，书中所有人物的肉体都会消失，留下的，也是一个又一个鲜活的灵魂，以及一段又一段关于灵魂的故事。它会告诉后人，一个人的灵魂是如何走向寻觅，如何守住寻觅，如何脱胎换骨，如何实现重铸的，而许许多多的灵魂又是如何死亡的。当然，你也可以名之为两种命运的轨迹，但是，对很多东西，我并不觉得是定数。我一直认为，只要人还活着，一切就没有成为定局，还有着无数的不确定性。关键是，你在寻觅吗？你能守住自己的寻觅吗？

　　真正有信仰的人，有四个特征：第一，他有清晰的梦想和向往；第二，他能保持自省和警觉，拥有智慧；第三，他必须进行真正意义上的持之以恒的生命实践；第四，用智慧和利众行为照亮世界。

　　当然，在一个人的专注力不足时，他也可能有所迷惑，但是，他一定要及时地醒来，放下一些虚幻无常的东西，给灵魂一点滋养。因为，沉睡太久，灵魂是会死去的。这个世界上，最悲惨的事情不是肉体的死亡，而是灵魂的死亡。

我见过太多叩问灵魂的人，他们在世俗的裹挟下，在欲望的毒害下，最后都中断了灵魂的寻觅。他们曾经的叩问，并没有改变他们生命的本质，而仅仅留下了一段又一段令人心酸的记忆。或许难忘，或许沧桑，但仅仅是记忆。我虽然明白，很多东西是天性使然的，自家也能淡然处之，但我的心里，总是免不了孤独和沉重。不过我的孤独和沉重，并不是一般人所认为的孤独和沉重，它是一种非常复杂、因而饱满的情绪。

当这种情绪涌上心头时，我无法用言语来表达，只能写作，这时，它就会变成文字，从我的灵魂深处喷涌而出。我没有计划过它的样子，因为我没有办法控制——也不想控制——灵魂中所有的真诚。我只想为鲜活的灵魂、为仍然在寻觅灵魂的人们，写一部关于灵魂的书。

这部书，或许我会不断地写下去。它不仅仅是《一个人的西部》，也许有很多的书，甚至是我所有的书，而百年之后，构成了雪漠的，也不会是雪漠的眼睛、鼻子、耳朵、胡子等等，而是这些书。能够给这个世界带来一点清凉，能够给这个世界带来一点温暖的，也不再是雪漠的肉体，而是雪漠写下的这些书。这就是我为啥要尽量多用一些时间，尽量多出一些书的原因。我希望，自家曾经的存在，能让现在的、以后的人们，触摸到一个或许能给他们一点希望、一点温暖的灵魂，这时，他们或许也会拥有一个鲜活的灵魂，能够实现自己最大的尊严，能够拥有一个自由灵魂所能享受的安详和意义。

其实，每个人能够留下的，也就是这个东西。除此之外，所有的人类行为，都仅仅是一些记忆。虽然很好，甚至必要，因为它们构成了整个人类的生活，维持着整个人类社会的运作，但是，如果少了鲜活的灵魂，以及能够承载鲜活灵魂的东西，这个世界就会缺少一种不应该缺少的色彩。这将是人类最大的遗憾。

所以，我写下了这部书。

——2015年5月三稿定于雪漠文化网（www.xuemo.cn）

图书在版编目（CIP）数据

一个人的西部：十周年纪念版／雪漠著. --北京：作家
出版社，2025.6.（2025.10重印）-- ISBN 978-7-5212-2951-6

Ⅰ. I267

中国国家版本馆 CIP 数据核字2024FU2482号

一个人的西部（十周年纪念版）

作　　者：雪漠
策划编辑：陈彦瑾
责任编辑：田小爽
装帧设计：李一
出版发行：作家出版社有限公司
社　　址：北京农展馆南里 10 号　　邮　　编：100125
电话传真：86 - 10 - 65067186（发行中心及邮购部）
　　　　　86 - 10 - 65004079（总编室）
E - mail: zuojia @zuojia. net. cn
http: // www. zuojiachubanshe.com
印　　刷：河北京平诚乾印刷有限公司
成品尺寸：152 × 230
字　　数：436千
印　　张：28.75
版　　次：2025 年 6 月第 1 版
印　　次：2025 年 10 月第 3 次印刷
ISBN 978-7-5212-2951-6
定　　价：78.00 元

1, 2- 陈儿村，和西部其他小村庄一样，干燥缺水，有着土黄色的屋顶和庄墙。如今人烟稀少，留下的多是孤寡老人和留守儿童。

1

2

3

3, 4- 陈儿村的一角，通过它们，可以看到过去那段生活的影子。你大概还能看出另一种东西，那就是村子的静。如今，因为人烟稀少，村子里真是静到极致了。

4

5

5- 我家曾经的老院子，前些年也成了危房，很多地方已经坍塌，还有好多地方已摇摇欲坠。照片里右边是我母亲，左边是一个乡亲。

6- 陈儿村家府祠前的大杨树。据父亲说，此树与他同岁。如今，老树依旧挺立，父辈们却一个个走了。

6

7

8

7,8- 陈儿村的家府祠，过去，这儿是村里人祭祖的地方。后来荒废了，旁边的空地成了羊圈。

9- 父亲正和一个叫根喜的人聊天。这是村里常见的景象。

10- 陈儿村的麦田。过去，就是这些麦子养活了这片大地上的西部人。

11- 田间忙碌的乡亲。这样的场景，经常出现在过去的西部田间，不过，买得起三轮车，在过去也算是家境比较好的表现了。

12

13

12- 我在陈儿村小学的壁画前。

13- 废弃的陈儿村小学。我在这里读完了小学，也度过了一个快乐的童年。

14- 鸽墩，也就是专门养鸽子的地方，它像一间土房子，里面立着高高低低的杆子，鸽子们会在这些杆子上垫窝。在洪祥的每一个村庄里都能看到这样的鸽墩，它也算是西部独有的风景了。

14

15- 洪祥镇三官庙。"三官"指的是道教的天官、地官、水官这三位天神。在当地人看来，供奉了三官，便等于祭祀了天、地、水，接下来的日子就会非常吉祥，无灾无难。

16- 洪祥镇的文昌庙。文昌庙也叫魁星阁，供的是魁星。魁星俗称文曲星，据说，供了魁星，考上功名的人就会非常多。

17- 已废弃的地主的庄院。

18- 曾经的供销社。

19- 西部乡下的文化活动室。

20- 西部荒野的井。

21

22

21,22- 乡亲们在烧炉扣子。

23.24- 西部的农具和粮仓。

25- 西部的卧室一景。

23

24

25

26

27.

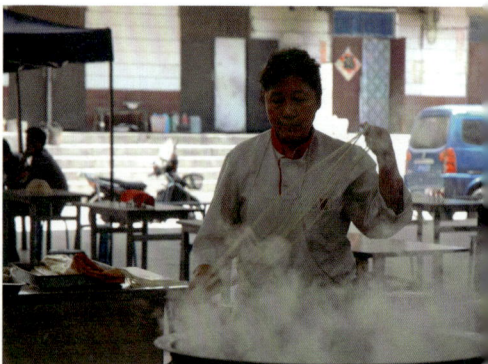

28

26- 武威的茯茶就是用这种茶壶熬的。熬茯茶的茶叶主要是黑茶，来自湖南的怀化、安化一带。现在的武威人，还是喜欢喝这种茶，我们称之为老茯茶。

27,28- 武威传统小吃市集，拉面瞬间。

29,30- 武威的文庙。在武威，文庙跟魁星阁一样，也是人们祈求功名的地方。很多读书人都把这里视为圣地，将改变命运的希望，都寄托在这里。

30

29

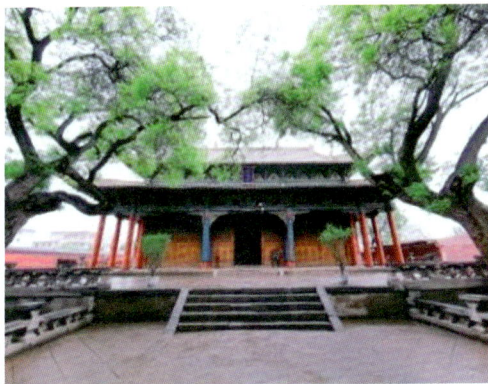

31

32

33

34

31,32- 武威文庙的状元桥和牌匾。据说走过状元桥，就能考个好名次。

33,34- 左边是武威雷台的大门，大门旁边的那三棵树中，左右两棵都是假的。至于为什么要在那里建假树，我也不知道，也许是为了衬托中间的那棵真树吧。雷台是古时候求雨的地方。右边是雷台的兵马俑。

35,36- 左边是雷台的铜车马队，右边是一号汉墓。雷台和汉墓挨得很近，故称"雷台汉墓"，这是来武威旅游的人必到之地。

37- 武威的海藏寺。海藏寺始建于东晋，距今有一千多年历史，据说被誉为"西北梵宫之冠"。来武威旅游的人，也大多会来这里朝拜。

35

36

37

38,39- 武威的鸠摩罗什寺。

40,41- 天水的麦积山石窟，和莫高窟、千佛洞一样，名闻天下，历史
也非常悠久。

42

43

44

42- 这是汉长城遗址，虽说是文物，但有关部门只是在周围围了一圈铁丝，起不到任何保护作用。我们老家甚至有些农民去汉长城遗址挖土填圈。

43,44- 明长城和沙压十三座唐营遗址。

45- 武威的苏武庙保护得相对较好，当地还有纪念苏武的节日，周边参加的人据说很多。

46- 这是恩师雷达赠送的庆阳香包。庆阳香包非常有名，经国务院批准，已列入第一批国家级非物质文化遗产名录。

45

46

47

48

47- 这是西部的盐池，也就是可以造盐的地方。那些类似水的东西是卤水，咸度很高，人掉进去是沉不下去的。

48- 永昌县罗马古城遗址。

49- 马步青的蝴蝶楼。

49

50

51

50- 民勤瑞安堡，人称"沙漠里的紫禁城"，我在《匈奴的子孙》里写到过。

51- 商洛的千年古刹大云寺。

52- 在通往甘南藏区的路上，沿途会看到很多藏寺。它们大多不大，都隐在离路边有一段距离，但又不是很远的地方。它们的特点就是有白塔，因为，白塔是安放高僧骨灰的地方。每逢看到白塔，我们一般就会见到寺院。

53- 西部常见的箭堆。

54,55- 这是我作品里经常出现的芨芨草。在沙漠中，它是生命力最强，也最常见的植物之一。有时，看到它们我就会感叹，觉得它们活得实在太苦了，因为沙漠里没有水，它们的根系要拼命地往下伸，才能吸收到沙子里的水分。

54

55

56- 沙漠里还有一种叫蓬蓬草的植物，它的生命力也很强。固沙的植物中就有它。而且，它烧成灰之后，还能提取出碱，做牛肉拉面的时候放进去，面就会格外好吃。

57- 这种花开在沙漠里，我忘了叫什么名字。缺水的沙漠里能开出这么灿烂的花，简直是大自然的奇迹。

57

58- 这就是《大漠祭》里写过的沙娃娃。它的动作很快，一眨眼的工夫，就能跑出很远。至于它为什么出生在这块土地上，大概只有造物主才知道。

59- 沙漠里的湖泊。古时白亭海，今日青土湖。

59

60

61

60,61-2014 年去雅布赖考察的路上，曾遇到照片里的这个驼群。

62- 我很喜欢骆驼，也跟骆驼很有缘，遇到照片里这峰白驼的时候，它一直睁着水灵灵的双眼凝视我，趁我不注意，还亲了我一口。

62

63

64

63- 考察麦积山石窟。

64- 寻访苏武精神。

65- 武威郊外读《野狐岭》。

66- 在甘南考察。

65

66

67- 与雅布赖的驼儿们。

68,69- 沙漠里有两种景象最美，一种是日出，另一种是日落。左边是石羊河的日出，右边是腾格里沙漠的落日，地点不同，时间不同，但都有一种如梦如幻的美感，让人沉醉。

68

69

70,71- 凉州贤孝是我曾着力去保存的一种传统曲艺。照片中是当年在凉州广场上卖唱的盲艺人，过去的西部人称之为瞎仙或瞎贤。去凉州广场听贤孝，曾是凉州人生活的常态。

72- 凉州街头的一位瞎贤，他刚唱完贤孝，从容又幸福地吸着烟，像是在自我回味刚才的表演。

71

72

73- 这是贾福山，看到他唱贤孝的样子，你就会明白，演唱时的他有多幸福。在我认识的所有瞎贤中，我对他的感情最深，也最熟悉，因为我从小就听他唱贤孝，还跟他学会了好几首贤孝。在我心中，他一直是我真正意义上的第一位老师。

74-2007 年 6 月，雷达老师来了凉州，我带他去凉州街头听了贤孝。

75- 这是村里的一位贤孝艺人，拍这张照片的时候，大概也是十多年前了。当时有很多孩子听贤孝，但现在，孩子们都去听流行歌曲了。

73

74

75

76

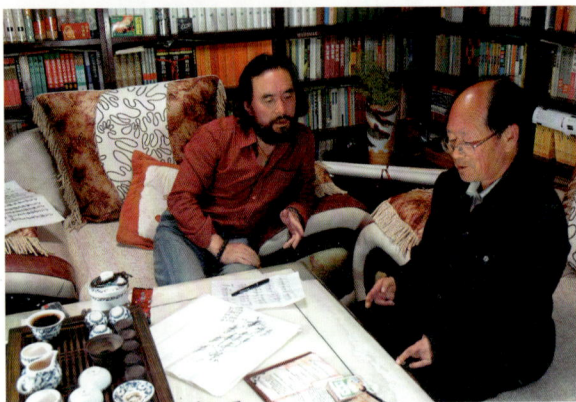

77

76- 我和凉州拳师窦世民。窦世民的爷爷窦拐子，就是《凉州词》中牛拐爷的生活原型，牛拐爷的乱劈柴鞭杆，也是窦家的绝活。

77- 我常向舅舅畅半仙学习民间文化。

78- 冯道长。我曾跟他学过一些东西，每有所问，他都不保留。

79- 这是我人生中的第一张全家福，也是我小时候唯一的照片。中间的小孩是我，左边是我母亲畅兰英，右边是我外婆，后面那个高大的男人，就是我的父亲陈大年。

80- 这是我父母唯一的合影，2006 年 5 月，我回家时给他们照的，他们连结婚照都没有。

81- 这是我和大弟弟陈开禄的合影。陈开禄是《大漠祭》中憨头的原型，他英年早逝，留下的照片很少，跟我的合影也不多。拍这张照片的时候，陈开禄正在一家金属厂上班，当合同工。

79

82- 我、弟弟陈开青和父母在老家的院里。过去，我很少谈到陈开青，因为他没有给我谈他的理由——他是一个很好的厨师，也是一个很好的农民，但他跟千千万万的厨师和农民一样，没有灵魂的追问，也没有精神的追求。想到他的时候，我就跟想到别的父老乡亲一样，没什么特别的感触。

83- 这是我四十五年前获得的奖状。当时我就读于武威一中，它是省上的重点中学，我获得了全校作文竞赛高一年级第一名。我们一个年级有六七百人，我能得第一名，也是很不容易的事情。

84-1982 年 5 月，我从武威师范毕业，后来就被分配到双城镇南安公社的南安中学，所以，这里是我告别学生生涯，进入社会的第一站。我在文学方面的许多准备，也是在这里完成的。

83

84

85- 照片里的我二十五岁，因为留了胡须，看上去要老成些。当时我在南安中学教书，每天起得很早，到操场上练武。在我一生中，那几年，可能是练武练得最勤的一段日子。

86,87- 双城镇北安小学，我在这里度过了两年。

88- 古浪大甘沟村。

86

87

88

89,90- 古浪大甘沟小学。

91- 原武威市教委。

89

90

91

92-1992 年，我参加陇南成县举办的同谷笔会，认识了著名诗人公刘老先生。当时，我激情洋溢地向他介绍了我的家乡文化。他听了我的长篇大论之后，不但没有觉得不耐烦，还提醒我说，作家可以热爱家乡，但一定要以批判的眼光来看待家乡文化。

93- 我与恩师雷达在武威雷台的合影。雷达老师是国内评论界的泰斗，他在退休之前，曾毫无功利心地帮助过很多文学青年，其中也包括我。

92

93

94- 这张照片非常珍贵，因为它是 2000 年 10 月 10 日《大漠祭》发布会上，我和父母的合影。这是父母第一次走出凉州，也是他们第一次享受儿子带来的荣耀。他们为了供我读书，吃过很多苦。我在努力奋斗的十二年里，心里除了那个大梦想之外，也藏着一个小小的期待，就是让父母为我感到欣慰和自豪。

95- 除了本地东客，陈亦新的婚礼上还来了很多外地东客，他们都是我的读者和各地的志愿者。其中的很多人，专门提前了几天到，帮着我们布置房子、打扫卫生等等，给婚礼增添了许多喜庆的味道。这张照片里，我就在跟他们商量一些事情。

96- 这是我的小舅畅国喜。他是陈亦新婚礼上的记礼人，也是我的恩人之一。陈亦新结婚，记礼的人有两个：一个是亦新的舅舅，一个是我的舅舅。在凉州，记礼者总会由最可靠的人担任。

95

96

97- 这位老人叫陈让年，他是"大漠三部曲"中孟八爷的生活原型之一，也是村里人中，我最先请的东客。

98- 我特意请了原教委主任蒲龙当陈亦新和王静的证婚人，因为他是我命运中的第一位贵人。他不但让我进了教委，给了我很多采访的方便，也没有给我安排太多实质性的工作，因此，我才有足够的时间去训练和学习。

99- 站在我旁边的，是我的师范同学张万儒，他是陈亦新婚礼的东客之一。2014 年我带着几个志愿者回西部采风，也叫上了他，这就是当时志愿者为我们拍下的合影。上学的时候，他给过我很多重要的帮助，我在书里写到的"馒头的故事"，主角中就有他。

99

100-2023 年，我在老宅旁边建了武威雪漠书院，这里曾是我的母校陈儿村小学。书院建成之后，我们在西部就有了一个文化基地，这里举办过海内外的高端文化学术论坛和交流活动，也是朋友们学习交流的乐园，每年寒暑假，我们在这里带着孩子们一起学习写作，学习传统文化中的诸多宝藏。读者们都说，这儿不但是雪漠老师的家园，也是大家的共同家园。